Hildes droom

boekerij.nl

Marie
LAMBALLE

HILDES DROOM

Een duistere familiegeschiedenis.
Een verwoestende oorlog.
Een onverschrokken jonge vrouw.

BOEKERIJ

Eerste druk maart 2021
Tweede druk mei 2021
Derde druk mei 2021

ISBN 978-90-225-9275-5
ISBN 978-94-023-1644-5 (e-book)
ISBN 978-90-528-6372-6 (audio)
NUR 302

Oorspronkelijke titel: *Eine neue Zeit*
Vertaling: Hilke Makkink
Omslagontwerp: Bürosüd
Omslagbeeld: Mauritius images / Erhard Hess
Zetwerk: ZetSpiegel, Best

Wat voorafging

Hilde

Wiesbaden, 22 maart 1935

Langzaam maar zeker wordt de lente zichtbaar in de stad. Gele en paarse krokussen fleuren de gazons van het Kurpark op, narcissen steken hun lichtgroene kopjes boven de grond uit. Op dit moment, rond het middaguur, is er amper verkeer op de brede Wilhelmstraße, voetgangers slenteren langs de winkels, een paar onverschrokkenen zitten al aan de tafeltjes op de terrassen en genieten tijdens een kopje koffie van het vroege voorjaar.

'Kom je nog mee?' vraagt de twaalfjarige Hilde aan haar vriendinnetje.

Gisela blijft staan en trekt de riemen van haar zware schooltas naar voren, omdat die in haar schouders snijden. Even denkt ze na, dan schudt ze somber haar hoofd. 'Nee, vandaag maar niet. Mama wil nog met me naar de kleermaakster, ik krijg twee nieuwe jurken.'

'Jij boft toch maar,' zucht Hilde. 'Jouw mama heeft altijd tijd voor je.'

'Pf,' antwoordt Gisela knorrig. 'Ik wil zo ruilen, hoor. Dan ga jij met mijn mama naar de kleermaakster en ga ik bij jouw mama in Café Engel zitten.'

Maar daar heeft Hilde ook geen zin in. Ten eerste is Gisela's mama behoorlijk streng. En ten tweede zou Hilde Café Engel tegen niets en niemand op de wereld willen ruilen.

'Oké, tot morgen dan...' zegt ze tegen Gisela.

'Tot morgen... Mag ik morgenochtend de rekenopdrachten weer van je overschrijven?'

'Voor mijn part...'

Gisela knipoogt en loopt weg in de richting van de Webergasse. Haar blauwe jas, die ze heeft uitgetrokken en over haar schooltas heeft gehangen, bolt als een zeil op in de wind. Hilde draait zich om naar het café van haar ouders, waar boven de ingang een mollige engel van goudkleurig blik bungelt, een koffiepot in de hand. Ook hier zitten al een paar gasten aan de tafeltjes die Finchen buiten op het trottoir neergezet heeft.

'Kijk, daar hebben we Hilde...' roept een dikke vrouw in een bontjas. 'Is de school nu al uit?'

Dat is mevrouw Knauss, die heeft behoorlijk wat geld, zegt mama, en dus moet Hilde heel beleefd zijn. Ook al stelt ze domme vragen, zoals nu bijvoorbeeld.

'Ja, mevrouw,' antwoordt ze dus, waarbij ze een gepast kniebuiginkje maakt.

Mevrouw Knauss glimlacht liefjes en zegt tegen haar vriendin Ida, die met een van de kou vertrokken gezicht haar kopje omklemt, dat die kinderen vandaag de dag toch bijna niets meer leren. De vriendin knikt. Ook de jongeman, die bij hen aan het tafeltje zit, bevestigt deze mening.

'Kan ik nog iets voor u doen?' vraagt Hilde. Het klinkt net zo als Finchen, de serveerster, het altijd zegt. Hilde zou maar wat graag meehelpen in de bediening van het café, maar helaas mag ze dat niet.

'Drie koffie met cognac...' bestelt mevrouw Knauss, om eraan toe te voegen dat Hilde een braaf meisje is.

Dat vindt de blonde Hilde zelf ook. Ze neemt haar schooltas af, voordat ze door de draaideur het café in loopt. Dat is belangrijk, omdat ze al eens met de tas in de deur is blijven vastzitten. Ook binnen wordt ze door een paar gasten begroet, Café Engel heeft nogal wat stamgasten. Sommigen komen 's ochtends al, drinken een kopje koffie, of soms ook een wijntje, en lezen de krant.

Hilde groet terug en loopt naar de glazen taartvitrine, waaruit Finchen net twee stukken chocoladeslagroomtaart pakt en op een bordje legt. Vervolgens gaat ze aan het kleine tafeltje direct naast de vitrine zitten en zet de schooltas zo neer dat die niet te zien is. Eigenlijk mag ze haar huiswerk niet in het café maken, omdat mama vindt dat hier te veel lawaai is en Hilde zich dan niet kan concentreren. Maar daar klopt niets van. Hilde is er vast van overtuigd dat Café Engel juist de beste plek ter wereld is om huiswerk te maken. Bij al dat zachte gerammel van serviesgoed, het rinkelen van lepeltjes en taartvorkjes, het gepraat, gemompel en gelach van de gasten voelt ze zich helemaal in haar element en thuis. En dan die geuren waarmee het café gevuld is! De vers gezette echte koffie, de geur van vanille, bittere amandelen en chocolade, het vleugje kersenbrandewijn of cognac, ja, zelfs de sigarenrook en de kranten… dat allemaal vermengt zich tot die heerlijke, levendige geur die zo typerend is voor Café Engel.

Hilde pakt haar rekenschrift uit de schooltas en zoekt naar een potlood. Hier, aan dit tafeltje, wordt ze door de vele taarten in de vitrine onttrokken aan mama's blikken, en papa let niet op haar, omdat op dit moment de operazangers van hun repetitie komen. De acteurs en muzikanten van het theater gaan altijd alleen maar naar Café Engel, het zijn allemaal vrienden van papa, en ze voelen zich hier thuis.

Hilde gooit haar blonde vlechten over haar schouder, zodat ze er geen last van heeft, en rekent er lustig op los. Bij moeilijke opgaven staart ze naar het witte plafond, volgt met haar blik de gekrulde ornamenten, waarna ze meteen de oplossing weet. Ze is de beste van de klas met rekenen, niemand is zo snel als Hilde Koch. Alleen met opstellen heeft ze wat moeite, daarbij moet ze soms om hulp vragen.

'Zo, Hilde? Weet je mama ook dat je hier zit?'

Finchen loopt met een vol dienblad langs haar heen. Driemaal schwarzwalderkirschtaart, tweemaal kwark – dat is gegarandeerd voor de toneelspelers, die eten zich hier altijd helemaal vol. De operazangers eten 's middags amper wat, zodat ze 's avonds goed bij stem zijn. In plaats daarvan komen ze na de voorstelling vaak terug naar Café Engel voor de aardappelsalade, de plakken zalm en gevulde eieren en meer van dat soort lekkernijen. Maar om die tijd moet Hilde helaas altijd naar bed. Ze kan dus alleen 's middags toekijken, als Marlene de scepter zwaait in de keuken. Marlene is degene die over de koude keuken gaat en Hildes speciale vriendin, omdat ze bij haar altijd mag proeven.

'Jij bent de voorproefster,' zegt Marlene altijd. 'Jij moet van alles een klein beetje eten, voordat ik het kan serveren.'

Ze is klein en tenger, Marlene, en heeft groenige ogen. Tijdens het werk heeft ze altijd een doek om haar haren gewikkeld. Ze heeft Hilde laten zien hoe je gevulde eieren maakt en hoe je gerookte zalm moet snijden. Met een scherp mes, overdwars en heel dun...

'Ze doet dat heel goed,' heeft Marlene tegen mama gezegd.

'Zolang ze je maar niet van je werk afhoudt,' heeft mama geantwoord.

Mama weet het nog niet, maar Hilde is vastbesloten om ooit de baas van Café Engel te worden. Dat heeft ze al afgesproken met papa, en die zei dat hij het goed vond.

'Over tien jaar,' zei hij. 'Dan ben je meerderjarig, meisje. Dan kun je de zaak overnemen.'

Waarbij je bij papa nooit helemaal zeker weet of hij niet morgen weer iets anders zegt. Papa is de liefste papa van de wereld. Maar mama's wil is wet. Zo gaat het in Café Engel. En boven in het appartement geldt hetzelfde.

Nu wordt het gevaarlijk, omdat mama plotseling in het café opduikt en om zich heen kijkt. Verdorie. Heeft Finchen haar verklikt? O, wat gemeen van haar! Marlene zou zoiets nooit gedaan hebben...

Maar mama heeft helemaal geen oog voor Hilde, ze loopt naar de tafel bij het raam, waar papa met de mensen van de opera zit.

'Heinz, kom eens... ik heb je even nodig,' roept ze, terwijl ze verontschuldigend glimlacht naar de gasten.

Papa is goed opgevoed, meteen staat hij op, waarop haar ouders zachtjes met elkaar beginnen te praten, heel dicht bij de taartvitrine.

'Dat kan ik niet doen, Else. En al helemaal niet Max Pallenberg, die vorig jaar zo ongelukkig om het leven gekomen is...'

Hilde spitst haar oren. Ze kent de zanger en acteur Max Pallenberg van de foto die verderop in het zijvertrek hangt. Met handtekening, uiteraard. Het hele café hangt vol met dergelijke foto's, aan alle muren hangen ze, de meeste in glazen lijsten, sommige ook op een stuk karton geplakt. Veel ervan zijn al helemaal vergeeld, maar papa is erg trots op de foto's en zegt altijd dat het de grootste schatten van Café Engel zijn.

'Pallenberg kun je wel laten hangen,' fluistert mama. 'Maar Kortner moet weg. En Klaus Mann ook. Die eerst.'

'Dat is laf en opportunistisch, Else. Wat moeten mijn vrienden wel niet van me denken?'

'Het is gewoon boerenverstand, Heinz! Hij zit verderop in de Kochbrunnenhalle. Met zijn hele gevolg. Op een steenworp afstand van ons verwijderd.'

'Hij is toch een kunstzinnig iemand, Else. En hij houdt van het theater...'

Hilde hoort mama zachtjes lachen. Maar het klinkt niet vrolijk. Eerder verbitterd. 'Waar woon jij? In Dromenland? Als hij daadwerkelijk hiernaartoe komt en Joodse kunstenaars op onze foto's ziet, wordt hij woest en zal Café Engel gesloten worden. Zo is het gewoon.'

'Maar Else...'

'Ik zal alvast Gründgens over Kortner heen hangen. En Richard Strauss over Klaus Mann. En August Bebel moet helemaal weg.'

Papa gehoorzaamt hoofdschuddend. Zoals verwacht. 'Bebel kan ik nog aan, Else. Maar de rest... Het is een schande!'

'Laat mij nou maar, Heinz.'

Mama streelt papa even over zijn wang en hij zucht nog een keer diep, voordat hij zich weer bij de operazangers voegt. Mama's blik glijdt over de muren, van foto naar foto, totdat hij op Hilde valt, die als verstijfd aan haar tafeltje zit en doet alsof ze er niet is.

'Wat doe jij hier, Hilde? Heb ik niet gezegd dat je je huiswerk boven in het appartement moet maken?'

Afleiding is de beste verdediging.

'Wíé zit er verderop in de Kochbrunnenhalle, mama?'

Mama snuift, Hilde merkt dat ze geen zin heeft om te antwoorden.

'De Führer. Adolf Hitler. Hij brengt een bezoek aan Wiesbaden.'

O ja, nu herinnert Hilde het zich weer. Ze hebben het er op school over gehad. Het zou een grote eer zijn voor de stad, volgens meneer Kimpel, hun klassenleraar.

'En komt hij ook hiernaartoe? Naar ons?' Hilde is helemaal opgewonden. Als ze dit morgen in de klas vertelt, dat de Führer in Café Engel was... Ze zullen niet weten wat ze horen!

'Dat weet ik niet zeker... Maar het zou zomaar kunnen... Waar zijn de jongens eigenlijk? August moet buiten vegen...'

Hilde haalt haar schouders op, wat zoveel betekent als: geen idee.

En ze kan ook echt niet weten waar Willi en August zich op dit moment bevinden. Omdat ze namelijk op de fiets onderweg zijn. Naar Biebrich, naar het erf van Rupert Knauss, en de vijver met kikkervisjes en watervlooien. Omdat August een aquarium heeft.

Gelukkig laat mama haar verder met rust en richt ze haar aandacht weer op de foto's aan de muur. Ze pakt het heel slim aan. Doet alsof ze de lijsten moet schoonmaken, waarbij ze er meteen een paar tegelijk meeneemt, om ze vervolgens niet allemaal meer terug te hangen. Terwijl Hilde zich nog afvraagt wat mama gaat doen met de lege plekken aan de muur, hoort ze Axel Imhoff aan de tafel met zangers enthousiast roepen: 'Ik wist het! Dit is de mooiste dag van mijn leven! De Radames mogen zingen voor de Führer… Mijn god! Ik kan het bijna niet geloven…'

Aha, denkt Hilde. Wanneer Adolf Hitler vanavond naar de opera gaat, zal hij zeker ook hiernaartoe komen. Het is tenslotte aan de overkant. Ze werpt een blik op de operazangers, die nu plotseling allemaal heel opgewonden zijn. Vanavond wordt *Aïda* opgevoerd. Van Verdi. Hilde weet wel iets van opera's, omdat ze van kleins af aan in Café Engel tussen de theatermensen rondgelopen heeft. Addi Dobscher zingt ook mee, maar niet de rol van Radames, omdat hij geen tenor maar een bariton is. Addi is een grote man, zijn haar al een beetje grijs, die altijd met een galmende stem praat. Maar hij is heel aardig en bovendien woont hij in hetzelfde gebouw als zij.

'Of hij nou wel of niet in het theater zit,' zegt hij nu luid, 'dat interesseert me helemaal niets.'

'Zeg dat nou niet, Addi,' protesteert Sofia Künzel. 'Goebbels is er ook bij. Wie weet krijg je zo de kans om in de filmwereld van Babelsberg terecht te komen…' Ze begint hard te lachen als Addi een afwerend gebaar maakt.

'Maar ook alleen maar als ik bevallig, blond en een meisje zou zijn…' zegt hij grijnzend.

Sofia Künzel zingt vanavond ook. Zij is Aïda – hoewel ze eigenlijk al te oud is voor die rol. En ook te dik. Maar wanneer ze op het toneel staat en zingt, denkt iedereen dat ze nog heel jong is. Hilde is al een paar keer naar de opera geweest, omdat ze altijd vrijkaartjes krijgen. Het is er prachtig, alles is van glimmend goud en rood fluweel. Papa heeft haar verteld dat de keizer vroeger in de middelste loge zat. Maar tijdens *Die Meistersinger von Nürnberg* is Hilde in slaap gevallen, omdat er maar geen einde kwam aan de muziek.

'Ik snap jullie niet,' windt Axel Imhoff zich op. 'Het gaat toch om de eer. Voor de Führer mogen zingen is...'

Op dat moment komen koorrepetitor Alois Gimpel en journalist Hans Reblinger door de draaideur het café in. Ze begroeten de zangers en trekken hun jas uit, geven Finchen een tik tegen haar ronde heupen en bestellen koffie.

'Rustig maar. Hij zit alweer in Hotel Rose. Zogenaamd om uit te rusten en zich om te kleden voor vanavond. Maar volgens de piccolo zit hij de hele tijd te telefoneren...'

Dan zal hij toch wel niet hiernaartoe komen, denkt Hilde teleurgesteld. Ze kijkt langs de chocoladeslagroomtaart de keuken in en stelt vast dat Marlene er al is. Verdorie. En nou moet ze dat stomme opstel nog schrijven. 'Waarom ik van mijn geboortestad hou...' Wat moet een normaal mens daar nu van maken? Omdat Wiesbaden mooi is. Maar Frankfurt is ook mooi. En als ze met de auto een tripje naar het Taunus-gebergte maken – daar is het ook prachtig...

Zoekend kijkt ze om zich heen. Hans Reblinger valt af, die zit alleen maar opgewonden te kletsen met tenor Axel Imhoff, de Radames van vanavond. Achterin, in een hoekje, zit juffrouw Wemhöner helemaal alleen achter een kopje thee en een stuk fruitcake. Zij is costumière en naait de kostuums van het theater; ook zij woont in dit gebouw. Ondanks haar rode haar is ze beeldschoon, vindt Hilde. Zo sierlijk. En met zulke geheimzinnige ogen. Papa heeft een keer gezegd dat juffrouw Wemhöner het nogal achter de ellebogen heeft. Even overweegt Hilde of ze haar om hulp zal vragen, maar dan doet ze het toch maar niet, omdat Wemhöner vast zo meteen weer met de zangers terug naar het theater moet. Ze kan het beter bij Eddi Graff proberen. Dat is een acteur, die nu aan een tafeltje verderop met zijn neus in een krant zit.

Na nog een snelle blik in het zijvertrek, waar mama met de foto's bezig is, pakt ze snel haar schrift uit haar schooltas en loopt ze naar Eddi Graff. Blijkbaar vermoedde hij al dat ze naar hem op weg was, want nog voordat ze bij zijn tafeltje is, laat hij de krant al zakken.

'Zo, Hilde?' zegt hij fijntjes lachend. 'Heb je weer zo'n stom opstel?'
'Ja. En dit keer nog stommer dan anders...'
'Kom er dan maar even bij zitten...'
Eddi Graff is al oud, bijna vijftig, maar alle vrouwen in Wiesbaden dwepen met hem. Vanwege zijn grijze slapen, blijkbaar. En omdat hij op het toneel altijd van die opwindende mannen speelt. Hilde vindt eigenlijk dat Eddi Graff er heel normaal uitziet en als hij niet op het toneel staat, is hij best onopvallend.
Hij moet zijn bril opzetten om de titel in haar schrift te kunnen lezen.
'Waarom ik van mijn geboortestad hou...' leest hij voor, waarna hij even peinzend zwijgt.
'Wat moet je daar nu over schrijven?' vraagt Hilde met een diepe zucht.
'Tja...' zegt hij en hij glimlacht. 'Stel je een mooie zomerdag voor. Je hoeft niet naar school. Wat zou je dan gaan doen?'
'Zwemmen. Verderop, in de Rijn. Of een tent opzetten in de tuin. Of met een bootje varen in het Kurpark...'
Kijk. Nu komt ze op ideeën. Snoepjes en lolly's kopen. Met haar vriendinnen door de oude binnenstad slenteren. Op de fiets naar de Rijn... de wijnbergen... Slot Biebrich. O ja, het Kurpark met de grote vijver. En natuurlijk de Wilhelmstraße met zijn platanen. En Café Engel. Sowieso. Dat is echt het belangrijkste van Wiesbaden.
Hij helpt haar een beetje met het uitwerken van haar ideeën, daarna gaat het vanzelf. Een hele pagina volgeschreven, vervolgens nog een halve. Hilde besluit dat het zo wel genoeg is. Hoe meer je schrijft, hoe meer fouten je maakt.
'Dank u wel,' zegt ze stralend tegen Eddi Graff. 'Dat was heel aardig van u. Nu weet ik dat ik van mijn geboortestad hou. En waarom.'
'Ja,' antwoordt hij. 'De mensen die hier thuishoren, mogen zich gelukkig prijzen.'
Hij glimlacht een beetje treurig en leunt achterover in zijn stoel. Verderop, aan de tafel bij het raam, staan de zangers op en ze trekken hun jassen aan, om terug te gaan naar het theater. Addi Dobscher helpt Julia Wemhöner in haar jas, papa legt de met bont afgezette cape om Sofia Künzels schouders en spuugt even over haar linkerschouder. 'Toitoitoi...'

Hilde maakt van de situatie gebruik door snel het opstelschrift terug in haar schooltas te stoppen. In de keuken staat Marlene met Finchen te smoezen. Ze zijn helemaal opgewonden, merken amper dat Hilde de keuken binnenkomt.

'Hij heeft het me gisteren verteld,' fluistert Marlene. 'De boottickets heeft hij al. Overmorgen steekt hij de oceaan over. Naar New York...'

'Wie?' vraagt Hilde.

'Eddi Graff. Hij wilde dat Wemhöner meeging, maar die wil niet... weg uit Duitsland.'

Hilde begrijpt er niets van. Waarom zou hij weggaan uit Duitsland? Daarnet zei hij nog hoe gelukkig hij is dat hij hier woont.

'Het zijn immers Joden,' legt Finchen uit. 'De Joden brengen ons ongeluk.'

'Vertel dat kind toch niet zulke dingen!' zegt Marlene boos.

Luisa

Landgoed Tiplitz bij Mariënburg, Oost-Pruisen, april 1938

In dit jaar staan ons grote veranderingen te wachten – dat had oma gezegd tijdens het lood gieten op oudejaarsavond, waarna ze met starre blik in het haardvuur gekeken had. Luisa kan oma niet uitstaan, wat wederzijds is; toch denkt ze dat deze voorspelling wel eens waar zou kunnen zijn. Het is de hemel. Nog nooit eerder is het Luisa opgevallen hoe prachtig het spel van de wolken aan de wijde hemel is, hoe mooi de afwisselende kleuren en vormen, hoe snel de steeds veranderende wolkenmassa's voorbijvliegen. Toen Joschka haar die ochtend vroeg hielp met het opzadelen van de paarden, leek de hemel nog bedekt met grijs gemêleerd marmer: een dichte, kruimelige massa, die richting het oosten steeds roder kleurde.

'Net als de lava, na de grote uitbarsting van de Vesuvius,' merkt Oskar op, die tijdens de vakantie moet leren voor het gymnasium in Danzig, omdat hij anders misschien blijft zitten. 'Daarmee heeft de vulkaan destijds de hele stad Pompea bedekt en alle mensen die daar woonden zijn gestikt en verbrand...'

Hij knikt betekenisvol naar Luisa en stijgt dan op. Zijn merrie Leni doet een paar passen achteruit en maakt aanstalten om te gaan steigeren. Maar Oskar heeft haar meteen weer onder controle. De zeventienjarige jongen rijdt, net als zijn oudere broer Jobst, al sinds hij klein was, en ook de veertienjarige Luisa zat al op vierjarige leeftijd voor het eerst op de rug van een trakehner. De edele dieren worden al sinds vele jaren op landgoed Tiplitz gefokt en – zoals papa haar verteld heeft – over de hele wereld verkocht. Papa gaat nooit uit rijden, hij gaat er hooguit soms met de koets op uit, en ook dat alleen als het goed weer is. In plaats daarvan doet hij de boekhouding van oma. Papa is dan ook bijna altijd in de bibliotheek te vinden.

'Het is Pompeï, niet Pompea,' zegt Jobst hoofdschuddend. 'Tjonge jonge, ik hoop dat je bij je herexamen niet zulke onzin verkondigt!'

Oskars gezicht betrekt – hij is ambitieus en vindt het vreselijk dat hij niet zo goed kan leren. Een gymnasiumdiploma is een erezaak voor een Von Kamm, en daarna een loopbaan als officier. Maar hij had met zijn historische kennis vooral zijn nichtje Luisa willen imponeren. En dan moet Jobst hem weer met zijn muggenzifterij voor gek zetten.

'Wat doet dat er nu toe...' bromt hij.

'Toch wel, kleintje...'

Ondertussen heeft ook Luisa haar paard bestegen en zich in het zadel geschikt. De mooie bruine Flavia huppelt op de plaats; een lompe toenaderingspoging van de ruin Balduin wijst ze met een boos gesnuif af.

Jobst trekt zijn rijdier vlot terug. 'Je bent een ruin, vriend,' zegt hij grinnikend. 'Vergeet dat niet.'

Luisa rijdt aan kop van het kleine groepje, de beide jongemannen volgen op korte afstand. Het landgoed bestaat uit drie vleugels, met in het midden het imposante bakstenen gebouw van het oude herenhuis. Daarvoor ligt een zacht, goed onderhouden gazon met witte bankjes, standbeelden en bloemenborders eromheen, waarover de dames des huizes met hun gasten kunnen flaneren. Rechts strekken de paardenstallen zich uit, in de linkervleugel bevinden zich twee stallingen voor de koetsen en automobielen van de eigenaresse, daarachter de behuizing van het personeel.

Ze rijden over het brede zandpad dat langs het gazon loopt en vooraan bij de muur afbuigt en naar de poort leidt. Zwijgend kijken de jongelui naar de onbestendige lucht, die op dat moment door de zon in het oosten opengebroken wordt, als een soort broos, donker gordijn. Het is prachtig, dit indrukwekkende en wilde schouwspel daar boven in de wolken, maar tegelijkertijd ook angstaanjagend, omdat het lijkt alsof iemand een barst in het hemeldak geslagen heeft, waardoor nu het licht met verblindende stralingskracht naar buiten schiet.

'Nogal pompeus, nietwaar?' merkt Jobst op.

Luisa knikt. Terwijl ze door de poort naar buiten rijden en de weg naar het meer op gaan, verdwijnt het imposante hemelwonder en verovert het licht het volledige firmament. Het landschap eronder is voornamelijk vlak. Uitgestrekte akkers, weides, die met een eerste lichtgroen waas van de lente bedekt zijn en binnenkort met behulp van vocht diepgroen zullen kleuren. Verderop donkere bossen van beuken, eiken en sparren, waarin tijdens de herfst weer de drijfjacht zal plaatsvinden.

Luisa rijdt nog altijd voorop, spoort de merrie aan en laat haar een stukje galopperen. Ze voelt de blikken van haar neven in haar rug, een prikkelend, nieuw gevoel. In januari is ze veertien geworden. Haar lichaam is binnen enkele weken veranderd, ze heeft nu kleine, puntige borsten en een smalle taille. Ook de maandelijkse bloeding, al jaren aangekondigd door haar moeder, heeft eindelijk haar intrede gedaan, en hoezeer haar moeder hier ook om kan zuchten, Luisa is er trots op dat ze nu een echte vrouw is. Het is fijn om door Oskar en Jobst, die de paasvakantie op het landgoed doorbrengen, met nieuwe, respectvolle interesse bezien te worden. Wilden ze het 'kleintje' vroeger nog wel eens plagen, soms zelfs onaardige spelletjes met haar spelen, nu voelt Luisa dat ze hen in haar macht heeft. Hoewel ze niet iemand is die een dergelijke macht zou misbruiken, voelt het goed om hem te hebben en uit te proberen. Voor de ochtendrit van vandaag heeft ze haar lange zwarte haar niet onder haar cap verstopt, maar los laten hangen. Als een zijdeachtige rouwwimpel wappert het in de wind. Zodra het een beetje te heftig alle kanten op geblazen wordt, pakt ze het haar snel met beide handen beet om het in elkaar te draaien. Heel goed wetend dat de wind het na slechts enkele minuten opnieuw te pakken zal krijgen.

Ondanks het beginnende voorjaar is het nog koud. Voor hun monden en voor de neuzen van de paarden hangen witte nevels, in de diepere akkervoren glinstert nog wat ijs. Het is pas april, dan kan het gebeuren dat het land binnen enkele uren nog een keer bedekt wordt onder een laag sneeuw. Desondanks bloeien er in het bos al talloze bosanemoontjes, als een luchtige, witte lentewolk die neergedaald is op de aarde. De kleine bloemetjes moeten zich haasten, want zodra de bomen vol in het blad staan, krijgen ze niet meer genoeg licht op de bosbodem.

Als de rivier Nogat in zicht komt, laat Luisa de merrie tot stilstand komen en kijkt ze om naar de beide jongemannen.

'Je had er flink de sokken in, Liesje...' zegt Oskar grijnzend. 'Die dikke Balduin is al moe, toch Jobst?'

Jobst beteugelt zijn paard en lijkt een beetje geïrriteerd. Joschka heeft de ruin tijdens de winter inderdaad vetgemest, wat hem niet goed bekomen is, want Balduin kan zijn dochters Leni en Flavia amper nog bijhouden.

'Kijk daar!' roept Jobst, om de aandacht van zijn paard af te leiden. 'Ze maken de ijsschotsen kapot bij de rivier. Dat moet een zwaar klusje zijn. Moet je ze zien zweten...'

Het is een strenge winter geweest, waardoor zich zelfs op de rivieren en meren een dikke laag ijs gevormd heeft. Zodra het in het voorjaar begint te dooien, zorgt de wind ervoor dat het ijs gaat kruien, waardoor er grote witte ijsschotsen tegen de oevers ontstaan, waarna het water tijdens koude nachten opnieuw dichtvriest. De mannen uit het dorp gaan de ijsschotsen met zagen en bijlen te lijf, maken er kleinere brokken van en brengen die naar ondergrondse ruimtes, waar ze maandenlang goed blijven. IJs voor de ijskasten in de steden is tijdens de zomer een lucratieve business. Het leven hier op het platteland is zwaar, de winters zijn lang en koud, de tijd om te zaaien en oogsten is maar kort. Vooral in de dorpen hebben de mensen het niet makkelijk, daarom grijpen ze elke gelegenheid aan om wat bij te verdienen.

Een tijdje blijven de drie jongelui kijken naar hoe de ijssnijders hun werk doen, hun handen boven hun ogen om ze te beschermen tegen de zon, die nu de duifgrijze hemel veroverd heeft. Witte wolken zweven boven het land, werpen hun schaduwen op de weides en akkers en nemen telkens andere, wonderbaarlijke vormen aan. Op de weides aan de rivieroever hebben zich watervogels verzameld: knobbelzwanen, eenden en ganzen. Daarnaast een kolonie ooievaars, die hier onderweg naar het noorden even pauzeert. Binnenkort zullen de kraanvogels weer over het land trekken. Luisa houdt van hun luide geroep; ze is er al vaker 's ochtends van wakker geworden, waarna ze naar het raam liep om ze in de lucht voorbij te zien vliegen. Ze vliegen altijd in een puntvormige formatie, een pijl van klapwiekende wezens, onderweg naar een ver land, voortgedreven door hun instinct. Als klein meisje al voelde Luisa bij deze aanblik het verlangen om zich bij hen aan te sluiten, ongeacht de bestemming en hoe het haar onderweg zou vergaan.

'Rijden we door tot aan de rivieroever?' vraagt ze haar begeleiders.

'Prima,' zegt Jobst, die als oudste meestal de routes van hun gezamenlijke ochtendritten bepaalt. 'En dan langs de bosrand terug.'

Vanaf hier is de statige vorm van Slot Mariënburg zichtbaar, een roodachtig, bakstenen gebouw, vriendelijk beschenen door de ochtendzon. Ooit gebouwd als vesting van de Duitse Orde tegen de aanstormende heidenen, dient het nu als Oost-Pruisisch bolwerk tegen de vijanden uit het oosten. Polen, Tsjechen en Russen. Zo heeft papa het Luisa uitgelegd. Bijna alles wat ze van geschiedenis en aardrijkskunde weet, heeft ze aan haar vader te danken. Hij heeft haar destijds ook lezen en schrijven bijgebracht, haar leren rekenen en haar niet lang daarna boeken gegeven om te lezen. Oma mopperde vaak dat 'die arme Johannes' te veel tijd en energie in zoiets onbelangrijks stak, omdat papa vaak ziek is en rust moet houden. Dan zit hij in zijn leesstoel, een wollen deken over zijn knieën, of moet hij zelfs het bed houden. Op die momenten mag Luisa haar papa niet lastigvallen. Meer dan eens is ze toch stiekem naar hem toe geslopen, waarna ze heel stil naast hem was gaan zitten, alsof ze hem moest bewaken. Eén keer heeft haar oma haar daarbij betrapt en voor straf een hele dag opgesloten in de betegelde ruimte in de kelder, daar waar tijdens de herfst het wild het vel over de oren getrokken wordt en de dieren van hun ingewanden ontdaan worden. Oma is geen lieve vrouw. De enige van wie ze houdt is haar zoon Johannes, en misschien ook nog van Oskar en Jobst, haar kleinzoons. Voor haar eigen dochter, tante Ingrid, is ze ook alleen maar streng, Luisa's mama behandelt ze als een bediende. Nee, haar grootmoeder is een gemene vrouw. Die zal ongetwijfeld ooit in de hel moeten boeten voor haar zondes.

Ze komen niet helemaal tot aan de rivieroever, omdat er grote modderplassen op de weg liggen, bedekt met een dun laagje ijs. Voordat ze de paarden laten omkeren, werpen ze nog een laatste blik op Slot Mariënburg. Aan de voorzijde wappert een rode hakenkruisvlag.

'Het slot van de Duitse jeugd,' zegt Jobst spottend. 'Lachwekkend gewoon!'

'Waarom?' wil Luisa weten.

Nog maar een jaar geleden zou ze van Jobst op een dergelijke vraag hooguit een domme grap als antwoord gekregen hebben. Dat is nu wel anders. Nu neemt hij haar serieus.

'Omdat het plebs is,' legt hij uit, waarbij hij verachtelijk snuift. 'Krethi en Plethi, ongeschoold volk. Net zoals in het leger. Je wilt niet geloven wie er tegenwoordig allemaal officier kunnen worden bij de Wehrmacht. Elke proleet – als hij maar de "juiste" overtuiging heeft.'

Hij spuugt opzij en draait de ruin om, zodat hij op de terugweg voorop kan rijden. Oskar volgt hem, Luisa is nu laatste. Ze is in gedachten verzonken, probeert te begrijpen waarom Jobst zo verbitterd is. Het gaat blijkbaar weer eens over de nationaalsocialisten, de nazi's, zoals grootmoeder altijd vol verachting zegt. Die hebben een slechte naam bij hun familie. Omdat de nazi's niet van adel zijn, zo heeft Luisa begrepen. Grootmoeder en al haar vrienden en familieleden zijn van adellijke komaf, ze zijn trots op hun voorouders, op hooggeplaatste officieren, die in een of andere veldslag hun leven gegeven hebben voor het vaderland. Mensen van adel zijn elkaar trouw, ze trouwen onder elkaar en hun zoons worden óf officier, óf ze nemen het familielandgoed over. Soms ook allebei.

Onder de keizer – zo zegt grootmoeder vaak – had de adel nog wat te betekenen. Luisa heeft haar papa gevraagd wat grootmoeder daarmee bedoelt, en als antwoord gekregen dat ten tijde van het keizerrijk de hoge ambtelijke functies bijna alleen maar verleend werden aan mensen uit de adelstand. En dat ook de officieren, van generaal tot luitenant, van adel waren.

Als ze Jobst goed begrepen heeft, dan kunnen nu dus ook andere mensen op zulke functies terechtkomen. Eenvoudige mensen. Plebs, zoals Jobst zegt. Krethi en Plethi. Luisa snapt wel waarom Jobst dat zo erg vindt. Hij is afgelopen jaar aan zijn militaire opleiding begonnen en ambieert een officiersloopbaan. Dan is het natuurlijk niet leuk om daar ook Krethi en Plethi aan te treffen. Die nazi's zijn maar vreemde lui. Behalve Adolf Hitler, die wordt door Oskar en Jobst bewonderd. Omdat hij eindelijk eens goed de bezem door het land heeft gehaald en de vele partijen uit de Rijksdag gegooid heeft. Dat zei Oskar onlangs en Jobst had het beaamd.

De hemel lijkt hoger geworden te zijn, het blauw donkerder, de wolken drijven er traag langs, als pluizige wol. Af en toe bedekt zo'n plukje wol de zon, waardoor het stralende ochtendlicht even gedempt wordt, om even later weer fel te schitteren. Nu is het bos nog doorzichtig, alleen de sparren tekenen zich donker af tegen de ochtendzon, aan de beuken ontspruiten hier en daar al tere blaadjes uit rode knoppen. Verderop is het ijverige kloppen van een specht te horen. Op de weides staan brede waterplassen, het ijs erop inmiddels gesmolten in de zon. Kikkers vieren er feest, er zijn er duizenden in alle beekjes en meren. 's Avonds hoor je ze tot op het landgoed kwaken.

'Volgend jaar,' hoort ze Jobst tegen zijn broer zeggen. 'Dan ben ik misschien al vaandrig. Mijn eerste officiersbal. Een belangrijke avond, niet alleen vanwege het dansen. Daar leer je elkaar kennen, begrijp je? Netwerken. Zonder netwerken kom je nergens...'

'Had ik dat rotexamen al maar gehaald,' zucht Oskar. 'Ik ben niet bang voor de Wehrmacht. Het sterke ras blijft altijd overeind, daarnaast maakt het plebs geen enkele kans...'

Ze zijn behoorlijk arrogant, die neven van haar. Allebei lijken ze op hun vader, kolonel Von Kamm, die Luisa nog maar twee of drie keer ontmoet heeft, omdat hij zelden met zijn vrouw meekomt als die een bezoek brengt aan haar moeder op landgoed Tiplitz. De kolonel is van gemiddelde lengte en forsgebouwd, heeft blond, heel kort geknipt haar en een brede neus. Hij is – voor zover Luisa zich dat kan herinneren – een vriendelijke man, alleen met grootmoeder kan hij niet goed overweg. Dat is waarschijnlijk ook de reden waarom hij het landgoed mijdt. Kolonel Von Kamm is een van de weinige bezoekers die ook mama met een handkus begroet. Tot grote ergernis van grootmoeder.

Luisa is vaak boos op haar moeder. Ze kan zelfs heel dwars en opvliegend zijn, iets waarvan ze dan later vaak weer spijt heeft. Maar het is ook echt verschrikkelijk, zoals mama zich laat behandelen. Vooral door grootmoeder, die kan mama afsnauwen alsof ze een keukenmeid is, zelfs als er gasten zijn. Ze heeft haar zelfs al meermaals in het gezicht geslagen. Alleen als papa samen met hen in dezelfde ruimte is, is grootmoeder beleefd tegen mama. Maar meestal doet ze dan gewoon alsof mama er helemaal niet bij is. Papa houdt heel veel van mama, hij wil niet dat iemand haar beledigt. Maar omdat hij ziek is en zich alleen maar in zijn slaapkamer of in de bibliotheek of woonkamer ophoudt, kan hij haar niet altijd in bescherming nemen. Zelfs het personeel weet dat ze mama mogen negeren en tegenspreken zolang de heer des huizes niet in de buurt is.

Het is mama's eigen schuld. Zij is te laf om tegen grootmoeder in verzet te komen. Ze geeft toe, past zich aan, laat toe dat iedereen over haar heen loopt. En omdat ze geen ruggengraat heeft, krijgt ook Luisa regelmatig het nodige over zich heen.

'Je mag papa niet te veel opwinden, Liesje,' zegt mama altijd tegen haar. 'Dat is niet goed voor zijn hart. Papa heeft een zwak hart, we moeten hem ontzien.'

Luisa heeft al vroeg geleerd om er op haar manier mee om te gaan. Slim zijn, goed opletten, het juiste moment vinden om je doel te bereiken. De meisjes in de keuken zijn dom, hebben allemaal hun eigen zwakke plek, waar Luisa handig gebruik van weet te maken. Tante Ingrid is gek op complimentjes, je moet haar volle, zijdezachte haar prijzen, en haar moderne kleding, die speciaal voor haar in Danzig genaaid wordt. Maar ze is vooral trots op Oskar en Jobst: wanneer je vol bewondering over haar zoons praat, heb je tante Ingrid voor je gewonnen. Misschien – maar dat is misschien wel te veel gevraagd – misschien wordt Luisa nog wel een keer door Oskar of Jobst uitgenodigd voor zo'n geweldig officiersbal. Ze zal er in elk geval op aansturen. Ook opzichter Jordan, die het werk op het landgoed leidt en altijd samen met hen het middagmaal nuttigt, kan ze voor zich winnen. Hij is groot en pezig, praat amper en knikt altijd bij alles wat grootmoeder zegt. Maar hij lacht fijntjes als Luisa aan tafel een grapje maakt en soms knipoogt hij even naar haar.

Alleen grootmoeder is met geen list te winnen. Luisa heeft ook helemaal geen zin om bij die vrouw in het gevlei te komen, zoals de dienstmeisjes wel steeds weer proberen. Grootmoeder heeft haar hart opgesloten in een stalen kluis en alleen papa heeft de sleutel.

Wanneer het landgoed in de verte in zicht komt, is de lucht alweer betrokken. Grauwe wolken zijn aan de horizon verschenen, zwellen op en pakken samen. O jee, de winter lijkt toch nog een keer terug te komen! Arme bosanemoontjes, jullie bloemetjes zullen onder een ijzige laag sneeuw aan hun einde komen. Jobst spoort de luie ruin Balduin aan tot een snelle draf, Oskars merrie is al een stuk vooruit en ook Luisa laat haar merrie nu draven. Flavia is de elegantste van Balduins dochters, al haar bewegingen zijn even stijlvol, mooi en evenwichtig. Als ze draaft lijkt ze te zweven. Luisa heeft gehoord dat grootmoeder haar binnenkort samen met andere trakehners wil verkopen, maar ze hoopt heel erg dat ze dat niet zal doen. Flavia mag niet weg. Ze zal straks, tijdens het ontbijt, zeggen dat een dergelijk dier moet blijven om mee te fokken. Grootmoeder zal het natuurlijk niet met haar eens zijn, maar papa zal haar steunen. En opzichter Jordan misschien ook wel, mocht hij samen met hen ontbijten, wat niet altijd het geval is.

Op het laatste stukje laten ze de paarden nog één keer galopperen, als de eerste fijne sneeuwvlokjes hen in het gezicht waaien, en Luisa voelt dat haar oren al helemaal bevroren zijn. In volle galop snellen ze door de poort. Het lukt Oskar niet om zijn merrie naar links te laten afbuigen, ze galoppeert dwars over het gazon, en de twee andere paarden volgen. Daar gaat weer ellende van komen: het goed onderhouden gazon is grootmoeders heiligdom.

'Dat vervloekte paard!' roept Oskar lachend, als ze zich voor de stal uit hun zadels laten glijden. 'Ze is gewoon niet te houden. Koppig beest. Zag je hoe we over het gazon denderden, Joschka?'

De stalknecht pakt de teugels van de merrie, die Oskar hem toewerpt, en streelt het dier kalmerend over de hals.

'Ja, jongeheer,' zegt hij tegen Oskar. 'Maar wees niet te luidruchtig wanneer u naar binnen gaat.'

'Hoezo?' lacht Luisa. 'Slapen ze soms allemaal nog?'

Joschka kijkt haar aan op een manier die ze nog niet kent. Treurig. Als een ziek paard. Ze vindt het respectloos en ergert zich eraan.

'Nee, juffrouw,' zegt hij langzaam. 'Niemand slaapt meer. Gaat u maar naar binnen. Maar zachtjes. Met geboden ernst...'

De drie jongelui kijken elkaar aan en halen hun schouders op.

Jobst maakt met zijn wijsvinger een cirkelvormige beweging bij zijn slaap.

'Die wordt ook steeds gekker, die ouwe Joschka...'

Luisa vraagt zich af of het vandaag misschien zondag is. Of een feestdag waarop ze naar de kerk gaan. Is grootmoeder misschien jarig? Nee, haar verjaardag is in augustus...

Op de trap naar het huis staan Anna en Meta met elkaar te fluisteren. Als Jobst hen fronsend aankijkt, maken ze snel een verlegen kniebuiging en gaan ze ervandoor. Tante Ingrid komt hun in de hal tegemoet, haar gezicht opgezwollen, een vochtig kanten zakdoekje in de hand. Ze loopt langs Luisa heen, alsof die er helemaal niet is, pakt Oskar bij de hand en legt een arm om de schouders van Jobst.

'Kom...' zegt ze met vreemd gebroken stem. 'Moeder wil dat jullie hem nog één keer zien.'

'Maar... wat is er gebeurd?' wil Oskar weten.

Hij krijgt geen antwoord, maar wordt zwijgend de trap mee op getrokken. Jobst volgt. Een paar treden hoger draait hij zich om.

'Luisa...' zegt hij zacht.

'Nee!' Tante Ingrids stem klinkt plotseling hard, lijkt bijna op die van grootmoeder. Luisa begrijpt dat zij moet wegblijven, dat ze daar boven niet gewenst is, om wat voor reden dan ook.

Iets in haar borst trekt samen, ze voelt zich duizelig worden, en het gevoel van iets ergs, iets definitiefs, overvalt haar. Ze kijkt om zich heen, maar ze is alleen in de hal, de meisjes zijn in de keuken verdwenen.

'Meta!' roept ze. 'Anna! Mariella!'

Er komt niemand. Misschien luisteren de meisjes niet naar haar omdat haar stem vandaag zo onzeker klinkt, niet zo bazig als die van grootmoeder. Met groeiende angst opent ze de deur naar de woonkamer, maar ook daar is niemand. In de ontbijtkamer ernaast is de tafel gedekt; boter, ham en jam staan onaangeroerd, de koffiepot staat onder de theemuts te wachten, geen enkel bord is gebruikt. Wat is er toch gebeurd? Waar is iedereen?

'Mama?'

Haar zachte roep wordt opgeslokt door de dikke gordijnen en tapijten. Nog nooit in haar leven heeft ze zich zo eenzaam gevoeld. Zo helemaal verlaten, afgesneden van alles en iedereen. Haar benen beginnen te trillen, het liefst zou ze even op een van de stoelen gaan zitten, maar dan loopt ze naar de bibliotheek.

Ook hier is niemand te zien, zelfs Mariella niet, die nu eigenlijk zou moeten opruimen. Op papa's leunstoel ligt nog zijn geruite wollen deken, precies zoals hij hem de avond ervoor opzij geslagen heeft, om met behulp van mama naar de slaapkamer te lopen. Op het kleine tafeltje naast de stoel staat het ronde zilveren blad met de waterkaraf en het bruine medicijnflesje, waaruit hij altijd druppels op een lepel uittelt. Ook het boek waarin hij gisteravond gelezen heeft ligt er: een reisverhaal over Duits-Oost-Afrika, de voormalige Duitse kolonie. De afgelopen tijd heeft hij veel boeken over reizen naar verre landen gelezen en Luisa verteld over China en India...

Ze krimpt in elkaar als ze voetstappen op de trap hoort, het vertrouwde kraken van de houten treden onder harde mannenschoenen. Snel loopt ze terug naar de hal, waar Meta net een oudere heer in zijn jas helpt. Het is dokter Greiner uit Elbing, een goede bekende van grootmoeder, die er altijd bij geroepen wordt als er iets met papa is. Ook Luisa is vroeger al twee keer door hem behandeld, eerst toen ze de mazelen had en niet veel later toen ze een keelontsteking en hoge koorts had. Hij hoort hoe ze de deur opent en draait zich naar haar om, schuift Mariella opzij, die hem zijn hoed en handschoenen wil aangeven.

'Luisaatje!' roept hij. 'Arm kind! Ik vind het zo erg voor je. Kom, laat me je omhelzen, kleintje.'

Ze begrijpt het niet, wil het niet begrijpen. Maar ze loopt naar de oude man toe en als hij haar vaderlijk tegen zich aan drukt, voelt ze zich heel even geborgen.

'Het zal niet goed met jullie beiden aflopen, meisje,' hoort ze zijn lage, enigszins hese stem zeggen. 'Ze is genadeloos, die vrouw. Zeker nu, nu ze alles kwijt is waaraan haar kille hart nog hing. Voor een Luisa Koch en haar moeder zal hier geen plaats meer zijn.'

Luisa verstijft in zijn armen, laat de woorden tot haar doordringen en wil ze nog steeds niet begrijpen. Met papa gaat het goed, gisteravond was hij nog helder, heeft hij haar over die geweldige berg verteld, de Kilimanjaro, waarvan de top bedekt is met eeuwige sneeuw...

'Ik moet er nu vandoor, kleintje,' zegt dokter Greiner, terwijl hij haar zacht van zich af duwt. 'Wees sterk, Luisa. Ik weet zeker dat je het gaat redden. En pas goed op je moeder. Beloof me dat, oké? Zij heeft je nodig, Luisaatje. Zonder jou is ze hulpeloos.'

'Ja... ja, dat beloof ik,' stamelt Luisa, amper begrijpend waar hij het over heeft.

Hij reikt haar plechtig de hand en knijpt zo hard in haar vingers dat het pijn doet. Dan zet hij haastig zijn hoed op, pakt zijn handschoenen en stapt door de deur naar buiten, die Mariella voor hem openhoudt. Buiten sneeuwt het inmiddels dikke vlokken, het gazon is al met een dun wit waas bedekt, de pas uitgekomen narcissen gaan gebogen onder de koude last. Mariella staat nog steeds bij de deur, houdt die wijd open, en Luisa kan zien hoe een sjees door de poort de binnenplaats oprijdt. Ze kent die wagen met dat paard.

'De pastoor komt er ook al aan...' zegt Mariella tegen Meta, die vanuit de keuken is komen aanlopen. 'Te laat, helaas. Wel erg allemaal. Het was een knappe man. En een goede baas was hij ook.'

'Wel fijn dat we nu eindelijk verlost zijn van die bakkersdochter en dat bastaardkind.'

'Daar snapte toch niemand wat van, dat een adellijke heer iets met zo iemand kon beginnen...'

Luisa begrijpt dat de twee met opzet zo praten, omdat er niemand meer in huis is die hen terecht kan wijzen. Ze voelt een diepe pijn en tegelijkertijd een vreselijke woede. Haar vader is dood, maar ze mag niet bij hem. Iedereen is boven bij de overledene, wakend aan zijn bed, wachtend totdat de pastoor hem komt klaarmaken voor zijn laatste reis.

Iedereen, behalve zij. En mama? Die hebben ze waarschijnlijk ook buitengesloten.

De woorden van de dokter klinken na in haar hoofd. 'Pas goed op haar. Zonder jou is ze hulpeloos.'

Luisa ademt diep in en uit. Ademt de pijn weg, dwingt hem zich diep in haar hart terug te trekken, haar niet te belasten. Nu is niet het moment om te huilen en te rouwen. Het is tijd om te handelen. Zoals ze beloofd heeft.

1945

Hilde

3 februari 1945, 's nachts

'Dit was het dan,' fluistert Louise Drews, terwijl ze haar beide kinderen tegen zich aan drukt. 'Alles wordt platgebombardeerd. Geen gebouw blijft meer overeind staan...'

'Hou toch uw mond!' fluistert mama haar toe. 'U roept het ongeluk nog over ons af!'

Een zware schok doet de schuilkelder trillen. Mama trekt Hilde tegen zich aan, drukt haar hoofd naar beneden. Vanaf het kelderplafond vallen stukjes pleister naar beneden, de lichten van de Hindenburg flikkeren. De mensen, die dicht opeengepakt op kussens en dekens zitten, zeggen niets, alleen een baby huilt. Allemaal zijn ze in nood, al uren zitten ze hier bij elkaar in de schuilkelder, voelen het schudden en beven tot diep in de aarde, rekenen er elk moment op dat het kelderplafond boven hen zal instorten. Het is gewoon belachelijk, waanzin! Hilde heeft het gevoel dat ze zichzelf niet meer is, dat ze in een film zit. Je gaat toch niet al op je negentiende dood, zeker niet met een kind in je buik.

'Ga ergens anders staan,' had Louise Drews eerder tegen luchtwacht Teubert geschreeuwd, wijzend naar de tweejarige Karl en de kleine Sabine. 'Wanneer we een voltreffer krijgen, valt u recht op mijn kinderen!' En Teubert, die normaal altijd zo'n grote mond heeft, ging zwijgend op de grond zitten, met zijn vingers in zijn oren.

Vreemd, denkt Hilde. Je zou toch zeggen dat mensen nog iets heel belangrijks of slims zeggen, zo vlak voor de dood. Maar hier wordt alleen maar onzin verkondigd. Gisela, die naast haar zit, zit stilletjes te bidden. 'Ik ga slapen, ik ben moe...' Omdat dat het enige gebed is dat ze uit haar hoofd kent. En Julius Kluge uit de Webergasse vertelt telkens opnieuw dat zijn zoon piloot is en tegen Engeland gevochten heeft. Alsof dat nu iemand interesseert.

Eindelijk, uren later, houdt het gedonder en gedreun van de bommen op, sijpelt er alleen nog wat zand van het kelderplafond naar beneden. Op twee na zijn alle Hindenburglichten gedoofd. Nu pas merkt iedereen dat de lucht hier beneden om te snijden is, dat ze amper nog kunnen ademen. De oude mevrouw Knoll heeft haar ogen gesloten en zegt niets meer, Gisela fluistert dat ze misselijk is en moet overgeven. Iemand moet het in zijn broek gedaan hebben, want het stinkt verschrikkelijk.

Teubert staat heel voorzichtig op en loopt gebukt tussen de op elkaar gepakte mensen door naar de deur. Hilde volgt zijn bewegingen nauwlettend. Hij ontgrendelt het slot, wat door het trillen van zijn handen pas bij de tweede poging lukt, en schuift langzaam de stalen deur open. Een brandgeur dringt de kelder binnen.

'O, god!' fluistert mama. Ze is opgestaan, maar dan wankelt ze en Hilde moet haar vasthouden.

Iedereen verdringt zich nu bij de deur, Teubert staat al buiten, de anderen volgen hem. De tocht blaast de laatste lichten uit.

'Pak de scheppen!' roept iemand. 'Er ligt allemaal puin.'

Ze hebben geluk bij een ongeluk, de uitgang is na korte tijd al vrijgemaakt. Hitte slaat hen in het gezicht als ze de kelder verlaten, ze worden omringd door een spookachtig inferno. Overal laaien geelrode vlammen op in zwartgeblakerde kozijnen.

Met moeite klauteren Hilde en haar moeder over het smeulende, rokende puin. Van alle kanten hoor je het vuur brullen; stenen vallen naar beneden, muren storten in. Het is nacht, een ijskoude februarinacht, de zon zal pas over enkele uren opkomen. Wie nog kan lopen, zorgt dat hij wegkomt uit het puin, roept naar familieleden, doolt doelloos door de stad.

Nog altijd vallen er bommen uit de lucht, die hier en daar met veel kabaal inslaan. Vliegtuigen brullen.

'Gisela? Ben jij dat?'

Hilde herkent haar vriendin amper in die flakkerende duisternis. Gisela en haar moeder Johanna staren naar het brandende geraamte van hun huis. Johanna hangt zwaar aan de arm van haar dochter. Alle hoop is vervlogen, de hele Webergasse is één brandende puinhoop, ook van de aangrenzende gebouwen rechts en links zijn enkel nog ruïnes over, waarin het vuur woedt. Hier en daar zie je mensen rondzwerven, over puin klauteren, op zoek naar het straatje dat zich hier ooit bevond. Sommigen dragen bundels en rugzakken met daarin hun hele bezit of tenminste wat ze hebben kunnen redden. Het ziet er onwerkelijk uit, de zwarte, kartelige vormen van de vernielde gebouwen, spookachtig verlicht door de laaiende vuurzee. Misschien is het alleen maar een boze droom, denkt Hilde. Als ik straks wakker word, is alles weer net zoals vroeger...

'Wij gaan naar mijn grootouders,' zegt Gisela. 'Kom toch met ons mee.'

'Maar misschien dat Café Engel nog overeind staat,' zegt mama.

'Daar kunnen jullie nu toch niet naartoe. Het brandt immers nog overal.'

Met droge ogen van de hitte staren ze naar wat ooit het bovenste deel van de Wilhelmstraße was. Overal liggen stenen, ingestorte muren, er is geen doorkomen aan, nu in het donker al helemaal niet. Hilde is koppig, ze wil weten wat er gebeurd is. Omdat Addi, Julia en mevrouw Künzel in de huiskelder gebleven zijn, in plaats van naar de schuilkelder in de Webergasse te gaan. Dan ziet ze dat mama haar arm door die van Gisela's moeder gehaakt heeft en ze begrijpt dat ze moet helpen. Gisteren nog maar heeft de familie Warnecke gehoord dat Gisela's vader gesneuveld is – vandaag staat hun huis, met alles erin, in brand. Johanna Warnecke kan niet meer. Hilde stemt in – als Café Engel geraakt is kan ze er nu toch niets meer aan veranderen. Ze slepen de inmiddels flauwgevallen vrouw door de stad, voelen amper de kou, zijn als de dood voor nog een luchtaanval. Verderop in de Kirchgasse staan de gebouwen nog overeind. Ze halen opgelucht adem, lopen verder naar het huis van Gisela's grootouders, bellen aan en moeten lang wachten voordat het oudere echtpaar opendoet. Even later zitten ze in het kleine woonkamertje bij elkaar, hortend en stotend vertellend, niet in staat om in woorden te vatten wat hun overkomen is. Gisela's moeder is weer bijgekomen, maar lijkt als verstard. Maar ze wil volhouden, alles doorstaan, ook het allermoeilijkste, omdat ze immers weet dat Adolf Hitler Duitsland uiteindelijk naar de eindoverwinning zal leiden. Daar wil ze in blijven geloven. Else en Hilde zeggen maar niets, ook Gisela staart zwijgend voor zich uit. Het woord 'eindoverwinning' klinkt bizar gezien de brandende stad. Alleen de verstokste aanhangers geloven nog in de woorden van de machthebber. Wie een beetje nadenkt heeft inmiddels wel begrepen dat het einde nadert. Het einde van deze mensenverslindende oorlog en daarmee ook van het Duitse Rijk. Het zal erg worden, de ouderen weten het al, die hebben het keizerrijk en de Grote Oorlog nog meegemaakt. Maar alles is beter dan deze verschrikkelijke nachtelijke bombardementen, waarin mensen omkomen onder de brandende puinhopen van hun huis of stikken in de schuilkelders.

Slapen kunnen ze niet. Allemaal zijn ze bang dat het elk moment weer kan beginnen. Iedereen is als verdoofd, beelden schieten door hun hoofd, schaduwen grijpen hun ziel, sirenes doen hun oren tuiten. Pas als het blauwige, kille ochtendlicht door de ramen piept, dommelen ze in, zinken ze weg in de genadige duisternis van de slaap.

Als Hilde wakker wordt, weet ze eerst niet waar ze is. Dan verbaast ze zich over het feit dat ze niet misselijk is, zoals op andere ochtenden. Gisela's oma heeft pepermuntthee gezet, koffie is allang alleen nog maar verkrijgbaar voor mensen met connecties. Brood is ook schaars; hongerig eet ze een halve plak, met een slecht geweten, omdat Gisela's oma haar met ontstoken ogen aanstaart.

'U krijgt de bonnen van ons terug. Ons huis staat er immers nog...'

Een gedurfde opmerking. Meer niet. Maar Hilde en haar moeder klampen zich eraan vast.

'Ga er snel naartoe,' zegt Gisela's grootvader tegen zijn kleindochter. 'Misschien valt er nog wat te redden. Als jullie te laat komen, is alles al weg.'

'O, god, mama,' roept Gisela. 'Hij heeft gelijk!'

Plunderaars worden zwaar gestraft, maar in de chaos die nu in hun buurt heerst, is het ieder voor zich. Het is niet anders. De oorlog verdeelt mensen in fatsoenlijken en idioten, en de idioten zijn in de meerderheid. Gisela en Johanna Warnecke pakken de bolderkar van opa en Gisela's oude kinderwagen, die boven op zolder stond. Hildes mama helpt met trekken, Gisela haakt haar arm door die van Hilde, die zich nu toch opeens weer misselijk voelt worden. Grootvader wil meekomen, maar met zijn verlamde been kan hij maar langzaam lopen.

'Arm Duitsland,' kreunt hij. 'Alleen de vrouwen en kreupelen zijn nog over. Zelfs jonge jongens worden nu nog de oorlog in gestuurd. *Volkssturm*, als ik het woord alleen al hoor!'

'Wees toch stil!' maant grootmoeder hem.

In het Kur-kwartier liggen de puinhopen nog na te smeulen. Rook stijgt op, hult alle ellende in een grauwe mist, het stinkt er vreselijk. Naar verbrand hout, haren, vloerbedekking en gestoffeerde meubels, naar een vredige, lange periode, die in vlammen opgegaan is en nooit meer zal terugkeren. Dit is hoe de dood ruikt. Het einde. Op een van de huizen in de Wilhelmstraße staat nog de spreuk: 'Met de Führer naar de eindoverwinning!' Hulpverleners in bruine uniformen lopen rond, jonge knullen, kinderen bijna nog, en oude mannen. Eerst willen ze de vier vrouwen niet doorlaten, omdat het te gevaarlijk zou zijn, overal storten de ruïnes in.

'We willen naar Café Engel,' zegt mama.

De beide mannen in uniform kijken elkaar onzeker aan. De ene haalt vier vingers door zijn warrige blonde haar. Hij is nog heel jong, waarschijnlijk amper zestien jaar. Hun gezichten zijn zwart van het roet. Hilde en haar moeder wachten, verstijven, horen hun eigen hartslag. Vanaf hier is slecht te zien waar de bommen precies ingeslagen zijn. Maar dat het Kurhaus en het theater getroffen zijn, is duidelijk.

'Café Engel?'

'Huisnummer 75. Niet ver van de Burgstraße.' Mama's stem breekt, ze staat op het punt haar geduld te verliezen. O, god, wat als er niet meer dan een brandende puinhoop over is? En Julia, mevrouw Künzel, Addi...

'Loopt u dan maar door. Maar wees voorzichtig...'

Ze stappen door het puin. Het is griezelig. Overal tussen de stenen liggen half verkoolde dingen, meubels, gebroken serviesgoed, een naaimandje, een nog bijna intacte porseleinen pop waarvan de haren verbrand zijn... Mensen lopen tussen de brokstukken heen en weer, graven met stokken en scheppen in het puin, trekken er spullen uit tevoorschijn, maken ruzie om een pan, om twee stukjes kool. Het is zo'n chaos, niemand weet welke puinhopen bij welk huis horen. Een gevlekte hond komt op hen afgehobbeld, snuffelt aan Hildes jas en loopt een stukje achter hen aan. En dan hebben ze plotseling vrij zicht. Hilde blijft staan, knippert even met haar ogen, kijkt nog een keer goed, om zeker te weten dat ze het goed ziet.

'Ik geloof dat het nog overeind staat, mama!' zegt ze zacht. Haar stem trilt.

Ze komen nog wat dichterbij, hun hart gaat zo tekeer dat ze nauwelijks iets kunnen uitbrengen. Ze staren naar de zwart uitgeslagen gevel. Zelfs de letters staan er nog.

'Lieve hemel. Ik sta te trillen op mijn benen!'

Mama blijft staan en knijpt haar ogen een beetje dicht, omdat ze dan scherper kan zien. Als het geen fata morgana is, dan was het lot hun daadwerkelijk gunstig gezind. Het huis op nummer 75 is het laatste in een rij van onbeschadigde gebouwen. Van modehuis Schäfer er rechts naast is enkel nog een stuk verbrande gevel over. Het uithangbord van Hotel Kaiserhof is verdwenen. Maar Café Engel, er direct naast, staat er nog. Behalve dan dat de letters boven de ingang niet meer goudkleurig maar donker zijn. De mooie vliegende engel met de koffiepot bengelt scheef aan de haak en is helemaal zwart uitgeslagen. Voor de ingang staat Adalbert Dobscher, de voormalige operazanger, die boven onder het dak twee kamertjes bewoont. Zijn witte haar, normaal gesproken altijd zo keurig achterovergekamd, hangt in pieken in zijn gezicht. In zijn handen houdt hij een wandelstok vast met een dikke houten knop. Die is ooit door een gast bij hen vergeten en nooit meer afgehaald en sindsdien stond hij eenzaam in de paraplustandaard.

'Wat staat hij daar te doen?' vraagt Gisela verbaasd.

'De entreedeur is kapot,' stelt Hilde vast, die wel goede ogen heeft. 'Het glas is eruit.'

'Lieve hemel,' kreunt mama. 'Addi verdedigt de draaideur. Hij ziet eruit als een woesteling.'

Ze lachen van opluchting, zijn heel even gelukkig, kunnen elkaar wel omhelzen. Alles is goed. Het huis staat er nog en Addi Dobscher bewaakt het. Wat willen ze nog meer? Haastig trekken ze de bolderkar en de kinderwagen over de brokstukken, dan moeten ze uitwijken voor twee jongens in uniform die een brancard tussen zich meedragen. Er ligt een grauwe deken op. Een blote arm hangt er aan de zijkant uit, zwaait heen en weer, terwijl de twee jongemannen naar een vrachtwagen lopen. Het nachtelijke bombardement heeft talloze slachtoffers geëist.

'Dat is Walter, die daar vooroploopt,' zegt Gisela onthutst. 'Die hebben ze nu dus ook al opgeroepen. Voor het luchtafweergeschut.'

Walter is het jongere broertje van Gisela's verloofde. Joachim moest zich afgelopen jaar melden voor de dienstplicht, waarop hij zich nog snel eerst met Gisela verloofd heeft. Zijn broer Walter is drie jaar jonger, net zestien. Maar op het moment wordt iedereen opgeroepen. Kinderen en grijsaards. 'Volkssturm' heet dat. Als ze in godsnaam maar niet Addi er nog op uit sturen, die is immers al zestig…

Als een cerberus staat Addi voor de draaideur van Café Engel. Heinz Koch heeft het monster er in de jaren twintig in laten zetten, wat was hij trots op zijn draaideur. Net als in de grote hotels. En in de winter houdt zo'n deur de kou goed buiten.

'Godzijdank, daar bent u, mevrouw Koch! En Hilde ook. We maakten ons al zorgen…' roept hij met zijn nog altijd krachtige bariton.

'Gaan jullie maar,' zegt Gisela. 'Moeder en ik gaan ons geluk beproeven in de Webergasse. Op de terugweg komen we nog wel bij jullie langs.'

Hilde pakt haar vriendin bij de elleboog. 'Jullie kunnen bij ons wonen, Gisela, jij en je moeder. Er is plek genoeg…'

'Dank je wel,' zegt Gisela. 'Maar moeder wil bij mijn grootouders blijven.' Ze snift en veegt over haar gezicht, stelt vast dat ook hun gezichten inmiddels onder het roet zitten.

Hilde kijkt de twee bezorgd na. Het valt niet mee om die bolderkar over het puin te trekken. Deze nacht heeft zo veel mensen, die gisteren nog in hun warme, mooi ingerichte huizen zaten, tot dakloze bedelaars gemaakt. En dan nog zijn ze beter af dan de mensen die door niemand meer geholpen kunnen worden. Deze oorlog! Als die toch eindelijk eens voorbij was! Als papa weer gezond en wel bij hen terug zou zijn...

'U bent een held, Addi,' roept mama, die intussen doorgelopen is naar de ingang van het café. 'Als u er niet geweest was...'

Addi heeft sinds de vroege ochtend de wacht gehouden voor het café, omdat de entreedeur kapot is en iedereen zomaar naar binnen kan. Drie keer heeft iemand het ook daadwerkelijk geprobeerd, maar Addi en zijn wandelstok zijn niet voorbij te komen.

Voorzichtig stappen Hilde en haar moeder over de glassplinters en ze gaan de draaideur door. Die is van bruin hout en heeft glazen ruitjes, maar zelfs die zijn heel gebleven. De deur kon altijd met een hendel afgesloten worden, maar helaas is de pin die in de sleuf geschoven moet worden afgebroken. Papa had het nog willen repareren, maar daar is het niet meer van gekomen.

'We moeten iets doen met die entreedeur,' zegt Else. 'Dat is nu het belangrijkste. Zodat we tenminste met rust gelaten worden...'

In het café is alles onveranderd. De lege taartvitrine. De tafeltjes en stoelen. De foto's aan de muren. De Adolf boven de piano staart hen met zijn grimmig trotse overwinningsblik aan. Waren ze daar maar eindelijk vanaf.

De gevlekte hond zit buiten voor de draaideur. Hij durft het houten gevaarte niet in te gaan en jankt klagelijk. Addi zet zijn knuppel in de paraplubak, kijkt door het raam naar de hond en wendt zich af, om zich na drie passen weer om te draaien.

'Van wie zou die zijn?'

Hij krijgt geen antwoord. Else is naar de keuken gelopen, jammert dat twee stapels borden en een rek vol kopjes kapotgevallen zijn. Hilde onderzoekt de voorraadkamer, ze heeft vreselijke honger en er moet nog ergens wat beschuit zijn. Ze is nu bijna vier maanden zwanger, en er is al wat te zien. Met moeder heeft ze afgesproken dat ze het toe zullen schrijven aan Fritz Bogner, een lieve man, die nu ergens aan het front zit. Als God het wil, komt hij terug, en dan zullen ze het hem uitleggen. Zolang de buren hun mond maar houden, daar zitten een paar verstokte partijgenoten tussen, vooral meneer Stor...

'Het café is gesloten...'

'Ons huis is gebombardeerd en de gemeente heeft ons dit huis toegewezen. U hebt hier helemaal niets te zeggen, meneer Dobscher. Waar is mevrouw Koch?'

Hilde en haar moeder stoppen met waar ze mee bezig zijn en kijken elkaar aan. Als je het over de duvel hebt... Dat is de stem van Wilfried Storbeck, de buurman. Paps noemde hem altijd schertsend 'Stombek', omdat hij hem niet kon uitstaan. Vanaf het begin al een overtuigde nazi.

'Dat konden we er nog net bij hebben!' kreunt mama.

'Verdomme,' mompelt Hilde. 'Verdomme, verdomme, verdomme...'

Ze zullen hem en zijn vrouw moeten opnemen, daar is geen ontkomen aan. En omdat hij de beste connecties heeft, heeft hij meteen maar een ambtelijke brief meegenomen, voordat iemand anders de behuizing voor zijn neus wegkaapt.

'Boven staat tenslotte nog een vierkamerappartement leeg,' horen ze de stem van Marianne Storbeck. Ze praat altijd hard als ze weet dat haar man achter haar staat. Wanneer ze met zijn tweeën zijn – dat vertelde ooit iemand in het café – is Marianne Storbeck altijd heel stil en onderdanig. Omdat ze bang is voor zijn driftbuien.

Mama legt de veger en blik op de emmer, komt overeind en haalt diep adem. Er valt weinig aan te doen.

'Dat appartement is van mijn zoon August,' zegt ze tegen de Storbecks.

'Nou en? Uw zoon zit aan het front en zijn vrouw is bij haar ouders ingetrokken. Zoals u ziet sta ik in mijn recht. Wilt u nu echt een volksgenoot in nood de deur wijzen? Wij hebben geen onderdak meer...'

'Maar natuurlijk niet,' antwoordt mama. 'Ik wilde het alleen maar gezegd hebben. Als August terugkomt, zult u dus moeten inschikken... Ik pak snel de sleutel. Gaat u gerust alvast naar boven. Via het trappenhuis buiten. Hilde zal de deur voor u opendoen...'

Addi staat nog steeds bij de draaideur en volgt het gebeuren met een duistere blik. 'Gaat u snel naar boven,' fluistert mama tegen hem. 'Breng mevrouw Künzel op de hoogte. Zodat ze zich niet verspreekt. U weet wel...'

Addi knikt. Hij is wit weggetrokken, brengt zijn hand naar zijn openstaande overhemdkraag, alsof die te strak zit. Dan haast hij zich door de keuken naar de voormalige personeelstrap.

'Iedereen is gek geworden,' fluistert mama. 'Die arme Matze Weber is opgehangen. Omdat hij zou hebben gezegd dat de oorlog niet meer te winnen valt.'

'Ondermijning van de militaire moraal' wordt dat genoemd en het wordt bestraft met de doodstraf. Net als andere overtredingen. Het stelen van een brood. Een fiets meenemen. Onschuldige dingen, waarvoor je vroeger hooguit een waarschuwing of een dag gevangenisstraf kreeg. Ze zijn nerveus, de partijgenoten. Ze willen hardheid uitstralen. Uithoudingsvermogen. Een onwankelbaar geloof in de eindoverwinning. Terwijl toch ook van hen bijna niemand meer gelooft dat Duitsland deze oorlog nog kan winnen. Maar dat mag je niet zeggen. Iedereen is bang, de angst is verlammend, maakt lafaards van hen allemaal. Zelfs onder goede vrienden moet je voorzichtig zijn.

Hilde opent de deur van het appartement voor de Storbecks. Ze blijft op de drempel staan, terwijl de twee nieuwsgierig om zich heen kijken, hun neus ophalen voor de mooie oude meubels, schoon beddengoed eisen.

'Dat ligt in de kast. Het gasfornuis in de keuken zou het nog moeten doen. Maar het kan zijn dat de gasleiding kapot is...'

De waterleiding is in ieder geval kapot, uit de kraan komt alleen maar bruine drab. En er moet duidelijk eens goed gelucht worden.

'Hierboven wonen toch ook huurders?' vraagt meneer Storbeck, terwijl zijn vrouw de keukenkast inspecteert.

'Mevrouw Künzel en meneer Dobscher. Dat klopt.'

'En wie nog meer?' wil hij weten.

Het lijkt wel een officieel verhoor. Wilfried Storbeck is ambtenaar op de financiële afdeling van de gemeente. Hilde krijgt het een beetje benauwd.

'Verder niemand.'

Dat weet Storbeck toch zelf ook, hij woont slechts een paar huizen verderop. Woonde. Tot gisteren. Nu maakt hij het zich gemakkelijk in Augusts appartement. Marianne haalt de lakens en kussenslopen al uit de kast. Die had mama nog gestreken voor August. Omdat Eva, zijn vrouw, niet zo goed is in huishoudelijke taken.

'Maar er bevindt zich toch nog een derde appartement onder het dak,' zegt Storbeck, terwijl hij Hilde aanstaart.

'Daar woont niemand. De huurders gebruiken het als opslagruimte. Omdat wij de kelder nodig hebben. Vroeger lagen daar de voorraden van het café.'

Dat klinkt plausibel. En in principe klopt het ook. Behalve dan dat Julia Wemhöner inmiddels tussen de rommel in die opslagruimte woont. Als Storbeck dat ontdekt, kan hij hen allemaal verlinken. Eerst die arme Wemhöner, maar de rest ook. Als handlangers. Jodenvrienden. En dan hebben de Storbecks het huis voor zichzelf.

'Goed,' zegt Hilde. 'Mocht u nog wat nodig hebben, dan horen we het wel.'

De Storbecks hebben honger. Een lunch zou niet verkeerd zijn. Bonnen hebben ze op het moment niet – allemaal verbrand immers. Hilde belooft te doen wat ze kan.

Beneden in het café timmert Addi planken voor de kapotte entreedeur. Hij slaat zo hard dat je bijna bang zou worden dat het pleister van de muren komt vallen. Naast hem zit de gevlekte hond, die om zijn bek likt.

'Hoe is die hier binnengekomen?' vraagt mama boos.

Addi heeft drie spijkers tussen zijn lippen geklemd, hij staart mama wild aan en haalt zijn schouders op. Dan timmert hij verder.

'Nog een mond meer om te voeden,' moppert mama geërgerd.

Julia

Wiesbaden, begin maart 1945

Ze is een schaduw. Een spook, dat 's nachts door het huis sluipt en door niemand mag worden gezien, omdat ze anders allemaal de klos zouden zijn. Julia Wemhöner naaide vroeger theaterkostuums, historische maar ook zelfbedachte, en iedereen was het erover eens: die Julia Wemhöner heeft gouden vingers. Mollige soubrettes en rondborstige Walkuren – allemaal vertrouwden ze op Julia's naaikunsten. En de tenoren al helemaal, die altijd een buikje te verbergen hadden. Daarvoor had Julia een trucje, ze naaide de stof diagonaal, stikte er hier en daar een plooitje in, gebruikte op sommige plekken wat extra stof, en een comfortabel kostuum was een feit, terwijl het alle ongepaste rondingen onopvallend camoufleerde. En voor Reni Kolb, die een wonderschone altstem had maar van voren helemaal plat was, maakte Julia een kostuum met ingenaaide boezem. Later naaide ze ook privé voor haar en overal werd Kolb bewonderd om haar 'prachtige buste'. Maar zodra bekend werd dat Julia Wemhöner een Jodin is, gaf Kolb haar geen opdrachten meer. En enkele weken later werd kostuumnaaister Julia Wemhöner op staande voet ontslagen. De reden hiervoor werd niet precies genoemd in de papieren en de boekhouder voelde zich er duidelijk wat ongemakkelijk onder. Hij raadde Julia aan om zo snel mogelijk te emigreren. Naar Amerika. Of naar Israël. Of zelfs alleen maar naar Engeland.

Maar Julia Wemhöner wilde haar vaderland niet verlaten. Hier in Wiesbaden is ze geboren, hier heeft ze haar opleiding tot naaister gedaan, waarna ze meteen bij het theater had kunnen beginnen. Het theater waaraan ze al sinds haar jeugd verslingerd is, geen voorstelling slaat ze over; ze verzamelt foto's van haar lievelingsartiesten, laat die ondertekenen. Met een persoonlijke boodschap. 'Voor de vrouw met de gouden naald' – 'Voor Julia, zonder wie ik verloren zou zijn'. Het theater is haar wereld, hier hoort ze thuis, hier is ze nodig en wordt ze gewaardeerd.

Vier jaar geleden is haar vader overleden, haar moeder volgde hem slechts twee maanden later, allebei liggen ze op het Nordfriedhof begraven. Julia is evangelisch, zoals ook haar ouders dat al waren; dat ze van Joodse komaf is, hoorde ze pas toen ze zestien was, toen er tijdens de inschrijving bij de Textielschool naar gevraagd werd. Destijds, vlak na de laatste oorlog, deed het er totaal niet toe of iemand Joods was of niet. Niemand die er aanstoot aan nam.

'Het waait wel weer over,' had ze de boekhouder met een bemoedigende glimlach gezegd.

'Misschien,' had hij geantwoord. 'Misschien ook niet.'

Nog altijd woont ze aan de Wilhelmstraße op nummer 75. Vroeger huurde ze een van de drie bovenste appartementen. Links woont mevrouw Künzel, voormalige sopraan in het theater, in het midden Addi Dobscher. Julia's appartement bevindt zich rechts, maar is nu officieel een opslagruimte.

Drie jaar geleden moesten alle Joden in Wiesbaden zich in de synagoge laten registreren. Later werden ze vanaf het veeperron van het slachthuis in treinen weggevoerd. Julia was daar niet bij, en dat heeft ze te danken aan Addi Dobscher. Hij had verhinderd dat ze zich liet registreren. Ze moest gewoon hier blijven, ze zouden er wel voor zorgen dat niemand haar kon vinden. Addi heeft haar leven gered, maar ook alle overige huisbewoners, want als die niet allemaal zouden zijn blijven samenwerken, zou ze allang gevonden zijn. Destijds hadden de huisbewoners krijgsraad gehouden, onder leiding van Addi en Heinz Koch, die toen nog niet was opgeroepen. Julia's appartement werd volgestouwd met oude rotzooi uit de kelder en vervolgens afgesloten. In een van de twee grote oude kasten maakte Addi samen met Heinz een deur, waardoor ze naar Addi's appartement kan glippen.

In de winter slaapt ze daar ook, in Addi's bed, terwijl hij zelf dan op de bank slaapt. Overdag sluipt ze heen en weer tussen de oude meubels, de kisten en kasten in haar voormalige appartement, leest boeken, bestudeert het plafond, waaraan de spinnen kunstzinnige webben weven, en verstelt ze de kleding van de huisbewoners. Eén keer heeft ze een broek genaaid voor Addi. Ze moet stil zijn, muisstil. Op haar tenen lopen, zodat de houten planken niet kraken. Nooit bij het raam gaan staan, zelfs 's nachts niet, zeker niet als de maan schijnt. Hoewel de ramen 's nachts sowieso afgeplakt zijn met verduisteringspapier. Vanwege de luchtaanvallen. Twee keer is er iemand van de Gestapo langsgekomen, om naar haar te vragen en de opslagruimte te doorzoeken. Toen heeft Addi haar in een grote verhuiskist verstopt, helemaal onderin, onder een stapel koffers. Half gestikt en krom van de pijn door de ongemakkelijke houding was ze er weer uit geklommen toen Addi haar eindelijk kwam bevrijden.

'Dapper meisje,' had hij gezegd, terwijl hij haar over haar wang gestreeld had. 'Maar ik vrees dat ze nog wel eens zullen komen...'

Vanaf dat moment, augustus 1942, is Julia Wemhöner definitief een schaduw geworden. Een nachtelijk spook, dat zich ophoudt in de opslagruimte. Een menselijk wezen weliswaar, maar kleurloos en doorschijnend, een vrouw van vlees en bloed, wegkwijnend in de duisternis. Julia Wemhöner is veertig jaar. Vroeger was ze een schoonheid. Geen opvallende, want ze is verlegen. Voor de vele egocentrische artiesten in het theater leek ze onzichtbaar. Maar er waren wel degelijk bewonderaars, en geliefden, en nog meer vrienden. Haar vrienden zijn het ook die haar behoed hebben voor een zekere dood. Tot nu toe...

Vooral Addi. Jaren geleden was ze helemaal weg van bariton Adalbert Dobscher. Niemand verbeeldde zo grandioos Don Giovanni, die gevaarlijke verleider, die alle vrouwenharten laat beven. Ach, Addi! Wat aanbad ze hem, zolang hij het podium regeerde en Don Giovanni speelde. Maar toen hij later weer Adalbert Dobscher werd, de vriendelijke bulderaar, die nooit een blad voor de mond nam en geen vlieg kwaad deed – toen verdween Julia's enthousiasme. De mens Addi Dobscher had helemaal niets van de grote verleider op wie Julia zo hartstochtelijk verliefd geweest was.

En toch had Addi haar leven gered. Addi – dat had Julia meteen gemerkt – is nu verliefd op haar, hoewel hij nooit geprobeerd heeft om misbruik te maken van haar noodsituatie. Zelfs als ze in zijn bed slaapt komt hij niet in de buurt. Dan ligt hij verderop op de bank te snurken, terwijl ze weet dat hij daar oncomfortabel ligt, omdat het meubelstuk te kort is voor hem. Maar hij piekert er niet over om te ruilen, Julia moet goed liggen, dat vindt hij belangrijk. 's Ochtends klopt hij op de deur en brengt haar een kopje thee. Pepermuntthee meestal. Soms zelfs echte koffie, die hij via allerlei omwegen van Else Koch gekregen heeft.

Tijdens het eerste luchtalarm bleef ze gewoon boven in de opslagruimte. Waarna Addi naast haar was komen zitten, alsof hij haar tegen de bommen kon beschermen. Later had hij haar zijn oude winterjas en bontmuts gegeven en haar meegenomen naar de kelder. De kelder van het huis, welteverstaan, want in de schuilkelder in de Webergasse, waarin de huisbewoners ingedeeld zijn, kan Julia zich niet laten zien. Daar zou ze, ondanks de jas en bontmuts, meteen herkend worden. Maar hier in de huiskelder is ze alleen met Addi. Soms ook nog met mevrouw Künzel en Hilde Koch met haar Jean-Jacques, de Franse dwangarbeider. Ook hij mag niet naar de schuilkelder, en omdat Hilde zo verliefd is op de knappe jongen, blijft ze bij hem als de bommen vallen. Ze vormen een aantrekkelijk paar: de donkere Fransman en Hilde met haar blonde krullen en blauwgroene ogen. Addi was aanvankelijk bang dat Jean-Jacques hen zou verklikken, maar dat heeft hij nooit gedaan. Totdat hij er in januari plotseling niet meer was.

'Naar huis,' had Hilde gezegd, waarbij ze haar lippen stijf op elkaar gedrukt had. 'Dat is ook maar beter. Anders overkomt hem straks nog iets.'

'Hoe gaat dit allemaal aflopen?' had Julia aan Addi gevraagd.

'Niet goed,' had hij geantwoord. 'Maar zodra we het ergste eindelijk achter de rug hebben, Julia, zul je vrij zijn. Dan kun je weer net als vroeger door de stad wandelen. Rechtop, zonder angst.'

'En wanneer zal dat zijn, Addi?'

'Gauw.'

Maar zijn gezicht was somber toen hij dat zei en Julia weet dat hij veel voor haar verzwijgt. Hij behandelt haar als een kind, wat haar absoluut niet bevalt. Maar ja, hij is inmiddels ook al zestig en zou haar vader kunnen zijn.

Tijdens die verschrikkelijke nacht in februari moet hij haar letterlijk uit haar bed trekken. Het zijn de zenuwen, ze heeft veel gehuild die dag, zonder precies te weten waarom. Nachtenlang heeft ze niet kunnen slapen en juist nu, nu ze eindelijk een beetje ingedommeld is, moet er weer zo'n luchtalarm afgaan.

'Laat me,' kreunt ze, terwijl ze zich vastklampt aan het dekbed. 'Ik wil niet. Laat ze die bommen maar gooien… Kan mij het schelen.'

Het huilen van de sirenes overstemt Addi's woorden. In afnemende en aanzwellende geluidsgolven kondigt het alarm de aanvliegende bommenwerpers aan, een verschrikkelijk geluid dat door merg en been gaat.

'Ik wil niet…'

Uiteindelijk pakt Addi haar met dekbed en al op en draagt haar de trap af. Onderweg komt mevrouw Künzel hun tegemoet, die haar parkiet vergeten is en nog een keer terugrent naar haar appartement. Hilde en Else Koch zijn er al vandoor, naar de schuilkelder in de Webergasse. Omdat Heinz hun dat nog op het hart gedrukt heeft, voordat hij weg moest. Vervolgens zitten ze urenlang beneden in de ijzige kelder, horen de bominslagen zo dichtbij als ze nog nooit eerder waren, zijn bang dat ze het dit keer niet gaan overleven.

'Vrij,' fluistert Julia. 'Vrij als een vogel die in de lucht vliegt. Als een ziel die, zonder aardse last, zonder pijn en verdriet opstijgt naar de hemel…'

'Doe normaal, Julia!' moppert Sofia Künzel. 'Je kletst uit je nek!'

Ze zwijgt. Nestelt zich tegen Addi aan, die als een rots in de branding naast haar zit en zijn arm om haar heen geslagen heeft. Ook hij zegt niets. Zelfs als een voltreffer de kelder op zijn grondvesten doet trillen, als ze het boven hun hoofd horen dreunen en afbrokkelen, blijft Addi's gezicht rustig. Alleen zijn borstelige wenkbrauwen fronsen af en toe, terwijl hij een blik op het kelderplafond werpt.

Pas na uren wagen ze zich vanuit de kelder weer naar boven.

'Slaap nog wat…' zegt Addi. 'Het is immers voorbij nu. Ik breng je dekbed wel naar boven.'

Ze wil het zelf halen, maar haar benen weigeren dienst. Addi draagt haar naar bed en dekt haar toe met de wollen deken. Dat hij later nog het dekbed over haar heen legt, krijgt ze al niet meer mee. Ze merkt het pas als ze de dag erop wakker gemaakt wordt. Opnieuw staat Addi aan haar bed, schudt net zo lang aan haar schouders tot ze haar ogen opent. Maar dit keer is er geen alarm te horen. Alleen aan Addi's gezicht kan ze zien dat er iets ergs gebeurd is.

'Vanaf nu moet je nog voorzichtiger zijn, Julia,' zegt hij. 'Geen geluid. Denk eraan dat je het toilet alleen gebruikt als Sofia of ik hier boven zijn.'

Ze knippert verward met haar ogen en begrijpt niet waarom hij zo ongerust is. Dat is toch allemaal niet nieuw. Dat weet ze toch allang.

Dan zegt hij: 'Wilfried Storbeck en zijn vrouw zijn in het appartement onder ons getrokken. Hun huis is platgebombardeerd en ze hebben een plaatsingsbevel – we mogen ze niet afwijzen.'

Ze kent die Storbeck niet. Volgens Addi werkt hij bij de gemeente en staat hij bekend als een fanatieke nazi. Als hij erachter komt dat zij hier in huis ondergedoken zit, zal hij haar zeker aangeven.

'Ik wil je niet bang maken,' fluistert Addi, terwijl hij met zijn hand haar door de slaap verwarde haren streelt. 'Maar het zou toch erg zijn als ze je nu nog zouden vinden. Zo vlak voor het einde...'

Ze knikt braaf. Angst heeft ze niet meer. Dat is voorbij. Ze zit al zo lang ondergedoken dat ze nog slechts een schaduw is; ze gelooft inmiddels zelf al dat ze onzichtbaar is. Een mistflard. Een elfje...

'Maak je geen zorgen,' zegt ze glimlachend tegen Addi. 'Niemand zal me vinden.'

Ze ziet dat hij juist degene is die het niet meer heeft van angst, en wil zijn wang even aanraken. Hij pakt haar hand, houdt die even tussen zijn warme vingers en drukt er dan voorzichtig een kus op. Hij glimlacht verlegen en raadt haar aan nog wat te slapen. Als hij weer naar beneden gaat, terug naar het café, draait hij de sleutel in de voordeur twee keer om.

Nu is Julia wakker. Ze staat op en legt haar oor tegen de muur om te horen of Sofia Künzel er is. Eerst hoort ze alleen maar de kanarie piepen en zingen, daarna het geluid van de pook die door de kolen in de kachel woelt. Aha, Künzel is thuis, dan kan ze dus naar de wc en zich wassen bij de wastafel. Wanneer er buiten haar niemand hier boven is, moet ze de po gebruiken en waswater vanuit een klaargezette emmer in de wasbak gieten. Soms betrapt ze zich op de gedachte dat het misschien beter geweest was als ze zich destijds wel in de synagoge had laten registreren, zoals alle anderen. Dan zou ze nu niemand meer tot last zijn. Ze trekt haar gewatteerde ochtendjas aan – een duur kledingstuk uit betere tijden – en glipt door de kastdeur naar de opslagruimte, die ooit haar gezellige, kleine appartement was. Nu is het er ijskoud, omdat de ruimte niet meer verwarmd wordt. Misschien komen ze komende nacht wel terug om nieuwe bommen te gooien, denkt ze. Dan stort het kelderplafond in en vinden we allemaal de dood. Dan ben ik eindelijk vrij. Omdat ik nergens meer bang voor hoef te zijn.

Maar ze wil zeker niet sterven zonder het theater nog een keer gezien te hebben. Haar leven draaide om het theater, daar wil ze in alle rust en met al haar liefde afscheid van nemen. Julia Wemhöner begint dozen en koffers te doorzoeken. Waar heeft ze die nu gelaten? Ah, daar is hij. En de schoenen? In de andere koffer natuurlijk. Net als de jas. Ze trekt de lange avondjurk van groene zijde aan, voelt de fijne stof op haar huid, ruikt de vertrouwde geur van een parfum waarvan ze hield. Ze heeft de jurk destijds strak op maat gemaakt voor haar figuur en was blij dat ze net genoeg had van de dure stof. Nu is hij te wijd, zou ze hem bij de heupen en rond de schouders wat moeten innemen, maar dat doet er nu niet meer toe. Ze kamt haar haar, de dikke koperrode krullen, die ze als kind zo haatte en die later zo vaak bewonderd werden. Ze steekt het op en betreurt het dat ze haar sieraden niet kan vinden. Ze heeft gouden oorbellen en een bijpassende ketting, erfstukken van haar overleden moeder. Maar zonder sieraden gaat het ook. De groene pumps heeft ze gevonden en ook de goudkleurige jas, die ze gevoerd heeft met de zijde van de jurk.

Ze is mooi. Ze wordt overvallen door een gevoel van euforie, het maakt haar bijna duizelig, vult haar borstkas, die in de loop der jaren steeds smaller geworden is. Nog één keer vrij zijn. Kalm en rechtop door de straten lopen. Zonder die angst, die je zo klein maakt, je zo uitholt dat er alleen nog maar een lege huls overblijft.

Addi heeft zijn appartement vanbuiten afgesloten en de sleutel meegenomen. Maar er is nog een tweede sleutel, die boven de deur hangt. Voor noodgevallen. Hoewel hij wat roestig is, doet hij knarsend en met tegenzin zijn werk. Julia ademt diep de muffige lucht in van de overloop, die naar brand ruikt. Met een kaarsrechte houding loopt ze de trap af, als een koningin, elke stap een triomf. De hogere traptreden kraken onder haar voeten, niet hard, een beetje maar, omdat Julia's kleine lichaam niet veel meer weegt. Nu hoort ze hamerslagen, dat moet Addi zijn, misschien repareert hij de ramen of de entreedeur van het café. Ook de stemmen van Else Koch en Hilde dringen tot haar door. Het is beter om niet door het café te gaan, maar rechtstreeks door de voordeur naar buiten.

Daar is niets meer zoals het ooit was. Wrevelig blijft ze staan, probeert te begrijpen dat dit de Wilhelmstraße was, die mooie, brede boulevard, die langs het theater en het Kurhaus loopt. Links van haar liggen grote hopen steen en houten balken, kapotte meubels, badkuipen en verwrongen stalen balken. Daartussen allerlei kapot huisraad, alles even zwart verbrand. De huizen naast nummer 75 zijn open, je kunt zo in de woonkamer kijken, zoals bij een poppenhuis. In sommige kamers hangen de schilderijen nog aan de muren, hier en daar flakkeren kleine vlammetjes tussen de verkoolde ruïnes. Ze tilt de zoom van haar groene avondjurk op, zodat die niet vies wordt als ze over het puin heen klautert. De schoenen zijn niet meer te redden, maar dat kan haar niet schelen. Julia Wemhöner klimt over de resten van de gebombardeerde huizen, vindt als een slaapwandelaar haar weg, bekommert zich niet om de mensen die met handkarren gekomen zijn om tussen het puin naar de laatste bruikbare spullen te zoeken. Een ijzige wind laat haar goudkleurige jas opbollen, as en stof opwaaien, waardoor ze een soort geestverschijning lijkt. Ze bereikt de overkant van de straat en ziet de vernielde zuilengang, het theater, waarvan een deel volledig weggeslagen is. Een deel van het dak hangt scheef, kale muren verbrokkelen op het verbrande gazon. Julia loopt langs een groepje door het bombardement uit hun huizen verdreven mensen, die bij elkaar staan en perplex naar die verschijning in gouden jas staren. Ze komt aan bij de artiesteningang, die nog overeind staat. Ook de hoge ramen hebben het nachtelijke bombardement overleefd.

Door deze deur is ze jarenlang naar binnen en naar buiten gegaan. Vandaag staat ze ervoor, niet meer dan een schaduw, en toch mooi aangekleed, alsof ze naar een opera van de Maifestspiele gaat.

Ze voelt hoe de wind aan haar haren trekt, de jas om haar lichaam laat wapperen. Van de kou voelt ze niets. Ze doet nog een paar stappen dichterbij, voelt met haar hand aan de deur, heel zacht, alsof ze bang is het beschadigde gebouw pijn te doen. 'Het ga je goed...' zegt ze zacht, terwijl ze met haar hand het hout streelt. 'Het ga je goed...'

Dan draait ze zich om en baant zich een weg terug over het puin naar Café Engel. Als ze voor de ingang staat, rukt Addi de met planken opgelapte deur open. Hij kijkt haar aan alsof hij een geest ziet.

'Mijn god...' fluistert hij en hij grijpt met zijn hand naar zijn borst. Meer kan hij niet uitbrengen. Maar meteen daarop dringt Else zich langs hem heen en pakt Julia's handen.

'Helemaal bevroren,' stelt ze vast. 'Goed dat we net hete thee hebben. Naar binnen met u. Bij de warme kachel.'

Terwijl Julia bibberend van de kou naast de kachel zit, een warme wollen deken om haar schouders, proberen Hilde en Else de vertwijfelde Addi te kalmeren.

'Wie zal haar nou herkend hebben? Iedereen is toch alleen maar met zichzelf bezig.'

Heinz

Krijgsgevangenenkamp Attichy, Frankrijk, april 1945

Het regent. Eentonig geruis en gedruppel op het tentdak. Op meerdere plekken is de stof niet meer waterdicht, ze hebben lege blikjes neergezet, zodat het stro waarop ze liggen niet nat wordt. Het is krap, ze liggen als haringen in een ton; de tent is bedoeld voor dertig man, maar ze zijn met vijftig. Gisteren is er nog een transport met gewonden aangekomen, kreupelen, bij wie een arm of een been mist, maar die geen recht hebben op de ziekenboeg omdat ze niet in levensgevaar zijn. Heinz Koch heeft een van zijn twee dekens opgerold en onder zijn hoofd gelegd, de andere over zijn lichaam getrokken. Het is koud en vochtig, de stemming is bedrukt. In de tent wordt amper gepraat, alleen achter bij de ingang zitten vier mannen bij elkaar een potje kaart te spelen, tegen de depressie die hen allemaal in zijn greep heeft. Eerder vertelde iemand dat Mainz, Frankfurt en Wiesbaden allang ingenomen zijn door de Amerikanen. Dat alles in puin ligt en dat de paar huizen die nog wel overeind staan door de Ami's in beslag genomen zijn.

'En de bewoners dan? Moeten die maar allemaal bij elkaar op een zolderkamertje gaan zitten?'

'Die gooien ze eruit,' kreeg hij als antwoord. 'Die moeten zich maar zien te redden tussen de ruïnes...'

Heinz heeft niet verder gevraagd, omdat hij begreep dat de man alleen maar angst wilde zaaien. Dat je hem niet op zijn woord kon geloven. Maar dat het een aflopende zaak is voor Duitsland is duidelijk; iedereen weet het. Aan de ene kant maar goed ook, omdat het betekent dat de bombardementen eindelijk zullen stoppen. En omdat ze dan eindelijk af zijn van die krankzinnige heerschappij van de nazi's, dat vooral. Met hen heeft Heinz Koch nooit gesympathiseerd. Maar aan de andere kant weten ze niet wat de overwinnaars van plan zijn met Duitsland. Zullen ze een kans krijgen om opnieuw te beginnen? Zoals na de laatste oorlog? Met veel tegenslag, met inflatie, werkloosheid en honger – maar toch was het hun gelukt, zijn Else en hem. Ach, maar als al zijn geliefden dood onder het puin van hun platgebombardeerde huis liggen, hoe kan hij dan in vredesnaam aan zoiets als een nieuw begin denken? De jonge soldaat links van hem hoest. Als Heinz een blik op hem werpt, draait hij zich snel om. Maar Heinz heeft dan zijn rood aangelopen gezicht en betraande ogen al gezien. Een man mag niet huilen, daarom deed hij alsof hij moest hoesten, om zijn snikken te verbergen.

'We moeten het afwachten,' zegt Heinz zacht, terwijl hij hem bij de arm pakt. 'Niemand weet of het klopt. Hij kan wel zoveel vertellen.'

De jonge soldaat heet Anton Stemmler, is orgelbouwer en komt uit Augsburg. Hij veegt met zijn mouw over zijn gezicht en knikt.

'De hoop sterft als laatste, toch?' zegt hij met een scheve grijns.

'De hoop sterft nooit,' antwoordt Heinz vol overtuiging. 'Die kunnen ze ons niet afnemen.'

Het lijkt de jongeman een beetje op te beuren, hij zucht eens diep, legt zijn arm onder zijn hoofd en sluit zijn ogen. Gisteren hebben ze een lang gesprek gehad over orgelbouw, over het mooie orgel van de Marktkirche in Wiesbaden, waarop Anton nog nooit gespeeld heeft. Over het theater, de Maifestspiele. Richard Strauss, van wie Anton een groot fan is. En natuurlijk over Café Engel, waarvan nu waarschijnlijk niet meer over is dan een hoop puin. Heinz moet zich beheersen om niet op zijn beurt in huilen uit te barsten. Hoe gelukkig waren ze, zonder het te beseffen. Zijn Else en hij, de kinderen, Café Engel. Een klein paradijsje was het. En nu? Zijn zoons ergens aan het oostfront, hij weet niet eens of ze nog leven. Else en Hilde misschien omgekomen tijdens een bombardement. Het huis in puin…

Hij knijpt zijn ogen dicht en schaamt zich omdat nu toch de tranen komen. Terwijl hij de vijftig al gepasseerd is, een van de oudsten in deze tent is. Het zal wel aan het sombere, regenachtige weer liggen, dat doet het gemoed geen goed. Hij dwingt zichzelf ergens anders aan te denken. Zijn vrouw Else. Hoe beheerst zij was toen hij zijn oproep kreeg. Terwijl hij alleen maar onzin uitkraamde.

'Niet te geloven!' had hij hoofdschuddend geroepen. 'Eenenvijftig en nog steeds luitenant!'

De officiersrang had hij verkregen tijdens de laatste oorlog, die hij van begin tot eind meegemaakt heeft. Destijds was hij vierentwintig, toen was luitenant prima.

'Is dat je enige zorg?' had Else gezegd, terwijl ze vertwijfeld haar hoofd geschud had. 'Dat je niet als generaal maar als luitenant naar het front moet?'

'Natuurlijk niet!'

Pas toen drong het tot hem door hoe lachwekkend dit militaire denkpatroon geworden was dat hem destijds ingeprent was. Hij sloeg zijn armen om zijn Else heen en drukte haar dicht tegen zich aan.

'Ik kom toch weer terug, Elsje. Dat is me altijd al gelukt, en het zal me nu ook weer lukken. Als jij maar goed op Hilde past. En op het café.'

Else was altijd een goede echtgenote geweest. Hoe groter de nood, hoe sterker ze werd. Altijd stond ze aan zijn zijde, ze had overal deel van uitgemaakt, samen hadden ze de wereld veranderd. En ook op die dag had ze haar tranen verbeten, omdat ze het niet nog zwaarder wilde maken voor hem. In plaats daarvan ging ze zijn rugzak inpakken. Met schone was. Sokken. Een warme lange onderbroek. Scheerspullen. Zeep. Bestek. Sigaren en tabak. Een dikke salamiworst en een stuk gerookte ham. Cake. Zelf had hij er nog een schrift en een potlood bij gedaan. De aansteker die hij ooit van Hilde gekregen had. Een klein koperen kompas. De rugzak was bijna uit zijn naden gebarsten.

Het sneeuwde kleine, ijzige sneeuwvlokken toen hij 's ochtends vroeg in de richting van het verzamelpunt vertrok. Else en Hilde stonden boven achter het raam, Addi en mevrouw Künzel hadden in de gang afscheid van hem genomen, ook de kleine Wemhöner had erbij gestaan, hij had haar nog één keer omhelsd.

'Het komt goed, meisje,' had hij in haar oor gefluisterd. 'Het kan nu niet meer lang duren. Nog even volhouden.'

Plotseling waren de sirenes gaan huilen. Een luchtaanval in de vroege ochtend, dat moesten de Ami's zijn. De Engelsen bombardeerden alleen 's nachts. Heinz liep door lege straten; in het westen, boven Dotzheim, vielen bommen. Bierstadt en Amöneburg waren al zwaar beschadigd, het Landeshaus en andere gebouwen waren flink geraakt. Geen nacht zonder angst voor de vliegende dood. In juli hadden ze het café definitief moeten sluiten, ook in het theater vonden geen voorstellingen meer plaats, slechts een paar bioscopen draaiden de nieuwste films van de UFA nog. Maar ondertussen waren zelfs die gesloten. Vanwege de bombardementen.

Bij het verzamelpunt voor het gemeentehuis ontmoette hij meerdere bekenden, de meeste van zijn leeftijd, goede klanten van Café Engel, die hij vaak in smoking gezien had, als ze met hun vrouw of vriendin na de theatervoorstelling nog even bij hem langskwamen. Nu kregen ze allemaal het uniform van de Wehrmacht, passende laarzen waren er niet meer, ze moesten hun eigen schoenen aanhouden. Later kregen ze een korte introductie in de omgang met een machinegeweer en de volgende ochtend vertrokken ze al naar het station voor de reis westwaarts. De Elzas waarschijnlijk, daar zouden hevige gevechten aan de gang zijn, zo werd gezegd. Heinz Koch zat bij zijn kameraden in de wagon en keek de verdwijnende huizen van zijn geboortestad na. De stad leek grauw en somber tijdens deze decemberdagen, de bossen eromheen kaal, heel even kon hij de Griekse kapel zien, een gouden vlek te midden van het trieste zwarte geboomte. De industrie van Kalle en Albert was vernietigd, ook in Biebrich lagen de fabrieken in puin, en in het glazen plafond van de stationshal zat een reusachtig, kartelig gat.

Zijn dienst in de buurt van Zweibrücken was maar van korte duur, omdat de Wehrmacht de locatie moest verlaten en zich terug moest trekken. Onderweg naar zijn eenheid kwam hij samen met elf kameraden in een hinderlaag terecht, waarna ze door Franse soldaten gevangengenomen werden. Ze gaven zich ter plekke over; geen van hen had zin om zijn leven te riskeren voor deze allang verloren zaak. Zelfs de jongeren onder hen niet. Ze vinden het prima om krijgsgevangene te zijn, zo hebben ze tenminste recht op een fatsoenlijke, nog enigszins waardige behandeling. In elk geval hier in Frankrijk, waar de westelijke geallieerden het voor het zeggen hebben. Aan die arme kerels die aan het oostfront gevangengenomen worden, wil hij maar liever niet denken. Willi en August, zijn twee zoons, hebben voor het laatst vanuit Roemenië iets van zich laten horen. August is vijfentwintig, Willi nog maar net drieëntwintig. Dat God ze maar moge behoeden.

De Franse soldaten dreven hen met getrokken wapens naar een oude schuur, waarvoor na een poosje een Amerikaans legervoertuig stopte. Samen met andere krijgsgevangenen werden ze in de laadruimte gepropt, plek om te zitten was er niet, in de bochten moesten ze zich aan elkaar vasthouden. De rit duurde uren, Heinz was volledig uitgeput toen ze eindelijk mochten uitstappen. De nacht brachten ze door in de onverwarmde hal van een kolenopslagplaats, dekens waren er niet, ze zochten allemaal een oude kist om zichzelf tegen de kou van de grond te beschermen. Het was eind januari, de temperatuur lag rond het vriespunt. 's Ochtends mochten ze een vuur maken en koffiezetten in blikken. Ze kregen droog witbrood te eten. Heinz had zulke klamme vingers dat hij het brood uit zijn handen liet vallen. Een kameraad raapte het op en gaf het hem terug. Hij gaf hem de helft, die de jonge kerel meteen opschrokte. Heinz voelde al zijn botten, hij had al jarenlang last van reuma in zijn knieën en heupen – nu vierde de pijn feest.

Ze werden naar het spoor gedreven en moesten op een open kolenwagon klimmen, waarvan de bodem bedekt was met een centimeter dikke laag kolengruis. Om toch nog een beetje te ontkomen aan de ijzige rijwind moest je zo laag mogelijk zitten, wat enkele van zijn kameraden vanwege de viezigheid weigerden. Niet dat ze het lang volhielden, na een half uur zaten ze allemaal in het zwarte stof, nog een paar uur later gingen de eersten al op de vloer liggen. Omdat het te krap was om naast elkaar te liggen, lagen ze half over elkaar heen, wisselden af en toe van plek, in de hoop dat dit helse transport snel voorbij zou zijn. Op sommige spoorbruggen stonden Franse vrouwen en kinderen. Ze scholden hen uit voor 'sales boches' en bekogelden hen met stenen. Heinz werd geraakt aan zijn schouder; de steen scheurde een gat in zijn uniformjas, maar ging gelukkig niet door zijn overhemd heen tot op zijn huid. Toch doet zijn schouder nog altijd pijn.

'Dat is Reims!' riep iemand. 'De kathedraal! Mijn god, hier waren we op huwelijksreis, mijn vrouw en ik... vijftien jaar geleden...'

Niemand wist wat hij moest zeggen, met samengeknepen ogen staarden ze naar het silhouet van de stad tegen het avondrood. Niet veel later stopte de trein, de nacht brachten ze door in de hal van het goederenstation op houten pallets, met één deken per persoon. Ze kregen een dunne soep – Heinz sneed zijn worst in stukjes, verdeelde de rest van de ham, de cake hadden ze gisteren al opgegeten. Ook de andere kameraden deelden hun laatste levensmiddelen – wie stiekem eet en de rest laat verhongeren is een klootzak. Die nacht sliep Heinz als een blok, slechts twee keer werd hij even wakker omdat een kameraad naar buiten moest om te plassen en in het donker per ongeluk op hem ging staan. In de middag van de volgende dag bereikten ze het station van het kleine plaatsje Attichy, ze werden de wagon uit gejaagd, links en rechts stonden Amerikaanse soldaten die hun bepakking weggristen, ook hun horloges werden hen afgenomen. Bijna allemaal bezitten ze nu nog slechts dat wat ze aan hun lijf dragen. In de bijtende januarikou moesten ze vervolgens een lange mars bergopwaarts maken, jonge Franse soldaten dreven hen met geweerkolven op, wie achteropraakte werd net zo lang afgeranseld totdat hij weer kon lopen of definitief bleef liggen. Heinz beet zijn tanden op elkaar en hield vol.

Het gevangenenkamp van Attichy bevindt zich op een uitgestrekte, kale vlakte. Grauwe, rechthoekige tenten staan in rijen naast elkaar, omgeven door prikkeldraad. Hier en daar een hutje van leem, op regelmatige afstand van elkaar houten wachttorens, waarop soldaten staan. De nieuw aangekomen gevangenen worden gefouilleerd en vervolgens grondig besproeid met ontluizingsmiddel. Daarna worden ze verhoord door een Amerikaanse officier, die uitstekend Duits spreekt. Hij is Joods, maar gedraagt zich vriendelijk, zonder haat. Wiesbaden kent hij, Café Engel ook. Hij wil weten of Heinz lid was van de NSDAP, of hij een leidinggevende positie bekleedde. Heinz verzwijgt zijn partijlidmaatschap niet – hij is lid geworden om de vergunning voor zijn café te kunnen behouden. Zijn ondervrager lijkt tevreden met dit antwoord, hij krijgt een plek in een van de tenten toegewezen. Stro, twee dekens de man. De latrines bevinden zich aan de rand van het kamp, waar diepe geulen gegraven zijn, wie daar per ongeluk in valt komt er zonder hulp niet meer uit. Van lege blikjes zijn goten gemaakt, waardoor de urine de kuil in kan stromen. Goed doordacht allemaal. Er is alleen geen rekening gehouden met de ijzige kou en de vorst, waardoor elke tocht hiernaartoe een ware marteling is. Vooral wanneer de grond bevroren is en je makkelijk uitglijdt.

Tijdens de eerste nacht konden ze niet slapen van de honger. Tegen de ochtend – het was nog lang niet licht – werd er een dunne, zoete soep uitgedeeld, een kwart liter per persoon. Gulzig slurpten ze die op, waarbij ze hun vingers warmden aan de blikjes, die dienden als soepkom. Daarna kwam er lange tijd niets meer, hun magen knorden pijnlijk. Pas aan het eind van de middag, kort voordat het weer donker werd, kreeg iedereen een snee droog witbrood en een kwart liter thee. De mensen in Frankrijk hebben zelf niets te eten, werd hun gezegd. De levensmiddelen gingen eerst naar de eigen bevolking. Maar binnenkort zou er voedsel vanuit Amerika arriveren, dan zou de situatie verbeteren.

En zo ging het ook. Hoewel hij in de bijna vier maanden waarin hij nu hier is regelmatig honger gekend heeft.

'Heinz?'

Anton Stemmler spreekt fluisterend. Hij heeft zich op zijn zij gedraaid, zijn rug naar zijn buurman aan de rechterkant, en kijkt Heinz met rode, gezwollen ogen aan.

'Wat is er? Wil je er een draaien? Ik heb nog tabak.'

Naast zeep, wc-papier en afgedankte kleding van de Amerikaanse soldaten zijn er ook kleine tabaksrantsoenen, die zeer gewild zijn. Heinz, die een sigaarroker is, ruilt zijn rantsoen vaak tegen het uitlenen van scheerspullen. Een paar gevangenen hebben hun bepakking weten te redden, wat zeer profijtelijk voor hen is.

'Nee, bedankt,' antwoordt Anton zacht en hij werpt een blik op Kurt Eisel, Heinz' buurman aan de rechterkant. Maar die heeft zijn handen over zijn borst gevouwen en snurkt zacht.

'Je moet me helpen, Heinz. Anders ga ik eraan onderdoor...'

Die verdomde regen ook, denkt Heinz. Die drukt op het gemoed, waardoor je alles alleen nog maar in zwart en grijs kunt zien. Nu is hij weer met vluchtplannen bezig, die idioot.

'Je gaat er alleen maar aan onderdoor als je het zelf toelaat, Anton. Als je opgeeft.'

'Dat doe ik niet,' verzekert Anton hem fluisterend. 'Integendeel, ik denk juist verder... aan de toekomst... aan dat ik het zat ben om weg te kwijnen in dit verdomde kamp.'

'Gisteren hebben ze weer lijsten opgesteld,' zegt Heinz, want hij weet al wat er komen gaat. 'Daar sta jij ook op. Binnenkort gaan we allemaal naar huis.'

Anton laat een onderdrukt lachje horen.

'Jij misschien, Heinz. Omdat jij bij de oudsten hoort. En de gewonden, die worden het eerst naar huis gebracht. Degenen met hersenschade of geamputeerde benen... Die kunnen immers toch geen kwaad meer.'

Hij lacht opnieuw, zacht en kort. Het klinkt nerveus en baart Heinz zorgen. De jongen zou zijn zoon kunnen zijn. En het is duidelijk dat hij onder een enorme innerlijke spanning lijdt.

'Uiteindelijk gaan we allemaal weer naar huis, Anton,' zegt hij.

'Dat denk jij misschien, Heinz. Maar ik heb horen zeggen dat de Fransen hun krijgsgevangenen overplaatsen naar Afrika om ze daar in de koloniën te laten werken.'

Ook Heinz heeft dit gehoord. Maar hij weigert het te geloven. En mocht het toch kloppen, dan zal het om de jonge kerels gaan. Niet om mannen van boven de vijftig.

'Ik moet hier weg,' fluistert Anton. 'Mijn ouders en mijn kleine zusje, ze hebben me nodig. En Marlies... die wacht op me!'

Hij zwijgt en staart langs Heinz naar het natte tentdoek. Zijn lippen zijn op elkaar geperst, zijn onderkaak trekt. Heinz weet heel goed door welke zorgen de arme vent gekweld wordt. Bijna iedereen hier heeft die zorgen, al wordt er bijna nooit over gepraat. Niet elke bruid is bereid om jarenlang op haar geliefde te wachten. En ook niet elke echtgenote.

'Ze wacht wel, Anton,' zegt hij, waarbij hij zijn best doet om rustig en overtuigd te klinken. 'En als ze dat niet doet, dan was ze het ook niet waard.'

'Uiteraard,' antwoordt Anton bijna onhoorbaar. Dan draait hij zich weer op zijn rug en zwijgt verder.

Heinz zucht. Voorlopig lijkt het gevaar geweken. Het zou zonde zijn van zo'n aardige en begaafde jongen. Verschillende gevangenen zijn al neergeschoten terwijl ze probeerden te vluchten.

Natuurlijk wil iedereen hier zo snel mogelijk weg. Maar uiteindelijk hebben ze het vergeleken met anderen nog goed getroffen. De Amerikanen zien streng toe op hygiëne, er wordt constant gedesinfecteerd, de kommen en tinnen borden worden vier keer per dag afgewassen, de latrines worden telkens weer dichtgegooid en dan worden er nieuwe gegraven. Het gigantische kamp is bedoeld voor honderdduizend man en uitstekend georganiseerd. Er is een zelfbestuur van gevangenen, het appèl 's ochtends wordt geleid door een Duitse bevelhebber, altijd even nors, maar onder supervisie van de overwinnaar. De jongens van het luchtafweergeschut die opgepakt zijn, zijn ondergebracht in het 'Baby Camp', officieren zijn gescheiden van de manschappen, bij een van de tenten staat een bordje met het opschrift PRIESTS, er zijn artsen aanwezig, er is een ziekenboeg, en er is zelfs een 'cultuurtent', waarin gevangenen allerlei lezingen kunnen houden, waarmee ze weer extra rantsoenen aan levensmiddelen kunnen verdienen. Ze hadden het slechter kunnen treffen, veel slechter. In Rusland moeten de Duitse krijgsgevangenen spoorlijnen verleggen; naar verluidt zijn er daar al duizenden aan honger en uitputting bezweken.

Het enige nare zijn de weinige ruimte en de afstomping. De meeste tijd brengen ze door met wachten. Vooral op het eten, alles draait om de maaltijden. En de modder is een probleem, zodra het regent verandert de grond in één grote modderpoel, waardoor de tocht naar de latrines een avontuur wordt. Op hun kleding zijn de letters PW genaaid, van 'prisoner of war'. Als iemand zijn spullen goed wil wassen, loopt hij naakt rond, omdat ze geen extra kleding hebben.

Maar het allerergste is dat velen geen toekomst meer zien. De familie verscheurd of dood, alle bezit kwijt, het huis platgebombardeerd.

Degenen die kreupel geraakt zijn weten niet hoe ze in hun levensonderhoud moeten voorzien. Er wordt vaak gesproken over de oorlog en de naziheerschappij. Heinz luistert dan liever dan dat hij zelf praat, omdat hij veel dingen nog niet zeker weet, er nog niet goed genoeg over nagedacht heeft. Zijn ze werkelijk voorgelogen, zoals de meesten beweren? Misschien dat ze gewoon allemaal wat te goedgelovig waren? Ze keken naar de weekjournaals en geloofden dat de oorlog gerechtvaardigd was. Erezaak. Heldenmoed. Dat het mooi en eervol is om voor het vaderland te sterven. Zo hebben veel van de ouderen het tijdens de keizertijd nog geleerd. Pruisische idealen. In een oorlog kan een man zich bewijzen, alleen een lafaard kan tegen de oorlog zijn. Misschien dat een deel van deze opvoeding ook in zijn bloed zit. Maar er zijn andere dingen, waardoor zijn ogen vroegtijdig geopend werden. De situatie met de Joden. Niemand wist precies wat er met hen gebeurde, er werd alleen gezegd dat ze naar werkkampen gestuurd werden. Maar noch hij, noch zijn Else kon dat helemaal geloven. Omdat er geruchten waren. Sommige gasten in het café vertelden, als het laat geworden was en ze alleen overgebleven waren met de Kochs, heel andere verhalen. Soldaten met verlof vooral. Over honger en ellende, over doelgericht moorden om een volledig volk uit te roeien.

Die arme Hermann Lekisch en zijn vrouw, die in 1941 opgepakt werden, nadat hij terugkwam uit Frankrijk om heel naïef om zijn pensioen te vragen. Hermann was journalist, schreef ook toneelstukken. Stamgast van Café Engel. Wat hebben ze hem vaak uitgelachen omdat hij zo op de centen was.

De foto's die de Amerikanen opgehangen hebben en waar ze langs moesten lopen, hebben Heinz zwaar geschokt. Stapels uitgemergelde lijken in de concentratiekampen. Mensen van wie niet veel meer over was dan een skelet. Ovens waarin de lijken verbrand werden. Gelukkig hebben ze Julia Wemhöner voor dit lot kunnen behoeden. Dat hoopt hij tenminste.

'Adolf Hitler wist hier allemaal niets van,' beweert iemand.

'Dat was Himmler, dat zwijn.'

'En Goebbels, die ouwe bok. En Göring, die ijdele vetzak.'

Heinz laat ze praten en houdt zijn mond. Die man, Adolf Hitler, had hen allemaal in zijn ban, zelfs een groot deel van hen die niets met de nazi's te maken wilden hebben. Een Joodse vriend zei eens tegen hem: 'Als ik geen Jood was, Heinz, dan zou die Hitler echt mijn man zijn!'

Ook hijzelf geloofde een tijdje in deze bedrieger. Zelfs Else. En hun zoons al helemaal, die vereerden de Führer echt. Alleen Hilde mocht Hitler op de een of andere manier niet zo. Iets waarmee haar vriendinnen haar vaak plaagden. Maar ze had het juiste instinct gehad, die koppige, moedige dochter van hem.

Heinz krijgt hoofdpijn en verbiedt zichzelf om verder te denken. Wat er gebeurd is, valt niet binnen één dag te begrijpen. Het maakt je onrustig, je pijnigt je hersenen, piekert je suf en komt toch maar niet tot een conclusie. Zo vergaat het velen, die hier passief wachten op hun volgende maaltijd.

Af en toe ontstaat er ruzie tussen de gevangenen, vechtpartijen ook, die echter meestal door hun tentgenoten weer beëindigd worden. De Amerikanen zijn erg bang voor een opstand; zodra er ergens onrust is, zijn er meteen soldaten met geweren ter plekke.

'Je moet me helpen, Heinz...' klinkt het weer zachtjes van links. Heinz is geïrriteerd. Waarom houdt die jongen zijn mond niet? Zitten ze niet allemaal in hetzelfde schuitje?

'Zodat jij je ongeluk tegemoet kunt rennen? Nee. Zet dat nu maar uit je hoofd.'

'Alsjeblieft! Als je me niet helpt, hang ik mezelf op.'

Heinz werpt een onderzoekende blik naar links, om te zien hoe serieus deze dreiging gemeend is. Anton ligt met wijd open ogen op zijn rug, zijn ademhaling gaat snel, alsof hij koorts heeft. Heinz vraagt zich af of de jonge knul misschien ziek is, maar net als hij zijn pols wil pakken, is buiten het metaalachtige gerammel te horen dat de uitgifte van eten aankondigt. Het geluid ontstaat doordat er met een opscheplepel tegen de aan een lijn opgehangen tinnen borden geslagen wordt. Meteen is het een en al bedrijvigheid in de tent. Mannen ontwaken uit een diepe slaap en pakken blind hun eetgerei, dat meestal uit een blikje en een uit blik gevormde lepel bestaat. Ook Heinz staat op, hij laat de anderen voorgaan, hoe hongerig hij zelf ook is, maar hij wil zich niet als een beest om de voedertrog verdringen. Plotseling merkt hij hoe Anton zijn hand pakt. De vingers van de jongeman zijn koud, ze klemmen zich stevig om Heinz' pols.

'Straks, als het donker is, ga je naar de latrine, Heinz. Fritz Köppel komt daar ook naartoe, hij is een vriend van me. Hij zal ruzie met je zoeken...'

'Ik peins er niet over!' antwoordt Heinz boos.

'Het is mijn laatste kans. Anders maak ik er een eind aan.'

'Nu moet je eens goed luisteren, Anton. Ze hebben hier schijnwerpers die vijftig tot honderd meter ver reiken...'

'Als jullie ruziemaken, zijn ze afgeleid...'

'Het enige wat je ermee zult bereiken, is een kogel in je rug!'

'Anderen is het ook gelukt.'

Dat is waar. Maar veel waren het er niet, de meesten zijn betrapt, sommigen kwamen dagen later in erbarmelijke toestand weer terug naar het kamp. Uit het kamp ontsnappen is één ding, door vijandelijk gebied terug zien te komen naar je vaderland iets heel anders. En daar, in bezet Duitsland, begint de ellende vervolgens pas echt. Heinz wendt zich zwijgend af, pakt zijn blik met lepel en sluit aan in de rij met hongerige gevangenen. Het regent pijpenstelen, allemaal zijn ze binnen de kortste keren doorweekt, wat de stemming er niet bepaald beter op maakt. Er is dunne groentesoep, door de regen nog wat extra aangelengd, en daarbij wat brood. Daarna een kwart liter verse koffie, met suiker gezoet. De meesten verorberen hun soep en brood ter plekke, om zich vervolgens met de koffie terug te trekken in de nog enigszins droge tent. Meerdere mannen glijden uit en vallen in de modder, bij één iemand komt daarbij de soep op de grond terecht, waarna hij compleet wanhopig is. Het brood raapt hij op uit de modder om het alsnog op te eten. Heinz kijkt toe hoe Anton zijn koffie drinkt en concludeert gerustgesteld dat hij zich volledig normaal gedraagt.

Later zitten ze met twee kameraden bij elkaar en spelen een potje kaart, waarbij de eigenaar van de kaarten, een cafébaas uit Keulen, opvallend vaak wint. Anton maakt grapjes, is ontspannen en speelt echt goed. Daarna begint het rennen naar de latrines, maar gelukkig is het gestopt met regenen. Heinz wacht af tot de meesten weer terug zijn, hij houdt niet van het gedrang op de schijtplanken, en ook de gesprekken en schunnige moppen van de meeste mannen staan hem tegen. Hoewel hij natuurlijk tijdens de vorige oorlog ook al soldaat was en dus wel wat gewend is. Toch is het hier anders. Omdat ze gevangenen zijn en de blikken van de bewakers ook tijdens het poepen op hen gericht zijn.

Hij is niet op zijn hoede als hij bij de invallende duisternis naar de latrines loopt, zijn voeten heel voorzichtig neerzettend op de gladde grond. En dan gebeurt het. Stom van hem. Hij had het kunnen weten.

'Rot op, dat is mijn plek!'

De man, die Fritz Köppel moet zijn, is een stuk kleiner dan Heinz, maar jonger en met brede schouders. Hij loopt op Heinz af en grijnst naar hem. Alles oké, zegt de grijns. Heinz deinst achteruit.

'Nee...' zegt hij. 'Ik wil niet ruziën. Hou op.'

Maar de ander lijkt er lol in te hebben. Hij stoot Heinz tegen de borst, zodat die bijna in de geul valt, en lacht honend. Heinz weet zichzelf nog net te redden en probeert langs de andere man heen terug naar de tent te komen. Maar Fritz Köppel belemmert hem de weg. In het licht van de schijnwerpers ziet Heinz zijn korte, wasgele tanden, de brede mond, de kleine, lichte ogen. In zijn blik is strijdlust te lezen, opgekropte woede die een uitweg zoekt. Haat.

'Pas maar op,' roept hij Heinz toe. 'Straks lig je in de stront.'

Heinz moet zich verweren, hij is geen zwakkeling, maar vechten is niet iets waar hij goed in is. De ander geeft hem een paar flinke opdoffers, hij moet het nodige incasseren voordat hij zijn tegenstander te pakken krijgt en tegen de grond kan drukken. Ze wentelen zich in de modder, komen gevaarlijk dicht in de buurt van de geul, klampen zich aan elkaar vast, de een wil slaan en stompen, de ander probeert hem daarvan te weerhouden.

Dan worden ze overeind getrokken, er wordt een geweerloop tegen hun borst gezet en ze worden afgevoerd. Heinz' schedel bonkt, hij heeft een vuistslag tegen zijn slaap gekregen, om hem heen lijkt het wel dag door alle schijnwerpers, ergens klinken schoten. Een hard, droog geluid, als een tak die afbreekt.

Hij wordt verhoord, ervan beschuldigd samen met de andere man een complot gesmeed te hebben om een hooggeplaatste nazi te helpen vluchten. Heinz krijgt nooit te horen wat er van deze beschuldiging waar is. Ook het verdere lot van Anton Stemmler komt hij nooit te weten. Hij brengt enkele dagen door in eenzame opsluiting in een van de lemen hutten, krijgt slechts één keer per dag een tinnen bord met soep en een stukje brood. Op een vroege ochtend wordt hij samen met dertig andere krijgsgevangenen in de laadruimte van een militaire vrachtwagen gedreven, de handen achter in de nek gevouwen. De rit gaat in noordwestelijke richting.

Hilde

Wiesbaden, maart 1945

Het is het stomste wat ze ooit in haar leven gedaan heeft. Maar het ging gewoon niet anders. Ze had het niet over haar hart kunnen verkrijgen om hem zo te laten gaan. Ze moest hem gewoon laten zien hoe serieus ze het meende. En dat ze hem niet wegstuurt om van hem af te zijn, maar om zijn leven te redden. Omdat ze meer dan van wat ook van hem houdt.

Hilde ligt in haar vaders bed in de ouderlijke slaapkamer en vecht weer eens tegen de misselijkheid. Het is echt walgelijk. Elke ochtend rent ze naar de badkamer om daar over te geven, zich leeg te kotsen, en als ze daarna – wat je echt beter niet zou kunnen doen – in de spiegel kijkt, ziet ze een bleek gezicht met donkere kringen onder de ogen, dat van een vreemde lijkt te zijn. Ze heeft gewoon pech gehad. Gisela heeft haar in het diepste vertrouwen opgebiecht dat ze drie keer met haar verloofde Joachim naar bed geweest is voordat hij weer naar het front moest. Omdat ze per se zwanger wilde worden van hem. En heeft het gewerkt? Absoluut niet. Maar bij haar, Hilde, was het meteen bij de eerste keer raak. Hoewel ze het Gisela niet verteld heeft. Voorlopig nog niet, tenminste. Ook al is Gisela haar beste vriendin.

'Misschien komt het wel doordat Joachim zo voorzichtig is,' had Gisela peinzend gezegd. 'Soms vraag ik me af of hij het überhaupt wel goed gedaan heeft...'

'Lieve hemel!'

Daarover hoeft Hilde zich tenminste geen zorgen te maken. De tedere Jean-Jacques met zijn zwarte ogen had heel goed geweten wat hij deed toen Hilde hem op de ochtend voor zijn vlucht in haar kamer gelaten had. Veel tijd hadden ze niet met elkaar, maar van de paar minuten die van hen waren, hebben ze goed gebruikgemaakt. Met alle gevolgen van dien. Hilde is inmiddels vier maanden zwanger, haar rokken worden al te krap rond de taille en de onderste knoopjes van haar blouse moet ze openlaten. Een kind van een Franse dwangarbeider. Als dat bekend wordt, zal ze overal alleen nog maar gezien worden als die Fransenhoer. Dan wordt ze in een tehuis gestopt en pakken ze het kind van haar af zodra het geboren is.

Het zou nog erger zijn als bekend wordt hoe ze Jean-Jacques geholpen hebben te vluchten. Hilde had een rugzak voor hem gepakt met eten en landkaarten. Waarna mama – zo heeft ze overal verteld – naar de kolenboer ging, samen met Jean-Jacques, die de bolderkar moest trekken. Aan het eind van de middag kwam haar moeder alleen terug. Die verdomde fransoos was er onderweg vandoor gegaan, ze had urenlang naar hem gezocht en uiteindelijk de zware bolderkar alleen naar huis moeten trekken. In werkelijkheid had ze Jean-Jacques laten zien waar hij zich op het Südfriedhof kon verstoppen, om vervolgens ’s nachts in Schierstein de brug over de Rijn over te steken. Voor dergelijke hulp bij vluchten kun je berecht en naar een kamp gestuurd worden, had mama gezegd. Maar toch had ze het gedaan.

‘Omdat ik ook zoons heb,’ had ze uitgelegd. ‘En omdat ik hoop dat er ergens moeders zijn die mijn Willi en August willen helpen.’

Of Jean-Jacques veilig in zijn vaderland aangekomen is, weten ze niet. Hij komt uit Nîmes, in het zuiden van Frankrijk. Daar hebben zijn ouders een wijnberg, ze produceren rode wijn, zoals de meeste wijnboeren daar in de omgeving. Het is de bedoeling dat Jean-Jacques op een gegeven moment het ouderlijk bedrijf zal overnemen. Voordat hij naar het front moest, is hij nog snel getrouwd.

Als Hilde iets stoms doet, doet ze het ook goed. Een dwangarbeider, een Fransman en ook nog getrouwd. Ze heeft niets overgeslagen. Maar goed dat papa hier niets meer van meegekregen heeft. Van de zwangerschap, welteverstaan. Het geflirt tussen Hilde en de handige dwangarbeider Jean-Jacques, die tewerkgesteld was in het café en in

Hotel Kaiserhof, was hem wel degelijk opgevallen en hij had haar ook gewaarschuwd. Maar Hilde is koppig. Ze doet wat ze wil, zeker als het om de liefde gaat. En liefde is het zeker. De ware liefde zelfs. Een liefde zoals je die maar één keer in je leven meemaakt. Nee, het was geen stommiteit. Het was het lot. 'Coup de foudre' had hij het genoemd, een blikseminslag. Uiteindelijk had het ook hem te pakken gekregen, ondanks de wijnberg en de echtgenote. En hij heeft haar beloofd dat hij terugkomt. Als de oorlog voorbij is en hij alles met zijn ouders en zijn vrouw geregeld heeft…

'En jij gelooft dat?' had haar moeder haar gevraagd. 'Word toch wakker, meisje. Zodra hij weer thuis bij zijn familie is, is hij je zo weer vergeten.'

Mama kan soms zo hard zijn. Realistisch, noemt zij het. Verstandig. Hilde voelt zich alweer misselijk worden. Ze staat op en rent naar de badkamer, buigt zich over de wastafel. Nog net op tijd. Natuurlijk heeft haar moeder het gemerkt, die komt de badkamer binnen en giet er water achteraan. De waterleiding functioneert nog steeds niet goed, ze moeten het water met emmers vanuit het café halen, waar ze een tweede wateraansluiting hebben.

'Het wordt tijd dat dit eens stopt,' zegt mama. 'Je ziet eruit als het lijden van Christus. Zorg er alsjeblieft voor dat Storbeck niets in de gaten krijgt. Of Marianne, zijn vrouw.'

'Waar maakt u zich druk om? We zeggen gewoon dat het van Fritz Bogner is…'

Haar moeder lacht even en schudt haar hoofd.

'Jij hebt wel lef, meisje. Die jongen zal niet weten wat hij hoort, als hij terugkomt…'

'Wie weet wanneer dat zal zijn…'

Fritz heeft vroeger vioolgespeeld in Café Engel en als klein meisje bewonderde Hilde hem al. Hij studeerde muziek, wilde concertmeester worden – maar daar heeft de oorlog een stokje voor gestoken. Fritz Bogner werd meteen aan het begin van de oorlog al opgeroepen; waar hij nu zit en of hij überhaupt nog in leven is – ze hebben geen idee.

Hilde zit op een keukenstoel en ademt moeizaam. Sinds Storbeck en Marianne hier in huis wonen, leven ze in voortdurende angst.

Vooral vanwege Julia Wemhöner. Die na dat zware bombardement helemaal doordraaide en in haar avondjapon over al het puin naar het theater gelopen is. Nog een wonder dat niemand haar is komen oppakken, maar de nazi's in de stad hebben nu andere zorgen. De Amerikanen rukken op; er wordt gesproken over een beslissende slag aan de Rijn. Mannen tot zestig jaar en halfwassen jongens worden opgeroepen voor de Volkssturm. Riepen ze die Storbeck nu maar eens op. Maar die moet meehelpen met de opruimwerkzaamheden in het gemeentehuis en is blijkbaar onmisbaar. Ondertussen snuffelt hij constant hier in huis rond. Mevrouw Künzel heeft hem onlangs betrapt voor haar voordeur, waar hij stond af te luisteren. Addi heeft gedreigd dat als hij de armzalige verrader ooit bij zijn deur betrapt, hij hem met zijn flaporen aan de muur spijkert.

'Maar dat is toch ook geen oplossing, meneer Dobscher!' had mama geschrokken gezegd.

'Ik bedoelde het ook alleen maar figuurlijk,' had Addi onheilspellend gemompeld.

'Jammer!' had Hilde venijnig gezegd.

Julia Wemhöner heeft zich inmiddels al meerdere keren bij Addi verontschuldigd. Het was de schrik. De bommen. En omdat ze zich steeds maar moet verstoppen. Addi zei dat hij lang met haar gepraat heeft, dat ze nu weer volledig op haar hoede is en hem plechtig beloofd heeft zoiets nooit meer te doen. Sofia Künzel is weer begonnen met haar piano- en zangoefeningen. Niet alleen om muzikale redenen, maar ook omdat ze heel goed weet dat de Storbecks in het appartement onder haar zich daaraan ergeren. Marianne heeft al meerdere keren met de bezem tegen het plafond gebonkt. Tevergeefs: mama, bij wie ze zich beklaagd hebben, heeft hun vriendelijk uitgelegd dat het hun vrij staat te verhuizen. Dat dit een huis is waarin artiesten altijd welkom geweest zijn en dat dat ook zo zal blijven.

Maar Storbeck denkt er niet aan om te verhuizen. Waar zouden ze ook naartoe moeten? Woonruimte is schaars in Wiesbaden, veel mensen zijn tijdens de bombardementen dakloos geworden en moeten nu bij familie of bekenden bivakkeren. Wie een leegstaand appartement heeft weten te bemachtigen, zoals de Storbecks, mag van geluk spreken.

‘Die leeft hier als God in Frankrijk,’ moppert mama. ‘Hij gebruikt zelfs het beddengoed van August en Eva!’

‘En hij pakt kolen uit onze kelder,’ meldt Addi woedend.

‘Laat hem toch. Zolang hij ons maar met rust laat,’ vindt Hilde.

’s Avonds, als ze beneden in het café bij elkaar zitten en gortsoep met minuscule stukjes spek eten, die mama voor hen gekookt heeft, wordt er op de deur naar het trappenhuis geklopt. Iedereen stopt met eten, ze kijken elkaar aan.

‘Wemhöner…’ mompelt Künzel angstig.

Addi is doodsbleek geworden, hij balt zijn vuisten.

‘Stil!’ gebiedt mama. Dan roept ze luid: ‘Wie is daar?’

De deur gaat op een kiertje open en het gezicht van Wilfried Storbeck wordt zichtbaar, eronder een fles eierlikeur, die hij in zijn hand houdt.

‘We willen niet storen,’ zegt hij en hij glimlacht naar de soep etende groep. ‘Maar we zouden graag eindelijk eens een keer onze verhuizing hiernaartoe met u vieren.’

Hij stapt naar binnen en staat dan met een vals lachje voor hen, de fles met gelige inhoud in de hand. Mooi is hij niet, Storbeck. Een breed gezicht met hoekige jukbeenderen, borstelige wenkbrauwen en dun blond haar, waar een rozige schedel doorheen schemert. Zijn Marianne, die nu met een vergelijkbaar glimlachje binnenkomt en de deur zorgvuldig achter zich sluit, is een mollige vrouw met een flinke boezem en een bruingeverfd permanentje.

Daar staan ze dan, en het is duidelijk dat ze zich niet meer laten wegsturen. Sterker nog, ze moeten hun nu een zitplaats en een bord soep aanbieden, zoals het hoort. De enige die daar openlijk tegen protesteert is de gevlekte hond, die onder de tafel zit. Meteen in het begin heeft die al een keer een trap van Storbeck moeten incasseren, toen hij het appartement probeerde binnen te sluipen, waar het zo lekker rook naar gerookte ham. Sindsdien begint hij meteen te grommen zodra hij Storbeck ziet.

‘Wat heeft dat hondje nu?’ vraagt Marianne heel onschuldig, terwijl ze zich naar voren buigt om het beestje te aaien. Maar dat hapt naar haar vingers, die ze geschrokken terugtrekt.

'Dat u met deze krappe rantsoenen ook nog een hond te eten geeft,' zegt Storbeck. 'Respect, respect. Dat is ware dierenliefde...'

Als hij van Julia Wemhöner zou weten, die we ook nog te eten geven, dan zou hij nog verbaasder zijn, denkt Hilde. Ze moeten voorzichtig zijn. Hij hoopt ons natuurlijk met zijn verdunde likeur van eipoeder en magere melk dronken te voeren. Zodat hij ons kan uithoren, de klootzak.

'Een bordje soep?' vraagt mama. 'Er zit maar weinig spek in, helaas. We doen altijd samen, omdat je beter voor allemaal kunt koken...'

'Heel verstandig...' zegt Marianne, terwijl ze het bord van haar man bijhoudt. 'Wij hadden ook zo'n fijne woongemeenschap, nietwaar Wilfried? Allemaal in één nacht verdwenen.'

Mama lepelt kleine porties soep in de borden van de Storbecks, Addi kijkt met een kritische blik toe, omdat hij ook nog een portie voor Julia wil overhouden. Het is moeilijk geworden om haar 's avonds haar eten te brengen, omdat je daarvoor langs het appartement van de Storbecks moet. Mama vult altijd een draagbaar voedselblik, waar Addi dan gewoon zijn jas of jack overheen legt, zodat niemand wat in de gaten heeft. Alleen die hond is lastig, omdat hij altijd meeloopt en begerige blikken op het blik werpt.

Het gesprek aan tafel wil niet echt vlotten. De Storbecks lepelen hun soep naar binnen, Marianne complimenteert mama met haar kookkunsten en vraagt welke kruiden ze gebruikt.

'Wat ik in huis heb,' zegt mama schouderophalend. 'Vorig jaar heb ik selderij, wortels en peterselie kleingesneden en ingelegd in glazen potten, die zijn heel geschikt als soepkruiden...'

Marianne wil het recept hebben, binnenkort zal er toch vast weer groente verkrijgbaar zijn. O ja, Pasen staat voor de deur. 1 april is het paaszondag. Bijzonder, toch?

'Een eenaprilgrap...' mompelt Künzel.

Er zullen eieren zijn, wordt er gezegd. Een per huishouden. Meer zit er niet in in deze moeilijke tijd, waarin alle krachten gebundeld moeten worden om Duitsland aan de overwinning te helpen. Marianne Storbeck zit zich op te winden, haar wangen zijn rood aangelopen, telkens weer kijkt ze Wilfried aan, om te kijken of hij het met haar eens is.

Zij heeft haar hele voorraadkamer vol met eieren, boter, ham en andere lekkernijen, denkt Hilde afgunstig, en ze ergert zich dood aan het schijnheilige geklets. Alle partijleden hebben toegang tot de voedseldepots en iedereen weet dat ze zichzelf het beste bedienen. De ene hand wast de andere. En een ei komt zelden alleen. Of zoiets...

'Allemaal moeten we offers brengen,' bevestigt Wilfried Storbeck. 'Maar vandaag willen we alvast een beetje Pasen vieren. Vloeibaar Pasen. U hebt toch zeker nog wel borrelglaasjes, of niet, mevrouw Koch?'

Mama heeft de soeppan naar de keuken gedragen en snel het restje, waarin nog een heleboel spekblokjes zaten, in het blik voor Julia Wemhöner gegoten. Hilde heeft haar hierbij geholpen, nu pakt ze zuchtend zes borrelglaasjes uit het rek en zet ze op een blad. Ze heeft helemaal geen zin in dat zoete spul, maar niemand is er nu bij gebaat om onbeleefd te zijn. Storbeck heeft intussen de schroefdop al losgedraaid en verheerlijkt de opstijgende geur opgesnoven; hij giet drie druppeltjes in elk glaasje, tilt er één op om het peil te controleren en voegt er dan nog een drupje aan toe. De drank is verrassend dun, duidelijk gemaakt met magere melk in plaats van slagroom. Marianne deelt zelfgenoegzaam uit en iedereen – ook Addi – pakt een glaasje aan. Hij houdt het tegen het licht en knijpt één oog dicht, waarop mama hem op zijn rechterteen trapt, zodat hij stopt met zijn geintjes.

'Proost!' wenst Marianne.

'Met dank aan de gulle gevers!' roept Künzel vol pathos.

'Op de eindoverwinning en onze Führer Adolf Hitler!' zegt Wilfried en hij heft het glaasje.

Met doodsverachting laat Hilde het gele brouwsel in haar maag lopen. Ja hoor: eipoeder. Maar veel alcohol. Waarschijnlijk geconfisqueerd in een illegale branderij en naar het nazidepot gebracht.

Marianne Storbeck zucht diep en zet haar glaasje weer neer.

'Heerlijk,' zegt ze. 'Daar word je helemaal warm van vanbinnen, nietwaar?'

'Zeker,' antwoordt Künzel. 'Ik ben al helemaal warm, jij, Addi?'

'Nou,' knort die. 'Die borrel spaart weer kolen uit.'

Mama kijkt de twee bestraffend aan. De Storbecks mogen in geen geval merken dat er de spot met hen gedreven wordt. Maar gelukkig heeft Wilfried Storbeck geen oor voor verholen ironie.

'Wil iemand nog een slokje? Ik ben in een gulle bui vandaag!'

Künzel laat het zich geen twee keer zeggen en ook mama schuift haar glaasje dichterbij, alleen Addi weigert koppig. Hilde is alweer misselijk. Had ze dat vervloekte spul nu maar niet gedronken, het brandt haar maag kapot. Dit keer schenkt Storbeck de glaasjes bijna halfvol – waarschijnlijk hebben de vier druppels gealcoholiseerd eipoeder hem beneveld, ook Marianne zit verheerlijkt voor zich uit te staren.

'We zullen allemaal de broekriem moeten aanhalen,' wauwelt Storbeck, die niet eens doorheeft dat buiten hem en zijn Marianne amper iemand iets zegt. 'Het zijn barre tijden, op onnodige eters zit ons land niet langer te wachten.'

Als op commando begint de hond onder tafel te grommen. Addi krijgt de slappe lach, die hij behendig vermomt als een hoestaanval.

'Onnodige eters... wat moet ik me daarbij voorstellen?' vraagt Künzel met een onschuldige oogopslag. 'U bedoelt toch zeker niet dat arme hondje onder de tafel?'

'Welnee!' zegt Storbeck met een verachtelijk handgebaar. 'Ik heb het over de Joden. En de zigeuners. Maar vooral over de communisten.'

'Die als eerste!' beaamt Marianne. 'Maar ook de deserteurs...'

'Echt?' vraagt mama en ze werpt een blik op de klok. 'Lieve hemel, het is al bijna tien uur!'

Maar Storbeck begrijpt de subtiele hint niet. Hij slurpt van zijn geweldige likeur en kletst gewoon verder. Waarbij hij de hele tijd Hilde aankijkt. Om wat voor reden dan ook.

'Hebt u gehoord dat een weggelopen dwangarbeider, een of andere fransoos, bij een weduwe in de Hügelstraße naar binnen gedrongen is? Hij heeft de arme vrouw bedreigd en verkracht, totdat ze uiteindelelijk via het raam kon vluchten en hulp kon halen...'

Hilde moet slikken, omdat haar maaginhoud naar boven komt. Mama fronst haar voorhoofd en zegt dat ze daar niets van weet.

'Jawel, jawel,' zegt Marianne. 'Dat is nog helemaal niet zo lang geleden. In januari was dat, nietwaar Wilfried?'

Die schroeft de nu halflege fles dicht en knikt.

'Kan zijn. Hij is meteen tegen de muur gezet. Daarmee was de zaak opgelost. Frans zwijn. Voelt u zich niet goed, juffrouw Koch?'

Hilde herpakt zich. 'Ik ben opeens zo moe,' zegt ze. 'Het is ook al bijna tien uur, toch?'

Addi gaapt belachelijk luid en langdurig. Hij denkt aan Julia, die nu boven met een knorrende maag zit te wachten. Künzel zet de glaasjes terug op het blad, mama staat op en opent de ramen om te luchten. Niets zo effectief als koude avondlucht om ongewenste gasten snel te verjagen.

'Tja, dan zullen we maar eens...' zegt Marianne. 'Het is laat geworden, nietwaar? Maar het was ook zo gezellig om zo met elkaar te babbelen.'

Wilfried Storbeck klemt zijn fles onder de arm en schudt mama uitvoerig de hand. Dan is Künzel aan de beurt, daarna Hilde.

'Zo kan het gaan als je te welwillend bent, nietwaar?' zegt hij tegen haar. 'Je kunt die kerels nog geen vinger geven. Dan nemen ze meteen de hele hand, wat zeg ik, de hele vrouw. Die hebben toch geen opvoeding gehad, die fransozen en polakken. Geen enkele zelfdiscipline. Nou ja, ik wens u een goede nacht, juffrouw Koch...'

Zodra hij met zijn Marianne door de deur verdwenen is, stort Addi zich op het blik met soep en rent ermee de keuken door naar het appartement van de Kochs op de eerste verdieping, en vervolgens via het trappenhuis naar zijn eigen appartement. Zo kan hij de Storbecks inhalen, zonder ze op de trap tegen te komen. Künzel blijft met Hilde en mama achter in de keuken.

'Dat heeft hij expres verteld,' zegt mama. 'Die vreselijke vent...'

'Het is één grote leugen,' zegt Sofia Künzel tegen Hilde. 'Puur om je uit de tent te lokken en te kijken hoe je zou reageren. Maar je hebt je goed gehouden, Hilde, respect.'

Hilde zegt niets. Natuurlijk is het een leugen. Zeker weten. Anders zou ze het toch ook wel gehoord hebben. Maar de Hügelstraße ligt niet ver van het Südfriedhof. En het tijdstip klopt ook.

'Zoiets zou Jean-Jacques toch nooit doen,' zegt mama als ze later bij haar in bed stapt. 'Die verkracht toch geen vrouwen!'

Natuurlijk niet, dat weet Hilde ook wel. Maar het verhaal kan ook iets anders geweest zijn. Misschien wilde hij zich alleen maar in het huis verstoppen, waarna de vrouw hem betrapt heeft en alarm heeft geslagen. En die verkrachting is natuurlijk een verzinsel van de nazi's, als een soort waarschuwing. Zodat niemand op het idee komt om een weggelopen dwangarbeider in huis te verstoppen.

'Doet er ook niet toe,' mompelt mama, terwijl ze zich op haar zij draait. 'Die Storbeck zal nog verbaasd staan. Zodra de Ami's hier zijn, ziet het er slecht uit voor mensen zoals hij. En dat gun ik hem. O, wat gun ik hem dat!'

Ze weten dat de Amerikanen al tot aan de andere kant van de Rijn opgerukt zijn. Mainz is veroverd, het kan nu niet meer lang duren voordat ze hier in Wiesbaden zijn.

Mama nestelt zich in haar hoofdkussen en is na enkele minuten diep in slaap. Bij Hilde duurt het beduidend langer, die heeft altijd een tijdje nodig voordat ze eindelijk het verlossende dromenland in glijdt. Dat kun je oefenen, heeft mama haar gezegd. Vroeger, toen ze nachtenlang taarten bakte voor het café en zich overdag om drie kinderen, de gasten, Heinz en nog allerlei ander gedoe moest bekommeren, heeft ze geleerd om van het ene op het andere moment een paar minuten te slapen en vervolgens meteen weer klaarwakker te zijn. Dat had ze toen nodig, anders had ze het niet volgehouden.

Hilde strekt zich uit onder het dekbed. Haar maag voelt alweer wat beter, maar in haar buik is iets niet in orde. Niet denken, zegt ze tegen zichzelf. Jean-Jacques heeft het gered, die zit allang weer bij zijn familie in Nîmes. Alles is goed. Zo ligt ze een tijdje stil, luisterend naar de geluiden in huis. Verderop in de woonkamer snurkt de hond, waarschijnlijk heeft die zich weer op de bank genesteld, dat lukt hem elke keer weer, ook als Hilde er twee stoelen voor zet. Eigenlijk zouden ze dat brutale beest weg moeten jagen, maar hij is zo'n charmeur, kan hen met zijn barnsteenkleurige ogen zo trouwhartig aanstaren – ze kunnen gewoon niet anders.

Nu trekt er een felle kramp door Hildes buik, echt pijnlijk, dat komt vast en zeker door die vervloekte eierlikeur. Dat vieze aangelengde spul... Ze moet even haar adem inhouden, dan houdt de pijn op en ademt ze opgelucht verder. Dat kan nog fijn worden vannacht. Ze kan beter maar meteen naar de wc gaan, straks is ze daarvoor te moe. Zachtjes staat Hilde op, om mama niet wakker te maken. In de badkamer stelt ze geschrokken vast dat ze bloedt. Dat is niet goed! Bedrukt gaat ze weer in bed liggen, vraagt zich af of ze haar moeder wakker moet maken of niet. Misschien is het morgen wel over als ze heel stil en rustig blijft liggen, zich niet inspant en aan iets fijns denkt. Ze stelt zich voor dat Jean-Jacques nog bij hen is, ziet hem beneden in de hal de vloer vegen. Hij werkt snel en vaardig. Als hij haar in de deuropening ziet staan, glimlacht hij naar haar. Hij is slank en pezig, heeft sterke handen, je kunt zien dat hij op de wijnberg gewerkt heeft. Zijn haar is zwart en hij heeft kleine krulletjes. Die zijn heel kort geknipt en zien eruit als een wollig vachtje. Als hij lacht, zijn zijn ogen smal en glinsteren ze vrolijk.

'Mademoiselle Ilde,' zegt hij tegen haar. Het kost hem moeite om de 'h' van Hilde uit te spreken...

Het helpt niets, opnieuw verkrampt haar hele onderbuik. Het doet echt pijn nu en houdt langer aan dan de eerste keer. Ze kreunt en komt overeind. Ze bloedt weer. Verdomme! Snel klimt ze uit bed, zodat het beddengoed schoon blijft. Als ze voor de badkamerdeur staat, voelt ze zich duizelig worden, ze moet op de grond gaan zitten. Het houdt niet op. Ze krimpt in elkaar.

'Hilde? Wat is er? Ben je ziek? Heb je pijn?'

Het is mama, die Hildes gekreun gehoord heeft.

'Ik... Mijn buik...'

Haar moeder knielt naast haar op de grond, strijkt het bezwete haar uit haar gezicht, praat zacht op haar in. 'Ik loop snel naar de Schiersteiner Straße,' zegt ze. 'Naar Viviane Krempel. Die moet meteen komen.'

'Nee!' roept Hilde. 'Het gaat wel weer over. Morgen is het voorbij...'

Een vroedvrouw heb je toch alleen maar nodig als er een kindje geboren wordt. Maar haar kindje is nog veel te klein, is nog niet levensvatbaar...

Ze wordt gekweld door de pijn, heeft buikkrampen, loopt naar de wc, dan weer terug naar bed, kreunt, vloekt, scheldt. Huilen doet ze niet. Hoewel ze het graag gedaan had. Maar niet zolang mama en mevrouw Krempel bij haar zijn, en al helemaal niet terwijl Krempel overal op haar buik drukt.

'Miskraam,' concludeert de vroedvrouw ten slotte. 'Nog even, dan is het achter de rug. Leg er maar even een krant onder...'

Tegen de ochtend is het voorbij. Het kindje heeft haar verlaten, de pijn is weg, volgens de vroedvrouw is alles in orde.

'Tja, zoiets gebeurt vaker. Vooral nu, nu er weinig te eten is en met al die luchtalarmen. Niet erg, meisje. Jij kunt nog zoveel kinderen krijgen, met hoe jij gebouwd bent...'

Mama wil de vroedvrouw betalen, maar die heeft liever een half brood en een stuk spek. Die laat ze in haar grote tas verdwijnen, waarna ze op weg naar huis gaat. Buiten wordt het al licht.

'Al met al heb je nog geluk gehad,' zegt mama, terwijl ze naast haar komt liggen om nog een of twee uurtjes te slapen. Hilde zwijgt.

Ze huilt pas als haar moeder is opgestaan en in de keuken bezig is. Dan huilt ze bitter om dat kleine wezentje dat in haar leefde en dat ze nu nooit in haar armen zal houden.

Luisa

Stettin, eind februari 1945

'Zo veel kunnen we niet meenemen, mama,' zegt Luisa. 'Niet ook nog die koffer. Eén tas maar.'

Haar moeder schudt haar hoofd. Ze wil de goede jurken en schoenen niet achterlaten. Net zomin als de tafelkleden, het fotoalbum, het beddengoed. Ze zullen toch servies nodig hebben. Een pan. De waterketel om thee te zetten. En die mooie blauwe vaas, die ze nog in Danzig gekocht heeft.

'Ik draag die koffer wel, Liesje... dat gaat wel.'

Het is hun laatste avond in het gemeenschappelijke appartement in Stettin. Morgenochtend vertrekken ze naar het station, vanaf daar hopen ze een trein naar Rostock te kunnen pakken, of misschien naar Schwerin, dat is om het even. Als ze maar in westelijke richting gaan.

'Het zijn toch alleen maar praatjes,' zegt Annemarie Koch. 'Die Russen komen toch nooit helemaal hiernaartoe.'

Stettin is zwaar getroffen door de bommen, maar wordt verdedigd. Het is algemeen bekend dat er in Schneidemühl sterke Duitse legereenheden staan, die het voortrukkende Russische leger terug zullen dringen. Dat is tenminste wat er in het weekjournaal beweerd wordt. Daarin worden de Russen altijd alleen maar overwonnen, belachelijk gemaakt, het land uit gedreven en doodgeschoten. Maar als je met bekenden praat, dan klinkt het heel anders. Daar wordt fluisterend verteld over verkrachte vrouwen, verbrande dorpen en vermoorde

Duitse inwoners. Ook de vele vluchtelingen uit Oost-Pruisen en Achter-Pommeren die dagelijks hier in Stettin aankomen en verder doorstromen naar het westen, maken hen er niet geruster op. Het zijn voornamelijk vrouwen en kinderen, velen hebben noch een paard, noch een wagen, ze zijn te voet, trekken volgepakte bolderkarren achter zich aan, waarop vaak ook nog een oud moedertje zit met een klein kind in de armen. De aanblik is meelijwekkend, maar ook beangstigend. Hoe verschrikkelijk moet het gevaar zijn waarvoor deze mensen vluchten?

'Ik ben blij dat we de Oder over zijn,' zei de jonge vrouw uit Kolberg afgelopen week, die ze samen met haar vierjarige zoon een nachtje bij hen in huis genomen hadden. 'Hier zijn we voorlopig veilig.'

Toch was ze meteen de volgende ochtend weer vertrokken. Zolang er nog treinen rijden, zei ze, wil ze zo ver mogelijk naar het westen zien te komen. In Hamburg had ze familie wonen, die zou haar en het kleintje wel in huis nemen.

Dat was het moment waarop ook Luisa besloot om op weg te gaan naar het westen. Ook al blijft haar moeder zeggen dat ze beter kunnen wachten tot het voorjaar, omdat het nu nog veel te koud is. Zo'n koude winter hebben ze al lang niet meer gehad, dit is geen goede tijd om te reizen.

'Denk je echt dat het niet anders kan, Liesje?' heeft ze uiteindelijk zuchtend gevraagd. 'Hier hebben we toch een dak boven ons hoofd. Onze mooie meubels. De naaimachine… En in het voorjaar kunnen we het café misschien weer openen.'

'Nee, mama,' heeft Luisa geantwoord. 'Die tijden zijn definitief voorbij.'

En haar moeder heeft zich geschikt, zoals ze dat al zeven jaar doet, sinds ze samen landgoed Tiplitz verlaten hebben. Ook toen bezaten ze niet meer dan wat er in een koffer en een tas past, maar ze vertrokken met opgeheven hoofd.

Alleen de oude Joschka zwaaide hen na en wenste hun alle geluk op de wereld. 'Dat God u maar mag helpen! Meer dan alle anderen!'

Ze hadden gescheiden van het adellijke groepje rouwenden op de familiebegraafplaats gestaan toen ze Johannes von Tiplitz in zijn graf hadden laten zakken. Voor de familielunch na afloop op landgoed Tiplitz waren Annemarie Koch en haar dochter Luisa niet uitgenodigd. Een dag eerder al had Luisa de spullen ingepakt en haar moeder gezegd dat ze zich niet van het landgoed zouden laten wegsturen, maar in plaats daarvan op eigen initiatief zouden vertrekken. Dat ze dat aan papa verplicht waren, die altijd zo goed voor hen geweest was en nooit zou hebben gewild dat ze in schande verjaagd zouden worden. Luisa was nog maar veertien, maar ze had goed geluisterd naar wat dokter Greiner tegen haar gezegd had. Ze nam het heft in handen, omdat Annemarie Koch daar niet toe in staat was, in haar verdriet om haar geliefde Johannes al helemaal niet.

Daarna was de odyssee van moeder en dochter begonnen. Met het weinige geld dat ze bezaten vertrokken ze naar Rauschen, een badplaats aan de Oostzee ten noorden van Königsberg, niet ver van de Koerse Schoorwal. Daar hadden de grootouders Koch vroeger een café, waarin Annemarie opgroeide en later meewerkte. En daar had ze ook de jonge baron Johannes von Tiplitz leren kennen, die destijds voor een zeewaterkuur in Rauschen verbleef. Tot ontsteltenis van zijn moeder waren de twee verliefd op elkaar geworden. En toen Annemarie hem later schreef dat ze zwanger was, had hij erop gestaan dat ze naar landgoed Tiplitz zou komen; de barones had zich vanwege de zwakke gezondheid van haar zoon moeten schikken. Maar tegen een huwelijk, zoals Johannes aanvankelijk nagestreefd had, was ze zich al die jaren koppig blijven verzetten.

Het mooie badplaatsje Rauschen bleek een enorme teleurstelling voor Luisa en haar moeder. Café Koch was verkocht, de grootouders waren overleden. Een zomer lang wisten moeder en dochter met behulp van kleine klusjes het hoofd boven water te houden, toen besloot Luisa om naar Danzig te gaan. Als kind was ze daar een paar keer met haar ouders geweest, toen haar vader er een medische behandeling had moeten ondergaan, waarna Joschka hen in de koets door de stad gereden had. In een klein plaatsje bij de Bocht van Gdańsk werkten ze vervolgens twee jaar in een strandcafé. Annemarie bediende de gasten, Luisa verkocht haar zelfgemaakte gekleurde windmolentjes. Totdat ze ruzie kregen met de cafébaas. Luisa en haar moeder trokken verder naar het westen, huurden een cafeetje in Stettin, piepklein maar goedbezocht, vooral 's ochtends, wanneer de havenarbeiders belegde broodjes en verse koffie afhaalden. De zware bombardementen, waardoor de havens bijna volledig vernietigd werden, betekenden het einde van het florerende café.

Sindsdien leven Luisa en Annemarie van naaiwerk voor vrienden en bekenden. Als een geluk bij een ongeluk is de wijk waarin ze wonen nog steeds gespaard gebleven.

Pas in Stettin vertelde Annemarie haar dochter over haar broer Heinrich. Heinrich Koch was tijdens de laatste oorlog soldaat, had vier jaar lang – eerst in Rusland, later in Frankrijk – gevochten en met veel geluk alles overleefd. Maar in plaats van zo snel mogelijk terug te keren naar hun ouders in Rauschen werd hij verliefd en schreef hij zijn vader dat hij ging trouwen en het café van zijn schoonouders zou overnemen. De vele woedende en smekende brieven van zijn ouders konden hem niet op andere gedachten brengen.

'En waar is dat café?' wilde Luisa weten.

'Ergens aan de Rijn. In de buurt van Frankfurt, geloof ik. Hoe heette die plaats nu ook alweer? Ik kom er vast nog wel op.'

Later zei ze tegen Luisa dat het volgens haar een badplaats was. Iets met Teich of Wald of Pfütze... Waldbad... Teichbaden...

Wiesbaden. Dat was het, Wiesbaden. Het was vast geen grote of bekende plaats, met zo'n naam. Ze had haar broer nooit kunnen begrijpen, omdat Rauschen bij Königsberg toch zo'n gedistingeerde badplaats was, met de vele beroemde kuurgasten.

Voor de bommen vielen, had Luisa vaak een bezoek gebracht aan de bibliotheek om romans en reisverhalen te lenen, het soort boeken waarvan haar vader zo hield. Ook al had ze er weinig tijd voor, omdat het werk in het café vaak tot laat op de avond duurde. Maar het was genoeg voor meerdere boeken van de Franse schrijver Victor Hugo en zelfs voor een boek van een Russische auteur, Leo Tolstoj. Ook vond ze in de bibliotheek een boekje over het kuuroord Wiesbaden aan de Rijn, dat ze haar moeder liet zien.

'Kijk, ze hebben een Kurhaus en een groot Kurpark. En zelfs keizer Wilhelm heeft de stad een keertje bezocht!'

Annemarie Koch had een korte blik op de foto's geworpen en haar schouders opgehaald. Nog steeds was het niets vergeleken bij Rauschen, er was immers geen zee. Dat kon Luisa niet ontkennen, maar toch was de stad haar bevallen. Er was immers wel een rivier, de grote Rijn.

'Weet uw broer Heinrich eigenlijk wel dat hij een nichtje heeft?'

Annemarie schudde haar hoofd. Hoe zou hij dat moeten weten, aangezien er al jarenlang geen briefcontact meer was?

'Hebt u hem nooit geschreven, mama? Maar waarom niet? Hij is toch uw broer?'

Op een gegeven moment had ze zelf een poging gewaagd, maar geen antwoord gekregen. Omdat ze een buitenechtelijk kind is, waarschijnlijk. Wie wil er nu zo'n nichtje hebben?

's Nachts is er een luchtaanval en moeten ze een tijdje in de koude kelder zitten, samen met een heleboel vluchtelingen, die overal in de stad hun intrek genomen hebben. Vanaf morgen kunnen de passanten ook gebruikmaken van het kleine tweekamerappartement waarin Luisa en haar moeder vier jaar lang gewoond hebben. Ook hun meubels zullen ze laten staan, net als veel dingen die ze moeizaam hebben weten te verzamelen maar niet mee kunnen nemen.

'Niet omkijken!' zegt Luisa de volgende ochtend tegen haar moeder. 'De blik altijd vooruit richten. Geef mij die koffer, mama. Neemt u de tas maar...'

Maar ze kan niet voorkomen dat Annemarie zich toch nog even omkeert en omhoogstaart naar het kleine balkonnetje waarop ze altijd hun beddengoed gelucht hebben. Vroeger hadden ze er ook nog plantenbakken met rode geraniums staan, die je van verre al kon zien als je door de straat liep...

De ijzige wind dringt moeiteloos door hun wollen jassen. Ondanks de gebreide handschoenen zijn hun vingers algauw stijf bevroren. 's Nachts heeft het gesneeuwd, je moet goed oppassen, omdat onder de nieuwe witte deken nog de hard bevroren sneeuwresten van de afgelopen paar weken liggen. Hoe dichter ze bij het station komen, hoe duidelijker het wordt dat ze niet de enigen zijn die naar het westen willen. Massa's mensen verdringen zich in de stationshal en op de perrons, het lawaai zorgt ervoor dat de omgeroepen boodschappen moeilijk te verstaan zijn. Luisa spreekt een oudere vrouw aan met een vale persianer bontmantel en rode wollen muts. Naast haar staan een paar met touwen aan elkaar geknoopte bagagebundels. Op een ervan zit een bleke jonge vrouw, duidelijk hoogzwanger.

'De volgende trein naar Schwerin?' herhaalt de oudere vrouw. 'Met een beetje geluk komt er over een uur een trein. Die zou tot aan Rostock moeten rijden. Maar zeker weten doet niemand het, juffrouw. Wij hebben betaald tot aan Hamburg en zijn gisteravond hier in Stettin uit de trein gezet. Omdat de locomotief blijkbaar gerepareerd moest worden.'

'Dank u wel,' zegt Luisa. 'Wilt u misschien een slokje hete thee?'

'Dat zou heerlijk zijn. Meta, kom snel, deze juffrouw heeft hete thee!'

Ze delen de pepermuntthee uit de thermosfles met de twee vrouwen, tante en nicht uit Königsberg. Ze vertellen dat de treinen onderweg vaak worden aangevallen en beschoten door laagvliegers. Dat de trein dan stopt en alle inzittenden moeten uitstappen, om dekking te zoeken in het veld. Tot dan toe hebben ze geluk gehad, ondanks meerdere aanvallen met scherpschutters zijn alle passagiers er nog levend vanaf gekomen. Een van de conducteurs had minder geluk, hij werd meerdere keren in de rug geraakt en overleed ter plekke.

'In Königsberg heeft hij me nog aan boord geholpen,' zegt de jonge vrouw treurig. 'Wie kon toen vermoeden dat hij zo snel dood zou zijn?'

De jonge Meta Lewandowski is getrouwd met een soldaat aan het front, de baby wordt uiterlijk over vier weken verwacht. 'Met kerst zijn we getrouwd,' vertelt ze. 'Het was een huwelijk op afstand. Omdat Hans geen verlof kan krijgen. Een pastoor leidde de huwelijksvoltrekking met mij alleen, op tafel lag een opengeslagen bijbel met daarop een stalen helm. Hans deed zijn huwelijkse gelofte ook met zijn hand op de bijbel. Bij zijn eenheid in de buurt van het Russische front. Zo werden we man en vrouw...'

'Zodra de oorlog voorbij is, halen we de bruiloft wel in,' zegt de tante, terwijl ze het laatste restje thee uit de beker slurpt. De thee is nu op, maar Luisa heeft geen spijt van haar gulheid. Hij zou sowieso snel koud geworden zijn en bovendien heeft mevrouw Lewandowski hen terugbetaald met twee suikerklontjes en een zelfgebakken koekje. Ze zijn blij dat ze met iemand kunnen praten terwijl ze wachten, dan voel je je toch wat minder alleen en hulpeloos tussen al die vreemde mensen.

Als ze eindelijk de grijze dampwolken van de locomotief in de verte kunnen zien, zijn ze volledig verkleumd. Aan het spoor ontstaat beweging, de mensen duwen en dringen, vrouwen schelden, kleine kinderen huilen. De paar spoorwegambtenaren krijgen amper de kans om een beetje orde in de mensenmassa te krijgen. En dus beperken ze zich maar tot het organiseren van zitplaatsen voor de zieken en oorlogsinvaliden.

De locomotief rijdt snuivend en sissend het station binnen, een groot zwart gevaarte, damp stijgt op, hult de op het perron staande mensen in een grauwe wolk, dan remt hij en hun trommelvliezen scheuren bijna van het oorverdovende gekrijs.

'Mama, blijf bij me in de buurt!'

De stormloop van mensen is enorm. Luisa worstelt met de grote koffer, ze wordt teruggeduwd, haar moeder is al aan boord, maar zelf belandt ze steeds meer naar achteren. Bijna niemand houdt rekening met elkaar, oude mensen worden aan de kant geduwd, velen klimmen via de open ramen naar binnen, omdat de gangpaden in de wagons verstopt zijn. Luisa realiseert zich dat het haar met de koffer nooit zal lukken om aan boord van de trein te komen. Ze laat het bagagestuk aan zijn lot over en een spoorwegambtenaar helpt haar door een van de ramen te klauteren. Binnen staan en zitten de mensen hutjemutje op elkaar. Hoewel de coupé bedoeld is voor zes personen, wordt hij nu door dubbel zoveel mensen gevuld. Twee kinderen liggen in de bagagenetten, op de banken zitten meer dan tien mensen op elkaar gepakt, de rest zit op de koffers. Buiten proberen de spoorwegambtenaren de aanstormende mensenmassa tegen te houden. Er klinkt jammerlijk geschreeuw, de oude moeder, de kleine kinderen, de baby zouden al aan boord zijn, men moet beslist nog mee. Uiteindelijk fluit de locomotief een paar keer, witte damp versluiert de op het perron achtergebleven mensen en langzaam zet de trein zich in beweging.

Luisa's opluchting is slechts van korte duur. Ze zit ingeklemd tussen een jongeman met verband voor zijn oog en een oude vrouw en heeft geen idee in welke wagon haar moeder terechtgekomen is. Ook begint het verlies van de koffer nu op haar gemoed te drukken, waarin zo veel spullen zaten die haar moeder als onontbeerlijk zag. Ze kan niet toegeven dat ze de koffer vrijwillig achtergelaten heeft, maar ze zal een leugentje om bestwil moeten verzinnen. Iets wat ze niet graag doet, omdat het weer eens duidelijk maakt dat haar moeder een kind gebleven is, terwijl zijzelf met haar twintig jaar de volwassene moet zijn. Hoe vaak heeft ze niet gewenst dat het anders was. Dat vader nog bij hen kon zijn. Ondanks zijn ziekte was hij altijd haar leraar geweest en had hij haar opgevoed, hij beantwoordde al haar vragen, zorgde voor haar en trotseerde zelfs grootmoeder. Wie had hij wel niet kunnen worden zonder die onfortuinlijke hartaandoening? Ach, het heeft geen nut om daarover na te denken. Als papa gezond was geweest, dan was hij met een jongedame van adel getrouwd en had hij mama nooit leren kennen.

Het is benauwd in de coupé, de lucht is amper te harden. Nog nooit eerder zat ze zo dicht op vreemde mensen, met hun zweetgeur en uitwasemingen van huid en kleding in haar neus. Ook andere geuren stijgen op, het is dan ook zo goed als onmogelijk om naar de wc te gaan, want ook in het gangpad staan de mensen op elkaar gepakt. Ondanks de februarikou opent steeds weer iemand het raam, waarop meteen protesterend geschreeuw klinkt, omdat de oude vrouw naast Luisa niet tegen tocht kan.

'Wat doet zo iemand in een trein?' vraagt de oorlogsinvalide naast haar. Even moet Luisa lachen. Ze komen met elkaar in gesprek. Hij blijkt pas ontslagen uit het militair hospitaal en mag nu voor een paar dagen naar huis.

'Maar ze zullen me zeker weer komen halen,' zegt hij. 'Ook al kan ik vanwege mijn oog niet meer richten.'

'Wat is er met uw oog gebeurd?'

'Er sloeg een granaat in, waarop ik geraakt werd door een scherf. Heb nog geluk gehad, mijn kameraad had meer pech...'

Hij glimlacht naar haar en ze weet niet wat ze moet zeggen. Ook zij heeft tijdens de afgelopen paar jaar met haar moeder het nodige doorstaan, heeft bombardementen en honger meegemaakt, ook doden en gewonden gezien, die van onder het puin tevoorschijn getrokken werden. Maar wat stelt dat allemaal voor vergeleken met de verschrikkelijke belevenissen van een frontsoldaat?

'Eigenlijk ben ik muzikant,' zegt hij, nog steeds glimlachend. 'Houdt u van muziek?'

Nu kan ze eindelijk zijn glimlach beantwoorden. 'Ik ben gek op muziek!' bekent ze.

De oude vrouw naast haar pakt een worstenbroodje uit, aarzelt even en breekt dan de helft af.

'Hier!' zegt ze. 'Deel maar. Jonge mensen moeten goed eten. Voor een oude vrouw als ik is het niet meer zo belangrijk...'

Dankbaar nemen ze het aanbod aan. Luisa verdeelt de helft en is enigszins opgelucht, omdat ze weet dat moeder immers de tas heeft. Daarin zitten hun broden, een restje bietensap, gekookte aardappelen en een zakje zout. Moeder zal niet van de honger omkomen, waar in de trein ze zich ook mag bevinden. Het geld en de treinkaartjes heeft Luisa in een halsetui zitten, samen met hun legitimatiebewijzen en de overgebleven rantsoenkaarten. Op het station van Rostock zal ze haar moeder zeker terugzien. Dan zullen ze op zoek gaan naar een overnachtingsplek en nadenken over hoe nu verder. Stiekem is ze van plan om op de een of andere manier in Wiesbaden te komen, om haar oom Heinrich te leren kennen. Maar dat heeft ze haar moeder maar niet verteld.

Ondanks de rammelende rijgeluiden horen ze het toch: het diepe geronk aan de hemel, dat de komst van vijandige vliegtuigen aankondigt. De trein stopt, iedereen weet dat het beter is om uit te stappen, zo ver mogelijk weg van de trein te lopen, omdat de vliegtuigen op de locomotief en de wagons zullen mikken. De prille, uit nood geboren kleine gemeenschap splitst zich weer op, Luisa en de jonge oorlogsinvalide wringen zich naar buiten, beklimmen de besneeuwde spoordijk, zien het zwarte eskader in de lucht en werpen zich op de grond. Boven hen dondert het, pas na enkele seconden volgen de inslagen. De grond trilt, stenen en brokken aarde regenen op hen neer, ze ligt bewegingsloos in de sneeuw, houdt haar handen tegen haar oren. Als het na een tijdje weer rustig wordt, waagt ze het op te kijken. Daar staat de trein, de locomotief dampt nog een beetje, de eerste passagiers stappen alweer in. Een vrouw komt moeizaam overeind, knoopt haar wollen blauwe hoofddoek weer vast, die naar beneden gegleden was.

'Mama!' gilt Luisa. 'Wacht op mij. Ik kom!'

Haar moeder lag op slechts vijftig meter rechts van haar in de sneeuw. Nu loopt ze haar weer tegemoet en ze vallen elkaar in de armen.

'Ik was zo bang dat het je niet meer gelukt was om mee te komen!'

'Ach, mama, u kent me toch. Ik kom altijd en overal mee!' zegt ze spottend om haar moeder gerust te stellen.

'Ik ben de tas kwijtgeraakt, Luisa...'

'Geeft niet, mama. De koffer is ook weg.'

Ze lacht en pakt haar moeder bij de hand, laat haar niet meer los totdat ze in de trein gestapt zijn. Hun bagage is weg, maar ze hebben het geld nog, wat rantsoenkaarten en hun papieren. Waar het om gaat is dat ze weer samen zijn en dat de reis nu weer verdergaat. Steeds verder westwaarts.

Dit keer zitten ze in een goederenwagon, alle personenwagons zitten vol. Hier is het kouder, omdat de deur deels openblijft, zodat het niet te donker wordt binnen. Op de grond zijn houten planken neergelegd waarop ze kunnen zitten, meer comfort is er niet. Luisa en haar moeder zitten dicht tegen elkaar aan en proberen zich aan elkaar te warmen.

'Je had naar me moeten luisteren, Liesje. We hadden nu samen in ons gezellige appartement kunnen zitten, thee kunnen drinken bij de warme kachel...'

Stiekem vraagt Luisa zich af of haar moeder niet gelijk heeft. Dan kijkt ze om zich heen, ziet de ontheemde, uitgehongerde mensen en de paniek in hun ogen. Ze denkt aan wat er over de Russen gezegd wordt en weet weer zeker dat ze de juiste beslissing genomen hebben.

'Als we Rostock kunnen bereiken, mama, dan lukt het ons misschien ook om naar Lübeck te komen. En naar Hamburg. Dat is de poort naar de wereld, zeggen ze altijd...'

'Wat wil jij toch altijd maar de wereld in, Liesje. We hadden moeten blijven. Destijds op het landgoed, daar hadden we het best. Daar hadden we beslist een plekje kunnen vinden.'

'In de varkensstal misschien, mama.'

'Nou en. Dan hadden we tenminste een plek gehad waar we thuishoorden. Maar jij wilt altijd alleen maar weg, weg, weg...'

Ze begint te huilen en Luisa moet haar armen om haar heen slaan, haar troosten als een kind, in haar oor fluisteren dat ze in Rostock vast en zeker een warme kamer en een zacht bed zullen vinden. Net als ze haar moeder weer heeft weten te kalmeren en ze een beetje ingedommeld is, dicht tegen haar dochter aan geleund, begint het opnieuw, dat zware geronk in de lucht. De trein stopt, iedereen weet inmiddels wat hem te doen staat. Zo ver mogelijk weglopen van de trein, zich op de grond gooien, handen op het hoofd leggen, wachten tot het voorbij is. Luisa houdt haar moeder stevig bij de hand, ook al gaan ze daardoor langzamer, ze trekt haar het talud op, een kaal bosje in. Daar gaan ze op de grond zitten, zich aan elkaar vastklampend. Dit keer komt de dodelijke vracht ver van het spoor op de akker terecht, laat enorme kluiten aarde de lucht in vliegen en slaat gaten in de grond.

'We hadden net zo goed in de trein kunnen blijven, Liesje.' Annemarie Koch is volledig uitgeput. Haar voeten zijn al uren gevoelloos, haar rug is stijf en ze klaagt over hoofdpijn.

'We zijn bijna in Rostock, mama. Nog maar een klein stukje. Kijk, we kunnen weer instappen.'

Dit keer weten ze een plekje in een coupé te bemachtigen. Luisa gaat op de grond zitten, haar moeder op de bank, tussen een oudere man en vrouw in. Het duurt even voordat de locomotief weer op stoom is, dan horen ze hem sissen en stampen, eerst nog langzaam, dan steeds sneller, totdat alle geluiden weer versmelten tot één ritmisch rijgeluid.

Tegen de avond komt Rostock in zicht. Als de trein een bocht maakt zien ze de stad liggen in het rozige avondlicht, een paar bijzonder smalle torens komen in zicht, de lucht is helder en vriendelijk.

'De Marienkirche!' zegt een oudere man, wijzend met zijn vinger. 'Die staat nog. Die hebben ze niet kapot kunnen krijgen!'

'Mama, dat is Rostock. Het is ons gelukt!'

Luisa schudt aan de schouder van haar moeder, schuift het wollen hoofddoekje aan de kant om haar op haar wang te kussen. Maar plotseling blijft de trein weer stilstaan.

'Eruit,' zegt iemand. 'Laagvliegers.'

Iedereen haast zich naar buiten, de mensen zijn moe, struikelen over hun eigen voeten, kinderen huilen, een paar oudere mensen blijven gewoon in de trein zitten. Het maakt hun niet meer uit. Luisa trekt haar moeder achter zich aan, ze weet dat de bommen met gemak door de wagondaken en -wanden heen gaan, ze moeten naar buiten als hun leven hun lief is. De heldere avondlucht werkt niet mee, maakt hen een makkelijk doelwit voor de schutters in de vliegtuigen. Waarom doet iemand zoiets? Wat zijn dat voor soldaten, die vrouwen en kinderen afknallen als hazen in een veld?

Plotseling ontdekt ze een doorgang, een smalle tunnel, die onder het spoor door naar de andere kant van de akker loopt.

'Snel, mama! Daar zijn we veilig!'

Haar moeder laat zich door haar meetrekken, hangt zwaar aan haar arm, kucht hevig als ze de tunnel in kruipen. Gehurkt zitten ze naast elkaar en luisteren naar het geknetter van de machinegeweren, die hen hier niets kunnen doen. Het duurt niet lang voordat de vliegtuigen weer op de terugweg zijn, nadat ze nog snel een paar toevallige slachtoffers gemaakt hebben.

'Blijf hier, mama. Ik kijk even of de lucht alweer geklaard is...'

Buiten is de hemel nog altijd helder en wolkeloos, alleen het licht is zwakker, de duisternis valt in. Enkele passagiers slepen zichzelf moeizaam weer in de richting van de trein, andere liggen nog bewegingsloos in de sneeuw. De locomotief dampt zwak, de laatste scheppen steenkool worden naar binnen gegooid, het zou genoeg moeten zijn tot aan Rostock.

'We gaan weer verder, mama. Kom, ik help u opstaan.'

Maar Annemarie Koch reageert niet op de stem van haar dochter. Als Luisa haar bij de arm pakt, haar onder haar oksel pakt om haar overeind te trekken, is het alsof ze een enorm gewicht omhoog moet krijgen.

'Mama?'

Ze krijgt geen antwoord. Het lichaam van haar moeder valt opzij.

Op haar rug zijn meerdere donkere vlekken in de grijze jasstof te zien. Ze is door een heel salvo geraakt.

Luisa is alleen.

Hilde

Wiesbaden, 27 maart 1945, 's middags

Ze zijn er, de Amerikanen. Hilde heeft in alle haast een wit laken uit het slaapkamerraam gehangen, omdat dat volgens mama beter was. Later stonden ze met zijn drieën boven bij het raam om toe te kijken hoe de bezettingstroepen voorbijtrokken. Vijf tanks hebben ze gezien, de rupsbanden verbrokkelden wat er nog over was van het trottoir. Inmiddels schijnen ze bij het gemeentehuis te zijn aangekomen. En Hotel Rose wordt voorlopig hun 'headquarters'. Daar zijn de bezettingstroepen nu naar onderweg.

'Die van ons marcheerden toch wel een stuk strakker,' merkt Künzel grijnzend op.

'Strak hun ondergang tegemoet,' antwoordt mama somber.

Al maanden hebben ze niets meer van papa gehoord. Heinz Koch is al boven de vijftig, dan ben je niet meer zo snel en heb je niet meer het uithoudingsvermogen van een twintigjarige. Ze kunnen alleen maar hopen dat hij zich meteen heeft overgegeven en in een krijgsgevangenenkamp van de Amerikanen terechtgekomen is.

Hilde leunt met haar ellebogen op de vensterbank. Ze vraagt zich af of ze nu eigenlijk blij of verdrietig moet zijn. Blij omdat de oorlog voorbij is. Verdrietig omdat ze het kindje verloren heeft. Eigenlijk is ze het allebei. Of geen van beide. Sinds de miskraam een paar dagen geleden bevindt ze zich in een soort zweeftoestand, loopt ze rond als een slaapwandelaar, voelt ze noch blijdschap, noch pijn. Alsof iemand haar met een rubberen hamer op haar hoofd geslagen heeft.

'Geen bommen meer,' zegt mama met een diepe, opgeluchte zucht. 'En we kunnen eindelijk dat ellendige verduisteringspapier weggooien. God, wat was dat elke keer weer een gedoe...'

'Doorslapen,' zucht Künzel. 'Een hele nacht doorslapen. Zonder luchtalarm. Wanneer kon dat voor het laatst?'

Ze zwaait naar beneden, wat haar een glimlach van een jonge soldaat oplevert. Sofia Künzel is rond de vijftig, heeft afscheid genomen van het theater en leeft nu van het geven van zanglessen, iets waarmee de afgelopen jaren geen droog brood te verdienen viel. Enerzijds vanwege de constante bombardementen, anderzijds omdat er geen jonge zangers waren. Maar waarom zouden Amerikaanse soldaten niet ook hun stemmen laten trainen?

'Lieve hemel,' mompelt Hilde. 'Wat stinkt er zo?'

Ze is op het moment extreem gevoelig voor geuren, de lucht die in haar neus dringt, herinnert haar aan de rook van de brandende huizen. Bij dat verschrikkelijke bombardement in februari.

'Dat kan alleen maar mevrouw Storbeck zijn,' zegt Sofia Künzel verontwaardigd. 'Die heeft de kachel aangestoken en de wind waait de rook naar beneden. Bah! Ik heb wel een vermoeden wat daar brandt...'

'Ik ook!' grinnikt mama. 'Hun hele bruine geschiedenis ligt daar nu in die kachel te schroeien. Alle partijboeken en de vlaggen die tijdens de parades altijd uitgehangen moesten worden.'

'Daarvan hebben wij er ook nog een paar in de kamer liggen,' helpt Hilde haar herinneren.

'Ach, die hebben we hier toch allemaal,' zegt Künzel schouderophalend.

Daar was amper iets tegen te doen, die spullen werden aan alle huishoudens opgedrongen en wie zich probeerde te drukken, kon ellende verwachten.

'Maar Julia Wemhöner kan nu eindelijk weer door de stad lopen,' zegt Sofia Künzel opgewekt. 'En ze kan haar appartement weer inrichten. Man, wat ben ik blij voor onze Julia. En dat ons dit samen gelukt is!'

Nu is het toch gebeurd: Hildes ogen worden vochtig, ze zoekt een zakdoek en snuit uitvoerig haar neus.

'Ben je verkouden?' vraagt mama. 'Ik zei toch dat je een vestje aan moest trekken?'

'Het is al goed, mama...'

De ontroering heeft haar overvallen. De blijdschap en ook een beetje trots, omdat het hun gelukt is om Julia's leven te redden. Ach, wist papa dit maar, zijn aandeel hierin was het grootst. Hilde snift nog wat na, terwijl het tot haar doordringt dat haar zweeftoestand voorbij is. Dat ze weer is gaan leven.

Nadat Sofia Künzel naar boven gegaan is om Addi en Julia te helpen verhuizen, blijft Hilde met mama alleen achter in de keuken.

'Wil jij even de aardappelen wassen, Hilde?'

De verschrompelde piepers worden gesneden en in de schil gekookt. Het spek is op, maar er zijn nog wel bouillonblokjes en een pot ingemaakte wortels. Brood neemt iedereen zelf mee en om de dag te vieren, wil mama de laatste pot ingemaakte pruimen openmaken.

'Zeg, mama...'

'Ja?'

'Dat van die miskraam... Ik wil liever niet dat iemand dat te weten komt.'

'Dacht je soms dat ik een aanplakbiljet in het trappenhuis zou hangen?'

'Nee... maar ik bedoel alleen... ook als papa terugkomt. En Willi en August. Die hoeven het ook niet te weten.'

Else zucht en trekt aan de rubberen ring van de weckpot.

'Ik hou niet graag dingen geheim voor papa, Hilde.'

Dat weet Hilde natuurlijk ook wel.

'Als hij ernaar vraagt, mama, dan hoeft u natuurlijk niet te liegen. Zoiets zou ik nooit van u verlangen. Ik vraag u alleen om het niet uit uzelf te vertellen. We willen toch niet dat papa verdrietig is, of wel?'

'Daar heb je gelijk in, meisje,' zucht Else. 'Was hij maar weer bij ons...'

Mama lost de bouillonblokjes op in de aardappelsoep en voegt de wortels eraan toe. Het ruikt niet eens zo slecht. Hilde, die tijdens de afgelopen dagen amper iets kon eten, merkt opeens dat ze weer trek heeft. Ze pakt een eetlepel en proeft voorzichtig, nadat ze eerst goed geblazen heeft, omdat de soep heet is. Hij smaakt goed.

'Weet u wat, mama? Ik vind dat we het café snel weer moeten openen.'

Mama kijkt haar even aan en schudt dan haar hoofd. 'Het café openen! En wat had je onze gasten dan willen voorzetten? Pepermuntthee en droog brood?'

'Daar vinden we wel wat op. Misschien hebben we wel recht op extra rantsoenen, omdat we een café hebben...'

Hoewel mama onder de indruk is van Hildes plotselinge enthousiasme, laat ze zich niet zo makkelijk aansteken. 'We zullen het café zeker weer openen, Hilde. Over een poosje, als de situatie weer wat verbeterd is.'

'Lieve hemel, mama! Snapt u het dan niet? We moeten het nu doen. Zo snel mogelijk. Voordat anderen ons voor zijn.'

'Maar wie moet er dan bij ons komen? De mensen hebben nu wel wat anders aan hun hoofd dan naar het café gaan om pepermuntthee te drinken.'

'De Amerikanen. Die hebben vast wel zin in een leuk Duits café met slagroomtaart en schwarzwalderkirschtaart...'

'Schwarzwalderkirsch...' herhaalt mama en ze moet lachen.

'Dat krijgen we toch allemaal van ze, mama,' roept Hilde, helemaal meegesleept door haar eigen enthousiasme. 'Slagroom, suiker, eieren, alcohol... Zodra zij merken wat ze aan ons kunnen hebben, openen ze meteen hun voedseldepots voor ons!'

'Ach, meisje toch!' zucht mama. 'Dat zijn toch alleen maar dromen. En trouwens, zo opportunistisch ben ik ook weer niet. We zijn bezet, maar de oorlog is nog niet voorbij, Berlijn is nog niet gevallen. En dan moet ik de bezetter verwelkomen in Café Engel?'

Ze roert in de aardappelsoep, voegt er nog wat zout aan toe. Hilde staat er ongeduldig naast en ergert zich aan de starheid van haar moeder. Papa zou het idee zeker gesteund hebben. Hij was altijd al degene die nieuwe dingen durfde uit te proberen. Mama houdt altijd liever vast aan het oude. Maar Hilde weet zeker dat het beter is om iets geks te proberen dan bij de kachel te gaan zitten afwachten.

'We moeten alleen even goed schoonmaken en alles weer mooi inrichten, mama. En een paar foto's weghangen...'

Adolf hebben ze eergisteren al weggehaald en in de kachel gestopt, daaraan hadden ze allemaal dringend behoefte. Al die tijd hadden ze zich door zijn smoelwerk in de gaten gehouden gevoeld. Nu kunnen ze Mendelssohn weer boven de piano hangen, waar Hubsi Lindner zo gek op was. Die arme kerel. Hij musiceerde altijd zo graag met Fritz Bogner. Wie weet of die nog in leven is.

Tegen opruimen en schoonmaken kan mama niets inbrengen. Meteen de volgende ochtend beginnen ze. Na een schraal ontbijtje van pepermuntthee en beschuit beginnen moeder en dochter met het opruimen en grondig schoonmaken van de gelagkamer van het café. Vooral de ramen hebben een beurt nodig. Tijdens het bombardement zijn er wat barsten in de ruiten ontstaan, donkere spinnenwebben die door het glas trekken. Maar tot dusver is er, op die van de entreedeur na, nog geen enkele ruit gesneuveld. Hilde probeert de verkoolde engel weer wat op te poetsen en weet er met veel inspanning ten slotte een matte, vlekkerige kopertint op te toveren.

'Beter dan helemaal zwart,' vindt ze, terwijl ze zich uitgeput op een stoel laat zakken. 'Beneden in de kelder staat nog een restje goudverf, daar zal ik hem straks mee schilderen.'

Mama heeft alle ramen gezeemd, het water in de emmer is helemaal zwart. Terwijl ze zuinig moeten zijn met drinkwater, aangezien nog steeds een van de twee leidingen kapot is.

'De wijnrode tafelkleden? Geen sprake van, Hilde. Wie moet die wassen? En Café Engel heeft geen vieze tafelkleden. Dan liever helemaal geen...'

'Och, mama! Kale tafels zijn zo ongezellig!'

'Nee, en daarmee uit!'

Terwijl ze zo staan te ruziën, gaat de deur naar de trap open en verschijnt Julia Wemhöner, gevolgd door Künzel. Of ze ergens mee kunnen helpen? Ze worden met open armen ontvangen. Gisteravond had Addi Julia nog met veel moeite weten over te halen om samen met hen in het café te komen eten. Pas nadat hij lang op haar ingepraat had, had ze zich voor een half uurtje naar beneden gewaagd, waar ze vervolgens amper wat naar binnen gekregen had en bij elk geluidje vanaf de straat angstig naar de deur gestaard had. Addi had haar later weer naar boven begeleid, zodat ze in het trappenhuis niet onverwacht Wilfried Storbeck tegen het lijf zou lopen.

'En of we hulp kunnen gebruiken! We gaan het café weer openen,' verklaart Hilde stoutmoedig, voordat mama iets van 'alleen een beetje schoonmaken' kan zeggen.

'Wat geweldig!' zegt Julia met een gelukkige glimlach. 'Ik heb Café Engel al die tijd zo vreselijk gemist.'

'Vooruit met de geit dan maar!' zegt Sofia Künzel en ze knoopt de manchetknopen van haar blouse los, zodat ze de mouwen kan opstropen.

Hilde lijkt haar zin te krijgen: de tafelkleden, die in de gelukzalige vredestijd altijd op de tafels lagen, worden uit de kast gehaald, samen met de bloemenvazen en de kleine metalen houders voor de servetten. Julia biedt aan om kleine scheurtjes of kapotte zomen van de tafelkleden te repareren, zodat die er weer als nieuw zullen uitzien.

'O, dat is mooi! Hebben we die zijden lelietjes-van-dalen nog?'

'Ja, hier in de kast. En de asbakken, die waren we bijna vergeten!'

'Waar zijn de stoelkussens gebleven?'

'Het zilveren dienblad, dat Finchen altijd gebruikte voor de champagneglazen... Lieve hemel, helemaal zwart uitgeslagen!'

Finchen, die jarenlang geserveerd heeft in Café Engel. In een zwarte jurk met een klein wit schortje. Een beetje mollig en o zo vrouwelijk. In haar schortzak had ze altijd een blocnote en potlood, de grote portemonnee droeg ze in een extra heuptasje, verzekerd met een zilveren ketting. Meteen aan het begin van de oorlog is ze naar familie op het platteland vertrokken.

Mama veegt een spinnenweb van het plafond en slaakt een diepe zucht. Zo veel gedoe voor zo'n onzinnig plan.

'Het komt goed, mama. Geloof me nu maar.'

Hilde denkt aan de voedselvoorraden in de kelder, die papa daar nog aangelegd heeft voor het café. Veel is er niet meer van over. Meel, een half zakje suiker, wat chocoladerepen, bakpoeder, een pot gekonfijte kersen over datum om een taart mee te decoreren. Maar hoe moeten ze zonder slagroom en eieren een fatsoenlijk biscuitdeeg maken? Dat wordt nog lastig met eipoeder. Maar het moet gaan. Mama is een ware tovenaar als het om bakken gaat, dat gaat haar wel lukken. En als de Ami's niet komen, zijn er zeker nog andere mensen in

Wiesbaden die zich een stukje kirschtaart en een kopje eikelkoffie in Café Engel kunnen veroorloven. De welgestelde dames uit de villawijken die vroeger altijd zo graag bij hen in het café zaten, die kunnen toch onmogelijk allemaal verdwenen zijn?

Ondertussen verdeelt Künzel de foto's aan de muren opnieuw. 'Die Gründgens moet weg... en wat doen we met Zarah Leander?'

'In de kast,' roept Hilde haar toe.

Ze wil eens goed de bezem door al die artiesten halen. Gründgens, wat een vreemde man was dat, toen hij een keer kort binnengekomen was in Café Engel, heel onvriendelijk en gereserveerd. Heinz Rühmann was er ook een keer, die was heel vriendelijk. En Zarah Leander herinnert Hilde zich als een verwaande tuthola. In de kast met haar.

Maar daar wil Julia Wemhöner niets van weten. 'Dat kun je niet maken, Hilde,' roept ze verontwaardigd. 'Dat zijn allemaal artiesten, die leefden alleen voor hun kunst, die mag je niet verantwoordelijk houden. En bovendien wil ik niet dat ook maar iemand in die kast gestopt wordt. Allemaal hebben ze het recht om hier te zijn!'

De anderen kijken elkaar even aan en begrijpen het. Hilde denkt aan haar papa, die nooit een foto weggehaald heeft, omdat hij voor alle talentvolle artiesten evenveel respect had.

'Dan hangen we ze wel ergens anders op,' zegt Hilde. 'Helpt u mee?'

Dat wil Julia maar wat graag. Al is het alleen maar omdat ze sommige acteurs of zangers nog kent van het Staatstheater, voor hen genaaid heeft en zo veel herinneringen aan hen heeft. Ze kent alle namen, heeft heel wat anekdotes te vertellen, en Künzel, die nu ook meehelpt, vult haar verhalen aan met haar eigen herinneringen.

'Weet je nog dat die een keer een vis onder haar schminktafel had gehangen. Een oude haring. Zo naar kon ze zijn. Dagenlang vroeg iedereen zich vertwijfeld af waar die stank toch vandaan kwam...'

Addi doet de deur open en vraagt waar de hond is. Als hij Julia bezig ziet, straalt hij tevreden. Dan kan hij het niet laten om zich ook even met de foto's te bemoeien. En natuurlijk heeft ook hij oude verhalen paraat.

'Eddi Graff zocht in de krant naar een recensie over zichzelf en kon die niet vinden. Toen zei een collega: "Kijk eens onder 'Overvallen en andere overtredingen'."'

Als er op de dichtgetimmerde entreedeur geklopt wordt, vergaat hun het lachen. Iemand kijkt door het schoongezeemde raam naar binnen, ze zien een groenig uniform. En een helm.

'De Ami's,' fluistert mama geschrokken.

De vrolijke stemming is in één keer weg. Allemaal staan ze als verstijfd, Künzel nog met een ingelijste foto in de hand. Addi legt behoedzaam een arm om de van schrik verstarde Julia. Hilde houdt een blad met glazen vast, ze had net theegezet voor iedereen.

Opnieuw wordt er geklopt, harder dit keer. De Amerikaanse soldaat bonkt met zijn vuist op de planken. Addi wisselt een blik met mama, dan gaat hij de draaideur door, om de entreedeur te openen. De anderen gaan bij het raam staan.

'Goedemorgen... *good morning...*'

Buiten staan een stuk of twintig bewapende Amerikanen, die Addi meteen belagen. Twee officieren kijken hem onderzoekend aan en concluderen blijkbaar dat hij ongevaarlijk is.

'Van wie is dit huis?' vraagt een van de Amerikaanse bezetters in vloeiend Duits.

'Van mevrouw Koch... Zij is...'

Ze laten Addi niet uitpraten, een van de officieren trapt met zijn laars tegen de draaideur. Die zet zich met tegenzin in beweging. Hij grijnst en zegt iets in het Engels tegen een van zijn kameraden. Allebei moeten ze lachen, blijkbaar vinden ze de draaideur met de glazen ruitjes grappig.

'Hoeveel mensen wonen er in dit huis?'

'Zeven,' antwoordt Addi.

Hilde hoort mama zachtjes kreunen. Ze zijn hier gekomen om huizen in beslag te nemen en als een huis tot aan het dak bezet is, gaan ze verder. Maar zeven bewoners voor zo'n groot huis is te weinig...

Daar staan ze al in de gelagkamer, eerst de twee officieren, daarachter Addi. Buiten staan soldaten met het geweer in de aanslag.

De Duitssprekende Amerikaan is nog jong, heeft een smal, glad gezicht en donkere wenkbrauwen. Kuiltjes in zijn wangen.

'Dit huis is in beslag genomen. U mag allemaal één koffer meenemen,' zegt hij.

Mama moet steun zoeken bij de vensterbank. Addi staart de man aan, het wil niet tot hem doordringen.

'Maar...' stottert Hilde. 'Waar... waar moeten we dan heen?'

'U hebt twintig minuten...' zegt de jonge Amerikaan, waarbij hij haar niet aankijkt. 'Dan komen we de boel ontruimen!'

Er is niets aan te doen. *Vae victis* – wee aan de overwonnenen. Ze hebben de oorlog verloren, nu moeten ze boete doen. Ze moeten hun koffers pakken, alle andere dingen achterlaten en maar hopen dat ze ergens onderdak kunnen vinden.

Julia Wemhöner begint te huilen als de boodschap tot haar doordringt. Künzel en Hilde zijn woedend. Dit is onredelijk!

'Dat kunnen ze toch niet maken! Waarom uitgerekend ons huis...'

De Ami's wenken de soldaten, die vervolgens een voor een door de draaideur het café inkomen. De officieren kijken nieuwsgierig om zich heen.

'Is dit een restaurant?'

'Een café,' antwoordt Künzel. 'Café Engel...'

'Engel,' herhaalt de officier en hij lacht even kort. '*Angel.*'

Hilde is vastbesloten haar huis te verdedigen. En algauw heeft ze een idee.

'U kunt ons niet op straat zetten, meneer de officier. Deze vrouw hier is een Jodin. Wij hebben haar gedurende de hele oorlog verstopt, haar leven gered. Met gevaar voor ons eigen leven. En nu komt u hier en wilt u deze Joodse vrouw, die al zo veel heeft moeten doorstaan, op straat zetten?'

Hilde weet dat mannen haar aantrekkelijk vinden als ze zo op dreef is en het stoort haar dan ook niet dat de beide officiers onder de indruk zijn. De meerdere wil weten wat de jonge vrouw gezegd heeft.

'*Where is the Jewish lady?*'

Hij wil weten waar de Jodin is.

Addi strijkt Julia bemoedigend over haar schouder. Ze heeft begrepen dat het nu van haar afhangt en ze loopt langzaam op de beide Amerikanen af.

'Ik ben Julia Wemhöner...'

'Wemhöner? Uw papieren...'

Maar Julia heeft geen papieren meer. Haar paspoort, waarin het woord 'Sarah' gedrukt stond, heeft ze weggegooid. Jarenlang was ze een niemand, een schaduw achter het raam, een spook in de voorraadruimte. Maar ze heeft haar herinneringen. Kleurrijke en levendige herinneringen. Veel levendiger dan Julia zelf.

'Dit is een artiestencafé, meneer de officier,' legt ze uit en ze glimlacht dromerig. 'Allemaal kwamen ze hier, hier zaten ze, praatten ze en lachten ze… Alle grote namen uit het theater. De beroemde zangers… Fritz Windgassen… Kijk maar. Hier, aan de muren. Max Pallenberg… Paul Hartmann… Henny Porten… Käthe Dorsch…'

Haar bevlogenheid, haar enorme enthousiasme irriteert de twee officieren. Ze bekijken een paar foto's, glimlachen en halen dan spijtig hun schouders op. Ze kennen deze mensen niet, interesseren zich niet voor het theater in nazi-Duitsland.

'Nog tien minuten,' commandeert de jonge officier ten slotte en hij wendt zich tot Julia. 'U komt met ons mee, zodat we uw persoonlijke gegevens kunnen opnemen. Als Jodin hebt u recht op huisvesting.'

'Maar hoe zit het met ons?' roept Künzel.

Ook mama heeft ondertussen besloten om zich er niet zonder slag of stoot bij neer te leggen.

'U moet weten dat we hier geen schoon water hebben, mijne heren. De leiding is kapot. Bovendien zijn de dakspanten door een bominslag in het huis hiernaast beschadigd. Bij een te grote belasting zou het dak kunnen instorten…'

Helaas zijn de bezetters afgeleid en luisteren ze amper naar haar. De jongere van de twee heeft de ingelijste foto gepakt die Künzel eerder aan de muur wilde hangen maar toen op een tafeltje gelegd heeft. Met samengeknepen ogen staart hij ernaar, ontcijfert moeizaam de zwierige handtekening.

'Eduard F. Graff…' mompelt hij, waarbij hij Julia vragend aankijkt.

'O,' zegt die en ze glimlacht. 'Dat is een geweldige acteur. Karakterspeler. Ik heb vaak kostuums voor hem genaaid. Hij was zo'n joviale man, nooit ongeduldig, altijd met alles tevreden. Weet u, de enigen met allures zijn eigenlijk de mensen die niets kunnen. Maar Eduard Graff, die kon wat. Oberon in *Een midzomernachtdroom*. Napoleon. Mefisto… We waren allemaal in vervoering, hij had zo veel charisma als hij op het toneel stond. Magisch…'

‘Wat is er van hem terechtgekomen?’

Julia zucht en haalt haar schouders op. Ze weet het niet. Helaas.

‘Het moet 1934 geweest zijn… Of wacht even, het was 1935, geloof ik. Toen is hij uit Duitsland vertrokken. Hij was een Jood… Begrijpt u…’

‘Ja,’ zegt de jonge officier. ‘Hij was een Jood.’

Hij weegt de foto in zijn hand, gaat met zijn vinger over de handtekening, schudt zijn hoofd. Dan kijkt hij Julia aan en spreekt zacht, alsof zijn woorden enkel aan haar gericht zijn.

‘Eddi Graff ging naar New York, werkte in een viszaak en kwam zes jaar later bij een verkeersongeval om het leven. Hij heeft ons nooit verteld dat hij ooit acteur was…’

‘Kende u hem?’

Julia krijgt geen antwoord. De twee officieren spreken weer Engels met elkaar, de oudere van de twee lijkt verontwaardigd, de jongere blijft onbewogen.

‘Ik neem deze foto mee!’ zegt hij tegen Julia. ‘U meldt zich morgen in onze headquarters aan de Bierstadter Straße. *So long…*’

Ze lopen naar buiten. Een voor een verlaten de soldaten het café door de draaideur, die hen weer uitspuugt op straat, waar de rest van de brigade staat te wachten. Ze verzamelen zich, lopen verder naar het volgende huis.

‘Ik snap er allemaal niets van…’ fluistert Julia. ‘Maar volgens mij is het een aardige man, die jonge Amerikaan…’

Zwijgend staan ze bij elkaar. Ze durven zich niet te bewegen, bang dat deze droom anders elk moment in duizend stukjes uiteen kan spatten. Ze horen het gebonk van Amerikaanse vuisten op de deur van het buurhuis…

Is het mogelijk dat ze de dans ontsprongen zijn?

Heinz

Bretagne, mei 1945

De zee! Heinz herinnert zich nog de Oostzee, de badplaats Rauschen, waar hij opgegroeid is. Wat hield hij altijd van de zee en hij beseft hoezeer hij de zee al die jaren eigenlijk gemist heeft. Nu staat hij hier in het zand, voelt de wind in zijn gezicht, die de geur van het water met zich meedraagt, en ziet in de verte het zilveren oppervlak in de zon schitteren. De zee – maar zo anders dit keer. Het Kanaal. Aan de overkant ligt Engeland. Als hij vleugels had, zoals een albatros, zou hij die nu kunnen spreiden en er over het water vandoor zweven. Hoewel hij dan waarschijnlijk meteen na de start door meerdere geweerkogels zou worden geraakt. Dat is zelfs wel zeker. Ze worden bewaakt door zes Amerikaanse soldaten, zijn hier op een eenzame plek langs de weg gestopt om te plassen en wat water te drinken. Zo meteen moeten ze die zweetkist weer in, de militaire vrachtwagen, waarin ze dicht op elkaar geperst op de grond zitten en tijdens de rit flink door elkaar geschud worden. Iedereen heeft honger, sinds die ochtend hebben ze niets meer gegeten, hun magen knorren, verkrampen. Sommige mannen zijn misselijk, kokhalzen, spugen wittig schuim.

Ook Heinz voelt zich verschrikkelijk. Net zoals de meesten van hen heeft hij maar één gedachte: aankomen! Eindelijk ergens aankomen, kunnen liggen en uitrusten.

Ondertussen weet hij dat ze onderweg zijn naar een Frans krijgsgevangenenkamp, omdat de Amerikanen de Duitse krijgsgevangenen overdragen aan de Fransen om van hen af te komen. Frankrijk heeft arbeidskrachten nodig voor de wederopbouw, ze zullen aan de hand van hun kennis en vakmanschap ingezet worden, daar waar nodig. En waarom ook niet? Heinz moet aan Jean-Jacques denken, de dwangarbeider uit Nîmes, die kisten zeulde bij hen, vloeren veegde, zakken droeg. Wat is zo'n oorlog toch waanzin. Jonge Fransen worden naar Duitsland versleept om daar aan het werk gezet te worden, terwijl een oude bok als hij hier in Frankrijk mag zwoegen om de schuld te vereffenen.

'Als je bij een boer terechtkomt, mag je van geluk spreken,' had een medegevangene hem toegefluisterd. 'Daar hebben ze tenminste nog wat te eten. Of anders bij een ambachtsman.'

Heinz vraagt zich af welke boer iemand van zijn leeftijd nog op zijn boerderij zou willen hebben. Die hoop kan hij gerust laten varen. Voor de landbouw is hij niet geschikt. Maar bij een bakker. Of een banketbakker...

'Ze zetten ons vast in de visfabriek aan het werk,' zegt een jonge kerel, wiens haar ze afgeschoren hebben. 'De hele dag staan en dode vissen schoonmaken. Waarna je zo naar vis stinkt dat je misselijk wordt van jezelf.'

'Hou op!'

'Verderop langs de kust, bij Morlaix, was ik drie jaar geleden gelegerd,' vertelt een kameraad, die graag het gezelschap van Heinz opzoekt. Zijn naam is Paul Segemaier, hij komt uit Bonn, waar zijn ouders een pension hebben. 'Mooie omgeving. Net als Saint-Malo. Daar had ik ooit een meisje...'

'Nou, die heeft vast en zeker verlangend op je gewacht en verheugt zich nu op het weerzien,' lacht de jongen met de kaalgeschoren schedel hem uit.

Paul lacht goedmoedig mee. Dan vertelt hij dat de Bretons de Fransen eigenlijk helemaal niet kunnen uitstaan. Omdat Bretagne vroeger een onafhankelijk koninkrijk was. Lang geleden.

'Ze praten ook heel anders,' zegt hij. 'De Fransen kunnen de Bretons bijna niet verstaan als die Bretons praten.'

'En?' zegt iemand, die leraar van beroep is. 'Ga eens naar Neder-Beieren of Oost-Friesland – daar versta je ook geen woord.'

‘Gegrilde varkenskoteletten met zuurkool,’ zucht iemand achter in de wagen. ‘En daarbij een Andechser biertje…’

‘Knoedels met roomchampignons…’

‘Pekelvlees…’

Heinz vreest dat het beruchte receptenspel weer begint, dat de krijgsgevangenen vaak wat afleidt van de honger. Waarbij ze hun lievelingsgerechten tot in detail beschrijven, uitleggen hoe ze klaargemaakt worden, hoe ze ruiken, hoe het vlees gesneden moet worden, hoe het eerste hapje aanvoelt in de mond. Bij sommigen helpt het echt om de honger te vergeten, maar bij Heinz werken al deze beschrijvingen juist averechts. En dus is hij blij als de vrachtwagen van de weg afbuigt en na een korte, rammelende rit stopt.

De deuren gaan open. Voor hen ligt een soort akker, omzoomd door twee rijen prikkeldraad. Ze zien mannen in versleten legeruniformen op de grond zitten. Verder naar achteren staat een rechthoekig, houten gebouw met daarnaast een paar tenten, veel te weinig om alle krijgsgevangenen in onder te kunnen brengen.

‘*Allez, allez!*’ commanderen hun bewakers, die zich rechts en links van de deuren opgesteld hebben en met hun geweren zwaaien. Wie te langzaam uitstapt krijgt een opbeurende klap met de geweerkolf tegen de rug. Buiten merken ze dat de grond helemaal zacht is van de regen, waardoor je er centimeters diep in wegzakt en vreselijk moet oppassen dat je niet uitglijdt. Heinz heeft na het urenlange gehurkte zitten moeite met lopen, zijn heupzenuw speelt op. Paul laat zien dat hij een goede kameraad is, hij helpt de ouderen, ondersteunt hen bij de sprong uit de laadbak op de glibberige grond.

‘Ze laten ons gewoon buiten slapen,’ mompelt hij.

‘Waarom ook niet?’ zegt Heinz sarcastisch. ‘Het is immers al bijna zomer.’

Ze worden naar het houten gebouw geleid, dat er van dichtbij uitziet als een voormalige geitenstal en ook zo ruikt. Daar wacht hun de gebruikelijke opnameceremonie voor krijgsgevangenen. Kort verhoor. Leeftijd, rang, beroep, lid van de NSDAP en zo ja, in welke functie? De officier die hen ondervraagt spreekt amper Duits, de meesten van hen spreken geen Frans en dus is het onduidelijk wat de uitkomst van zo’n kort interview is. Heinz kent nog een paar Franse woordjes uit de vorige oorlog, veel is het niet, het meeste is hij allang weer vergeten. Na het verhoor worden ze opgedeeld. Heinz krijgt een deken en wordt naar een groepje oudere mannen gestuurd, Pauls groep bevindt zich aan de andere kant van het kamp. Ontluisd worden ze niet – blijkbaar kan het de kampleiding niets schelen of iemand tyfus mee naar binnen brengt.

Heinz is zo moe dat hij meteen een plekje tussen de kameraden op de vochtige grond zoekt, de deken om zich heen wikkelt en in slaap valt. Dat ze niets te eten krijgen, omdat het al etenstijd geweest is, gaat volledig langs hem heen. Pas uren later wordt hij gewekt door zijn knorrende maag en die vervloekte ischias. Het is nacht, boven hem is de hemel donker, om hem heen hoort hij de slaapgeluiden van de kameraden. Gesnurk in alle toonaarden, sommigen maken smakgeluiden, de lange, magere man naast hem knarst vervaarlijk hard met zijn tanden. Af en toe wordt iemand overvallen door een hoestaanval. Het klinkt niet goed, reutelend, half verstikt, en Heinz vraagt zich bezorgd af of die arme kerels zich hier in de koude modder geen longontsteking op de hals gehaald hebben. Voorzichtig probeert hij zo te gaan liggen dat de heupzenuw hem met rust laat, wat nog niet zo makkelijk is, omdat zijn buurman dicht tegen hem aan genesteld ligt. Niet uit genegenheid, maar omdat Heinz nog een droge deken had, die ondertussen helaas ook doorweekt is. Vanuit de bewolkte zwarte hemel regent het fijne druppeltjes; langzaam maar zeker baant het vocht zich een weg door dekens en kleding tot op de huid.

Na een poosje concludeert Heinz dat hij verder slapen wel kan vergeten. Hoewel hij ook tijdens de Amerikaanse gevangenschap meerdere ijzige nachten meegemaakt heeft, heeft hij het nog nooit zo koud gehad als in deze vochtige ochtendkilte. Bovendien heeft hij last van beklemmende gedachten, die hem als een zwerm zwarte ongeluksvogels overvallen. Heinz weet heel goed dat het geen zin heeft om in het holst van de nacht na te denken over de ellende van de wereld en zijn eigen lot, maar dat doet er niet toe, omdat de gedachten die hij overdag nog weet te verdringen hem nu vanuit alle hoeken van zijn brein aanvallen.

Als eerste is daar het verlangen naar zijn Else. Hij ziet haar weer voor zich als jong meisje, zoals ze destijds voor Café Engel stond, toen hij gesloopt en uitgehongerd door de chique Wilhelmstraße liep. Een van de talloze soldaten van de Grote Oorlog die het lot van dood en verminking bespaard gebleven waren en die zich nu, terug in het vaderland, probeerden te redden. Toen hij Else daar zag, zo mooi gekleed, met een wit kanten schortje, wist hij niet hoe snel hij weer weg moest kijken, omdat hij heel goed besefte dat hij eruitzag als een zwerver. Maar toen gebeurde het wonder dat zijn hele leven zou veranderen: ze sprak hem aan. De knappe dochter van de cafébaas sprak die armoedige, afgepeigerde kerel aan. Vroeg of hij honger had. Wat hij natuurlijk had, en niet zo'n beetje ook. Waarop ze hem binnenvroeg in het café en twee boterhammen met worst voor hem maakte. Bij hem kwam zitten en hem uithoorde. De ontstelde blikken van haar moeder negerend. Tja, van het een kwam het ander en uiteindelijk is hij bij haar gebleven. Een heel lange, gelukkige tijd. Als Else hem nu eens zou kunnen zien, hoe hij hier in de modder ligt en bibbert van de kou – ach, het is maar goed dat ze het niet weet.

Als ze nog maar leeft en niet ergens onder de puinhopen van hun platgebombardeerde huis ligt. Het beeld achtervolgt hem, laat hem niet meer los, hoe vaak hij het ook probeert te verdringen. Het heeft geen zin om spookbeelden op te roepen en toch doe je het. Sommige van zijn kameraden – vooral die uit het oosten – zijn hun volledige familie kwijtgeraakt, zullen helemaal alleen op de wereld zijn als ze straks vrijgelaten worden. Maar die zijn nog jong. Niet aan denken. Niet huilen. Een man mag niet huilen, ook niet als hij alles kwijtgeraakt is wat nog belangrijk voor hem was.

Omdat de ongeluksvogels hem nu vanaf alle kanten belagen, moet hij ook aan zijn ouders denken. Aan zijn kleine zusje Annemarie, van wie hij nooit meer iets gehoord heeft. Het was destijds niet oké van hem om zijn ouders zo van zich te vervreemden, hen voor een voldongen feit te stellen. Natuurlijk zou hij nooit teruggekeerd zijn naar Rauschen om daar het café over te nemen. Absoluut niet. Daarvoor hield hij te veel van zijn Else en was hij ook te veel gehecht geraakt aan Café Engel. Maar hij had het zijn ouders op een andere manier kunnen vertellen. In alle rust. Hij had erheen kunnen gaan om hen aan hun jonge schoondochter voor te stellen, om hen met raad en daad terzijde te staan, zodat ze een opvolger hadden kunnen vinden.

Dat had hij allemaal kunnen doen, maar hij was boos geworden, had gedacht dat hij zijn jonge vrouw moest verdedigen, wilde per se zijn besluit doorzetten. En zo was het tot een breuk gekomen, die onvermijdelijk was geweest, omdat zijn vader minstens zo koppig was als hij. Ook Annemarie had eronder moeten lijden, zijn kleine zusje, dat hem altijd zo aanbeden had. Een lief meisje was het, altijd meegaand, misschien wel een beetje te braaf. Twee of drie keer heeft hij haar nog geschreven, maar nooit antwoord gekregen. Misschien dat ze zijn brieven helemaal niet gekregen heeft, omdat ze getrouwd was en niet meer in Rauschen woonde? In elk geval heeft ze een mooie erfenis van hun ouders gekregen, want toen hij het officiële bericht van hun dood kreeg, heeft hij afstand gedaan van zijn volledige erfdeel. Waar zou Annemarie nu zijn? Hij hoopt van harte dat zij en haar gezin voor de Russen hebben kunnen vluchten.

Ja, hij heeft veel verkeerd gedaan in zijn leven. Het is zijn verdiende loon dat hij hier nu in de modder ligt. Misschien dat de ellende nu niet meer lang duurt, misschien heeft hij morgen wel longontsteking en ligt hij drie dagen later onder de grond. Maar dat zou te makkelijk zijn. Zo snel komt hij er niet vanaf. Hij zal de gifbeker helemaal leeg moeten drinken.

Eind april heeft de Führer een eind aan zijn leven gemaakt. Begin mei heeft Duitsland gecapituleerd, zich overgegeven aan de overwinnaars. De oorlog is voorbij – de vrede zal akelig worden.

Zijn buurman begint te hoesten, spuugt een lading slijm uit en trekt aan zijn deken. Heinz trekt terug, de strijd om het natte ding eindigt in gelijkspel, waarbij de buurman nog een punt van de deken mag houden. In het oosten is nu een zwak schijnsel zichtbaar, bleek en veelbelovend breekt een nieuwe dag aan. Het getrek aan de deken heeft Heinz goedgedaan – de sombere gedachten zijn verdwenen, waar het om gaat is het volgende uur, de volgende ochtend, de volgende nacht zo goed mogelijk doorkomen. En als God het wil, zal hij op een dag zijn geliefden in Wiesbaden weer terugzien. Hij weet zowaar nog even in slaap te vallen, dan begint zijn eerste dag in het Franse krijgsgevangenenkamp, waarvan hij niet eens precies weet waar het zich bevindt.

De daaropvolgende weken zijn een en al ellende. De levensmiddelenrantsoenen zijn minimaal, op sommige dagen krijgen ze niet meer dan een slok water, de hygiënische omstandigheden zijn verschrikkelijk. Maar de regels zijn uiterst streng. Meerdere malen per dag moeten ze op appèl verschijnen en stram in de houding staan. Het houten gebouw dient vooral als veldhospitaal en is constant overbezet. Wie daarnaartoe gebracht wordt, wordt nooit meer levend teruggezien, zeggen ze. Heinz heeft dagenlang koorts, hoest zich de longen uit zijn lijf, maar hij meldt zich niet ziek, bang om tussen die arme drommels in het veldhospitaal te verrekken. Inmiddels is het droog geworden, de zon brandt aan de hemel en Heinz ligt op zijn deken, vastbesloten om ook zonder dokter en medicijnen weer gezond te worden. Zijn hoofd is gevuld met muziek, hij hoort al zijn geliefde langspeelplaten weer, luistert naar Mozart en Beethoven, de pianoconcerten, de *Vijfde symfonie*, de platen waarop de onnavolgbare Caruso Italiaanse aria's zingt. Heinz kan het zich niet meer allemaal voor de geest halen, hier en daar mist een stuk, dan gaat hij terug en probeert het nog een keer. En verbazingwekkend genoeg vindt hij dan plotseling toch weer het ontbrekende deel.

Om de zoveel tijd worden krijgsgevangenen opgeroepen voor speciale missies en ingezet in fabrieken, de land- of mijnbouw. Wie geselecteerd wordt heeft kans op beter eten en dus is de opkomst bij elke oproep enorm groot. Ook Heinz probeert het telkens weer, maar waar hij al bang voor was is waar: hij is te oud en blijkbaar voor geen van deze klussen geschikt. Begin augustus, als hij alle hoop al opgegeven heeft, worden er opnieuw krijgsgevangenen gezocht voor een klus.

'*Déminage*... wat is dat?' vraagt Paul, die zich ook wil aanmelden en naast Heinz in de rij staat.

'Iets wat je beter niet zou kunnen doen,' antwoordt Heinz. 'Een zelfmoordmissie. Mijnen ruimen.'

'Ik doe alles om eindelijk weer eens iets te vreten te krijgen,' zegt Paul. 'Liever dood dan langzaam doodhongeren in dit smerige kamp.'

Heinz kijkt hem meewarig aan. Paul heeft ingevallen wangen, zijn jukbeenderen steken scherp naar buiten, zijn broek heeft hij met een touw om zijn middel geknoopt omdat hij hem anders zou kwijtraken.

‘Weet je niet dat de Wehrmacht langs de hele Atlantische kust mijnen gelegd heeft?’ vraagt Heinz. ‘Die dingen liggen overal, in het zand, in de greppels, zelfs op de akkers.’

Jawel, dat weet Paul. Talloze mensen zijn tijdens hun werk op het veld al opgeblazen, de meesten zijn daarbij om het leven gekomen. Wie het wel overleefde is verschrikkelijk verminkt. Eén keer ging het om een volledig gezin, ouders met drie kleine kinderen, een nog een baby.

‘Ze hebben vrijwilligers nodig die de mijnen opsporen en onschadelijk maken.’

‘Jezus...’ kreunt Paul. ‘En daarbij loop je dus het risico om zelf opgeblazen te worden?’

‘Als je niet voorzichtig bent wel...’

Natuurlijk is niemand die hier staat te wachten van plan om onvoorzichtig te zijn. Ze zullen oppassen en met een beetje geluk zal hun niets overkomen. Ook Heinz probeert zichzelf dit wijs te maken, maar hij denkt ook aan al die kinderen die het slachtoffer geworden zijn van Duitse mijnen en schaamt zich dat hij een Duitser is. Wat er ook gaat gebeuren, hij zal eraan bijdragen dat die rotdingen verdwijnen. Mijnen hebben niets te maken met strijd en soldateneer. Het zijn de laagste, verraderlijkste ondingen, omdat ze onschuldige mensen treffen.

Dit keer wordt hij niet afgewezen. Heinz Koch uit Wiesbaden is geschikt als *démineur*, hij mag zijn paar armzalige bezittingen bij elkaar pakken en wordt samen met wat anderen naar de kampuitgang gestuurd. Daar wachten twee Fransmannen in burger, met een band om hun arm en de rang van hulppolitie. Allebei dragen ze een geweer en kijken vol wantrouwen naar de groep vrijwillige mijnenruimers. In de gloeiende hitte marcheren ze naar de volgende plaats, waar ze in een trein stappen en verder westwaarts getransporteerd worden. Heinz en Paul zitten naast elkaar, kijken door het raam naar buiten en zien de zee. Blauwgroen is die, de golven weerkaatsen kleine bliksemschichten zonlicht, meeuwen zweven boven het water, heel in de verte zien ze een schip. Een vissersboot waarschijnlijk. Plotseling wordt Heinz overvallen door een vreselijke heimwee. Vrijheid. Niet langer overgeleverd zijn aan de willekeur van bewakers. Kunnen gaan en staan waar je wilt. Een privilege dat hij niet genoeg gewaardeerd heeft toen hij nog vrij was. Maar inmiddels weet hij dat vrijheid het kostbaarste is wat een mens kan bezitten.

Comme ça pue! – Wat een stank!

Bij het laatste station zijn meerdere vrouwen ingestapt. Vijandig staren ze naar de Duitse gevangenen, die makkelijk te herkennen zijn aan de opgestikte letters PG. En ze stinken ook. Geen wonder als je al maandenlang geen schone kleren meer gekregen hebt. Ze moeten opstaan en op het balkonnetje aan de voorkant van de wagon gaan staan. Sales boches! Smerige Duitse zwijnen.

Paul leest de naamborden van de stations en beweert dat ze zich in de buurt van Dinan bevinden, hij kent het hier. In deze dorpen langs de kust leefden vroeger piraten, vanaf hier gingen ze op rooftocht. Later hebben ze geleerd om de toeristen af te persen, een stuk makkelijker en minder gevaarlijk. Paul is in een opperbest humeur, bijna euforisch, waardoor Heinz zich zorgen begint te maken. Maar als ze eindelijk de trein verlaten en verder lopen door de duinen, blijkt dat Pauls optimisme meer dan terecht is. Ze worden naar een afgelegen villa gebracht, een prachtig vakwerkgebouw met kleine balkonnetjes en glazen erkers, dat ongetwijfeld ooit een hotel was. Daar ontmoeten ze hun medestrijders: Duitse krijgsgevangenen uit verschillende kampen, die zich allemaal voor deze levensgevaarlijke taak gemeld hebben.

'Het lijkt de hemel wel,' zucht Paul als ze naar een kamer met twee bedden geleid worden. 'Hoofdkussens! Matrassen! En zelfs lakens en wollen dekens! We zijn op vakantie, Heinz!'

Er is stromend water en een ouderwetse badkuip die op vier leeuwenpootjes van gietijzer staat. Ze vullen het bad en wassen zich met koud water, maken goed gebruik van het stuk zeep dat er voor hen neergelegd is, wassen hun haren, die ondertussen veel te lang geworden zijn, en scheren zich met Pauls scheerspullen. Terwijl ze voor de spiegel staan, dringen de volgenden zich al in de badkamer, laten het water uit het bad lopen en lachen zich kapot om de zwarte randen op het witte email. Dan stappen de volgenden in het koude water.

Beneden in de chique voormalige eetzaal durven ze amper een van de sierlijke witte stoelen aan te raken. De zaal is gedecoreerd met kunstpalmen, brokaten gordijnen, felrood tapijt onder de tafels. Dit hotel zal zeker niet goedkoop geweest zijn, waarschijnlijk kwam de hogere klasse van over de hele wereld hier destijds naartoe voor wat gezonde zeelucht.

Het eten is vet en voldoende. Dikke rijstsoep met allerlei stukjes vlees, vooral ingewanden als maag, lever en hart, voedzaam en smakelijk. Ze proppen zich vol, drinken er fris water bij en krijgen zelfs een kwak zoete appelmoes als toetje. Heinz is voorzichtig en houdt zich in, Paul brengt de halve nacht door op de wc, die buiten achter de villa in een bijgebouwtje ondergebracht is. Hij is niet de enige bij wie het ongewone bacchanaal slecht gevallen is.

Zo verstrijken een paar dagen, zonder dat ze aan het werk gezet worden. Ze leren elkaar kennen, zitten 's avonds bij elkaar en vertellen over thuis en hun families, sommigen kaarten, anderen hebben de biljartkamer ontdekt en spelen een spelletje. Vreemd genoeg haalt niemand het in zijn hoofd om te vluchten, hoewel het niet moeilijk zou zijn om uit een van de ramen op de begane grond te klimmen en er in het donker vandoor te gaan. Overdag wassen ze hun kleren, hangen wat rond, eten, slapen, er is zelfs tabak om sigaretten te draaien. Op de tweede dag arriveert er een Fransman in de villa, hij roept iedereen bij elkaar en stelt zich voor als de Chef Mineur. Het is een oudere man, groot en bebaard, hij loopt enigszins krom en heeft lichte ogen, zoals zeemannen die hebben. Duits spreekt hij amper, maar in plaats daarvan heeft hij een hele verzameling boeken bij zich waarin tekeningen van de verschillende soorten mijnen staan. Ze moeten de tekeningen goed bekijken, dan weten ze wat er van hen verwacht wordt.

'Heel simpel,' zegt Paul. 'De draden lostrekken, zodat de ontsteking onschadelijk gemaakt wordt, dan kan er niets meer gebeuren.'

Heinz is minder optimistisch. Er zijn te veel verschillende constructies, het onschadelijk maken van de mijnen is iets voor vakmensen, niet voor onwetende leken zoals zij. Maar protesteren heeft weinig zin, de Chef Mineur zou het sowieso niet verstaan hebben. Het is een vriendelijke man, afkomstig uit een van de dorpjes in de buurt, waar hij lesgeeft aan de lagere school. Voordat ze naar hun eerste klus gebracht worden, neemt hij de Duitse démineurs mee naar de zee, waar ze mogen zwemmen en badderen en in het zand kunnen liggen, luisterend naar het geschreeuw van de zeemeeuwen en de golven. Heinz geniet met volle teugen van de middag. Het is heel vreemd; hij heeft het gevoel dat hij weer thuis is, in Rauschen aan de Oostzee. Net zoals toen springt hij rond in de golven, ligt met uitgestrekte armen op het strand en laat de zoute waterdruppels op zijn huid drogen in de zon. Zijn heupzenuw is tot rust gekomen, hij voelt hem niet meer.

'Zo mag het wel blijven duren!' zegt Paul, die naast hem op zijn kleren ligt. 'Démineur zijn bevalt me prima!'

Heinz zwijgt. Waarom zou hij het geluk van zijn vriend ook bederven? Het gaat om het ogenblik. Om het nu en vandaag. Wat morgen komt is nog ver weg en doet er niet toe. Op de terugweg komen ze een boerin tegen met een grote mand aan de arm, die waarschijnlijk mosselen wil rapen. De oudere vrouw heeft iets ondeugends in haar blik; als ze langs Heinz loopt, stopt ze hem een klein rood appeltje toe.

'Die heeft een oogje op je, Heinz!' lachen zijn kameraden. 'Ze heeft je een appel gegeven – net zoals Eva bij Adam deed, in het paradijs...'

Dan zal de zondeval ook niet meer lang op zich laten wachten, denkt Heinz. Toch eet hij het appeltje, het is nog wat zurig, maar sappig en lekker. 's Nachts droomt hij dat hij weer thuis is, hoort weer in zijn eigen bed te liggen, met Else naast zich. Buiten hoort hij de ochtendgeluiden van de Wilhelmstraße. Een paar vroege auto's, paardenkoetsen, de stratenveger met zijn bezem, de melkjongen die de flessen voor de deur zet. De wind die door de platanen waait.

De volgende dag wordt het serieus. De Chef Mineur haalt hen af voor hun eerste klus, ze marcheren een stuk landinwaarts, komen aan bij velden met haver, rogge en boekweit. Het gaat verder over veldweggetjes en dan bevinden ze zich al midden in de gevarenzone. De Chef Mineur laat hun de eerste mijn zien, een antitankmijn langs de kant van de weg, half overwoekerd door onkruid. Voorzichtig optillen en op de weg leggen, zodat hij onschadelijk kan worden gemaakt. Ze hebben het begrepen, gaan uiterst voorzichtig op zoek en vinden bijna overal dergelijke dodelijke explosieven. In greppels, tussen het onkruid, onder struiken. Antitankmijnen, die ongeveer zo groot zijn als een ronde taartvorm. En potmijnen, die lijken op een conservenblik. Ze zijn met draden aan elkaar vastgebonden; wie nietsvermoedend over de weide loopt en achter een van deze draden blijft hangen, veroorzaakt een explosie van meteen drie of meer mijnen, gevuld met loden kogels, metaalfragmenten of scherpe spijkers.

'Wat voor zwijnen zijn dat, die zoiets verzinnen,' zegt Paul. 'Wie willen ze daarmee raken? De boeren? De koeien die hier rustig staan te grazen? De dorpskinderen die hier spelen?'

Ook vinden ze kistmijnen, die ze gedeeltelijk moeten uitgraven en van onkruid moeten bevrijden. Met elke mijn die ze onbeschadigd op de weg leggen, wordt hun angst om opgeblazen te worden weer iets minder. Je moet gewoon voorzichtig zijn, geen verkeerde beweging maken, de ontsteking niet aanraken.

Na enkele uren verklaart de Chef Mineur dat het genoeg geweest is voor vandaag, dat ze teruggaan naar de villa.

'En wat gebeurt er nu met die mijnen?' willen ze weten.

'Blijkbaar komt er een expert uit Rouen om ze onschadelijk te maken,' weet een kameraad die een beetje Frans spreekt. 'Wij moeten de plek afzetten met takken, zodat niemand er per ongeluk overheen loopt of er met de auto overheen rijdt.'

Ze gaan op zoek naar droge takken onder de appelbomen die langs de weg staan, breken ook dode takken af en stapelen alles voor en achter de mijnen op de weg.

'Zouden we een paar van die appeltjes mee kunnen nemen?' vraagt Paul. 'Kijk, daar liggen er een paar in het gras... Gevallen fruit, dat mogen we vast wel hebben...'

De daaropvolgende seconden beleeft Heinz te midden van bewegingen, beelden en geluiden. Hij ziet hoe Paul zich over de appels buigt, hoort het waarschuwende roepen van de Fransman en ziet tegelijkertijd een merel opvliegen, die in de appelboom zat en er nu vandoor gaat...

'Pas là! Attention! Ne touchez pas le sol!'

Dan is Heinz plotseling doof. Hij ziet brokken aarde door de lucht vliegen, de appelboom trilt als in een storm, alles wordt rood, de avondzon vult de hele lucht, rode druppels vallen op de aarde, hij stikt in de rode regen.

Hilde

Wiesbaden, april 1945

Het regent pijpenstelen. Hilde zit aan een van de tafeltjes in Café Engel, ze heeft het goede tafelkleed er weer af gehaald en een oude doek over het hout gelegd. Vlijtig poetst ze de zwart uitgeslagen taartvorkjes en theelepeltjes, daarna wil ze zich over de melkkannetjes ontfermen, die ook wel een goede poetsbeurt kunnen gebruiken. Verderop in de keuken werkt mama aan een taart voor Julia, die morgen jarig is. Het zal waarschijnlijk een soort cake worden, met eipoeder en een glazuur van marsepein, dat de oorlog in de voorraadkelder overleefd heeft. Julia Wemhöner heeft zich inmiddels gemeld op het gemeentehuis, haar persoonlijke gegevens doorgegeven en een nieuw paspoort gekregen, samen met wat rantsoenkaarten.

'Het is daar één grote chaos,' vertelde ze verontwaardigd. 'Niemand weet iets, niemand kan de juiste dossiers vinden en allemaal zijn ze als de dood voor de Amerikanen.'

Na de vlucht van naziburgemeester Piekarski met zijn grote mond is er een noodvertegenwoordiging aangesteld, onder leiding van plaatsvervangend burgemeester Gustav Hess. Ze staan nu onder toezicht van het Amerikaanse militaire bewind. De bezetters verspreiden zich over alle overheidsinstanties, eisen alle ruimtes op, waardoor enkele ambtelijke afdelingen niet meer in staat zijn om hun werk te doen. Bovendien is het gemeentehuis zwaar getroffen door de bommen en kan het slechts gedeeltelijk gebruikt worden, veel afdelingen zijn elders ondergebracht.

'De nazi's gaan nu een koekje van eigen deeg krijgen,' zegt Addi verheugd, hij is met Julia meegegaan. 'Het volledige gemeentebestuur wordt onderzocht, iedereen die wat op zijn kerfstok heeft wordt naar het gevangenenkamp bij Darmstadt gestuurd! Dat ik dat nog mag meemaken! Storbeck zal binnenkort ook wel op het matje geroepen worden!'

Alleen Künzel deelt Addi's triomfantelijke gevoel. Mama en Hilde vinden dat het nu eindelijk maar eens afgelopen moet zijn met al die kampen en volgens Julia Wemhöner kunnen ze beter het theater weer opbouwen dan mensen opsluiten. Met de rantsoenkaarten, die haar zo genereus overhandigd zijn, kan ze amper wat kopen. De meeste winkels zijn dicht, veel winkeliers zijn bang en houden hun waar achter.

'Niet de beste tijd om een café te heropenen,' merkt mama op vanuit de keuken. 'Uitgaansverbod van negen uur 's ochtends tot drie uur 's middags. En om zes uur moet iedereen alweer thuis zijn. En dan dit rotweer nog. Heb jij de hond gezien?'

'Die ligt boven in ons bed,' antwoordt Hilde, terwijl ze een vorkje tegen het licht houdt. Nog steeds een zwarte vlek, dat zilverpoetsmiddel van houtskool en soda werkt lang niet zo goed als dat goeie ouwe Sidol. Maar dat is momenteel nergens te verkrijgen. Zoals zoveel dingen. Ook de post werkt niet, al veertien dagen hebben ze geen enkele brief meer ontvangen. Ook geen bericht van Willi en August, en al helemaal niet van papa. Ze weten niet eens of ze überhaupt nog leven…

Iemand duwt tegen de draaideur en Hilde laat snel het vlekkerige vorkje zakken. De postbode? Een gast? Of weer mevrouw Drews van hiernaast, die om een kopje meel komt bedelen?

Nee, het is Gisela, die helemaal gek wordt bij haar grootouders en regelmatig bij Hilde langskomt. Ze ontdoet zich van haar druppende regenjas en schudt haar vochtige haar uit, dat in pieken in haar gezicht hangt.

'Vreselijk,' kreunt ze. 'Vanochtend heb ik het nog helemaal in model gebracht, maar met dit weer blijft het niet zitten. Hebben jullie misschien een kopje pepermuntthee voor een arm, bevroren meisje?'

Hilde is blij met het bezoek. Ze laat de vorkjes voor wat ze zijn, veegt haar vingers af en gaat samen met Gisela aan een tafeltje verderop zitten.

'Natuurlijk krijg je een kopje thee. We hebben zelfs nog wat echte koffie, maar die zetten we morgen, op Julia's verjaardag.'

Gisela is onder de indruk. Echte koffie is een ware luxe. Onbetaalbaar op de zwarte markt.

'Julia heeft wat gekregen van de Ami's,' legt Hilde uit. 'Ze is zo lief. Weet je dat ze voor de kinderen van mevrouw Drews dik gevoerde winterjassen genaaid heeft? Van oude spullen die nog in de kast lagen. En voor mijn moeder heeft ze een mantelpakje ingenomen.'

Gisela beaamt dat Julia Wemhöner een schat van een vrouw is. Hoewel soms een beetje apart. Of dromerig eerder.

Mama komt de keuken uit, begroet Gisela en zet een kopje thee voor haar neer. Met suiker. En een heel klein, nogal hard koekje. Die moet je in de thee dippen, zegt mama, dan wordt hij zacht.

'Hoe gaat het met je moeder? En met je grootouders?'

Gisela haalt haar schouders op. 'Breek me de bek niet open... We zitten gewoon op elkaars lip, waardoor er veel ruzie is. En nu heeft grootvader het ook nog aan zijn hart...'

'Wat vervelend om te horen. Doe ze maar de hartelijke groeten. Ik zal wat koekjes voor je inpakken. Ze zijn wel wat hard geworden, maar ze smaken toch niet slecht...'

'Heel erg bedankt, mevrouw Koch!'

Hilde weet dat Gisela vooral lijdt onder haar moeder. Johanna Warnecke was en is een fanatieke aanhanger van de Führer, ze kan niet geloven dat het Duizendjarige Rijk in elkaar gestort is. Ze blijft maar volhouden dat de v2 zeker nog voor een wending in de oorlog kan zorgen. Waarna iedereen die trouw gebleven is aan de Führer beloond zal worden. Maar de anderen, de afvalligen, zullen hun terechte straf krijgen...

'Als jullie willen, kunnen jullie in Augusts appartement trekken. De Storbecks hebben toch maar één kamer nodig,' zegt mama. 'Jullie zullen dan alleen de keuken en de badkamer moeten delen...'

Gisela drinkt van haar pepermuntthee en knikt beleefd. 'Dank u wel. Dat zou fijn zijn. Maar we willen niemand tot last zijn.'

Hilde zegt niets. Natuurlijk zou ze het leuk vinden als haar vriendin bij haar in huis kwam wonen. Maar Johanna Warnecke, zoveel is inmiddels wel duidelijk geworden, zou hier niet op haar plek zijn, het zou alleen maar voor ellende zorgen.

'Heb je nog nieuws?' vraagt ze, als mama weer teruggekeerd is naar de keuken en haar taart.

Gisela knikt. Het Amerikaanse militaire bewind zou inmiddels gebouwen aan de Bierstadter Straße ingenomen hebben. Alles onder strenge bewaking.

'Ze zijn als de dood dat er nog mensen van de Weerwolven naar binnen proberen te komen om een aanslag te plegen.'

Hilde denkt dat dat onzin is – maar ja, je weet natuurlijk maar nooit. Er zijn nog altijd genoeg gekken die geloven in de eindoverwinning. Volgens Gisela hebben de Ami's een streng verbroederingsverbod. Ze mogen een Duitser zelfs geen hand geven.

'Ze mogen niet met ons praten of onbewapend onze huizen binnengaan. En ze worden vooral gewaarschuwd voor Duitse meisjes. Omdat wij blijkbaar kwaadaardige verleidsters in dienst van Adolf Hitler zijn...'

Hilde lacht met Gisela mee. Ze kan zich niet voorstellen dat de bezetters, die hier met enorme tanks en kanonnen binnengetrokken zijn, plotseling bang zouden zijn voor Duitse meisjes.

'Op die manier gaan we nooit Ami-gasten in het café krijgen,' zucht ze. 'Terwijl ik daar zo op gehoopt had.'

Maar voorlopig is er weinig aan te doen. Künzel is een paar keer achter de piano gaan zitten om dansmuziek uit de jaren dertig te spelen, wat een paar buren naar het café lokte, maar die luisterden alleen en kregen van Else een gratis kopje pepermuntthee. Twee Amerikaanse officieren, die door de Wilhelmstraße voorbijliepen, keken wel even nieuwsgierig om bij het horen van de muziek, maar bleven niet staan.

'Blijkbaar zijn ze op zoek naar Duits personeel,' zegt Gisela. 'Onze buurvrouw wast hun kleding en strijkt hun overhemden. Bij ons op de binnenplaats hangen op het moment honderdduizend Amerikaanse mannenonderbroeken en sokken aan de waslijn. Mijn moeder krijgt elke keer een flauwte als ze naar buiten kijkt.'

Ze proesten het uit en Hilde wil weten of Amerikaanse mannenonderbroeken er anders uitzien dan Duitse. En of, antwoordt Gisela. Het zijn heel rare dingen, een soort hansoppen, waarbij alles aan elkaar vastgenaaid is.

'Ze nemen ook keukenpersoneel aan. Koks en bakkers. En jongens voor bodediensten. Maar ze zijn vooral op zoek naar vrouwen die de kantoren en appartementen van de officieren kunnen schoonmaken.'

'En... betaalt dat goed?' vraagt Hilde fluisterend, terwijl ze een blik op de keukendeur werpt om te kijken of mama meeluistert. Maar die steekt net de oven aan en vloekt, omdat het vochtige hout weer eens niet wil branden.

'Ze betalen in dollars. En je krijgt van die blikjes met fruit en vlees. Cornedbeef. Weet jij wat dat is?'

'Zoiets als rundvlees...'

'Ja, maar toch weer anders. Een beetje als zult, nogal zout. Maar wel heel lekker...'

Hilde kijkt haar vriendin vol bewondering aan. Gisela heeft een fiets, waarmee ze de hele stad doorkruist. Ze verzamelt allerlei nuttige dingen tussen de puinhopen, ontdekt waar verschillende spullen nog te verkrijgen zijn en vangt overal nieuwtjes op. Ze is echt moedig! En wat fijn dat hun vriendschap weer opgebloeid is. Vroeger zaten ze altijd bij elkaar, Gisela en Hilde, op school al waren ze onafscheidelijk en haalden ze samen allerlei kattenkwaad uit. Totdat Gisela verliefd werd op Joachim Brand, en plotseling helemaal veranderde. Echt zo'n tuttig bruidje, dat alleen nog maar aan haar Jo kon denken en zich amper nog om Hilde bekommerde. Dus jij bent er zo één, had Hilde toen woedend gedacht. Maar die arme Joachim werd meteen na zijn eindexamen opgeroepen voor militaire dienst en nu heeft Gisela al twee jaar niets meer van hem gehoord. En nu hebben de vriendinnen elkaar weer gevonden. Alleen dat van Jean-Jacques weet Gisela niet. Zo goed van vertrouwen als Hilde vroeger was, is ze niet meer.

'Als jullie nu sterke drank zouden schenken...' denkt Gisela hardop. 'Dat is verkrijgbaar op de zwarte markt. Met daarbij wat suiker en dat pepermuntkruid, waarvan jullie vorig jaar zo veel geplukt hebben in de Taunus. Een pepermuntlikeurtje. Heerlijk. Dan komen de gasten wel...'

'We mogen geen alcohol schenken,' zegt Hilde. 'We mogen al blij zijn als we onze cafévergunning behouden. Schnaps drinken de Ami's toch in hun eigen bars.'

Dat weet ze van Sofia Künzel, die al twee keer bij de Amerikanen gesolliciteerd heeft naar de functie van barpianiste. Tot dusver zonder succes, omdat ze liever platen draaien, maar ze hebben haar naam en adres genoteerd. Misschien dat het op een gegeven moment toch lukt.

'Ach, zo'n likeurtje,' zegt Gisela schamper. 'Dat is toch meer een soort kruidenbitter. Een medicijn. Geen alcohol...'

Hilde heeft haar vriendin door en ze knipogen naar elkaar. Wie weet. Misschien dat je zo'n gezondheidsborreltje ook wel in de thee kunt kieperen. Of in de surrogaatkoffie. Als ze daar tenminste aan weten te komen...

'Maar we hebben bijna geen geld meer,' zegt Hilde. 'Weet jij toevallig waartegen je dat spul kunt ruilen?'

'Sigaretten zijn altijd het beste...'

Dat weet Hilde ook. Maar helaas hebben ze die niet, hoogstens een paar oude sigaren, die papa bewaard had 'voor na de oorlog'.

'Sieraden kunnen ook. Of brillen. Bladmuziek. Onlangs heeft iemand zelfs het gebit van zijn opa verpatst.'

Een paar dingen uit haar sieradenkistje wil Hilde wel opofferen. Brillen van overleden grootouders zijn er misschien ook nog wel. Maar dat zou ze haar moeder moeten vragen en die wil ze er voorlopig liever buiten houden.

'Beddengoed gaat ook. Sowieso stoffen. Heb je nog een fototoestel?'

Die hadden ze onder de nazi's eigenlijk moeten inleveren, maar ze hebben gedaan alsof ze niets hadden en de camera boven in de voorraadruimte verstopt. Toch wil ze papa's fototoestel alleen in uiterste nood verkopen. Dat was zijn grote trots.

'Of dat daar, anders...'

Gisela wijst op de pas gepoetste theelepeltjes. In de bovenkant is een engeltje gegraveerd, haar ouders hebben die ergens in de jaren twintig speciaal voor het café laten maken.

'Maar niet allemaal... een paar misschien...'

'Die rukken de Ami's zo uit je handen. Souvenirs, daar zijn ze gek op,' zegt Gisela bedreven. 'Daar krijg je sigaretten voor en die kun je dan weer inruilen tegen drank. Zo makkelijk gaat dat...'

'Ook als het regent?'

Gisela schudt haar hoofd om zo veel onwetendheid. Als het regent heb je zelfs betere kansen, omdat de Ami's dan minder controleren.

Hilde vertelt in de keuken dat Gisela weet waar nog suiker en meel te krijgen zijn en dat ze snel even met haar meegaat.

'Met dit weer?'

'Ik trek mijn anorak aan.'

Ze heeft vijf lepeltjes en de bijpassende taartvorkjes in haar zak gestoken. Waarom ook niet? Het gaat tenslotte om Café Engel, dan moet je nu eenmaal investeren. Papa zou hetzelfde gedaan hebben.

Gisela heeft haar fiets in het trappenhuis gezet en vastgemaakt met een ketting. Tegenwoordig kun je niet voorzichtig genoeg zijn. Onlangs, zo weet ze, hebben ze een man om slechts een zakje meel en een pakje suiker vermoord. Hij werd teruggevonden aan de Rijn, onder een brug.

'Dat soort dingen wil ik niet weten,' moppert Hilde, terwijl ze voorzichtig plaatsneemt op de bagagedrager. Gisela moet hard trappen om de fiets op gang te krijgen, ze slingeren even vervaarlijk, maar dan hebben ze genoeg snelheid en komen ze goed vooruit. Het doel is de Langgasse, daar zijn altijd wel mensen die iets te verkopen hebben.

'Rij toch niet steeds door de plassen!' roept Hilde. 'Ik ben al helemaal nat van onderen, omdat het zo opspat!'

'Ik kan ook slalommen. Maar dan moet je je wel goed vasthouden...'

'Hou op. Of ik kietel je... onder je armen!'

'Dan liggen we straks allebei in de modder...'

Ze worden behoorlijk nat, maar hun goede humeur lijdt er niet onder. Het is weer net als vroeger, toen ze nog naar school gingen en 's middags met hun fietsen door de stad sjeesden. Tijdens de zomer lagen ze met vriendinnen op de oever van de Rijn, waar ze hun huiswerk van elkaar overschreven. Soms gingen er ook jongens mee, Joachim was er bijvoorbeeld vaak, en zijn kleine broertje Walter.

'Oké... daar gaan we. Eerst eens kijken wat er allemaal aangeboden wordt...'

Gisela remt en stapt af. Hilde springt van de bagagedrager. Met de fiets aan de hand lopen ze langzaam door de straat. Overal zijn mensen onderweg, ze staan voor de lege etalages, lopen zogenaamd doelloos over het trottoir, blijven staan en praten met elkaar. Voordat de waar getoond wordt, kijken ze even voorzichtig om zich heen, om te zien of er geen politieagent of Amerikaanse patrouille in de buurt is. Dan gaat de jas open, wordt er bliksemsnel iets uit de zak getrokken en gehandeld.

'De prijzen stijgen voortdurend,' legt Gisela uit. 'Een pakje Amerikaanse sigaretten kost inmiddels al honderd rijksmark.'

Er worden hun spullen aangeboden. Een oudere vrouw heeft zeep te verkopen, een andere wil melkpoeder ruilen tegen haar suikerbonnen, een jonge knul biedt hun echte koffie aan voor een schrikbarend hoge prijs.

'De schnapshandelaren komen altijd van het platteland,' weet Gisela. 'Boeren, die hun drank ergens illegaal in een schuur stoken. Die willen vooral kleding, omdat er in de dorpen niets te krijgen is. Sommigen willen ook sieraden. Of brillen...'

De vreemdste dingen worden verhandeld. Iemand heeft een viool, anderen bieden kookgerei aan, gouden trouwringen, boeken, knopen en naaispullen, een stola van vossenbont die vreselijk verhaart.

Uiteindelijk ruilt Hilde haar theelepeltjes tegen tien sigaretten en de vorkjes tegen nog eens tien. De jonge knul die de spullen van haar koopt, zal ze ongetwijfeld met winst doorverkopen aan de Ami's. Maar volgens Gisela kunnen ze voor twintig sigaretten wel twee flessen drank krijgen. Misschien zelfs wel drie.

En als op bestelling is het ook eindelijk gestopt met regenen. De huizen zien er frisgewassen uit, lijken hier niet beschadigd te zijn; aan de bomen zijn al lichtgroene blaadjes te zien.

'Daar... die oude man met die afgetrapte schoenen...'

Gisela heeft het weer eens haarfijn aangevoeld. De oudere man blijkt op zoek te zijn naar stevige winterlaarzen en heeft twee flessen sterke drank in de aanbieding. Zogenaamd afkomstig uit de voorraden van de Wehrmacht. Hilde schat dat er hooguit een halve liter in de flessen zit, misschien zelfs nog wel minder, het zijn in elk geval niet de originele flessen. Maar toch...

De handel neemt nogal wat tijd in beslag, omdat Hilde als een echte markvrouw afdingt. Vijf per fles. Zes. Niks geen tien. Zeven. Absoluut niet meer dan zeven. Aangezien ze niet eens weet hoeveel er überhaupt in die flessen zit.

'Maak eens voort...' fluistert Gisela haar toe. 'Verderop zie ik twee Ami's aankomen...'

Ook de man met de afgetrapte schoenen krijgt nu haast. Oké. Zeven per fles. Veertien totaal. En of ze weet waar hij een paar goede laarzen zou kunnen krijgen. Hilde denkt vooruit en zegt dat hij maar eens bij Café Engel langs moet komen. Daar hebben ze vaker behoefte aan schnaps. En dan is het al te laat.

'Let me have a look! Where did you get this?'

Twee Amerikaanse soldaten staan voor hen, de ene pakt de net verkregen drankfles uit haar hand, de andere fles probeert Gisela nog onder haar jas te verstoppen, maar helaas is ze niet snel genoeg.

'You have more?'

'We hebben niets. Dit is onze drank. Geef terug!'

Hildes woede is aan dovemansoren gericht. Plotseling is het rustig om hen heen, de handelaren hebben zich snel uit de voeten gemaakt met hun waar. De Amerikanen bekijken de flessen, schudden ermee, een van hen trekt de kurken eruit en ruikt eraan. Knikt tevreden. Doet de kurken weer op de flessen.

'Zwarte markt is *forbidden. You know this.* Verboden. Meekomen.'

'Maar we hebben toch niets ergs gedaan!'

'Meekomen...'

Gisela neemt haar fiets weer aan de hand, Hilde loopt ernaast. Vanaf een veilige afstand worden ze medelijdend of ook wel met leedvermaak bekeken, de eerste mensen staan alweer te onderhandelen, het gevaar is geweken. De Ami's hebben hun slachtoffers en vertrekken weer.

'Wat gaan ze nu met ons doen?' fluistert Hilde haar vriendin toe.

Gisela haalt haar schouders op. Voor haar is het ook de eerste keer dat ze op de zwarte markt betrapt is door de Ami's.

'Niet veel,' mompelt ze. 'Misschien dat ze ons hooguit een nachtje opsluiten...'

Hilde denkt aan haar moeder, die geen idee heeft en vermoedelijk van het ergste uit zal gaan als Hilde om zes uur nog niet terug is in Café Engel. Verkracht. Ontvoerd. Vermoord. O, god, mama zal door het lint gaan!

'Maar misschien schieten ze ons ook wel dood...' voegt Gisela er met een scheve grijns aan toe.

Hilde is niet in de stemming voor galgenhumor. Ze heeft zojuist vijf zilveren lepeltjes en taartvorkjes uit de inboedel van het café verpatst en er niets voor teruggekregen. En nu zit ze ook nog in de problemen. Ze lopen in de richting van de Rheinstraße, overal blijven mensen staan om hen na te staren, onder wie zeker ook bekenden. Erg gênant allemaal. Als een stel misdadigers worden ze door de straten geleid. Hoewel het daardoor natuurlijk wel mogelijk is dat mama op deze manier te horen krijgt waar ze die nacht gebleven zijn. Dan zal ze nog steeds door het lint gaan, maar hoeft ze tenminste niet bang te zijn dat haar dochter vermoord ergens tussen het puin ligt...

Verderop, waar de Langgasse uitkomt in de Rheinstraße, staat een militair voertuig. Daar zullen ze wel in moeten stappen. Nu heeft Gisela een probleem, omdat ze haar fiets waarschijnlijk niet zal mogen meenemen. Maar als ze hem hier laat staan, kan ze er zeker van zijn dat ze hem nooit meer terugziet...

'Kijk eens of je iemand ziet aan wie ik mijn fiets kan toevertrouwen,' zegt Gisela.

Hilde kijkt om zich heen, maar uitgerekend nu is er geen bekende te zien. Dan blijven de Amerikaanse soldaten plotseling staan om twee officieren te begroeten, die langslopen. Hilde hoort een stem die haar bekend voorkomt. Helder, maar krachtig. Een kort lachje.

'Juffrouw Koch... is het niet?'

O, mijn god! Het wordt steeds erger. Nu staat die aardige officier voor haar, die vorige week de uitzetting voorkomen heeft. Hoe heette hij ook alweer?'

'Ja...' stamelt ze. 'Wat een toeval... Ik hoop dat het goed met u gaat...'

Glimlacht hij nu? Nee, hij kijkt streng. Die man heeft iets waardoor je nooit precies weet wat er in hem omgaat.

'Weet u het niet meer?'

'Jawel, jawel... natuurlijk... U... u kent Eduard Graff, de acteur...'

‘Precies,’ zegt hij en hij wendt zich af om met zijn collega en de soldaten te praten. In het Engels natuurlijk, ze verstaan er niets van.

‘Ken je hem?’ fluistert Gisela.

‘Ja...’ antwoordt Hilde zacht.

Gisela omklemt het stuur van haar fiets. Daar staan ze dan, wachtend. Ze proberen te verstaan wat er gezegd wordt, wat er onderhandeld wordt. Nieuwsgierige voorbijgangers wijzen met hun vingers naar hen, schudden hun hoofd. Hilde heeft het gevoel dat ze aan een middeleeuwse schandpaal staat. En dat allemaal vanwege twee armoedige flessen zelfgebrouwen drank. Hoe kon ze zo stom zijn!

De officier draait zich weer naar hen om. Hij bekijkt hen nog even en geeft dan een order: ‘U kunt gaan.’

Hilde kijkt hem met grote ogen aan, ze kan het amper geloven. Gisela duwt haar fiets alvast de gevarenzone uit. De officier knikt nog even naar Hilde, waarna hij met zijn collega verder loopt, gevolgd door de soldaten.

‘Maar onze drank hebben ze meegenomen,’ zegt Hilde geërgerd, als ze op veilige afstand zijn. ‘Nou, proost dan maar!’

‘Maar hij is wel lekker...’ zegt Gisela dweperig.

‘De drank?’

‘Natuurlijk niet. Die officier. Met zijn ernstige blik. Maar vanbinnen heel warmbloedig, vermoed ik...’

‘Echt?’ mompelt Hilde.

‘En hij heeft een oogje op je...’ gaat Gisela verder.

Hilde luistert al niet meer. Ze piekert over wat ze haar moeder moet vertellen. Misschien dat ze het al weet, omdat de een of andere bekende of buurtgenoot haar op de hoogte gebracht heeft. Verdomme – waarschijnlijk is het het beste om maar gewoon de waarheid te vertellen.

Luisa

Rostock, februari 1945

Het is donker en koud, door de opening van het tunneltje dringt het laatste restje spaarzame avondlicht naar binnen. Het bereikt haar niet. Niets kan haar nog bereiken.

'U kunt hier niet blijven!'

Ze antwoordt de man niet. Streelt liefdevol de wang van haar moeder, trekt de wollen hoofddoek recht, pakt haar ijskoude handen en probeert die op te warmen.

'U bevriest nog, juffrouw. Alstublieft, kom mee...'

Waarom valt deze man haar lastig? Weet hij dan niet dat ze voor haar moeder moet zorgen? Annemarie is hulpeloos zonder haar dochter. Ze moet op haar passen, haar naar het westen brengen, waar de Russen hun niets meer kunnen doen...

Naast haar hoort ze een diepe, geërgerde zucht. Het doet haar niets. De zorgen van deze jongeman interesseren haar niet. Haar enige zorg betreft...

'Weest u nou verstandig! U kunt uw moeder niet meer helpen. Maar uw moeder zou vast niet gewild hebben dat u hier naast haar zou bevriezen!'

Een pijn wil tot haar doordringen, een dodelijke pijl probeert haar borst te doorboren. Maar ze weert hem af, om haar heen zit een pantser van ijs, daar komt niets doorheen. Mama moet alleen een beetje uitrusten, meer niet. Ze slaapt heel rustig, al haar trekken zijn ontspannen. Ze zal haar nog een paar minuten laten slapen, zodat ze weer wat op krachten kan komen. Daarna zullen ze samen de stad in gaan en een warme kamer vinden. Iets te eten. Een warm drankje.

'Straks is het donker, dan vinden we de weg nooit meer. Komt u nu met mij mee! Verdomme, waarom doet u zo moeilijk? Uw moeder is dood!'

De pijl doorboort haar, ze komt overeind en schreeuwt: 'Nee! Ze is niet dood! Mama is niet dood! Niet... dood...'

Haar vertwijfelde uitroep gaat over in gesnik. Ze werpt zich op het lichaam van haar moeder, omhelst het huilend. Dan voelt ze het. De levenloosheid. Nog niet stijf, maar zonder hartslag, zonder adem. De dood heeft haar moeder allang omarmd en haar ziel weggedragen. Wat hier nog ligt, is de lege huls.

'Het is al goed,' fluistert iemand in haar oor. 'Alles is goed. Ze is thuis. Ze is op een plek waar geen pijn en geen ongeluk meer zijn. Komt u nu met mij mee. Alstublieft!'

Iemand pakt haar bij de schouders en trekt haar weg bij de dode, ondersteunt haar als ze probeert op te staan en merkt dat haar benen bijna verdoofd zijn. Houdt haar even stevig vast en zegt dat ze nu snel moeten gaan, dat de stad vanwege de luchtaanvallen verduisterd wordt, waardoor ze over een paar minuten omhuld zullen zijn door de zwarte nacht.

'Kom. Ik ondersteun je. Wees een moedig meisje. Samen lukt ons dat...'

Als door een waas ziet ze zijn gezicht, het lichte verband voor zijn oog, de mond, die onophoudelijk op haar in blijft praten. Voorzichtig lopen. Daar komt een steil stuk, het is glad, ze moet zich aan hem vasthouden. Nu gaat het al beter. Verderop ligt Rostock. Het is niet ver meer. Daar zijn de eerste huizen al. Ze mag in geen geval zijn hand loslaten...

Ze loopt door de sneeuw en voelt amper haar voeten nog. Het lijkt wel alsof ze zweeft, in haar oren fluit het, een paar keer zakken haar benen weg. Maar dan is hij er, houdt haar vast, zodat ze niet in de sneeuw valt. Tilt haar zelfs op om haar een stuk te dragen, totdat ze met een klein stemmetje zegt: 'Het gaat alweer.' Dan zet hij haar voorzichtig neer, wacht even en slaat dan zijn arm om haar middel, terwijl ze verder lopen. Na een tijdje komt haar hartslag weer wat op gang, keren haar krachten terug, maar voelt ze ook plotseling een stekende pijn in haar bevroren voeten. Ze moet haar tanden op elkaar bijten om niet te kreunen. Verder lopen. Niet blijven staan. De witte sneeuwdeken, die eerder nog wat licht afgaf, wordt schrikbarend snel grauw, verdwijnt in de invallende duisternis. De eerste huizen – donkere, vormeloze schaduwen die voor hen opduiken – blijken kapotgebombardeerde stationsgebouwen te zijn. Geen plek om een winternacht door te brengen, enkel hopen steen, geknapte staaldraden, gebroken balken.

'Daar staat een wagon,' zegt ze. 'Misschien dat die open is.'

Ze is in het voordeel, kan beter zien dan hij, gehandicapt als hij is met zijn blessure.

'Beter van niet,' antwoordt hij. 'Als ze bombarderen, dan altijd op het station. Nog een paar stappen. We komen er wel. Verderop moeten huizen staan...'

Ze zien amper nog een hand voor ogen, onder hun voeten voelen ze de geplaveide weg, waarvan de sneeuw geruimd is. Met hun laatste krachten slepen ze zich vooruit, vooral niet blijven staan, gewoon verder blijven lopen, niet uit het ritme raken, anders is het afgelopen.

'Ik kan niet meer!'

Hij ziet in dat ze aan het eind van haar Latijn is. Ze rilt van uitputting en hij is nu ook te uitgeput om haar te dragen, zijn rugzak wordt hem al bijna te veel.

'Daar verderop... daar staat toch wat, of niet?'

'Wacht hier... ik ben zo weer bij je.'

Hij verdwijnt in de nacht en ze blijft alleen achter. Vecht tegen de vertwijfelde wens om maar gewoon te gaan zitten en in slaap te vallen. Nooit meer wakker te worden. Die pijl die in haar borst steekt niet meer te hoeven voelen. Die dodelijke pijl. Mama is dood. Het is haar schuld. Zij heeft niet goed op haar gepast... Wie was dat, wie had er ook alweer gezegd dat ze dat moest doen? De oude dokter Greiner. Die zo liefdevol zijn armen om haar heen geslagen had en er toen zo haastig vandoor gegaan was.

'Ik heb iets gevonden,' zegt iemand. 'Voor een paar uurtjes moet het voldoende zijn. Maar voorzichtig. Er ligt hier allemaal troep. Pak mijn hand...'

Ze stapt over ondergesneeuwde stenen, blijft met haar voet ergens achter haken, zou bijna gevallen zijn, als hij haar niet overeind gehouden had. Dan voelt ze een deur, waarvan de scharnieren kraken als hij hem opent.

'Wacht...'

Een lichtje vlamt op, hij heeft een aansteker ontstoken en verlicht nu de ruimte om hen heen, kijkt omhoog en dooft het licht weer. Ze bevinden zich in een kleine kamer, twee ramen met gebroken glas, overal kapotte meubels, een kleine potkachel... maar het balkenplafond boven hun hoofd lijkt intact te zijn.

'Ik zal proberen een vuurtje aan te steken... Mocht je droog hout op de grond vinden, geef het me dan alsjeblieft...'

Het vooruitzicht van warmte maakt nieuwe krachten in haar los. Vreemd, denkt ze, terwijl ze met haar handen voorzichtig de vloer aftast. Ik weet zijn naam niet eens, en toch tutoyeren we elkaar.

'Hier ligt ook papier... en hier nog meer hout...'

Er licht een klein vierkantje op voor haar ogen, het knispert, flakkert, een doordringende geur verspreidt zich. Het vuur brandt, ze houdt haar verkleumde vingers voor de kachel, voelt de warmte, trilt over haar hele lichaam.

'De afzuiging doet het niet goed, waarschijnlijk zit de schoorsteen verstopt,' zegt hij. 'Maar met die twee open ramen zullen we vast niet zo snel stikken in de rook...'

In het flakkerende licht van de kachel kan ze zien dat hij glimlacht. Avontuurlijk ziet hij eruit, zijn gezicht rood aangelopen en vol roet, ook het verband is nu vlekkerig, zijn donkerblonde, steile haar hangt in pieken over zijn voorhoofd.

'Friedrich Bogner... maar je mag me ook Fritz noemen. En jij heet Luisa, toch?'

Hij heeft natuurlijk gehoord dat haar moeder haar zo noemde. Vanmiddag in de trein. Toen mama nog leefde...

'Het is zo verschrikkelijk dat ze daar nu helemaal alleen ligt...'

Hij legt nog een stuk hout op het vuur en denkt even na, voordat hij antwoordt.

'Ze is niet alleen, Luisa. Je moeder zal nooit meer alleen zijn. Omdat ze nu samen is met iedereen van wie ze ooit gehouden heeft en die haar voorgegaan is...'

Luisa knikt en veegt met de rug van haar hand over haar natte wangen. Bedenkt te laat dat haar gezicht nu dus ook onder de viezigheid zit. Nou ja.

'Morgen gaan we op zoek naar hulp,' belooft hij. 'Dan halen we haar op, zodat ze een christelijke begrafenis kan krijgen. Zou je dat willen, Luisa?'

'Ja,' fluistert ze. 'Fritz?' vraagt ze dan. 'Waarom doe je dit allemaal voor ons?'

Hij staat op, loopt naar de ramen en zet er een paar van de rondslingerende planken voor. Dan knielt hij weer voor de kachel en voegt hout toe. Kolen zouden het langer gedaan hebben. Maar zo is het ook heerlijk om de kachelwarmte te voelen. Een warmte die via de vingers in het lichaam trekt, het bloed weer door de aderen doet stromen, alles weer tot leven brengt.

'Waarom?' herhaalt hij na een poosje en hij haalt zijn schouders op. 'Geen idee. Gewoon.'

'Je hebt mijn leven gered. Ik... ik ben je oneindig dankbaar...'

Hij voelt zich wat ongemakkelijk nu ze haar gevoelens toont. Rondtastend over de vloer vindt hij een pan, hij houdt die even in het schijnsel van het vuur en geeft hem dan aan haar.

'Zou je die met sneeuw kunnen vullen? Dan kunnen we water koken. Is bijna net zo lekker als hete thee. Ik heb nog koekjes en een restantje brood in mijn rugzak.'

Ze koken water en drinken afwisselend, delen gebroederlijk het brood en de koekjes en vinden dat de 'thee' minstens zo goed smaakt als ceylonthee. Later bouwen ze een 'nest' in het puin, dicht bij de kachel, dic nu langzaam aan het afkoelen is, omdat hij niet meer gevoerd wordt. Ze slapen dicht tegen elkaar aan, warmen zich aan elkaar, houden elkaar vast. Net als Hans en Grietje, die verdwaald zijn in het duistere bos, waar om hen heen de wilde dieren en boze geesten op hen wachten.

De bekende sirene wekt hen uit een diepe slaap. Afnemend en aanzwellend huilt ze door de vroege ochtend, de naderende dood verkondigend aan iedereen die niet op tijd dekking zoekt. Allebei weten ze dat ze geen enkele kans hebben om een schuilkelder te vinden en dus blijven ze maar gewoon liggen, starend naar de blauwige ochtendschemering die door de ramen naar binnen dringt. Ooit moet dit een woonkamer geweest zijn, op sommige plekken is het behang nog zichtbaar, bloesemtakken en kleine vogeltjes. Plunderaars hebben alles doorzocht, tafel en stoelen vernield, meegenomen wat nog van waarde kon zijn. De oude kachel zal wel te zwaar geweest zijn, anders hadden ze die vast ook meegenomen.

'Kijk!' zegt Fritz en hij wijst met zijn vinger naar boven. 'Ik denk dat we hier maar beter weg kunnen gaan.'

Nu ziet ze het ook. De balk waarop het plafond rust, is geknakt, hangt nog slechts aan een paar splinters. Een wonder dat ze vannacht niet onder het instortende plafond begraven zijn. De sirenes huilen ononderbroken. Ze staan op, kloppen het stof van hun kleding, nemen afscheid van de kleine kachel, die hen zo vrolijk opgewarmd heeft.

Buiten slaat een ijzige wind hen in het gezicht, rukt bijna Luisa's hoofddoek weg. Aan de grauwe hemel is het zwarte eskader zichtbaar, ze zien de bommen die het afwerpt, horen het gefluit, de doffe inslag, voelen de aarde beven. En daarbovenuit steeds die waarschuwende sirene, die onafgebroken haar lied van sterven en dood verkondigt, de zenuwslopende begeleidingsmuziek van de vernietiging. Fritz had gelijk, verderop langs het spoor is het raak, de schok is zo hevig dat ook de ruïnes om hen heen verder beschadigd worden. Over de puinhopen heen weten ze zich naar de straat te redden, terwijl achter hen de kleine kamer, waarin ze tijdens de nacht beschutting vonden, krakend in elkaar stort. Er lijkt geen eind aan de aanval te komen, steeds arriveren er weer nieuwe vliegtuigen die hun zwarte doodsvracht uitstorten over de weerloze stad. Fritz en Luisa lopen de straat door, vinden een ruïne en schuilen daar tussen het puin. Als er dichtbij een inslag te voelen is, slaan ze hun armen om elkaar heen, wachtend op het einde, vastbesloten om de dood samen tegemoet te treden.

Maar de oorlogsdood, die vandaag zo'n goede slag geslagen heeft in de stad Rostock, negeert het ineengedoken paar, laat hen ze allebei genadig in leven en gaat op zoek naar andere slachtoffers.

'Het is voorbij.'

De sirenes geven het sein 'veilig'. Een langgerekte toon, die de overlevenden oproept om weer uit hun schuilplekken te komen, de schade te herstellen en de doden te begraven. Langzaam lopen Luisa en Fritz door de stad, langs lege percelen en ruïnes, totdat ze eindelijk gebouwen zien die nog intact zijn. Een bakstenen kerk, waarvan de toren nog staat maar het gebouw zelf is geraakt. Daarnaast een paar kleine huizen met wat mensen ervoor, die zojuist de crypte van de kerk verlaten hebben, waarin ze dekking gezocht hadden voor de bommen.

Een van de mensen is de pastoor, een witharige, magere man met een bril, en zijn vrouw, die het jonge paar vol medelijden bekijkt.

'Zoeken jullie een onderkomen? De pastorie zit al vol vluchtelingen, maar we vinden vast nog wel een plekje voor jullie.'

Ontroerd bedanken ze haar. Te midden van alle ellende zijn er toch nog mensen die bereid zijn te helpen, ook al hebben ze het zelf zwaar. In de pastorie krijgen ze een deel van de zolder toegewezen, een hoekje dat met behulp van waslijnen en lakens afgescheiden is. Op de grond liggen een matras, twee dekens en een kussen. Beneden bevindt zich een badkamer, plassen kunnen ze in een emmer met deksel, die vervolgens mee naar beneden genomen moet worden.

De vrouw van de pastoor gaat er automatisch van uit dat ze een echtpaar zijn en ze laten haar maar in de waan. Ze koesteren geen onkuise gedachten, ze zijn verbonden door de oorlog en horen bij elkaar omdat het lot hen samengebracht heeft.

'Vind je het vervelend als ik me even ga wassen?' vraagt Fritz.

Hij heeft een kom met warm water gehaald, een washandje en een doek die hij als handdoek kan gebruiken.

'Nee hoor... Dan was ik me daarna wel...'

Terwijl hij zich uitkleedt en zich met het washandje afboent, gaat zij op de matras liggen, kijkt niet eens naar de naakte jongeman, maar valt uitgeput in slaap. Later brengt hij haar vers waswater en gaat er meteen weer vandoor, zodat ze zich ongezien kan uitkleden. Hij wil even met de pastoor praten, zegt hij.

'Dank je... Zodra ik klaar ben, kom ik ook naar beneden.'

Ze weet natuurlijk wel waarover Fritz met de geestelijke wil praten en haast zich om zich te wassen, omdat het eigenlijk haar zaak is. Het kan niet zo zijn dat Fritz vanaf nu alles voor haar regelt, dat wil ze niet en dat kan ze ook niet van hem verlangen. Maar als ze klaar is en eindelijk 'het kantoor' van de pastoor gevonden heeft, blijkt Fritz de belangrijkste dingen al met hem besproken te hebben.

'We zullen haar vandaag nog halen, Luisa. Een bekende van pastoor Klein en ik. Ze zal in de kerk worden opgebaard en later, samen met anderen die vannacht om het leven gekomen zijn, worden begraven.'

'Ik ga mee.'

Fritz en de pastoor kijken elkaar aan, het zint hun niet. Maar Luisa is niet van haar besluit af te brengen. Ze wil haar moeder op haar laatste weg begeleiden, ze moet bij haar zijn, dat heeft ze beloofd.

Aan het begin van de middag gaan ze samen met een van de vluchtelingen op pad, ze vinden Annemarie Koch stijf en bedekt onder naar binnen gewaaide sneeuw terug in het tunneltje, leggen haar op een meegebracht laken en brengen haar naar de kerk. Beneden in de crypte is een zijkoortje, waar al twee andere slachtoffers van het bombardement opgebaard liggen, een oudere vrouw en een klein meisje. Luisa trekt de jas van haar moeder recht, bindt haar hoofddoek opnieuw vast, trekt haar schoenen weer aan, die onderweg van haar voeten gevallen zijn.

'Ik blijf hier,' zegt ze tegen Fritz, die haar hand gepakt heeft. 'Ik blijf bij haar, totdat ze begraven is.'

Hij laat haar en gaat alleen terug naar boven. Als hij na enkele uren terugkeert om haar een warm drankje te brengen, heeft ze al hoge koorts. Haar hele lichaam doet pijn, haar rug, haar borst, in haar zij voelt ze telkens iets steken. In haar hoofd is het een chaos, ze ziet sneeuwvelden glinsteren in de zon, dan denkt ze weer in de trein te zitten en helemaal door elkaar geschud te worden.

'Ik ben zo moe,' murmelt ze. 'Doodmoe.'

Hoe ze weer naar boven, naar het afgeschermde deel van de zolder gekomen is, weet ze later niet meer. Daar ligt ze onder twee dekens en slikt de kamillethee door die Fritz haar met een theelepeltje voert. Hij praat zachtjes met haar, beantwoordt geduldig haar vragen.

'Is ze al begraven?'

'Morgen...'

'Hoe laat is het nu?'

'Even voor drieën.'
'Dan is het bijna avond.'
'Nee, het is drie uur 's nachts.'
'Waarom is het hier zo heet?'
'Je hebt koorts.'

Hij maakt pols- en kuitkompressen om de koorts te verminderen, legt een koele doek op haar gloeiende voorhoofd, slaapt af en toe even naast haar, om vervolgens de vochtige kompressen weer te wisselen. Op een gegeven moment hoort ze de sirenes weer huilen, ze wordt in de dekens gewikkeld en de trap af gedragen. In de crypte van de kerk zitten de mensen dicht op elkaar, vrouwen en kleine kinderen, oude mannen, sommigen hebben hun huisdieren bij zich, anderen dragen een rugzak met daarin het hoognodige: de laatste waardevolle bezittingen, papieren, een noodrantsoen aan levensmiddelen. De ronde zuilen van het middeleeuwse gewelf hebben al heel wat meegemaakt, af en toe valt er een stuk pleister van de muur, maar het plafond houdt het. In haar koortsdromen denkt Luisa dat ze de zuilen heen en weer ziet wandelen. Ze bewegen zich zwevend, gaan op en neer, zetten uit en worden weer zo dun als ijzeren staven. Later ligt ze weer op de matras en hoort ze haar hart onvoorstelbaar snel pompen, ze ademt snel en hortend en glimlacht naar het bezorgde gezicht dat zich steeds weer over haar heen buigt.

'Drink nog een slokje... Je moet veel drinken, Luisa...'
'Het gaat prima met me...Ik vlieg... Alles is prachtig...'
'Vlieg niet te ver weg, Luisa. Hoor je me? Blijf bij me.'

Iemand kust haar op de mond. Ze voelt het heel duidelijk. Of was het enkel het lepeltje met kamillethee? Ze wordt rustiger, valt in een lichte sluimerslaap, beelden trekken aan haar netvlies voorbij, ze ziet het weidse voorjaarslandschap van Oost-Pruisen voor zich, zit op de rug van haar merrie Flavia, voor haar rijden Jobst en Oskar.

'Wil je met mij naar het officiersbal, Luisa?'

Ach, ze heeft geen jurk voor een bal. Maar papa wil vast wel voor de stof betalen en mama zal de jurk voor haar naaien. Een lichtblauwe jurk van zijde, dat past mooi bij haar donkere haar. En daarbij dansschoenen van lichtblauwgeverfd leer...

Ze zakt dieper weg in de zachte schoot van de slaap, daar waar geen dromen meer zijn, alleen nog maar een bevrijdende, donzige schemering. Ze ziet de brede, stille rivier door de poort stromen en verderop in het schimmenrijk verdwijnen. Onbevreesd kijkt ze naar de poort, ze draait zich om en keert terug naar het leven.

Gehuil van kinderen dringt door tot haar bewustzijn, scheldende vrouwen, iemand hoest. Een pan klettert op de houten vloer. Een stem jammert om de verspilde melk. Als ze haar ogen opent, ziet ze grauwe lakens hangen, aan het voeteneind van haar matras staat een waskom van email, een kan met water, een afgedekte emmer. Ze heeft nog een beetje hoofdpijn en haar rug is stijf van het lange liggen, maar het lukt haar om overeind te komen en zelfs om diep adem te halen. Ze voelt zich gezond. Naast de matras staat een krukje, met daarop een beker en een bord. Kamillethee en een stuk brood met bietenstroop. Ze heeft honger, eet gretig het brood, moet flink kauwen, omdat het al hard geworden is en de stroop ingedroogd. Met lauwwarme thee spoelt ze alles weg, waarna ze zich opgelucht wil laten terugvallen op de matras. Pas dan ontdekt ze het opgevouwen stuk papier, dat met een hoekje onder het bord geklemd ligt.

Plotseling beseft ze dat hij weg is. Dat haar oorlogsbroeder Fritz niet meer bij haar is. Dat ze alleen is. Langzaam beweegt haar hand naar het papier, trekt het onder het bord vandaan en vouwt het open.

Lieve Luisa,
Ik ben onderweg naar mijn ouders. Wat er daarna gebeurt weet ik niet, de oorlog is immers nog niet voorbij, de Wehrmacht heeft iedereen nodig. Ik zal vaak aan je denken, Luisa. Misschien werkt het lot mee en zien we elkaar weer terug. Mijn ouders wonen in een klein dorpje in de Taunus, het heet Lenzhahn. Niet ver van Frankfurt am Main. Mocht je die kant op gaan, kom dan een keer langs, je bent altijd welkom.
Ik omarm je nog één keer, Luisa. Ik ben blij dat ik je heb leren kennen, want je bent een heel bijzonder iemand.
Ik wens je alle geluk op deze wereld.
Je vriend,
Fritz Bogner

Julia

Wiesbaden, juni 1945

'Je kunt je hier toch niet eeuwig blijven verstoppen! De zon schijnt. Trek iets leuks aan. We gaan wandelen!'

Julia kijkt Addi verwijtend aan over de rand van haar bril. Even laat ze de jurk die ze aan het naaien is zakken om naar buiten te kijken. Inderdaad, door de witte vitrages schijnen gouden zonnestralen. Het is zomer – in het Kurpark staan de gazons in bloei, het onkruid woekert in felle kleuren in de borders en de kinderen op straat en op de binnenplaatsen kauwen Amerikaanse kauwgum.

Maar Julia, die nog maar een paar maanden geleden met doodsverachting door het puin naar het theater liep, is nu, nu ze niet langer vervolgd wordt, al dagenlang het huis niet meer uit geweest. De boodschappen laat ze door Addi doen, de bekenden voor wie ze naait komen naar haar, alleen voor belangrijke overheidszaken verlaat ze haar veilige onderkomen. Als ze door de straten van de stad loopt is haar tempo gehaast, opgejaagd bijna, en kijkt ze steeds over haar schouder, alsof ze bang is dat ze gevolgd wordt. Julia Wemhöner is bang voor de vrijheid, ze heeft te lang als een schaduw in de voorraadruimte doorgebracht om nu alweer een wezen van vlees en bloed te kunnen zijn. 'Ik heb nog zo veel te doen, Addi,' zegt ze en ze wendt zich weer tot het kinderjurkje, dat ze uit een zomerrok van de moeder geknipt heeft. Inmiddels wordt ze daadwerkelijk door de mensen betaald voor haar werk, sommige brengen ook mooie spullen mee als bloemenvazen, lijsten of blikken, andere bedanken haar uitgebreid en prijzen haar vriendelijke behulpzaamheid.

'Naaien kun je ook doen als het regent,' houdt Addi vol. 'Maar als het zulk schitterend weer is, moet je naar buiten. Je bent nog altijd bleek en van al dat naaien heb je donkere kringen onder je ogen!'

'Morgen... Eerst moet ik dit jurkje afmaken, Addi. Dat heb ik beloofd.'

Natuurlijk ziet ze zijn teleurgestelde gezicht en dat doet haar pijn. Addi is zo'n lieve man, hij meent het zo goed met haar. Ook al werkt hij haar soms op de zenuwen met zijn luidruchtige manier van doen.

'Ik zou je zeer dankbaar zijn als je deze twee foto's voor me kunt ophangen,' zegt ze, terwijl ze hem met een vragend glimlachje aankijkt.

Met een zucht laat hij de vitrage vallen, pakt de ingelijste foto's op en bekijkt hoe die opgehangen kunnen worden. Dan verdwijnt hij naar zijn eigen appartement, waar ze hem in zijn gereedschapskist hoort rommelen. Wat maakt hij toch altijd veel lawaai. Ja, dat is misschien wat haar het meest aan hem stoort. Alles wat hij doet maakt lawaai. Terwijl ze er in de afgelopen paar jaar juist helemaal aan gewend geraakt was om altijd muisstil te zijn.

Addi neemt zijn opdracht serieus, zeker nadat hij gezien heeft dat het om foto's van haar ouders gaat. Met zijn duimstok meet hij alles op, hij vraagt minstens vijf keer of de afstand zo goed is, of dat hij vader misschien nog een beetje meer naar links moet hangen. Ten slotte is de taak naar tevredenheid volbracht, ze bedankt hem en vraagt snel of hij misschien een kopje thee voor hen allebei wil zetten.

'Ik heb heus wel door dat je me probeert af te leiden,' zegt hij, waarbij hij haar met een vreemde blik aankijkt. 'Maar ik krijg je wel. Vroeg of laat zul je uit je cocon moeten komen, Madame Butterfly!'

Ze giechelt en vindt dat hij af toe best grappig kan zijn. Dan wordt er aangebeld en Addi pakt snel zijn hamer en duimstok, en verdwijnt daarmee. Hij wil haar geen slechte naam bezorgen. De met behang gecamoufleerde deur tussen hun appartementen is er nog steeds en wordt door hen allebei gebruikt, zoals ze dat al jaren gewend zijn. Addi heeft haar een keer gevraagd of hij de deur niet beter dicht kon timmeren, maar dat wilde ze niet.

'Ach, nee. Dat zou toch heel onpraktisch zijn?'

'Prima. Maar zeg het me als je je eraan gaat storen.'

Voor de deur staat Marianne Storbeck met een leeg kopje in de hand. Of juffrouw Wemhöner misschien een slokje melk en een lepeltje meel overheeft?

'Wilfried zit alleen maar in de keuken voor zich uit te staren. Hij is vel over been, die man. Dus toen dacht ik: laat ik een pannenkoek voor hem bakken...'

Julia Wemhöner weet dat de Storbecks lid van de partij waren. Dat Wilfried Storbeck mensen aangegeven heeft. Ook Joden, die ergens ondergedoken zaten en vervolgens opgepakt werden. Er is dus geen enkele reden waarom ze nu uitgerekend Marianne Storbeck zou helpen met wat meel en melk. Maar aan de andere kant heeft ze toch ook medelijden met deze vrouw. Ze lijkt met de dag kleiner te worden, haar gezicht rimpeliger, het ooit bruingeverfde haar heeft inmiddels grijze uitgroei, de rest heeft een vreemde roestrode kleur gekregen. En dan die klagelijke blik...

'Komt u binnen, dan kijk ik even...'

In de keuken giet ze wat melk in het kopje en schept een beetje meel in een leeg zakje. Marianne Storbeck is in de woonkamer blijven staan en bewondert de inrichting. De mooie gordijnen. En al die schilderijen aan de muren, echte kostbaarheden.

'Wij zijn immers alles kwijt, we hebben nog net ons vege lijf weten te redden tijdens dat bombardement. Ik heb later alleen nog een klein fotootje van mijn schoonmoeder teruggevonden tussen het puin...'

Julia komt met het kopje en het zakje voor haar staan, maar Marianne blijft doorpraten.

'Van het ene op het andere moment alles kwijtgeraakt, stelt u zich dat eens voor, juffrouw Wemhöner. En vervolgens het ontslag. Jarenlang heeft Wilfried zijn plicht vervuld, vertrok hij trouw en braaf elke ochtend naar het gemeentehuis, waar hij zich uitsloofde voor de stad Wiesbaden. En dit is nu hun dank...'

De Amerikanen zijn bezig met de 'denazificatie' van de inwoners van de stad. Elke inwoner moet een lange vragenlijst invullen, waarna hij gerangschikt wordt op 'hoofschuldige', 'minder zwaar', 'meeloper' of 'vrijgepleit'. Instellingen en overheidsorganen zijn als eerste uitgekamd en uiteraard gingen er ook 'kwaadaardige lasterpraatjes' rond. Wilfried Storbeck was een van de eersten die zijn baan verloor.

'Tja,' zegt Julia verlegen. 'Het zijn zware tijden... voor ons allemaal...'

Marianne knikt en veegt een traan van haar wang. Julia houdt het kopje voor haar neus.

'Alstublieft...' dringt ze aan.

Ging deze huilebalk nu maar eindelijk. Hoe zielig ze haar ook vindt, lastig is ze ook. Heel lastig.

'U bent een goed mens, juffrouw Wemhöner... En misschien hebt u ook nog een ei...'

'Een ei?'

Marianne knikt ijverig en legt uit dat er toch eigenlijk minstens één ei in een pannenkoek hoort. Vroeger nam ze zelfs altijd drie eieren, maar dat was in die goeie ouwe vredestijd. Nu moet ze het met slechts één ei doen. Een heel klein kippenei, of Julia er daar misschien een van zou kunnen missen...

Marianne is nog niet van haar plaats geweken. Julia's arm wordt stijf, ze moet het kopje met melk laten zakken.

'Ik zal eens kijken,' zegt ze en ze loopt met kopje en zakje weer terug naar de keuken. Boven op de koelkast liggen nog drie eieren. Een is voor Addi morgen, voor bij zijn ontbijt. De andere twee had ze eigenlijk aan Else Koch willen geven. Omdat die immers alle taarten voor Café Engel bakt en daarvoor eieren en meel nodig heeft. Julia stopt het kleinste ei bij het meel in het zakje en loopt terug naar de woonkamer.

'Ik heb er nog één gevonden. Veel succes dan maar...'

Marianne is in de wolken, zegt nog drie keer dat Julia een engel is. Mocht ze zelf eens iets nodig hebben, dan hoeft ze enkel bij hen aan te bellen. Zoals goede buren dat doen, nietwaar?

Als ze eindelijk buiten is, bedenkt Julia dat ze haar toch tenminste de voedselbon voor het ei had kunnen geven. Maar ze heeft geen zin om Marianne Storbeck in het trappenhuis achterna te lopen, dan gooit ze dat ei ook maar in de pan voor haar Wilfried. Ze gaat weer verder met haar naaiwerkje, maar ze is zo kwaad op zichzelf dat ze zich niet kan concentreren. Ze loopt naar het raam en schuift de vitrage opzij. Vreemd dat er boven de restanten van het Kurhaus en het zwaar beschadigde theater zo'n stralende zomerhemel hangt. Dat de zon lacht boven de ruïnes, alsof er niets aan de hand is. Kinderen spelen tussen het puin, gooien stenen naar elkaar, rennen over de grasveldjes die ooit keurig onderhouden gazons waren. Verderop in de Wilhelmstraße zijn vrouwen en oudere mannen bezig het puin weg te ruimen. De mannen scheppen alles in emmers, de vrouwen vormen een ketting en geven de emmers door, totdat de laatste in de rij de emmer leegkiepert in de laadbak van een vrachtwagen. Ook Else Koch en Künzel hebben moeten meehelpen. Iedereen die bij de ondervraging aangegeven heeft dat hij lid was van de partij, heeft dit soort werkuren opgelegd gekregen. Teubert, die bij de luchtwacht was, heeft gewoon gelogen en is er nog mee weggekomen ook. Nu werkt hij in een van de Amerikaanse casino's in de keuken en kookt zijn vrouw goulash met Amerikaans blikvlees.

'Het is niet anders,' had Addi afgunstig gezegd. 'Wat je ook doet, de duivel schijt toch altijd op dezelfde hoop.'

Plotseling voelt de woonkamer voor Julia benauwd en warm. Misschien moet ze het raam even openen om wat frisse lucht naar binnen te laten. En de zon. Ze schuift de vitrage opzij, waarbij ze nog steeds het gevoel heeft iets levensgevaarlijks te doen, iets wat streng verboden is. Zich achter het raam vertonen. Haar rode haar zou haar meteen verraden...

Maar nu niet meer, denkt ze. Het is voorbij. Hitler is dood. Ik heb een nieuw paspoort, ik ben weer Julia Wemhöner. Ik hoef me niet langer te verstoppen, ik kan rechtop en vrij door de straten van de stad lopen.

Maar vreemd genoeg heeft ze daar geen zin in. Misschien omdat het oude Wiesbaden niet meer bestaat. Het theater staat nog steeds leeg, de zuilengang ligt in puin, het Kurpark, waar ze altijd zo gek op was, is verwilderd omdat niemand er meer voor zorgt. En overal lopen die Amerikaanse soldaten rond. Ze leunt wat verder naar buiten, zodat ze de Wilhelmstraße beneden voor het huis kan bekijken. En daar ziet ze een parasol. Een beetje vlekkerig, omdat hij zo lang in de kelder gestaan heeft, maar waar een parasol staat, moet ook een tafeltje staan. En stoelen. Else Koch heeft de klapmeubels voor Café Engel neergezet. Net als vroeger!

Ze kan best even een half uurtje pauzeren. Vooral omdat ze Else Koch nog het ei en een potje jam, dat ze van een klant gekregen heeft, wil brengen. En van dat spul dat voor boter moet doorgaan, wil ze Else ook het grootste deel geven. Dat smaakt zo smerig dat ze haar brood nog liever droog eet. Maar om mee te bakken is het prima.

Ze trekt schoenen aan en kamt haar haar, bindt het met een strik samen en ziet dat zich op haar voorhoofd alweer nieuwe kleine rimpeltjes gevormd hebben. Ach ja, ze is natuurlijk ook niet meer de jongste...

Als ze langs het appartement van de Storbecks loopt, ruikt het daar daadwerkelijk naar pannenkoeken. Waarom is ze toch zo toegeeflijk? Zo dom? Maar zo is ze nu eenmaal. Niet van deze wereld. Dat zei Else Koch onlangs, het klonk niet beledigend, eerder bijna liefdevol. Else Koch en haar dochter, Hilde. Die twee staan stevig met beide benen op de grond en wat ze aanpakken, lukt ook. Zelfs het café hebben ze weer geopend en er komen weer gasten. Niet veel, maar toch. Julia houdt van Café Engel, je kunt wel zeggen dat het haar tweede thuis is, want hier voelt ze zich veilig, onder goede vrienden.

In de gelagkamer van het café zitten vandaag maar een paar gasten, de meeste hebben buiten een plekje in de zon opgezocht. In de taartvitrine staan twee ronde cakes met doorzichtig suikerglazuur, van de ene zijn nog maar twee stukken over. Hilde loopt net met een blad vol gevulde glazen voorbij en roept haar toe dat ze buiten moet gaan zitten, dat Alois Gimpel er ook weer is en al naar haar gevraagd heeft.

'Ach...' zegt Julia. 'Dat vind ik leuk!'

Alois Gimpel was voor de oorlog koorrepetitor in het theater. Zijn taak was ervoor zorgen dat de zangers hun rollen uit hun hoofd leerden, de repetities op de piano begeleiden en hopen dat de dirigent ziek werd. Omdat hij dan het orkest zou mogen leiden. Julia herinnert zich dat dit tijdens haar tijd in het theater slechts twee keer voorgekomen is. Artiesten hebben nu eenmaal een ijzeren gezondheid als ze een invaller in hun nek voelen hijgen.

Else staat met een wit schort achter het fornuis en giet surrogaatkoffie op; echte koffie is weer eens niet te verkrijgen. Het zakje met ei en vet neemt ze dankbaar in ontvangst en met de jam is ze al helemaal blij. Dan vraagt ze of Julia snel twee kopjes koffie naar buiten wil brengen, omdat Hilde het amper aankan.

'Met dit weer komen ze allemaal achter hun kachels vandaan,' zegt ze tevreden. 'Alois Gimpel is er weer. Hij zit buiten, samen met Reblinger. Jenny Adler, de soubrette, is er ook. Volgens mij zijn ze alweer plannen aan het smeden voor een concert...'

Julia mag krantenrecensent Hans Reblinger heel graag. Over de zeventig is hij al. Vroeger was hij een goede pianist, maar tijdens de laatste oorlog verloor hij drie vingers van zijn linkerhand, waarna hij recensies is gaan schrijven. Voorzichtig zet Julia de volle kopjes op een blad. Het ruikt verraderlijk naar de sterke drank die Else tegen een kleine meerprijs in de koffie giet. Ze krijgen de drank altijd van een vreemd uitziende man, die Wendelin genoemd wordt. In ruil vraagt hij meestal kleding en schoenen.

'Voor Reblinger en voor mevrouw Knauss. Die zit meteen links onder de parasol, samen met Ida Lehnhardt...'

Julia merkt dat ze het leuk vindt om de gasten te bedienen en hun blije en dankbare gezichten te zien als ze de bestelling voor hen neerzet. Het zakelijke gedeelte laat ze aan Hilde over, die rekent af, neemt de voedselbonnen in ontvangst, doet hier en daar ruilzaken, soms schrijft ze het op. Maar dat laatste alleen bij heel trouwe klanten.

'Kijk, daar hebben we Julia Wemhöner! Wees gegroet, lieve kind!' roept Hans Reblinger. Als ze het kopje voor hem neerzet, trekt er een uitdrukking van zalig genoegen over zijn gezicht. 'De koffie in Café Engel smaakt altijd goddelijk!' zucht hij, terwijl hij genietend met het lepeltje in zijn kopje roert.

Verderop aan het andere tafeltje wordt ook al ongeduldig gewacht. Alma Knauss is een van die dames die vroeger ook al vaak in het café zaten, altijd begeleid door een zwerm jongemannen. Ze is financieel onafhankelijk, woont verderop in de Biebricher Allee in een mooie villa en doneert af en toe iets aan haar geliefde Café Engel. Een pond echte koffie. Suiker. Slagroom in blik. Of ingeblikt fruit. Waar ze het allemaal vandaan heeft kun je beter niet vragen, maar aangezien de tekst op de blikken in het Duits is, zal het allemaal wel afkomstig zijn uit een van de voedseldepots van de nazi's.

'Daar is ze! Mijn geliefde Julia!' gilt Knauss, en ze rukt het kopje koffie bijna uit haar handen. 'Ik heb u dringend nodig, lieve kind. U en uw behendige vingertjes. Komt u even bij ons zitten, wilt u ook een kopje surrogaat? Hallo, juffrouw Hilde…'

'Nee, nee, dank u wel!' roept Julia snel. 'Heel lief, maar ik drink thee. Mijn maag…'

Het heeft geen nut, ze moet bij de twee vrouwen komen zitten en aanhoren hoe vreselijk het toch is dat de oorlog alle jongemannen weggeroofd heeft.

'Alleen de oude mannen hebben ze voor ons overgelaten,' zucht Knauss, die duidelijk al een paar kopjes aangelengde koffie gehad heeft. 'En de kreupelen. Is er nog wel ergens een jongeman te vinden waar alles nog op en aan zit? Ik ken ze niet!'

Ida Lehnhardt is het roerend met haar eens. Zij het wat halfslachtig, omdat ze hier eigenlijk met een bepaalde reden zit. Julia weet dat, omdat ze niet voor het eerst voor de vrouwen werkt. Knauss bezit vier of vijf kledingkasten, allemaal tot de nok toe gevuld. Als ze in een goed humeur is, mag mevrouw Lehnhardt een paar dingen uitzoeken, die Julia dan vervolgens zo moet verstellen dat ze Ida passen.

'En alle dwangarbeiders uit Frankrijk en Polen hebben ze ook al laten verdwijnen,' zucht Alma Knauss, waarna ze het laatste slokje achterover kiepert. 'Lieve hemel, dat waren wel scharminkels hoor, maar af en toe zat er iets bruikbaars tussen…'

Hilde brengt een kopje pepermuntthee voor Julia, met daarbij een stukje cake. 'Geniet ervan, Julia!'

De cake is deels met maïsmeel gebakken en smaakt een beetje apart, maar is luchtig en dankzij het suikerglazuur lekker zoet. Hongerig eet Julia het stuk op.

'Zoals die Jean-Jacques bijvoorbeeld,' hoort ze Lehnhardt met gedempte stem zeggen. 'Die had toch iets met die kleine Koch…'

'En?'

Lehnhardt haalt haar schouders op. 'Niks en. Hij is ervandoor. Zou al getrouwd zijn…'

'Nee toch! Terwijl hij er toch uitzag als een groot kind. Maar hij had het achter de ellebogen. Dat zag ik direct.'

Ida Lehnhardt buigt zich naar haar toe en houdt ook nog eens verhullend een hand voor haar mond. 'Het schijnt dat ze een engeltje gekregen heeft, onze Hilde,' fluistert ze. 'Het engeltje van Café Engel.'

Alma Knauss haalt haar schouders op en zegt dat zoiets in de beste families voorkomt.

'Daar heb je helaas gelijk in, lieve Alma,' beaamt Ida en ze verandert snel van onderwerp. 'Zeg eens, heb je dat groene mantelpakje eigenlijk nog? Dat met die chiffon blouse?'

Alma Knauss wil haar kopje leegdrinken, maar moet concluderen dat dat al leeg is. Geïrriteerd zet ze het weer neer.

'Dat groene met die zijden revers aan het jasje? Dat zou je wel willen hebben, of niet?'

Ida Lehnhardt doet alsof het betreffende pakje haar helemaal koud laat. Maar de kleur is mooi. Zo zomers. En het is ook nog eens behoorlijk wijdvallend...

'Ach, vind je soms dat ik op mijn leeftijd niet meer zo veel decolleté mag laten zien?' vraagt Alma beledigd.

'Maar lieverd... jij hebt toch een perfect lichaam, slank en jeugdig. Ik dacht alleen dat die kleur een beetje uit de mode is...'

De schaakzet lukt – Knauss is geroerd en belooft haar vriendin Ida meteen drie zomerpakjes en een ochtendjas van Indisch katoen, die ze amper gedragen heeft.

Julia weet wat er nu komen gaat. Ze zal moeten beloven dat ze de aanpassingen binnen enkele dagen klaar heeft, in ruil voor een reep pure chocolade en een half pond echte koffie. Dagen en nachten achter de naaimachine voor niets en nog eens niets, omdat ze niet van pure chocolade houdt en maagpijn krijgt van echte koffie. Nee, ze heeft vandaag al genoeg doms gedaan, puur uit medelijden en omdat ze het zo moeilijk vindt om nee te zeggen. Maar voor deze twee vrouwen, die zo gemeen over Hilde Koch gepraat hebben, wil ze nog geen steek naaien. Julia Wemhöner staat op, pakt haar lege kopje en knikt de beide dames toe.

'Het spijt me, maar ik heb nog het nodige te doen. Ik wens u een prettige middag.'

Alma kijkt op en kijkt de roodharige naaister van onderen aan. In haar blik is verbazing te lezen.

'Wacht even, lieve kind... we zijn nog niet klaar. Mijn vriendin Ida zal u de spullen morgen brengen. De maten weet u inmiddels. Wanneer denkt u klaar te kunnen zijn?'

Nu dapper zijn, denkt Julia. Ik heb a gezegd en moet nu ook b zeggen. Maar ik moet voorzichtig zijn, omdat ze een belangrijke klant van Café Engel is. Ik mag in geen geval onvriendelijk worden.

'Beste mevrouw Knauss,' zegt ze langzaam, waarbij ze probeert haar stem niet te laten trillen. 'Op het moment heb ik zo veel werk dat ik pas op zijn vroegst over vier weken aan uw opdracht zou toekomen...'

Alma Knauss laat een kort, laag lachje horen. Het is duidelijk dat ze de kleine roodharige naaister niet serieus neemt. 'Dat zal natuurlijk niet gaan, lieve kind. Speciaal voor mij kunt u vast wel wat schuiven, toch? Laten we zeggen... volgende week woensdag? Of misschien donderdag. Maar dan wel stipt om twaalf uur, oké?'

Het is moeilijker dan gedacht, maar Julia houdt voet bij stuk. Ze is Julia Wemhöner, gediplomeerd naaister en kostuumnaaister. De tijd waarin ze slechts een schaduw in de voorraadruimte was, is voorbij.

'Zoals ik al zei, mevrouw Knauss, op zijn vroegst over vier weken. Ik wens u nog een fijne dag.'

Ze draait zich om en loopt terug het café in. Ze is al bij de draaideur als ze het hoort. Heel duidelijk herkent ze de stem van Lehnhardt.

'Niet te geloven! Die brutale Joodse trien.... Vroeger zou zo iemand opgepakt zijn!'

Jean-Jacques

Februari 1945

Twintig dagen al. En twintig nachten. Elke ochtend, als de gevangenbewaarder de gevangenisdeur nadert, als hij de laarzen op de tegelvloer hoort, het rammelen van de sleutels, het gesnuif van de man met zijn permanent verstopte neus – elke keer denkt hij dat dit het is. Dat ze hem uit zijn cel halen. Buiten op de binnenplaats staan drie galgen, daar zullen ze hem ophangen. Of doodschieten. Het gaat heel snel, zeggen ze. Een nekschot, je voelt een kleine tik, het beeld op je netvlies breekt als een kapotte ruit in stukken en alles wordt zwart.

Vier lotgenoten heeft hij overleefd. Twee van hen waren Duits, de een een deserteur, de ander een journalist. De deserteur, een heel jong, blond knulletje, werd meteen de volgende dag al gehaald. Hij verweerde zich uit alle macht, maar ze waren met drie man en sloegen hem gewoon bewusteloos. De journalist was een man van rond de vijftig, lang en mager, een hoekige kin. Een vreemde man, omdat hij altijd lachte. Een gestoord lachje, dat Jean-Jacques bang maakte. Maar slim was hij wel, die journalist. 's Nachts begon hij soms te praten, hij sprak Frans, had dat ooit op school geleerd. Hij sprak over de oorlog, die Hitler al bij voorbaat verloren had, omdat niemand over heel Europa kan heersen. Iedereen die dit geprobeerd had, had gefaald, met als lichtend voorbeeld Napoleon Bonaparte, die ook ten onder gegaan was aan grootheidswaanzin. Toen de journalist de volgende ochtend gehaald werd, bleef hij lang weg. Waarschijnlijk werd hij verhoord, want die middag brachten ze hem weer terug en toen bloedde hij aan zijn gezicht. Een andere keer zat zijn oog dicht.

'Het duurt nu niet meer lang,' zei hij, waarbij hij weer dat vreemde lachje liet horen. 'Aan alles komt een eind... Alleen de waarheid heeft het eeuwige leven...'

Hij had gelijk, want de volgende ochtend werd hij afgevoerd, en Jean-Jacques heeft hem nooit meer teruggezien.

De andere twee celgenoten waren Polen, een oudere en een jongere. Wat zij op hun kerfstok hadden kwam hij nooit te weten, omdat ze alleen door middel van gebaren met elkaar konden communiceren. Maar waarschijnlijk waren het ook dwangarbeiders die gevlucht waren. Misschien dat ze ook gestolen hadden. In elk geval werden ze drie dagen later afgevoerd.

Sinds gisteren zit hij alleen in de cel. Met als voordeel dat hij niet gestoord wordt tijdens zijn slaap, dat hij genoeg plek heeft om een paar stappen te lopen, om plaats te nemen aan de smalle tafel en in alle rust zijn soep te eten. Desalniettemin had hij liever nog een paar lotgenoten om zich heen gehad, want zelfs als je niet met elkaar kunt praten, leidt de aanwezigheid van iemand anders toch wat af van de angst. En van het piekeren. Dat is nog het ergste. Die aanhoudende gedachte dat hij zelf schuldig is aan zijn ellende. Omdat hij overmoedig was. Omdat hij een verkeerde beslissing genomen heeft. Als hij naar Hilde had geluisterd, dan had hij nu al thuis in Villeneuve kunnen zijn.

Hilde, het blonde Duitse meisje dat zijn hart veroverd heeft. Aanvankelijk vond hij haar nogal arrogant, bazig. Zoals ze hem rondcommandeerde. Maak hier eens schoon. Ga naar de kelder. Kan het wat sneller? *Plus vite?* Hij ergerde zich er zo aan dat hij extra langzaam ging werken. Toen kreeg ze een woedeaanval, die kleine tiran. Helemaal door het lint ging ze, ze schold, stampte met haar voeten. Hij had haar enkel uitgelachen. En toen was het gebeurd. Vanaf die dag voelde hij dat ze hem respecteerde. Sterker nog, dat ze hem opzocht. Zijn nabijheid opzocht. En hij deed hetzelfde. Vroeg zich constant af hoe en waar hij haar tegen het lijf zou kunnen lopen. Waar ze even alleen zouden kunnen zijn. Een gevaarlijk, smeulend vuur, maar ze konden gewoon niet van elkaar afblijven.

Het is liefde. Zij is de vrouw die bij hem hoort. Moedig. Ook opvliegend. Strijdlustig. Maar in zijn armen is ze helemaal anders, dan weet hij haar te temmen en wordt ze zacht, teder, hartstochtelijk. Ze hoort bij hem. Liefde slaat in als een bliksemschicht, houdt geen rekening met de wetten van de mensen. Een dergelijke liefde mogen meemaken is een groot geluk. Hij heeft dit geluk gehad en het vervolgens verspeeld. Omdat hij een ellendige, vreselijke lafaard is. Nee, hij heeft Hilde niet verdiend. Zij en haar moeder hebben hun leven geriskeerd om hem te helpen. Else, Hildes moeder, had hem de weg naar de vrijheid gewezen, hem heel duidelijk uitgelegd dat hij moest wachten tot het invallen van de duisternis en dan de geplaveide weg moest volgen. Tot aan de oever van de Rijn. En dan de brug over. Eenmaal over de Rijn zou hij al een belangrijke horde in de richting van zijn vaderland genomen hebben, had ze gezegd.

Maar zo ver is hij niet eens gekomen. Op het kerkhof was het zo verschrikkelijk koud dat hij bang was dat hij dood zou vriezen. En dan al die grafstenen in de vroege schemering, griezelig gewoon. Hij was soldaat, had voor Frankrijk gevochten en de vijand een paar keer in de ogen gekeken. Hij was niet bang om voor zijn vaderland te sterven. Maar zo'n kerkhof met zijn oude graven in het halfdonker, dat was wat anders. Daar waren de geesten van de doden rond, daar gelooft hij heilig in. En voor geesten is hij bang.

Een tijdje hield hij het vol, zittend achter de grafsteen van een dode officier uit de Grote Oorlog, terwijl hij de inhoud van zijn rugzak onderzocht. Hij at wat, omdat je het met een volle maag minder koud hebt. De sneeuw was twee dagen ervoor weggesmolten, een geluk, volgens Hilde, omdat zo zijn voetstappen niet te zien zouden zijn. Maar inmiddels vroor het weer dat het kraakte en tussen de grafstenen door waaide een ijzige wind. Zo kwam hij op het idee om er al eerder vandoor te gaan, want in het pikdonker, zonder straatlantaarns en met verduisterde ramen, kon hij die brug misschien niet eens vinden.

En dus bond hij de rugzak om en verliet die ongezellige plek, liep door de straten in de richting van de oever van de Rijn, zoals hij het op de kaart gezien had. Alles leek heel eenvoudig, de paar voorbijgangers die hij tegenkwam keurden hem geen blik waardig – en waarom zouden ze ook? Het was koud en iedereen had haast om naar huis te gaan. Maar toen had hij pech. Beter gezegd, kreeg hij de rekening gepresenteerd voor zijn onvoorzichtigheid. Vanuit een steegje kwam een groepje jongens de straat in gelopen, kinderen bijna nog, die eigenlijk op school hoorden te zitten. Maar ze droegen Wehrmachtuniformen, dat was duidelijk te zien. Misschien dat ze hem anders niet eens gezien hadden, maar uit angst klom hij snel over een tuinhek, om zich achter de coniferen te verstoppen. Het was maar een klein tuintje, waardoor hij op slechts enkele meters van het huis zat, en helaas had iemand hem gezien.

'Help!' hoorde hij achter hem krijsen. 'Een inbreker! Moordenaars! Help me!'

Hij is er nooit achter gekomen wie de bezitster van die schelle stem was. Enkele seconden stond hij verstijfd van schrik, toen maakte hij zijn volgende fout en zette het op een lopen.

'Daar is hij! Zijn jullie soms blind? Hij is om het huis heen gerend...'

De knulletjes hadden de grootste lol. Waarschijnlijk zagen ze het als een spelletje 'boeven vangen', dat hij zelf in zijn jeugd ook zo vaak met zijn broer en vrienden speelde. Wat is oorlog toch gaaf, iemand rent voor zijn leven en jij mag hem pakken. Helaas waren de stoere jongens in het bezit van geweren, waardoor hij uiteindelijk maar besloot om zich over te geven, voordat een verdwaalde kogel zijn rug zou raken. Ook dat bleek een fout. Hij had via de regenpijp op het dak kunnen klimmen en zich daar plat neer kunnen leggen, totdat de jongens het zoeken zouden hebben opgegeven. Maar in zijn paniek was deze simpele oplossing niet bij hem opgekomen. En dus werd hij meegesleept naar het politiebureau, waar ze er al snel achter kwamen dat hij een gevluchte dwangarbeider uit Frankrijk was. In de kamer ernaast hoorde hij de vrouw met de schelle stem weer, die maar niet van ophouden wist en zelfs de Duitse politieagent op de zenuwen werkte. Wat ze vertelde, kon hij niet verstaan. Maar hij kwam er al snel achter: hij zou haar huis binnengedrongen zijn om haar te verkrachten. Belachelijk. De vrouw leed duidelijk aan dwangmatige wensvoorstellingen. Hij bezwoer dat hij het huis niet eens binnen geweest was. Maar toen ze hem naar de rugzak en de kaarten vroegen, moest hij snel iets verzinnen. Hij zei dat hij de spullen gestolen had uit Hotel Kaiserbad. Zo konden ze hem wel aanklagen voor diefstal, maar dat kon hem niet schelen. Onder geen beding wilde hij zijn Hilde en haar moeder verraden. Hij zou nog liever sterven.

Maar goed, sterven zou hij nu toch. De Duitsers hebben de oorlog zo goed als verloren, dat weten ze, ook al durft niemand het hardop uit te spreken. Ze zijn nerveus, schieten zelfs hun eigen mensen om de onbenulligste redenen dood. Wat is het leven van een Fransman dan nog waard? Minder dan niets.

Deze ochtend lijkt niet anders dan anders. Hij krijgt een stuk brood en een kopje surrogaatkoffie en gaat aan tafel zitten om te eten. Dan hoort hij buiten in de gang de laarzen van de bewaker, begeleid door voetstappen van gewone schoenen. Aha, denkt hij. Ik krijg weer gezelschap. Wie zal het dit keer zijn?

Het zijn twee jonge Duitsers, de ene draagt een bril, de andere heeft een grote wond aan zijn slaap. Hij wankelt – Jean-Jacques kan hem nog net opvangen voordat hij tegen het stalen stapelbed valt.

'Perrier, Jean-Jacques,' zegt de bewaker. 'Meekomen!'

Het is zover, denkt hij. Geen weg terug meer. Enkel nog rechtdoor naar de dood. Hij laat de jonge Duitser op het bed zakken en pakt zijn jack. Beweegt automatisch, voelt niets, merkt niets. Loopt als een houten ledenpop voor de bewaker uit de kale gang door, totdat hij voor een deur staat.

De bewaker klopt aan. Iemand roept een luid, kortaf 'Ja'. Ze stappen naar binnen.

Een man in uniform zit achter een bureau, met voor zich een dossier. Jean-Jacques ziet het grauwe, onverschillige gezicht van de man en realiseert zich dat hij niet tegenover een mens staat maar tegenover een radertje in een machine. Hij doet zijn plicht, zoals ook zijn meerdere zijn plicht doet en ook degene die hem zo meteen mee naar de binnenplaats neemt en degene die de strop om zijn nek zal leggen. Dit systeem kent geen moordenaars. Alleen mensen die braaf hun plicht doen.

Door deze gedachtegang is hij zo afgeleid dat hij de paar woorden die de man tegen hem zegt amper hoort.

'Clementie... mijnbouw... steenkool... afgemarcheerd!'

Hij begrijpt er niets van. Denkt nog steeds dat hij gaat sterven als hij de kamer ernaast in geduwd wordt. Pas als daar iemand hem zijn jas, muts en rugzak overhandigt, wordt hem duidelijk dat hij de dans ontsprongen is. Wat had die Duitser achter het bureau gezegd? Mijnbouw... steenkool...

'*À la mine...*' zegt iemand tegen hem. '*Charbon...*'

Ze sturen hem de mijnen in. Hij wordt niet opgehangen, ze hebben arbeiders nodig om kolen uit de berg te halen. Voor de productie van het staal, waar de Duitse tanks van gemaakt worden. Plotseling zakken zijn benen onder hem weg, zijn bewaker pakt hem onder de armen, sleept hem naar een bank, wacht totdat hij weer bij zinnen is.

'Vooruit!' zegt hij vervolgens. 'Naar het station, huichelaar. Je mag de Führer op je blote knietjes danken dat hij je in leven houdt.'

De trein vertrekt vanaf het goederenstation en zit vol met Russen. Jean-Jacques is bang voor hen, er zitten Mongolen tussen, met van die scheve ogen, die hem doen denken aan hongerige dieren. Allemaal zijn ze ongelooflijk smerig, velen dragen geen schoenen maar hebben lappen om hun voeten gebonden. Hun lot is waarschijnlijk hetzelfde als dat van hem, ook deze arme kerels worden door de Duitsers tot slaaf gemaakt en gedwongen tot onmenselijk werk. En toch betekent dit niet automatisch dat ze broeders zijn. In alle ellende heerst nog altijd de wet van de sterkste. Wie zwak is delft het onderspit, wie vreemd is wordt vijandig bekeken en omgebracht. En hij, de Fransman, is tussen deze Russen de vreemdeling, die zijn vege lijf zal moeten zien te redden.

Dan schiet de hemel hem te hulp. Of beter gezegd, een eskader Amerikaanse vliegtuigen, dat met gillende sirenes aangekondigd wordt. De mannen rennen de trein uit, ook de bewakers gaan ervandoor, om ergens in de omgeving dekking te zoeken. Iedereen weet dat de Amerikanen hun bommen graag op stations gooien, dat ze blij zijn met elke trein die ze raken. Ongeacht of daarin op dat moment Adolf Hitler samen met de heer Göring van een ontbijtje geniet of honderden onfortuinlijke dwangarbeiders onderweg zijn naar de mijnen van het Ruhrgebied.

Jean-Jacques loopt over rails, klautert op bevroren perrons, springt weer naar beneden op het spoor, kruipt door droog, bruin struikgewas een helling op, in zijn oren gilt het luchtalarm, vanbinnen voelt hij paniek. Wat een waanzin is deze oorlog toch! Amper ontkomen aan de galgen van de nazi's wordt hij nu misschien aan stukken gescheurd door Amerikaanse bommen.

Hij rent voor zijn leven, zijn hoofd bonkt, zijn longen staan op knappen, in zijn benen heeft hij geen gevoel meer, hij struikelt, gooit zich op de grond, hapt naar adem. Zwarte, dodelijke vogels jagen langs de hemel, fluitend, brullend, ergens explodeert iets. Hij drukt zich tegen het wegdek, voelt een scherpe rand, een metalen hekwerk, en pas als de vliegtuigen voorbijgevlogen zijn, realiseert hij zich dat zich achter dit hekwerk de oever van de Rijn bevindt. Grauw en koud stroomt het water van de grote rivier voorbij, een binnenvaartschip drijft traag mee, aan de kant liggen meerdere boten voor anker. Voorzichtig tilt hij zijn hoofd op, probeert zich te oriënteren. Rechts van hem is een brug, een brede en vaste brug over de Rijn. Er is niemand in zijn buurt; zo vlak na een luchtaanval zitten de meeste bewoners nog in de schuilkelders. Jean-Jacques staat op, klopt het vuil van zijn jas, trekt de rugzak recht en gaat op weg. Over de brug naar de andere kant van de Rijn. De eerste belangrijke stap naar huis.

Als de sirene het sein 'veilig' geeft, heeft hij de brug al bereikt. Hij loopt rechtop, met vaste tred, snel maar niet gehaast. Als iemand die een doel voor ogen heeft en daar onverstoorbaar op afgaat. Op de brug rijden twee Duitse legervoertuigen langs hem heen, maar de inzittenden hebben geen oog voor hem. Voetgangers komt hij niet tegen, alleen een oudere man op een fiets, die hem met gevulde fietstassen inhaalt. Dan is hij al aan de overkant, verbaasd over hoe makkelijk dat ging. Boven de stad op de andere oever schijnt een aarzelend ochtendzonnetje door de wolken, waardoor hier en daar een golfje in de grauwe rivier oplicht. De wind is ijzig, pas nu merkt hij dat hij zijn muts kwijtgeraakt is, omdat de kou hem in zijn oren bijt. Maar dat is onbelangrijk, stelt niets voor. Euforie heeft zich van hem meester gemaakt, een soort roes van enthousiasme. Het is hem gelukt! Twee keer was hij er zeker van dat hij zou sterven en twee keer heeft het lot hem behoed. Dat moet een reden hebben. Niets op deze aarde gebeurt zonder reden. Hij heeft nog een opdracht te vervullen in dit leven en hij denkt te weten welke dat is.

Hilde, die op hem wacht. Zijn liefde, die vanuit de hemel kwam en voor wie hij door de hel moet gaan.

Hij heeft geen idee hoe de oorlogssituatie er in het westen uitziet. Hij weet dat de geallieerden geland zijn in Normandië en dat Parijs bevrijd is. Dat heeft Hilde hem nog verteld, wier vader stiekem naar de Engelse radio luisterde. Mogelijk wordt ook hier in de buurt al gevochten, waarschijnlijk is het verstandiger als hij zich overdag schuilhoudt en alleen 's nachts op pad gaat. In een kaal bosje pauzeert hij, verbergt zich tussen het kreupelhout en doorzoekt zijn rugzak. De kaarten en het kompas zitten er niet meer in. Alleen nog een paar harde broodkorsten, een paar suikerklontjes en een restje spek. Wat schone was. Een gebreide trui, die hij meteen aantrekt, en ook het tweede paar sokken helpt goed tegen de kou en... ach, Hilde heeft zelfs aan een extra muts gedacht! Het kompas was anders wel heel handig geweest nu, vervloekte eikels, sales boches, nu moet hij zich aan de hand van de zon zien te oriënteren, en die laat zich weinig zien. Naar het zuidwesten dan maar. Misschien eerst een stuk stroomopwaarts, dan afbuigen in westelijke richting. De grens over. Naar zijn bevrijde vaderland.

Als hij Metz bereikt, is het al maart; hij is half verhongerd en volledig onderkoeld. Een paar dagen lang wordt hij in een ziekenhuis opgenomen, waar hij wat kan uitrusten, warme soep krijgt en een warm bed. Hij probeert om naar huis te bellen, maar het kabelnetwerk is kapot, hij krijgt geen verbinding. Zonder kaartje pakt hij de trein naar Nancy en hij legt de conducteur uit wie hij is en waarom hij geen geld heeft. Hij mag blijven zitten. Wat is het heerlijk om zijn moedertaal weer te kunnen spreken, te worden verstaan, gecompliceerde situaties uit te kunnen leggen, in plaats van dat hij zich in een vreemde taal moet zien te redden. Tijdens de treinrit bedenkt hij dat hij Hilde natuurlijk ook naar Villeneuve kan laten komen. Waarom niet? Maar eerst moet hij die scheiding regelen, tenslotte is hij naar wens van zijn vader met Margot getrouwd. En hoewel hij destijds, vier jaar geleden, heus ook wel een beetje verliefd dacht te zijn, ging het toch vooral om het land en de uitzet die ze meebracht. Maar sinds hij Hilde heeft leren kennen, weet hij pas wat echte liefde is.

Een kracht waartegen je je niet kunt verzetten. Wie dat toch probeert, zal nooit gelukkig zijn.

In Nancy moet hij wachten, de treinen zijn overvol. Hij vindt een plekje in een trein naar Dijon, vervolgens een trein naar Lyon. Overal waar hij uitstapt wordt feestgevierd. De mensen staan op de pleinen en drinken wijn, vallen elkaar in de armen, jonge mensen trekken joelend door de straten. Hij krijgt te eten, een bed voor de nacht, luistert naar verdrietige verhalen over gesneuvelde of vermiste zoons, vertelt slechts weinig over zichzelf. Zelf heeft hij geen heldendaden verricht voor zijn land; ze moesten de vesting destijds vrijwel zonder slag of stoot overgeven, omdat de Duitsers de Maginotlinie slim hadden weten te omzeilen en hen vanuit het binnenland aanvielen. Er wordt hem verteld dat de geallieerden al op Duitse bodem staan en steeds verder oprukken in oostelijke richting. Franse soldaten die naar Engeland gevlucht waren, zouden zich bij hen hebben aangesloten. Inmiddels zou het er alleen nog maar om gaan wie als eerste Berlijn zou bereiken: de geallieerden of de Russen.

'Nu wordt de rekening vereffend. Nu zullen ze boeten voor hun hoogmoed. Dachten dat ze over de hele wereld konden heersen, en nu zijn ze helemaal niets meer...'

'Het spel is uit voor Pétain, de verrader. Lang leve Charles de Gaulle!'

De marionettenregering onder leiding van de oude maarschalk Pétain is gevlucht en heeft niets meer te betekenen. Geen onderdanige wapenstilstand meer, die Pétain met Hitler gesloten had. Charles de Gaulle is teruggekomen uit Engeland en heeft de verzetsstrijders verenigd tot een Franse gevechtstroep, hij leidt de provisorische regering in Parijs en staat niet toe dat Frankrijk onder vreemde heerschappij komt. De geallieerden mochten het land dan wel bevrijd hebben, Frankrijk behoort toe aan de Fransen. Daarvoor staat Charles de Gaulle!

Jean-Jacques jubelt mee. Drinkt op de overwinning. Op de nederlaag van de vijand. Op het eind van de oorlog. Op de vrijheid. Op Frankrijk. Maar stiekem maakt hij zich zorgen om Hilde, die nu in het bezette Duitsland zit. Wie weet of de Amerikanen en de Britten niet ook gebruikmaken van het zogenaamde recht van de overwinnaar? Beter maar niet aan denken. Niet nadenken over dat het misschien fout geweest is om te vluchten. Dat hij beter in Wiesbaden had kunnen blijven, om Hilde te beschermen…

Als hij in Nîmes uit de trein stapt waait er een lauwe wind en kan hij de geur van de citroenbomen ruiken. Hij is weer thuis: een goed, heerlijk gevoel. Onderweg heeft hij naar buiten gekeken en de bekende dorpjes begroet, het voorjaarsgroen van de weides, het felle geel van de mimosaboompjes. En de wijngaarden, die zich weids uitspreiden over het vlakke land en in het zuidoosten aansluiten op het wijngebied van de Rhône. Hier wordt rode wijn geproduceerd, de vin du pays, maar ook de hoogwaardigere soorten. Zijn vader maakt bijvoorbeeld met heel veel liefde zijn rosé, die tot aan Parijs geleverd wordt, vroeger zelfs helemaal tot aan Engeland en Duitsland. Het is een groot, gezegend stuk land, zijn Provence. Hier verbouwden de Romeinen destijds al druiven en bouwden ze steden. Overal zie je de overblijfselen van die Romeinse cultuur nog terug, hun waterleidingen, hun tempels, hun amfitheaters. Eeuwen later floreerde de kunst hier in de Provençaalse vorstendommen, de dichtkunst en minnezang gedijden goed in dit zuidelijke klimaat, en de prima wijn van deze regio zal daarbij zeker een grote rol gespeeld hebben.

Hij verheugt zich nu echt en geniet van het laatste stukje van zijn thuisreis, legt de rit langs de paar stationnetjes tot aan Villeneuve af met het boemeltreintje, en vanbinnen jubelt hij als de eerste wijngaarden van zijn familie in zicht komen. Hier heeft hij als kleine jongen al mee moeten aanpakken, wijnstokken snoeien, opbinden, onkruid wieden. En dan de oogsttijd, als ze met een mand op hun rug rondliepen, hij en zijn kleine broertje Pierrot, zijn neven en nichten en vaak ook nog wat seizoenarbeiders uit de buurt.

Natuurlijk wordt hij in de trein herkend, buren en vrienden roepen zijn naam, delen in zijn vreugde, delen hun stokbrood met hem, geven hem handenvol olijven, een slok uit hun meegebrachte flessen.

'Alles zal beter worden, nu al onze jonge mensen weer terugkomen!'

'Wat zullen je ouders blij zijn!'

'En Margot helemaal…'

'Een schande om voor de Duitsers te werken, terwijl elk paar handen hier zo hard nodig is!' zegt een oudere wijnboer hoofdschuddend. 'Een schande voor Frankrijk!'

Geheel onverwacht wordt Jean-Jacques geconfronteerd met de woede van de oude man, wiens zoons zich onder het Vichy-regime van maarschalk Pétain vrijwillig gemeld hebben voor werk in Duitsland. Jean-Jacques verzekert hem dat hij een Duitse krijgsgevangene was en dus tegen zijn wil aan het werk gezet werd. Maar de oude man luistert amper. 'Wie het vaderland verlaat, komt als vreemde terug. Zo is dat nu eenmaal...'

Hij ergert zich een beetje aan die koppige oude man die het verschil niet wil zien, maar tegelijkertijd knaagt zijn geweten ook aan hem. Heel zwak, maar toch voelbaar. Is dat niet precies wat hij ook van plan is? Zijn vaderland verlaten om in Duitsland te gaan wonen? Erger nog: hij wil zijn vrouw en zijn familie verlaten. Nog maar een week geleden leek het allemaal zo simpel. Toen hij nog volledig vervuld was van de gedachten aan zijn grote liefde. En die liefde is er natuurlijk nog steeds, in zijn dromen ziet hij Hilde voor zich, hoort hij haar stem, voelt hij haar naakte lichaam, dat hem slechts één keer toebehoord heeft. Maar plotseling lijkt de weg terug naar haar heel moeizaam en vol obstakels.

Vanaf het station van Villeneuve gaat hij te voet verder over weides en wijnbergen. De voorpret is minder geworden, vermengt zich met het gevoel dat hij de mensen van wie hij houdt en die bij hem horen iets ergs zal moeten aandoen. Dat hij een afvallige is. Een man die zijn vrouw en familie verlaat om bij een andere vrouw te zijn. Zoiets is hier al vaker voorgekomen en het oordeel over die ontrouwe mannen was niet mals. Zelfs in de gevallen waarin iedereen wist dat het om een ongelukkig huwelijk ging. Zodra hij de ouderlijke boerderij ziet, blijft hij even staan om de aanblik in zich op te nemen: het grote woonhuis van grijs natuursteen, begroeid met wilde druiven en rozen. Nog gebouwd door zijn grootvader, maar zijn vader heeft er veel aan veranderd, de doorgang naar de stal gesloten, een badkamer binnen gebouwd, het huis op het elektriciteitsnet aangesloten. De bijgebouwen, die vergroot en uitgebreid werden, de royale wijnkelder, waar de rode wijn rijpt in de flessen. Hoe vaak hebben ze niet tijdens de druivenoogst met alle helpers en arbeiders aan de lange tafel buiten zitten eten en drinken, om vervolgens meteen te gaan slapen en de volgende ochtend weer vroeg op te staan...

De lichtbruine hond die naar hem blaft, kent hij niet. Maar dan wordt hij herkend door de oude Berthe, die het uitschreeuwt. Hij ziet zijn moeder, die geschrokken de stal uit komt, de mestvork nog in de hand. En bij de voordeur verschijnt Margot. Ze is dun geworden, haar rossige haar heeft ze opgestoken, ze heeft een keukenschort voor en houdt haar hand boven haar ogen, om beter te kunnen zien tegen de zon in.

'Mijn god... Jean-Jacques... Ben je het echt?'

Is ze blij? Ze begint te huilen, houdt het schort voor haar ogen en snikt het uit. Zijn moeder komt op hem af en omhelst hem, nu komt ook Jérôme de stal uit, Berthes man, vol ongeloof staart hij Jean-Jacques aan.

'De Heilige Maagd heeft mijn gebeden verhoord,' zegt zijn moeder, terwijl ze over zijn haar strijkt.

Dan werpt Margot zich huilend in zijn armen, klampt zich aan hem vast en ratelt maar door. 'Ik heb het gedroomd. Dat je terugkwam. De hemel heeft ervoor gezorgd. In de droom zei ik tegen je: "Jean-Jacques, de hemel heeft ervoor gezorgd..."'

In de keuken neemt hij plaats aan tafel en hij krijgt een beker melk voorgezet. Het avondeten is bijna klaar, dan zullen ook vader en Pierrot terugkomen van het aardappel poten, ze zijn laat dit jaar, vanwege het tekort aan personeel. De wijn, de akkers, het vee – voor iedereen was het zwaar, omdat Pierrot zich zo vaak moest verstoppen en amper kon werken. Ook zijn kleine broertje heeft in krijgsgevangenschap gezeten, maar de Duitsers hebben hem al snel weer terug naar Frankrijk gestuurd, omdat hij een beenwond had die niet wilde genezen. Maar eenmaal thuis genas hij snel, waarna hij zich aangesloten had bij het verzet.

'Elke nacht vreesden we voor zijn leven,' zegt moeder, en Margot knikt. 'Hij is zo moedig, Jean-Jacques. Je broer is een echte held!'

Jean-Jacques zwijgt. Zo is zijn moeder nu eenmaal. Zijn kleine broertje hoeft maar een scheet te laten of hij is al een held. Zelf moet hij heel wat meer presteren wil hij wat lof krijgen. Maar wat stelt een dwangarbeider in Duitsland dan ook voor vergeleken met een verzetsheld? Hij maakt geen enkele kans.

’s Avonds komen de beide mannen eindelijk terug van de akker. Al in de stal worden ze van het grote nieuws op de hoogte gebracht door Jérôme, die zich ontfermt over de beide paarden. Zoals Jean-Jacques al vermoedde, lopen vader en broer eerst naar de pomp om hun gezicht en handen te wassen, waarna ze hun laarzen uittrekken en hun sloffen aan. Pas dan komt vader op hem af, blijft voor hem staan en bekijkt hem nauwkeurig, alsof hij zich ervan wil verzekeren dat deze man daadwerkelijk zijn eigen zoon is. Daarna slaat hij zwijgend zijn armen om hem heen.

‘Goed dat je er weer bent,’ zegt hij. Meer niet.

Meer dan drie jaar hebben ze elkaar niet gezien. Het valt Jean-Jacques op dat zijn vader mager geworden is. Hoewel zijn lichaam nog altijd pezig is, zijn armen sterk, loopt hij licht gebogen en lijken zijn ogen dieper in hun kassen te liggen.

Ook Pierrot omhelst zijn broer en slaat hem op de schouders. ‘Dan zijn we allemaal weer herenigd! Je ziet er blakend uit, broer. Had je het zo goed getroffen in Duitsland?’

‘Wat dacht jij, broertje? Dwangarbeid is net een heerlijke vakantie, dat weet toch iedereen,’ antwoordt hij spottend.

Aan tafel gaat hij op zijn gebruikelijke plek zitten, tegenover zijn vader, rechts van hem Margot, aan de andere kant Pierrot en zijn moeder. Zoals altijd wordt er eerst gebeden, zijn moeder is vroom en vindt dat belangrijk. Terwijl ze eten begint zijn vader te vertellen. Wat er in de afgelopen vier jaar allemaal gedaan is op de wijnvelden. Wat ze verbouwd hebben en hoe de oogst was. Dat de paardenstal opnieuw gewit moet worden en dat hij drie geitjes verkocht heeft.

‘Luister je eigenlijk wel, Jean-Jacques?’ onderbreekt hij zichzelf, terwijl hij met zijn mes op tafel klopt.

Jean-Jacques schrikt op uit zijn gedachten en knikt snel. Natuurlijk luistert hij. Hij is alleen een beetje moe.

‘Ik wil dat je dit allemaal precies weet,’ gaat zijn vader verder. ‘Omdat jij, mijn oudste zoon, op een gegeven moment deze boerderij en alles wat daarbij hoort zult overnemen.’

‘Ja, vader.’

Jean-Jacques voelt de blikken van zijn broer en zijn moeder en begrijpt dat de oude strijd nog niet voorbij is. Hoe zou dat ook kunnen?

Moeder heeft altijd al gewild dat Pierrot uiteindelijk de boerderij zou overnemen. Maar vader is van de traditie: de oudste zoon krijgt de volledige erfenis.

Als Pierrot hoort wat ik van plan ben, zal hij door het dolle heen zijn, denkt Jean-Jacques, maar hij voelt zich er niet prettig bij. Het doet pijn om zijn vaders vertrouwen te moeten schenden. Nog erger is het dat Margot een hand op zijn arm legt en naar hem glimlacht. Hoopvol. Vannacht zal haar man weer bij haar in bed liggen en zal ze er alles aan doen om hem te behagen.

Jean-Jacques gaat pas laat naar bed, blijft in de keuken zitten wachten, in de hoop dat Margot intussen in slaap valt. Hij wil haar niet aanraken, kan alleen maar aan Hilde denken, maar zijn besluit om naar Wiesbaden te verhuizen is aan het wankelen geraakt.

Zijn boerderij. Zijn land. Zijn wijnberg.

Het valt hem zwaar om dat allemaal aan zijn kleine broertje af te staan.

Heinz

Bretagne, juni tot augustus 1945

Septemberzon. Een zacht lichtspel in de platanen, schuine schaduwen op het wegdek, ramen van voorbijrijdende auto's die veelkleurig schitteren. Zwierig serveert Heinz Koch een mokka met een scheutje drank en een koffie, daarbij advocaattaart en twee glaasjes water. Hij kent het echtpaar aan het tafeltje, ze wisselen een paar woorden, maar hij kan hun gezichten niet zien. Verderop voor het Kurhaus dreunt een motor. Het werkt op de zenuwen. Hopelijk jaagt het zijn gasten niet weg...

'Ze komen er zo aan,' zegt Else. 'Marlene heeft aardappelsalade gemaakt, omdat Ida Lehnhardt die zo lekker vindt...'

Ze heeft het over de acteurs, die elke dag om twee uur pauze hebben. In het theater verderop wordt gerepeteerd voor de komedie *De ideale man*, Else en hij hebben kaartjes voor de première. Volgens Ida Lehnhardt is het enorm grappig. Zij speelt de vrouwelijke hoofdrol. Tegenover Eddi Graff, Heinz' lievelingsacteur.

Hij neemt nog snel een bestelling op, een pepermuntthee met bietsuiker, en verbaast zich over deze bijzondere wens. De oude dame in de blauwe jurk met een wit schort lijkt veel op zijn moeder. Nu dreigt ze hem met haar vinger en staart hem zo boos aan dat hij snel via de draaideur het café in vlucht.

Binnen is het benauwd, in de keuken dreunt de koelkast, of is het het fornuis? Hij verontschuldigt zich bij de gasten, die zich echter niet aan het lawaai lijken te storen, maar opgewekt babbelend hun slagroomtaart eten. Else staat achter de taartvitrine en snijdt de schwarzwalderkirschtaart in smalle stukjes; hij moet tegen haar zeggen dat ze niet zo gierig moet zijn, dat zijn gasten een behoorlijke portie moeten krijgen. Finchen, de serveerster, pakt vier bordjes tegelijk en snelt heupwiegend langs hem heen.

'Daar zijn ze,' zegt Else, wijzend op het raam. 'Hilde! Doe de deur van het zijvertrek even open.'

Hilde is een dertienjarige bakvis, mager en bleek, met enorme blauwe ogen en wilde blonde krullen. Vlees noch vis. Ze komt de keuken uit, botst bijna tegen Finchen op, en rukt de deur naar het zijvertrek open. Daar blijkt Fritz Bogner nog samen met Hubsi Lindner aan de koffie te zitten, die krijgen ze altijd van het huis als ze 's avonds komen musiceren.

'Meneer Fritz,' roept Hilde. 'Ik kan uw sokophouders zien. Ze zijn zwart en rafelig!'

Die arme Fritz Bogner wordt helemaal rood van verlegenheid en trekt aan zijn broekspijpen, die nu eenmaal wat aan de korte kant zijn. Fritz heeft weinig geld, komt van het platteland en studeert viool aan het conservatorium. Een groot talent.

Er waait een stevige bries door het café, waardoor de tafelkleden en jassen in de garderobe opwaaien. Heinz moet zich vasthouden aan de krantenstandaard om niet om te vallen. De draaideur spuugt de acteurs uit, Graff, Lehnhardt, Hensel van de regie, Ivers, die een bijrolletje speelt. Heinz begroet hen, stuurt hen naar het zijvertrek, waar ze bij de muzikanten gaan zitten. Finchen loopt naar hen toe om hen te vertellen dat er vandaag zelfgemaakte aardappelsalade op het menu staat...

De gasten in het zijvertrek verwijderen zich steeds verder, krimpen samen tot één bontgekleurde stip. Het gedreun wil maar niet stoppen. Het komt van buiten. Daar marcheert een groep bruinhemden voorbij, strak, krijgshaftig, zelfbewust. Het geluid wordt zo oorverdovend dat Heinz even moet vechten tegen de duizeligheid en misselijkheid. Wanneer het eindelijk wat minder wordt, hoort hij de stem van Eddi Graff.

'Het heeft geen zin, Heinz. Ze werken ons eruit, de een na de ander...'

'Maar jou toch niet, Eddi... De mensen gaan helemaal uit hun dak als jij op het toneel staat!'

Eddi kijkt zwijgend naar het raam, waarachter net de laatste bruinhemden voorbijstampen. Hij is grijs geworden, Eddi Graff, maar het staat hem goed. Met zijn sprekende, donkere ogen en zijn regelmatige gelaatstrekken is hij nog altijd de droom van elke vrouw. Wanneer hij in *Tovarich* van Jacques Deval speelt, smelten zelfs de jonge meisjes.

'Kan zijn dat ze me bewonderen als ik op het toneel sta, Heinz,' zegt Eddi Graff met een vreemd, humorloos glimlachje. 'Maar niemand zal me helpen als ze me afvoeren. Nee, jij ook niet, Heinz. En ik neem het je ook niet kwalijk. Je hebt vrouw en kinderen, je hebt het café – dat zet je allemaal niet zomaar op het spel. Waarschijnlijk zou ik het in jouw plaats ook niet doen.'

Heinz voelt een schrijnende hulpeloosheid, zijn schedel gonst, in zijn borst is het zo benauwd dat hij geen lucht kan krijgen.

Eduard Graff wordt door een windhoos gegrepen, met uitgestrekte armen en benen begint zijn lichaam steeds sneller te draaien, zijn jasje fladdert, zijn haren wapperen, hij verandert in een schreeuwend projectiel en schiet het luchtruim in. Een oorverdovend gedreun overstemt alle andere geluiden, Heinz voelt zich weer misselijk worden, een diepe, afgronddiepe lamlendigheid drukt hem tegen de grond...

'Tu a soif?'

Iemand drukt een flessenhals tussen zijn lippen, waaruit koud water in zijn mond stroomt, over zijn kin en op zijn borst. Hij hoest, slikt, drinkt begerig. Kan niet meer stoppen, zo uitgedroogd is hij. Dan trekt er een helse pijn door hem heen en hij kreunt.

'On est presque là... We zijn er bijna... *L'hôpital...'*

'Mijn benen...' kermt hij. '*Mes jambes...*'

'*Pauvre garçon...*'

Hij opent zijn ogen en ziet de heldere hemel boven zich, diepblauw zoals op de mooiste zomerdagen. Dan valt zijn blik op de houten spijlen van de hooiwagen, de jongeman met zijn rode pet die voorop zit en de teugels vasthoudt, en de bruine rug van het paard. Moeizaam probeert hij te gaan zitten. De hooiwagen hobbelt en schokt over een veldweggetje, het doet vreselijke pijn, zijn hele lichaam lijkt wel één grote wond, maar dat is nog niet het ergste. Wat pas echt erg is, is wat hij naast zich ontdekt. Het is zo verschrikkelijk dat hij meteen weer gaat liggen.

Naast hem ligt een mens zonder armen. Bloed spuit met regelmatige tussenpozen uit de stompen, zijn benen stuiptrekken, zijn hoofd ligt naar opzij, weggedraaid van Heinz. En toch herkent Heinz hem. Het is een van de kameraden die zich ook voor de déminage gemeld heeft.

Nu ziet hij het weer voor zich. Elke aparte beweging voltrekt zich martelend langzaam in zijn herinnering, alsof hij er slechts naast stond en toegekeken heeft. De opvliegende brokken aarde, de versplinterende boomstam, menselijk ledematen die alle kanten op geslingerd worden, bloederig, als onderdelen van een poppenatelier. Rood stof dat hem tegemoetwaait, hem verscheurt en vervolgens omhoogdwarrelt. Dan ziet hij de weg waarop ze de mijnen neergelegd hebben, die nu een soort maanlandschap geworden is, bedekt met aan flarden gescheurde lichamen. Even later komen er mensen aan, ze lopen rond, raken hem aan, zodat hij het uitschreeuwt van pijn. Ze leggen hem op een wagen, naast anderen die de explosie overleefd hebben.

'Paul?' murmelt hij. 'Wat is er met Paul Segemaier gebeurd?'

Hij krijgt geen antwoord, de gewonde naast hem is niet bij bewustzijn. Bijna benijdt Heinz hem. Als ze hem van de wagen tillen huilt hij van pijn, zijn rechterbeen is vreemd gedraaid, de schoen staat naar achteren, zijn broekspijp is doordrenkt met bloed.

Dat been is er geweest, denkt hij. En het andere misschien ook. Ik zal nooit meer kunnen lopen.

Dan ligt hij op een operatietafel, hoort de arts en verpleegsters in het Frans met elkaar praten, en het kan hem niets schelen wat ze met hem doen. Als die pijn maar stopt. Een ethernarcose ontneemt hem genadig zijn bewustzijn.

Het ontwaken gebeurt heel langzaam en gaat gepaard met voortdurende misselijkheid, meerdere keren moet hij overgeven, om vervolgens weer terug te zakken in een sluimertoestand. Als de misselijkheid langzaam afneemt, wordt de pijn in zijn rechterbeen overweldigend. Hij kreunt, knarst met zijn tanden en krijgt druppels toegediend die hem verdoven, de pijn verminderen. Dagenlang bevindt hij zich in deze sluimertoestand, registreert amper waar hij is, vecht tegen de pijn en valt tussendoor af en toe uitgeput in een onrustige slaap. Later betast hij zijn benen, voelt het verband en probeert zijn voeten te bewegen. Het doet zo veel pijn dat hij het al snel weer opgeeft.

Hij ontdekt dat hij in een hoge, kale kamer ligt, die wel wat weg heeft van een ouderwets klaslokaal. Er staan rijen met bedden, allemaal bezet door gewonden, in het midden loopt een gangpad, waardoor in het wit geklede vrouwen zich heen en weer bewegen.

'Tu as eu de la chance,' zegt een van de vrouwen tegen hem. *'Il te reste tout de même une jambe.'*

Vragend kijkt hij haar aan, waarop ze een paar woorden Duits bij elkaar weet te sprokkelen.

'Jij... nog... een been...'

'Et l'autre? Het andere?'

Ze is niet jong meer, een jaar of vijftig vermoedelijk. Met een diepe zucht raakt ze even zijn hand aan.

'L'autre est perdu...'

'Perdu' verstaat hij. Verloren. Niet meer aanwezig. Hij heeft nog maar één been. Hij is gehandicapt. Hij zal nooit meer zijn gasten kunnen bedienen in Café Engel, zal nooit meer in de keuken kunnen staan en Else helpen met het decoreren van de taarten. Allemaal perdu. Voorbij. Zijn prijs voor de oorlog, voor zijn lafheid, zijn traagheid. Hij heeft de schuld waaraan hij medeplichtig is betaald en is er uiteindelijk nog goed mee weggekomen. Zoals de Franse verpleegster zei. Hij heeft nog geluk gehad. Anderen zijn er erger aan toe.

Hij wordt op een brancard gelegd en samen met vijf andere gewonden in een vrachtwagen geladen. Het is heet, de lucht is plakkerig, de rit naar een militair hospitaal in de buurt van Rouen is één lange kwelling. Naast hem ligt een kameraad, een van de démineurs, die net als hij de explosie overleefd heeft. Heinz is zijn naam vergeten, maar hij weet nog wel dat hij uit Hamburg komt en bij de havendienst werkte. Hij is een arm kwijtgeraakt en zijn ogen zijn beschadigd.

'Links kan ik amper nog iets zien, maar rechts gaat nog goed. Het valt allemaal wel mee, Heinz. Ze maken tegenwoordig fantastische protheses. Daar zou ik zelfs piano mee kunnen spelen...'

Hij lacht, is blij dat hij het er levend vanaf gebracht heeft. Nog een paar weken in het militair hospitaal, dan mag hij naar huis.

'Wij kreupelen worden met voorrang naar huis gestuurd. Dat is dan toch weer een voordeel. Anderen worden naar Afrika versleept, waar ze afgebeuld worden in de Franse koloniën en malaria krijgen... Als die over een paar jaar naar huis komen, zijn ze niet meer dan een schaduw van zichzelf...'

Heinz vraagt hem naar Paul Segemaier.

'Daar was niets van over. Hij stond er immers middenin. Heeft het tot ontploffen gebracht, dat vervloekte ding...'

Paul is tijdens het rapen van gevallen appels op een antitankmijn gestapt, die overwoekerd door gras verscholen lag onder de appelboom. Heinz stond een stukje verderop, beschermd door de dikke stam van een oude wilg. Ook de soldaat uit Hamburg, die Kurt Eilers heet, is er goed vanaf gekomen, omdat hij achter een groepje kameraden stond. De Franse chef-mineur is meteen de eerste nacht na het ongeluk in het ziekenhuis overleden.

Al snel valt het gesprek stil, omdat ze vanwege de enorme hitte amper adem kunnen halen. De vrachtwagen stopt één keer, waarbij een verpleger hun wat water te drinken geeft. Zij die nog kunnen lopen strompelen naar buiten om te plassen, de anderen krijgen een wijnfles voor dit doel, die na afloop in een greppel geleegd wordt. Heinz voelt zich hulpeloos als een baby. Hoe zal het zijn als hij thuiskomt en niet eens alleen naar de wc kan? Als Else hem bij elke kleinigheid moet helpen? Zich niet kunnen aankleden. Zich niet alleen kunnen wassen. De trappen op noch af kunnen. Nutteloos beneden in het café zitten, een blok aan het been van zijn familie, een jammerlijke aanblik voor de gasten. Hij laat de gedachte toe dat het misschien beter geweest was als de mijn hem gedood had. Omdat hij zijn geliefden niet tot last wil zijn.

In het militair hospitaal liggen de Duitse gewonden in een hoek van de grote zaal bij elkaar, zodat degenen die een beetje Frans spreken kunnen vertalen voor de rest. De zaal doet denken aan een kerk, muren van rood zandsteen, gekleurde glas-in-loodramen met een gotische afwerking, een hoog gewelfd plafond. Het is er aangenaam koel en luchtig. Heinz bedankt de verplegers die hem op een bed leggen en valt meteen in een diepe slaap.

Uren later wordt hij wakker van een luide commotie. 'Pas op! Hou haar tegen!'

Verward kijkt hij om zich heen en ziet nog net hoe een vrouw het tinnen bord van zijn nachtkastje grist en ermee wegrent.

'Ze stelen als de raven!' moppert zijn buurman.

'Als ik haar te pakken krijg, krijgt ze ervan langs met mijn stomp!'

'Een schande! Een gehandicapte bestelen – dat haar hand maar boven haar graf uit mag groeien...'

Het zijn de bezoekers, met name Franse echtgenotes of dochters, die van mening zijn dat de Duitsers zelf schuldig zijn aan hun ellende en daarom geen recht hebben op eten. Tijdens de daaropvolgende dagen in het hospitaal leert Heinz dat hij zijn soep en brood zo snel mogelijk moet opeten, voordat ze gestolen kunnen worden. Maar als er kinderen met hongerige ogen op zijn bed afkomen, geeft hij hun de soep en neemt genoegen met het brood. Voor de ogen van die magere kleintjes eten, zonder hun wat te geven – dat krijgt hij niet over zijn hart.

'Als dat je geen fijne stoel in de hemel oplevert...' zegt zijn buurman gekscherend. 'Maar als je zo doorgaat, zit je er binnenkort al op!'

Maar het levert Heinz toch iets op. De verpleegsters mogen hem, omdat hij vriendelijk is en zijn best doet het hun zo makkelijk mogelijk te maken. Zijn rechterbeen moest boven de knie worden afgezet, het linker heeft alleen wat vleeswonden, maar die genezen goed en het bot is onbeschadigd. Algauw krijgt hij krukken en doet hij zijn eerste looppogingen.

'Meer strompelpogingen,' zegt hij spottend als hij zich buiten adem van inspanning weer op het bed laat vallen.

'Tu es trop faible. Il te faut manger,' zegt een van de verpleegsters.

Ze leidt de afdeling en ziet er vanaf dan op toe dat Heinz zijn maaltijden opeet. Hij is te zwak, daarom moet hij eten, anders leert hij nooit met krukken lopen. Terwijl het eten uitgedeeld wordt, staat ze in het middenpad bij de Duitsers en houdt met argusogen in de gaten dat niemand Heinz Kochs maaltijd steelt.

'Je bent een charmeur, Heinz,' zegt een van zijn kameraden. 'Je hebt het beest getemd, ze eet uit je hand. Zeg haar maar dat ze ons bovenaan de lijst moet zetten, zodat we snel naar huis kunnen...'

In elk militair hospitaal worden de ernstigste gevallen op de lijst voor het volgende transport naar Duitsland gezet en het is algemeen bekend dat dit niet altijd volgens de regels verloopt. Ook hier spelen geld en connecties een belangrijke rol.

'Die zet ons allemaal op die lijst,' zegt een van de mannen. 'Alleen Heinz niet. Die wil ze hier houden, omdat ze hem zo leuk vindt...'

'Help nu alsjeblieft niet allerlei geruchten de wereld in,' lacht Heinz goedmoedig. 'Mijn Else doet me wat als ze ervan hoort.'

Hij weet niet eens of Else en Hilde nog wel leven. Of het huis er nog staat. Maar omdat zijn kameraden nu zo vaak over thuis praten en plannen voor de toekomst maken, wil hij hen niet ontmoedigen. Het is ook veel beter om hoop te koesteren dan om voor radeloosheid te zorgen. En hij heeft daadwerkelijk reden om dankbaar te zijn, want zijn wonden genezen voorspoedig. Ook de stomp, dat wat overgebleven is van zijn rechterbeen, groeit langzaam dicht. Vooral daarmee is hij erg blij, omdat het wisselen van het verband een nogal pijnlijke aangelegenheid is. Elke keer wordt de wond weer een klein beetje opengescheurd, waarop de verpleegster met een pincet alle kleine stofvezeltjes verwijdert, voordat ze de wond dept met ontsmettingsmiddel en er een nieuw verband omheen legt. Bij elke behandeling neemt Heinz zich weer voor om dit keer niet te kermen, maar de pijn zwijgend te verdragen. Helaas werkt dat altijd alleen in het begin, als hij op een lap stof bijt en geen kik geeft. Maar zodra de verpleegster met de watten komt, met daarop het brandende ontsmettingsmiddel, geeft hij het op en 'maakt hij weer muziek', zoals zij het noemt.

Eind juli verschijnt er een oudere man in uniform, die in zuiver Duits verkondigt dat de volgende krijgsgevangenen op het eerstvolgende transport zullen zitten. Hij leest een rij namen voor en Heinz en zijn kameraden zitten erbij. Plotseling is de stemming opperbest, iedereen is blij, ze schreeuwen, slaan op de rand van hun bed, lachen. Eindelijk! Naar huis. Weg uit dit bakstenen hok.

'En wanneer gaat dit gebeuren?'

'Zoals het er nu naar uitziet over twee weken...'

'Zo lang nog?'

'Klopt dat ook? De laatste keer hebben jullie ons bedonderd. Eerst groots aangekondigd en vervolgens gebeurde er niets...'

'Alles gaat in de juiste volgorde!' zegt de Fransman, die uit de Elzas komt en daardoor zo goed Duits spreekt. Het is een magere, ernstige vent, het opvallendste aan hem is zijn enorme bruine snor, die zijn hele gezicht domineert. Als hij zich omdraait om door het middenpad de zaal uit te lopen, wordt er van alle kanten naar hem geroepen en ook boos gescholden. Duitse krijgsgevangenen die weer niet op de lijst staan en zwaar teleurgesteld zijn. Maar de Fransman loopt schijnbaar onaangedaan verder en trekt zich niets aan van het rumoer.

'Nu wordt het serieus, Heinz,' zegt zijn buurman. 'Nu begint ons tweede leven. Man, ik kan niet wachten tot ik weer in mijn stamkroeg achter een tapbiertje zit...'

De stemming is opgewekt, tot laat in de middag vertellen ze elkaar waarop ze zich het meest verheugen als ze weer thuis zijn. Op hun vriendin of vrouw. Op de kinderen. De ouders. Op de stamkroeg. De vrienden. De kelder met gereedschap. Op een fatsoenlijk bed. Iemand verheugt zich op zijn boeken, wat bijna niemand snapt. Heinz zegt dat hij zich vooral op zijn vrouw en dochter verheugt. En dat hij natuurlijk hoopt dat ook zijn zoons snel weer thuis zullen zijn.

'Had jij niet een pension of zo, in Wiesbaden?' vraagt iemand.

'Café Engel. In de Wilhelmstraße.'

'Chique buurt, of niet?'

Heinz vertelt dat de Wilhelmstraße zo'n beetje de mooiste straat van de stad is. Theater, Kurhaus, Kurpark, Kochbrunnen – alles ligt daar in de buurt.

'Als het er allemaal nog is,' voegt hij er zacht aan toe. 'Ze hebben onze steden immers in puin gelegd.'

Niemand heeft nieuws van thuis, er is geen postverbinding en telefoneren is al helemaal niet mogelijk. De meesten hebben nog niet eens iets fatsoenlijks om aan te trekken, omdat hun kleding bij de explosie aan flarden gegaan is. Ze dragen afgedankte spullen, waarbij ze maar liever niet nadenken over de vorige eigenaar. Hoogstwaarschijnlijk was het de kleding van een van de ongelukkigen die hier in het militair hospitaal gestorven zijn. Geen fijne gedachte – maar de verpleegsters hebben de spullen tenminste gewassen en gedesinfecteerd en alles is beter dan naakt moeten rondlopen.

Pas 's avonds, als het licht achter de gekleurde ramen afneemt en de kleuren langzaam versmelten tot een eentonig grijs, worden de mannen zwijgzamer. Dan maakt de euforie plaats voor zorg, dat de terugkeer waarnaar zo uitgekeken is wel eens anders zou kunnen verlopen dan gehoopt. Met open ogen liggen ze op hun rug en staren naar het gewelfde plafond, waar de nachtinsecten een extatische dans opvoeren rondom een van de hanglampen. In hun fantasie ontwaken duizenden angstspoken. Ook Heinz ziet in gedachten zijn Café Engel als een brandende ruïne, hoort het kraken van het kelderdak, dat boven de hoofden van de bewoners instort. Het geschreeuw en gekreun van de slachtoffers, dat steeds zachter wordt, totdat het uiteindelijk helemaal verstomt.

Als dat het geval is, wil hij helemaal niet naar huis. En al helemaal niet als de hulpbehoevende invalide die hij nu is. Waarom al die moeite doen? Om op de puinhopen van zijn huis te zitten? Om naar het kerkhof te strompelen, waar zich de graven van zijn geliefden bevinden?

Hij worstelt met zichzelf. Je bent een lafaard, Heinz, denkt hij. Natuurlijk ga je naar huis, zelfs als je alles kwijtgeraakt bent. Het is tenslotte de plek waar je thuishoort. En als God het wil, komen je zoons terug. Dan stropen we de mouwen op en beginnen we weer van voren af aan. Ik ben het mijn jongens verschuldigd om er niet laf vandoor te gaan.

Twee weken later worden ze daadwerkelijk per trein tot aan de Duitse grens gebracht en vervolgens naar een provisorisch veldhospitaal in de buurt van Freiburg. Daar eindigt de thuisreis voorlopig, maar ze liggen tenminste in fris opgemaakte bedden en worden verzorgd door vriendelijke Duitse en Franse verpleegsters. Wat er verder gaat gebeuren blijft vooralsnog onduidelijk.

Kon je van tevoren maar weten hoe de situatie is. Ook al is die slecht – je kunt maar beter voorbereid zijn. Heinz denkt aan een telegram, zijn buurman heeft hem daarover verteld. Het schijnt wel duur te zijn, maar sommigen zou het gelukt zijn en die wisten nu tenminste waar ze aan toe waren.

'Maar hoe dan?' vraagt hij. 'Als we niet eens in staat zijn om naar het postkantoor te lopen om een telegram op te geven?'

'Gewoon, via een van de verpleegsters. Karl, die schurk, is iets begonnen met die mooie meid met dat korte zwarte haar...'

‘En zij heeft voor hem een telegram naar Duitsland gestuurd?’

‘Ja. Hij hoefde er niet eens voor te betalen. En hij heeft zelfs antwoord gekregen. Hoewel dat niet goed was, geloof ik. Hij zei er niet veel over.’

Echt bemoedigend klinkt het niet, denkt Heinz. Maar hoe dan ook is het beter om duidelijkheid te hebben. Had hij maar geld. Dan zou hij het een van de jongere verpleegsters vragen, misschien ook wel die knappe met dat korte zwarte haar. Maar het enige van waarde dat hij nog heeft is zijn trouwring, die heel smal en afgesleten is en niet meer van zijn vinger wil, omdat zijn knokkel dikker geworden is. Artrose waarschijnlijk, niet echt fijn, maar het heeft er tenminste voor gezorgd dat de ring nooit gestolen is. Hij begint de ring te bewerken, hem naar de knokkel te schuiven, wat verdomde pijn doet, maar hij houdt vol. Af en toe vreest hij dat de gouden band elk moment kan knappen of – wat nog veel erger zou zijn – voor altijd om de knokkel zal blijven zitten.

Als Else dit zou weten…, denkt hij en hij doet zo hard zijn best dat het zweet hem uitbreekt. Zo is ze, mijn Else. Ze laat me niet los. Maar het kan nu niet anders – we kunnen toch weer nieuwe ringen kopen. Ooit. En zo niet, als Else niet meer leeft, dan heb ik ook geen ring meer nodig.

Als het hem eindelijk gelukt is, is de knokkel van zijn ringvinger dik gezwollen en pijnlijk, maar de ring is nog intact. De ring waarin haar naam gegraveerd staat. Else Maria Koch. En de trouwdatum. 25 maart 1919. Heinz schuift de ring om zijn pink, zodat hij hem niet kwijtraakt, en voelt aan de gezwollen knokkel. Hoewel hij achter zijn besluit staat, heeft hij toch een slecht geweten bij het idee dat hij deze ring, die hij al zo lang om gehad heeft, gaat afstaan voor zo’n ellendig telegram. Vanwege de pijn in zijn vinger duurt het even voordat hij kan inslapen, hij hoort zijn kameraden snurken en ademen, achter in de ziekenzaal brandt nog licht, de nachtzuster is bezig met iemand die net geopereerd is, je kunt zijn gekreun tot hier horen.

De volgende ochtend heeft hij geluk: de verpleegster met het korte zwarte haar deelt de ochtendsoep uit. Hij pakt zijn krukken en brengt het lege bord terug naar de kleine serveerwagen. Daar heeft hij de gelegenheid om een paar woorden met haar te wisselen.

'Een telegram? Maar dat is duur...'

Hij laat haar de ring zien en ze begrijpt het. Pakt de ring aan en stopt hem in haar zak. Later, als hij door de gang strompelt, geeft ze hem een stuk papier en een potlood. Hij schrijft het adres op. Met een paar woorden eronder.

Kom binnenkort thuis. Hoe gaat het met jullie?

Nu kan hij alleen maar hopen dat ze ook eerlijk is. Inmiddels weet hij dat hij niet de enige is die zijn laatste bezittingen weggegeven heeft voor een bericht aan thuis. Twee van zijn kameraden hebben hetzelfde gedaan, de ene had nog een dunne gouden ketting om zijn hals, de andere bezat een zakmes dat hij – hoe mag Joost weten – tot nu toe had weten te behouden.

'Het is niet zeker of zo'n telegram überhaupt aankomt,' zegt iemand. 'Omdat ze Duitsland onderverdeeld hebben in verschillende zones...'

O nee, denkt Heinz. Dit is de Franse zone en Wiesbaden ligt in de Amerikaanse zone. Dat gaat natuurlijk nooit goed...

Een antwoord komt er niet.

Hilde

Wiesbaden, juli 1945

Wat is het heet! Nog maar tien uur 's ochtends en de thermometer geeft al bijna dertig graden aan. Verderop, waar nog altijd puin ligt, waaien bij elk zuchtje wind weer nieuwe stofwolken op. Ze kunnen geen tafeltjes en stoeltjes voor het café neerzetten, omdat de gasten dan allemaal stof in hun surrogaatkoffie krijgen. Hilde en haar moeder zitten binnen aan een tafeltje, waar ze zichzelf even een kopje pepermuntthee en een boterham met bietenstroop gunnen. Meer kunnen ze op het moment niet krijgen met hun voedselbonnen, maar het schijnt beter te worden. Elke Wiesbadener krijgt per week een pond brood, 200 gram vlees en 87,5 gram vet toegewezen. Plus nog 5 pond aardappelen en 'panklare' soep. Als de zwarte markt er niet geweest was, hadden ze het café allang kunnen sluiten. Meel, vet en suiker heeft mama echt wel nodig om een fatsoenlijke taart te kunnen bakken. Toch is er altijd wel een ingrediënt dat ontbreekt, soms zelfs meerdere, en mama moet dus inventief zijn. Onlangs hadden ze kleine koekjes van gekookte aardappelschillen – smaakte niet eens verkeerd.

'Waar blijven Addi en Julia toch?' vraagt Hilde zich af. 'Normaal gesproken komen ze toch altijd rond deze tijd naar beneden.'

Ze duwt de opdringerige neus van de hond van haar knieën, zucht en snijdt dan een klein stukje van haar boterham af. Met bietenstroop. De hond pakt het stukje heel voorzichtig met het puntje van zijn bek; als hij wil kan hij een heel lieve knuffelhond zijn.

'Hopelijk zijn ze niet gesmolten, daar onder het dak,' zucht mama. 'Met deze hitte kan geen mens daar slapen.'

Hilde kauwt op haar brood en kijkt door het raam naar buiten. Een haveloze man fietst voorbij, op zijn bagagedrager heeft hij een kist vastgemaakt waarin hij allerlei bruikbare spullen verzamelt. Spijkers, schroeven, stukken metaal, houten planken, stukken rubber – iedereen moet zich zo goed en zo kwaad als het gaat behelpen, vakmensen zijn er bijna niet. Twee kleine jongens volgen de verzamelaar. Af en toe blijven ze staan, rapen iets van de grond op en laten het aan de man op de fiets zien. Als hij knikt, gooien ze het in de kist.

'Vroeger kwam rond deze tijd altijd de post,' mompelt Hilde. 'En de krant.'

Mama zwijgt en drinkt haar thee. Hilde weet wat er nu komen gaat en ze heeft alweer spijt dat ze over de post begonnen is. Maar ze heeft het gezegd en zal de gevolgen nu moeten dragen.

'Je denkt toch niet serieus dat hij je zal schrijven?'

'Waarom niet?' antwoordt ze bokkig. 'Als hij nog leeft, dan schrijft hij.'

Mama rolt met haar ogen en kreunt zachtjes. 'Het kan best zijn dat hij verliefd op je was, Hilde. Maar nu is hij weer in Frankrijk bij zijn vrouw en zijn familie...'

'Als hij dat al gered heeft,' zegt Hilde zacht.

Mama snuift boos. 'Je gelooft dat verhaal van die Stombek toch zeker niet? Nee, nee, Jean-Jacques is weer thuis en daar zal hij ook blijven. Daar durf ik Café Engel om te verwedden!'

Eigenlijk zou Hilde nu moeten zeggen dat haar moeder het café helemaal niet kan verwedden, omdat het voor de helft van papa is. Maar ze laat het maar zo, omdat ze een beter argument heeft. 'Ik snap u niet, mama,' zegt ze beschuldigend. 'Was het destijds niet een vergelijkbare situatie met u en papa? Hebt u hem niet van de straat geplukt en het café in gehaald? Een armoedige, uitgeputte soldaat. En wat is ervan terechtgekomen? De grote liefde!'

'Dat was iets heel anders!' zegt mama hoofdschuddend.

'En waarom dan wel?' roept Hilde strijdvaardig.

'Omdat papa geen Fransman maar een Duitser is. En omdat hij... nou ja... omdat hij gebleven is en níét terug is gegaan naar zijn familie.'

Precies! Hadden ze Jean-Jacques nu maar niet geholpen met zijn vlucht naar Frankrijk. Levensgevaarlijk was het, voor hen alle drie. En zinloos. Omdat de nazi's de Franse dwangarbeiders sowieso terug naar huis gestuurd hebben. Maar destijds wisten ze dat nog niet. De dwangarbeiders werden afgevoerd en iedereen dacht dat het naar een kamp was, waar ze misschien wel doodgeschoten zouden worden.

Ze hadden hem alleen maar hoeven verstoppen. Dan had hij na de intocht van de Amerikanen in alle rust naar huis kunnen reizen om zijn zaakjes daar te regelen.

'En bovendien was papa niet al getrouwd.'

Mama onderbreekt zichzelf, omdat op dat moment Sofia Künzel het café binnenkomt. Ze heeft haar ochtendjas nog aan en aan haar voeten draagt ze vreselijk kitscherige pantoffeltjes van roze zijde met erbovenop een stukje verenboa. Op haar armen balanceert ze drie blikken ingemaakt fruit en twee zakken meel, tussen haar tanden houdt ze een zakje suiker. Hilde en haar moeder haasten zich om de spullen van haar over te nemen en naar de keuken te brengen, voordat er een gast het café binnenkomt.

'Als we u toch niet hadden...' zucht mama blij, want met deze spullen kan de taartvitrine weer een hele week gevuld worden met cake en fruittaart.

'Zuurverdiend, mevrouw Koch,' lacht Künzel, terwijl ze haar ochtendjas dichttrekt, die tijdens het zware transport opengevallen is. Eronder draagt ze een zijden, matroze nachtjapon afgezet met geel kant, die haar figuur goed doet uitkomen. Sofia Künzel is begin vijftig, maar ze is nog steeds bijzonder vrouwelijk. Net als haar dramatische sopraanstem, die geschapen lijkt voor Wagner-rollen.

'Koude pepermunt?' vraagt ze en ze neemt het deksel van de kan. 'Net wat ik nodig heb bij deze hitte. Kijk eens wat ik heb!'

Ze pakt een klein blikje uit haar tas en zet het op tafel. '*Orange jam*. Dat is marmelade.'

'Zonde om te eten,' zegt mama ernstig. 'Daar zou ik heerlijke taartjes mee kunnen maken...'

'Niks ervan,' knort Künzel. 'Dit smikkelen we lekker op bij het ontbijt. Een beetje luxe moet kunnen, zeker nu ik de halve nacht voor de Ami's gepingeld heb.'

Sinds twee weken heeft ze een 'job' in een Amerikaanse bar aan de Steingasse, in ruil voor een uitgebreide maaltijd en alcoholische drankjes, zo veel als ze wil. Maar daarvoor moet ze dan wel tot vier uur 's nachts pianospelen voor de gasten, zodat die kunnen dansen; soms snel, soms romantisch, soms wild en soms om bij te knuffelen.

'In het begin nam ik nog bladmuziek mee,' vertelt ze. 'Maar algauw merkte ik dat het ze niets uitmaakt wat ik speel. Als ze er maar op kunnen dansen. Sindsdien improviseer ik gewoon wat – werkt prima.'

Ze aait de hond, die zijn snuit op haar knie legt.

'En misschien heb ik een leerling,' vertelt ze schalks. 'Piano en zang. Ik heb heel brutaal tien dollar per uur gevraagd...'

Ze opent het blikje jam, ruikt eraan, zet grote ogen op en geeft het blikje door aan mama. Sinaasappelgeur... lieve hemel, als in die heerlijke vredestijd. Vrede hebben ze nu weer – sinaasappels helaas nog niet.

'Waar is Addi eigenlijk? En Julia?' vraagt Künzel. 'Hebben die al ontbeten?'

Hilde wil net uitleggen dat ze de twee die ochtend nog niet gezien hebben, als de draaideur in beweging komt en een gast uitspuugt.

Of is het een spook? Verbluft staren de drie vrouwen aan de ontbijttafel Johanna Warnecke aan. Gisela's moeder draagt een zomerjas die duidelijk bedoeld is voor een man. Of ze eronder ook iets aanheeft, is moeilijk te zeggen. In elk geval draagt ze noch kousen, noch schoenen.

'Waar is ze?' raspt ze in Hildes richting.

Ooit was Johanna Warnecke een aantrekkelijke vrouw. Nu is ze nog slechts een karikatuur van zichzelf, een treurige, angstaanjagende vertoning. Haar haar is grijs en vreselijk samengeklit, haar gezicht ingevallen, haar hals zo dun dat de botten zichtbaar zijn. Alleen haar diep verzonken ogen zijn levendig, bewegen onophoudelijk door de ruimte, waarbij ze telkens weer op Hilde blijven rusten.

'Het spijt me, mevrouw Warnecke,' zegt Hilde luid, zodat ze tot haar doordringt. 'Ik heb Gisela al dagen niet meer gezien.'

'Je liegt!' roept Gisela's moeder. 'Iedereen liegt. Ze is al drie nachten niet meer thuis geweest. Hangt overal rond in de stad. Een Duitse officiersdochter van goede komaf...'

'Kalmeert u nu eerst eens wat,' zegt Künzel tegen haar. 'Gisela weet heus wel wat ze doet. Het is een verstandig meisje. Om haar hoeven we ons geen zorgen te maken.'

'Wat weet u daar nu van?' jammert Warnecke. 'Mijn dochter moet 's avonds thuis zijn. Zo hoort dat in onze kringen. Een Duits meisje hangt niet rond, die bewaart zichzelf voor haar toekomstige man. Ik wil dat ze naar huis komt. Ze is hier, dat weet ik zeker...'

Ze rammelt aan de deur van het zijvertrek, die gelukkig op slot zit. 'Gisela!' roept ze met hese stem. 'Gisela, jij hoer! Kom naar buiten! Kom bij je moeder...'

Hilde kijkt haar moeder radeloos aan en mama staat op, om de situatie op een praktische manier aan te pakken. 'Drinkt u eerst eens even een borreltje...'

Johanna Warnecke draait zich om en weert haar geschokt af. 'Ik drink nooit. Een Duitse vrouw... Nou ja, geef ook maar...'

Ze kiepert het glaasje zelfgestookte drank, dat de Kochs regelmatig van een boer uit Dauborn kopen, achterover en haar gezicht wordt alweer wat zachter.

'En gaat u nu naar huis,' praat mama op haar in. 'Gisela zit vast al thuis op u te wachten.'

'Maar daar is ze niet!'

'Jawel, jawel,' zegt Künzel. 'Die ligt in haar bed te slapen. Vast.'

Johanna Warnecke neemt nog een tweede glaasje, dan loopt ze zwalkend naar de draaideur en verdwijnt erin. Draait één keer helemaal rond en staat weer binnen. Kijkt verward om zich heen en draait nog een keer. Dan staat ze eindelijk weer buiten.

'Lieve hemel,' kreunt mama. 'Die is helemaal doorgedraaid. Wat vreselijk. Die arme vrouw...'

'Tja, als iemand nu nog in de eindoverwinning gelooft, dan is er echt iets goed mis,' zegt Künzel.

Ook Hilde heeft medelijden met de moeder van haar vriendin. En met Gisela natuurlijk. Hoewel die niet helemaal onschuldig is aan de situatie met haar moeder. Dat haar keurig opgevoede dochter haar nachten doorbrengt in een Amerikaanse bar om daar met vreemde officieren te dansen, is voor Johanna Warnecke gewoon niet voor te stellen. Maar dankzij Künzel heeft Gisela toegang gekregen tot de bar aan de Steingasse en het lijkt erop dat ze inmiddels iets heeft met een Amerikaanse soldaat.

'Dat meisje zorgt voor levensmiddelen voor haar grootouders en moeder,' zegt Künzel, die wat makkelijker is op het gebied van kuisheid en zeden. 'Koffie, whisky, sigaretten, cornedbeef – krijgt ze allemaal van haar lover, en daarmee kan ze dan weer ruilen op de zwarte markt.'

Hilde en haar moeder zwijgen. Het zijn zware tijden, iedereen probeert er op zijn eigen manier het beste van te maken. Gisela heeft voor deze weg gekozen. Dat is haar goed recht. Maar Hilde zou nooit met een Amerikaan dansen om zo wat cornedbeef en sigaretten van hem te krijgen. Ze zou nog liever verhongeren. Künzel heeft haar boterham inmiddels besmeerd met de marmelade, ze rekt zich uit, gaapt en zegt dat ze nog wel een uurtje slaap kan gebruiken. Ze heeft tenslotte tot diep in de nacht gewerkt.

'Tegen de tijd dat ik thuis ben, is het vijf uur. Dit werk is zwaarder dan twee Wagner-opera's achterelkaar. En ik ben tenslotte ook niet meer de jongste...'

Ze duwt de hond aan de kant, tilt haar ochtendjas wat op en schuifelt op haar zijden pantoffeltjes naar buiten.

'Wilt u even bij Addi en Julia kijken?' roept mama haar na. Hilde is ook naar buiten gelopen, om te kijken hoe het daar is. Tja, het is wel wat stoffig. Maar als ze het trottoir voor het café met twee emmers water besproeien moet het gaan. Gelukkig functioneert de waterleiding van het café nog steeds, stroom en gas zijn een ander verhaal, dat krijgen ze alleen per uur en soms zelfs helemaal niet.

Hilde en haar moeder hebben net de parasols uitgeklapt, als ze de klinkende theaterstem van Künzel in het trappenhuis horen. 'Mevrouw Koch! Waar bent u? We hebben een dokter nodig! Snel!'

Bijna kiepert de grote parasol om, omdat ze allebei tegelijk loslaten. Hilde kan hem nog net tegenhouden, anders was het ding boven op een vrouw met haar handkar terechtgekomen.

'Nu zullen we het hebben,' zucht mama. 'Ik was al bang dat er wat aan de hand was daar boven. Omdat Addi normaal gesproken altijd als eerste aan het ontbijt verschijnt...'

Künzel is nog steeds in ochtendjas, de pantoffeltjes heeft ze boven gelaten, omdat ze daarmee niet zo snel kan traplopen.

'Addi is er slecht aan toe,' hijgt ze, helemaal buiten adem. 'Koorts, ademnood, steken in de borst... O, als hij maar geen longontsteking heeft!'

Hilde maakt haar schort los en knikt haar moeder toe.

'Ik loop snel naar dokter Walter.'

Terwijl ze al in de draaideur staat, hoort ze Künzel jammeren. 'Niet te geloven! En Julia zit aan zijn bed zijn handje vast te houden, in plaats van er een dokter bij te halen. Dat meiske is echt een beetje wereldvreemd, hoor.'

O jee, denkt Hilde, terwijl ze door de Wilhelmstraße in de richting van de Rheinstraße loopt. Ze moet er niet aan denken dat er wat gebeurt met Addi. Alleen al omdat hij Julia Wemhöners reddende engel en vaderlijke steun en toeverlaat is. Wat zou zij zonder hem moeten?

In de Rheinstraße aangekomen klimt ze drie verdiepingen omhoog en belt aan bij de praktijkdeur van de huisarts. Het duurt even voordat ze aan de andere kant van de deur iemand hoort komen aansloffen en de deur op een kiertje opengaat. Hilde ziet een bleek meisjesgezicht, omlijst door pluizig blond haar. Een nieuwe assistente.

'Dokter Walter is onderweg naar een patiënt.'

'En wanneer denkt u dat hij terug is?'

Dat weet het meisje niet. Over een uurtje misschien. Maar het kan ook later zijn.

'Een goede bekende van me heeft een longontsteking,' maakt Hilde de zaak wat dringender. Hij is al boven de zestig en heeft hoge koorts...'

Het bleke meisje bijt op haar onderlip en kijkt bezorgd. 'Probeert u het anders even bij de praktijk hier tegenover. Van dokter Volkmann...'

Ze wijst met haar vinger naar de overkant, glimlacht nog een keer bemoedigend naar Hilde en sluit dan de deur. Hilde snuift geërgerd. Ze heeft ook altijd pech. Maar dan zal ze het maar bij die dokter Volkmann proberen, voordat Addi iets ergs overkomt. Dat moet een nieuwe dokter zijn, ze heeft nog nooit van hem gehoord.

Een vriendelijke oudere vrouw in een witte stofjas doet meteen open en wil haar al meenemen naar de wachtkamer. Maar Hilde heeft geen tijd om te wachten, ze zegt meteen waarvoor ze gekomen is.

'Een longontsteking?' vraagt de vrouw met gefronst voorhoofd. 'Weet u dat zeker?'

'Min of meer. Meneer Dobscher is namelijk nooit ziek. Als hij in bed blijft liggen, dan is er echt iets ernstigs aan de hand...'

'Dobscher? Toch niet Adalbert Dobscher? De zanger van het Staatstheater?'

'Jawel!' roept Hilde uit. 'Die, ja.'

'O god!' roept de vrouw en ze haast zich ervandoor.

Hilde hoort een korte discussie. Een fel aandringende sopraan tegen een onwillige bas. De sopraan wordt luider. De bas klaagt. De sopraan wordt feller. De bas zachter. De sopraan klinkt schril. De bas capituleert.

'Ik weet toch helemaal niet of ik...'

'Natuurlijk kun je dat. Adalbert Dobscher... die aanbad ik vroeger... Zijn Don Giovanni...'

'Verdomme,' knort de bas.

Even later verschijnt een grote man met een grijze haarkrans om een rozige schedel in de gang, hij pakt een tas en zet een strohoed op.

'Ik ben dokter Volkmann. Laten we dan maar gaan. Is het ver?'

'In de Wilhelmstraße.'

Hij heeft er behoorlijk de pas in, de dokter. Hilde moet haar best doen om hem bij te houden. Waarschijnlijk rent hij zo omdat hij boos is op zijn kordate wederhelft. Voor Café Engel blijven ze staan en de arts schudt zijn hoofd bij het zien van twee vrouwen aan een tafeltje onder de parasol.

'Niet te geloven, dat er mensen zijn die nog geld hebben voor koffie met gebak. Terwijl anderen nog geen droog brood te eten hebben.'

Nu is Hilde echt boos op deze dokter Volkmann, die hun blijkbaar hun klandizie misgunt. Ze houdt de deur naar het trappenhuis voor hem open en maakt een uitnodigend gebaar. 'Hier naar boven alstublieft, dokter.'

Hij stampt voor haar uit de trappen op, de houten treden kraken en kreunen. Op de tweede verdieping staat Marianne Storbeck nieuwsgierig over de balustrade naar beneden te kijken. Als ze dichterbij komen, verdwijnt ze snel, ze horen haar voordeur dichtslaan.

'Nog hoger?'

'Eén verdieping nog.'

De dokter knort iets onverstaanbaars en loopt verder. Boven staat Addi's voordeur op een kiertje, ze horen Julia snikken en Künzel die sussend op haar inpraat, waardoor Julia alleen maar harder begint te snikken.

'Misschien is hij al dood!' merkt de dokter op.

Hilde heeft er alweer spijt van dat ze deze onmogelijke man hiernaartoe gehaald heeft. Had ze nu maar op dokter Walter gewacht! Deze Volkmann heeft echt een hart van steen!

Ze moeten Julia wegtrekken van Addi's bedrand, omdat ze hem onder geen beding alleen wil laten. Hilde neemt haar mee naar de keuken en slaat haar armen om haar heen, fluistert in haar oor dat Addi het gestel heeft van een paard en vast en zeker weer beter wordt.

'Ik... ik heb... ik heb hem altijd... altijd zo slecht behandeld,' huilt Julia tegen Hildes schouder. 'Omdat hij immers... omdat hij zo anders is dan... dan Don Giovanni... En nu...'

Dat van Don Giovanni begrijpt Hilde niet helemaal, maar Julia's wanhoop wel. Ze streelt Julia over haar rug en blijft herhalen dat alles goed komt. Daar is ze zelf weliswaar niet helemaal van overtuigd, maar het helpt wel: Julia stopt met huilen en zoekt een zakdoek, zodat ze haar neus kan snuiten.

'Meteen!' klinkt de basstem van dokter Volkmann vanuit de slaapkamer.

'Ik pieker er niet over,' spreekt Addi hem tegen met hese bariton.

'In dat geval zult u vannacht nog creperen!' dreigt de bas.

'U kunt me wat,' hoest de hese bariton.

'Wees toch niet zo koppig, man! Mijn vrouw doet me wat als ik u niet naar het ziekenhuis stuur!'

Addi's antwoord gaat verloren in een hoestaanval. Dan raspt hij: 'Maar ik wil niet naar het ziekenhuis. Daar gaan de mensen dood. Ik wil hier blijven. Hier in mijn... *uche... uche...*'

Nu bemoeit Künzel zich ermee, en wel op haar bekende, vastberaden wijze. 'Nu hou je eindelijk eens je mond, Addi! We brengen je naar de Paulinenkliniek, of je dat nu wilt of niet. Dat ben je Julia verschuldigd. Die kan nu al niet meer stoppen met huilen...'

Wat Addi hierop antwoordt krijgt Hilde niet meer mee, omdat mama plotseling in Addi's keuken staat. Volledig buiten adem omdat ze de trappen is opgerend.

'Is de dokter er al?' vraagt ze, om meteen verder te praten. 'Je moet meteen naar het café komen, Hilde. Snel. Ik moet ook weer naar beneden...'

'Ja, maar...' roept Hilde haar na. Maar mama is de trap alweer afgelopen, vlak langs de nieuwsgierige neus van Marianne Storbeck.

'U hebt mijn advies gehoord,' zegt dokter Volkmann in Addi's slaapkamer. 'Meer kan ik niet doen. Mijn hartelijke groeten aan de dame. Goedendag.'

'Waaacht,' roept Künzel dramatisch. 'U kunt er nu niet zomaar vandoor gaan, dokter. We hebben u nodig! U en uw mannelijke kracht...'

'Pardon?'

'U moet ons helpen om meneer Dobscher de trap af te krijgen.'

'Ik?'

'Wie anders?'

'En dan?'

'Dan zetten we hem in de handkar van Else Koch. In de Rheinstraße rijdt de tram alweer...'

'Dat raad ik niet aan, mevrouw...'

Beneden wordt de deur naar het café opengegooid. Ze horen mama's nerveuze stem, hoewel ze haar best doet om niet te hard te roepen. 'Hilde! Kom nu alsjeblieft!'

Het is hier echt een gekkenhuis vandaag! Hilde besluit dat Künzel zich wel zal redden met de tegendraadse Addi en dat ze dus maar beter naar het café kan gaan, omdat mama duidelijk hulp nodig heeft. Ze klopt Julia even bemoedigend op haar schouder.

'Ik ben er zo weer.'

Beneden in het café staat Gisela, in een vlot, fleurig zomerjurkje, met naast haar twee jongemannen in Amerikaanse uniformen. De eerste Amerikaanse klanten van Café Engel. Alle drie bewonderen ze mama's creaties in de taartvitrine, die bestaan uit maïsmeel, eipoeder, suiker, blikfruit en heel veel bakkersintuïtie.

'Daar ben je eindelijk!' roept Gisela naar haar, alsof ze met haar afgesproken had. 'Ik heb vrienden meegebracht. Dit is Sammy, Josh ken je al. *May I introduce you to my best friend, Hilde...*'

Sammy is een lange vent met een kindergezicht en een brede, onschuldige grijns. Hilde schraapt al haar magere kennis van het Engels bij elkaar en begroet de gasten, zegt dat ze 'very pleased' is en nodigt hen uit om aan een tafeltje plaats te nemen. Josh is luitenant Peters, die het duidelijk fijn vindt om haar terug te zien. Blijkbaar had Gisela toch gelijk en heeft hij inderdaad een oogje op haar, maar misschien is het ook gewoon het café dat hem goed bevalt. Destijds heeft hij de foto van Eduard Graff meegenomen en het lijkt er niet op dat hij die vandaag terug komt geven. Nou ja, ze zal het maar als een overwinningsbuit zien.

Gisela laat haar gevolg plaatsnemen aan het tafeltje direct naast de taartvitrine, ze bestellen koffie en drie stukken fruittaart.

'Slagroom hebben we helaas niet,' zegt Hilde. '*We don't have cream...*'

'Niet erg,' vindt Gisela, die nu Sammy's hand vasthoudt. 'Maar hoe zit het met wat muziek? Ik dacht dat jullie altijd dansmuziek bij de koffie hadden.'

'Maar toch niet al om twaalf uur!' zegt Hilde.

'Ach, kom,' dringt Gisela aan, en de blik waarmee ze haar vriendin aankijkt zegt heel duidelijk: Doe nu niet zo moeilijk, Hilde. Terwijl ik zo veel moeite doe om jullie wat klandizie te bezorgen!

'Ik zal eens kijken.'

Uitgerekend vandaag, nu die arme Addi haar hulp nodig heeft, duiken de eerste Amerikanen op in het café. Maar er mag nu niets misgaan, anders is haar kans definitief verkeken. Daar heeft Gisela natuurlijk gelijk in. Hilde haast zich naar de keuken, waar mama net de surrogaatkoffie aan het zetten is. Ze pakt de ketel uit haar hand.

'Ga naar boven en vraag of Künzel naar het café komt, mama. Om piano te spelen. En u moet ervoor zorgen dat Addi naar het ziekenhuis gaat. Ik neem het café zolang wel over.'

Mama is een praktisch ingestelde vrouw, altijd al geweest. Ze stelt geen vragen, maar knikt haar dochter toe en loopt de trap op, terwijl Hilde de surrogaatkoffie opgiet en in kopjes schenkt. Echte koffie hebben ze niet in Café Engel, laat de Ami's maar merken hoe karig de bevoorrading van de bevolking is. Misschien dat ze dan wat guller worden.

Ze serveert de koffie met fruittaart en loopt dan door naar buiten, om de gasten daar te bedienen. Alma Knauss heeft zich al lang niet meer laten zien, blijkbaar bevalt het café haar niet meer zo goed. Dat is tenminste wat Ida Lehnhardt een keer vertelde. Ida zit samen met Jenny Adler buiten en bestelt koude pepermuntthee. Die Jenny uiteraard moet betalen, Ida Lehnhardt is een notoire profiteur, die meestal amper een cent op zak heeft.

Als Hilde door de draaideur terug het café in loopt, duikt daar net Künzel op. Ze heeft een jurk aangetrokken en een bontgekleurde zijden doek om haar ongekamde haren gebonden, wat haar een lieflijk uiterlijk geeft.

'Jullie doen me wel wat aan,' kreunt ze. 'Straks vallen mijn vingers er nog af!'

Maar gelukkig is Künzel iemand die enorm graag in het middelpunt van de belangstelling staat. Ze mag dan mopperen, een kans om op te treden zal ze nooit voorbij laten gaan. En dus neemt ze met gepaste poeha plaats achter de piano, schuift het krukje recht, opent de klep, pakt liefdevol de vilten toetsenloper op en legt die aan de kant. Dan strekt ze haar armen, wiebelt even met haar vingers en legt die dan langzaam op de toetsen. Eerst een paar aarzelende akkoorden, dan volgt een dromerige melodie, die langzaam overgaat in een swingritme. Hilde concludeert dat Künzel in korte tijd veel geleerd heeft. Wat een geweldige vrouw is het toch, en niet kapot te krijgen.

Het pianospel heeft meteen effect. Gisela en haar Sammy staan op om te dansen, Ida en Jenny verlaten hun plekje onder de parasol en komen binnen om vooral maar niets te hoeven missen.

'Wilt u dansen, juffrouw Hilde?' vraagt Josh Peters.

Hij brengt Hilde in een lastig parket. Een uitnodiging om te dansen afslaan is onbeleefd. En in dit geval zou het ook nog eens niet goed zijn voor de zaak. Ze glimlacht en zoekt naar een excuus.

'Het is niet gebruikelijk dat het personeel danst, luitenant Peters.'

Zoals altijd is hij heel serieus, maar in zijn ogen glinstert iets wat Hilde onzeker maakt. 'Misschien dat u dan voor mij een uitzondering kunt maken?'

Dat is duidelijk. Ze dient een uitzondering te maken, anders wordt hij boos. Maar Hilde is niet iemand die zich bevelen laat geven. Ook niet door een Ami. Als hij denkt dat hij haar kan rondcommanderen, enkel omdat de geallieerden nazi-Duitsland overwonnen hebben, dan vergist hij zich.

'Het spijt me, luitenant Peters. Maar die paar dames daar kunnen volgens mij niet wachten tot ze door u ten dans gevraagd worden...'

Met haar hoofd gebaart ze naar Jenny Adler en Ida Lehnhardt, die ondertussen aan het tafeltje naast de piano plaatsgenomen hebben. Maar Peters reageert niet op haar subtiele hint. Hij trekt zijn wenkbrauwen op en bekijkt haar met samengeknepen ogen. Helaas, denkt Hilde. Ik heb het verpest. Terwijl ik zelf nota bene degene was die zei dat we het café voor de Amerikanen moesten openen!

Maar ze blijkt zich te vergissen.

'Ik moet me verontschuldigen, juffrouw Koch,' zegt hij tot haar verbazing. 'Het lijkt erop dat ik uw vriendin verkeerd begrepen heb.'

Aha, denkt Hilde. Dus daarom is hij hier. Gisela heeft hem blijkbaar verteld dat ik ook makkelijk te krijgen ben. Hoe kon ze dat nou doen! Mij in zo'n situatie brengen.

'Het... het spijt me zeer, luitenant Peters,' zegt ze. 'Ik vind het echt heel fijn om u terug te zien hier in Café Engel. Omdat ik vermoed dat we veel aan u te danken hebben.'

'Niet zo veel als u misschien denkt. Maar ik had zo mijn redenen om de inbeslagname van uw café te verhinderen.'

'En had dat toevallig iets te maken met die foto van Eddi Graff?'

Hij knikt en komt plotseling heel anders over. Geen bevelhebbende toon meer, geen eisen – maar rustig, een beetje bedachtzaam, en ze meent zowaar iets van een glimlachje te zien, terwijl hij een uitnodigend gebaar maakt.

'Misschien dat u dan even bij me wilt komen zitten? Ik zou u graag een verhaal vertellen.'

Ze betreedt de brug die hij voor haar bouwt maar al te graag en omdat er verder geen gasten te bedienen zijn, neemt ze plaats aan zijn tafeltje.

'Begrijp me niet verkeerd,' zegt hij. 'Ik respecteer uw standpunt.'

Hilde weet niet zeker of hij dit meent of dat hij enkel zijn teleurstelling wil verbloemen. Maar ze is opgelucht. Hij blijft onveranderd vriendelijk en terwijl Künzel verderspeelt en Gisela en haar vriend dicht tegen elkaar aan dansen, begint Peters te vertellen. Het verhaal van Eduard Graff, die zijn oom was.

'Mijn ouders hadden een viszaak in Manhattan. Dat was hard werken, ook wij kinderen moesten mee aanpakken, vanaf dat we konden lopen. Toen Eddi Graff bij ons introk was ik vijftien en had ik inmiddels de nodige ervaring in de viszaak. Ik merkte meteen dat hij er niet tussen paste, maar dat beviel me juist wel. Hij was iemand die niet van 's ochtends vroeg tot 's avonds laat aan geld en zakendoen dacht. Voor hem waren andere dingen belangrijk. Ontwikkeling. Fantasie. Literatuur. Schoonheid. Muziek. Vreemd genoeg had hij het nooit over het theater, blijkbaar had hij daar definitief een streep onder gezet.'

Hilde luistert gefascineerd. Ze kan zich Eddi Graff nog goed herinneren, vooral hun laatste ontmoeting. Toen hij haar hielp met haar opstel over Wiesbaden en daarbij zo treurig geglimlacht had, omdat hij de volgende dag Duitsland al zou verlaten. Wat hij haar natuurlijk niet vertelde. Ze moet destijds negen of tien geweest zijn.

Plotseling klinkt er lawaai vanuit het trappenhuis en ze horen Addi's hese stem, die zelfs nog boven het pianospel van Künzel uit komt.

'Ga weg... Vieze nazi, raak me niet aan... Haal je handen weg...'

'Kalmeert u nu toch alstublieft eens even,' roept dokter Volkmann woedend. 'Die man wil u toch alleen maar helpen!'

O jee. Mama heeft Storbeck om hulp gevraagd. Dat was duidelijk niet zo'n goed idee van haar. Ook Peters heeft het geschreeuw gehoord, hij onderbreekt zijn verhaal en fronst zijn voorhoofd.

'Wat is daar aan de hand?' vraagt hij bezorgd.

Eén keer, één enkele keer maar, moet Café Engel zich eens van zijn beste kant laten zien, denkt Hilde ongelukkig. Maar natuurlijk moet hier uitgerekend vandaag alles in het honderd lopen.

'Een van de bewoners hier heeft een longontsteking. We moeten hem naar het ziekenhuis brengen, maar hij wil niet...'

Peters kijkt naar de deur van het trappenhuis en luistert even. Nu horen ze mama's commandostem, vergezeld van het huilen van Julia Wemhöner.

'Hij moet naar het ziekenhuis? Wie zegt dat?'

Zijn vraag klinkt beschuldigend. Het feit dat een volwassen man met geweld naar een ziekenhuis gebracht wordt, lijkt hem niet te bevallen.

'Dokter Volkmann. Uit de Rheinstraße...'

Nu wordt zijn blik donker, hij fronst zijn wenkbrauwen en schuift zijn stoel naar achteren. Kijkt naar Hilde, alsof hij haar voor het eerst ziet. 'U steekt de draak met mij!'

'Waarom zou ik dat doen?' vraagt ze verbluft.

Even doorboort hij haar met zijn blik, dan springt hij op en loopt naar de deur. Rukt die open en betreedt het trappenhuis. Sofia Künzel stopt geschrokken met pianospelen en draait zich om, Gisela en haar Sammy stoppen met dansen.

'Wat heeft hij?' vraag Gisela, terwijl ze Hilde verwijtend aankijkt. Die haalt haar schouders op, wat zoveel betekent als: geen idee.

'Je had best wel iets meer mogen meewerken,' moppert Gisela. 'Je een beetje aanstellen als een preutse maagd...'

'Wat heb je hem verteld? Dat ik met hem naar bed wil?' antwoordt Hilde boos.

'Stel je toch niet zo aan! Ik wilde toch alleen maar een impuls aan jullie zaak geven...'

'Ik was anders niet van plan om er een Ami-bordeel van te maken!'

Bijna vliegen ze elkaar in de haren, maar vanuit het trappenhuis onderbreekt Peters stem de oplaaiende ruzie. *'Sam! Come here...'*

Sammy gaat er gehoorzaam vandoor. Ze horen Peters, die in het Engels instructies geeft, op de achtergrond moppert Addi, Julia praat zacht en sussend. Mama zegt iets van: 'Heel erg bedankt... Het spijt me zo...'

'Wat is daar allemaal aan de hand?' vraagt Gisela verward.

Hilde laat haar staan en loopt naar het trappenhuisdeur, waar ze bijna tegen Peters op botst.

‘Waarom hebt u dat niet meteen gezegd?’ valt hij tegen haar uit. ‘Onze wagen staat buiten, wij kunnen hem zo naar het ziekenhuis brengen. En haal er de volgende keer een echte dokter bij!’

Niet-begrijpend kijkt Hilde hem aan.

‘Dokter Volkmann is dierenarts,’ verduidelijkt Peters kortaf. ‘Hij heeft onlangs de hond van kolonel Coward behandeld.’

Luisa

Oostzeekust, april 1945

Sinds Luisa weer aangesterkt is, loopt ze elke dag even naar het kleine kerkhofje om het graf van haar moeder te bezoeken. Nu het warmer is, kan ze het aarden heuveltje met een hark bewerken en de harde kluiten, die bij het graven van het graf ontstaan zijn, kapotslaan en egaliseren. Van twee houten planken heeft ze een kruis getimmerd en in het horizontale stuk heeft ze met een mes de naam van haar moeder gekerfd. Voor de geboorte- en sterfdatum was geen plek meer, laat staan voor een Bijbelspreuk, maar ooit zal ze genoeg geld hebben om een fatsoenlijke grafsteen voor haar moeder te laten plaatsen.

Fritz Bogners brief draagt ze altijd in haar leren halsetui bij zich. Het doet pijn dat ze geen afscheid van hem heeft kunnen nemen. Ze mist hem. Zijn terughoudende maar toch constante aanwezigheid, zijn zorgzaamheid, zijn vrolijke karakter. Wat heeft ze eigenlijk gedaan om dat allemaal te verdienen? Hij heeft haar leven gered door haar uit dat ijskoude tunneltje weg te trekken, waar ze anders waarschijnlijk naast haar moeder zou zijn doodgevroren. Hij heeft haar meegenomen naar de pastorie, waar ze voorlopig veilig is. Hij heeft voor haar gezorgd toen ze ziek was. Als ze 's avonds alleen in haar hoekje op zolder zit, leest ze telkens weer zijn brief. Hij noemt haar een 'heel bijzonder iemand' en schrijft dat hij 'blij' is dat hij haar heeft leren kennen.

Ach, denkt ze bedrukt. Wat vergist hij zich daarin. Ik ben helemaal niet bijzonder. Integendeel, ik ben een onbezonnen, koppig iemand, die haar arme moeder overgehaald heeft tot deze noodlottige reis, die haar dood geworden is. Als we in ons appartement in Stettin gebleven waren, had ze nog kunnen leven.

Maar ze vertelt niemand over haar schuldgevoelens. In plaats daarvan helpt ze de pastoor en zijn vrouw met de opvang van de vele vluchtelingen in de pastorie. Sommigen hebben slechts één nacht onderdak nodig, reizen de volgende dag alweer verder. Anderen – met name kinderen en oudere mensen – zijn volledig uitgeput en blijven meerdere dagen. Twee oude vrouwen zijn in de pastorie overleden en naast Annemarie Koch op het kerkhof begraven. Het wordt steeds lastiger om al die mensen van dekens en voedsel te voorzien; stedelijke voorzieningen zijn er niet meer, de oude garde van nationaalsocialisten is ervandoor en hun opvolgers proberen de schade te beperken. Waarbij iedereen beseft dat het ergste nog moet komen. Het Rode Leger rukt steeds verder op in westelijke richting, de paar Wehrmachttroepen die hen nog confronteren zijn zwaar in de minderheid, die kunnen de oprukkende Russen en Witrussen niet tegenhouden. En dan voeren de Britten en Amerikanen ook nog eens ononderbroken bombardementen uit op de Duitse steden. In maart werd Kolberg veroverd, Danzig moest zich overgeven en enkele dagen geleden is Königsberg gevallen.

'Ze moorden en plunderen bij het leven,' vertellen de vluchtelingen. 'Wie in handen van de Russen valt, is verloren. Ze verkrachten vrouwen net zo lang tot ze dood zijn.'

De angst voor de Russen is verschrikkelijk. In Pommeren hebben ze de stromen vluchtelingen blijkbaar al ingehaald, de mensen van al hun spullen beroofd en helemaal uitgekleed, de vrouwen verkracht en de mannen doodgeschoten. Kleine kinderen slaan ze met hun hoofd tegen een steen, zodat hun schedel uit elkaar spat.

'Ze willen Berlijn veroveren,' voorspelt pastoor Klein, als ze 's avonds in kleine kring bij elkaar zitten. 'En wij liggen op de route.'

'Maar vanuit het westen komen de Amerikanen,' zegt zuster Irma Kogler, die al boven de tachtig is, maar nog steeds onvermoeibaar aan het werk. 'Wie daar weet te komen, is veilig voor de Russen.'

Nog altijd varen er vanuit Rostock boten naar Sleeswijk-Holstein of Denemarken, maar het is moeilijk om nog een plekje te krijgen. En het kost geld. Ook rijden er nog onregelmatig treinen. Ook die zitten afgeladen vol, sommige mensen klampen zich aan de buitenkant aan de deuren en ramen vast of staan op de verbindingsstukken tussen de rijtuigen, om zo maar verder richting het westen te komen. Waar de rails door bommen vernield zijn, gaat het niet verder; soms moeten de passagiers in het open veld uitstappen en lopend verder.

Luisa ziet dagelijks de ellende van de vluchtelingen, ze verpleegt zieke en ondervoede kinderen, zorgt voor gewonden en leert van de zuster hoe je een verband moet wisselen en open wonden verzorgt. Waarbij ze zich nogal eens moet vermannen om haar walging te onderdrukken, omdat veel wonden etteren en zorgvuldig moeten worden schoongemaakt.

'Jij moet ook zorgen dat je naar het westen komt,' zegt de oude zuster tegen haar, als ze even pauzeren met een kopje thee. 'Zo'n knap jong meiske als jij mag zeker niet in handen van de Russen vallen.'

Verbaasd kijkt Luisa haar aan. De oude vrouw glimlacht. Ze is heel dun en draagt haar witte haar in een knotje op haar achterhoofd. Haar ogen zijn lichtblauw en alert. 'Ik zeg het niet graag, Luisa,' voegt ze eraan toe. 'Omdat ik je hier goed kan gebruiken. Maar je moet ook aan jezelf denken, meiske.'

Luisa schudt vastbesloten haar hoofd. Nee, ze zal hier niet weggaan, ze wil daar blijven waar haar moeder haar laatste rustplaats gevonden heeft.

'Als je moeder nog zou leven,' zegt de oude vrouw misnoegd, 'zou ze je ook aanraden om naar het westen te vluchten.'

Luisa betwijfelt het. Haar moeder zou zeker hier gebleven zijn. Zoals ze ook in Stettin had willen blijven. Hoewel Luisa zich nog altijd enorm schuldig voelt tegenover haar moeder, heeft de wetenschap dat het Rode Leger inmiddels ook Stettin ingenomen heeft haar wel wat opgelucht. Maar aan de andere kant: Wat is goed? Wat is fout? In deze krankzinnige tijden kom je niet per se verder met slimme besluiten. Je kunt het juiste doen en toch nog in de ellende terechtkomen. Of je neemt een foute beslissing maar komt toch nog goed weg. Je moet gewoon geluk hebben om hier onbeschadigd uit te komen.

'Zuster Irma heeft gelijk,' bemoeit nu ook pastoor Klein zich ermee. 'Het is beter als je verder naar het westen probeert te komen, Luisa.'

'En u dan, pastoor Klein? En uw vrouw?'

Hij glimlacht en schuift zijn bril wat omhoog. 'Wij zijn al oud, Luisa. Wij hebben ons leven geleefd. En we vertrouwen erop dat God het allemaal wel zal regelen.'

'Dan vertrouw ik daar ook op!' beslist Luisa koppig.

's Avonds zit ze in haar hoekje, gewikkeld in een deken, en luistert naar de geluiden achter de gordijnen. Vier families moeten de zolder met elkaar delen, twee ervan hebben kleine kinderen die steeds maar huilen omdat ze zo'n honger hebben. Er is te weinig melk, de kleintjes moeten genoegen nemen met verdunde aardappelsoep, en ook brood is er niet veel. Vet en suiker zijn er maar in heel kleine hoeveelheden. Steeds opnieuw ontstaat er ruzie, omdat iemand eten gepakt heeft waar hij geen recht op had. Moeders van hongerige kinderen zijn tot alles in staat, die schrikken niet terug voor wat geweld en diefstal als ze daardoor hun kleintjes te eten kunnen geven. Hier boven op zolder hebben zich al onbeschrijflijke scènes afgespeeld; meer dan eens moest Luisa de pastoor erbij roepen om de elkaar in de haren gevlogen ruziezoekers uit elkaar te halen.

Vandaag lijkt het vooralsnog rustig te blijven en dus schuift ze de kaars dichterbij en pakt de brief uit haar halsetui. Het papier is inmiddels helemaal versleten, omdat ze het al zo vaak opengevouwen en weer terug in het tasje gestopt heeft. Op de vouwlijnen is het handschrift amper nog te lezen. Ze glimlacht. Als hij toch eens zou weten hoe vaak ze deze zinnen leest en daarbij aan hem denkt. Hoe vaak ze zich afvraagt waar hij nu is. Of ze hem teruggestuurd hebben naar het front, waar hij zijn leven mag inzetten voor de zinloze strijd. Of ze allebei de oorlog zullen overleven en elkaar weer terug zullen zien, zoals hij hoopt? Luisa merkt elke avond duidelijker dat ook zij Fritz Bogner graag weer terug wil zien. Als God het wil...

Je kunt Onze-Lieve-Heer natuurlijk laten beschikken. En dat doet Hij sowieso. Maar je kunt Hem daar ook bij helpen. Hem zo te zeggen een beetje beïnvloeden. Zijn beschikking de juiste kant op sturen...

Dat dorpje... hoe heette het ook alweer? Het woord staat precies in een vouw en is daardoor slecht leesbaar. Benzhain. Nee. Lenzhain. Ook niet. Benzhahn. Dat zou kunnen. Maar ook: Lenzhahn. Ja, Lenzhahn, dat was het. Wat een vreemde naam. *Lenz* als in 'lente', 'voorjaar'. En *Hahn* als in 'haan'. Het ligt in het Taunusgebergte, vlak bij Frankfurt. Frankfurt am Main bedoelt Fritz waarschijnlijk. En Frankfurt am Main ligt niet ver van Wiesbaden.

Als hij het overleeft en terugkeert uit de oorlog, zal hij naar zijn ouders gaan, denkt ze.

Achter de gordijnen begint een kind hartverscheurend te huilen en haar gedachten raken verward. Hoogste tijd om naar bed te gaan, om toch nog een paar uur slaap te krijgen. De sirenes van het luchtalarm kunnen elk moment weer gaan huilen en dan moet ze meehelpen om de vluchtelingen naar de crypte van de kerk te brengen.

De volgende ochtend schijnt de zon en op het kerkhof schitteren de eerste gele forsythiabloemen. Op het houten kruis van Annemarie Koch zitten twee musjes. Als Luisa het graf nadert, spreiden ze hun vleugels en vliegen ervandoor.

Het leven gaat verder, denkt ze, en plotseling is het besluit niet moeilijk meer.

'U bent bij me, mama,' fluistert ze. 'U en papa begeleiden me, waar ik ook ben.'

Haar bundel is snel bijeengepakt, ze bezit amper meer dan wat ze aan haar lijf draagt. Van de pastoor en zijn vrouw krijgt ze een wollen deken cadeau, samen met linnengoed en sokken, een fles koude thee, wat brood en suiker. Het geld dat pastoor Klein haar geeft, wil ze eerst niet aannemen.

'Dat heb je eerlijk verdiend, Luisa. En je zult het nodig hebben.'

Uiteindelijk laat ze zich ompraten. Het afscheid van de pastoor en zijn vrouw en Irma Kogler valt haar zwaar, omdat deze drie lieve mensen als familie voor haar waren.

'God de Heer zal Zijn beschermende hand boven je hoofd houden, Luisa,' belooft de pastoor haar. 'Ga in vrede.'

Dit keer wil ze te voet gaan, omdat de herinnering aan de treinreis met die verschrikkelijke afloop te naar is. Om niet alleen te hoeven reizen heeft ze zich aangesloten bij een klein gezelschap, dat bestaat uit twee zussen en hun kinderen. Karin Stumm en Elena von Karst hebben meerdere dagen in de pastorie doorgebracht omdat Elena's jongste kind – een meisje van vier – hoge koorts had. Luisa heeft geholpen met de verzorging en de rustige, beheerste manier van doen van de vrouwen beviel haar wel. Allebei zijn ze afkomstig van een kleine boerderij, die Karin Stumm heeft overgenomen van hun ouders. Elena is getrouwd met iemand uit het naburige dorp en woonde in de buurt, op een stoeterij. De beide echtgenoten vechten aan het front – de vrouwen en kinderen moeten alleen naar het westen zien te komen.

'Het was niet makkelijk om alles achter te laten,' zegt Karin. 'En die arme dieren, die geen idee hadden wat hun overkwam.'

Ze hebben de koeien, varkens en kippen gewoon vrijgelaten, de dorpsbewoners zullen wel gepakt hebben wat ze konden gebruiken, voordat de Russen de kans kregen. De paarden worden verzorgd door een oude knecht, die niet overgehaald kon worden om zijn thuis te verlaten. Als de Russen komen, zullen ze de paarden zeker meenemen.

'Het enige wat telt is dat we onze kinderen in veiligheid brengen,' zegt Elena.

Het zijn er vijf. Elena heeft twee meisjes van twee en vier, Karins zoons zijn zes en acht jaar oud, het nakomertje is drie. Toen ze vertrokken hadden ze meerdere huifkarren volgepakt met linnengoed, matrassen, levensmiddelen, pannen en alles waarvan ze dachten dat ze er niet zonder konden. Vier personeelsleden bleken bereid om samen met de vrouwen te vluchten: drie knechten, die de huifkarren bestuurden, en een dienstmeisje, dat voor de kinderen zorgde.

'Een van de knechten ging er al op de eerste dag vandoor, twee dagen later was plotseling ook een van onze karren inclusief koetsier verdwenen. En de rest zijn we beetje bij beetje tijdens overvallen kwijtgeraakt.'

Het waren geen Russen die hen overvielen, maar rondzwervende groepen die genadeloos misbruik maakten van de ellendige situatie van de vluchtelingen, om er zelf beter van te worden. Luisa durft niet te vragen of ze ook verkracht zijn. Ook onder vrouwen wordt daar niet over gepraat, de schaamte is te groot. Elena en Karin zijn opgewekt en blij dat ze tenminste hun kinderen enigszins gezond en wel tot hier hebben weten te krijgen en ze hopen dat het laatste stuk naar Hamburg hun met hun twee overgebleven handkarren ook nog zal lukken.

De eerste dagen schieten ze lekker op. Afwisselend trekken ze de handkarren, ook de twee jongens helpen mee, en als ze moe worden kent Karin een heleboel liedjes die je uit volle borst kunt zingen om wakker te blijven. De route leidt hen via Bad Doberan en Kröpelin naar Wismar, de weg is vol met mensen die allemaal dezelfde richting op gaan. Als er van achteren paardenwagens naderen, moeten ze hun wagens aan de kant trekken om de paar gelukkigen die hun paard-en-wagen hebben weten te redden, erlangs te laten. Overal zitten ook vluchtelingen aan de kant van de weg, te uitgeput om verder te lopen. Soms stopt er een wagen om iemand mee te nemen, maar meestal worden ze aan hun lot overgelaten.

'Niet kijken,' zegt Karin tegen Luisa. 'In de greppels liggen de doden. Niemand heeft tijd om ze te begraven. Laten we maar wat sneller doorlopen.'

's Middags pauzeren ze en koken soep van brood en een restje gort. De nachten brengen ze door in lege stallen of in de openlucht, dan zetten ze de twee handkarren tegen elkaar aan en leggen er een zeil overheen. De moeders en hun kinderen slapen dicht tegen elkaar aan. Luisa slaat haar deken om zich heen en rilt van de kou. Hoe blij ze ook is met de kleine gemeenschap waarin ze is opgenomen, ze voelt zich ook eenzaam. Haar hele leven tot dan toe was haar moeder bij haar – nu is ze alleen.

Nadat ze Kröpelin achter zich gelaten hebben, slaat plotseling het weer om. Een sneeuwstorm dwingt hen om te stoppen en beschutting te zoeken achter de handkar. Niet veel later gaat de sneeuw over in regen en al snel ligt de weg vol modder en plassen. Het wordt steeds moeilijker om de handkarren met hun houten wielen door de blubber te trekken, de kinderen jammeren, het kleinste jongetje heeft keelontsteking en ook Elena denkt dat ze koorts heeft. Andere vluchtelingen lopen voorbij, hen uitscheldend omdat ze vastzitten in de modder en dus niet opzij konden. En alsof het allemaal nog niet erg genoeg is, komen hun tegen de avond ook nog eens enkele legervoertuigen tegemoet, waarvoor ze snel aan de kant moeten. Het zijn soldaten, op weg naar het oostfront.

'Arme kerels,' zegt Karin. 'Zo hun dood tegemoet.'

Luisa denkt angstig aan Fritz Bogner, die vast ook nog een keer opgeroepen is om zijn leven in te zetten voor een verloren zaak. Toch redden al die Wehrmachtsoldaten die de confrontatie met de Russen aangaan veel vluchtende vrouwen en kinderen het leven, ze houden de vijand in elk geval even op totdat ze in veiligheid zijn. Zijn deze mannen helden? Of zijn ze bedrogen? Ach, Luisa zou zo graag bidden voor Fritz Bogner, maar ze heeft gewoon niet zo'n vast geloof als de pastoor en zijn vrouw. En dus kan ze alleen maar hopen op een goede afloop.

In de namiddag wordt de regen zo heftig dat ze besluiten om de handkarren naar de kant van de weg te trekken en het zeil eroverheen te gooien, zodat tenminste de kleren en levensmiddelen droog blijven. Zijzelf en de kinderen zijn tot op de huid doorweekt. Maar het blijkt bijna onmogelijk om de karren los te krijgen uit het spoor, omdat de houten wielen zo diep in de modder weggezakt zijn.

'Iedereen uitstappen,' commandeert Karin. 'Ook de kinderen! Luisa, help met trekken. Elena, let jij op de kleintjes!'

Ten slotte moet ook Elena, met haar koorts en verkoudheid, meehelpen met het trekken aan de karren, terwijl de kleintjes jammerend en bibberend aan de rand van de weg staan.

Maar terwijl ze daar zo radeloos bezig zijn, krijgen ze plotseling hulp. Vanuit de stromende regen duikt een jongeman op, die de handvatten van de kar pakt – een krachtige ruk en de wielen zijn los uit het spoor. Zonder iets te zeggen duwt hij de vrouwen aan de kant en loopt naar de tweede wagen, kijkt er even naar, pakt het handvat en begint te trekken. Zodra de vrouwen zien dat de wagen in beweging komt, lopen ze ernaartoe om te helpen en binnen enkele minuten staan beide handkarren – weliswaar onder de modder, maar heel – aan de kant van de weg.

'Het zeil!'

De wind rukt aan de waterdichte afdekking; ze moeten het kostbare zeil goed vastmaken aan de spijlen van de kar, zodat ze er allemaal onder kunnen kruipen. Ook voor hun onbekende helper vinden ze nog een plekje. Ze kruipen dicht tegen elkaar aan, Karin en Elena pakken de laatste droge kinderkleertjes, zodat de kleintjes tenminste nog iets anders kunnen aantrekken.

Luisa zit, in haar vochtige deken gewikkeld, naast de vreemdeling en kijkt hem nieuwsgierig van opzij aan. Hij heeft een korte bruine baard, een scherpe neus en volle lippen. Het water loopt vanuit zijn dikke haar over zijn voorhoofd, telkens weer veegt hij met zijn mouw over zijn gezicht. Hoewel zijn kleren onder de modderspetters zitten, kan ze nog wel zien dat hij een Wehrmachtuniform draagt, ook al heeft hij alle insignes eraf geknipt en de kledingstukken binnenstebuiten gekeerd. Ook zijn versleten laarzen zijn Wehrmachtlaarzen.

'Het is wel duidelijk, nietwaar?'

Luisa krimpt in elkaar als hij haar aanspreekt en daarbij uitdagend grijnst.

'Hoe bedoelt u?'

'Dat ik een deserteur ben, juffrouw. Een ellendige lafaard die geen zin heeft om in deze laatste dagen nog een heldendood te sterven. Ik ben ervandoor gegaan toen de Russen ons groepje uiteendreven, en dat was het dan. Voor mij is de oorlog voorbij. Over en uit. Nu is het zaak te overleven. Maakt niet uit hoe...'

Iets in hem jaagt Luisa angst aan en daarom antwoordt ze eerst niet. Karin is minder gevoelig, die valt hem bij. Als de Führer op tijd ingestemd had met een wapenstilstand, dan was dit lijden hun allemaal bespaard gebleven. In plaats van al dat gewauwel over 'Nibelungenloyaliteit' en eindstrijd. Wie zijn spullen pakte om voor de Russen te vluchten werd gezien als een volksverrader.

'En nu wil hij dat alle Duitsers gezamenlijk ten onder gaan, omdat ze het niet voor hem hebben kunnen winnen,' zegt ze. 'Maar dan vergist hij zich. Wij vrouwen zullen altijd vechten voor het leven van onze kinderen, wat Adolf Hitler daar ook van vindt.'

De vreemdeling knikt. De regen klettert op het zeil, aan de zijkanten loopt het in stroompjes naar beneden. Soms waait de wind er even onderdoor, bolt het zeil op en dreigt het mee te nemen, dan worden ze allemaal weer nat en doen hun best om hun overkapping snel weer naar beneden te trekken.

'En u?' vraagt de deserteur, terwijl hij Luisa aankijkt. 'Hebt u ook kinderen?'

'Nee. U?'

'Mijn vrouw is in Danzig. Geen idee of ze nog leeft. Kinderen hebben we niet.'

Het klinkt bijna onverschillig, alsof hij het over een buurvrouw heeft. Of heeft hij zulke verschrikkelijke dingen gezien dat hij volledig afgestompt is? Luisa begint medelijden met hem te krijgen. De oorlog beschadigt niet alleen de lichamen, hij doodt ook de zielen van de mannen. Ze zwijgen een tijdje, luisteren naar het afnemende geluid van de regen, naar het druppelen van het water dat van het zeil af loopt. Allemaal hebben ze het koud in hun vochtige kleren, daarnaast worden ze gekweld door de honger. Sinds die ochtend hebben ze niets meer gegeten.

'Ik geloof dat het langzaam droog wordt,' zegt de deserteur en hij buigt zich opzij om naar buiten te kunnen kijken. 'En, wat heb ik gezegd? Er zijn nog wel wat donkere wolken, maar voorlopig is het droog.'

Ook de vrouwen gluren nu onder het zeil door. Als het enigszins droog is, kunnen ze een vuur maken en wat soep koken. Ze hebben nog een beetje brood en gort en Luisa heeft bij een boer een stuk spek weten te bemachtigen. De meeste boeren in de omgeving slachten hun dieren liever dan dat ze ze aan de Russen overlaten. Het enige probleem is nu wat droog hout en ander brandbaar materiaal vinden.

'Daar verderop staat een schuur,' zegt de deserteur en hij gebaart met zijn hoofd. 'Daar is misschien iets te vinden. Ik loop er wel even heen.'

Karin pakt de pan en het eten uit, Elena zorgt ervoor dat de twee jongens in elk geval een droog hemd aankrijgen. Luisa pakt een blik en gaat op weg om de eerste opschietende paardenbloembladeren te zoeken, ook weegbree en look-zonder-look laten zich al zien, en hier en daar zelfs een paar jonge, lichtgroene brandnetels. Met deze kruiden kunnen ze de soep een beetje meer smaak en voedingswaarde geven. Het begint al te schemeren, de lucht is grauw en zwaar, maar Luisa heeft scherpe ogen en ontdekt steeds meer eetbare planten, waarmee ze haar blik vult. Een klein stukje verderop slingert zich een beekje door het weiland, daar staan wilgen en elzen, en het struikgewas rondom de bedding van het beekje is nog dichter en groener. Luisa is blij met de rijke oogst, ze hurkt naast het beekje om alles te wassen en baalt dat ze de pan niet meegenomen heeft, omdat ze immers ook water nodig hebben voor de soep. Het water uit het beekje is weliswaar wat troebel geworden van de regen, maar ze koken het toch, dus kan er eigenlijk niets gebeuren.

'Wacht, ik help je...' klinkt plotseling de stem van de deserteur achter haar.

Ze heeft geen tijd meer om zich om te draaien. Hij werpt zich van achteren op haar, omklemt haar en rolt met haar over het gras. Ze verzet zich met al haar kracht, bijt in de hand die hij voor haar mond houdt, krimpt in elkaar, probeert zich uit zijn greep te bevrijden. De worsteling duurt slechts kort, dan heeft hij er genoeg van en haalt uit. Twee keer, drie keer slaat hij haar zo hard dat ze als verdoofd blijft liggen.

'Waarom stel je je zo aan?' murmelt hij, terwijl hij haar blouse openrukt en haar hemd naar beneden trekt. 'Je moest eens weten hoe de Russen dat doen. Daar is het de een na de ander... Tien of twaalf of soms wel twintig...'

Ze verweert zich nog slechts zwak, haar hoofd bonkt, ze heeft het gevoel dat ze naar een film kijkt, niet zichzelf is, maar iemand anders, een toeschouwer. Hij schuift haar rok omhoog en trekt haar onderbroek uit, betast haar met zijn vingers, knort begeerlijk en knoopt zijn broek open. Zijn geslacht is walgelijk, dik en blauwig, ze heeft nog nooit eerder een stijve penis gezien en kan zich bijna niet voorstellen dat die bij hem hoort. Dan voelt ze het, heeft niet meer de kracht om zich te verzetten, schreeuwt enkel nog in zijn handpalm, die nog altijd tegen haar mond aan gedrukt is. Hij neemt de tijd, stoot telkens weer toe, verscheurt haar, wrijft tegen haar aan, kreunt erbij en steigert dan. Laat zich weer op haar vallen en gromt voldaan.

Is het eindelijk voorbij? Haar hoofd dreigt te exploderen. Bloed stroomt uit haar mond, langs haar hals op haar naakte borst. Ze heeft op haar tong gebeten toen hij toesloeg.

'En nou niet dramatisch gaan doen,' zegt hij. 'Het is de moeite niet waard. Alle vrouwen in de oorlog overkomt dit. Kom op, kleed je weer aan.'

Hij zit op zijn knieën boven haar en knoopt zijn broek weer dicht. Buigt zich opzij en gooit haar onderbroek in haar gezicht. Dan klimt hij van haar af, trekt zijn broek recht en gaat ervandoor. Verderop, bij de schuur, heeft hij een stapel brandhout liggen, die draagt hij nu naar de vrouwen en kinderen, die aan de rand van de weg staan te wachten.

Luisa blijft roerloos liggen. Ze voelt niets, zelfs geen pijn, hoort alleen het zoemen in haar hoofd, dat steeds luider wordt en haar de adem dreigt te benemen. De toeschouwer die ze was, verenigt zich langzaam weer met haarzelf, het dringt tot haar door wat er met haar gebeurd is, ze voelt zich machteloos, vernederd, vol schaamte over het verschrikkelijke wat hij met haar gedaan heeft. Niemand heeft haar ooit uitgelegd wat een verkrachting is. Daarover wordt gezwegen, al die walgelijke, vernederende handelingen heeft niemand ooit beschreven.

Het is voorbij, denkt ze ten slotte. Ik leef nog. En ik ben niet de enige die dit overkomen is. Het is inmiddels bijna donker, ze ziet het schijnsel van het vuur dat de vrouwen met het brandhout aangestoken hebben. Rondom het vuur herkent ze vaag Elena en twee van de kinderen. De deserteur zit er op zijn hurken naast en legt er nieuw hout op. Langzaam komt Luisa overeind. Het zoemen in haar hoofd is minder geworden, daarvoor in de plaats is ze nu duizelig, de roodgele vuurvlek danst voor haar ogen heen en weer. Langzaam begint ze haar kleding weer te fatsoeneren, voor zover dat mogelijk is. Het hemd laat zich weer omhoogtrekken, de blouse heeft nog maar drie knopen, het elastiek in de onderbroek is gelukkig heel gebleven. Ze trekt haar rok weer naar beneden en blijft een tijdje met opgetrokken knieën zitten, starend naar de deinende vuurvlek in het donker. Een scherpe pijn trekt door haar onderlijf.

Wat denkt hij nou? Dat ze nu gewoon weer die kant op komt en erbij komt zitten? Alsof er niets gebeurd is? Een verkrachting is volledig normaal in oorlogstijd, daar moet ze niet zo moeilijk over doen... Daar was hij heel duidelijk over.

Geen van de beide vrouwen denkt eraan om bij haar te komen kijken. Ze zitten bij het vuur en koken soep met het spek dat Luisa gekocht heeft. Luisa denkt aan haar rugzak, aan het linnengoed en de drinkfles, aan de deken die ze gekregen heeft. Maar dat is allemaal geen reden om terug te gaan.

Met een boog loopt ze om het schijnsel heen, zoekt voorzichtig haar weg door het weiland en vindt een straat. Ze zullen haar niet inhalen, daarvoor zijn ze te langzaam met die handkarren. Haar hoofd zoemt nog een klein beetje, haar tong doet pijn en is gezwollen op de plek waar ze gebeten heeft, tussen haar benen voelt ze een warme vochtigheid. Morgen, als het licht is, zal ze zich in het beekje wassen en een plekje ergens in een leeg huis zoeken om wat te slapen. Maar nu wil ze alleen maar weg, zo ver mogelijk weg van deze plek, van deze mensen.

Niets denken. Niets voelen. Verder leven.

Julia

Wiesbaden, juli 1945

Wat is liefde? Julia heeft de halve nacht liggen piekeren over deze vraag en nog steeds heeft ze er geen antwoord op. Maar één ding is zeker: tot vandaag had ze geen idee van de liefde. In haar leven bestonden alleen maar enkele korte liefdesontmoetingen, hand in hand wandelen in het Kurpark, een kusje achter een boom, soms ook nachten vol passie, die min of meer bevredigend waren. En ja, dat deed ze zeker allemaal uit liefde. Niet alleen uit lichamelijke begeerte, maar ook omdat ze verliefd was. Maar meestal eindigde die verliefdheid alweer na enkele weken, hij bleek anders te zijn dan ze had gedacht, ze voelde een eerste afkeer, waarna er onoverbrugbare verschillen opdoken. En na maximaal een week of vier zag ze de geliefde weer met heldere blik en was de liefde voorbij.

Mocht je in dergelijke gevallen überhaupt van liefde kunnen spreken…

En dan is er de echte, pure liefde. Of wat ze er tot dan toe onder verstaan heeft. Het verlangen naar een aanbeden mannelijk wezen dat volledig onbereikbaar is. Zoals een ster aan de hemel, waarnaar je vol geluk en verdriet kijkt, maar die je nooit kunt aanraken. Daaronder viel bijvoorbeeld Hans Albers, toen hij 'Goodbye, Johnny' zong. En enkele leden van het theatergezelschap. Zoals de ongeëvenaarde Eddi Graff. En zelfs Adalbert Dobscher. Als hij als Don Giovanni op het toneel stond.

Dan lag ze 's nachts in bed, verteerd door verlangen, talloze romantische verhalen verzinnend, opwindende, fantastische situaties, waarin ze haar droomheld tegenkwam en wegzonk in zijn armen. Een roes die je op elk moment kunt oproepen, een mooie droom, die je wakker en opgewonden in je fantasie beleeft.

Maar na enig nadenken komt ze toch tot de conclusie dat ook deze verliefdheden weinig met liefde te maken hebben. Dat liefde iets heel anders is. Iets volledig onverklaarbaars. Verrassends. En iets heel ongelooflijks.

Liefde stort zich op je als een roofvogel op zijn buit. Of als de beroemde bliksemschicht aan de heldere hemel. Liefde overvalt je altijd onverwacht. Liefde is niet met het verstand te verklaren. En ook niet met het gevoel. Liefde is er gewoon, staat voor je in het felle daglicht, het is onmogelijk om haar te ontwijken, ze heeft je in haar greep. Of je het nu wilt of niet.

Sinds gisteren houdt Julia van Addi Dobscher. De oudere, bulderende, soms wat vermoeiende Addi, die ze met zijn witte haar en luidruchtige manier van doen altijd gezien had als een vaderlijke steun en toeverlaat, maar nooit als een geliefde. Van het ene op het andere moment was dat veranderd.

Künzel belde bij haar aan en ze schrok wakker, stelde vast dat ze zich verslapen had.

'Waarom is Addi nog niet op?' wilde Künzel weten.

Samen glipten ze door de behangen deur en toen gebeurde het. Addi lag op zijn bed, zijn gezicht was rood van de koorts, zijn borstkas ging snel op en neer, zijn ogen waren gesloten. Julia liep naar het bed en plotseling was ze vreselijk bang dat hij haar zou kunnen verlaten. En precies op dat moment wist ze dat ze van hem hield.

Maar wat voor soort liefde is dit nu? Geen wilde hartstocht, nee, dat niet. Ook geen verliefdheid. Geen aanbidding van een verre ster. Het is de lucht die je nodig hebt om adem te halen. De rust. De warmte. Het vertrouwen. Als je al die dingen hebt, zie je ze als vanzelfsprekend en hecht je er weinig waarde aan. Maar als je ze kwijtraakt, word je nooit meer blij.

Ach, ze heeft hem niet kunnen helpen. Julia is nu eenmaal geen daadkrachtige persoon, ze is een dromer, die in geval van nood meestal dwaas reageert. Het waren Sofia Künzel en Else Koch die Addi overeind hielpen in bed en hem zijn jasje, broek, sokken en schoenen aantrokken, wat nog niet zo makkelijk was, aangezien hij zich heftig verzette. De twee Amerikaanse officieren hebben hem ten slotte naar beneden gedragen, nadat Addi Wilfried Storbeck bijna van de trap gegooid had. Al die opwinding was duidelijk niet goed voor Addi. Julia bleef de hele tijd op hem inpraten, smeekte hem om rustig te blijven, zich niet op te winden, de dokter niet tegen te spreken. Maar hij was zo woedend, zo buiten adem dat hij helemaal niet luisterde. En toen hebben ze hem weggebracht en stond Julia bij het lege, omgewoelde bed tranen met tuiten te huilen. Omdat ze hem misschien nooit meer zou terugzien.

Die middag al is ze lopend naar de Paulinenkliniek gegaan, maar daar was het geen bezoekuur en moest ze beneden bij de poort blijven wachten. Pas om twee uur werd ze binnengelaten, waar ze van een jonge, zeer onvriendelijke verpleegster de opdracht kreeg om niet met de zieke te praten en hem al helemaal niet aan te raken. Omdat hij mogelijk een besmettelijke ziekte zou kunnen hebben.

Addi lag met drie andere zieken in een kleine kamer. Zijn bed stond achterin tegen de muur en Julia moest zich langs twee andere bezoeksters heen wurmen, die op stoelen naast een van de ziekenbedden zaten. Het was er krap en benauwd, de muren waren witgeschilderd, maar in de hoeken bladderde de verf al af, en overal zaten beschadigingen en krassen. Addi lag op zijn rug te slapen, hij was heel bleek en zijn witte haar was verward. Hij ademde alweer rustiger, maar moest wel telkens hoesten. Toen vertrok hij zijn gezicht en ze begreep dat hij pijn had.

'Hij schijnt tuberculose te hebben,' hoorde ze iemand achter zich zeggen. 'Niet te geloven dat hij niet in quarantaine hoeft. Dat zou onder Hitler nooit gebeurd zijn!'

'Wees toch stil…' fluisterde een vrouwenstem angstig.

'Wat nou, het is toch zo?'

Pas na een tijdje durfde Julia een stoel te pakken en die naast Addi's bed neer te zetten. Daar zat ze stijf rechtop, starend naar zijn gezicht, zijn handen, die er op de sprei zo vreemd en bleek uitzagen. In al die jaren had ze zijn handen nog nooit goed bekeken, maar nu zag ze dat hij sterke, lange vingers en gelijkmatige vingernagels heeft. Vroeger kon hij ook goed pianospelen, in het theater was ze een keer langs een repetitieruimte gelopen, waar ze hem achter een vleugel had zien zitten. Hij begeleidde er twee collega's die een duet van Richard Strauss oefenden.

Hoelang ze daar aan het ziekenhuisbed gezeten heeft weet ze niet meer, maar op een gegeven moment had Addi met zijn ogen geknipperd en ze geopend. En omdat de onvriendelijke verpleegster er niet was, had Julia zachtjes Addi's naam gezegd. Toen had hij zijn hoofd omgedraaid en haar aangekeken. Een beetje verward, omdat hij blijkbaar pas op dat moment begreep dat hij in het ziekenhuis lag en niet in zijn eigen bed. Maar omdat ze naar hem glimlachte bleef hij rustig en had hij zelfs een beetje gegrijnsd.

'Hebben ze me toch te pakken gekregen…' zei hij zacht, waarna hij meteen weer moest hoesten. Het klonk rochelend, alsof zijn bronchiën helemaal vol zaten.

'Toch alleen maar om je weer beter te krijgen, Addi…'

'Kan thuis ook beter worden…' bromde hij.

Julia was even stil, omdat ze hem niet wilde tegenspreken. Toen vroeg ze wat de dokter gezegd had.

'Alleen maar onzin. Ze hebben me twee spuiten gegeven en willen me nu een paar dagen hier houden.'

Na twee zinnen achterelkaar was hij al buiten adem. Julia maakte zich zorgen om hem, maar durfde het niet te laten zien, wilde hem niet ongerust maken.

'Je moet doen wat de dokter zegt,' fluisterde ze hem toe. 'Ik kom je elke dag bezoeken.'

Ze zag dat die belofte hem goeddeed. Toch bromde hij dat het niet nodig was, dat ze rustig thuis kon blijven, ze had tenslotte toch haar naaiwerk en kon haar klanten niet laten wachten.

'Dat is allemaal niet zo belangrijk, Addi. Die klanten kunnen wel wachten. Het belangrijkste is nu dat je snel weer naar huis komt. Omdat het zonder jou zo… zo… stil is.'

Het bleek nog niet zo makkelijk om iemand die je al zo lang kent plotseling de liefde te verklaren. Omdat Addi er totaal niet op voorbereid was. En omdat Julia niet gewend was om over de liefde te praten.

'Omdat...' stamelde ze, en ze werd nog verlegener toen hij haar helemaal verheerlijkt aankeek. 'Omdat... omdat ik je zo mis, Addi. Je... was er immers altijd. En nu opeens niet meer...'

Plotseling werd ze hees en moest ze haar keel schrapen. Ze had het gevoel dat ze het allemaal heel dom en onhandig aanpakte. En uitgerekend op dat moment kwam ook nog eens de jonge verpleegster de kamer in om het einde van het bezoekuur aan te kondigen.

'Het is vier uur, tijd om afscheid te nemen. Onze patiënten hebben rust nodig...'

Onder de argusogen van de verpleegster stond Julia op van haar stoel en glimlachte onzeker naar Addi. Hij was heel serieus en geschrokken stelde ze vast dat er een traan uit zijn ooghoek liep en op het kussen drupte.

'Dat was het mooiste wat je ooit tegen me gezegd hebt, Julia...'

En omdat hij niet wist dat ze elkaar niet mochten aanraken, stak hij zijn arm uit en ze pakte zijn hand. Heel even maar hielden ze elkaar zo vast, toen moesten ze weer loslaten.

'Als u zich niet aan de instructies kunt houden, krijgt u een bezoekverbod!' viel de verpleegster tegen Julia uit.

'En ik dan?' vroeg Addi opgewekt. 'Doe mij ook maar een huisverbod.'

'Dat zou u wel willen, meneer Dobscher! U krijgt nu een injectie van mij...'

'Toch niet alweer in mijn bil...'

'Dit keer pakken we de andere...'

Julia wist niet hoe snel ze de ziekenhuiskamer moest verlaten, omdat ze in geen geval getuige wilde zijn van deze handeling. Vreemd. Het beviel haar absoluut niet dat dat vreselijke mens met Addi bezig was en hem injecties in intieme lichaamsdelen gaf. Addi Dobscher was van haar!

Op de terugweg werd ze aangesproken door een zwarthandelaar, die haar chocolade en koffie wilde verkopen. Tegen sigaretten. Maar die had ze niet, alleen maar de twintig rijksmark die ze van Jenny Adler gekregen had omdat ze twee jurken ingenomen had. Na wat onderhandeld te hebben kreeg ze er een tablet pure chocolade en een zakje pepermuntsnoepjes voor. Die zou ze de volgende dag meenemen voor Addi. Hij houdt van zoetigheden, dan is hij net een kleine jongen. En ze zou een bos bloemen voor hem plukken, in het Kurpark groeit zo veel groens en onkruid door elkaar, daarmee is makkelijk iets moois te maken.

Net als ze voor Café Engel staat te bedenken of ze nog even snel bij Hilde en Else langs zal gaan in het café om hun te vertellen over Addi in het ziekenhuis, gaat naast het café de voordeur open en stappen meerdere mannen naar buiten. Drie van hen zijn Amerikaanse soldaten, een is zelfs een zwarte, met dikke lippen en een brede neus. De vierde man is Wilfried Storbeck. Hij draagt het pak dat zijn vrouw voor hem binnenstebuiten gekeerd heeft, daaronder geruite pantoffels. Zijn gezicht is vaal, hij ziet eruit alsof hij rechtstreeks naar het schavot geleid wordt. Julia blijft staan en staart het groepje aan, langzaam dringt het tot haar door dat Wilfried Storbeck nu blijkbaar toch ontmaskerd is als voormalige nazifunctionaris en vlijtige verrader. Wat had Else Koch laatst ook alweer gezegd? Dat ze allemaal naar een kamp in Darmstadt gestuurd worden. O, god! Altijd weer die kampen. Kwam er nu maar eens een eind aan. Hoewel het anderzijds natuurlijk wel zo is dat meneer Storbeck zijn straf eerlijk verdiend heeft. Hij is een slecht mens, zoals Addi telkens weer tegen haar zei. Waarbij hij andere bewoordingen gebruikte. Een klootzak. Een slijmerige verklikker. Een achterbakse eikel.

De zwarte soldaat grijnst met blinkend witte tanden naar haar als ze langslopen en Julia schrikt zo dat ze een stap achteruit doet en bijna struikelt. Tot dan toe heeft ze de zwarte soldaten alleen maar vanuit de verte gezien en was ze steeds een beetje bang voor hen. Omdat ze er net zo uitzien als die kannibalen in een boek over Afrika dat ze ooit bij de bibliotheek geleend had. Storbeck kijkt haar niet aan als hij voorbijgeleid wordt, zijn blik is strak op de straat gericht en zijn schouders zijn opgetrokken. Hij zal het wel vreselijk vinden om zo, met alle ogen op zich gericht, door de Wilhelmstraße te moeten lopen.

Aan de twee tafeltjes voor Café Engel zitten koorrepetitor Alois Gimpel en Hans Reblinger, de voormalige theaterrecensent. Naast hen staat Hilde Koch, een blad met koffiekopjes in de hand, die ze net afgeruimd heeft. Else Koch heeft het tafereel van achter het raam gevolgd.

'Zag u dat, juffrouw Wemhöner?' roept Hans Reblinger haar tegemoet. 'Er is nog gerechtigheid op de wereld. Godzijdank!'

Ze knikt bedeesd en glimlacht. Nee, ze heeft helaas geen tijd om bij hen te komen zitten, ze heeft nog zo veel naaiwerk, haar klanten wachten al, ze moet echt aan de slag.

'U mag van geluk spreken,' zegt Alois Gimpel met een zuur glimlachje. 'Betaald werk, dat heeft tegenwoordig bijna niemand meer. En wij artiesten al helemaal niet...'

Van Else Koch weet Julia dat meneer Gimpel leeft van de verkoop van zijn antiquiteiten. Hij heeft van zijn ouders een villa aan de Biebricher Allee geërfd, die hij nu langzaam aan het leegruimen is. Hoe tragisch het ook is dat zo'n geweldige muzikant werkloos is, hij hoeft dus niet te verhongeren.

'Er komen ook weer betere tijden, meneer Gimpel.'

'De hoop sterft als laatste!' roept hij haar na, als ze door de draaideur het café in loopt.

Binnen zit Sofia Künzel, die nog snel een kopje koffie drinkt voordat ze richting de Steingasse vertrekt. Het ruikt naar echte koffie, die krijgt Künzel altijd mee van de Amerikanen.

'Julia, arm kind!' roept Künzel uit. 'Kom bij me zitten en drink een kopje mee. Hoe gaat het met die ouwe stijfkop? Die piept nu zeker wel anders? Arme vent. Met zo'n longontsteking valt niet te spotten...'

Julia kan de koffiegeur niet weerstaan. Eigenlijk is ze meer een theedrinker, maar deze vers gezette koffie is gewoon een geschenk uit de hemel...

'Ze geven hem injecties en willen hem een paar dagen houden,' meldt ze. Hilde komt de keuken uit, waar ze het blad met serviesgoed neergezet heeft, haar moeder Else brengt de koffiepot en zet drie extra kopjes op het tafeltje.

'Even snel een bakkie doen, voordat Ida Lehnhardt en Jenny Adler weer op de stoep staan,' zegt ze, met een waakzame blik op de draaideur. 'Voor hen zet ik geen echte koffie, die is alleen voor goede vrienden...'

'Een betalende gast is een betalende gast,' grijnst Künzel vals.

'Nee,' antwoordt Hilde. 'De nazi's die hier kwamen, waren ook betalende gasten. Maar die hebben we altijd onze oudste taarten voorgezet. Uit principe, nietwaar, mama?'

'Die tijd is gelukkig voorbij,' knort Else Koch, terwijl ze Julia een vol kopje toeschuift. 'Hoe gaat het met Addi? Heeft hij nog steeds koorts? Ik mag toch hopen dat ze hem er weer bovenop kunnen helpen...'

Julia moet toegeven dat ze het niet precies weet. Wat stom, ze heeft Addi niet eens gevraagd hoe het met hem gaat en of hij nog koorts heeft. In plaats daarvan heeft ze alleen maar zitten wauwelen. En toch is ze blij als ze terugdenkt aan wat hij tegen haar zei. 'Als je morgen weer gaat, Julia,' zegt Künzel, 'neem dan een blikje cornedbeef en een pakje witbrood voor hem mee. Die krijg je van mij. Om hem weer op de been te helpen.'

Julia denkt aan de onvriendelijke jonge verpleegster en vraagt zich af of ze überhaupt etenswaar mee het ziekenhuis in mag nemen. Niet dat die verpleegster straks al dat lekkers in beslag neemt en er niks overblijft voor die arme Addi.

'Dus Storbeck lijkt nu toch niet aan zijn lot te ontkomen,' zegt Hilde terloops. 'Wat ze ook met hem gaan doen, hij heeft het verdiend, die nare vent!'

Waarom Hilde daar zo'n gesloten, hard gezicht bij trekt, begrijpt Julia niet zo goed. Maar ze voelt dat er iets is waarover Hilde liever niet praat. Genietend drinkt ze van de sterke koffie, waardoor ze een hele theelepel suiker geroerd heeft. Dan bedankt ze Künzel en wenst haar een succesvolle avond.

'Dank je wel. Het is zeker de moeite waard. Morgen om tien uur komt mijn eerste zangleerling. Een beetje verlegen nog, die jongen. Maar hij heeft zeker talent... een diepe bas... en niet alleen dat...'

Glimlachend beklimt Julia de trap naar haar appartement. Dus Sofia Künzel gaat weer lesgeven. In de zangkunst en in andere kunsten. Of dat ook een vorm van liefde is? Julia zucht zacht en denkt vol tederheid aan het moment waarop ze Addi's uitgestoken hand pakte. Heel koel voelde die aan, maar hij had haar vingers stevig omsloten en er even in geknepen. Wie weet wat ze gedaan had als die stomme verpleegster niet binnengekomen was. In haar handtas zoekt ze naar haar huissleutel. Nu moet ze toch echt aan de slag met haar naaiwerk, het loopt al tegen zevenen...

'Juffrouw Wemhöner?'

Op de trap achter haar kraakt het. O nee, het is Marianne Storbeck, die kan ze nu echt niet gebruiken. En wat klinkt haar stem pieperig. Waarschijnlijk wil ze bij haar uithuilen. Maar dat zal niet gaan, Julia heeft nog veel te doen en Marianne Storbeck heeft zich de ellende tenslotte zelf op de hals gehaald. Julia pakt de sleutel en steekt die in het slot.

'Ach, juffrouw Wemhöner... Hebt u een minuutje? Ik wilde u iets vragen...'

Julia haalt diep adem, probeert sterk te blijven. 'Ik heb niet zoveel tijd, mevrouw Storbeck...'

Maar Marianne heeft de trap al beklommen en staat nu vlak achter haar.

'Dat weet ik...' zegt ze. 'U hebt heel veel naaiwerk, nietwaar? Daarover wilde ik ook iets vragen...'

Julia draait de sleutel om, maar hij pakt niet, ze moet twee keer draaien. Dat gebeurt af en toe, is niet erg, volgens Addi. Maar op dit moment komt het niet uit.

'Ik dacht namelijk...' gaat Storbeck verder. 'Ik dacht dat ik u misschien zou kunnen helpen. Met de zomen bijvoorbeeld, die zou ik kunnen naaien. Of de knoopsgaten. Alles wat er zo bij komt kijken. De simpele dingen, die veel tijd kosten en u ophouden, begrijpt u?'

Julia heeft eindelijk haar voordeur open, maar blijft nu toch even staan en denkt na. Het voorstel is eigenlijk niet eens zo slecht. Alleen zou ze liever een ander hulpje hebben dan uitgerekend Marianne Storbeck! Als het nu Hilde was. Of Gisela, Hildes vriendin. Desnoods Ida Lehnhardt. Maar mevrouw Storbeck...

'Het is namelijk zo dat al Wilfrieds uitkeringen ingetrokken zijn, juffrouw Wemhöner. En ik heb niks en niemand meer. Geen familie. En verder ook niemand die mij zou kunnen helpen. En verkopen kan ik ook al niks – we zijn immers alles al kwijtgeraakt...'

Julia kan de warme adem van Marianne Storbeck in haar nek voelen. Het is walgelijk. Deze vrouw is even plakkerig als een kledder bietenstroop.

'Later, mevrouw Storbeck. Ik moet er even over nadenken. U hoort nog van me...'

Met die woorden stapt ze haar appartement in en ze sluit snel de deur achter zich. Opgelucht ademhalend leunt ze met haar rug tegen de deur en ze luistert. Niets. Storbeck staat er nog steeds. Die vervelende vrouw staat voor haar deur te wachten.

Julia loopt naar haar badkamer om haar handen te wassen, zoals ze het destijds tijdens haar opleiding tot kleermaker geleerd heeft. Nooit met bezwete handen werken. Dan neemt ze plaats in haar naaihoekje, zet een vingerhoedje op haar vinger en steekt de draad in de naald. Het klopt dat omzomen een lastig karweitje is, waarbij je heel precies moet naaien, zodat er geen enkel steekje aan de buitenkant te zien is. Na een tijdje vindt ze het benauwd worden in de kamer en ze opent het raam. Het begint al te schemeren, straks moet ze de lamp aandoen, ze zal waarschijnlijk nog de halve nacht met deze jurk bezig zijn.

Ze probeert aan Addi te denken. Hoe zou het nu met hem gaan? Zou hij nog koorts hebben? Zou hij kunnen slapen? Zou hij aan haar denken? Addi zou zeker een kort en bondig antwoord voor mevrouw Storbeck gehad hebben.

Geen sprake van. Met mensen zoals zij en haar man willen we niets te maken hebben. Laat ze maar merken hoe het is om verlinkt te worden. Om opgepakt te worden zonder dat iemand je helpt.

Julia bijt op haar onderlip. Het klopt. Het is niet meer dan terecht. En toch voelt ze zich slecht. Harteloos. Gemeen.

Ze is niet iemand die de deur in iemands gezicht dichtslaat. Daar houdt ze niet van. Zo is ze nu eenmaal en daar kan ze niets aan veranderen.

Marianne Storbeck zit halverwege de trap op een traptrede te wachten. Als Julia de voordeur opent, draait ze zich om en Julia ziet dat ze gehuild heeft.

'Kunt u een zoom naaien? Zodat de steekjes aan de buitenkant niet te zien zijn?'

Marianne knikt.

'Komt u dan maar binnen...'

Hilde

Wiesbaden, juli 1945

Een regenachtige dag, denkt Hilde als ze 's ochtends wakker wordt. De gordijnen in de slaapkamer zijn nog gesloten, maar ze kan de regendruppels horen die tegen het raam tikken. Het regent behoorlijk hard – jammer, dan kunnen ze vandaag geen tafeltjes buiten neerzetten. In elk geval 's ochtends nog niet.

Eigenlijk zou ze moeten opstaan, mama is al in de keuken, de geur van pepermuntthee trekt door het appartement. Hilde rekt zich nog een keer uit en komt dan overeind. Ze heeft een onbestemd gevoel.

Die stomme regen, denkt ze. Die bedrukt het gemoed. Niets van aantrekken. Vastberaden staat ze op, trekt haar pantoffels aan en loopt naar de badkamer. Een kattenwasje volstaat vandaag, een koud washandje met zeep maakt goed wakker, en dan lekker stevig met de handdoek afdrogen, daar komt de bloedsomloop van op gang.

Als ze aangekleed en netjes gekamd in de keuken verschijnt, is haar slechte humeur verdwenen. Mama zit aan de keukentafel, heeft voor hen beiden gedekt, en onder de met blauwe kruissteken versierde theemuts wacht de theepot. Er is brood met bietenstroop; boter of margarine zijn nergens te bekennen, het weinige waaraan ze kunnen komen, heeft Else nodig om te bakken. Ook de jam die Künzel meebrengt van de Amerikanen wordt voor het bakken gebruikt, het maïsmeel, de aardappelen en de suiker sowieso. En van een eitje bij het ontbijt kunnen ze hier boven alleen maar dromen.

'We hoeven ons niet te haasten,' zegt Else, wijzend op het raam, waarlangs de regendruppels in stroompjes naar beneden lopen. 'Met dit hondenweer komt er toch niemand.'

'Hoef ik tenminste niet de straat te vegen,' zegt Hilde.

Else begint over de herfst, dat die in aantocht is, en dat ze dan kunnen proberen om op het platteland voedsel te hamsteren.

'Naar Lenzhahn, naar de familie Bogner, daar zou je eens heen kunnen rijden,' stelt ze Hilde voor. 'Die hebben een boerderij, daar hebben ze vast gerookte waar en reuzel. Melk en boter. En aardappelen...'

'Zal ik meteen maar met een vrachtwagen gaan?' grijnst Hilde. 'Maar mama, ik weet het niet hoor... Stel dat Fritz...'

Moeder weet wat Hilde wil zeggen. Ze zwijgt even, dan drinkt ze een slok thee en schraapt haar keel. 'Misschien heeft hij wel geluk gehad,' zegt ze en ze zucht. 'Zo'n getalenteerde jongeman...'

'Ja, dat is hij zeker...'

Hilde mag Fritz Bogner graag, er was zelfs een tijd dat ze echt verliefd was op die jongen die zo mooi vioolspeelde in het café. Altijd vol overgave en altijd van die prachtige stukken. Het 'Ave Maria' van Schubert. 'Het gebed van een maagd'. Of dat mooie stuk van Boccherini... Vooral de oudere dames waren altijd zeer onder de indruk en staken hem regelmatig een kleine of grotere fooi toe. Wat hij een beetje gênant vond, omdat hij toch ook al door papa betaald werd voor zijn optreden.

'Hé,' onderbreekt mama Hildes gedachten. 'Ik geloof dat ik Gisela net zag. Die komt vast naar het café...'

'Gisela met aanhang?' grinnikt Hilde. 'En zo vroeg op de ochtend? Nou ja, beter dan helemaal geen gasten.'

Snel loopt ze naar beneden, terwijl mama de keukentafel afruimt. Gas hebben ze nog steeds niet – ze bakken en koken met behulp van het kolenfornuis; een geluk dat ze zowel boven als beneden in de keuken nog niet helemaal op gas overgestapt waren. Alleen wordt het met de brandstof een beetje krap. Tot dan toe verzamelde Addi steeds grote hoeveelheden brandhout tussen de puinhopen, maar dat is voorlopig even niet mogelijk.

Gisela blijkt alleen. Onder een ouderwetse zwarte paraplu staat ze voor de draaideur te wachten tot Hilde opengedaan heeft. Dan klapt ze het gevaarte in.

'Die is zeker nog van je opa, of niet?' zegt Hilde gekscherend.

'Geen idee, hij staat al minstens honderd jaar in de paraplubak...'

De omhelzing is gehaast en wat oppervlakkig. Sinds Gisela omgaat met de Amerikaanse bezetters is de vriendschap tussen de twee jonge vrouwen minder hecht dan vroeger. Terwijl Hilde Gisela toch dankbaar moet zijn omdat ze vaak Amerikaanse gasten naar het café brengt, vooral op de middagen dat Künzel een uurtje dansmuziek speelt.

'Wat een weer,' kreunt Gisela, terwijl ze haar haren uitschudt. 'Heb vanochtend nog krullen ingedraaid, maar als het zo nat is, zie ik er meteen alweer uit als een dweil. Echt een gedoe, zo'n permanent.'

Hilde heeft krullen van zichzelf, iets waarop Gisela al op school jaloers was. Destijds wilde Hilde altijd liever steil haar, maar sinds ze weet hoe duur en bewerkelijk een permanentje is, is ze blij dat ze zoiets niet nodig heeft.

'Is er al koffie? Echte, bedoel ik, geen surrogaat?' vraagt Gisela, terwijl ze plaatsneemt aan een tafeltje.

'Moet eerst het fornuis nog aansteken... Dat duurt even...'

Gisela leunt achterover op haar stoel en zet haar handtas op tafel. Een prachtig tasje van lichtblauw leer. Dat heeft ze zeker niet van haar grootmoeder geërfd. Het is gloednieuw.

'Waar wacht je dan op, Hilde,' zegt haar vriendin. 'Ik heb ook wat voor je. Het zit daarin...'

Ze wijst op het lichtblauwe tasje en doet heel geheimzinnig. Hilde ergert zich. Waarom doet ze zo raar? Is ze soms een klein kind dat met een verrassing gepaaid moet worden? Ze loopt naar de keuken om het kolenfornuis aan te steken en dan komt ook mama naar beneden, die het overige werk van haar overneemt.

'Ga maar... Ik doe het wel...'

In het café zit Gisela met haar ellebogen op tafel door het raam naar de grauwe, verregende straat te kijken. Het valt Hilde op hoe bleek haar vriendin is en dat ze kringen onder haar ogen heeft. Misschien ligt het aan het slechte licht vandaag, maar misschien ook aan de lange nachten in de Amerikaanse bar.

'De koffie komt eraan,' zegt Hilde, terwijl ze bij haar aan het tafeltje komt zitten. 'Gaat het wel goed met je? Je ziet er wat moe uit.'

Gisela haalt haar schouders op en zegt dat ze slecht geslapen heeft. 'Al die toestanden bij ons thuis. Als ik thuiskom, moet ik aanbellen, omdat grootvader het veiligheidsslot erop gedaan heeft. Dan krijg ik weer te horen dat ik een verdorven vrouw ben, die met mannen rondhangt. Je moest eens weten hoe beu ik dat ben!'

En of Hilde dat weet. Hoewel ze Gisela's nachtelijke activiteiten niet goedkeurt, beseft ze heel goed dat Gisela voor haar moeder en grootouders zorgt. Wat niet meevalt. Vooral omdat Gisela's moeder steeds lastiger wordt.

'Ze is al twee keer weggelopen, waarna we naar haar op zoek moesten,' klaagt Gisela. 'Dan trekt ze vaders oude jas aan, met daaronder alleen ondergoed. En nu doet grootvader dus het veiligheidsslot erop, zodat ze niet meer weg kan...'

'Och, jeetje,' zegt Hilde meelevend, en ze slaat een arm om de schouder van haar vriendin. 'Zijn jullie al een keer naar de dokter geweest? Misschien dat ze gewoon medicijnen nodig heeft?'

Gisela maakt een vermoeid gebaar. 'Volgens dokter Walter is er niets aan te doen. Omdat er lichamelijk eigenlijk niets mis is met haar. Maar haar hoofd is in de war. Hij zegt dat het veel mensen zo vergaat, nu na de oorlog. Dat het door de bommen komt, dat daardoor veel mensen van angst hun verstand verloren zijn.'

'Ik vind het zo erg voor je, Gisela...'

Even is hun oude verbondenheid er weer, Gisela laat zich door Hilde omarmen, laat zich troosten, en als mama de gevulde koffiekopjes komt brengen, kan ze alweer glimlachen.

'Als jullie er toch niet waren,' zegt ze, terwijl ze genietend een eerste slok neemt. 'Café Engel sowieso. Een soort eiland in de oceaan. Zo'n warme, veilige plek midden in de woeste zee. Als jullie begrijpen wat ik bedoel...'

'Natuurlijk. Wij zijn een soort Honolulu. Maar dan zonder zee. En zonder rieten rokjes...'

Ineens is de stemming opperbest. Ze beginnen te lachen, proesten in de koffie, vinden het leven plotseling enorm grappig en helemaal niet meer zwaar. Gisela pakt haar handtasje.

'Cadeau van Sammy. Beetje opzichtig, of niet?'

'Een droom. Echt prachtig, Gisela!'

Gisela opent het mooie tasje en woelt er wat in rond.

'En dit hier heeft hem via allerlei omwegen weten te bereiken,' zegt ze en ze haalt een brief tevoorschijn. 'Voor jou, Hilde. Uit Frankrijk.'

Hildes hart slaat een paar slagen over. Ze pakt de brief aan, draait hem om en om. Het adres is niet compleet, maar haar naam staat duidelijk in grote blokletters geschreven. De afzender daarentegen is heel klein geschreven, amper leesbaar. Jean-Jacques Perrier... 12, Rue Principale... Villeneuve... O, god, hij leeft nog. Haar geliefde is nog in leven! En hij schrijft haar!

'Is die van die fransoos van je? Hoe heette hij ook alweer? Jean-Jacques. Die knapperd met die krullen en die donkere gloeiende ogen...'

Natuurlijk weet Gisela dat Hilde iets had met de dwangarbeider Jean-Jacques. Maar ze dacht dat het niet meer dan een scharrel was. Dat deze man Hildes grote liefde is, zou Gisela waarschijnlijk niet kunnen begrijpen. Ze is de afgelopen maanden veranderd, haar vriendin Gisela. Denkt ze eigenlijk nog wel eens aan haar verloofde Joachim? Hilde durft het niet te vragen.

'Nou,' zegt Gisela fijntjes lachend, 'dan zal ik je maar alleen laten met je brief. Je hebt helemaal glimmende oogjes gekregen, Hilde...'

Ze drinkt haar koffie op en wil haar portemonnee al uit haar tasje pakken, maar Hilde houdt haar tegen. 'Ben je gek. Ik laat mijn beste vriendin toch niet betalen voor de koffie.'

'Tot gauw dan maar...'

Hilde is al helemaal bibberig van opwinding. Was Gisela nu maar eindelijk met dat gevaarte van een paraplu de draaideur door. Als mama nu maar in de keuken blijft. En als er nu maar geen gasten het café binnenkomen. In elk geval de komende tien minuten niet, totdat ze de brief gelezen heeft...

Met haar vingers scheurt ze de envelop open en ze pakt het velletje ruitjespapier eruit, dat duidelijk afkomstig is uit een rekenschrift. Hilde fronst haar voorhoofd, omdat het handschrift moeilijk te lezen is. Heeft Jean-Jacques dit geschreven? Het moet wel, want zijn naam staat eronder. Ze kent zijn handschrift niet, dit is de eerste brief, überhaupt het eerste geschrevene dat ze van hem ziet. Tot dan toe hebben ze altijd mondeling met elkaar gecommuniceerd... Ach ja...

Chère amie... liefste vriendin...

Ze moet stoppen en naar adem happen, omdat ze in gedachten plotseling zijn stem hoort.

Je suis arrivé à Villeneuve il y a quelques jours... Ben thuisgekomen paar dagen geleden... C'est toi, qui m'a sauvé... Jij hebt mijn leven gered, mijn engel. Ik bedank je voor eeuwig.

Mijn familie is gezond... Nous sommes unis à nouveau... We zijn samen, en het werk op de boerderij is veel...

Mijn liefde is bij jou, mijn Hilde. Voor altijd en alle dagen. Maar hier, je dois accomplir mon devoir... Ik moet gehoorzamen, de boerderij gaat van mijn vader over op mij... Dat is mijn plicht, die moet ik vervullen... Dat is de reden dat ik moet blijven... Il faut que je reste ici...

Je t'aime pour toujours. Ik hou voor altijd van je. Ik wens je geluk.

Jean-Jacques Perrier

Hilde laat het papier op haar schoot zakken en staart door het raam naar de onophoudelijk vallende regen. Als een zware, donkere doek daalt het bittere besef op haar neer. Hij moet blijven. Het is voorbij. Ze zal hem nooit meer terugzien. Kan dat waar zijn? Misschien heeft ze de zinnen gewoon verkeerd begrepen. Ze pakt de brief nog een keer op. Wanneer heeft hij die eigenlijk geschreven? Geen datum. Ze leest hem nog een paar keer door, probeert er van alles van te maken, probeert iets te vinden wat haar nog een beetje hoop kan geven. Maar eigenlijk is het een duidelijk verhaal. Hij blijft bij zijn familie. Hij zal de boerderij erven, daar wil hij geen afstand van doen. Zo is het leven, Hilde. Als iemand ver van huis is, kan hij makkelijk dingen beloven, hartstochtelijke liefdesbeloftes doen. Ik kom bij je terug, *mon trésor*. Ik moet alleen eerst alles regelen, dan ben ik weer bij je, *ma petite colombe*. Hol gezwets. Hoe had ze zo stom kunnen zijn om het allemaal te geloven?

De tranen schieten in haar ogen, ze maakt een prop van het papier, ook van de envelop, en staat dan op om alles in de kleine potkachel te stoppen, die de gelagkamer tijdens de winter verwarmt. Dat was het dan. Dat was haar grote liefde. En nu is het voorbij. Ze hoeft nu in elk geval niet meer verdrietig te zijn over het verlies van het kindje. Dat arme wezentje zou sowieso zonder vader opgegroeid zijn.

De gedachte aan de miskraam en haar verdriet over het verloren kindje maken dat het haar toch allemaal te veel wordt. Ze begint te snikken en loopt snel naar het zijvertrek, zodat haar moeder haar niet ziet huilen. Ze drukt haar voorhoofd tegen de koude kachel en probeert zo min mogelijk geluid te maken. Niemand mag iets te weten komen van deze ellende. Gisela niet. En mama al helemaal niet. Hilde is iemand die zoiets alleen verwerkt. Ze hoeft alleen maar één keer flink te huilen, alle pijn eruit te snikken, dan is het weer goed. Voorbij. Dan snel naar boven, naar het appartement, om een koud washandje op haar gezicht te leggen. Zo doet ze dat.

Helaas komen net op dat moment Ida Lehnhardt en Alma Knauss het café in, net als Hilde snel de keuken in en van daaruit naar het appartement wil lopen.

'Ach, lieve Hilde,' roept Knauss, als ze haar ziet. 'Wat zie jij eruit? Je bent helemaal rood in je gezicht...'

Stomme koe, denkt Hilde. Wekenlang laat ze zich hier niet zien en dan komt ze precies op het verkeerde moment.

'Ik heb iets in mijn oog,' liegt ze. 'Neem plaats, ik kom er zo aan.'

'In je oog?' zegt Lehnhardt overdreven luid. 'Ach, god. Als het maar geen glassplinter is...'

Zonder te antwoorden loopt Hilde naar de keuken, waar mama net de jamgebakjes staat te decoreren. 'Gasten,' zegt ze in het voorbijgaan. Dan is ze de trap al op.

'Hilde?' roept moeder haar van beneden na. 'Hilde? Wat is er met je?'

'Heb iets in mijn oog...'

Fijn. Ze had net zo goed een bord kunnen omhangen. IK HEB GEHUILD, MAAR NIEMAND MAG HET WETEN. In de badkamer koelt ze haar gezicht meerdere malen, kijkt in de spiegel en is niet echt blij met wat ze ziet. Alles vanwege die... die... vent! Met zoiets als 'de grote liefde' laat ze zich nooit meer in. Ze kamt haar haar, gebruikt mama's poederdoosje om haar neus en voorhoofd te poederen en gaat weer terug naar beneden.

'Moet u zich voorstellen, mama,' babbelt ze. 'Gisela's grootouders moeten haar moeder nu al opsluiten, omdat ze er anders vandoor gaat en de weg naar huis niet meer kan vinden. Is het niet verschrikkelijk?'

Mama kijkt haar kort en onderzoekend aan. Ze zegt niets, maar Hilde weet dat haar moeder iets gemerkt heeft. Mama heeft een soort zesde zintuig voor de gevoelstoestand van haar kinderen.

'Tragisch,' zegt Else. 'Het was ooit zo'n mooie en trotse vrouw. Hier, draag dit blad even naar binnen. Fijn dat Knauss er weer is. In elk geval één iemand die niet steeds op de pof bestelt.'

En Knauss blijkt behoorlijk genereus vandaag. Surrogaatkoffie en jamgebakjes. De regen is inmiddels gestopt, overal liggen grote plassen en ze moeten een dweil achter de draaideur leggen, zodat de gasten hun schoenen kunnen afvegen. Hilde zoekt haar toevlucht in het werk, bedient de gasten met uiterste zorg, is overdreven vriendelijk, lacht hard om de flauwe moppen van Lehnhardt en giet een extra grote scheut drank in het kopje surrogaat van Hans Reblinger. Gisela heeft wel een punt. Het café is daadwerkelijk een eiland, een beschutte plek, een toevluchtsoord. Het geroezemoes, de stemmen in de gelagkamer, de vochtige paraplu's in de standaard, de geur van koffie en jamgebakjes: Hilde kent het allemaal al van kleins af aan. En het verdooft de enorme teleurstelling over haar eerste grote liefde wat.

's Middags is Gisela er weer, dit keer met haar Sammy, net op tijd om de laatste twee stukken cake te verorberen.

Ze zitten dicht tegen elkaar aan en houden onder tafel elkaars hand vast, iets wat Hilde maar kinderachtig vindt. Wat is die Sammy toch een sufferd, denkt ze. Gisela heeft hem volledig in haar macht, hij betaalt haar cake, geeft haar cadeautjes, en dan krijgt ze ook nog eens zoveel levensmiddelen als ze wil. Natuurlijk heeft dat allemaal een prijs. Maar waarom ook eigenlijk niet? Als het een aardige jongen is... De tijden dat een vrouw moest wachten op de ware zijn immers allang voorbij.

'Ga je vanavond ook weer dansen?' vraagt ze Gisela terloops.

'Misschien,' antwoordt Gisela, waarbij ze Sammy vragend aankijkt. '*Shall we dance tonight, darling?*'

Darling vindt het goed. Hilde vermoedt dat deze onschuldige grote knul zo'n beetje alles doet wat Gisela wil.

'Denk je dat je mij mee kunt nemen?'

Verbaasd kijkt Gisela haar aan, dan knijpt ze haar ogen een beetje dicht, denkt na. Ze is niet dom, haar vriendin Gisela.

'Dus je hebt wat afleiding nodig?'

Hilde haalt haar schouders op. Ze heeft geen zin om het uit te leggen.

'Misschien...'

'Maar het is niet geheel ongevaarlijk,' zegt Gisela langzaam. 'Als je liefdesverdriet hebt, is het misschien niet zo'n goed idee.'

Lieve help, wat is Gisela opeens wijs! Helemaal ervaren in zaken als liefde en verdriet. Hilde begint zich alweer te ergeren, omdat ze er niet tegen kan als iemand haar vertelt wat ze wel of niet moet doen.

'Ik weet heel goed wat ik doe!'

'Goed dan. Ik pik je tegen negenen op... Trek iets leuks aan en neem je paspoort mee... Ik weet natuurlijk niet of ze je binnenlaten. Maar we kunnen het proberen...'

Het is een spontaan plan en Hilde weet zelf niet zeker of het een goed idee of een stommiteit is. Maar nu kan ze niet meer terug, en dat wil ze ook niet. Vanavond gaat ze dansen, waarom ook niet? Verder zit ze toch maar elke avond thuis, haar moeder helpend met bakken en poetsen, haar jurken verstellend of een boek lezend. Geen enkel meisje in Wiesbaden is zo braaf en huiselijk als Hilde Koch.

'Dansen? Bij de Ami's? Dat meen je toch niet, Hilde!' zegt mama verontrust.

Hilde wil haar moeder niet voorliegen. Maar ze is niet van haar voornemen af te brengen. Ten slotte geeft mama toe, maar niet zonder te vermelden dat Hilde dit nooit zou doen als papa hier was.

'Lieve help, mama! Ik ga dansen. Niet naar een of andere wilde orgie. Heel onschuldig. En misschien laten ze me niet eens naar binnen...'

'Laten we het hopen,' zegt mama, terwijl ze plaatsneemt in haar leesstoel. 'Maar goed, je bent volwassen en moet zelf weten wat je doet!'

Even na negenen belt Gisela aan. Ze draagt een felgekleurde zomerjurk met wijde klokrok, haar haren zijn vers gekruld en aan haar voeten heeft ze witte pumps. Gegarandeerd van de zwarte markt, denkt Hilde.

'Dat gaat zo niet,' zegt Gisela hoofdschuddend, als ze Hilde bekijkt. 'Kom mee naar de badkamer.'

In de badkamer wordt Hilde opgemaakt. Knalrode lippenstift, de ogen met zwart potlood omrand, mascara op de wimpers. Bijwerken met een beetje spuug gaat het beste, beweert Gisela.

'Vreselijk,' vindt Hilde, als ze zichzelf in de spiegel ziet. 'Net een indiaan op oorlogspad.'

Gisela slaakt een diepe, geïrriteerde zucht en zegt dat ze haar dure make-upspullen duidelijk verspild heeft aan iemand die het niet verdient.

Ze verlaten het appartement, zonder afscheid te nemen van mama, die in de woonkamer in haar stoel zit en zwijgend de bladzijden van haar boek omslaat. Op hun gemak lopen de meisjes door de straatjes, het nachtelijke uitgaansverbod is er nog wel, maar wordt niet meer zo streng gehandhaafd. Een paar keer komen ze andere mensen tegen, meestal Amerikanen met jonge vrouwen, maar af en toe ook Duitsers, die je herkent doordat ze voorzichtiger zijn en uitwijken naar de portieken.

De Amerikaanse bar aan de Steingasse is vanbuiten alleen te herkennen aan twee lantaarns, die aan beide kanten van de entreedeur staan. De ramen van het voormalige restaurant zijn verduisterd, maar de muziek is tot op straat te horen. Langspeelplaten met swing- en jazzmuziek, trompet, saxofoon en bas, ook zang, maar heel anders dan wat Hilde kent van de opera. Toch klinkt het fascinerend en tegelijk een beetje... zondig. 'Negermuziek', noemden haar ouders jazzmuziek altijd, die blijkbaar in de jaren twintig ook wel in Duitsland gespeeld werd. Maar onder de nazi's was de muziek streng verboden.

Gisela loopt naar de deur en klopt aan. Een zwarte Amerikaan doet open, bekijkt haar paspoort en knikt.

'I brought my girlfriend with me,' zegt Gisela tegen hem. *'Please ask if she is allowed to join us...'*

De zwarte man bekijkt Hilde keurend, glimlacht vriendelijk en verdwijnt met haar paspoort.

'En nu?' vraagt Hilde nerveus.

'Hij gaat naar de officier om te vragen of je naar binnen mag.'

Een tijdje staan ze in het kleine halletje, waar een paar paraplu's, een vergeten jas en twee paar laarzen te bewonderen zijn. Achter de deur aan de linkerkant, waarachter de muziek klinkt, moet de bar met dansvloer zijn. Helaas kunnen ze er alleen maar even een korte blik naar binnen werpen als er iemand naar buiten komt om naar de wc te gaan. Bijna iedereen die voorbijloopt begroet Gisela als een goede vriendin, vraagt hoe het met haar gaat en laat zich aan Hilde voorstellen. Na enkele minuten verschijnt Sammy, om zijn Gisela met een kusje te begroeten. En dan komt eindelijk de zwarte portier terug, samen met een roodharige, forse officier. Welke rang hij heeft, weet Hilde niet, de Amerikaanse uniformen zijn moeilijk te lezen. Maar blijkbaar heeft hij wat te vertellen. Hij bekijkt Hilde kort, wil dan weten of ze lid geweest is van de nazipartij.

'Nee,' antwoordt Hilde.

'Okay!' zegt hij en hij geeft haar haar paspoort terug. *'There are some guys waiting for girls like you...'*

'Kijk eens aan!' fluistert Gisela. 'Dat ging makkelijk.'

Nu gaat de deur voor hen open, warme lucht slaat hen in het gezicht, zwaar van alcohol en de lichaamsgeur van de mensen op de dansvloer. De ruimte is niet heel groot, het is de voormalige eetzaal van het restaurant, waaruit de meeste tafels verwijderd zijn om een vrije ruimte in het midden te creëren. Om de dansvloer heen zitten jonge, zwaar opgemaakte meisjes met hun Amerikaanse kennissen in kleine groepjes bij elkaar, er wordt luid gepraat en gelachen, iedereen drinkt bier en whisky of mixdrankjes en is ontspannen. Het licht is gedimd, aan de andere kant van de dansvloer, half aan het oog onttrokken door de danspaartjes, bevindt zich de bar, waaraan wat jongelui op krukken zitten. De muziek is hard en enigszins vervormd, wat waarschijnlijk aan de platenspeler ligt. Gisela leidt hen naar drie vrije stoelen, Sammy bestelt drie Manhattans. Wat dat ook mag zijn, denkt Hilde.

'Straks komt Künzel spelen,' zegt Gisela, wijzend naar de zwarte piano links naast de bar. 'Dan is het leuker om te dansen, omdat het dan echt swingt!'

Het idee dat Künzel haar hier zal zien, bevalt Hilde niet zo, maar ze had het natuurlijk kunnen weten, bovendien is Künzel een vrouw zonder vooroordelen. Als Sammy Gisela mee de dansvloer op trekt, blijft Hilde op haar stoel zitten en nipt van haar drankje. Poeh, dat spul is niet helemaal haar smaak. Ze houdt niet zo van vermout. Ze zet het glas neer en kijkt nieuwsgierig om zich heen. Aha, daar zul je de eerste al hebben. En een tweede er meteen achteraan...

De twee Amerikanen slenteren op hun gemak op haar af, begroeten haar met een vriendelijk 'Hallo...' Dan stellen ze de vragen die ze al verwacht had. Of ze Duitse is. Of ze hier nieuw is. Of ze wil dansen. Hilde nodigt hen uit om bij haar te komen zitten en doet haar best om een paar enigszins verstaanbare Engelse zinnen te produceren.

'I would like to talk first... From which part of America are you? From the south? Your parents have a cotton farm? No? That's good...'

Ze neemt toch nog twee slokjes van haar drankje en probeert te begrijpen wat de jonge knul uit het zuiden van Amerika haar allemaal vertelt. Maar hij knauwt zo onverstaanbaar dat ze besluit dat ze toch maar liever met hem danst dan praat.

'You like dancing?' stamelt ze, terwijl ze hem uitnodigend aankijkt.

'Oh, yeah, juffouw!' roept hij, terwijl hij opspringt.

'Wait a minute!' klinkt opeens een stem die Hilde kent. Plotseling duikt er een derde Amerikaan voor haar op. Luitenant Josh Peters. Uitgerekend hij. Die is ook overal.

'Hebt u toestemming om hier te zijn, juffrouw Koch?' vraagt hij. Het klinkt allesbehalve vriendelijk, alsof hij de leider is van een politierazzia en zojuist een lid van een zwartemarktbende ontmaskerd heeft.

'Uiteraard,' antwoordt Hilde, terwijl ze uitdagend naar hem glimlacht. 'De officier van dienst heeft mijn paspoort gecontroleerd en me uitgenodigd om binnen te komen.'

Peters' gezicht blijft zoals meestal onbewogen. Maar ze kan zich niet aan de indruk onttrekken dat er een schaduw overheen glijdt.

'Dat moet ik controleren. Volgt u mij alstublieft!'

'Maar...'

‘Hierlangs, juffrouw Koch!’

Hij heeft iets wat tegenspraak moeilijk maakt, deze Josh Peters. Zoon van een vishandelaar in Manhattan. Ongelooflijk. Hilde ziet dat haar twee nieuwe kennissen achteruitdeinzen; tegen een hogergeplaatste officier durven ze niet in te gaan. Geïrriteerd staat Hilde op en volgt Josh Peters, die al bijna bij de deur is en zich nu naar haar omdraait.

‘Hebt u een jas?’

‘Nee. Waarom vraagt u dat?’

‘Omdat ik u nu naar huis zal brengen.’

Niet-begrijpend staart ze hem aan.

‘U… Maar waarom? Ik wil helemaal niet naar huis…’

Hij blijft kalm en onbewogen, zoals altijd. Waarschijnlijk kun je naar deze man brullen, krijsen, huilen of trappen – het laat hem allemaal volledig koud.

‘Komt u alstublieft,’ zegt hij en hij steekt zijn arm uit, om haar richting de uitgang te duwen. ‘Dit is geen plek voor u.’

Ze deinst achteruit. Staat op het punt te exploderen van woede. Wat haat ze deze man! Welk recht heeft hij om haar eruit te gooien? Haar als een klein meisje naar huis te sturen! O, wat zou ze hem graag een gevat antwoord geven. Dat hij hier niets te zeggen heeft. Dat ze lak heeft aan wat hij vindt. Dat ze juist vanavond echt moet dansen, alcohol drinken, zich met mannen vermaken…

Maar helaas is luitenant Peters een van de beste klanten van Café Engel. En op het moment kunnen ze elke betalende gast maar al te goed gebruiken. Ze zal zich dus moeten inhouden.

‘Als u het zo belangrijk vindt…’ zegt ze. ‘Goed dan. Maar u hoeft me niet te begeleiden, ik ga wel alleen.’

Ze had natuurlijk kunnen weten dat hij het daar niet mee eens zou zijn. Hij schudt enkel zijn hoofd en loopt alvast naar buiten, de straat op. Als ze hem volgt en door de entreedeur naar buiten stapt, staat hij naast de lantaarn en steekt een sigaret op.

‘En nog iets,’ zegt hij, terwijl hij de lucifer weggooit. ‘Stop met het beschilderen van uw gezicht. Dat hebt u niet nodig, juffrouw.’

Wat is dit voor man? Wil hij haar boos maken? Beledigen? Vernederen? Ze kan hem niet peilen.

'Bedankt voor het advies,' zegt ze spottend. 'Hebt u misschien ook een sigaret voor mij? Of mag ik ook niet roken?'

Hij vertrekt zijn gezicht tot een klein glimlachje. Warempel, ze vergist zich niet.

'Help uzelf…' zegt hij zacht en hij houdt haar het pakje voor.

Luisa

Wismar – Neustadt – Lenzhahn, eind april 1945

Sterven zou nu een verlossing zijn. Het op- en neergaan van de scheepsromp, het slingeren en wiebelen van de kleine koopvaardijboot op de ruige Oostzee: het is een ware hel. Luisa voelt zich zo doodziek dat vrijwel niets om haar heen haar nog iets kan schelen. De nabijheid van de vele onbekende mensen, de zweetgeur, het braaksel dat om haar heen op de grond ligt. Niemand heeft nog de kracht om de steile trap te beklimmen, om boven over de reling te gaan hangen. Het zou bij deze golfslag ook bijna onmogelijk zijn en bovendien heeft de bemanning het verboden.

Er is slechts één ding dat Luisa, ondanks alle ellende, niet vergeet: de zorg voor de twee kinderen die zich in Wismar bij haar aangesloten hebben. De vierjarige Jobst en de vijfjarige Elke zijn afkomstig uit Stolp in Pommeren en zijn op de vlucht hun ouders kwijtgeraakt.

'Rustig blijven liggen,' murmelt ze en ze houdt het meisje vast, dat probeert om over meerdere op de grond liggende mensen naar de trap te kruipen.

'Ik ben zo misselijk...'

'Je mag niet naar boven, Elke. Dat is verboden.'

Ze trekt het kind tegen zich aan, nestelt het in haar armholte en kijkt bezorgd naar haar broertje, dat volledig roerloos en lijkbleek naast haar ligt. Elke beweging, zelfs praten vergt bovenmenselijke inspanning. Luisa kokhalst, spuugt in haar zakdoek en gaat weer op haar rug liggen. Het meisje huilt en roept om haar mama.

'Ik... ik wil naar huis... naar huis...'

Luisa heeft haar ogen gesloten, maar opent ze meteen weer, omdat de bewegingen van de boot met je ogen dicht nog vreselijker zijn.

'We zijn er bijna, Elke. Dan voelen we ons weer beter. Nog een half uurtje...'

'Ik heb dorst...'

'Straks...' fluistert Luisa, die alweer moet overgeven.

De beide kinderen hadden in Wismar aan de kant van de weg om brood zitten bedelen. Luisa had al heel veel vluchtelingenkinderen gezien, de stad zat vol met mensen die in opperste vertwijfeling voor de Russen op de vlucht waren geslagen naar het westen. Waarom juist deze twee haar hart zo beroerd hadden, kon ze niet verklaren. Ze waren vuil en hun ogen lagen diep verzonken in hun bleke gezichtjes. Het kleine stukje brood dat Luisa hun gaf, deelde het meisje in tweeën, waarna ze haar broertje een helft aanreikte. Zo zaten ze naast elkaar, elkaars hand vasthoudend en bedachtzaam kauwend, twee verlaten kleine wezentjes te midden van al die ontheemde mensen. Luisa was bij ze gaan zitten en had ze uitgevraagd. En daarna had ze het niet over haar hart kunnen verkrijgen om er gewoon weer vandoor te gaan. Misschien kwam het doordat het verlies van haar eigen moeder haar nog zo helder voor ogen stond en ze zich dus goed in het verdriet van de twee kleintjes kon verplaatsen. Het is zwaar om zo helemaal alleen op deze wrede, uit de voegen geraakte wereld te staan.

'Kom mee,' zei ze. 'We gaan naar de haven. Misschien dat jullie ouders daar zijn...'

Vol vertrouwen waren ze haar gevolgd. Bij de haven moest ze de twee stevig bij de hand nemen, om ze in de mensenmassa niet kwijt te raken. Vrouwen en kinderen verdrongen zich hier, daartussen ook mannen, afgemat en met holle wangen, waarschijnlijk ontsnapte dwangarbeiders of gevangenen. Luisa was bang voor hen. Wat hun lot ook geweest was, of ze nu daders of slachtoffers waren, ze waren vol haat en wanhoop, waardoor elke confrontatie gevaarlijk kon zijn. Luisa mocht de verkrachting dan wel uit haar bewustzijn gewist hebben, de angst was gebleven.

Af en toe riep een van de kinderen dat het de moeder of vader gezien had, wat echter elke keer weer een vergissing bleek te zijn. Luisa moest troosten en was inmiddels zelf ook de wanhoop nabij, omdat ze geen idee had hoe ze voor twee kleine kinderen moest zorgen, aangezien ze zelf immers ook bijna niets meer had. Maar toen bleek haar overhaaste beslissing toch een groot geluk te zijn.

'Hé, jongedame! Ja, u daar met die kleintjes. Kom, ik zet u over naar Neustadt...'

De man die haar aansprak was van middelbare leeftijd en droeg een marine-uniform. Met een glimlachje bekeek hij Luisa, die Elke en de kleine Jobst aan de hand hield: de aanblik van die piepjonge moeder met de twee kindjes had hem duidelijk ontroerd.

'U kunt ons naar Neustadt brengen? Is dat echt waar?'

'Natuurlijk, anders zou ik het niet zeggen. Kom maar snel... Het is al behoorlijk vol, maar het zal nog gaan...'

De Nörderkamm, de kleine stoomboot van de koopvaardij, lag op een afgelegen plekje aan de kaai te wachten, aan boord geen handelswaar, maar vluchtelingen. Er was genoeg plek voor twintig man, maar zij waren met minstens drie keer zo veel, en toen ze met veel geluk een plekje onder het dek tussen alle andere mensen gevonden hadden, kon Luisa nog niet vermoeden dat dit de verschrikkelijkste reis van haar leven zou worden.

Als ze in de haven van Neustadt aan land gaan, trillen Luisa's benen nog steeds en het kost haar moeite om met Elke aan de hand over de smalle loopplank te balanceren. Een van de matrozen draagt de kleine Jobst in zijn armen en legt hem bij Luisa op schoot, nadat die uitgeput op een muurtje is gaan zitten.

'Straks voelen jullie je alweer een stuk beter,' zegt de blonde matroos met blozende wangen, die het woord 'zeeziekte' blijkbaar niet kent, tegen de kinderen. 'En jullie mama ook. Het ga jullie goed!'

Hij steekt hun een tasje toe, met daarin een half brood, een stuk harde kaas en een zakje met suikerklontjes. Dan loopt hij terug naar de stoomboot, om anderen te helpen met uitstappen, en is Luisa weer alleen met haar beschermelingen.

'Ah, frisse lucht...' zucht Elke. 'Ik ben helemaal niet meer misselijk.'

Haar vierjarige broertje heeft iets langer nodig om weer een beetje tot zichzelf te komen. Luisa moet hem dragen, omdat hij nog te zwak is om te lopen en telkens weer moet overgeven. Ze volgen de stroom van mensen die zich vanuit de haven naar de stad beweegt, pauzeren halverwege even omdat Luisa moet uitrusten. Dan hoort ze het gerucht dat ze naar een onderkomen worden gebracht en hijst ze zichzelf overeind om verder te lopen.

'Ik heb honger,' zegt Elke zacht. 'En dorst...'

'Dorst...' roept nu ook haar kleine broertje en Luisa zet hem voorzichtig op de grond. Hij kan weer lopen, wat een geluk is, aangezien Luisa bijna niet meer kan.

De stad is, net als Wismar en Rostock, gebombardeerd. Ook nu is er nog steeds angst voor aanslagen, de allang verloren oorlog is nog niet uitgeraasd. Vluchtelingen dolen door de stad, de paar lokale bewoners die Luisa tegenkomt, bekijken haar met boze blikken, sommige schelden haar uit voor 'landloper' en jagen haar weg bij hun huizen. Luisa moet drie keer om een glaasje water voor de kinderen vragen, voordat een oude vrouw eindelijk medelijden toont en hun iets te drinken geeft. Tegen de avond, als ze zich al begint af te vragen of het niet beter geweest was om een slaapplek tussen de ruïnes te zoeken, bereiken ze een terrein vol houten barakken. Een kamp. Het hek van prikkeldraad is er nog, maar niet overal meer. Willen ze hen hier opsluiten? Omdat de mensen in de stad bang voor hen zijn?

Ze is te moe om er verder over na te denken. In plaats daarvan probeert ze een plekje in een van de barakken te vinden, wat nog niet zo makkelijk blijkt, omdat die overvol zijn. Pas helemaal achteraan op het terrein, waar meerdere kleine houten gebouwtjes staan, worden ze opgenomen. Het is een primitief onderkomen, maar het is tenminste een dak boven hun hoofd. En ze hebben een bed, ook al moeten ze dat met zijn drieën delen. Matrassen of dekens zijn er niet, die hebben de overige bewoners al ingepikt. Luisa is zo moe dat ze zich, zonder verder nog wat te vragen, op het harde hout laat zakken en daar met de twee kinderen blijft liggen. Ze nestelen zich tegen elkaar aan en vallen alle drie in een diepe, droomloze slaap.

Ergens in de donkere nacht wordt Luisa wakker van een aanraking. Een hand tast over haar heup, trekt aan haar jas en aan het touw dat ze om haar pols gebonden heeft. Aan dat touw hangt de tas met proviand die ze van de zeeman gekregen heeft. Ze schrikt op. Ze schreeuwt, pakt de tas en houdt hem vast. Ook de kinderen worden wakker en beginnen te huilen.

'Wat is er nu weer aan de hand?' roept een mannenstem. 'Ga daar weg, stelende ekster. Rot op, anders krijg je met mij te doen! Brood stelen van kleine kinderen...'

Een lichtje vlamt op, iemand heeft een olielamp aangestoken en in het gelige schijnsel ziet Luisa het bebaarde gezicht van een man. Hij komt op hun bed af en houdt de lamp boven hun hoofd, dan herkent ze ook de vrouw, die nog altijd met haar vingers aan de proviandtas zit. Ze is nog jong, maar graatmager, de mond tandeloos, donkere schaduwen rond haar ogen. De aanblik is schokkend, maar ook angstaanjagend, omdat de vrouw nu bijzonder kwaadaardig grinnikt, terwijl ze achterwaarts van Luisa's bed af klautert.

'Wilde alleen maar even de kindjes aaien... Zulke lieve kleine engeltjes...'

'Verdwijn!' zegt de bebaarde man. 'Nog één keer zoiets proberen en je vliegt eruit!'

Hij heeft een stem als een klok en is duidelijk gewend om bevelen uit te delen. Luisa trekt de kinderen tegen zich aan en fluistert sussend tegen hen. Dat de vrouw hun niets wilde doen, dat ze alleen honger had.

'Ik moet plassen...' zegt Elke. 'En Jobst moet er ook even uit. Anders doet hij het in zijn broek...'

Hun bebaarde beschermheer houdt nog altijd de lamp omhoog. Hij bekijkt Luisa aandachtig en ze beseft dat hij haar inschat. Hij heeft lichte ogen en een smalle, licht gebogen neus. Dit is geen gewone vluchteling, denkt ze. Een voormalige landheer? Een fabriekseigenaar? Een burgemeester?

'Ik wijs het wel even...' zegt hij. 'Geen zorgen, het is niet ver.'

Luisa is hem dankbaar, want zonder hulp hadden ze de voorzieningen nooit gevonden. Luxe is het niet, niet meer dan een schuurtje verdeeld in drie vertrekken, met elk een gat in de grond waar een plank overheen gelegd is, zodat je er niet in kunt vallen. De deuren zijn slechts halfhoog, met piepende scharnieren, en afsluiten kun je ze niet. De nachtwind heeft vrij spel en blaast de ergste geuren weg.

'Neemt u de lamp,' zegt de man, als ze voor de latrine staan. 'Ik vind ook zo wel de weg terug.'

Later, als ze weer op hun harde bed liggen, deelt Luisa het brood en de kaas met de kinderen, waarbij ze een heel klein restje voor de volgende dag bewaart. Wat in de maag zit, kan niet meer gestolen worden. Daarna slapen ze zo diep dat ze zelfs van een luchtalarm niet wakker zouden zijn geworden.

De ochtend dringt slechts langzaam door tot Luisa's bewustzijn, ze hoort voetstappen, mensen hoesten, praten, schelden, een blikken emmer stoot rammelend tegen de houten wand, de deur kraakt en piept onophoudelijk. Met tegenzin opent ze haar ogen. Het ochtendlicht is troebel, door de kleine raampjes ziet ze sneeuwvlokken voorbijwaaien. O nee, een koudegolf, denkt ze. De twee kinderen liggen tegen elkaar aan genesteld en in elkaar verstrengeld naast haar, hun gezichtjes rozig van de slaap. Wat zijn ze mooi, denkt Luisa vertederd. Elke heeft donkerblond haar en een wipneusje, haar wimpers liggen als een zijdeachtige, donkere halve cirkel op haar blanke huid. Het jongetje heeft de kinderlijke trekken van een slapende engel, zijn mond is klein en hartvormig, zijn lichtblonde wenkbrauwen trillen af en toe.

Om haar heen bespeurt ze al beweging. Haar medebewoners pellen zich uit hun dekens, woelen in tassen en buidels naast hun bedden, sommige zitten aan een smalle tafel zacht met elkaar te praten. Het zijn voornamelijk vrouwen die hier in de stapelbedden ondergebracht zijn, en wat kinderen. Luisa telt slechts drie mannen, een ervan is hun bebaarde beschermheer.

'Goed geslapen?' roept hij haar toe als hij ziet dat ze wakker is.

'Ja, dank u wel!'

Hij staat op en komt naar hun bed gelopen, gaat ongegeneerd op de rand zitten en kijkt glimlachend naar de nog altijd slapende kinderen. Zijn ogen zijn heel lichtblauw, de pupil als een zwarte punt in het midden.

'Zo slapen kan alleen een kind, toch? Om jaloers op te worden,' zegt hij zacht. 'Ik ben Karl Brenner en hou in deze barak een beetje een oogje in het zeil. Iemand moet het doen, nietwaar?

Luisa knikt. Hij is een beetje te voortvarend, te resoluut, om haar vertrouwen in te boezemen, maar je moet duidelijk geen ruzie met hem krijgen.

'Mijn naam is Luisa Koch,' zegt ze. 'En dit zijn Elke en Jobst. Ze komen uit Pommeren en zijn hun ouders tijdens de vlucht kwijtgeraakt.'

Zijn blik wordt zachter. Blijkbaar bevalt het hem dat zij zich te midden van deze chaotische vluchtelingenstroom over een paar wildvreemde kinderen ontfermd heeft.

'En u? Komt u ook uit Pommeren?'

'Uit Stettin.'

Hij knikt en zegt dan dat ze er goed aan gedaan heeft hiernaartoe te vluchten.

'Als we geluk hebben,' zegt hij zacht, 'dan zijn over een paar dagen de Britten en Amerikanen hier. Dat zal heus geen pretje zijn, maar altijd nog beter dan overgeleverd zijn aan het Rode Leger.'

'Het enige wat ik wil, is ergens in alle rust kunnen wonen,' antwoordt ze. 'Maakt niet uit waar en onder welke heerschappij.'

'Een mooie droom,' zegt hij, terwijl hij zijn wenkbrauwen optrekt. 'Maar in dit geruïneerde land moeilijk te realiseren. Hooguit op het platteland misschien... Ver weg in een klein dorpje, waar de bezetters alleen maar doorheen rijden, de bewoners even controleren en er dan meteen weer vandoor gaan...'

'Ja,' zegt ze glimlachend. 'Bij lieve mensen op het platteland. Met melk voor de kinderen. En aardappelen...'

'Mooie droom,' herhaalt hij. 'Maar voorlopig zullen we helaas hier moeten blijven.'

Het leven in het kamp blijkt zwaar. Telkens weer arriveren er nieuwe vluchtelingen, die zich in de toch al overvolle barakken dringen, waardoor ze nog meer moeten inschikken. In de kleine ruimte, waarin Luisa en haar twee beschermelingen zitten, wonen algauw twintig mensen, verdeeld over twaalf bedden. Privacy is er niet, alles gebeurt in het zicht van iedereen. De vrouwen wassen zich in de openlucht, er zijn meerdere kranen waarbij je je met emmers kunt bedienen, iets tegen inkijk van de mannen is er amper. Niemand kleedt zich dan ook helemaal uit tijdens het wassen, ze trekken alleen hemd en blouse uit, de onderbroek onder de rok naar beneden, en maken zich dan met een lap schoon. Sommige vrouwen hebben een stuk zeep, waarover ze met argusogen waken. Ook de kinderen worden door Luisa elke ochtend gewassen, kledingstukken die onontbeerlijk zijn worden in het koude water geschrobd en vervolgens aan een lijn te drogen gehangen. Eenmaal per dag wordt er soep van meel en gort uitgedeeld, meestal te weinig voor iedereen, daarbij wat hard, soms zelfs beschimmeld brood en bietenstroop. Hoewel het verboden is om het kamp te verlaten, gaan veel vrouwen op onderzoek uit in de omgeving. Om vervolgens terug te komen met gestolen kippen, stukken spek en gevulde melkkannen. Enkele dagen later verschijnen er politiemannen uit de stad, die het prikkeldraadhek sluiten en het kamp vanaf dan bewaken.

Luisa is de aanhoudende honger na al die maanden wel gewend, wat echter niet zegt dat ze die daardoor makkelijker kan verdragen. Veel erger is het echter om de kinderen honger te zien lijden. Niet alleen Elke en Jobst, maar ook de andere kleintjes die hier in het kamp zitten zijn zwaar ondervoed. Velen zijn ziek, hebben koorts of diarree, sommigen worden ziek omdat ze houtsnippers, gras of aarde gegeten hebben. Maar ondanks alles spelen ze met mooi weer samen buiten voor de barakken, ze lachen en ruziën, en als Luisa 's avonds bij haar slapende beschermelingen kijkt, is ze geroerd door het optimistische vertrouwen op de kindergezichtjes. Inmiddels wordt ze door allebei 'Lu' genoemd, en hoewel haar leven er door deze nieuwe verantwoordelijkheid niet makkelijker op geworden is, heeft het haar toch ook een stukje levenskracht teruggegeven, dat ze na de dood van haar moeder kwijtgeraakt was. Ze moet sterk zijn, omdat ze voor iemand moet zorgen.

Eind april krijgen meerdere vluchtelingen last van diarree, een paar oudere vrouwen en twee kleine kinderen bezwijken eraan. Ze begraven hen op een nieuw aangelegd kerkhof vlak bij het kamp; een witharige pastoor, zelf vluchteling, houdt de grafrede. Onder de vluchtelingen wordt gefluisterd dat ze aan tyfus gestorven zijn.

'Dit is slechts het begin,' zegt mevrouw Martens, die het bed boven dat van Luisa heeft. 'We zullen allemaal verrekken aan die ziekte.

Dan hoeven ze ons niet meer te voeren, die gierigaards van de stad!'

'Ho, ho,' wijst Karl Brenner haar terecht. 'Niet meteen valse geruchten de wereld in helpen!'

'En waarom hebben ze dan de ziekenbarak afgesloten? Niemand mag zijn familieleden daar nog bezoeken.'

'Pure voorzorgsmaatregelen. Dat moeten ze.'

Karl Brenner zorgt in de kleine barak voor orde en een vreedzame omgang tussen de bewoners. Hij is Luisa nog altijd een raadsel, aangezien hij maar weinig prijsgeeft over zijn verleden. Hij beweert dat hij uit Pommeren gevlucht is. Maar wanneer ze vraagt uit welke stad, stuurt hij het gesprek snel een andere richting op. Toch lijkt hij haar te mogen, want hij zorgt ervoor dat zij en de kinderen bij het uitdelen van de soep nooit met lege handen staan, wat in het gedrang zomaar kan gebeuren. Meestal weet hij aan een extra portie te komen, die hij dan geeft aan iemand die niets gekregen heeft. En hoewel dat niet altijd Luisa is, kijkt hij toch altijd eerst bij haar, en pas als hij ziet dat zij en de kinderen eten, geeft hij de portie aan een andere vrouw. Soms gaat hij ook naar buiten om met de kinderen te spelen, hij verzint spannende wedstrijdjes, waarvoor je enkel steentjes en stokjes nodig hebt, en looft prijzen uit. Een koordje, een leeg luciferdoosje, een mes dat hij van hout gemaakt heeft. Luisa kijkt dan toe en vraagt zich af of hij misschien ooit leraar was.

Als het gerucht over een tyfusepidemie rondgaat, zoekt hij Luisa bij het ophangen van de was op en stelt haar vreemde vragen.

'Als u zo graag ergens op het platteland wilt gaan wonen, waar zou dat dan zijn?'

Luisa moet lachen. Maar als ze de ernstige blik in zijn ogen ziet, wordt ze een beetje zenuwachtig. Karl Brenner heeft meestal een bedoeling als hij vragen stelt.

'Als u het echt wilt weten,' antwoordt ze aarzelend. 'Ik denk dat ik graag in de Taunus zou willen wonen. Daar ligt een klein dorpje, waar ze me met open armen zouden verwelkomen.'

'Echt? Bent u daar al eens geweest?'

'Nee. Maar daar wonen de ouders van een goede vriend...'

Ze zwijgt en bukt zich om een nat kledingstuk uit de emmer te pakken. Ze wil deze nieuwsgierige man onder geen beding vertellen over haar heimelijke verbondenheid met Fritz Bogner. En al helemaal niet over de heimwee, waarvan ze nog altijd last heeft.

Maar Karl Brenner interesseert zich helemaal niet voor dergelijke privézaken. In plaats daarvan vraagt hij haar of ze zich geen zorgen maakt over een eventuele tyfusepidemie.

'Natuurlijk wel,' geeft ze toe. 'Maar wat kunnen we eraan doen? We mogen het kamp immers niet verlaten.'

Zwijgend en doordringend kijkt hij haar met zijn lichtblauwe ogen aan. Dan wendt hij zich af en loopt weg. Op dat moment begrijpt ze dat hij iets in zijn schild voert en haar hart begint onrustig te slaan. Daar is het weer, dat gevoel het juiste te willen en toch het verkeerde te doen. Ondanks alle waakzaamheid overgeleverd zijn aan het lot. Maar kun je je verstoppen voor het noodlot? Wat als iedereen hier aan de tyfus bezwijkt?

Karl Brenner geeft haar weinig tijd om na te denken. Die middag al, als ze haar wasemmer terug naar de barak sleept, komt hij op haar af om de last van haar over te nemen. Daarbij fluistert hij haar enkele woorden toe.

'Vannacht, wanneer iedereen slaapt, gaat u met de kinderen naar de latrine en neemt u alles mee wat u bezit. Ik wacht daar op u.'

'En dan?' wil ze weten.

'Naar de Taunus.'

'Dat is onmogelijk!'

'Ja of nee!'

Ze zucht diep en blijft staan. Hij overhandigt haar de wasemmer, wacht, staart haar met zijn lichte ogen aan. Niet meer dwingend, maar vol verwachting, smekend bijna. Help mij, dan help ik jou, lijkt die blik te zeggen.

'Goed dan,' mompelt ze.

Nog één keer het lot tarten. Nog één keer iets wagen, ongeacht de afloop. De hoop sterft als laatste. Als alleen al de kinderen in leven kunnen blijven, is zij tevreden.

De nachtelijke vlucht blijkt makkelijker dan ze gedacht had. Het enige onaangename zijn de felle lampen die ze inmiddels geplaatst hebben en die het werk van de bewakers moeten vergemakkelijken. Karl leidt hen in de schaduw van de barakken naar een plek waar het prikkeldraad doorgeknipt en slechts provisorisch weer vastgemaakt is. Hij heeft duidelijk voorwerk verricht. Luisa houdt Elke aan de hand; Karl, die vooroploopt, draagt de slapende Jobst en krijgt het tegelijkertijd voor elkaar om het prikkeldraad uit elkaar te duwen. Zwijgend lopen ze een stuk over de velden, duiken dan een klein bos in en nemen even een adempauze. Karl tuurt tussen de takken door naar het kamp, dat er in het schijnsel van de lampen uitziet als een verzameling zwarte, lelijke bakstenen. Er beweegt niets – tot nu toe is hun vlucht niet opgemerkt.

'Verder...' fluistert hij en hij neemt weer de leiding.

Het kost Luisa moeite om hem in het donker te volgen. Slechts af en toe maken de wolken even plaats voor de maan, dan ziet ze Karls zwarte silhouet tussen de schaduwen van de bomen rennen. Soms blijft hij even staan om zich te oriënteren, om vervolgens weer door te lopen, het slapende jongetje stevig in zijn armen. Als Luisa hem vraagt om langzamer te lopen, omdat Elke niet zo snel vooruitkomt op het hobbelige bospad, reageert hij amper.

'Nog maar een paar stappen... Laten we duimen dat hij er nog staat... of bidden. U lijkt me iemand die bidt, Luisa...'

Dan blijft hij zo abrupt staan dat Luisa tegen hem op botst. Met zijn vrije arm vangt hij haar op, zet het jongetje op de grond en beveelt haar te wachten. Inderdaad – hij is gewend bevelen uit te delen en doet dat ook bijna met elke zin die hij tegen haar zegt.

Waar ben ik in vredesnaam aan begonnen, denkt ze. Misschien is hij wel knettergek. Hij zou niet de eerste zijn die in deze oorlogschaos zijn verstand verloren heeft.

'Wat doet Karl?' vraagt Elke.

'Ik weet het niet.'

'Ik geloof dat hij een hut voor ons bouwt.'

Ze horen takken breken, droge bladeren knisperen. Als het maanlicht een paar seconden lang het bos verlicht, gelooft Luisa haar ogen niet. Dat moet een hallucinatie geweest zijn, wat ze daar zag. Een scène uit een film. Waarschijnlijk zit het met haar verstand ook niet meer helemaal goed.

'Daar staat een auto,' zegt Jobst. Hij zit op de grond en wijst met een uitgestrekt armpje naar de hallucinatie. 'Brrroemmm... brrroemmm!'

Op hetzelfde moment wordt er een motor gestart. Hij kreunt, proest en stopt weer. Ze horen een vloek. Ook de volgende poging mislukt. Maar dan springt de motor aan, knettert door het stille bos, twee schijnwerpers doorboren het donker, in hun lichtkegel ziet Luisa de kleine Jobst in zijn blauwe jasje en Elke in haar rode, versleten jas. Het meisje knijpt geschrokken haar ogen dicht tegen het felle licht.

'Wat is er? Instappen... instappen...' commandeert Karl vanaf de bestuurdersstoel.

Nu snapt ze tenminste hoe hij kon denken dat ze vanuit Neustadt tot in de Taunus konden komen. De rest blijft voorlopig nog steeds een raadsel.

'Waar komt deze auto vandaan? Wie heeft hem hier neergezet?'

Ze zit achterin met de kinderen, klampt zich tijdens de hobbelige rit vast aan de voorstoel en probeert hem uit te horen. Wat vanwege het lawaai niet goed lukt. Slechts af en toe draait Karl zich even naar hen om en ziet ze dat hij tevreden grijnst. Alsof hij zojuist een huzarenstukje geleverd heeft. Ze rijden de hele nacht door, totdat ze tegen de ochtend in de buurt van Lübeck komen, waar ze dekking zoeken tussen wat bosjes, om daar gedurende de dag te rusten.

'Zorgt u voor de kinderen – ik ga even op onderzoek uit...' En weg is hij. Ondanks haar vermoeidheid bekijkt ze de auto nu wat nauwkeuriger. Het is een zwarte limousine, een vierzitter, waarbij de achterbank wel wat krap is. Bijna niemand heeft nu nog een dergelijke auto in zijn bezit, omdat ze allemaal moesten worden afgestaan aan de Wehrmacht.

Hij is een van hen, denkt ze. Waarschijnlijk had hij een hoge functie, misschien bij de ss? Maar hoe kwam hij dan in een vluchtelingenkamp terecht? Moest hij onderduiken? De nationaalsocialisten zijn nog steeds aan de macht, maar iedereen weet dat dat niet meer lang kan duren... Terwijl ze de kinderen het restje brood en wat thee uit de meegebrachte glazen fles geeft, piekert ze verder over haar vreemde beschermheer. Waarom is hij er niet alleen vandoor gegaan met de auto? Waarom wilde hij haar per se meenemen en dan ook meteen helemaal naar de Taunus?

Op een gegeven moment is ze te moe om nog verder te denken. Het is een warme voorjaarsdag, de zon dringt door de struiken en verwarmt het interieur van de auto. Ze heeft nog nooit eerder in zo'n auto gezeten. De zitting is zo zacht, het armatuur glanst zo mooi. Maar na een tijdje wordt het wel heel benauwd binnen en draait ze de raampjes open. De kinderen zijn op de achterbank, dicht tegen elkaar aan genesteld, in slaap gevallen. Een dikke hommel vliegt door een zijraampje naar binnen, landt op het houten stuur en begint zijn vleugels te wassen. Net als ook Luisa's ogen dreigen dicht te vallen, hoort ze het kreupelhout kraken.

'Mooie auto, hè? Hanomag Garant. Bouwjaar 1936. Nog voor de oorlog gemaakt. Loopt als een zonnetje, die motor.'

Op zijn rug draagt hij een jutezak, hij opent het bijrijdersportier en zet de last op haar schoot. Als ze in de zak kijkt, vindt ze een brood, een vaatje boter, een stuk spek met een dikke rand vet en een fles met heldere vloeistof. Schnaps?

Hij haalt een zakmes tevoorschijn, klapt het open en verdeelt de levensmiddelen royaal. De inhoud van de fles blijkt appelsap te zijn.

'Waar hebt u dit vandaan?'

'Gevonden...'

Ze kauwt een poosje op het spek, dan besluit ze dat het tijd wordt dat hij open kaart met haar speelt. Ze zitten tenslotte in hetzelfde schuitje. Of beter gezegd, in dezelfde Hanomag.

'Wie bent u echt?'

Waarschijnlijk had hij de vraag al verwacht, want hij blijft rustig. 'Hoe minder u weet, hoe beter het voor u is... Ik ben in elk geval een vriend, die zich om u en de kinderen bekommert. Of niet soms?'

Dat kan ze niet ontkennen. De kinderen zijn weer wakker en kauwen ijverig op het brood met spek, drinken van het appelsap en zijn innig tevreden. Nadat ze de rest van de voorraad in de kofferbak gelegd hebben, speelt hij een tijdje met hen, laat hun de bloeiende wilgenkatjes zien, ontdekt een plek waar nog een paar witte bosanemoontjes staan, en ten slotte mag Jobst even naar de motor van de auto kijken. Wat kan hij toch goed met kinderen omgaan. Zou hij er zelf ook een paar hebben? Ze schat hem rond de veertig, zijn huid is nog rimpelvrij, maar in zijn baard zijn al wat grijze haren te bespeuren. Die baard heeft hij waarschijnlijk laten staan om niet herkend te worden. Is dat de reden dat hij naar de Taunus wil? Omdat niemand hem daar kent?

Natuurlijk, denkt ze. Wat ben ik toch dom. Hij heeft iets op zijn kerfstok en moet onderduiken. En omdat ik hem over dat kleine dorpje in de Taunus verteld heb, waar ik met open armen zal worden ontvangen, hoopt hij, als goede vriend en beschermheer, daar ook onderdak te kunnen vinden. Dat zal het zijn. Hij heeft mij en de kinderen nodig om ergens te kunnen onderduiken.

'Maar nu moet papa even een dutje doen,' hoort ze hem zeggen. Meteen daarop klapt de motorkap dicht en komt hij naast haar zitten. Elke en Jobst kruipen weer braaf op de achterbank, fluisteren met elkaar, giechelen zacht en gaan dan ook weer liggen.

'Een nacht of vier, vijf,' zegt hij tegen haar, terwijl hij de rugleuning wat naar achteren draait om beter te kunnen slapen. 'Dan zijn we er. Tevreden met het transport, jongedame?'

Hij kijkt haar van opzij aan en ze heeft de indruk dat hij naar een compliment vist.

'Heel verrassend,' geeft ze toe. 'Maar zeker niet onaangenaam.'

Hij glimlacht fijntjes en wrijft over zijn bebaarde kin. Waarschijnlijk kietelt die ongewone beharing hem. Luisa betrapt zichzelf erop dat ze zich afvraagt hoe hij er zonder die harige begroeiing zou uitzien.

'Mooi,' zegt hij tevreden. 'Ik breng u en die twee snotneuzen veilig naar uw vrienden en u prijst mij daar aan als goeie landbouwkracht. Zullen we het zo doen?'

Dus ze zit in de goede richting. Wat hij ook gedaan heeft, of hij mensen gedood heeft, doodstraffen heeft laten uitvoeren, Joden en andere mensen heeft laten deporteren – van hem zal ze het niet te horen krijgen. Maar misschien heeft hij ook helemaal niets van dat alles gedaan, stond hij alleen dicht bij het vuur en is hij nu bang door de Britten geëxecuteerd te worden.

'Goed,' zegt ze. 'De ene hand wast de andere.'

Hij glimlacht naar haar en ze concludeert verward dat hij erg aantrekkelijk kan zijn, als hij wil.

'Ik wist meteen dat wij het eens zouden worden. Je bent bijzonder,

Luisa. Ik mag jou wel en daarom wil ik jou en je beschermelingen zo goed mogelijk helpen.'

Verlegen wendt ze haar blik af en ze vraagt zich onzeker af of hij niet misschien toch andere bedoelingen heeft. En waarom vindt hij haar zo bijzonder? Dat schreef Fritz ook al in zijn brief, die ze nog altijd in haar halsetui bij zich draagt. Maar ze is niet bijzonder. Bijzonder onnozel misschien. Ja, dat is ze echt. Anders zat ze hier nu niet naast deze ondoorgrondelijke man en liet ze zich niet paaien door zijn beloftes.

Hij slaapt zittend, de armen op het stuur. Zodra er iets beweegt in de auto is hij meteen klaarwakker, kijkt om zich heen, verzekert zich ervan dat er geen gevaar is, en slaapt weer in. 's Nachts rijden ze over kleine weggetjes verder in zuidwestelijke richting. Luisa houdt een wegenkaart en zaklamp op schoot, af en toe noemt ze een dorpje dat ze moeten aanhouden, dan knikt hij en rijdt verder. Hij heeft het richtingsgevoel van een trekvogel en raakt ook in het doolhof van kleine weggetjes nooit de weg kwijt. Tegen de ochtend is de benzine bijna op, met de laatste druppels vinden ze een pomp op een militair terrein. Niemand houdt hen tegen als hij de auto voltankt. Er zijn hier geen troepen meer, de gebouwen zijn spookachtig leeg, ergens klappert een open deur in de wind.

'Nu wordt het kritiek,' zegt hij. 'De geallieerden kunnen niet ver meer zijn.'

Op de ochtend na de derde nacht zijn ze ergens in de buurt van Kassel en net op zoek naar een geschikte verstopplek als ze plotseling schijnwerpers en militaire voertuigen voor zich zien.

'Verdomme!' Karl remt zo hard dat de kinderen van de achterbank af glijden. De weg is te smal om met de grote auto te kunnen keren, Karl dooft de koplampen en rijdt razendsnel achteruit, om een zijweggetje in te schieten. Maar hun actie is niet onopgemerkt gebleven, ze horen stemmen, voertuigen zetten zich in beweging en een jeep komt recht op hen afgereden. In de cabine flitst iets op, meteen erop slaat een projectiel door hun voorruit.

'Naar beneden!'

Hij trekt Luisa tegen zich aan, zodat ze op de twee voorstoelen liggen. Dan baadt de auto plotseling in een zee van licht, omdat de jeep vlak naast hen stopt en zijn schijnwerpers op hen gericht zijn.

Luisa ligt als verstijfd op de stoelen. Haar enige gedachte is dat de kinderen misschien geraakt zijn.

'Blijf liggen,' zegt ze. 'Niet overeind komen. In geen geval overeind komen!'

Ze hoort ze huilen en is bijna opgelucht. Ze leven dus nog.

Meteen daarop wordt het bijrijdersportier opengerukt en schuift er een geweerloop naar binnen. Erachter ziet ze een soldaat. Een Amerikaan? Een Engelsman?

'Hands up!'

Als hij ziet dat het om een vrouw en twee kinderen gaat, trekt hij het geweer terug.

'Where is the driver?'

De plek naast Luisa is leeg, het portier staat open. Ze hoort een machinegeweersalvo, hoewel ze haar oren dichthoudt.

Heinz

Wiesbaden, augustus 1945

Alleen maar kreupelen, denkt hij. Een hele lading vol stakkers. Zonder armen, zonder benen. Blinden en doven. En krankzinnigen. Oorlogsafval, waar niemand nog wat aan heeft.

Hij zit helemaal achter in de vrachtwagen naast een kameraad die zijn rechterarm en een voet mist, maar die in tegenstelling tot Heinz nog jong en vol optimisme is.

'Het komt echt wel weer goed, Heinz. Waar het om gaat, is dat we in ons hoofd nog helder zijn. Al het andere kan vervangen worden, maar het hoofd niet...'

De kleine vrachtwagen rijdt in opdracht van het Rode Kruis en brengt hen over een provisorische brug naar de andere oever van de Rijn, vervolgens verder naar Wiesbaden, waar ze voorlopig in de Paulinenkliniek zullen worden ondergebracht. De rit is onrustig, ze worden behoorlijk door elkaar geschud en op de open vlakte blaast de wind over hen heen. Zien kunnen ze niet veel, omdat de zijwanden te hoog zijn, bovendien is het verboden om tijdens de rit overeind te komen. Goeie grap, denkt Heinz sarcastisch. Wie van hen zou bij dit gehobbel makkelijk kunnen opstaan om om zich heen te kijken? De mensen met armletsel misschien, maar die zouden weer snel hun evenwicht verliezen omdat ze zich niet goed kunnen vasthouden. Hij merkt dat hij verbitterd is en probeert aan iets anders te denken. Even lukt het hem om in zijn hoofd zijn geliefde *Negende Symfonie* van Beethoven af te spelen, maar dan mist hij plotseling een stuk en wordt hij weer geconfronteerd met de realiteit.

'Man, ik ruik het rivierwater al,' zegt iemand. 'We moeten bij de Rijn zijn. Vadertje Rijn heeft al heel wat oorlogen overleefd...'

'Als we bij de Rijn zouden zijn,' zegt een ander goedgemutst, 'dan zou het hier toch eigenlijk naar wijn in plaats van naar water moeten ruiken, of niet?'

Hilariteit. De meeste kameraden zijn in een goed humeur, omdat ze eindelijk naar huis gaan. Slechts enkelen, onder wie Heinz, hebben last van sombere gedachten en blijven zwijgzaam.

Dat een telegram niet beantwoord wordt, kan meerdere redenen hebben. Het kan zijn dat het helemaal niet verstuurd is. En mocht het wel verstuurd zijn, dan kan het niet aangekomen zijn. Vanwege die vervloekte zones waarin het bezette Duitsland onderverdeeld is. Of gewoon omdat iemand het adres verkeerd opgeschreven heeft. Maar zelfs als het telegram wel aangekomen is, dan kan het nog zijn dat de post in Wiesbaden het niet bezorgd heeft. Of dat het verkeerd bezorgd is. Verloren gegaan is. Dat er niemand thuis was om het in ontvangst te nemen... Er kunnen talloze redenen zijn waarom hij geen antwoord gekregen heeft op zijn telegram. Heel onschuldige dingen. Toeval. Een vergissing. Onoplettendheid. Onzorgvuldigheid.

Maar het kan natuurlijk ook zijn dat het adres niet meer bestaat en dat de bewoners dood zijn. Dat is zelfs heel waarschijnlijk, hij heeft gehoord dat de omgeving van het theater en het Kurhaus gebombardeerd is. Hij zou niet de eerste, en zeker niet de enige, van zijn kameraden zijn die thuis niemand meer aantreft. Om gek van te worden, dit gepieker. Had hij dat vervloekte telegram nu maar nooit geschreven! Zijn trouwring heeft hij er nota bene voor opgeofferd, en wat heeft het hem opgeleverd? Nog minder hoop.

'Ze hebben alle bruggen over de Rijn opgeblazen,' zegt de kameraad naast hem. 'Echt heel stom. Het gaat nog wel even duren voordat dat allemaal weer opgebouwd is.'

'De schippers zullen wel overuren draaien,' zegt een ander.

'En mensen met een roeiboot of een aak...'

'Jezus, rij eens door, langzame slak,' klinkt het vanuit de linkerhoek. 'Mijn Leni en de jongens wachten op me.'

'Op mij wacht mijn schoonmoeder met de deegroller. Omdat ik zo lang weg ben gebleven,' zegt een ander gekscherend.

Heinz glimlacht om hun grapjes. Sommige mannen hebben geluk gehad en antwoord gekregen op hun telegrammen. Hij gunt het hun, omdat hij maar al te goed weet wat ze allemaal hebben moeten doorstaan. Het zijn jonge kerels, met nog een heel leven voor zich, en de oorlog heeft al invaliden van hen gemaakt. Eigenlijk zou hij blij moeten zijn dat hij nu pas te grazen genomen is.

De vrachtwagen maakt een paar bochten, waardoor ze tegen elkaar aan vallen, dan stopt hij en wordt de achterwand naar beneden geklapt. Twee verpleegsters van het Rode Kruis staan klaar om de oorlogsinvaliden te helpen uitstappen; voor hen die niet kunnen lopen, is er een brancard. Er is hun beloofd dat ze zo snel mogelijk protheses aangemeten zullen krijgen en dat ze verbaasd zullen zijn hoe snel ze aan die kunstmatige ledematen gewend zijn. Dus…

Het lukt Heinz bijna om alleen uit te stappen, de verpleegsters pakken hem alleen bij zijn armen om hem te ondersteunen, wachten totdat hij, balancerend op één been, zijn krukken in de juiste positie gezet heeft.

'Het gaat wel,' zegt hij, waarna hij een paar keer met zijn ogen knippert, omdat hij een beetje duizelig geworden is van de inspanning. 'Heel erg bedankt, dames. Verder red ik het wel alleen…'

Sceptisch kijken ze hem even aan, omdat hij op zijn krukken staat te zwaaien, maar dan hebben anderen, die er veel erger aan toe zijn, hun hulp alweer nodig.

'Loopt u maar naar de ingang daar… en neem de tijd…'

Heinz doet een paar stappen en komt dan weer op gang. Hij heeft het lopen met krukken immers bij elke gelegenheid geoefend, zijn armspieren getraind, het gezonde been, dat door het lange liggen helemaal stijf en zwak geworden was, weer sterker gemaakt. Maar toch is het nog verdomde inspannend om je op drie benen voort te bewegen. Een mensenbeen en twee houten krukken. Al na een kort stukje krijgt hij het warm. Het is een hete zomerdag, begin augustus. De hemel boven zijn hoofd is poederblauw, de zon brandt. Het zweet breekt hem uit in de dikke jas die hij nog in Frankrijk gekregen heeft.

In plaats van naar de ziekenhuisingang is hij langs de vrachtwagen heen over de binnenplaats gelopen. Nu blijft hij staan, hij zou graag even het zweet van zijn voorhoofd wissen, maar dan zou hij de krukken moeten loslaten en dat zou niet goed aflopen. In het ziekenhuis wacht hem waarschijnlijk een fris opgemaakt bed, een nachtkastje met een blikken kamerpot in het onderste vak. Maar hij heeft er genoeg van. Zelfs het vooruitzicht van een bord gortesoep met spek, dat hun beloofd is, lokt hem niet. Heinz Koch wil eindelijk zekerheid. Nog een nacht, zwevend tussen hoop en wanhoop, trekt hij niet.

Het is niet heel ver. Een half uurtje voor een vlotte wandelaar. Langer voor een driebenige kreupele. Veel langer. Misschien dat hij het zelfs helemaal niet redt en halverwege omvalt. Maar zelfs dat kan hem niet schelen. Hij kijkt niet meer om, maar zet koers richting de poort van het ziekenhuis, dwingt zijn been met alle macht de Schiersteiner Straße door, waarbij hij zich een soort merkwaardig, stijfbenig strompelend insect voelt. Na een tijdje voelt hij zijn armen verkrampen en moet hij even blijven staan. Langzaamaan, zei ze. Slim meiske. Maar deze oude ezel zou er juist in volle galop vandoor moeten gaan, en nu is hij buiten adem. Toch maar even pauzeren dus, zijn armen ontlasten en dan in half tempo verder. Het is middag, de stad is bezet door de overwinnaars en toch heel levendig. Hij ziet jonge vrouwen in zomerjurken, jongens spelen voetbal, twee oudere vrouwen zitten op een bankje en staren hem aan. Heinz heeft veel bekenden in Wiesbaden, hij is een joviale man die wel houdt van een praatje. Maar niet vandaag. Niet nu hij als beklagenswaardige kreupele door de straten strompelt. Hij wil ook niemand naar het lot van zijn geliefden vragen, wil het vreselijke, dat mogelijk tijdens zijn afwezigheid gebeurd is, niet van een vreemde moeten horen. Hij wil het zelf zien. Voor de puinhopen staan. Zijn ongeluk ter plekke onder ogen zien.

Het gaat al beter met het lopen, alleen zijn armen doen pijn, maar dat is niet belangrijk, als ze maar doen wat ze moeten doen. De puinhopen in de Oranienstraße heeft hij nu wel gezien, het meeste is al aan de kant geruimd, een oudere man laadt stenen op een kruiwagen; in enkele beschadigde huizen hebben mensen alweer provisorisch hun intrek genomen, de weggerukte muren zijn vervangen door hout en golfplaten. Aan de lijnen hangt wasgoed te drogen, argwanend in de gaten gehouden door de bezitters. Kleding is kostbaar en een waslijn is snel leeggehaald. In de Adelheidstraße scheppen meerdere groepjes vrouwen en puberjongens puin in emmers en ze laden het op een vrachtwagen. Overal op de houten balken, die overgebleven zijn van de dakspanten, hangen briefjes. Heinz blijft staan en probeert de met potlood geschreven woorden te ontcijferen.

Elisabeth Söhnke is nu bij haar grootmoeder.

Klaus Hinrichs zoekt zijn familie.

Martha Günther en kinderen wonen nu op Rheinstraße 29.

Peter Lermann zoekt Klara Koop. Laatst bekende adres Schwalbacher Straße 3.

Heel even hoopt hij een bericht van Else te vinden, maar hij kan met zijn krukken niet verder het terrein op, waardoor hij veel boodschappen niet eens te lezen krijgt. Verdergaan, denkt hij. Niet te lang blijven staan, dat kost alleen maar kracht. Links de Oranienstraße in, tot aan de Rheinstraße. En dan is daar algauw de Wilhelmstraße aan zijn linkerhand.

In de Oranienstraße hangt een vreemde geur. Smerig. Hebben de bommen misschien een rioolpijp geraakt? Of... Herinneringen aan de vorige oorlog komen boven, toen hij deze stank heeft leren kennen. Er gaat een rilling door hem heen. Het zijn de doden die onder het puin liggen en nog niet gevonden zijn. Hij voelt zijn armen bijna niet meer, zijn been trilt, maar hij vecht door. Hij wil het weten. Hij wil voor zijn huis staan. Al is het het laatste wat hij doet.

In de Rheinstraße komt hem een groepje Amerikaanse soldaten tegemoet; en verderop, aan het begin van de Wilhelmstraße, patrouilleren de groen geüniformeerde bezetters. Hij is blij als hij een bankje vindt, want zijn armen zijn volledig verdoofd, hij moet even rusten, anders stort hij in. Gaan zitten is een risico, omdat hij alleen misschien niet meer omhoog kan komen, maar het is niet anders. Kreunend strekt hij zijn been, hij zet de krukken tegen de rand van het bankje en wrijft zijn armen tegen elkaar. Stel je niet zo aan, foetert hij op zichzelf. Je bent vijftig, niet tachtig. Je hebt te lang in het café op de zachte bank gezeten, goed gegeten en nog beter gedronken. Je bent verweekt. Geen kracht meer, geen uithoudingsvermogen. Zo'n klein wandelingetje en nu kun je al niet meer...

Maar het is de angst die hem van zijn kracht berooft. Vanaf hier kan hij een stukje de Wilhelmstraße in kijken. De huizen die hij kan zien, zijn nog intact. Het zijn drie of meer verdiepingen tellende gebouwen in Wilhelmina-stijl, uitbundig versierde barok, de balkons voorzien van smeedijzeren hekwerken, de lateien rustend op beelden. Sommige winkels zijn open, klanten lopen met tassen en manden in en uit, voor een kruidenierszaak staat een hele rij mensen. Dus hier is alles heel gebleven, de bewoners mogen van geluk spreken. Weemoedig herinnert hij zich hoe trots zijn Else en hij altijd waren op de locatie van het café. Tegenover het Kurhaus en het theater, vlak bij de zuilengang en het Kurpark. Maar misschien is juist dit voordeel hun nu fataal geworden. Ze hebben het Kur-kwartier gebombardeerd, die barbaren. Het hart van de stad hebben ze willen treffen, zodat Wiesbaden er niet zo snel bovenop zou komen…

'Hebbie een dubbeltje voor ons, opa?'

Hij schrikt op uit zijn gedachten en ziet dat hij omringd is door een groepje kinderen. Ze zijn vies, hebben waarschijnlijk in het puin en tussen de ruïnes rondgescharreld. Een meisje heeft een flinke schram op haar rechterwang, de jongens dragen bijna allemaal korte broeken, hun knieën zitten onder de korsten.

'Een dubbeltje? Geen idee…'

Hij doorzoekt zijn jaszakken, vindt echter alleen een gebruikte zakdoek, een opvouwbaar scheersetje, twee broekknopen en een stukje druivensuiker, dat ze in het ziekenhuis in Freiburg gekregen hebben.

'Ik heb helaas geen geld. Maar dit hier…'

Hij breekt het stukje witte druivensuiker in kleine brokjes, legt ze op zijn hand en biedt ze de kinderen aan. De jongens grijpen meteen toe, het meisje aarzelt.

'Is dat kauwgum?' vraagt ze wantrouwend.

'Het is druivensuiker. Een soort snoepje.'

'O,' zegt ze teleurgesteld, maar pakt dan toch het laatste kruimeltje.

'Lekker?' vraagt hij.

De kinderen knikken. Echt enthousiast zijn ze niet, daarvoor is de gift te klein.

'Heb je nog meer?'

Spijtig schudt hij zijn hoofd. Hij had ze maar wat graag meer gevoerd, zo bleek en dun als ze zijn.

'De Ami's geven ons altijd kauwgum,' vertelt een van de jongens.

'Die kan je heel lang uitrekken en dan weer in je mond steken. 's Avonds haal ik hem altijd uit m'n mond en leg ik hem op m'n nachtkastje, zodat ik de volgende ochtend verder kan kauwen...'

'Echt waar?'

'Het smaakt naar pepermunt. En ze hebben ook chocolade. En koekjes. Ze zijn heel aardig, die Amerikanen...'

Heinz is blij met deze vrijpostige blagen, ze helpen hem zijn angst een beetje onder controle te houden. Nu komt ook de rest van het groepje wat los en ze kletsen hem de oren van het hoofd.

'Mijn mama stuurt me 's middags altijd naar de kazerne, daar krijg ik een pan vol soep.'

'Ik ga altijd naar achteren, waar de grote blikken tonnen staan. Daar ligt nog heel veel brood en kaas en ook blikjes waar nog wat in zit. Soms jagen ze ons weg, maar meestal laten ze ons met rust.'

Ze doorzoeken de afvalbakken van de bezetters op zoek naar eten, denkt Heinz bedrukt. Wat verschrikkelijk. Zo diep zijn we dus gezonken, dat we de verschimmelde resten uit Amerikaanse blikjes krabben. Wij ouderen hebben dat verdiend. Maar de kinderen toch niet! Wat hebben die gedaan? Niets. Zij zijn onschuldig en moeten boeten voor onze fouten.

'Heb je maar één been?' vraagt het meisje ongegeneerd.

'Ja,' antwoordt hij. 'Het andere is in Frankrijk gebleven.'

'Mijn oom heeft helemaal geen benen meer,' vertelt een van de jongens.

'En die van mij heeft een arm verloren,' roept een kleintje van achteren.

'Puh,' zegt het meisje geringschattend. 'Alleen maar een arm. Mijn neef is doodgeschoten.'

'Kunnen jullie misschien iets voor me doen?' onderbreekt Heinz het macabere wedstrijdje.

'Wat dan?'

'Mij omhoogtrekken. Alleen kan ik niet van de bank omhoogkomen. Jullie zijn toch sterk, of niet?'

Een paar jongens knikken, ook het meisje stemt in. Alleen de kleinere jongetjes twijfelen of ze wel sterk genoeg zijn.

Heinz vertrouwt zijn krukken toe aan twee van de kleintjes, dan steekt hij zijn armen uit en laat zich omhoogtrekken, zet zijn gezonde been op de grond en spant al zijn spieren aan. Heel even hangt hij in het luchtledige, vreest dat hij gaat vallen, omdat zijn been zo trilt, maar dan pakt hij snel de krukken en heeft weer steun.

'Niet omvallen, hoor!' waarschuwt het meisje. 'Anders kom je nooit meer overeind.'

'Bedankt voor het advies!' antwoordt Heinz. 'Goed, dan ga ik maar eens...'

Ze lopen een stukje met hem mee, dan fluit het meisje hard op twee vingers en rennen ze ervandoor in de richting van het museum. Heinz strompelt naar de Wilhelmstraße en voelt zich nu dubbel ontmoedigd. Kinderen spreken de waarheid. Zonder opsmuk en goudeerlijk hebben ze hem gezegd hoe hij eraan toe is: een weerloze kreupele, die niet eens alleen van een bankje kan opstaan, die na een halve kilometer al aan het eind van zijn Latijn is. Moedeloos strompelt hij verder en hij ziet al snel de eerste ruïnes, weliswaar helemaal aan het eind van de straat, maar duidelijk te zien, omdat de Wilhelmstraße kaarsrecht is, zonder bochten die het zicht op de ramp zouden kunnen belemmeren. Alleen de platanen, die er dit jaar bijzonder weelderig bij staan, verhinderen het zicht wat. Hij dwingt zichzelf om niet naar links te kijken, waar Café Engel is, maar naar de rode bakstenen gebouwen aan de rechterkant, die allemaal nog helemaal uit de begintijd stammen. Dan ziet hij het beschadigde theater en daarachter de omgevallen zuilen van de galerij. Nog een paar stappen. Pas kijken als je ervoor staat. Als je niet meer hoeft te speculeren, niet meer kan hopen, omdat je het hele ellendige beeld kunt zien.

Hij hoort zichzelf kuchen, het zweet druipt van zijn voorhoofd. Nu. Blijf staan. De krukken stevig op het wegdek. Blik naar links, kameraad. En let op je hart, dat het geen rare dingen doet.

Het beeld voor zijn ogen wankelt, springt op en neer, vervaagt. Hij sluit zijn ogen en probeert het nog een keer. Wat hij ziet, lijkt volledig onwerkelijk. Idioot. Buiten staan twee tafeltjes, waaraan gasten koffie zitten te drinken. Er staan parasols. Hemel, die kent hij, omdat hij ze zelf nog gekocht heeft. Nu durft hij zijn blik ook omhoog te laten gaan. Daar staat zijn huis. Café Engel. Volledig intact. De gebouwen rechts ervan zijn enkel nog ruïnes; links, waar de families Drew en

Brand woonden, staat alles nog. Nu loopt hij echt het risico onderuit te gaan, omdat de tranen hem over de wangen lopen en hij begint te snikken.

Herpak je, denkt hij. Het huis mag er dan misschien nog staan, er kan nog altijd wat met Else of Hilde gebeurd zijn…

Maar dat gelooft hij niet echt meer. Er zitten gasten voor het café, net als vroeger. De draaideur, die zo verdomde duur was en waarom iedereen hen altijd benijdde, lijkt ook nog in orde. Hij moet een paar keer diep ademhalen, dan steekt hij langzaam en driebenig de straat over. Plotseling gaat het lopen heel makkelijk, hij voelt geen pijn meer, de blijdschap geeft hem vleugels. De blijdschap en de hoop.

Hij herkent Hans Reblinger en koorrepetitor Gimpel, die in de schaduw van een parasol met elkaar zitten te kletsen. Als hij dichterbij komt hoort hij pianomuziek vanuit het café komen. Is Hubsi Lindner intussen weer thuisgekomen? Maar nee, het klinkt niet als Hubsi, dit is van die moderne dansmuziek, waar hij eigenlijk helemaal niet van houdt. 'Swing' noemen ze het. Zoiets kan Hubsi helemaal niet spelen, dus moet het Künzel wel zijn. Sofia Künzel heeft geen vooroordelen, die speelt alles. Wat zijn ze aan het doen daar binnen? Dansen? Midden op de middag?

De draaideur! Zijn grote trots en nu een godvergeten hindernis. Hoe moet hij daar ooit doorheen komen met die krukken? Hij werpt een blik op Hans Reblinger en Alois Gimpel, maar die hebben geen aandacht voor hem.

Ze herkennen me niet, denkt hij bedrukt. Geen wonder. Ik ben immers ook nogal veranderd.

'Wilt u naar binnen?' vraagt Reblinger. 'Dat zal lastig gaan met die krukken. Dan kunt u beter buitenom. Of u gaat hier aan een tafeltje zitten…'

Nu komt er beweging in de draaideur, de glazen ruitjes lichten op in de zon, Heinz ziet een jonge vrouw, blond, in een donkere jurk met wit schortje. Behendig balanceert ze een blad op één hand, terwijl ze met de andere de draaideur voortduwt, dan staat ze buiten. Staat daar en staart hem aan. Het duurt slechts twee seconden, dan klinkt er een enorm gerinkel. Hilde heeft het blad met twee kopjes surrogaatkoffie en twee stukken cake laten vallen.

'Papa...' fluistert ze.

'Hildje... mijn kleine Hilde...'

Nu roept ze zo hard 'Papa!' dat het waarschijnlijk tot aan het gemeentehuis te horen is. Ze springt over de scherven heen en wil zich al in zijn armen storten, stopt dan en kijkt geschrokken naar de krukken.

'Bent u... Hebt u...'

'Eén been is weg. Vanaf de knie. Maar de rest is nog in orde.'

Dan loopt ze langzaam op hem af en slaat teder haar armen om zijn nek. Kust hem op beide wangen en snikt hartverscheurend.

'Nee, Heinz Koch! Ben ik soms blind? Herkende hem helemaal niet,' hoort hij ergens in de verte Hans Reblinger zeggen.

'Ik ook niet,' zegt Gimpel. 'Jezusmina, mijn ogen worden steeds zwakker. Maar goed: welkom thuis, Heinz!'

Op straat blijven voorbijgangers staan om het tafereel glimlachend te bekijken. Recensent Reblinger en Alois Gimpel pakken Heinz nu onder de armen, wringen zich samen met hem door de draaideur, terwijl Hilde nog buiten staat, in haar ogen wrijft en dan de krukken oppakt, die Heinz uit zijn handen heeft laten vallen.

Binnen hebben ze tafeltjes en stoelen aan de kant geschoven om een vrije ruimte in het midden te creëren waar gedanst kan worden. Er staan twee paartjes, die nu niet zo goed weten wat ze moeten doen aangezien Künzel haar pianospel na Hildes luide schreeuw abrupt afgebroken heeft. Heinz concludeert nog tot zijn verbazing dat de twee jongemannen een Amerikaans uniform dragen, dan ziet hij zijn Else, die in de doorgang naar de keuken staat. Ze zegt niets, kijkt hem alleen met grote ogen aan, haar lippen trillen.

'Laat me eerst even gaan zitten...' zegt hij.

Wat een ellende. Hij kan niet eens zijn eigen vrouw in zijn armen nemen, omdat hij zonder krukken niet kan staan. En hij wil Else ook niet omarmen met Reblinger en Gimpel links en rechts van hem.

'Mama, hij is een been kwijt,' hoort hij zijn dochter roepen. 'Maar alleen maar tot de knie. Dus het is niet zo heel erg. Dan krijgt hij gewoon een prothese...'

Maar Else kijkt helemaal niet naar zijn gehavende been. Hun ogen laten elkaar niet los, terwijl ze langzaam op hem afloopt. Ze bukt zich en slaat haar armen om hem heen. Huilt ze? Hij probeert haar gezicht te zien, maar ze heeft het in zijn schouder begraven, hij ziet alleen haar korte, krullende haar, dat inmiddels meer grijs dan blond is. Maar daar is haar vertrouwde geur, de geur van haar huid, haar kleren, die altijd naar fris wasgoed en bakkerij ruiken. Naar Else.

'Ik wist het,' zegt ze zacht. 'Ik wist dat je thuis zou komen.'

'Ik heb jullie toch een telegram gestuurd!'

'Wat voor telegram?'

Ze hebben het niet gekregen. Om wat voor reden dan ook. Doet er ook niet meer toe. Else kust hem ongegeneerd op de mond, stopt niet meer, en hij houdt haar vast, beantwoordt haar kussen. Plotseling wordt hij overvallen door lustgevoelens, hij mag dan een been missen, verder is hij kerngezond, staat hij nog steeds zijn mannetje. Ook met vijftig jaar.

'Zullen wij dan maar even naar boven gaan, zodat het jonge paar alleen is...' zegt Künzel vergenoegd. 'Ik ben bang dat dit wel eens onzedelijk kan worden.'

Else maakt zich van hem los en haalt een hand door haar verwarde haar.

'Dat moet u nodig zeggen!' bromt ze tegen Künzel. 'Speel maar gewoon verder, de jongelui willen dansen. Help Heinz even overeind, dan gaan wij wel naar het zijvertrek. Heb je wat gegeten, Heinz? Ik zal eerst eens even gebakken aardappelen met spek voor je maken...'

Heinz zegt dat hij eerst even naar de wc moet en slaat Reblingers onbaatzuchtige aanbod om te helpen af. 'Dat lukt me nog wel alleen...'

Het gastentoilet is verrekte krap, maar dat heeft ook zijn voordelen, omdat hij nu tegen de muren kan steunen. De krukken tegen de muur zetten en oppassen dat ze niet omvallen, anders is hij de pincut. Lukt allemaal prima. Hij mag dan wel een kreupele zijn, in zijn hoofd functioneert alles nog. En het hoofd is het belangrijkste. Wie zei dat ook alweer? O ja, die jonge vent in de vrachtwagen. Hopelijk komt het goed met hem, het was een aardige knul.

Als hij naar het zijvertrek strompelt, zitten Addi en Julia Wemhöner daar al te wachten en ook Gisela, Hildes vriendin, is er – die had hij van pure opwinding nog niet eens gezien. Iedereen omhelst hem,

Julia kust hem op de wangen en snikt dat ze haar leven aan hem te danken heeft en altijd voor hem gebeden heeft. Addi ziet nogal bleek en lijkt ook afgevallen, ze vertellen hem dat hij net hersteld is van een longontsteking.

'Vanaf nu gaat het bergopwaarts, Heinz,' zegt Addi, die zijn hand lang vasthoudt. 'Nu je weer bij ons bent – man, dat is weer bijna zoals in die goeie ouwe tijd!'

Else komt binnen met een bord vol gebakken aardappelen en spek en hij voelt zich een beetje schuldig, omdat de rest niets krijgt. Maar die beweren dat ze al gegeten hebben en dat hij alle recht heeft op een portie welkomstaardappelen. Ook Hans Reblinger en Alois Gimpel zijn bij hem aan tafel komen zitten, alleen Hilde moet telkens weer weg, omdat ze de gasten moet bedienen, en Künzel speelt alweer naar hartenlust dansmuziek.

Heinz zit aan tafel naast zijn Else en houdt haar hand vast, blijft die strelen en voelt hoe de vermoeidheid hem langzaam bekruipt. Else heeft voor de gelegenheid een fles *Obstler* op tafel gezet, Julia heeft glaasjes uitgedeeld. Heinz moet hoesten van de eerste slok – lieve hemel, dat is sterk spul. Hij proeft pruimen, misschien ook nog wat peer. En flink wat alcohol, een groot glas vol zou een olifant nog omleggen. Hij laat zich twee keer bijschenken, kieptert het doorzichtige watertje achterover, waarna opeens de vermoeidheid toeslaat. Hij heeft kort en bondig verteld wat er met zijn been gebeurd is, nu luistert hij alleen nog maar, probeert het allemaal te begrijpen, maar haalt toch alles door elkaar. Een Stombek in Augusts appartement, Julia die bontjassen naait voor mevrouw Knauss, Addi die woedend is op een zekere Marianne, en dan zit er onder de tafel ook nog plotseling een gevlekte hond, die zich gebakken aardappelen laat voeren.

'Is die van ons?' vraagt hij aan Else.

'Van mij,' zegt Addi.

'Van ons,' bevestigt Julia.

Heinz is te moe om er verder over na te denken. Hij wil naar bed, heeft dringend slaap nodig, anders valt hij hier straks nog van zijn stoel.

'Wij helpen je wel de trap op,' zegt Addi.

'Nee, laat maar. Dat lukt me wel alleen.'

Hij gaat op de trap zitten en klimt op zijn achterste omhoog. Dat gaat prima, hij kan zich met zijn armen afzetten en met zijn goede been meehelpen. Het zal er wel raar uitzien, maar dat kan hem nu even niets schelen. Als hij boven is aangekomen helpt Else hem overeind, ze geeft hem de krukken aan en gaat hem voor het appartement in.

En dan zijn ze eindelijk alleen. Na acht maanden van elkaar gescheiden geweest te zijn, na alle angst en hoop, na verschrikkelijke onzekerheid en eindeloos verlangen. Ze hebben elkaar weer.

Ze helpt hem naar bed, trekt hem zijn vreemde kleren uit, brengt een kom warm water en wast hem heel voorzichtig met een ingezeepte doek. Dan droogt ze hem af en kust hem. Pakt een pyjama uit de kast, hij ruikt de geur van bergamot.

'Blijf hier,' smeekt hij haar, en ze komt bij hem liggen. Kleedt zich in bed uit en nestelt zich tegen hem aan. Huid tegen huid. Mond tegen mond. De wereld kan uit elkaar vallen. De aarde mag nu stoppen met draaien. Het maakt allemaal niet uit, omdat ze weer samen zijn. Omdat ze elkaar voelen, zo warm en zo innig, zoals ze elkaar al heel lang niet meer gevoeld hebben. Hij is thuis. Thuis is daar waar je liefde op je gewacht heeft. Thuis is Else.

Jean-Jacques

Villeneuve, augustus 1945

De ochtenden zijn het ergst. Omdat een of ander duiveltje hem duizenden zoete dingen laat dromen, als het vroege licht tussen de gordijnen door de slaapkamer binnendringt en zijn slaap lichter wordt. Dan ziet hij haar en altijd alleen maar haar, in duizend verleidelijke houdingen, bijna altijd naakt, zoals hij haar slechts één keer in werkelijkheid gezien heeft. Ook hoort hij dan haar kordate stem, die hem altijd zo kwaad maakte, waardoor hij altijd wilde laten zien dat hij niet iemand is die zich laat rondcommanderen. Een stem die hem bijzonder goed beviel, omdat hij niet zo hoog was als een kleinemeisjesstem, maar krachtig, laag bijna; als ze boos is kan hij luid worden, bulderen, door het trappenhuis schallen. En op andere momenten was hij weer zo zacht, zijdeachtig, een beetje rokerig zelfs, toen ze hem allerlei onverstaanbare en toch opwindende dingen in zijn oor fluisterde.

Ze zit in hem, hij komt niet meer van haar af. Krijgt haar niet meer uit zijn gedachten. Wat heeft die brief dan voor zin, die hij een kameraad uit Nîmes meegegeven heeft? Wat helpt het dan dat hij zich van haar losgemaakt heeft? Dat hij zichzelf gezworen heeft haar te vergeten? Helemaal niets helpt het. Zijn verlangen wordt met de dag alleen maar groter.

De eerste nachten thuis in het echtelijk bed met Margot verliepen zwijgzaam en vol schuldgevoelens. Hij wist immers dat ze op hem wachtte, maar kreeg het niet voor elkaar om haar aan te raken. Zijn echtelijke plichten na te komen. Aanvankelijk vertelde hij haar dat hij iets opgelopen had, omdat het in het kamp zo smerig was en de matrassen vol ongedierte zaten. Twee keer is hij naar Nîmes afgereisd, zogenaamd om een dokter te bezoeken, maar in werkelijkheid hing hij rond voor het postkantoor, piekerend over hoe hij een brief naar Wiesbaden zou kunnen sturen. Een liefdesbrief. Toen haalde hij zich nog van alles in zijn hoofd, dacht dat hij ook haar hiernaartoe zou kunnen halen, zodat hij met haar kon trouwen. Hilde zou geen slechte wijnboerin zijn, ze is verstandig, heeft zakelijk inzicht en weet wat het betekent om een familiebedrijf te hebben. Pas later bedacht hij dat zijn familie het nooit zou accepteren als hij met een Duitse zou trouwen. Drie van zijn neven zijn in de oorlog dankzij de Duitsers om het leven gekomen, zoiets vergeet je niet zo snel.

En dus schreef hij geen liefdesbrief. De afscheidsbrief schreef hij pas toen het tot een ruzie gekomen was en zijn vader hem op het matje riep. Margot had geduldig een hele maand gewacht, toen was ze met vragen gekomen, wilde weten wat hij allemaal zei in zijn slaap, of dat een Duits woord was, dat 'ild... ild...'

Hij was geschrokken, omdat hij geen idee had dat hij praatte in zijn slaap, en was woedend tegen haar uitgevallen, ze moest ophouden met hem afluisteren. Van het een kwam het ander, ze had hem ervan beticht een leugenaar en een lafaard te zijn, zei dat ze wist dat hij volledig gezond was, dat ze het gecontroleerd had toen hij sliep. Dat ze ook gemerkt had dat hij zichzelf bevredigde, terwijl zij nota bene naast hem lag en op hem wachtte. Al deze beschuldigingen, die helaas terecht waren, hadden hem zo van zijn stuk gebracht dat hij zei dat hij haar niet meer kon verdragen, dat hij haar altijd al vreselijk gevonden had, dat hij alleen met haar getrouwd was vanwege haar land.

Ze waren steeds harder gaan schreeuwen. Geen wonder dat Pierrot en zijn ouders alles konden horen, zo dik zijn de muren van het huis niet. Margot had twee koffers gepakt en wilde al terug naar haar ouders, maar beneden in de keuken had zijn vader haar tegengehouden.

'Wacht nog even. Wacht tot ik met hem gepraat heb...'

Jean-Jacques was nog als verdoofd, snapte niet dat hij zich zo had laten gaan, zulke vreselijke dingen gezegd had. Toen hij de trap afliep zat Margot snikkend op de keukenbank, naast zijn moeder. Die had haar arm om Margot heen geslagen en hem met een beschuldigende blik aangekeken.

Vader had hem mee naar buiten genomen, naar de schuur, omdat hij niet wilde dat iedereen zou kunnen horen wat hij zijn oudste zoon te zeggen had. Vader is een man van weinig woorden en dus had het gesprek slechts enkele minuten geduurd.

'Wat is er aan de hand?'

Hij loog, omdat niemand iets zou zijn opgeschoten met de waarheid. Hij wil de wijnberg en de boerderij, dit is waar hij thuishoort, zijn liefde voor Hilde maakt toch geen enkele kans. En al helemaal niet in de koele, onderzoekende ogen van zijn vader.

'Ze is boos omdat ik niet met haar naar bed kan.'

'Waarom niet?'

Hij bazelde iets over de oorlog, over de verschrikkelijke dingen die hij gezien had, dat hij tijd nodig had om die beelden te vergeten. Maar dat Margot ongeduldig was en ze daarom ruziegemaakt hadden. Dat hij erge dingen tegen haar gezegd had, waar hij nu spijt van had.

'En dat is de volledige waarheid?'

'Ja, vader...'

'Hoelang denk je nog nodig te hebben?'

Hij slikte moeizaam. Wat een vraag. Maar zo was zijn vader, die plande altijd vooruit, calculeerde, controleerde elke dag de druiven op de wijnberg, om toch vooral niet het juiste tijdstip voor de oogst mis te lopen.

'Een maand... of twee... Dat hoop ik tenminste...'

De blik van zijn vader doorboorde hem, vragend, wantrouwend, ontevreden. Hij voelde zich verschrikkelijk.

'Margot is een goede vrouw, Jean-Jacques. Ik wil dat jullie kinderen krijgen!'

'Die krijgen we ook wel, vader.'

Hij was vol berouw en schaamte, maar kreeg het niet voor elkaar om Margot om vergiffenis te smeken. In plaats daarvan schreef hij nog diezelfde avond een afscheidsbrief aan Hilde, en het lot wilde dat twee dagen later zijn schoolvriend Justin op bezoek kwam. Die had zich vrijwillig gemeld voor het leger en zou als bezettingssoldaat naar

Mainz gestuurd worden. Hij wilde Pierrot overhalen om hetzelfde te doen, maar die had definitief genoeg van het leger. Jean-Jacques spande het paard in en bracht Justin die avond naar huis, omdat zijn vriend een beetje te enthousiast van de rode wijn gedronken had. Bij het afscheid stak hij hem de brief toe, met de vraag of zijn vriend die op de een of andere manier naar Wiesbaden kon brengen.

'Olala,' lachte Justin. 'Een Duits vriendinnetje, hè? Schaam je, Jean-Jacques. Met zo'n Duitse hoer ga je een keer naar bed, die schrijf je toch geen brieven!'

'Ben je mijn vriend of niet?'

Justin beloofde een goede vriend te zijn. Twee weken later stuurde hij een mooie kleurenansichtkaart vanuit Mainz, met de hartelijke groeten voor iedereen en onderaan: *Brief is onderweg*. Waarbij iedereen dacht dat het ging om een brief aan zijn vriend Jean-Jacques, die – wat jammer nou – nooit aankwam.

Inmiddels hadden Margot en Jean-Jacques zich weer met elkaar verzoend, en zijn ouders waren tevreden. Vader had met haar gepraat, ze had zich begripvol getoond en met haar man een termijn afgesproken. Die nu langzaam verstreek, zonder dat Jean-Jacques zich liet overhalen om haar aan te raken. Maar Margot drong niet meer aan, ze was vriendelijk tegen hem, en als ze 's avonds naast elkaar lagen, spraken ze ontspannen met elkaar over de gebeurtenissen van die dag. Waarna ze zich allebei omdraaiden en hij niet veel later haar regelmatige ademhaling kon horen.

Om te ontkomen aan die opdringerige ochtenddromen staat Jean-Jacques altijd voor dag en dauw op en loopt hij naar buiten, om zich daar bij de pomp te wassen. Het koude water verjaagt alle verkeerde gedachten, hij boent zich droog met de handdoek en scheert zich uitgebreid. Als hij dan terugkomt in de slaapkamer om zich aan te kleden, is Margot al in de badkamer, waar hij haar hoort gorgelen en met water hoort spetteren. Later ontbijten ze allemaal samen aan de lange keukentafel, drinken koffie en eten iets, terwijl vader het werk voor die dag verdeelt. De drie mannen vertrekken meestal naar de akkers of de wijnberg, terwijl de vrouwen de moestuin verzorgen, de geiten melken en kaas maken van de melk. Pierrot was een tijdje ziek, zijn been speelde weer op, maar inmiddels gaat het weer beter met hem. Jean-Jacques denkt vaak na over wat er van zijn broer terecht moet komen, aangezien hij geen aanstalten maakt om iets voor zichzelf te zoeken.

'Je bent toch een knappe vent, met verstand van wijnbouw en landbouw,' waagde hij het eens tegen hem te zeggen. 'Waarom ga je niet op zoek naar een vrouw? Een met eigen bezit, waarbij jij dan de landheer kan worden.'

'Zoals jij Margot gevonden hebt, bedoel je?' antwoordde Pierrot spottend. 'Met haar ben je toch ook alleen maar getrouwd vanwege haar land, dat heb je duidelijk gezegd. Ik ben niet zoals jij, Jean-Jacques. Als ik met een vrouw trouw, dan kan het me niet schelen of ze rijk of arm is. Dan telt alleen of we van elkaar houden.'

Het antwoord raakte Jean-Jacques als een klap in het gezicht. Wat had zijn broer gelijk. Maar dat kon hij natuurlijk niet toegeven, in plaats daarvan werd hij alleen maar woedend op die betweter, die hem de waarheid zo gemeen onder de neus wreef.

'Jij was altijd al een dromer, Pierrot!'

'En jij was altijd al vaders lievelingetje!'

Er valt niet te praten met hem, vroeger niet en nu al helemaal niet. Ze hebben elkaar nooit kunnen uitstaan, omdat Pierrot vanaf het begin jaloers op hem was. Als kinderen vochten ze vaak met elkaar, soms tot bloedens toe, zodat moeder moest ingrijpen en straffen uitdeelde. Moeder houdt meer van Pierrot dan van hem en laat dat bij elke gelegenheid merken. Misschien dat dat ook de reden is waarom Pierrot hier niet weg wil. Hij is niet weg te slaan van deze plek, die ooit van zijn broer zal zijn, en het lijkt erop dat hij de rest van zijn leven hier wil blijven. Goed, Pierrot is een harde werker, hij weet wat hij doet en is ondanks zijn been sterk en handig. Maar het ziet er niet naar uit dat het ooit nog gaat boteren tussen hen en dat is niet goed voor een familiebedrijf.

Vandaag is het zondag, dan is er geen ontbijt, omdat ze samen naar de mis in Villeneuve gaan en er pas daarna iets kleins gegeten wordt. Jean-Jacques en zijn vader spannen de merrie in, moeder wacht in haar zondagse kleding in de deuropening, Pierrot naast haar. Zijn lichte strohoed en het kleine snorretje dat hij heeft laten staan geven hem iets lichtzinnigs. Margot stapt als laatste in de wagen, ze is bleek en heel stil, zoals vaker de laatste tijd. Jean-Jacques pakt de teugels, de anderen zitten achterin, en hij hoort Pierrot en zijn moeder zachtjes met elkaar praten.

'Is dat waar, Pierrot?'

'Ja, *maman*. Als ik het toch zeg...'

'De Heilige Maagd zij gedankt.'

'Ja, we moeten maar een kaarsje voor haar branden...'

Het gaat een hete dag worden, dat is te zien aan de nevel die nog boven de velden hangt en nu langzaam oplost. De hemel is onbewolkt en donkerblauw, de nu nog milde zon beschijnt de velden en weides. Straks, als ze na de kerk terugrijden, zal hij meedogenloos branden op de droge velden en wegen en zullen paard en wagen omhuld zijn door stof. 's Middags zullen de vrouwen in huis aan het werk gaan en zal hij met zijn vader een rondje over de akkers en wijnberg maken. Niemand hier in de buurt werkt op zondag op het veld: alleen in de herfst, als de druiven geoogst worden, wil het wel eens voorkomen dat de rustdag een werkdag wordt. Maar dat is een vergeeflijke zonde, geen enkele pastoor hier zou een wijnboer daarvoor een boete opleggen.

In de kerk hebben ze al generaties lang hun eigen plek. De familie Perrier zit op de derde rij, de ouderen aan de buitenkant, de jongeren verder naar het midden. Dat is bewust, zodat de jongeren in het blikveld van de pastoor en de parochianen zitten en ze zich dus goed moeten gedragen en geen rare fratsen kunnen uithalen. Jean-Jacques denkt met buikpijn terug aan de jaren waarin hij daar naast zijn broer zat, met alle blikken op hen gericht, terwijl iedereen goed in de gaten hield of de broertjes Perrier wel alle gebeden meespraken en op het juiste moment knielden. Tegenwoordig zit hij verder naar buiten, meteen naast vader en moeder; Margot en Pierrot delen de middelste plekken.

Terwijl ze zwijgend op het begin van de mis wachten, ziet hij zijn moeder naar hem glimlachen. Hij is zo verrast dat hij niet teruglacht maar serieus blijft. Toch maakt het hem blij, en tegelijk schaamt hij zich. Als door een wonder lijkt de ruzie in het niets opgelost te zijn, Margot is vriendelijk en geduldig, zijn vader tevreden, en zijn moeder glimlacht nu zelfs naar hem, wat ze slechts zelden doet. Allemaal dankzij Margots zachtmoedigheid, aangezien hij haar nog steeds niet aangeraakt heeft.

Het wordt tijd dat ik eens wat knopen doorhak, denkt hij. Ik heb gekozen voor de boerderij, dan moet ik Hilde nu eindelijk uit mijn gedachten bannen. Margot heeft het niet verdiend om nog langer verwaarloosd te worden. Bovendien gaat het ook om het voortbestaan van de familie, we moeten kinderen op de wereld zetten. Hij neemt zich voor om die avond nog met Margot te slapen. Al zal hij er weinig plezier aan beleven; maar hij kan zijn ogen sluiten tijdens de daad. Als hij maar niet aan Hilde denkt, dat zou bedrog zijn, dat kan hij zichzelf en zijn vrouw niet aandoen. Hij is zo serieus dat hij tijdens het slotgebed een snel schietgebedje doet tot de Heilige Maagd en haar vraagt om hem bij te staan, omdat hij terug wil keren op het rechte pad. Naast Margot loopt hij de kerk uit, babbelt nog wat met vrienden en bekenden, en als ze later in de wagen klimmen, pakt hij haar hand om haar te helpen. Margot lijkt verrast door deze ongewone hoffelijkheid, ze is nog bleker dan die ochtend, haar neus steekt scherp uit haar smalle gezicht naar voren, haar hand voelt vochtig en bezweet.

Ondanks haar lelijkheid heeft hij medelijden met haar. Ook al is ze niet de knapste, denkt hij, ik ben met haar getrouwd en wil dat ze mijn kinderen krijgt. Een huwelijk is niet altijd makkelijk, er zijn uitdagingen en crises, maar het belangrijkste is dat je eensgezind blijft. Hij geeft Pierrot de teugels en zit tijdens de terugrit naast zijn vrouw, probeert af en toe een gesprek met haar te beginnen, maar ze blijft zwijgzaam, en het geratel en geschud van de wagen zijn ook niet bevorderlijk.

Eenmaal thuis spant hij samen met Pierrot de merrie uit en brengt haar naar het weiland, waarna ze samen naar binnen gaan om zich om te kleden, aangezien de spullen die je op zondag naar de kerk draagt netjes moeten blijven. Tot zijn grote verrassing staat zijn vader hen echter, nog steeds in zijn zondagse goed, in de keuken op te wachten. Hij heeft een fles van de beste rode wijn ontkurkt en schenkt in.

‘Om het te vieren,’ zegt hij en hij overhandigt Jean-Jacques een gevuld glas. ‘En op de toekomst van de familie Perrier!’

Het gezicht van zijn vader straalt bijna van voldoening, ook Pierrot krijgt een glas, daarna moeder en Margot.

'Wat is er aan de hand?' vraagt Jean-Jacques verbaasd. 'Heb ik iets gemist? Is het een feestdag vandaag?'

Ze moeten lachen. De keuken is zowaar gevuld met vrolijkheid. Zelfs vader vindt de vraag grappig en Pierrot barst bijna van pret. Alleen Margot blijft zeldzaam serieus en kijkt hem bijna angstig aan.

'Heeft ze het je nog niet verteld?' vraagt moeder.

Hij schudt zijn hoofd. Begrijpt er niets van. Voelt zich een volslagen idioot.

'Je vrouw verwacht een kind!'

Opnieuw beginnen ze te lachen, vinden het duidelijk heel grappig hoe verbluft hij daar staat, het glas in zijn hand, zijn ogen wijd opengesperd. Nu komt moeder op hem af en omhelst hem, kust hem op de wangen, waarna ze Margot tegen haar moederlijke boezem aan trekt en over allerlei zaken begint waarover vrouwen in zo'n situatie nu eenmaal kletsen. Jean-Jacques staat daar nog altijd als door de bliksem getroffen, maar dan moet hij met vader proosten en op de toekomst drinken, waarna ook Pierrot zijn glas heft en hem feliciteert.

'Drink op, broertje,' zegt hij speels. 'Je ziet nogal pips. Zo'n verrassing kan een man behoorlijk van zijn stuk brengen, nietwaar?'

Ziet hij nu triomf in de blik van zijn broer? Leedvermaak? Spot hij met de verbazing van een man die door zijn vrouw bedrogen is? O ja, Pierrot weet heel goed dat zijn broer niet de vader van het kind is. Langzaam beginnen Jean-Jacques' hersenen te werken en dringt het tot hem door wat er gaande is. Dus daarom was Margot zo vredelievend. Ze had een minnaar in de buurt, in hetzelfde huis, slechts twee kamers verderop. Hoe vaak zou ze 's nachts als hij sliep bij zijn broer in bed gelegen hebben? En toen Pierrot ziek in bed lag – hoe vaak bracht ze hem toen eten of verzon ze een andere smoes om bij hem onder de dekens te kunnen kruipen? Wie weet of ze het niet ook al met elkaar deden toen hij nog in Duitse gevangenschap zat! Margot, die zachtmoedige, geduldige Margot, heeft het dus flink achter de ellebogen. Trouwen met de een, een verhouding met de ander. Heeft hij dat verdiend? Om zo kwaadaardig bedrogen en belogen te worden door zijn eigen vrouw?

Ja, dat heeft hij verdiend. Hoe vreselijk hij die conclusie ook vindt, hij heeft zijn verdiende loon gekregen.

Wat moet hij doen? Een scène schoppen en zeggen dat er een koekoeksei in zijn nest gelegd is? Hij voelt er veel voor. Waarom ook niet? Hij zou een scheiding kunnen aanvragen, zijn broer en ontrouwe vrouw voor het gerecht kunnen slepen. Hij is helemaal in de war, allerlei belachelijke dingen schieten door zijn hoofd. Het bijltje erbij neergooien en naar Wiesbaden gaan. Een nieuw leven beginnen met Hilde. Eindelijk eerlijk en oprecht mogen zijn, trouwen met de vrouw van wie hij houdt, haar trouw zijn. Wat moet hij met de boerderij, met de wijnberg, als de prijs daarvoor een leven vol leugens en vernederingen is? Hij heeft dit allemaal niet nodig, het enige wat hij nodig heeft is zijn grote liefde, zij zal hem de kracht geven om het leven aan te kunnen.

Kom op, zegt hij tegen zichzelf. Bevrijd je van dit juk. Zeg hem de waarheid en word een vrij man.

Maar hij is een lafaard. Hij proost met iedereen en slaat de goede wijn achterover, lacht sullig en doet alsof hij het goede nieuws eerst nog even moet verwerken. Dan loopt hij naar de slaapkamer om zich om te kleden, trekt zijn gewone broek en een eenvoudig overhemd aan en gaat op het bed zitten.

Ik kan het niet, denkt hij. Ik zit er al te diep in, hier kom ik nooit meer uit. Zelfs als ik tegen mijn ouders zeg dat het mijn kind niet is, zullen ze dat nooit als een reden voor een scheiding zien. Zulke zaken blijven hier op het platteland binnen de familie, die worden verdoezeld en de kinderen worden gewoon opgevoed. Het is ons vlees en bloed, zullen ze zeggen, het hoort bij ons. Als je Margot niet zo verwaarloosd had, was ze niet in de verleiding gekomen. En bovendien kunnen jullie samen nog een heleboel kinderen krijgen, als je het maar wilt.

Nee, hij kan het niet. Als hij vertrekt, krijgt zijn broer het landgoed. Zijn broer, die achter zijn rug om zijn vrouw bezwangerd heeft. Zij zullen met elkaar trouwen en waarschijnlijk nog meer kinderen krijgen terwijl hij, de eerstgeborene, alles verspeeld heeft. Hij zal helemaal niets meer hebben, als een bedelaar zal hij naar Wiesbaden moeten lopen, en wat hem daar te wachten staat is onzeker. Zeker niets goeds. Hij heeft Hilde immers geschreven dat alles voorbij is – dus waarom zou ze op hem wachten? Waarom zou ze verdriet hebben om een man die haar eerst allerlei beloftes doet en haar vervolgens wreed met een kort briefje de bons geeft? O nee, zo is Hilde niet. Het is heel goed mogelijk dat ze allang een ander heeft. Ze is aantrekkelijk en wordt door vele mannen aanbeden, dat weet hij. Hij heeft het zo gewild, heeft haar vrijgelaten, ze heeft alle recht om op zoek te gaan naar een ander. Hij stelt zich voor hoe hij, zonder een cent op zak, door de Wilhelmstraße loopt en voor Café Engel blijft staan. Door het raam een jong paar ziet, verstrengeld in een innige omhelzing. Hildes blonde haar straalt, brandt als fel zonlicht in zijn ogen.

O nee, die zielige rol zal hij niet spelen. De arme knul die te laat komt. Die zijn bruid aantreft in de armen van een ander.

Het is om gek van te worden, maar hoe hij het ook wendt of keert, het slimste lijkt het toch om de dingen op hun beloop te laten. Laat haar dat koekoeksei maar leggen, hij zal het opvoeden en landheer zijn. Ja, dat is de enige oplossing. Rustig blijven, zich niet laten verleiden door stommiteiten. Officieel en in de ogen van iedereen is hij de vader van dit kind en Pierrot moet maar zien wat hij doet.

Hij haat zichzelf erom. Zo heeft hij zich zijn leven niet voorgesteld, zo vol leugens en intriges. Alles heeft hij fout gedaan. Hij is Hilde kwijtgeraakt en ook Margot. Wat overblijft is enkel zijn landgoed, daar klampt hij zich aan vast, het is alles wat hem nog in leven houdt.

Hilde

Wiesbaden, september 1945

Het is niet meer zoals vroeger. Hilde weet niet of ze daar verdrietig of blij om moet zijn. De tijd blijft tenslotte niet stilstaan, ze is ouder geworden, heeft ervaringen opgedaan; het is heel normaal dat ze niet langer papa's kleine meisje is. Maar ergens heeft ze het gevoel dat ze weer precies in die rol teruggeduwd wordt.

'Ik ga, mama. We hebben suiker en cacao nodig. Vet zou ook niet verkeerd zijn, dat is ook bijna op…'

'Op de zwarte markt? Nee, Hilde. Dat wil papa niet.'

Ze rolt met haar ogen. Papa weer. Wil hij haar soms alles verbieden? Weet hij eigenlijk wel wie er destijds op aangedrongen heeft het café weer te openen? Dat was zij, Hilde. En niet mama, met wie hij nu de hele tijd samenspant.

'En wat wilt u onze gasten dan voorzetten, mama? Koffie hebben we ook weer nodig…'

Mama is chagrijnig. Ze beseft heel goed dat ze tussen Hilde en haar vader in staat en het constante bemiddelen en sussen werkt haar op de zenuwen.

'Julia zou vanmiddag wat koffie komen brengen. En Künzel heeft gisteren meerdere blikken en een kilo maïsmeel in de keuken neergezet.'

'Koffie en maïsmeel,' kermt Hilde. 'Daar kun je geen cake mee bakken. En in die blikken zit cornedbeef en gekookte kip.'

Mama zet een stapel gebruikte borden in de gootsteen en pakt de ketel met kokend water van het fornuis om daarvan wat in de wasbak te gieten. Natuurlijk is ze weer vergeten om de stop erin te doen, waardoor het water meteen wegloopt.

'Laat me nu eindelijk met rust, Hilde,' zegt ze boos. 'Ik heb werk te doen. Papa wil niet dat je naar de zwarte markt gaat en daarmee uit!'

Beledigd loopt Hilde weg, ze veegt de tafelkleden in het café schoon en verzamelt de bloemenvazen, om nieuwe boeketjes te schikken. Dat ze daarbij begint te huilen, vindt ze zelf ook stom. Het is toch fijn dat papa weer bij hen is. Ze was zo verschrikkelijk blij toen hij plotseling voor het café gestaan had, helemaal gek van geluk was ze. Dat ze nu weer in haar eigen kamer slaapt, omdat papa bij mama in het echtelijk bed ligt, is vanzelfsprekend. Ook al mist ze de vertrouwde gesprekken 's avonds en 's ochtends met mama. Maar dat zijn futiliteiten, ze is tenslotte volwassen.

Wat haar echt stoort is het feit dat mama nu alle zakelijke dingen niet meer met haar maar alleen nog maar met papa bespreekt. Dat klopt niet, vindt Hilde. Acht maanden lang was zij mama's vertrouweling, samen droegen ze de verantwoordelijkheid voor het café en voor de bewoners van het huis, alles bespraken ze met elkaar en Hilde wist menig goed idee tot uitvoer te brengen. Maar dat is nu allemaal verleden tijd. Sinds papa er weer is, staat alles op een zacht pitje. Dansavonden, die ze eerder drie keer per week hadden, zijn er nu alleen nog maar op zondagmiddag. Het scheutje drank in de koffie, dat bij vele gasten zo geliefd was, heeft papa afgeschaft omdat hij bang is voor de alcoholcontroles van de Amerikanen. Terwijl die Ami's zelf ook niet vies zijn van een kopje thee met een scheutje als ze komen dansen. En de extraatjes die ze soms op de zwarte markt voor mama's bakkerij weet te bemachtigen – jam, rozijnen, chocolade en cacao – kan mama nu dus ook wel vergeten. Alles om maar geen problemen te krijgen. Papa is als de dood dat zijn dochtertje door de Ami's betrapt wordt en in de gevangenis belandt.

'Decoreer jij de tafeltjes maar mooi, Hildje,' zegt hij betuttelend tegen haar. 'En zolang onze Finchen nog niet terug is, mag je ook serveren. Dat doe je heel goed, meiske van me...'

Dat ze ook de afwas mag doen en elke avond de stoelen op de tafeltjes mag zetten en mag vegen en drie keer per week mag dweilen – dat vermeldt papa er voor het gemak niet bij. Dat hoort er nu eenmaal bij als je een café hebt. Vroeger hadden ze daar een meisje voor, maar op het moment moet elk dubbeltje omgedraaid worden en kunnen ze zich geen personeel veroorloven. Meestal helpt mama immers mee, en ook Julia Wemhöner maakt zich nuttig. Waarbij die laatste eigenlijk eerder in de weg loopt dan dat ze werkelijk meehelpt. Maar ze bedoelt het goed en bovendien heeft ze twee prachtige zomerjurken voor Hilde genaaid. Hopelijk houdt het warme zomerweer nog een tijdje aan, zodat ze de jurken lang kan dragen.

Waarbij de vraag rijst voor wie ze zich eigenlijk mooi moet maken. De Ami's die hier komen dansen vindt ze geen van allen leuk. Alois Gimpel flirt af en toe met haar en is echt een getalenteerde muzikant, maar alleen al bij de gedachte dat hij haar zou kussen wordt ze misselijk. En dan zijn er nog de twee Ami's die Künzel zogenaamd zangles geeft. Die komen afwisselend een keer per week tegen elven en blijven dan een goede twee uur boven, waarbij hooguit een half uur lang zangoefeningen te horen zijn. Twee knappe kerels, zwartharig, gespierd, de ene met diepblauwe ogen waarin je zou kunnen verdrinken. Künzel heeft altijd al een goede smaak gehad, maar Hilde voelt er niets voor om onder iemands duiven te schieten. En luitenant Peters is blijkbaar overgeplaatst – al wekenlang heeft ze niets meer van hem gehoord. Jammer. Hij was de enige die ze leuk vond. Ook al gedroeg hij zich die keer dat ze met Gisela was gaan dansen nogal merkwaardig. Meer dan merkwaardig. En hoewel ze die avond behoorlijk kwaad op hem was, toch heeft hij iets wat haar aanstaat. Toen Addi zo ziek was, heeft hij voortvarend geholpen. Ja, dat is het misschien. Josh Peters is een daadkrachtige man, iemand die niet zoveel zegt maar gewoon doet. Voor zover ze dat tenminste kan zeggen – zo goed heeft ze hem ook weer niet leren kennen.

Sindsdien is ze niet meer in de bar geweest. Ten eerste omdat ze het er niet leuk vond en ten tweede omdat ze bang was weggestuurd te worden. En nu papa er weer is kan ze dergelijke nachtelijke uitstapjes natuurlijk al helemaal vergeten.

Papa heeft inmiddels een voorlopige prothese gekregen, waarmee hij echter niet zo goed uit de voeten kan. Hij strompelt nog altijd rond op zijn krukken, foeterend dat de prothese de net geheelde wond weer opengereten heeft. Hilde heeft papa's beenstomp nog nooit gezien, dat voorrecht is alleen voorbehouden aan mama, die ook de wond verzorgt. Overdag zit hij beneden in het café, omringd door gasten en vrienden, die vanuit alle hoeken en gaten van de stad komen om 'Heinz van Café Engel' weer te zien. Als een koning zit hij daar dan tussen zijn hofhouding. Alle theatermensen komen weer naar het café, ook al hebben ze geen geld en kunnen ze zich hooguit een pepermuntthee veroorloven. Verdienen doen ze er dus niets mee, omdat papa zo goed is om de gasten op de pof te laten bestellen. Of hij trakteert op een rondje surrogaatkoffie en deelt koekjes uit.

Zelfs Künzel zei onlangs dat Heinz Koch al aardig op weg is om have en goed weg te geven. Ze zou de aasgieren al op het dak hebben zien zitten. Maar dat kan papa niets schelen. Hij luistert enthousiast als zijn vrienden plannen smeden voor theatervoorstellingen, of als het gaat over kerkconcerten in de kersttijd.

'Niet dat iemand geld heeft voor een concertkaartje,' zegt Alois Gimpel. 'Maar daar gaat het ook helemaal niet om. Wat hout voor de kachel, een briket of een pot jam. Dat kan ook. Als we maar weer kerstmuziek kunnen spelen.'

Artiesten zijn nu eenmaal dromers, denkt Hilde. Gaan voor een potje jam urenlang in een ijskoude kerk zitten om met bevroren vingers viool of klavecimbel te spelen. Maar misschien dat je juist in deze troosteloze tijd mensen nodig hebt die de wereld met licht en schoonheid vullen. Ook al is het maar voor een uurtje en ga je daarna weer met bevroren ledematen en een beginnende verkoudheid terug naar huis.

Waar Hilde zeker zonder gekund zou hebben, zijn de regelmatige bezoekjes van haar vriendin Gisela aan Café Engel. Meestal in gezelschap van haar Sammy, die nog altijd tot over zijn flaporen verliefd is op Gisela en haar overal als een schoothondje volgt. Maar soms is ze ook alleen, neemt plaats aan het tafeltje naast de taartvitrine en verwacht vanzelfsprekend dat Hilde erbij komt zitten. Maar dat doet ze alleen als er geen gasten zijn om te bedienen. Papa, die vooraan bij het raam resideert, begroet Gisela weliswaar beleefd, maar mag haar niet echt en heeft Hilde al meerdere keren op haar kop gegeven omdat een serveerster niet met een gast aan een tafeltje hoort te zitten.

Vandaag is Hilde alleen in het café, omdat haar ouders door mevrouw Knauss in haar automobiel naar het ziekenhuis gebracht zijn. Papa krijgt eindelijk zijn definitieve prothese en mama moet leren hoe ze hem kan helpen met het bevestigen van het kunstbeen. Alsof ze het kon ruiken, duikt Gisela op in het café. In een zachtblauw zomerpakje met bijpassende pumps en nylon naadkousen. Op haar vers gedraaide krullen draagt ze een kapje van lichtblauw vilt, dat aan de rechterkant golft, een creatie uit de mooie vooroorlogse tijd, die ze gegarandeerd ergens op de zwarte markt gekocht heeft.

'Ach, Hilde!' roept ze, terwijl ze aan haar lievelingstafeltje gaat zitten. 'Ik zit er helemaal doorheen. Heb je een koffie voor me? Een echte. En is er ook taart? Die van laatst was niet te eten. Sinds je vader er weer is, is jullie cake zo hard als een baksteen...'

Hilde zit niet echt te wachten op het bezoek en dat van die baksteen vindt ze behoorlijk overdreven. Hoewel de cake inderdaad wel een beetje hard was – geen wonder, aangezien mama nog maar een heel klein restje eipoeder over had.

'Ik moet buiten bedienen,' zegt ze kortaf. 'Maar neem vooral alvast plaats.'

Het is een smoesje, aangezien buiten alleen Hans Reblinger achter zijn gebruikelijke surrogaatkoffie zit, die Hilde in stilzwijgende verstandhouding – haar ouders zijn er immers niet – aangelengd heeft met een klein scheutje drank. Verdere gasten verwacht ze eigenlijk niet, omdat het weer inmiddels omgeslagen is. Er waait een koude wind en als ze pech hebben, gaat het straks ook nog regenen.

'Je ziet een beetje pips, Hilde,' zegt Gisela als ze haar de koffie brengt. 'Altijd maar in het café staan en bedienen – dat is toch geen leven. Je moet er eens uit, meid, anders kwijn je nog weg.'

Hilde haalt haar schouders op. Gisela heeft makkelijk praten, die leidt een vrij leven, laat zich noch door haar grootouders, noch door haar moeder iets vertellen.

'En jij lijkt me een beetje gestrest,' antwoordt ze. 'Waarom zit je er helemaal doorheen?'

Gisela drinkt eerst een slokje koffie, dan zet ze voorzichtig het kopje neer en leunt achterover op haar stoel. 'Ach, al dat papierwerk. Een verklaring hier, een stempel daar, overal moet je drie keer achteraan, omdat niemand verantwoordelijk is, en heb je wel eindelijk de juiste persoon gevonden, dan heeft die net middagpauze… Ik ben er helemaal klaar mee!'

Ze spreidt de vingers van haar linkerhand, zodat de gouden ring beter tot zijn recht komt. Met briljant. Drie karaat. Minder was uiteraard geen optie. Hilde kent de ring, omdat Gisela hem minstens drie keer per week onder haar neus houdt, en dus kijkt ze al niet eens meer.

'We willen hier in Wiesbaden trouwen, weet je, en als Sammy's diensttijd er dan op zit, vliegen we samen naar Amerika, naar zijn ouders.'

Dat ze willen trouwen is nieuw, maar was te verwachten. Hilde voelt geen jaloezie. Of Gisela daar in Amerika gelukkig zal worden met die aardige maar vreselijk kinderlijke jongen, valt nog te bezien. Hilde vermoedt dat Gisela die arme jongen alleen maar het hoofd op hol gebracht heeft om hier weg te kunnen komen.

'Naar Los Angeles?'

'Uiteraard. Dan stuur ik je een kaartje vanuit Hollywood, Hilde. Eerst zullen we nog bij zijn ouders wonen, die hebben daar een restaurant of zo. Maar Sammy wil graag iets voor zichzelf zoeken en ik zal hem daarbij natuurlijk ondersteunen…'

'En je moeder dan?'

Hilde moet het vragen, ook al weet ze dat Gisela niet graag over haar moeder praat. Ook nu weer rolt ze met haar ogen en doet alsof het een stomme vraag is.

'Mijn moeder?' zegt ze kregel. 'Daar zorgen mijn grootouders voor. Ze ligt de hele dag alleen nog maar in bed, Hilde. We moeten haar voeren als een baby. Denk je nu echt dat ik zin heb om dag in, dag uit voor mijn moeder te zorgen en mijn eigen leven te verwaarlozen? Nee, echt niet. Bovendien herkent ze me al niet eens meer. Praat alleen nog maar met papa, waarbij ze zo raar met haar handen beweegt…'

Hoewel Gisela haar gezicht achter haar koffiekopje verstopt, heeft Hilde toch gezien dat ze tranen in haar ogen heeft. Zo koel als ze doet, is haar vriendin helemaal niet. Ze mag het dan nooit goed hebben kunnen vinden met haar moeder, zo'n tragisch einde grijpt haar toch aan.

'Wat erg, Gisela...' zegt ze, terwijl ze haar over haar schouder streelt. 'Ik hoop maar voor jullie dat ze niet lang meer hoeft te lijden en vredig zal inslapen.'

Gisela knikt, dan schraapt ze haar keel, pakt een zakdoekje uit haar tas en snuit haar neus.

'We trouwen in oktober. Voor de wet, uiteraard. Het kerkelijk huwelijk zal daar plaatsvinden – Sammy's ouders zijn blijkbaar lid van een of andere bijzonder christelijke gemeente, waar bruiloften met meer dan honderd gasten gevierd worden. Ze sturen me wit satijn en Wemhöner gaat mijn trouwjurk naaien... Is het niet geweldig?'

Nu wordt Hilde toch wel een beetje jaloers. Een trouwjurk is iets heel bijzonders, omdat je die slechts één keer in je leven draagt. De mooiste dag in het leven van een vrouw, zeggen ze. De dag waarop ze de koningin is en door al haar vrienden bewonderd wordt. Ach ja, als Jean-Jacques niet zo'n ellendige zak en slappeling was, zou zij nu ook in een witte jurk naar het gemeentehuis kunnen. Hoewel dat dan wel een summiere bruiloft zou zijn, omdat alles hier in Duitsland zo schaars is. Een heel bruiloftsgezelschap te eten geven... wie kan zich dat nou veroorloven?

'Weet je, Sammy en ik dachten dat we na het huwelijk misschien een klein feestje zouden kunnen geven in Café Engel,' onderbreekt Gisela haar gedachten. 'Niets groots, hoor. Alleen een paar vrienden van Sammy en drie of vier meisjes die ik goed ken.'

Dat moet er nog bijkomen, is Hildes eerste gedachte. Het gelukkige bruidspaar dat hier in Café Engel komt feesten, onder mijn neus. Nee, daar ga ik niet in mee. Maar dan realiseert ze zich dat Sammy waarschijnlijk goed zal betalen en zelf voor het eten zal zorgen. Zaken zijn zaken en Hilde is haar hele leven lang al gewend om aan het café te denken.

'Ik zal het er eens met papa over hebben,' zegt ze voorzichtig. 'Maar ik ga ervan uit dat het wel moet kunnen.'

Gisela heeft allang gemerkt dat hier een andere wind waait sinds Hildes vader teruggekomen is. Ze belooft echte koffie, witbrood en blikjes zalm, ragout en andere lekkernijen. Een paar hapjes, ook Elses beroemde slagroomrolletjes met een laagje chocolade en natuurlijk iets 'fatsoenlijks' om te drinken. Champagne en wat sterker spul, zoals Sammy's vrienden dat gewend zijn.

Het water loopt Hilde in de mond bij het opsommen van al die lekkernijen. Zalm. Ragout. Witbrood. Slagroom. Het klinkt hemels allemaal.

'Dat is dan geregeld,' zegt Gisela opgewekt. 'En hoe zit het met jou, Hilde? Waarom ben jij nog steeds alleen?'

Hilde haalt haar schouders op en doet onverschillig. Maar natuurlijk heeft haar vriendin haar door.

'Hoe zit het met die luitenant Peters? Die vond je toch leuk, of niet? En als ik me niet vergis was dat wederzijds.'

'Geen idee... Heb hem al eeuwen niet meer gezien.'

Dat er niets gebeurd is toen hij haar destijds van de bar naar huis gebracht heeft, wilde Gisela niet geloven. 'Of hij is homo, of hij heeft echt serieuze bedoelingen,' was haar commentaar.

'Misschien heeft hij alleen maar een klein duwtje nodig,' peinst Gisela nu. 'Ik kom er wel achter, Hilde. Ik kan het niet langer aanzien hoe jij hier zo eenzaam wegkwijnt. Weet je wat, ik zal die verlegen Josh eens een beetje aansporen.'

'Overdrijf nu niet,' waarschuwt Hilde, die zich wat ongemakkelijk voelt bij Gisela's enthousiasme. 'Zonder hem red ik het ook prima.'

'Onzin... Je moet het ijzer smeden als het heet is. Als hij straks wordt overgeplaatst naar Verweggistan is het te laat!'

Ze staat op, omhelst Hilde zusterlijk en legt royaal een heel pakje sigaretten op tafel bij wijze van betaling voor de koffie. Buiten is het gaan regenen, Hans Reblinger komt al met zijn kopje koffie door de draaideur het café in en Gisela pakt een van de grote paraplu's die hier altijd in een paraplustandaard staan, omdat iemand ze vergeten is. Hilde haast zich met haar naar buiten om de tafelkleden en parasols naar binnen te halen.

Haar ouders komen pas 's middags terug en hebben vooralsnog geen interesse voor Hildes nieuws. Ze hebben urenlang moeten wachten in het ziekenhuis, waarna er problemen waren met het kunstbeen, omdat het blijkbaar verkeerd was opgemeten en twee centimeter te lang was. Na uitgebreid aanpassen, bijslijpen van de prothese en verdere aanpassingen, had papa eindelijk een paar stappen kunnen lopen, zij het niet zonder pijn.

'Daar zult u aan moeten wennen, meneer Koch,' had de dokter gezegd. 'Zo vergaat het iedereen. Fantoompijn. Uiteindelijk gaat het wel over.'

Maar papa heeft geen fantoompijn, maar echte pijn, omdat de prothese knelt en tegen het litteken aan schuurt. Mama ziet er behoorlijk gefrustreerd uit, het urenlange wachten en het gejammer van haar geliefde man zijn haar niet in de koude kleren gaan zitten. Hilde snapt het wel. Papa is een vrolijke en sociale man. Als hij gezond is straalt hij opgewektheid uit, met zijn artistieke vrienden om hem heen is hij een man vol ideeën, een trooster, een steun en toeverlaat. Maar als hij ook maar een beetje verkouden is of pijn in zijn rug heeft, zit hij plotseling vol zelfbeklag en moet mama voor verpleegster spelen. En nu, nu het echt slecht met hem gaat, kan hij alleen nog maar jammeren.

'Terwijl er veel ergere gevallen zijn,' zegt mama tegen Hilde, nadat ze papa samen naar boven en naar bed gebracht hebben. 'Arme jonge knullen die beide armen kwijt zijn. Met kapotgeschoten gezichten. Of blind... Ach, wat heeft die vervloekte oorlog ons toch allemaal veel ellende gebracht. Verderop in de Wilhelmstraße zitten ze al te bedelen...'

Ze denken allebei hetzelfde, maar spreken het niet uit. Er is nog steeds geen nieuws van Hildes broers. Wie weet hoe het met August en Willi is.

'En toch,' zegt mama dan zacht. 'Als ze maar terugkomen...'

Hilde wacht nog even, voordat ze met Gisela's nieuws komt. Er is weinig te doen in het café, de regen houdt de gasten weg, bovendien heeft mama niets kunnen bakken, omdat er geen suiker of meel meer is, en het eipoeder is ook op. Hilde zegt niets, haar ouders moeten zelf maar tot de conclusie komen dat het café zonder de zwarte markt geen bestaansrecht heeft.

Later komt Addi ook naar beneden, hij drinkt een kopje thee en kijkt bedrukt voor zich uit. Sinds hij ontslagen is uit het ziekenhuis is er constant onenigheid tussen hem en Julia Wemhöner. Wat echt jammer is, aangezien iedereen dacht dat die twee nu eindelijk een paar zouden worden. Maar in plaats daarvan hebben ze de hele tijd ruzie. Julia zit meestal in haar appartement te naaien, terwijl Addi met een somber gezicht rondloopt. Hilde heeft al gemerkt dat je hem het beste iets kunt laten doen. Een kozijn repareren. Of gordijnrails ophangen. Iets doen aan het klaptafeltje waar mama elke keer met haar vingers tussen komt. Aan papa hebben ze wat dat betreft niets, die heeft twee linkerhanden.

Hilde wacht geduldig tot papa uitgeslapen is, dan helpen ze hem de trap af, waarna hij beneden in het café op zijn vaste plekje bij het raam gaat zitten. Hilde serveert hem behendig een kopje echte koffie en houdt de opmerking dat er vandaag geen cake in zit voorlopig maar even voor zich.

De geurende, hete koffie doet papa duidelijk goed. 'Jammer dat het regent,' zegt hij. 'Alois had eigenlijk willen komen, samen met Ida en twee zangers. Om wat aria's uit te proberen... Voor het concert in november in de Marktkirche...'

Hilde komt bij hem zitten en zegt dat ze zich erg op het concert verheugt. Wat niet waar is, omdat ze niet van kerkaria's houdt en al helemaal niet van orgelmuziek. Maar dat houdt ze voor zichzelf.

'Gisela was hier vanochtend, papa. Ze gaat trouwen met haar Amerikaanse verloofde.'

Papa trekt zijn wenkbrauwen op en vraagt of dat die magere knul met die flaporen is.

'Sammy is heel lief, papa. Zijn ouders hebben blijkbaar een restaurant in Los Angeles. Vlak bij Hollywood, waar alle grote filmsterren wonen...'

Helaas verstoort net op dat moment een trekkende pijn in zijn been papa's humeur; hij vertrekt zijn gezicht en gaat anders zitten, wat echter duidelijk niet helpt.

'Was zij niet verloofd met Joachim Brand?' vraagt hij nu.

'Klopt... Maar ik geloof dat dat meer platonisch was...'

Een grove leugen, omdat Hilde weet van Gisela's bedervaringen. Platonisch was de relatie tussen haar en Joachim zeker niet. Eerder wat lauw, misschien. Niet de grote liefde, maar alleen omdat het zo gelopen was...

'Ik vind het niet netjes van haar om nu alweer met een ander te trouwen,' zegt papa, terwijl hij over zijn knie wrijft. 'Wat nou als Joachim terugkomt?'

'Ach, die vindt heus ook wel weer iemand anders, papa. Er zijn zo veel meisjes die op iemand als Joachim wachten...'

Papa zegt niets, kijkt door het raam naar de grauwe, verregende straat. Verderop bij het theater staat een groepje bezettingssoldaten, waarschijnlijk wordt het gebouw uitgekamd, omdat zich daar telkens weer mensen ophouden die er niets te zoeken hebben.

'Gisela zou graag na hun huwelijk op het gemeentehuis een hapje bij ons komen eten. Heel ongedwongen. Met wat vrienden en vriendinnen...'

Papa kijkt haar niet eens aan. 'Hier, in Café Engel?' vraagt hij.

'Ja. Waarbij zijzelf dan uiteraard voor het eten zouden zorgen. Witbrood en zalm en ook alles wat mama nodig heeft voor haar slagroomrolletjes...'

'Geen sprake van,' zegt papa, terwijl hij kordaat zijn hoofd schudt. 'Wat zullen onze vrienden wel niet denken als we hier een Ami-feestje vieren? Of het nog niet erg genoeg is dat ze hier elke zondag komen dansen. En dan willen ze waarschijnlijk ook nog whisky en gin en dat soort zaken drinken, wat wij helemaal niet mogen schenken. Nee, nee. Dan zijn we binnen de kortste keren onze vergunning kwijt...'

Dat ging niet helemaal zoals gepland. Hilde staat op en loopt naar de keuken, ze beseft maar al te goed dat papa nu toch niet over te halen is.

Mama staat achter het fornuis de avondsoep te koken: gort, groenten en een bouillonblokje. De blikken die Künzel meegenomen heeft, zijn voor de hele week, die laat ze nog dicht.

'Klopt dat echt?' vraagt ze aan Hilde. 'Van dat witbrood en die zalm en zo? En slagroom?'

'En ragout. Dat heeft Gisela me beloofd...'

'Dan zal ik ook nog eens met hem praten...'

'Ik wens u veel succes!'

Hilde loopt naar boven, naar het appartement, en knalt de deur achter zich dicht. Het is mooi geweest vandaag. Gisela als gelukkige bruid. Papa's gejammer en zijn koppigheid. Die vervloekte regen, en dan ook nog Gisela's stomme opmerkingen. Wat nou, 'wegkwijnen'?

Maar Gisela heeft natuurlijk wel gelijk, ze werkt zich een slag in de rondte voor het café en niemand die haar eens bedankt. Ze is er klaar mee, ze wil ook wel eens een beetje leven. Een beetje plezier hebben. Flirten. Gaan wandelen met een man. Daar kan ze toch moeilijk mee wachten tot ze oud en rimpelig is.

De eerste enigszins goed uitziende man is voor mij, denkt ze. Punt uit. Gewoon om te weten of ik überhaupt nog leef.

Julia

Wiesbaden, juli-augustus 1945

Het valt niet mee met Marianne. Niet dat ze slecht naait, nee, ze doet behoorlijk haar best en haar zomen zijn acceptabel. Niet helemaal precies, tijdens de opleiding zou Julia ervoor op haar kop gekregen hebben, maar het gaat er tenslotte om waar het kledingstuk voor bedoeld is. Julia heeft gewoon moeten omdenken. Was het in het theater zo dat ze kostuums moest naaien waarin de artiesten transformeerden in hun rol, nu gaat het erom dat ze vakkundig kleding repareert, stoffen omkeert of een compleet pak met vest uit vaders goede jas naait voor zijn tienjarige zoon. Iedereen is meer dan tevreden met haar werk en ze komt om in de opdrachten. Wat ook komt doordat ze het niet over haar hart kan verkrijgen om vaste prijzen te vragen. Ze accepteert wat men haar aanbiedt, vaak niet meer dan een paar rijksmark, die amper nog wat waard zijn. Alleen haar rijkere klanten willen ook nog wel eens ongevraagd koffie, sigaretten of levensmiddelen meebrengen.

'Ik zeg het u voor de honderdste keer, lieve juffrouw Wemhöner: u bent veel te goedkoop. Een hele zomerjurk, inclusief hoedje en bijpassende ceintuur voor net iets meer dan drie rijksmark en een zakje melkpoeder. Zo komt u nooit ergens. Mijn zwager in Hamburg, die heeft een zus, en haar vriendin kan ook zo goed naaien, maar die vraagt...'

Dit dus. Dit eeuwige, onafgebroken, stomvervelende geklets. Marianne Storbeck kan niet naaien zonder te praten en wanneer de sluizen van haar spraakzaamheid eenmaal openstaan, dan houdt ze niet meer op. Over haar uitgebreide familie, waarin steeds maar weer nieuwe kinderen geboren worden. Over haar vrouwelijke kwaaltjes. Over de mensen in de naburige Webergasse. Over dat vreselijke moment dat ze in de schuilkelder zaten en beseften dat het gebouw boven hun hoofd geraakt was.

'U kunt zich niet voorstellen hoe dat voelde, juffrouw Wemhöner. Denken dat je laatste uurtje geslagen heeft...'

Op dergelijke opmerkingen gaat Julia maar niet in. Ze verbaast zich enkel over het feit dat Marianne altijd alleen maar over haar eigen lijden praat en daarbij blijkbaar vergeten is dat ook andere mensen tijdens deze oorlog ellende, angst en gevaar meegemaakt hebben. Je hoeft alleen maar naar buiten te kijken om de oorlogsinvaliden te zien die in de Wilhelmstraße zitten te bedelen. Aan de gedeporteerde Joden wil Julia liever niet eens denken, dan voelt ze zich alleen maar schuldig, omdat zij het enorme geluk gehad heeft aan dat verschrikkelijke lot te ontkomen. Vooral omdat ze zulke goede vrienden heeft. Zonder hen was ze verloren geweest.

Het lastigst was Mariannes geklets toen Addi nog in het ziekenhuis tegen zijn longontsteking lag te vechten. Drie keer in de week was het 's middags bezoekuur, dan ging ze bij hem langs met lekkers van de zwarte markt, waarbij ze telkens erg teleurgesteld was als hij beweerde geen honger te hebben. Hij wilde steeds alleen wat eten als zij ook wat nam, het is nu eenmaal een stijfkop, Addi. Wanneer ze dan over haar naaiwerk gebogen zat, vond ze het heerlijk om aan hem te denken, aan hun nieuwe, zo onverwacht tedere relatie, die meer en meer tot een liefde leek uit te groeien. Niets was bij dergelijke gedachten storender dan Mariannes vervelende, inhoudsloze spraakwaterval.

Eind juli had ze twee dagen tot rust kunnen komen, omdat Marianne Storbeck toen haar man bezocht had in het kamp in Darmstadt. Toen was het voor het eerst ook wat beter gegaan met Addi, had hij mogen opstaan uit bed en wat mogen rondlopen. Bij mooi weer had hij zelfs naar het park gemogen, waarbij Julia hem uiteraard begeleid had. Hij was dun geworden, liep anders dan vroeger. Heel langzaam en stijf, telkens weer was hij blijven staan om om zich heen te kijken.

'Wat is het mooi,' zei hij. 'Die weidse lucht. Het diepe groen van de bomen. En jij bent bij me...'

Hij bleef maar zeggen dat hij een tweede leven cadeau gekregen had. Ontroerd antwoordde ze dan dat zij dat precies zo ervoer.

'Als je straks weer thuis bent, Addi...'

'Nog maar een paar dagen, heeft de dokter gezegd... Omdat mijn long blijkbaar nog steeds geluiden maakt... Het schijnt er te fluiten als in een kachelpijp...'

Maar zodra Marianne weer bij haar zit, zomen naait en haar koffie drinkt, moet Julia boeten voor die twee rustige dagen, omdat Marianne zo ontdaan is.

'U kunt zich niet voorstellen hoe het daar is. Overal viezigheid. Ongedierte. Een stank als in een beerput. Ik moest echt vechten tegen de tranen toen ik mijn Wilfried daar zo zag...'

Eigenlijk wil Julia de daaropvolgende, gedetailleerde beschrijving helemaal niet horen, maar Marianne is nu op dreef en bespaart haar niets. Terwijl ze niet eens in de barak was waarin haar man ondergebracht is, maar in een gebouwtje waarin de bezoekers ontvangen mogen worden. Wilfried wist zijn lijden echter uitvoerig te beschrijven en dan zag hij er ook nog eens zo uitgemergeld en vreselijk haveloos uit.

'Een man die het opgegeven heeft,' zucht mevrouw Storbeck, terwijl ze een nieuwe draad in de naald doet. 'U had zijn ogen moeten zien, juffrouw Wemhöner. Zo mat en wanhopig. Alsof hij zichzelf al op zijn doodsbed zag liggen...'

Julia kan zich Wilfried Storbecks ogen niet meer zo goed herinneren. Wel weet ze dat hij vroeger voor de gemeente werkte en dat hij die baan meteen na de intocht van de Amerikanen kwijtgeraakt is.

'Ach, juffrouw Wemhöner, u bent toch een empathisch mens,' kletst Marianne, terwijl ze verder naait aan de zoom van Ida Lehnhardts herfstpakje, dat ze van Knauss gekregen heeft. 'U begrijpt vast hoe ik me voel. Ik heb immers alleen Wilfried maar, hij is mijn alles, verder heb ik niemand op deze wereld...'

Van de uitgebreide familie is plotseling geen sprake meer. Ze begint te vertellen over hun begintijd, over Wilfrieds huwelijksaanzoek en over hun huwelijksreis naar Rüdesheim am Rhein. Wilfried Storbeck als verlegen jongeman en liefdevolle jonge echtgenoot – niet te geloven, wat Julia allemaal te horen krijgt.

'Hij heeft me een briefje meegegeven, juffrouw Wemhöner. Als u dat zou willen overschrijven en uw handtekening eronder zou willen zetten... Het zijn maar een paar woorden... Mijn god, dan zou hij gered zijn. Dan zou hij niet in langer in dat verschrikkelijke kamp hoeven wegkwijnen...'

Ze trekt een opgevouwen blad papier uit de zak van haar rok, dat daar zo te zien al een hele tijd gezeten heeft. Julia pakt het aan en legt het opzij, omdat ze het later in alle rust wil lezen.

De rest van die avond moet Julia in eindeloze variaties aanhoren dat Wilfried Storbeck een idealist is, die eerlijk en oprecht in het nationaalsocialisme geloofde. Die zijn beste jaren aan deze zaak gegeven heeft en nu als bedrieger gezien wordt en zelfs als misdadiger. Dat de wereld zo onrechtvaardig is, dat zou toch niet moeten mogen...

Julia is maar wat blij als Marianne tegen tienen eindelijk naar beneden gaat, zij het niet zonder haar er nog een keer op te wijzen dat haar lot, en vooral dat van die arme Wilfried, volledig in Julia's handen ligt.

Als ze weg is, bekijkt Julia het briefje en leest de volgende zinnen:

Hiermee bevestig ik, Julia Wemhöner, Jodin, dat Wilfried Storbeck tijdens de heerschappij van de nationaalsocialisten op de hoogte was van mijn verstopplek in het huis aan de Wilhelmstraße 75, maar dat hij mij nooit verraden heeft.

Julia Wemhöner, voormalige costumière bij het Staatstheater Wiesbaden

Julia Wemhöner mag dan wat dromerig zijn – achterlijk is ze niet. Ze begrijpt maar al te goed dat het de bedoeling is dat zij verrader en fanatieke partijgenoot Wilfried Storbeck met een leugen uit het interneringskamp moet helpen komen, en dat zint haar helemaal niet. Ze kan Storbeck niet uitstaan en als ook maar de helft van wat Addi allemaal over hem vertelt klopt, dan heeft hij een langer verblijf in het kamp terecht verdiend.

Aan de andere kant: wie is zij om een ander mens te straffen voor zijn wandaden? Julia is niet gelovig, noch het christelijk geloof waartoe haar ouders zich bekeerd hadden, noch de Joodse religie heeft ooit iets voor haar betekend. Maar ze is wel van mening dat het slechte niet de wereld uit geholpen wordt door het met iets slechts te vergelden. Wie dat doet stelt zichzelf op hetzelfde niveau als de wandader. Geen kampen meer, denkt ze. Noch voor de een, noch voor de ander. Het moet nu eindelijk maar eens klaar zijn.

Bovendien treft het ook Marianne. Hoewel Julia geen bijzondere sympathie voelt voor deze vrouw, heeft Marianne Storbeck haar nooit iets gedaan en haar wanhoop ontroert haar toch.

Ze pakt het blaadje er nog eens bij, strijkt het glad, leest het nog een keer door en legt het dan weer weg. Dan bedenkt ze dat ze morgen samen met Else Addi's appartement wil opruimen, omdat hij immers gauw naar huis komt. Een groot gevoel van geluk vervult haar.

Wat weet ik er nu van, denkt ze. Misschien wist hij het echt wel, wie zal het zeggen. Ik ben niet iemand die wraak neemt. Dat kan ik niet en dat wil ik ook niet. Ze zoekt haar briefpapier, schroeft de dop van haar vulpen, die haar vader destijds nog voor haar gekocht heeft, en begint te schrijven. Zet de datum van vandaag erboven en ondertekent met zwierige hand. Zo. Dat zal ze Marianne morgen geven, waarbij ze haar zal vragen er niet over te praten. Dat vooral. Ze zou het pijnlijk vinden als de andere huisbewoners ervan zouden weten. Die nacht slaapt ze rustig en tevreden; ondanks haar leugen heeft ze een rein geweten, omdat ze een mens in nood geholpen heeft.

Een week later staat Addi plotseling voor haar deur. Hij grijnst omdat ze hem zo geschrokken aankijkt, aangezien ze van plan geweest was om hem af te halen. Hem bij te staan, zijn tas te dragen, zodat hij zich niet te veel inspant.

'Het gaat prima met me,' zegt hij en hij hoest. 'Ben met de tram gekomen, die rijdt weer.'

'Maar... maar ik wilde toch iets voor je koken... En ik heb ook nog niet gelucht hiernaast.'

'Allemaal niet belangrijk. Laat me je nu eerst eens even begroeten, meiske!'

Hij neemt haar in zijn armen en drukt haar tegen zich aan, waarbij hij over haar schouder de woonkamer in kijkt en Marianne ziet zitten, die verlegen naar hem glimlacht.

'Ach, je hebt bezoek,' concludeert hij teleurgesteld. 'Morgen, mevrouw Storbeck. Woont u hier nog steeds?'

'Maar Addi...' fluistert Julia.

Marianne wordt nog verlegener en laat haar schaar op de grond vallen. 'Goedemorgen, meneer Dobscher...'

'Ze helpt me met het werk,' legt Julia uit. 'Zonder Marianne zou het me allemaal niet lukken...'

'Nou ja!' zegt Addi luid. 'Dan wil ik jullie verder niet storen. Als je straks tijd hebt, kom dan even langs. Ik wilde je iets vertellen.'

'Ja, natuurlijk. Ik kom zo.'

Als ze de deur achter hem sluit, is ze teleurgesteld. Ze had zich zijn thuiskomst zoveel mooier voorgesteld. Ze wilde de tafel voor hem dekken, bloemen neerzetten, iets lekkers koken of tenminste bij Else beneden een stuk cake halen. Hij moet toch weten dat ze huishoudelijke talenten heeft. Ze mag dan wat onhandig zijn, ze wil wel graag moeite doen. Voor hem.

'Ik hoop niet dat meneer Dobscher nu boos op u is,' zegt Marianne. 'Ik weet heus wel dat hij iets tegen mijn Wilfried heeft...'

'Maakt u zich maar geen zorgen,' zegt Julia verstrooid. 'Dat loopt wel los. Laat die zoom eens zien... Ja, prima. Daar hebt u erdoorheen gestoken, ziet u? Dat zult u helaas weer even los moeten halen en opnieuw moeten naaien...'

Ze pakt een paar spullen in een tas, die ze klaargelegd had voor Addi's thuiskomst – zeep, koffie, chocolade en nieuwe scheermesjes –, dan laat ze Marianne alleen verder werken en loopt naar het appartement van Addi.

Die heeft ondertussen de tafel feestelijk gedekt, zelfs een paar onderweg gejatte bloemen in een waterglas gezet, en het ruikt naar koffie. Koekjes zijn er ook – die heeft hij zich in het ziekenhuis uit de mond gespaard.

'Ga zitten, Julia. Ik ben zo bij je, ik pak alleen even de koffiepot.'

Ze voelt zich een beetje overvallen, maar wil in geen geval dat hij weer boos wordt, en dus gaat ze braaf op de voor haar bestemde stoel zitten en laat zich door hem bedienen.

'Als je eens wist hoe ik me hierop verheugd heb,' zegt hij. 'Dat wij hier met zijn tweeën met koffie en koekjes zitten. Zonder dat een van die tirannieke wijven zich ermee bemoeit. Ik zeg je één ding, Julia: verpleegsters zijn geboren sergeant-majoors.'

Ze lacht en zegt dat hij gelijk heeft. Dan pakt ze haar tas uit, in de verwachting dat hij blij is met alle spullen. Maar hij bedankt haar snel en een beetje lauw, dan legt hij alles op de commode en schuift haar het schoteltje met koekjes toe.

'Je hoeft toch niet zo veel voor me te kopen, Julia. En dan ook nog sigaretten...'

'Niet om te roken, Addi. Maar om te ruilen!'

'Koop liever iets voor jezelf.'

Nu is ze alweer teleurgesteld. Ze wil hem laten zien hoe graag ze hem mag, hem echt verwennen en cadeaus geven – maar hij wijst haar af.

'Ik verdien heel goed met het naaiwerk, weet je. Niet alleen geld, maar vooral levensmiddelen en andere dingen, zoals zeep of parfum. Uiteraard breng ik veel daarvan naar beneden, omdat Else immers voor ons allemaal kookt. Bovendien dank ik ook mijn leven aan hen...'

Addi trommelt met de vingers van zijn rechterhand op tafel en zegt dat hij blij is dat ze een goed inkomen heeft. 'Maar toch vind ik dat je wat minder moet werken, Julia. De godganse dag kleren naaien – dat kan alleen al voor je ogen niet goed zijn. Nu ben ik er weer, dus kun je je vanaf nu ook af en toe ontspannen, omdat ik immers voor je kan zorgen...'

Julia weet dat Addi een pensioen krijgt, maar dat hij daarmee op het moment niet ver komt, aangezien het geld weinig waard is. Als Else niet voor iedereen zou koken, zou het hem zelfs in zijn eentje al moeite kosten om rond te komen. Maar Julia snapt dat ze hem dat beter niet onder de neus kan wrijven.

'Bovendien heb je dan die Storbeck niet meer nodig,' gaat hij verder. 'Dat die heks zich bij je naar binnen geslijmd heeft, bevalt me helemaal niet. Laat haar ergens anders gaan schooien. Zeg haar meteen morgen maar dat je haar niet meer nodig hebt.'

Nu vindt Julia toch dat die lieve Addi te ver gaat. 'Dat kan ik niet doen, Addi. Ik heb opdrachten aangenomen die ik moet uitvoeren, en daarvoor heb ik Mariannes hulp nodig. Omdat zij alle tijdrovende en lastige karweitjes van me overneemt...'

Hij snuift ontevreden en zegt dat ze vroeger in het theater toch ook zonder Marianne kon.

'Toen waren we met zijn drieën, plus nog stagiaires, Addi. Bovendien heeft Marianne het geld nodig...'

'O, je betaalt haar ook nog? Terwijl ze ook al je koffie drinkt.'

'Natuurlijk betaal ik haar. Ze is mijn werkneemster, waarom zou ze voor niks werken?'

Het is allemaal erg nieuw voor hem. Jarenlang was Julia zijn beschermelinge, een schaduw in de opslagruimte, door Addi bewaakt en beschermd. En nu is ze plotseling een zelfstandige onderneemster, die zelfs iemand in dienst heeft. Het is Julia wel duidelijk dat deze verandering Addi helemaal niet bevalt. Zwijgend drinkt hij zijn koffie en schuift het schaaltje met koekjes heen en weer. Julia besluit voor de vorm ook maar een ziekenhuiskoekje te eten. Zodat hij maar niet boos op haar is.

'Nou ja, als de zaken er zo voor staan,' gromt hij na een tijdje, 'dan ben ik dus eigenlijk overbodig, of niet?'

'Hoe kom je daar nu bij?'

'Tja, omdat je het zonder mij heel goed lijkt te redden...'

Nu zou ze hem eigenlijk moeten zeggen dat ze van hem houdt. Dat ze hem nodig heeft, dat ze zonder hem niet wil leven en dat ze zich vreselijke zorgen om hem gemaakt heeft. Maar op de een of andere manier krijgt ze de woorden niet over haar lippen. Misschien omdat hij haar zo uitdagend aankijkt.

'Maar dat maakt jou toch niet overbodig, Addi,' zegt ze, en ze merkt zelf hoe geïrriteerd het klinkt. Ik kan maar beter gaan, denkt ze. Anders krijgen we zo nog ruzie.

'Ik moet weer terug... De jas voor mevrouw Klüsebeck...'

Hij kan zijn teleurstelling niet helemaal verbergen en doet ook geen moeite. 'Dan ga ik naar beneden. Heb Heinz nog helemaal niet gezien sinds hij terug is.'

Zo gaat het met de liefde, denkt Julia verdrietig, als ze weer achter de naaimachine zit en Mariannes spraakwaterval over zich heen laat komen. Zo jammer. De kamer lijkt plotseling heel donker, ze moet een lamp aandoen.

De daaropvolgende dagen vermijden ze elkaar. Addi zit bij Heinz Koch beneden in het café, waar ze praten over kerkconcerten en het theater dat weer moet worden opgebouwd, zodat er weer in kan worden gespeeld. Julia brengt de meeste tijd door in haar appartement achter de naaimachine, ze ontvangt klanten, heeft passessies, krijgt nieuwe opdrachten. Waaronder een heel bijzondere, waarop ze apetrots is. Ze mag een trouwjurk naaien voor Hildes vriendin Gisela Warnecke, van wit satijn. Ze heeft al meerdere ontwerpen getekend, alleen over de lengte van de sleep is ze nog niet uit.

Als Julia voor het avondeten naar beneden gaat, naar het café, maakt ze zich nuttig door glazen op tafel te zetten of lepels uit te delen. Addi zit dan met een somber gezicht naast Heinz Koch, die ook al niet vrolijk is, omdat het met die prothese nog steeds niet echt wil lukken. Het zijn vooral Hilde en Sofia Künzel die praten, en ook Else heeft altijd wel iets te vertellen. De gevlekte hond zit meestal onder tafel, om vooral maar niets te missen. Meestal helpt Julia ook nog met de afwas, zodat Hilde zich ook eens kan ontspannen, omdat die immers al de hele middag in het café loopt te bedienen. Als ze klaar is en terug naar boven gaat, zit Addi vaak nog bij Heinz en Else, maar vandaag lopen ze elkaar zowaar tegen het lijf op de overloop.

'Druk?' vraagt Addi.

'Ja, de mensen hebben warme spullen nodig voor de win...'

Plotseling horen ze lawaai van boven uit het trappenhuis komen. Iemand hamert zo hard met zijn vuist tegen de houten balustrade dat het beneden te voelen is. Allebei blijven ze geschrokken staan en kijken naar boven.

'Ik zeg het je slechts één keer, Hilde. Knoop het in je oren: vingers af van mijn jongens! Anders is het klaar met de vriendschap!'

Het is Künzel. Lieve hemel, die is woedend! Hilde, anders altijd zo gevat, klinkt nu opeens heel bedeesd.

'Ik heb geen idee waar u het over hebt... Kan ik er wat aan doen dat hij mij op de koffie vraagt?'

'Ja, dat kun je!' antwoordt Künzel, met de volle kracht van haar dramatische sopraan. 'Hier in het trappenhuis staan, borsten half uit je blouse en rokje omhoog, om je jarretel recht te trekken... Ik ken die trucjes toch allemaal, meisje.'

'Wat verbeeldt u zich wel niet!' windt Hilde zich nu op. 'Denkt u nu echt dat ik wat zie in dat scharminkel? Die mag u lekker zelf houden!'

De huisdeur van de Kochs knalt dicht, dan horen ze de krachtige voetstappen van Künzel, die de trap naar haar appartement oploopt. Julia is vreselijk geschrokken van de luide woordenwisseling, maar dan hoort ze Addi lachen.

'Geweldig,' grinnikt hij. 'Als vrouwen ontploffen. Hyena's worden het dan. Sofa Künzel is niet iemand die zich de kaas van het brood laat eten. Haha...'

Omdat hij de zaak zo luchtig opvat, ontspant ook Julia zich weer wat. Ze glimlacht zwak. Even kijken ze elkaar in de ogen en plotseling voelt Julia dat het zeker nog niet over is. Sterker nog, dit zou wel eens een nieuw begin kunnen zijn. Het begin van hun liefde.

'Ik geloof dat ik wel even een beetje frisse lucht kan gebruiken...' zegt ze zacht.

'Ik ook,' antwoordt hij. 'Zullen we samen gaan?'

Het is al na achten, buiten is het donker, een koele avondwind blaast hun de eerste afgevallen bladeren tegemoet. Niet alle straatlantaarns in de Wilhelmstraße zijn alweer in gebruik, de gebouwen liggen in de schaduw, en met een beetje fantasie zou je je kunnen voorstellen dat het allemaal nog net zo is als vroeger. Het Kurpark, de hoge fontein, het witte Kurhaus met de ingemetselde spreuk 'Aquis Mattiacis' en de zuilengang. Het theater steekt als een silhouet af tegen de schemering, die barmhartig de bomschade verbergt.

Ze lopen naast elkaar en praten ontspannen over vroeger, toen zij nog kostuums voor hem naaide en hij – dat kan hij nu wel toegeven – haar stiekem aanbad.

'Het was wel altijd gek om zo in mijn ondergoed voor je te staan, terwijl jij je meetlint om me heen wikkelde...'

Ze giechelt, omdat zij destijds ook een beetje verliefd was. Op Don Giovanni. Later ook op Hans Sachs. Maar op hem was iedereen verliefd, zowel de jongere als de oudere toeschouwsters. Ze wierpen bloemen op het podium en brachten cadeaus naar de kleedkamer.

'Waarom heb je toen nooit iets gezegd?' vraagt ze.

Hij aarzelt, trekt haar onder de straatlantaarn vandaan en onder de platanen, omdat er verderop een groepje soldaten nadert. Zwijgend wachten ze tot de patrouille voorbijgemarcheerd is, en plotseling merkt Julia dat Addi haar hand gepakt heeft.

'Ik durfde niet,' bekent hij. 'Omdat ik me destijds al te oud vond voor je. Jij zag er altijd uit als een klein meisje. En dat vind ik nog steeds...'

Ze wil antwoorden dat ze al heel lang geen klein meisje meer is, maar zover komt het niet, omdat hij haar in zijn armen neemt en op de mond kust. Addi Dobscher heeft het gewaagd haar te kussen. En, o, wat een wonder, terwijl ze zijn lippen en tong voelt, wordt hij in haar fantasie weer die grote verleider en is het niet Addi die haar kust, maar de beruchte vrouwenheld Don Giovanni. Een kus die hartstocht opwekt en onder de oppervlakte smeulende verlangens wakker maakt.

'Neem me niet kwalijk... Ik wilde je niet overvallen...' murmelt hij in haar oor.

'Ik hou van overvallen...' fluistert ze. 'Doe het alsjeblieft nog een keer...'

Die nacht gaat ze met twee mannen naar bed. Eerst met de grote verleider Don Giovanni en daarna – tegen de ochtend – nog een keer met Addi Dobscher. Waarom ook niet – ze heeft tenslotte nogal wat in te halen.

'Wat ben je toch een wilde meid,' fluistert Addi in haar oor. Don Giovanni had het die avond wat respectvoller geformuleerd.

'Madame heeft een vurig temperament, ze is moeilijk te weerstaan...'

Maar natuurlijk is het Addi Dobscher die haar de volgende ochtend een huwelijksaanzoek doet. Het is het eerste in haar leven en ze is diep ontroerd. 'Voor Kerstmis nog? Maar ik heb geen jurk!'

'Dan naai je er maar een... Voor mijn part van een laken. En die vitrage zou een prachtige lange sluier zijn...'

Lachend belooft ze voor hem een pak van kolenzakken te maken, maar hij slaat het aanbod af, omdat hij nog een goede smoking in de kast heeft hangen.

Samen maken ze het ontbijt: Addi zet koffie, Julia dekt de tafel en snijdt de rest van het brood op. Erbij hebben ze boter en marmelade uit Julia's voorraad. Zo makkelijk kan het zijn, denkt Julia. Waarom maakten we ruzie? Waarom waren er misverstanden? Allemaal onnodig. Waar het om gaat is dat we van elkaar houden. De liefde lost alles op.

Addi kleedt zich aan om naar het gemeentehuis te gaan, hij wil spijkers met koppen slaan. Dan wordt er aangebeld – dat moet Marianne zijn, die komt werken. Addi vertrekt even zijn mond, hoewel hij inmiddels vrede heeft met Julia's hulpje.

Maar voor Julia's voordeur staat niet Marianne, maar Wilfried Storbeck. Hij is bleek, bijna kaal, zijn rimpelige wangen hangen. Hij houdt een doosje met een blauwe strik in zijn hand en knippert met zijn ogen, omdat hij er van ontroering tranen in heeft.

'Uit de grond van mijn hart,' zegt hij, terwijl hij haar het doosje voorhoudt. 'Uw brief heeft mij gered. Ik zal nooit vergeten wat u voor mij gedaan hebt, juffrouw Wemhöner. Nooit!'

Dan pas ziet hij Addi, die achter Julia opduikt in de gang, en hij verstomt. Doet een paar passen achteruit en loopt dan snel de trap af.

Addi staart naar het doosje met de blauwe strik, dan kijkt hij Julia aan. Ze ziet duidelijk hoe de blauwe ader bij zijn slaap begint te kloppen.

'Niet te geloven!' zegt hij.

'Maar… hij had immers hulp nodig…' stamelt ze.

Hij grijpt naar zijn hoofd en draait zich om. 'Hoe kan iemand zo stom zijn!' roept hij uit.

En met die woorden loopt hij naar zijn eigen appartement en slaat de deur achter zich dicht.

'Hoe kan iemand zo hardvochtig zijn!' roept ze hem boos na. Dan gaat ze op haar naaistoel zitten en begint van teleurstelling te snikken.

Luisa

Kassel, september 1945

Ze geloven haar niet. Verhoren haar telkens opnieuw, stellen steeds dezelfde vragen, wachten tot ze zichzelf tegenspreekt. Wat ze af en toe ook doet. Niet omdat ze liegt, maar omdat ze te moe is, slordig wordt en dingen met elkaar verwisselt.

'Dus u komt uit Mariënburg. Niet uit Stettin? De vorige keer zei u Stettin...'

'In Stettin heb ik een paar jaar gewoond. Maar ik ben geboren in Mariënburg...'

'Waar ligt dat?'

'In de buurt van Danzig...'

'Waarom zei u dan dat u in Stettin geboren bent?'

'Dat heb ik nooit gezegd...'

'Het staat hier toch echt in het verslag, mevrouw Koch.'

Ze is zo moe dat de kamer voor haar ogen begint te vervagen. Ook de grijsharige vrouw met het smalle gezicht wankelt voor haar ogen, alleen haar stem, monotoon en een beetje hees, klinkt nog in haar oren. Vragen, steeds maar weer vragen. Haar hoofd zit vol watten, ze kan de dingen amper nog uit elkaar houden. Mocht ze nu eindelijk maar weer terug naar haar cel.

'Beschrijft u uw ouderlijk huis eens. Huurde u? Had u een eigen huis? Waar stond het? Hoe heette de straat?'

Aanvankelijk begreep ze niet waarom ze zulke dingen vroegen, maar inmiddels is het duidelijk dat ze haar niet geloven. Ze denken dat haar papieren vervalst of gestolen zijn en dat ze in werkelijkheid de geliefde is van de man die zich Karl Brenner noemde. Dat ze hun veel over hem kan vertellen. Blijkbaar is hij nog in leven, zit hij ergens in een gevangeniscel, in afwachting van zijn proces. Ze vraagt niet naar hem, bang dat dat nadelig zou kunnen uitpakken.

'Ik ben geboren op een landgoed. Landgoed Tiplitz bij Mariënburg. Dat ligt ten westen van de Nogat. Het is een groot landgoed met een paardenfokkerij.'

Haar antwoord wordt door een jongeman op de schrijfmachine getypt. De grijsharige vrouw tegenover haar aan tafel draagt een uniform, hoewel ze geen officier lijkt te zijn, aangezien ze zich aan Luisa voorstelde als Mrs Marshall. Het is de vierde persoon die haar verhoort, voor haar werd Luisa ondervraagd door twee jongere officiers en een oudere officier. Eigenlijk zouden zich al bergen van verhoorverslagen moeten hebben opgestapeld, maar de map die al die tijd op tafel opengeslagen ligt, wordt noch dikker, noch dunner.

'Landgoed Tiplitz bij Mariënburg. Dat kunnen we natrekken, mevrouw Koch. Het landgoed zal er zeker nog zijn...'

Mrs Marshall bladert door de map en maakt een aantekening met een balpen. Dan kijkt ze Luisa met haar lichte, grijsblauwe ogen aan. De ogen van een onderwijzeres. Of een politie-inspecteur. Mrs Marshall is duidelijk een zeer intelligent iemand, die met verschillende middelen op haar doel afgaat en vastbesloten is om de waarheid boven tafel te krijgen.

'Ja, het landgoed bestaat zeker nog...' zegt Luisa bedachtzaam. 'Als de Russen het tenminste niet afgebrand hebben...'

De waakzame ogen van de vrouw tegenover haar worden even tot spleetjes geknepen. O jee, dat had ze misschien beter niet kunnen zeggen. Straks denkt Mrs Marshall nog dat ze hoopt dat landgoed Tiplitz is afgebrand, zodat ze niets meer kunnen controleren. Waarbij ze zeker weet dat Mrs Marshall bluft. De Amerikanen kunnen zoiets niet eens controleren, dat zegt ze alleen maar.

Mrs Marshall is behoorlijk vindingrijk, telkens weer weet ze Luisa in het nauw te drijven. Op sommige dagen is ze heel vriendelijk, dan biedt ze Luisa koffie en sigaretten aan en doet ze alsof ze die dag alleen maar een beetje met haar wil babbelen. Juist op die momenten moet ze bijzonder goed oppassen met wat ze zegt.

'Waarom ik zo goed Duits spreek? Nou, ik ben in Duitsland opgegroeid en naar school gegaan...'

Ze vertelt Luisa dat ze in Hannover woonde en als kind altijd graag door de tuinen van de herenhuizen liep. Dat ze inmiddels Amerikaans staatsburger is en op een advertentie gereageerd heeft om hier in Duitsland te komen werken. Het Amerikaanse leger is dringend op zoek naar mensen die goed Duits spreken.

Luisa vraagt niet waarom Mrs Marshall destijds naar Amerika geëmigreerd is. Mogelijk dat dit niets met het Derde Rijk te maken had. Maar het kan ook zijn dat ze een Jodin is en dat familieleden van haar zijn omgekomen in een van de concentratiekampen. Als dat zo is, dan zal ze de Duitsers vanuit het diepst van haar hart haten. En terecht.

Hier in het gevangenenkamp staat een barak waarin foto's van die kampen zijn opgehangen. Hun bewakers hebben ervoor gezorgd dat ze die foto's bekeken hebben. Onvoorstelbare beelden, het is amper te geloven dat ze de waarheid tonen. Maar Amerikaanse soldaten hebben deze foto's gemaakt in de Duitse concentratiekampen. Luisa is volledig van haar stuk. Als ze teruggebracht wordt naar haar cel, gaat ze op haar bed liggen en huilt.

'Allemaal in scène gezet,' hoort ze een van haar celgenoten zeggen. 'Zoiets hebben ze echt niet gedaan. Het zijn gewoon foto's uit Rusland. Russen doen dat soort dingen. Maar wij toch niet...'

Maria Lauer was leidster bij de Bund Deutscher Mädel, bereidde daar de jonge meisje voor op hun rol als echtgenote en moeder, zong en sportte met ze. Vierde feesten met ze en stuurde ze ten slotte de oorlog in om te assisteren bij de luchtafweer. Toen Luisa haar vertelde dat ze in Stettin geen lid was van de plaatselijke BDM, was Maria behoorlijk verontwaardigd.

De derde celgenoot is Ortrud Hilsch, die opzichtster was in een kamp voor Poolse dwangarbeidsters. Ze komt uit Westfalen, praat weinig en zit meestal op haar bed naar haar handen te staren. Ortrud is forsgebouwd en heeft grote, brede handen, als van een boer.

'Zou best kunnen dat het waar is...' zegt ze na een tijdje langzaam.

‘Heb erover gehoord... Dat ze de Joden met gas vermoordden. Zo deden ze dat ook met geesteszieken...’

Maria wil er niets van weten. Allemaal praatjes. Propaganda tegen het overwonnen Duitsland. Omdat de overwinnaars een reden zoeken om de Duitsers te kunnen kleineren.

‘Die Joden moesten werken in de kampen. Dat heb je toch kunnen lezen in de krant? Daarin stonden foto’s van die werkkampen. Allemaal keurig en fris, en ze hadden ook genoeg te eten...’

Ortrud zegt niets meer en daarom wendt Maria zich nu tot Luisa. Ze schudt haar aan haar schouder en vraagt waarom ze zich zo aanstelt. ‘Wie dergelijke leugens gelooft, doet onrecht aan het Duitse volk. Hou op met dat gegrien, Luisa. Heb je dan niet door dat ze ons alleen maar willen breken?’

‘Laat me met rust, alsjeblieft!’

Op normale dagen kan Luisa het prima vinden met de twee vrouwen. Ortrud mag dan grof zijn, ze is ook goedmoedig. Maria doet weliswaar alsof ze het voor het zeggen heeft, in werkelijkheid is ze onzeker en heeft ze alleen maar bevestiging nodig. Het kamp waarin ze vastgehouden worden is door de Amerikanen opgericht en bevindt zich aan de rand van een bos. Het bestaat uit een rij hutten van golfplaten, die eruitzien als enorme, in de lengte doorgesneden conservenblikken. Tijdens de zomer was het er gloeiend heet, maar nu, nu het kouder wordt, is het er goed uit te houden. Maar mochten ze hier in de winter nog steeds zitten – wat ze niet hopen –, dan zullen ze zeker bevriezen, aangezien er geen verwarming is. Over hun behandeling mogen ze niet klagen: om de dag mogen ze douchen, met zeep en shampoo, en ze krijgen ondergoed en kleren. De verzorging is goed – ook al loopt Maria er constant over te klagen. Maar noch Maria, noch Ortrud heeft ooit honger hoeven lijden, alleen Luisa weet het te waarderen dat ze elke dag genoeg te eten krijgen.

Het ergste is de onzekerheid. Het wachten, zonder te weten hoe er over hen geoordeeld gaat worden. Alles is mogelijk. Ze kunnen morgen worden vrijgelaten of ze kunnen berecht worden. Ze kunnen veroordeeld worden tot twintig jaar tuchthuis of tot drie jaar gevangenis. Misschien ook wel ter dood, wie zal het zeggen?

Als ze niet kan bewijzen dat ze daadwerkelijk Luisa Koch is en verder niets te maken heeft met die man die zich Karl Brenner noemde, zou het wel eens slecht kunnen aflopen. Meteen al werden de kinderen bij haar weggehaald en afzonderlijk verhoord. Daarna – dat hebben ze haar nog welwillend meegedeeld – zijn Elke en Jobst overgebracht naar een weeshuis. Wekenlang hoorde ze in haar hoofd nog Elkes wanhopige gegil, toen ze hen in het kamp uit elkaar gehaald hadden. Waarbij de kleine Jobst zich aan zijn grote zus vastgeklampt had en zijn gezicht in haar jas verstopte. Luisa blijft zichzelf voorhouden dat het beter is zo. Dat zo'n gevangenis geen plek is voor kinderen en dat er in het weeshuis goed voor hen wordt gezorgd. Maar ze heeft de twee in haar hart gesloten en verwijt zichzelf dat ze op dat idiote voorstel van die man is ingegaan. Waren ze in het vluchtelingenkamp gebleven, dan zouden ze nu nog samen zijn en had ze misschien een mogelijkheid gehad om samen met de kinderen onderdak te vinden op een boerderij.

Ach, ze was er immers al bang voor geweest dat ze alles weer verkeerd zou doen. En precies zo is het gegaan.

'Zegt de naam Erich von Hürth u iets?'

Dat was de eerste vraag die ze haar hier gesteld hadden. Waarbij ze haar reactie uiteraard nauwkeurig bestudeerd hadden en ze zich meteen verdacht gemaakt had. Omdat ze vermoedde dat dit de echte naam van Karl Brenner moest zijn had ze niet meteen ontkend, maar eerst nog even geaarzeld. Waardoor ze geconcludeerd hadden dat ze loog. Tijdens de vele verhoren was ze stukje bij beetje meer te weten gekomen over deze Erich von Hürth. Niet dat ze het haar vertelden, maar uit de manier van vragen stellen had ze het een en ander kunnen opmaken. Blijkbaar had hij iets te maken met de nazipropaganda, had hij grote evenementen georganiseerd, toespraken gehouden en films vertoond. Misschien had hij wel net als Joseph Goebbels stevige uitspraken gedaan en de mensen, die alles al kwijtgeraakt waren, opgeroepen tot de eindstrijd? In elk geval was hij blijkbaar goed bekend in Noord-Duitsland, had hij daar veel rondgereisd. Dus dat was de reden dat hij daar moeilijk had kunnen onderduiken. Maar waarom hij zich onder een valse naam in het vluchtelingenkamp verstopt had in plaats van met zijn in het bos klaarstaande auto te vluchten, dat begrijpt ze niet. Vooral omdat Neustadt destijds nog niet bezet was door de Britten.

In september, als de ergste hitte voorbij is, verliezen ze plotseling hun interesse in haar. Ze wordt steeds minder vaak verhoord, Mrs Marshall wordt vervangen door een jongeman, die haar na slechts een paar vragen en antwoorden weer terugstuurt naar haar cel. Maria wordt vrijgelaten, Ortrud naar een ander kamp overgeplaatst. Dagenlang zit Luisa alleen in de cel, wacht, ligt een beetje te dutten, probeert te slapen en schrikt bij elk geluid weer op. Zijn ze me soms vergeten, vraagt ze zich af. Of is dit een nieuwe truc? Eenzame opsluiting, om me murw te maken? Plotseling verlangt ze enorm naar een andere persoon, naar de ademhaling van haar beide celgenoten 's nachts, naar de gesprekken over ditjes en datjes, ja, zelfs naar de ruzies. Ze begint in de kleine cel heen en weer te lopen, raakt met haar handen de muren aan, het metalen bed, staat lange tijd onder het kleine raampje, dat hoog boven haar in het halfronde dak zit, en staart naar het licht.

Ik geloof dat ik gek word, denkt ze met lichte paniek. Ze slaat haar handen voor haar gezicht en begint rondjes te draaien, steeds sneller, totdat ze duizelig wordt en op de grond valt. Daar blijft ze zitten, totdat het duizelige gevoel in haar hoofd is gaan liggen. Dan wordt ze weer rustig, kruipt op haar bed en valt in slaap.

De volgende ochtend krijgt ze zoals gewoonlijk haar ontbijt op een tinnen blad: thee, witbrood met jam en zelfs een gekookt eitje. Ze is nog niet helemaal klaar met eten als de sleutel in het slot van de deur wordt omgedraaid.

'Luisa Koch?'

Twee soldaten in Amerikaans uniform staan voor haar, achter hen de opzichtster. Heel even wordt het Luisa zwart voor de ogen. Ze wordt opgehaald. Berecht. Veroordeeld en geëxecuteerd...

'Ja... dat ben ik,' zegt ze kleintjes.

'Come along...'

Een verhoor, denkt ze, als ze de gebruikelijke route lopen. Het is gewoon een zoveelste verhoor. Met vermoedelijk weer een nieuw gezicht aan de andere kant van de tafel.

En inderdaad zit er een onbekende officier tegenover haar, die haar door zijn ronde stalen brilletje onverschillig aanstaart en dan naar de voor hem liggende map met foto kijkt.

'Juffrouw Luisa Koch?'

'Dat ben ik…'

Normaal gesproken wordt haar bij verhoren een stoel aangeboden, maar dat is vandaag niet het geval.

'U krijgt uw papieren terug. Controleert u alstublieft of er niets ontbreekt.'

Ze gelooft haar oren niet.

Hij schuift haar de gekreukte persoonsbewijzen, dat van haarzelf en dat van haar overleden moeder, over de tafel toe, vervolgens het vlekkerige leren halsetui. Waarin nog steeds de brief van Fritz Bogner en een paar geldbiljetten zitten. Ze is zo nerveus dat het tasje uit haar vingers glijdt en onder de tafel valt.

'Neem me niet kwalijk… Sorry…'

Hij bukt zich en raapt het tasje op, glimlacht naar haar en zet zijn verschoven bril recht. 'U bent vrij, juffrouw Koch. De situatie is opgelost – u wordt nergens meer van verdacht. Het spijt ons zeer dat we u hier hebben moeten vasthouden, maar de omstandigheden dwongen ons daartoe. Het is onze opdracht om de misdadigers van het naziregime op te sporen en te berechten…'

'Ja… ja, natuurlijk…'

Ze vouwt de persoonsbewijzen op en stopt ze onhandig in het halsetui. Haar vingers zijn ijskoud en stijf van de spanning.

'U krijgt zo meteen uw persoonlijke spullen overhandigd, waarna ze u naar de stad zullen brengen. Hebt u familie of kennissen in Kassel?'

Wat is er gebeurd, denkt ze. Een aardverschuiving? Een wonder? Nu vraagt hij zelfs bezorgd of ze ergens onderdak heeft. Even denkt ze nog dat het allemaal een valstrik is. Dat ze haar willen volgen, om te kijken of ze met verdachte personen afspreekt. Maar dan wint haar gezonde verstand het. Wat een onzin. Wie is zij, dat ze zo veel moeite zouden doen?

'In Kassel? Nee, helaas niet. Ik was eigenlijk onderweg naar de Taunus. Het gebied bij Frankfurt am Main…'

'O ja!' zegt hij en hij bladert door haar map. 'Het kleine dorpje Lenzhahn. Dus daar wilt u nog steeds naartoe?'

'Als het mogelijk is… Rijden er treinen naar Frankfurt?'

Hij trekt een bedenkelijk gezicht en schudt zijn hoofd. Het spoor is onderbroken, je kunt steeds maar een paar stations verder komen, waarna je weer een stuk moet lopen.

'Maar wacht u eens, ik heb een idee...' Hij springt op en opent de deur, vraagt de daar wachtende soldaat iets in het Engels en komt dan weer terug. 'U hebt geluk, juffrouw Koch,' zegt hij glimlachend. 'Vanmiddag vertrekt er een konvooi met levensmiddelen naar de omgeving van Frankfurt, daarin kunnen we vast nog wel een plekje voor u vinden.'

Als ze even later in haar cel haar paar schamele bezittingen bij elkaar pakt, kan ze het nog steeds niet geloven. Achter haar wacht de opzichtster, kijkt met argusogen of ze niets meeneemt wat niet van haar is. Op beide heupen draagt ze een sleutelbos, ze zou haar op elk moment weer in de cel kunnen opsluiten. Maar dat doet ze niet, in plaats daarvan leidt ze haar tussen de barakken van golfplaten door naar een rechthoekig, houten gebouw. Daar krijgt ze haar rugzak terug, die ze in de auto gevonden hadden. Ook nu moet ze de inhoud controleren: de deken, de glazen fles met kurk die ze voor drinkwater gebruikte, een tinnen lepel, een stuk touw, een paar sokken en een klein stukje zeep. Dat was haar hele bezit. Daarbij krijgt ze nu een setje ondergoed uit de Amerikaanse voorraad, een warme jas en een jurk van groene stof, die haar veel te wijd is. De bruine, halfhoge schoenen aan haar voeten zijn eveneens cadeaus van overzee. Maar haar rugzak is nu tenminste goed gevuld, wat vooral te danken is aan de jas en de wollen deken.

Ze moet wachten, lijdzaam zit ze in de barak en ze probeert vergeefs de gesprekken tussen de Amerikaanse soldaten te verstaan. Tijdens de paar schooljaren in Stettin heeft ze een aantal woordjes Engels geleerd, maar daar heeft ze nu niets aan, omdat de soldaten zo raar praten, alsof hun mond vol kauwgum zit. Dan wordt ze eindelijk naar de poort gebracht, waar een rij voertuigen staat te wachten: twee vrachtwagens, begeleid door drie jeeps met bewapende soldaten. Luisa wordt in een van de jeeps tussen twee donkere soldaten in gezet en voelt zich ongemakkelijk. De twee mannen zijn in gevechtstenue en dragen wapens, hoewel ze wel in een opperbest humeur lijken te zijn. Ze kletsen en maken grappen, die Luisa niet kan verstaan. Stiekem bekijkt ze hun gave, donkere huid en ontdekt dat de binnenkant van hun handen licht is. Zou dat ook voor hun voeten gelden?

Een van de twee draait zich naar haar om en zegt wat, wat in haar oren klinkt alsof hij op een knoedel kauwt. Hij houdt haar een gekleurd pakje voor. Kauwgum. Dat spul waarop je kunt kauwen, maar dat je niet mag doorslikken. Voorzichtig pakt ze een van de ingepakte stripjes, wikkelt het papier eraf en stopt het vreemde ding in haar mond. Het smaakt zoet en naar pepermunt, ze kauwt en ziet dat de zwarte soldaat haar toelacht. Ook tussen zijn tanden steekt een stuk kauwgum. Hij brengt het naar het midden en blaast een dikke, witte bel, die meteen weer kapot klapt.

'You like it?' vraagt hij grijnzend.

Dat kon ze verstaan. Ze is onder de indruk en knikt. *'It is my first gum...'* stamelt ze.

De twee soldaten vinden het geweldig en klappen in hun handen, alsof ze een heldendaad volbracht hebben. Nu moet Luisa ook lachen – het ijs is gebroken. Tijdens de rit praten ze afwisselend Duits en Engels met elkaar, maar toch vooral met handen en voeten. De zwarte soldaten vinden Duitsland mooi, de nazi's zijn slecht, de huizen moeten weer worden opgebouwd en de Amerikanen, vooral de *black Americans,* willen graag hier blijven. Of ze het goed begrepen heeft weet ze niet, maar het gesprek is zo levendig en opgewekt dat de voor hen zittende mannen zich telkens weer naar hen omdraaien en korte opmerkingen maken. Maar die verstaat Luisa niet en ze heeft het vage gevoel dat dat misschien ook maar beter is.

Tegen de avond bereiken ze een grotere stad, rijden door de straten, en Luisa ziet dat er, ondanks alle schade door de bombardementen, ook nog veel is blijven staan. Het konvooi stopt voor een kazerne, die vermoedelijk ooit van de Wehrmacht was, maar nu gebruikt wordt door de bezetters.

Ze hoort barse commando's, de soldaten springen uit de jeeps, anderen komen de gebouwen uit en helpen met het uitladen van de kisten uit de vrachtwagens. Plotseling staat Luisa alleen op de grote binnenplaats, haar rugzak stijf tegen zich aan gedrukt en kauwend op de kauwgum, die inmiddels niet meer zoet en ook niet meer naar pepermunt smaakt. Toch werkt het constante kauwen op de een of andere manier geruststellend, zij het vreemd.

Uiteindelijk wendt ze zich maar tot een van de officieren die toezien op het uitladen van de vrachtwagens.

'*It is Frankfurt?*' vraagt ze onzeker, terwijl ze een vage armbeweging naar de huizen om hen heen maakt.

'Frankfurt? *Oh no. This is Wiesbaden...*'

'Wiesbaden,' herhaalt ze. 'Wiesbaden!'

Hij praat verder en ze begrijpt dat hij haar een slaapplaats in de kazerne aanbiedt, maar dat ze dan morgen haar eigen weg moet zien te vinden.

'*Thank you...*' zegt ze en ze knikt vriendelijk. '*Thank you very much... Wilhelmstraße? You know Wilhelmstraße in Wiesbaden?*'

Verrast kijkt hij haar aan en wijst dan naar links. '*This direction.*'

Ze bedankt hem nog een keer en hangt dan haar rugzak om. Wiesbaden dus. Het lot heeft het zo gewild, nu zal ze op zoek gaan naar de Wilhelmstraße en hopen dat daar een café is dat Café Engel heet. En vooral hopen dat dit café nog steeds van haar oom is. En dat die de oorlog overleefd heeft.

Ik heb al zo veel domme dingen gedaan, denkt ze, terwijl ze in de opgegeven richting loopt. Zo veel verkeerde beslissingen, zo veel fouten. Op een meer of minder komt het nu ook niet meer aan.

Het wordt langzaam donker, de straatlantaarns gaan al aan, in de huizen worden de ramen verlicht. Ze vermijdt de buurten die in het donker liggen, omdat daar de huizen gebombardeerd zijn en de straatlantaarns niet branden. Twee keer moet ze de weg vragen, in de Langgasse komt ze tussen zwartemarkthandelaren terecht en vlucht ze een zijsteegje in. Daar loopt ze twee puberjongens tegen het lijf, die met een volgeladen fiets onderweg zijn.

'Neem me niet kwalijk, maar ik ben op zoek naar de Wilhelmstraße. Naar Café Engel...'

'Café Engel?' zegt de ene. 'Meteen links om de hoek. Maar die zijn nu niet meer open.'

'Dank je wel...'

Ze is zo nerveus dat ze over de stoeprand struikelt en bijna valt. De Wilhelmstraße is heel breed en slechts gedeeltelijk verlicht. Ze ziet bomen, platanen waarschijnlijk, het is dus een laan. Achter de platanen is het donker, pas een heel stuk verderop aan de rechterkant zijn weer de verlichte rechthoeken van ramen te zien. Daar staan woonhuizen. Maar waar is dat Café Engel nu? Meteen links om de hoek, had de jongen gezegd. Daar ziet ze inderdaad licht branden, meerdere ramen, met in het midden een hoge, donkere rechthoek. Een entreedeur, met planken hersteld. Ja, dat zou een café kunnen zijn. Langzaam loopt ze erop af, dan schrikt ze, omdat een dier vlak langs haar heen loopt. Een hond. Hij komt tot aan haar knieën en is gevlekt, heeft een ronde snuit en bruine flaporen. Hij gaat onder een van de verlichte ramen zitten en kijkt haar vragend aan. Luisa ziet dat er binnen in het café mensen rondom een tafel zitten. Had die jongen niet gezegd dat ze al gesloten waren?

De hond jankt en krabt aan de deur, maar vergeefs. Ongeduldig gaat hij weer zitten, drukt zijn rug tegen de planken en kijkt Luisa met barnsteenkleurige ogen aan. Kom op, klop aan, zeggen die ogen. Als ze dan opendoen voor je, kan ik naar binnen glippen. Ze blijft naast het raam staan en probeert te bedenken wat ze zal doen. Gewoon naar binnen gaan? Ze probeert te zien wat de mensen binnen aan het doen zijn en komt tot de conclusie dat ze samen zitten te eten. Twee mannen ziet ze, allebei al wat ouder. Een van de drie vrouwen heeft felrood haar, een andere draagt een soort tulband op haar hoofd en praat met grote gebaren. De derde vrouw deelt soep uit, zij draagt een wit schort en is van middelbare leeftijd. Het blonde meisje ernaast is nog jong, lijkt ongeveer even oud als zijzelf.

Dat zijn geen gasten, schiet het door haar hoofd. Dat is een familie. Een van die twee oudere mannen zou mijn oom kunnen zijn.

Ze heeft het koud en honger heeft ze ook, maar ze durft niet aan te kloppen. Wat als dit heel andere mensen zijn? Haar oom kan het café wel opgegeven hebben. Sowieso voelt het plotseling heel ongemakkelijk, zo verlopen en met die rugzak op de rug, om die intieme familiemaaltijd te verstoren. Ze ontwijkt de dwingende blik van de hond en gaat op de grond zitten. De hond staat op en besnuffelt haar. Likt aan haar handen. Komt dicht tegen haar aan zitten en jankt zacht. Toe nou. Moeten we hier soms wortel schieten? Klop aan, voordat ze daar binnen alles opgegeten hebben.

Slim dier. Ze ziet in dat hij gelijk heeft. Ze kan hier tenslotte ook niet de hele nacht blijven zitten. En zelfs als ze hier aan het verkeerde adres is, zou ze toch nog om een overnachtingsplek kunnen vragen...

Dan staat een van de twee mannen op, een witharige, grote man met donkere wenkbrauwen. Hij loopt een draaideur door en opent de entreedeur.

'Kom maar, hondje...' zegt hij. De hond schiet meteen naar binnen en wacht totdat de draaideur in beweging gezet wordt.

'Hallo?' zegt de man tegen Luisa, die zich in een hoekje drukt. 'Wacht u op iemand?'

'Ja...' antwoordt ze. 'Nou ja... eigenlijk ook niet...'

Hij komt een paar stappen dichterbij en bekijkt haar aandachtig. 'Kan ik u misschien helpen?'

'Ja!' zegt ze en ze raapt al haar moed bij elkaar. 'Ik ben op zoek naar Heinrich Koch. Kent u die misschien?'

'Heinrich Koch,' mompelt de man, terwijl hij aan zijn kin krabt. 'Nee, een Heinrich hebben we hier niet. Maar Koch wel... Een heleboel zelfs... Else Koch, Hilde Koch en Heinz... Ja... dat zou natuurlijk kunnen... Wat wilt u van hem?'

Ze had de hoop al opgegeven toen hij 'nee' zei. Het is de gok waard. Heinz of Heinrich, maakt niet uit, Koch klopt in elk geval.

'Ik ben zijn nichtje... uit Stettin. Nee, uit Mariënburg. Ach nee, eigenlijk uit Rauschen...'

O jee, wat maakt ze er weer een potje van. De man trekt zijn donkere wenkbrauwen op en kijkt haar achterdochtig aan. Maar omdat ze naar hem glimlacht, wordt hij onzeker. Hij krabt nog eens aan zijn kin, kijkt om zich heen en zegt ten slotte: 'Kom dan maar even binnen. Voorzichtig, dat is een draaideur. Ik ga wel voor... Zeg, Heinz, hier is een meisje dat beweert dat ze je nichtje is uit Stettin...'

'Ik heb geen nichtje,' antwoordt een mannenstem. 'En al helemaal niet in Stettin...'

Jean-Jacques

Villeneuve, september 1945

Dan kan hij lang wachten. Hij zal zich niet laten kennen. Zijn kleine broertje zal niet meemaken dat hij zijn beheersing verliest. En hoeveel steken onder water Pierrot ook geeft, hoeveel suggestieve opmerkingen hij ook maakt tijdens het eten, hoeveel hij hem ook uitdaagt – hij zal zwijgen over het bedrog. Dat kind is zijn kind en de boerderij, de wijnberg en alles wat daarbij hoort is ook van hem. Hij heeft de rollen omgedraaid: van verliezer, bedrogen echtgenoot, lachwekkende hoorndrager, is hij de winnaar geworden.

Makkelijk valt het hem niet. Het is de haat die hem kracht geeft. De kwaadheid over het achterbakse bedrog, de woede op zijn jongere broer, die geen gelegenheid voorbij laat gaan om hem te kwetsen. Net goed dat Pierrot nu elke dag moedelozer lijkt te worden, omdat hij begrepen heeft dat die vlieger niet opgaat. Er zal geen scheiding komen, geen schandaal, geen familieruzie. Jean-Jacques zal zijn erfdeel niet opgeven.

Als hij niet kan slapen en de nacht zijn gedachten donker verft, voelt hij zich een gevangene. Met touwen omwikkeld en vastgeketend aan zijn ouderlijk huis, zo vast dat hij amper kan ademhalen en uit bed moet stappen om het raam te openen. Daar staat hij dan, happend naar lucht en met het gevoel dat hij een zware last met zich meezeult, een bouwwerk van steen en beton, een bouwwerk van leugens. Hij speelt de rol van de bedrogene, terwijl hij zelf toch ook een bedrieger is. En zijn bedrog houdt aan, omdat hij Hilde nog steeds niet kan vergeten. Waar hij ook is, wat hij ook doet, ze is er. Staat tussen de wijnstokken en lacht hem uit, zit in de keuken naast het fornuis, schiet als een muisje door de schuur, ligt 's nachts tussen hem en zijn vrouw. Hoezeer hij ook zijn best doet om de spoken te verjagen, zijn geliefde is volhardend, weet hem telkens weer te vinden en er is niets wat hij ertegen kan doen.

Met Margot heeft hij medelijden. Op die onfortuinlijke zondag, toen hij hoorde over zijn schande, was ze 's avonds, toen ze alleen waren in hun slaapkamer, het gesprek met hem aangegaan. Toen was hij nog zo van slag dat hij haar het liefst de kamer uit had gegooid en naar Pierrot had gestuurd. Maar hij is niet iemand die een vrouw iets zou kunnen aandoen en vrijwillig zou Margot nooit gegaan zijn.

'Het spijt me...' had ze gesnikt.

Hij had niets gezegd. Zwijgend zijn schoenen en sokken uitgetrokken en zijn overhemd over de stoel gegooid.

'Het kwam toch alleen maar doordat jij... omdat jij me niet meer wilt... Ik was zo ten einde raad en voelde me zo lelijk, zo vernederd...'

Hij is nog altijd te woedend om in te zien dat ze geen ongelijk heeft. Maar hij zwijgt. Kleedt zich helemaal uit, pakt zijn pyjama. Het stoort hem een beetje dat ze hem nu naakt ziet, maar het is niet anders. Ze zijn nu eenmaal getrouwd.

'Je broer heeft me buiten in de schuur overvallen. Ik had een plekje gezocht om alleen te kunnen zijn. Omdat ik moest huilen. Toen stond hij plotseling naast me en heeft me in zijn armen...'

'Ik wil het niet weten!'

Hij schrikt zelf van de harde toon van zijn stem. Margot verstomt meteen. Dan loopt ze plotseling de kamer uit en hij hoort hoe ze beneden in de keuken overgeeft.

De zwangerschap, denkt hij. Dat is heel normaal. Niet mijn schuld. God weet dat het niet mijn schuld is.

Als ze terugkomt in de slaapkamer ligt hij al in bed, maar het licht op zijn nachtkastje brandt. Hij ligt op zijn zij, van haar afgewend, zodat hij haar niet hoeft te zien, maar hij hoort hoe ze zich uitkleedt en haar nachtjapon aantrekt. Dan stapt ze langzaam en heel voorzichtig in bed, hij voelt de beweging amper.

'Als je wilt, Jean-Jacques, dan laat ik het weghalen. Nu kan het nog. In Nîmes zit een dokter...'

Hij is zo verbaasd en geschrokken dat hij niet meteen kan antwoorden. Wat is dat voor idioot idee? Denkt ze soms dat ze alles ongedaan kan maken door dat kleine mensenkind dat in haar groeit te doden? De ene zonde opheffen met een tweede?

'Geen sprake van! Hoe kom je op het idee!'

'Vergeef me,' fluistert ze. 'Ik ben zo wanhopig dat ik zelfs al aan zelfmoord gedacht heb. Nee, geen zorgen. Ik doe het niet. Echt niet...'

Plotseling is hij bang dat uit al deze ontwikkelingen nog iets veel ergers kan ontstaan en hij draait zich om om haar aan te kunnen kijken. Margot ziet vreselijk bleek, en profil steekt haar neus spits naar voren, haar lippen zijn kleurloos.

'Beloof me dat je zoiets nooit zult doen, Margot,' zegt hij zacht maar dringend. 'Ik wil jullie allebei in leven. Jij en dit kindje, dat aan dit alles onschuldig is.'

Ze slikt, dan knikt ze meermaals. 'Dat beloof ik, Jean-Jacques. Ik zweer het!'

'Je belofte is genoeg,' zegt hij. 'En laten we nu gaan slapen.'

'Wat ga je doen?' fluistert ze bang. 'Ga je het iedereen vertellen?'

De woede dreigt hem weer te overmeesteren, maar hij weet zich te beheersen. Margot is al genoeg gestraft, de eigenlijke boosdoener is zijn broertje, dat Margots ellende misbruikt heeft om hem te bedriegen.

'Ik weet het nog niet,' antwoordt hij zacht. 'Maar zodra ik een besluit genomen heb, ben jij de eerste die het hoort.'

Hij krijgt geen antwoord. Een tijdje blijft het stil, hij hoort haar ademhaling, eerst nog snel, dan steeds rustiger. Dan doet ze het licht uit.

'Ik hou van je, Jean-Jacques,' fluistert ze in het donker. 'Ik hield al van je toen ik nog een klein meisje was en ik hou nu nog meer van je. Ik zou er alles voor overhebben om deze misère ongedaan te maken.'

Dat is niet bepaald wat hij nu wil horen, omdat het zijn slechte geweten alleen nog maar versterkt. Zij houdt van hem, maar hij is niet in staat om een andere vrouw te vergeten. Daarin ligt de oorzaak van alle ellende. Was hij niet verliefd geworden op Hilde, dan had Margot nu zijn kind kunnen dragen en niet hoeven lijden.

‘Het is zoals het is, Margot,’ zegt hij. ‘We zullen ermee moeten leven. Ga nu slapen!’

Een dag lang heeft hij lopen piekeren, tijdens het werk diep nagedacht, de dingen van alle kanten bekeken, totdat hij ’s avonds tot een besluit gekomen is.

‘Wie weet hiervan, behalve jij, Pierrot en ik?’ vraagt hij Margot als ze naast elkaar in bed liggen.

‘Niemand,’ fluistert ze.

‘Weet je dat zeker?’

‘Heel zeker.’

Hij haalt diep adem. Wat hij besloten heeft, zal gelden voor de rest van zijn leven. En niet alleen voor het zijne, maar ook voor dat van het ongeboren kind en dat van Margot. Vooral voor dat van haar, omdat het belangrijk is dat ze hem blijft steunen.

‘Luister dan goed, Margot: die misstap heeft nooit plaatsgevonden. Het kind dat je draagt is ons kind, wij zullen het opvoeden en ervoor zorgen dat het broertjes en zusjes krijgt.’

Ze zwijgt en hij kijkt haar aan om te zien hoe ze op zijn voorstel reageert. Margot heeft haar ogen gesloten, maar haar oogleden trillen.

‘Ben je het daarmee eens?’ vraagt hij. ‘Zullen we het zo doen?’

‘Ja…’ fluistert ze. ‘Ik sta achter alles wat jij beslist.’

Haar onderdanige manier van doen begint hem langzaam op de zenuwen te werken. Op de een of andere manier voelt hij zich daardoor constant schuldig en dat bevalt hem niet. Onwillekeurig moet hij denken aan wat Hilde in deze situatie gedaan zou hebben. Nou, die had waarschijnlijk gescholden en gevloekt, een flinke scène geschopt en geprobeerd hem de schuld van alles te geven. Wat haar niet zou zijn gelukt. Maar zo’n stevige ruzie waarbij je al je frustraties een keer kunt uitspreken, heeft hij liever dan Margots zachtmoedige zelfopoffering.

Maar goed, Margot is zijn vrouw, hij is met haar getrouwd en zal met haar zijn leven delen. Weg met die lastige gedachten aan een ander. Daarvoor is hier geen plek. Niet in zijn slaapkamer en al helemaal niet in zijn echtelijk bed.

‘Beloof me dat je nooit meer zult toegeven aan Pierrot. Ik weet hoe hij kan vleien, Margot…’

'Nooit meer, ik zweer het. Op alle apostelen en op de Heilige Maagd...'

'Beloof het gewoon, dan geloof ik je ook.'

Tijdens de daaropvolgende dagen probeert hij haar gerust te stellen, haar duidelijk te maken dat hij haar vergeven heeft. Hij voelt zich slecht, omdat hij haar ook bedrogen heeft, iets wat hij haar zeker nooit zal vertellen. Waarom ook – het zou de voorzichtige toenadering die tussen hen aan het ontstaan is alleen maar verstoren. Overdag is hij vriendelijk, soms zelf liefdevol naar haar toe, speelt de gelukkige vader die zich verheugt op zijn eerste kind. 's Avonds praten ze met elkaar, overleggen waar het wiegje moet staan, of ze een vroedvrouw zullen bellen of toch liever naar het ziekenhuis in Nîmes zullen rijden als het zover is. Langzaam begint Margot te ontdooien, vertelt over de tijd waarin hij en Pierrot aan het front waren en zij samen met zijn ouders al het werk moest doen. Ook over de angst om hem vertelt ze hem. Over haar blijdschap over de eerste berichten die hij vanuit Wiesbaden gestuurd had. Ze wil weten of hij daar hard heeft moeten werken en hij vertelt een beetje over het hotel, waar hij koffers moest sjouwen en vloeren moest dweilen. Over Café Engel en alles wat daarbij hoort, zwijgt hij.

Het duurt even, maar dan raakt hij haar heel voorzichtig weer aan en hij verbaast zich erover hoe makkelijk het is. Geen barrière meer tussen hen in, geen nare gedachten aan een ander – hij ligt bij zijn echtgenote in bed en doet dat wat een echtgenoot hoort te doen. Hartstochtelijk zelfs, omdat hij al zo lang geen vrouw meer gehad heeft. Margot klampt zich aan hem vast, klemt haar kaken op elkaar om het niet uit te schreeuwen, en hij proeft haar tranen als hij haar kust.

Hij is tevreden met zichzelf. Hij heeft Margot terugveroverd, zijn ouders zijn blij met het jonge geluk en Pierrot heeft aan het kortste eind getrokken. Hij is het vijfde wiel aan de wagen, de overbodige persoon, hij heeft hier niets meer te zoeken en Jean-Jacques doet er alles aan om hem weg te krijgen. Hij moet zijn geluk maar ergens anders gaan beproeven, een vak leren, trouwen met een vrouw met land. Maar Pierrot is vasthoudend. Zelfs als hem duidelijk wordt dat zijn plannetje in duigen gevallen is, denkt hij nog niet aan opgeven.

Begin september, als ze al een deel van de druiven geplukt en geperst hebben, begint het te regenen. Dagenlang houdt het vochtige weer aan. Het is gif voor de druiven die nog niet rijp genoeg zijn en dus nog niet kunnen worden geoogst, omdat die nu kunnen gaan rotten en parasieten zich erin kunnen nestelen.

Dagenlang hangen ze maar wat rond, telkens weer hoopvol naar de lucht kijkend, die helaas nog steeds laag en donker boven het land hangt en voor verdere neerslag zal zorgen. Vader loopt dagelijks in zijn regencape een rondje over de wijnberg. Vandaag wordt hij begeleid door Pierrot; Jean-Jacques heeft de merrie ingespannen om moeder voor de boodschappen naar Villeneuve te brengen. Margot zal ondertussen met Berthe voor het huishouden zorgen en het eten voorbereiden.

Terwijl moeder haar boodschappen doet in de drie winkels die de plaats rijk is, zit Jean-Jacques in de bistro, drinkt een kopje koffie en leest de krant. Hij weet dat moeder niet meteen terug zal zijn, omdat ze overal bekenden en familieleden zal tegenkomen met wie ze de laatste nieuwtjes en familiebeslommeringen moet bespreken. Het wachten valt hem zwaar, omdat zijn gedachten telkens weer afdwalen en er beelden opkomen die hij liever zou willen vergeten. Zo betrapt hij zichzelf erop dat hij achter de bar niet de donkerharige Solange ziet staan, maar zijn Hilde, keurig gekleed in het zwart, een klein, wit kanten schortje voorgebonden, dat haar slanke taille accentueert. Geërgerd trekt hij de krant recht en concentreert zich op het hoofdartikel. Japan heeft eindelijk gecapituleerd, de laatste bondgenoot van Duitsland is overwonnen. Tegen de vernietigende kracht van atoombommen is geen kruid gewassen, Hiroshima en Nagasaki zijn met de grond gelijkgemaakt. Hij moet er niet aan denken wat er gebeurd zou zijn als die gestoorde Hitler dergelijke wapens gehad zou hebben. Waarschijnlijk zou dan half Europa en vermoedelijk ook Amerika nog slechts een uitgestorven woestenij zijn.

In de krant staat ook dat elke Duitser in de Amerikaanse zone slechts duizend calorieën per dag uitgedeeld krijgt. Wat niet bepaald veel is. Alweer dwalen zijn gedachten af, hij maakt zich zorgen, is bang dat Hilde en haar moeder misschien verhongeren of geveld worden door de griep. Als ze al niet omgekomen zijn tijdens een van de bombardementen van de laatste oorlogsdagen. Waarom heeft hij daar nog niet eerder over nagedacht? Het is heel goed mogelijk dat Hilde helemaal niet meer in leven is. Hij voelt een trekkende pijn in zijn linkerslaap bij die gedachte. Nee, dat is onmogelijk. Hilde leeft, ze is van het soort dat alles overleeft. Ook al zal hij haar nooit meer zien, toch hoopt hij dat het goed met haar gaat, dat ze geen honger hoeft te lijden en dat haar vader gezond en wel terugkomt uit de oorlog. Las hij niet in een berichtje dat in Le Havre de eerste krijgsgevangenen zijn overgedragen aan de Amerikanen in Frankrijk? En niemand zal zin hebben om die mannen in Frankrijk te blijven voeren. Die zullen zeker teruggestuurd worden naar hun vaderland. Dus!

Als hij door de beregende ramen naar buiten kijkt, ziet hij dat de lucht aan het opklaren is. De zon wordt verblindend weerspiegeld in de plassen, breekt in de druppels op het raam en veroorzaakt zo een bont vuurwerk. Aan de overkant van de straat staat moeder hem te wenken – blijkbaar wil ze de bistro niet meer in voor een kopje koffie, maar direct terugrijden. Ook goed. Hij vouwt de krant op en legt die terug, betaalt en gooit de vochtige regencape over zijn schouder.

Zijn moeder heeft flink ingekocht, hij schikt de bundels en tassen op de wagen, legt er voor de zekerheid een zeildoek overheen en helpt zijn moeder met opstappen.

'Als het weer nu omslaat, kan het misschien nog wat worden met de oogst,' zegt hij als ze naast elkaar zitten en de merrie hen naar huis trekt. 'Ik heb het gevoel dat de mistral niet lang meer op zich laat wachten.'

Moeder is het met hem eens. De mistral, die gevreesde, koude wind van de Provence, kondigt zichzelf meestal al een paar dagen van tevoren aan. Weergevoelige mensen krijgen dan hoofdpijn of voelen zich beroerd en ziek. Jean-Jacques heeft de kwaal geërfd van zijn moeder, hij kan de mistral voorspellen.

'Nog drie dagen, dan is hij er,' zegt ze, terwijl ze haar hoofddoekje wat strakker bindt.

Hoofdpijn of niet, voor de wijnboeren is de mistral een zegen, omdat hij het vocht uit de druiven blaast en ongedierte tegengaat.

'Als vader het ermee eens is,' zegt Jean-Jacques, 'dan zouden we volgend jaar een auto kunnen kopen. Dat spaart tijd en maakt het werk een stuk makkelijker.'

Moeder is ertegen. Ze houdt niet van stinkende benzinemotoren en ziet het ook niet gebeuren dat ze ooit nog gaat leren hoe ze zo'n ding moet besturen. Hun brave merrie trekt nu al bijna tien jaar de wagen en kan dat makkelijk nog een paar jaar volhouden.

'Er is nog iets wat ik je wil zeggen, Jean-Jacques,' zegt ze als de ouderlijke boerderij al in zicht komt. 'Je zult het misschien niet leuk vinden, maar mijn besluit staat vast.'

Hij is verbaasd, omdat moeder eigenlijk nooit alleen beslissingen neemt, maar altijd samen met vader.

'Ik draag de Médouille over aan je broer.'

Het kost Jean-Jacques even om de impact van deze opmerking tot zich te laten doordringen. De Médouille is een wijnberg, niet bijzonder groot, maar de bodem is er goed, de beste druiven groeien daar. Jean-Jacques weet dat de Médouille bij de erfenis van zijn moeder hoort, zij heeft dit stuk land meegenomen bij haar huwelijk en haar vader heeft destijds laten vastleggen dat het ook van haar zal blijven en zij alleen erover mag beschikken. Dus nu zal zijn kleine broertje de berg krijgen. Ongelooflijk.

'Is er een reden dat u mij, uw oudste zoon, uitsluit van de erfenis?' vraagt hij, zich met moeite beheersend.

'Ja.'

Ze zit naast hem, gewikkeld in haar regencape, haar gekleurde hoofddoekje fladdert in de zachte rijwind. Zijn moeder. Een kleine, vriendelijke en altijd zorgzame vrouw. En toch lijkt haar gezicht nu, terwijl hij haar aankijkt, als uit steen gehouwen.

'En die luidt?'

Ze vertrekt nog steeds geen spier. Toont geen enkel berouw. Lijkt niet eens in verlegenheid gebracht. Maar wel vastbesloten.

'Ik wil dat mijn zoon Pierrot bij ons op de boerderij blijft. Niemand heeft het recht om hem weg te sturen, daarom wil ik hem het land nu al geven.'

De merrie heeft zoals gewoonlijk bij het zien van de thuisweide het tempo opgeschroefd, zodat ze nu al het erf van de boerderij oprijden. Voor verdere discussie is het dus te laat, bovendien weet hij uit ervaring dat moeder niet makkelijk om te praten is. Jean-Jacques zwijgt ontstemd en spant de merrie uit, terwijl Pierrot en Margot komen aanlopen om de wagen uit te laden.

Vergist hij zich of keek zijn kleine broertje hem net met een triomfantelijke blik aan? Helemaal zeker weet hij het niet, maar als het inderdaad zo was, dan heeft Pierrot daar ook alle reden toe. Terwijl ze de middagsoep eten en met water aangelengde wijn drinken, groeit zijn woede jegens Pierrot, die hun moeder zo slim bespeeld heeft. O ja, ze heeft altijd al een voorkeur voor haar jongere zoon gehad, het moet niet moeilijk voor hem geweest zijn om haar te overtuigen. Pierrot zal dus hier blijven, als een luis in de pels van zijn broer, aangezien hij nu landbezitter is en dus spreekrecht heeft bij alle beslissingen die de boerderij aangaan.

Wat een slimme schaakzet. Jean-Jacques neemt zich voor om er op een rustig moment eens met zijn vader over te spreken. Misschien dat hij op moeder kan inpraten, ervoor kan zorgen dat ze nog eens nadenkt over haar besluit. Twee ruziënde broers kunnen onmogelijk samen een boerderij leiden, zoveel is duidelijk. Als moeder bij haar besluit blijft, dan ziet de toekomst van het landgoed er somber uit.

Na het middagmaal zijn de vrouwen druk in de keuken, vader vertrekt met Jérôme naar de paardenwei, omdat hij gezien heeft dat het jonge zwarte paard hinkt. Jean-Jacques vraagt zich af of hij mee zal gaan, maar besluit dan toch om nog even met het gesprek te wachten. Hij heeft vreselijke hoofdpijn, hij heeft ijskoude handen, zijn ogen tranen. Die vervloekte mistral – als het nu eindelijk maar ging waaien, dan zou hij zich weer beter voelen.

‘Ga toch even liggen, Jean-Jacques,’ zegt Margot zacht tegen hem. ‘Je hebt hoofdpijn, of niet?’

Maar hij is te woedend om nu in bed te gaan liggen. In plaats daarvan trekt hij zijn jas aan en verlaat de boerderij. Een wandeling zal hem goeddoen. Frisse lucht in het gezicht, de lauwe septemberwind door zijn haren. Zodra de koude mistral er is, klapperen de luiken en vliegt alles wat niet vastzit weg. Zonder dat hij zich ervan bewust is, voeren zijn voetstappen hem naar de bewuste wijnberg, de Médouille. Hier groeien grenache-druiven, die in goede jaren voor een uitstekende witte wijn zorgen. Voor de oorlog is hij zelf nog bezig geweest de wijn te verbeteren door er bourboulenc aan toe te voegen. Met het resultaat was hij zeer tevreden. Hij heeft echt grote plannen met deze mooie, kleine wijnberg en alleen daarom al zou het zonde zijn als zijn kleine broertje hem daarbij dwars zou zitten.

Nu de zon weer schijnt, stijgt het vocht als een fijne nevel op van de wijnranken. Hij blijft staan en geniet van de aanblik, haalt diep adem om die nare hoofdpijn te verdrijven.

'Sta je afscheid te nemen?' klinkt plotseling de spottende stem van zijn broer.

Hij draait zich om en ziet Pierrot staan. Zijn jongere broer moet hem gevolgd zijn.

'Waarom zou ik?'

'Omdat dit binnenkort mijn wijnberg is!'

Jean-Jacques snuift schamper. De spottende grijns van zijn broer doet zijn woede weer oplaaien, laat hem dingen zeggen die hij beter voor zich had kunnen houden.

'Moederszoontje! Denk maar niet dat je ermee wegkomt, Pierrot.'

Onwillekeurig heeft hij zijn handen tot vuisten gebald en ook Pierrot neemt een vechthouding aan. Zo staan ze tegenover elkaar, zoals ze als kleine jongens ook al deden, loerend naar elkaar, wachtend totdat de ander een fout maakt, om dan bliksemsnel toe te slaan.

'Je komt niet van me af, broertjelief,' hoont Pierrot. 'Ik zal je tot in je dromen achtervolgen. Tot in je echtelijk bed. Tot in je zondige gedachten aan je Duitse liefje...'

Dat doet het hem. Jean-Jacques heeft geen goede dag, hij laat zich provoceren en slaat als eerste toe. De jongere broer weert de vuist af en slaat tegelijkertijd zelf toe. Jean-Jacques krijgt een stevige klap tegen zijn kin, hij bijt op zijn tong en struikelt naar achteren. Warm bloed stroomt uit zijn mond, het smaakt naar metaal, hij veegt het weg met zijn mouw, maar het blijft komen.

'Alleen omdat jij de erfgenaam bent, heb je Margot gekregen,' sist Pierrot. 'Alleen daarom hebben ze haar aan jou uitgehuwelijkt. Niemand die het interesseerde dat ik van haar hou. Maar vroeg of laat zal ze van mij zijn, omdat jij haar niet waard bent.'

Jean-Jacques is zo bezig met de pijn in zijn mond dat hij amper luistert. Waar heeft Pierrot het over? Dat hij van Margot houdt? Is hij gek geworden?

'Ik hoopte zo dat je niet terug zou komen uit de oorlog,' gaat Pierrot verder. 'Dan was het allemaal zoveel eenvoudiger geweest. Maar nu, nu je weer hier bent, zul je met mij rekening moeten houden. Ik blijf hier, Jean-Jacques. Ik ben je boze geest, je horlà, je schaduw, ik zal je net zo lang volgen tot je...'

Nu is Jean-Jacques in het voordeel, omdat Pierrot in de hitte van het moment niet goed opgelet heeft. Hij stort zich op hem en trekt hem op de grond, ze rollen tussen de wijnstokken, hijgen en vloeken, bespugen en slaan elkaar, totdat ten slotte de oudere broer de overhand krijgt.

'Geef je over!' eist Jean-Jacques, als hij schrijlings op de borst van zijn broer zit en zijn handen vasthoudt.

'Loop naar de hel!' sist Pierrot.

'Geef je op?'

'Nooit!'

Na nog een paar oorvijgen, waartegen Pierrot zich niet kan verweren, capituleert hij eindelijk. De oudere broer laat hem los.

'Sta op en maak dat je wegkomt!'

Pierrot staat voorovergebogen en hoest, pakt een zakdoek om het bloed van zijn kin te vegen, omdat zijn onderlip gesprongen is. Jean-Jacques heeft een opgezwollen gevaarte in zijn mond dat ooit zijn tong was. Hij draait zich om, klopt zijn broek en jas af en loopt zwijgend weg, volgt het pad tussen de wijnstokken door, steeds even stoppend om met de mouw van zijn jas het bloed weg te vegen.

De klap op zijn achterhoofd treft hem totaal onverwacht. Voor zijn ogen denkt hij een glazen ruit te zien, die in talloze kleine scherven uiteenspat, dan neemt de duisternis hem genadig in de armen.

Hilde

Wiesbaden, september 1945

'Hilde? Wat is er?'

Mama staat in haar nachtjapon in de deuropening en staart haar geschrokken aan. Hilde zit hijgend rechtop in bed.

'Niets, mama... Ik heb alleen maar gedroomd...'

Opgelucht leunt mama tegen het deurkozijn. 'Je schreeuwde zo hard dat ik al dacht dat je ziek was...'

'Nee, nee, alles is in orde, mama... Alleen maar een stomme nachtmerrie.'

'Godzijdank,' zegt mama en ze loopt naar beneden, naar het café, om een emmer water te halen en naar de badkamer te brengen. Het is zes uur – tijd om op te staan.

Hilde laat zich uitgeput terug in de kussens vallen. Nog steeds ziet ze dat verschrikkelijke beeld voor zich: een rij soldaten met hun geweer in de aanslag, voor hen een man, wiens ogen verbonden zijn en wiens handen achter zijn rug vastgemaakt zijn. Ze ziet de zwarte krullen, de mond die ze zo goed kent, ze weet dat het haar liefste is, die over enkele seconden door talloze kogels doorboord zal worden. Haar liefste, die zich van haar losgemaakt heeft, die laffe verrader, die ze toch eigenlijk haat. Maar in haar droom is ze schreeuwend op hem afgelopen, sloeg ze haar armen om hem heen, wilde hem met haar lichaam beschermen tegen de kogels...

'Belachelijk,' mompelt ze. 'Hoe dom kun je zijn...'

Ze veegt haar tranen weg en ergert zich er enorm aan, dat ze in haar droom zo om hem gehuild heeft. Hoe is het mogelijk? Ze is hem toch eigenlijk al vergeten, of niet? Iets anders heeft hij echt niet verdiend, die afvallige klootzak. Vergeten en begraven. Over en uit.

Het zal wel komen omdat alles op het moment tegenzit. Ruzie met Künzel, Addi die kortaf is en over alles loopt te zeuren, Julia die haar appartement amper nog uit komt, en als toppunt dat kind dat vanuit het niets hun familie binnengedrongen is.

Haar nichtje Luisa! Wie het gelooft is gek! Staat op een avond voor het café en kijkt naar binnen. Alles was goed verlicht, ze kon dus zien hoe ze allemaal zaten te eten. En toen bedacht ze natuurlijk dat dit een fijne, warme plek voor haar kon zijn, waar ze de winter goed gevoed door kon komen. Papa heeft ze meteen vanaf het begin al om haar vinger gewonden, wat ook niet zo moeilijk was, aangezien papa nogal naïef en goedgelovig is. Zijn nichtje, de dochter van zijn zus Annemarie. Uit de badplaats Rauschen aan de Oostzee – ja, toen smolt hij meteen weg. Nam haar in zijn armen, waarna ze aan tafel moest komen zitten. Waar ze de rest van de griesmeelsoep en een stuk brood voorgezet kreeg. En daarna nog koekjes en surrogaatkoffie. Helemaal volgevreten had ze zich. Terwijl ze vertelde over haar grootouders, die een café in Rauschen gehad hadden. Tja, ze wist wel heel veel dingen die bleken te kloppen. Maar toch weet Hilde bijna zeker dat het meisje een bedrieger is. Een heel geslepen bedrieger zelfs, anders had ze papa niet zo voor de gek kunnen houden.

Hoe ze er ook uitzag! Met die rare kleren, die ze blijkbaar van de Amerikanen gekregen had. Haar haren waren duidelijk al wekenlang niet meer gewassen en die rugzak had gewoon gestonken. Hilde snapt niet dat niemand het verdacht vond, zelfs Künzel niet, die anders toch ook niet op haar achterhoofd gevallen is. Iedereen vond die bedrieger een lief kind, dat vreselijk veel meegemaakt had. En toen ze ook nog eens vertelde dat haar moeder tijdens een luchtaanval doodgeschoten was… toen was iedereen tot tranen toe geroerd. Die arme papa, die waarschijnlijk altijd was blijven hopen dat hij zijn zus Annemarie ooit weer terug zou zien, was er helemaal kapot van.

Mocht dat van haar moeder kloppen, dan zou ze inderdaad iets vreselijks meegemaakt hebben. In dat geval zou ook Hilde enorm veel medelijden met haar hebben. Maar voorlopig is ze van mening dat ze het allemaal slechts verzonnen heeft. Heel praktisch, je moeder laten sterven, zodat je daar geen last meer van hebt. Heeft ze soms papieren laten zien, om aan te tonen wie ze is? Nee, dat heeft ze niet. Haar persoonsbewijzen zou ze tijdens de vlucht kwijtgeraakt zijn, beweert ze. Zo eenvoudig is het. Morgen gooi ik mijn paspoort weg en beweer dat ik een kleindochter van keizer Wilhelm ben. Of een achterkleindochter van Rockefeller.

Haar zogenaamde nichtje stelde zich in elk geval voor als Luisa von Tiplitz. Omdat papa's kleine zusje Annemarie blijkbaar ene baron Johannes von Tiplitz had leren kennen, met wie ze getrouwd was. Haar hooggeboren nichtje Luisa is opgegroeid op een landgoed in de buurt van Danzig. Daarom moesten ze natuurlijk vluchten toen de Russen kwamen.

'Mijn kleine zusje...' had papa steeds maar weer gezegd, met tranen in zijn ogen. 'Annemarie. Marietje. Getrouwd met een echte baron. Baron von Tip... Hoe heette hij ook alweer? Tiplitz? Oude Pruisische adel, hè?'

Ook haar vader is overleden – die sluwe Luisa heeft echt geen scrupules. Die arme baron Johannes von Tiplitz had het aan zijn hart. Heeft zijn echtgenote en dochter veel te vroeg verlaten. Het leven kan zo hard zijn...

Maar ze heeft blijkbaar iets wat iedereen leuk vindt. Allemaal mogen ze haar, hebben ze medelijden met haar, willen ze haar helpen, spreken ze haar moed in. Vooral papa met zijn weke hart, bij hem kostte het haar geen enkele moeite. De volgende die zich door haar liet inpakken was Julia, die was helemaal aangedaan door alle belevenissen van die arme Luisa en bood aan om kleren voor haar te naaien. Schoenen had ze boven ook nog wel staan, een heleboel zelfs, wat een geluk dat zij en Luisa dezelfde schoenmaat hebben. Addi hield zich aanvankelijk nog wat op de vlakte, maar Hilde zag meteen al aan hem dat ook hij met open ogen in de verhalen van juffrouw de barones trapte.

'Zo'n arm, lief meiske,' zegt hij, als mama Luisa naar boven begeleidt. 'Vreselijk, dat ze nu bij die Storbecks moet wonen. Als die ouwe zak haar ook maar met een vinger aanraakt, krijgt hij het met mij aan de stok!'

'Ach, onzin,' zegt Julia. 'Storbeck is echt veranderd sinds hij terug is uit dat kamp. Dat heeft Marianne me verteld.'

Daarop geeft Addi geen antwoord, hij staart somber naar zijn soepkom en speelt met zijn rechterhand piano op het tafelkleed.

'Bovendien schijnt hij binnenkort een baan te krijgen...'

Nu kijkt Addi op en staart Julia met een gefronst voorhoofd aan. 'Storbeck? Die krijgt een baan?'

Julia knikt en zegt dan niets meer, omdat Addi haar zo kwaad aankijkt.

'Toch weer in het gemeentehuis? Op zijn oude stek?'

'Welnee!' roept Julia. 'Als tramconducteur. Maar het is nog niet definitief, zei Marianne.'

Addi schudt zijn hoofd, dan staat hij op en loopt naar de deur. 'Sommige mensen worden nooit wijzer,' zegt hij in Julia's richting. Dan trekt hij de deur open en even later horen ze zijn zware voetstappen op de trap.

'Als kat en hond, die twee,' zegt Künzel. 'Terwijl het er toch nog niet zo lang geleden op leek dat ze een stelletje zouden worden. Tja, de liefde is een rebelse vogel, die niet te temmen valt...'

Waarbij ze Hilde uitdagend aankijkt. Die draait snel haar hoofd weg, omdat ze geen zin heeft in een nieuwe ruzie. Terwijl ze onlangs echt niet stond te flirten en al helemaal haar jarretel niet rechtgetrokken heeft. Ze stond alleen maar met een stofdoek de balustrade af te nemen, waarbij ze een beetje voorover boog. Kan zij er wat aan doen dat die Ami met zijn mooie blauwe ogen naar haar keek? Hij had ook de andere kant op kunnen kijken...

'Jullie hebben toch ongeveer dezelfde maat, Luisa en jij,' zegt papa, die niets meegekregen heeft van de ruzie tussen Hilde en Künzel. 'Je hebt vast nog wel een paar mooie kleren in je kledingkast die haar passen.'

Dat scheelde er nog maar aan, dat ze dat kind ook nog van kleren moet voorzien. Terwijl ze zelf al veel te weinig heeft om aan te trekken. Vooral niets moois, wat ze zou kunnen dragen als ze met Gisela de stad in gaat. Wat bijna nooit voorkomt, aangezien ze altijd nodig is in het café. Maar áls ze eens een middagje tijd heeft, staat ze altijd radeloos voor de spiegel. Die twee zomerjurken zijn inmiddels echt te dun, daar moet ze een vestje overheen dragen. Maar dan ziet ze er meteen weer uit als haar eigen oma, zo ouderwets. Duitse moeder en huisvrouw onderweg naar het koffiekransje van de Nationalsozialistische Frauenschaft. Bah.

'Geen idee...' mompelt ze. 'Misschien een vestje...'

In de daaropvolgende weken krijgt haar nieuwe nichtje het voor elkaar om definitief bij iedereen in de gunst te komen. Künzel laat haar haren door haar knippen en geeft haar een paar zijden kousen cadeau, die ze van de Ami's gekregen heeft.

'Zo'n lief meiske,' zegt ze. 'En zo bekwaam. Heeft m'n haren precies zo geknipt als ik ze wilde. Zo iemand misten we hier nog!'

Wat een slijmster! Hilde heeft goed opgelet: de twee zangstudenten krijgen ogen op steeltjes als ze Luisa zien. Maar denk maar niet dat Sofia Künzel dat in de gaten heeft! Omdat het nooit bij haar zou opkomen dat die arme kleine Luisa haar leerlingen zou kunnen verleiden.

Het leven is oneerlijk. Luisa kan het goed vinden met de Storbecks, zit samen met Addi in het café en voert hele gesprekken met hem, en Julia naait ook nog eens een prachtig herfstpakje voor haar. Precies zo een als Hilde graag gehad zou hebben. Mama, die aanvankelijk nog wat sceptisch was, heeft ze inmiddels ook helemaal ingepalmd. Blijkbaar heeft ze inderdaad verstand van bakken, misschien dat dat verhaal over dat café in Rauschen dus toch wel klopt. Hoe dan ook helpt Luisa mama nu bij het taart bakken. Het is haar zelfs gelukt om met maïsmeel en eipoeder een soort biscuit te maken.

Ze kan wel huilen. Hilde voelt zich steeds meer buitengesloten en verdedigt nu haar laatste bastion: het bedienen van de gasten. Dat is haar terrein, daar heeft Luisa niets te zoeken. En mocht papa al op het idee komen daar anders over te denken, dan is ze vastbesloten om het bijltje erbij neer te gooien. Dan moeten ze maar uitzoeken hoe ze het zonder haar moeten redden.

Maar dan gebeurt er iets wat alles verandert. En dat allemaal dankzij Gisela. Ach, zij blijft toch haar enige en beste vriendin, ook al zijn ze het niet altijd met elkaar eens. Het is een sombere, herfstachtige maandagmiddag, het café is redelijk leeg en papa zit met een boek aan zijn tafeltje bij het raam. Hilde staat net met een vochtige doek de taartvitrine schoon te maken als de draaideur in beweging komt en een gast binnenkomt. Bijna had ze de natte doek op Elses cake laten vallen: het is Josh Peters. In hoogsteigen persoon.

'Goedendag,' groet hij, terwijl hij zijn pet afneemt. 'Wat een vies weer buiten – het lijkt een vroege herfst te worden.'

Meteen heeft ze zichzelf weer in de hand. Met een glimlach zegt ze dat de herfst wat haar betreft nog wel even op zich mag laten wachten. 'Wat kan ik voor u betekenen, luitenant Peters?'

'Een koffie en een stukje van uw heerlijke cake, alstublieft.'

'Komt eraan...'

Terwijl ze het stuk cake afsnijdt, ziet ze papa's ontstemde blik. Hij kan de Amerikanen niet uitstaan, ook al zijn ze als bevrijders gekomen en kunnen ze het inmiddels goed met elkaar vinden. Maar papa is ouderwets: hij haat de muziek die ze meegebracht hebben, de swing en de jazz, vindt kauwgum onsmakelijk en kan het enthousiasme van de kinderen en jeugd voor dat 'cultuurloze' Amerika niet begrijpen. Hilde zet de koffie en de cake op een blad, legt er een lepeltje, taartvorkje en servet bij en bedient haar gast.

'Laat het u smaken...'

'Zal ik doen. Hartelijk dank.'

Glimlacht hij nu? In elk geval is de blik waarmee hij haar aankijkt vriendelijk. Meer dan vriendelijk. Hij kan echt lief kijken, als hij wil. Hij neemt een slok van de surrogaatkoffie, maar raakt de cake nog niet aan.

'Ik hoorde dat uw vader teruggekeerd is uit krijgsgevangenschap,' zegt hij. 'Daar ben ik blij om, voor u allemaal.'

'Ja, we zijn enorm opgelucht. Mag ik u aan mijn vader voorstellen? Hij zit daar aan dat tafeltje. Papa? Dit is luitenant Peters. Een neef van Eddi Graff...'

Bij het horen van de naam Eddi Graff schieten papa's geïrriteerd gefronste wenkbrauwen omhoog. 'Een neef van onze grote acteur Eduard Graff?' zegt hij, terwijl hij rechtop gaat zitten om Peters wat beter te kunnen bekijken. 'Hoe is het mogelijk?'

'Het is een kleine wereld, meneer Koch,' antwoordt Peters. 'Eduard Graff kwam halverwege de jaren dertig bij mijn ouders in Manhattan wonen...'

Papa staart even naar het plafond, probeert zich te herinneren wanneer Graff Duitsland precies verlaten heeft. Het klopt, dat moet in 1935 geweest zijn.

'Als u eens wist hoe wij hem allemaal bewonderden,' dweept hij. 'Een hele grote. Als hij speelde, was de voorstelling altijd uitverkocht, en tijdens de Maifestspiele was hij een ware attractie. Ik had ooit een ondertekende foto van hem, maar die is helaas verdwenen...'

'O,' roept Peters, en hij legt zijn rechterhand op zijn borst. 'Die heb ik me toegeëigend, meneer Koch. Omdat het de enige foto van mijn oom uit die tijd is. Maar ik zal hem u teruggeven...'

'Mijn god,' zegt papa, die alweer ontroerd is. 'Houdt u die maar, jongeman. Het is immers uw oom. Ik zou urenlang over hem kunnen vertellen. Mijn vrouw en ik, we hebben al zijn voorstellingen bezocht!'

'Dat zou me natuurlijk enorm interesseren, meneer Koch...'

Op dat moment gebeurt het, Hilde heeft erop aangestuurd en het is gelukt. Papa maakt een uitnodigende armbeweging en vraagt Peters om bij hem aan tafel te komen zitten.

'Ik heb zo'n vervloekt houten been, luitenant, dus ben niet meer zo snel als vroeger. Dus kom maar bij mij zitten. Hilde, wees zo lief en breng zijn bestelling hierheen... En voor mij nog een koffie, graag...'

Peters pakt zelf zijn koffiekopje, Hilde hoeft alleen zijn gebakschoteltje maar mee te nemen.

'Wilt u er ook bij komen zitten, juffrouw Koch?'

'Dat zal niet gaan, luitenant, ik ben aan het werk,' lacht ze en ze salueert. 'Daar is mijn papa erg streng in.'

Ze laat de twee praten en gaat verder met het poetsen van de taartvitrine. Later wordt haar gevraagd om bepaalde foto's van de muur te pakken en te brengen. Na een tijdje verschijnt Addi, die nog altijd met het sombere gezicht van een tragicus rondloopt, en even later ook Luisa. Nu baalt Hilde toch wel een beetje dat ze moet bedienen en er niet ook bij kan gaan zitten. Vooral omdat Peters Luisa belangstellend bekijkt en ook een paar zinnen tot haar richt. Ze antwoordt hem rustig en vriendelijk, glimlacht daarbij op die verlegen manier die iedereen zo charmant vindt.

Staat ze zich weer voor te doen als dat 'arme meisje', denkt Hilde jaloers. Dat trucje heeft ze goed onder de knie, dat werkt altijd. Maar wacht maar, meisje. Als je soms denkt dat je die luitenant van me kunt afpakken, dan ga je bedrogen uitkomen.

Mama duikt nu ook op, ze heeft boodschappen gedaan en geprobeerd om bij Delicatessenzaak Gold wat spullen zonder zegels te krijgen. Tevergeefs, aan haar gezicht te zien. Tja, jullie zullen echt niet om de zwarte markt heen kunnen, lieve ouders, denkt Hilde. Anders kunnen jullie het café binnenkort wel sluiten.

'Dat is toch...' zegt mama.

'Inderdaad. Luitenant Peters.'

'Wat leuk,' zegt mama. 'Leg jij even de boodschappen in de kast, Hilde.'

Ze weet precies wat mama van plan is. Ze loopt de gelagkamer in, begroet Peters en gaat erbij zitten. Zo meteen zal ze papa vertellen dat het luitenant Peters was die hen behoed heeft voor uitzetting, wat Addi zal bevestigen. Zonder Peters zou hun huis nu door meerdere Amerikaanse officieren bewoond zijn, van wie sommigen vrouw en kinderen zouden hebben laten overkomen. Mama doet er alles aan om papa van zijn Amerikanenhaat af te helpen, omdat hij daarmee Café Engel schaadt. Goed zo, denkt Hilde. Dit gaat allemaal fantastisch. Als mijn adellijke nichtje het nu maar niet verpest.

Maar Luisa – alsof ze Hildes ongenoegen voelt – staat na een tijdje op en verontschuldigt zich. 'Julia wacht boven op me...'

Hilde gunt haar nu zelfs dat mooie herfstpakje – als ze maar verdwijnt. Voor haar in de plaats spuugt de draaideur nu Gisela en haar getrouwe Sammy uit, gevolgd door de hond, die zichzelf weer eens op deze manier het café in weet te smokkelen. Hilde begroet haar vriendin met kussen en een omhelzing, ook Sammy wordt niet vergeten – zo blij is ze dat die twee zich weer eens in het café laten zien, aangezien ze nogal een slecht geweten heeft vanwege papa's weigering. Maar Gisela lijkt niet beledigd, is zelfs in een goed humeur, en terwijl Sammy even met Peters praat, fluistert ze in Hildes oor: 'Luister, we beramen een overval op jullie...'

'Wat voor over...?'

'Sst!'

Er moet een tafeltje bij getrokken worden, omdat mama de twee nieuwe gasten uitnodigt om erbij te komen zitten. Papa is zo verdiept in zijn gesprek met Peters dat hij het eerst niet eens in de gaten heeft. Van Peters heeft hij gehoord dat Eduard Graff in New York nooit meer op het toneel gestaan heeft en kort voor het einde van de oorlog op tragische wijze bij een auto-ongeluk om het leven gekomen is. Dat raakt hem zeer en Peters doet zijn best hem te troosten.

'Kom er toch ook even bij zitten, Hilde,' roept mama haar toe. 'Ik zal theezetten en wat boterhammen smeren. We zijn nu toch onder elkaar.'

Het wordt zowaar gezellig. Gisela serveert de boterhammen, Addi brengt de grote theepot en Josh Peters helpt Hilde met het halen van de theekopjes en de suikerpot. Als ze even alleen zijn in de keuken, vraagt hij haar zacht: 'Bent u nog boos op me, juffrouw Hilde?'

Ze weet dat hij doelt op de in het water gevallen dansavond in de Steingasse en – Café Engel of niet – ze is niet van plan om te doen alsof alles nu opeens vergeten en vergeven is.

'Ik was wel echt boos op u, luitenant. U was respectloos en behandelde me als een klein kind.'

'Dat klopt,' zegt hij terneergeslagen. 'Maar ik was bang dat u in verkeerd gezelschap terecht zou komen.'

Hilde werpt een snelle blik op de deur, maar mama is naast papa gaan zitten, en is vooralsnog duidelijk niet van plan om terug te keren naar de keuken.

'Hebt u er dan tenminste spijt van?' vraagt ze.

'Enerzijds wel, ja,' geeft hij toe. 'Ik had het beleefder kunnen aanpakken. Charmanter, misschien. Maar helaas ben ik, in tegenstelling tot mijn beroemde oom, geen man voor wie alle vrouwen in zwijm vallen. Ik ben nu eenmaal direct en kan soms wat nors overkomen.'

Zo'n uitgebreide schulderkenning had ze niet verwacht. Het ontroert haar. Het klopt dat hij allesbehalve charmant is, hij kan zelfs niet glimlachen. Toch mag ze hem wel. Aan een charmante leugenaar heeft ze geen behoefte meer, daar is ze met open ogen in getrapt en nog altijd lijdt ze onder de gevolgen.

Hij staat voor haar en houdt braaf het dienblad vast, waarop ze de theekopjes en schoteltjes gestapeld heeft. Voorzichtig zet ze de suikerpot er nog bij, dan kijkt ze naar hem op. Zijn blik is verwachtingsvol en tegelijk een beetje treurig.

'Weet u,' zegt ze met een fijn glimlachje. 'Al die mannen voor wie de vrouwen in katzwijm vallen – die zijn niets voor mij. Ik heb veel liever dat iemand oprecht is en geen poppenkast speelt. Dan mag hij best af en toe wat nors overkomen – dat kan ik wel aan.'

Hoewel zijn mond nog steeds niet glimlacht, doen zijn ogen dat nu wel. Het fascineert Hilde hoe warm en vrolijk die glimlach is.

'Daar ben ik blij om,' zegt hij.

Terug in de gelagkamer vangt Hilde bij het uitdelen van de kopjes Gisela's triomfantelijke blik op. Zie je wel, zegt die blik. Ik heb me aan mijn woord gehouden en hem hierheen gestuurd. Vanaf hier ligt het in jouw handen.

Het wordt een gezellig samenzijn, Gisela en Peters doen hun best om de gesprekken voor Sammy te vertalen, al kan hij inmiddels een paar woorden Duits verstaan. Later voegt ook Künzel zich bij hen, ze vermaakt hen met anekdotes uit haar tijd bij de opera, en zelfs Addi vertelt verhalen, over toen Eddi Graff zijn tekst vergeten was en midden in een scène naar het souffleurshokje liep om daar – zo leek het tenminste – zijn schoenveters te strikken. Het begint al te schemeren als Peters afscheid neemt. Papa staat speciaal op om hem vriendschappelijk en op ooghoogte de hand te kunnen schudden.

'Het was me een waar genoegen, luitenant. Ik hoop dat we elkaar binnenkort nog eens zien.'

Peters belooft het en zet zijn pet alweer op, maar blijft dan nog even staan. 'Ik wilde u nog iets vragen, meneer Koch. Is het mogelijk dat ik uw dochter een keer een middagje ontvoer? Mijn vriend Sammy en zijn verloofde willen een uitstapje maken naar de Taunus en hebben mij gevraagd om mee te gaan. Toen kwam ik op het idee om uw dochter ook uit te nodigen...'

Hilde is volkomen overdonderd. Nu snapt ze wat Gisela bedoelde. Och, lieve hemel, dat gaat toch nooit lukken! Een hele middag. Twee stelletjes in de romantische Taunus. Daar zal papa meteen een stokje voor ste...

'Nou ja...' zegt papa aarzelend. 'Wat mij betreft... Als ze uiterlijk zeven uur maar weer hier is.'

Hij kijkt Hilde weer net zo streng aan als vroeger, als ze met Gisela naar de bioscoop wilde. Hilde schraapt haar keel. 'Wordt mij ook nog wat gevraagd?' zegt ze, half beledigd, half geamuseerd.

'Sorry,' zegt Peters met een doodserieus gezicht. 'Ik wilde het eerst even uitleggen en u daarna vragen. Ik hoop dat u het mij niet kwalijk neemt.'

Wacht maar, denkt ze. Als ik nu alleen met je was, zou je nu het nodige over je heen krijgen. Hopeloos.

'Ga nu niet zeggen dat je niet mee wilt, hè?' windt Gisela zich op. 'Terwijl we ons zo op je verheugd hebben!'

'Jawel. Natuurlijk ga ik mee. Ik verheug me enorm... Wanneer gaan we?'

'Donderdag,' antwoordt Gisela. 'En kleed je warm aan. Stevige schoenen. Neem ook iets mee tegen de regen. We willen gaan wandelen.'

O, god, wandelen, denkt Hilde. Over drassige weides en door natte bossen. Heel romantisch. Maar dan heb ik tenminste geen mooi herfstpakje nodig.

Luisa

Wiesbaden, september-oktober 1945

Ze is thuisgekomen. Thuis in het paradijs. Nooit had ze kunnen denken dat ze in dit leven nog een keer zo veel warmte, zo veel geborgenheid zou voelen. Sinds ze op haar veertiende het landgoed van haar vader moest verlaten, was ze op zichzelf aangewezen geweest en moest ze daarnaast ook nog voor haar moeder denken en zorgen. Nu pas beseft ze hoeveel ze van zichzelf gevraagd heeft, hoe hard ze voor zichzelf heeft moeten zijn en hoezeer ze deze huiselijke warmte gemist heeft.

Maar vooral heeft ze een tweede vader gevonden. Haar oom Heinz heeft meteen vanaf het begin haar hart veroverd. Hij is een schat van een man: goedmoedig, hartelijk, meelevend. Als ze bij hem zit en vertelt, kijkt hij haar met zijn zachte ogen aan en voelt ze zich begrepen. De ogen van haar moeder! Dat was het eerste wat haar opviel aan haar oom: hij heeft dezelfde blauwgroene ogen en ook dezelfde donkere, gebogen wenkbrauwen. Behalve dan dat die van haar oom wat dikker zijn. Als hij ze fronst, ziet hij er bijna boosaardig uit. Wat hij echter absoluut niet is. Echt boos worden kan hij niet eens. Al kan hij soms wat tekeergaan en op tafel slaan. Dat gaat dan weer voorbij als een zomerse onweersbui – en meestal heeft hij er na afloop spijt van.

Ze heeft een beetje tegen hem gelogen, dat is wel erg, maar ze deed het voor haar moeder. Haar familie hier in Wiesbaden en vooral haar oom mogen niet weten dat Annemarie Koch een verhouding begon met een edelman en vervolgens een buitenechtelijke dochter van hem kreeg. Dat ze dertien jaar lang als geliefde van de landheer doorbracht op landgoed Tiplitz en na diens dood weggejaagd werd. Nee, ze wil dat haar familie met liefde en respect aan haar moeder denkt en haar niet ziet als dat ongelukkige, gevallen meisje. Of haar zelfs veracht. Luisa zal de persoonsbewijzen, die ze tijdens de vlucht zo zorgvuldig bewaard heeft, verbranden. Zodra de kachel in het appartement aangestoken wordt.

Ze bewoont een kamer die ingericht is als eetkamer maar eigenlijk een soort doorgangskamer is, aangezien de deuren van de keuken en van de woonkamer aan de andere kant erop uitkomen. Luisa slaapt op de bank en heeft haar paar schamele bezittingen opgeborgen in een commode. Vroeger stond daar waarschijnlijk het servies in, maar ze was nu leeg.

'Niet te geloven!' had tante Else gemompeld, toen ze haar de kamer gewezen had. 'Dat dieventuig! Alles hebben ze gestolen en op de zwarte markt verpatst.'

Geschrokken had Luisa gevraagd over wie ze het had, maar tante Else had enkel haar hoofd geschud en gezegd dat ze daar niet over in moest zitten. 'Maar let op je spullen, meiske,' had ze eraan toegevoegd.

Dat was op de eerste avond, toen ze zo onverwacht in Café Engel opgedoken was. Toen had ze nog 'mevrouw Koch' gezegd, pas enkele dagen later had tante haar gezegd dat ze 'tante' mocht zeggen. Op energieke en enigszins onbehouwen toon, zoals ze inmiddels van haar gewend is. 'Hou nu eindelijk eens op met dat rare "mevrouw Koch". Ik ben je tante Else. Duidelijk?'

'Dank u wel...' had ze gestotterd. 'En ik heet Luisa...'

'Dat weet ik. Kan gebeuren dat ik in het heetst van de strijd soms Liesje tegen je zeg. Is dat erg?'

'Nee hoor...'

Erg is het niet. Maar toch krijgt Luisa telkens tranen in haar ogen als tante haar zo aanspreekt. Omdat haar moeder haar immers ook zo noemde. Haar moeder, als enige op de wereld. Haar vader zei altijd Luisa tegen haar.

Tante Else is een praktisch ingesteld iemand, dat merkte ze meteen al, en daarom durft ze haar ook in vertrouwen te nemen. 'Zijn er eigenlijk sleutels voor de deuren in mijn kamer, tante Else?'

Tante staat net meel in het deeg te roeren en gaat geconcentreerd verder, zodat er geen klontjes ontstaan.

'Heeft ze lopen snuffelen? Wat is het toch een loeder, die Marianne. Altijd maar zo onschuldig doen, maar ondertussen heeft ze het flink achter de ellebogen. Ja, die sleutels moeten ergens liggen – ik zal straks eens even kijken. Geef me even die bakvorm aan. Heb je hem ingevet? Goed zo...'

Luisa is voorzichtig, ze wil niemand zomaar beschuldigen. Maar de paar kledingstukken en het ondergoed die in de commode lagen, zijn eruit gepakt en weer teruggelegd. Dat merkte ze omdat ze nu in omgekeerde volgorde lagen. De trui die ze van Else gekregen heeft, ligt nu bovenop, het groene vestje van Hilde onderop. Dat kan eigenlijk alleen maar Marianne Storbeck geweest zijn, die altijd zo onschuldig overkomt en graag babbelt en zo'n vals glimlachje heeft. Luisa mocht haar meteen al niet, maar is steeds vriendelijk gebleven en heeft niets laten merken. En Wilfried Storbeck is al minstens zo onaangenaam, zij het op een andere manier. Hij is al drie keer zonder kloppen haar kamer binnengekomen, uiteraard 's avonds, als ze al in bed lag. En sinds hij een keer plotseling in de badkamer opdook terwijl ze zich net stond te wassen, vergeet ze nooit meer de deur op slot te doen.

De Storbecks doen dus een heel klein beetje af aan haar geluk, maar ze is vastbesloten om het zo goed mogelijk met hen te kunnen vinden. En ze moet nu vooral eindelijk eens die persoonsbewijzen vernietigen – anders vindt Marianne Storbeck ze straks nog en wie weet wat ze er dan mee doet.

Het fijnst zijn de avonden, als ze allemaal samen – zonder de Storbecks gelukkig – in het café zitten en eten wat tante Else gekookt heeft. Ook hier in Wiesbaden zijn de levensmiddelen schaars; wat ze met hun rantsoenkaarten kunnen krijgen, is amper genoeg. Waardoor het slimmer is als iedereen samendoet en Else dagelijks één maaltijd bereidt. Meestal is dat een dikke soep van rijst of gort, soms met wortels of uien erin, soms ook met maïs uit blik of erwten. Heel af en toe is er spek, dat Else in de pan uitbakt, waardoor het dan in het hele huis zo heerlijk ruikt dat het water je in de mond loopt. Ook voegt ze aan de soep vaak wat cornedbeef toe, die Sofia Künzel van de Amerikanen gekregen heeft. Omdat ze daar vier keer in de week pianospeelt.

Als tante Else de soep uitdeelt, kijkt Luisa altijd even naar het raam. Daar stond ze toen, verlangend kijkend naar die mensen die daar binnen aan tafel zaten, lachten en soep aten. Wat wilde ze daar toen graag bij horen! En nu is dat werkelijkheid geworden – dat ze nog een keer zo veel geluk zou hebben, had ze nog maar een paar weken geleden niet voor mogelijk gehouden. Diep vanbinnen voelt ze nog altijd de angst dat het niet zo kan blijven. Dat ze weer iets verkeerd zal doen en het geluk haar als zand tussen de vingers door zal glippen.

In het hele huis is er eigenlijk maar één iemand voor wie ze echt bang is. Dat is Hilde. Haar nichtje Hilde, slechts twee jaar jonger dan zij. Meteen aan het begin maakte ze al duidelijk dat ze niet van plan was met haar bevriend te raken. De blik in haar grijsblauwe ogen is koel en onderzoekend en houdt Luisa onwillekeurig op afstand. Pas op, zeggen die ogen, ik vertrouw je voor geen cent. Jij hoort hier niet. Luisa heeft geen idee wat ze Hilde gedaan zou kunnen hebben, maar begrijpt dat ze heel, heel voorzichtig moet zijn om deze instinctieve afkeer niet nog meer aan te wakkeren.

Terwijl ze Hilde eigenlijk heel graag mag, ze bewondert haar zelfs, omdat ze zo anders is dan zijzelf.

Hilde lijkt op haar moeder, staat met beide benen op de grond, weet van aanpakken en is niet op haar mondje gevallen. Dat laatste zeker niet – haar nichtje Hilde kan behoorlijk tekeergaan en lopen schelden, maar ze kan ook grappig zijn, gevatte antwoorden geven, en als ze lacht is ze onweerstaanbaar. Bij alles wat ze doet straalt ze vitaliteit uit. Of ze nu de trappen opstormt of met een dienblad door het café loopt en de gasten bedient, Luisa heeft altijd het idee dat er een sterke wind door de ruimte waait. Maar ze kan vooral heel goed flirten. Iets wat Luisa waarschijnlijk wel nooit zal leren omdat ze veel te verlegen is. Hilde is voor niemand bang, drijft met iedereen de spot en daagt de mannen uit. En, wonder boven wonder lijkt haar brutale manier van doen de heren te bevallen. Ze vinden Hilde 'charmant', en als de oorlog niet zo veel jongemannen genomen had, had ze er zo aan elke vinger tien kunnen hebben.

Luisa observeert Hilde regelmatig zonder dat zij het doorheeft, omdat ze sommige dingen niet zo goed snapt. Haar rusteloosheid bijvoorbeeld. De gewoonte om overal rond te lopen alsof ze naar iets op zoek is. Overal is ze bezig, in het trappenhuis, in de keuken van het café, in het zijvertrek, in de gelagkamer. Dan rent ze weer naar de kelder om de voorraden te controleren, of begint ze de taartvitrine schoon te maken, die eigenlijk nog brandschoon is. Doet ze dat alles alleen maar om belangrijk te lijken? Zodat iedereen weet hoe druk ze het heeft? Misschien. In elk geval is het beter om haar dan niet in de weg te lopen, omdat ze anders chagrijnig wordt.

'Moest je nu weer met je vette vingers aan die taartvitrine komen?' was ze onlangs tegen Luisa uitgevallen. 'Moet je kijken: overal vingerafdrukken!'

'Het spijt me...'

'Het spijt me... Het spijt me...' had Hilde haar nageaapt. 'Wat dacht je ervan als de hooggeboren barones eens een beetje mee zou denken? We zijn hier niet op het landgoed, edele dame!'

'Hilde!' had haar oom toen geroepen. 'Beheers je een beetje, oké? Luisa heeft gezegd dat het haar spijt.'

O jee! Toen had Hilde me toch een boos gezicht getrokken, waarna Luisa plotseling begrepen had dat Hilde gewoon jaloers is. Het bevalt haar niet dat haar vader het opneemt voor Luisa en het bevalt haar waarschijnlijk ook niet dat oom Heinz zo hartelijk en liefdevol tegen haar is. Wat Luisa heel erg vindt, aangezien de genegenheid van haar oom heel veel voor haar betekent.

'Je lijkt wel een klachtenbus!' slingerde Hilde haar vandaag naar het hoofd, toen ze elkaar in het trappenhuis tegen het lijf liepen.

Eerst dacht Luisa nog dat Hilde de spot dreef met het groene, pluizige vestje dat ze op haar rok droeg. Dat ze nota bene van Hilde gekregen had.

'Een klachtenbus? Hoe bedoel je?'

Hilde rolde met haar ogen om aan te geven hoe stom ze die vraag vond. 'Nou, een klachtenbus. Zo'n brievenbus waarin iedereen een briefje met zijn gejammer kan gooien. Dat ben jij toch, of niet?'

Luisa was geraakt door de hoon in Hildes stem. Waarom lijkt ze haar telkens weer zo graag te willen beledigen? Wat heeft Luisa haar gedaan?

'Als jij dat vindt...' zei ze en ze wilde langs Hilde heen lopen. Maar die versperde haar de weg en keek haar boos aan.

'Je komt nu toch bij Julia vandaan, wier problemen je weer aangehoord hebt, of niet? En nu ga je naar de keuken, waar mama tegen je zal jammeren dat het meel weer op is. Dan ga je bij Addi zitten om zijn liefdesverdriet aan te horen en als er nog tijd over is, maak je met papa een wandelingetje door de Wilhelmstraße, waarbij hij weer zal klagen dat zijn been zo veel pijn doet. Begrijp je? Jij bent iedereens klachtenbus. Je zou jou ook een vuilnisbak kunnen noemen!'

Nu was ook Luisa woedend geworden. Dit hoefde ze niet te pikken. Niet van iemand als Hilde, die de hele dag door alleen maar belangrijk liep te doen en geen oor had voor de problemen van anderen.

'Als dat zo is, dan mag jij af en toe ook bij mij komen, hoor,' zei ze bits. 'Ik zal je zorgen geduldig aanhoren en je vervolgens goede raad geven!'

Hildes mimiek was een waar schouwspel. Eerst was ze met stomheid geslagen, toen deed ze alsof ze moest lachen, en uiteindelijk werd ze woedend. 'Dan kun je lang wachten, vals troostmeisje dat je bent. Op een dag is je spel uit, daar zal ik voor zorgen!'

De schrik was Luisa om het hart geslagen, omdat ze dacht dat Hilde de persoonsbewijzen ontdekt had. Was het dan toch niet die mevrouw Storbeck maar Hilde die haar spullen doorzocht heeft? Maar hoe is ze het appartement binnengekomen? Natuurlijk, met een reservesleutel! Huiseigenaren hebben immers altijd een extra sleutel van alle appartementen, voor het geval dat er iemand in nood is. Moest ze Hilde maar gewoon de waarheid zeggen? Dan zou ze haar ook kunnen uitleggen waarom ze dit leugentje om bestwil verteld heeft. Niet omdat ze zelf nu zo nodig de dochter van een landheer moet uithangen, dat gegeven vindt ze eerder gênant. Maar alleen zodat niemand slecht over haar moeder zou denken. Hoewel, nu Hilde zo gemeen deed, was het misschien toch beter om nog even af te wachten.

En plotseling lijkt Hildes slechte humeur als sneeuw voor de zon verdwenen. In het café wordt Luisa met een vriendelijk 'Goedemorgen!' begroet en haar nichtje zegt zelfs: 'De cake was heerlijk luchtig gisteren!'

Eerst durft Luisa niet te antwoorden, omdat ze bang is dat het compliment sarcastisch bedoeld is, maar Hilde lijkt haar alweer vergeten, haalt de tafelkleden van de tafeltjes en neemt die met een vochtige doek af.

'Eind november krijgen we nieuwe tafelkleden, papa,' roept ze opgewekt door het café. 'Knalrood – passend bij de kersttijd. Dan zal ik ook kerststukjes maken met dennentakken. Die jat ik uit het Kurpark!'

Oom Heinz zit alweer aan zijn tafeltje bij het raam, met voor zich een aantal pamfletten, die op het moment overal door vakbonden en partijen uitgedeeld worden. Duitsland moet een democratie worden, iedereen wordt opgeroepen om mee te werken. Oom Heinz is sceptisch, zoiets hadden ze tenslotte al eens ten tijde van de Weimarrepubliek, en dat is ook niet goed afgelopen.

'Pas maar op dat ze je dan niet betrappen, Hilde,' waarschuwt hij met een glimlachje.

'Ach wat, papa,' roept ze vrolijk. 'Iedereen doet het. Maar Julia is echt wel geniaal. Tafelkleden gemaakt van oude hakenkruisvlaggen – hoe komt ze op het idee!'

'O, lieve god,' roept tante Else vanuit de keuken. 'En ik maar denken dat we die dingen allang weggegooid hadden.'

Hilde grinnikt; ze werpt de verbaasde Luisa zelfs een opgewekte blik toe. Luisa is niet achterlijk, ze denkt even na, dan snapt ze waaraan Hildes plotselinge goede humeur te danken is. Dat heeft natuurlijk te maken met die Amerikaanse luitenant die gisteren in het café was. Die zo lang met oom Heinz over een acteur genaamd Eddi Graff sprak, die blijkbaar op de een of andere manier familie van hem was. En tijdens het avondeten had Else over fijne familietripjes van lang geleden naar naar de Taunus verteld. Wat hadden vooral de jongens toen een pret gehad! August had kikkervisjes gevangen in een jampot en Willi was tegen een boom gelopen, waarbij hij twee melktanden kwijtgeraakt was.

'Een beetje frisse Taunuslucht zal je goeddoen, Hilde,' had tante

Else gezegd. ‘Maar kom alsjeblieft niet thuis met een Amerikaanse bruidegom!’

‘Een Ami? Nooit van mijn leven, mama! Hoogstens een miljonair, die tevens banketbakker is…’

Luisa herinnert zich hoe mal Hilde gisteravond deed, hoe ze flauwe grapjes over de luitenant maakte en tegelijkertijd beweerde dat hij zo’n aardige vent is. Zou ze verliefd op hem zijn? Je zou het bijna denken. Hoewel Luisa vindt dat haar nichtje Hilde – hoe gemeen ze soms ook kan zijn – een betere echtgenoot verdient. Die luitenant Peters heeft echt geen gevoel voor humor, hij heeft niet één keer gelachen toen ze gisteravond bij elkaar zaten.

Maar zo gaat dat nu eenmaal. De wegen van de liefde zijn ondoorgrondelijk. Laat Hilde maar gelukkig worden met haar luitenant, misschien dat ze dan ook vrede kan sluiten met haar nichtje. Ach, wat zou dat een opluchting zijn voor Luisa. Ze is nu eenmaal niet iemand die graag ruzie met anderen heeft.

Inmiddels is ook bij oom Heinz het kwartje gevallen wat betreft de tafelkleden en hij trekt een bedenkelijk gezicht. ‘Wat zijn dat nu voor praktijken! Zoiets zien mensen toch! Iedereen kent die knalrode stof. Wat moeten onze gasten wel niet den…’

Hij zwijgt, omdat op dat moment de draaideur in beweging komt en een eerste gast het café binnenkomt. Een lange vent in een bruine militaire jas, de onderkant van zijn broekspijpen gerafeld, op zijn hoofd een gedeukte homburghoed, die duidelijk zijn beste tijd gehad heeft.

‘Goedemorgen,’ zegt hij, terwijl hij de hoed afneemt. ‘Daar ben ik weer!’

Luisa krimpt geschrokken in elkaar omdat oom, tante en ook Hilde het tegelijkertijd uitschreeuwen.

‘Hubsi! Onze Hubsi is er weer… Ga zitten, oude vriend. En trek die jas uit, die is nog van de Wehrmacht! Ik breng je meteen een kop koffie. Echte voor jou. Alleen voor goede vrienden… Man, Hubsi… dat jij er nu weer bent!’

Alle drie praten ze door elkaar, tante Else helpt hem uit zijn jas, Hilde loopt naar de keuken om echte koffie te zetten en oom Heinz is opgestaan om zijn teruggekeerde vriend te omhelzen. Met tranen in zijn ogen uiteraard – iets anders is onmogelijk bij Heinz Koch. Ten slotte wordt hij ook nog aan het 'nieuwe familielid Luisa' voorgesteld, 'mijn kleine nichtje uit Oost-Pruisen', zoals oom Heinz zegt. Ze geeft de man die Hubsi genoemd wordt een hand en ziet dat hij de wijsvinger van zijn rechterhand mist.

'Dit is Hubsi Lindner, onze pianist,' zegt tante Else. 'Nou ja, eigenlijk heet hij Hubert, maar dat zegt niemand.'

Hubsi Lindner is rond de veertig, heel dun met ongelooflijk lange handen, die zeer geschikt lijken om piano mee te spelen. Hij heeft mooie donkere ogen en bijna geen haar meer op zijn hoofd. Als hij glimlacht, rimpelt zijn gezichtshuid en ontbloot hij een rij gelige, maar perfect regelmatige tanden.

'Aangenaam, juffrouw,' zegt hij tegen haar.

'Nee,' antwoordt ze. 'Voor een vriend van de familie ben ik gewoon Luisa.'

Dit huis moet wel een geheim postsysteem hebben, want nu verschijnt ook Addi Dobscher, hij spreidt zijn armen en drukt de teruggekomen Hubsi tegen zijn borst. 'Man, Hubsi, ouwe makker! Wat is er met je vinger gebeurd?'

'Die heb ik in dingen gestopt waar ik beter af had kunnen blijven, Addi. Een geweerkogel schoot mijn vingertopje eraf, en een infectie deed de rest… Ben allang blij dat niet mijn hele hand of zelfs mijn hele arm eraf moest… Maar ik speel nog steeds… Ik heb er weinig last van, het vereist alleen wat oefening…'

Terwijl ze hem verwennen, hem op de schouders kloppen en voorzien van koffie en cake, glijdt zijn blik telkens weer naar de piano. Of die nog een keer gestemd is tijdens zijn afwezigheid?

'Daar heeft Künzel voor gezorgd, die heeft er veel op gespeeld. En 's zondags hebben we hier dansmiddagen met swing en jazz,' roept Hilde.

'O, god,' zegt Hubsi bezorgd. 'Moet hier nu dat soort muziek gespeeld worden?'

Oom Heinz stelt hem meteen gerust. Hij mag spelen wat hij wil, net als vroeger. 'Ik verheug me erop eindelijk weer eens fatsoenlijke muziek te horen. Je bladmuziek ligt er nog.'

Hubsi knikt en drinkt zijn koffie, eet gretig van de cake en knikt nog een keer. Tante Else loopt terug naar de keuken om een boterham met smeerkaas voor hem te smeren, die hij ook binnen de kortste keren verorberd heeft. Arme kerel, hij heeft duidelijk niet veel te eten gehad de laatste tijd. Luisa weet precies hoe hij zich moet voelen, hoe blij hij moet zijn om hier in Café Engel zo hartelijk ontvangen te worden.

'Heb je al onderdak?' vraagt Hilde. 'Waar je vroeger woonde is namelijk alles platgebombardeerd.'

Dat wist Hubsi nog helemaal niet. Hij is vanochtend vroeg met een repatriëringstransport aangekomen op het station en rechtstreeks naar Café Engel gelopen. Wat een schok!

'O, god! Mijn souvenirs! De boeken! De bladmuziek. En mijn fotoalbums... Wat vreselijk!'

Hij is vrijgezel en woonde in een studio in de oude binnenstad, op de bovenste verdieping. De paar meubelstukken had hij van zijn overleden ouders geërfd, evenals de boeken, het servies, de fotoalbums, het zilveren bestek, zijn kleding...

Alleen de bladmuziek had hij zelf aangeschaft. En dat is nu allemaal verbrand en voor altijd verloren.

Ze troosten hem zo goed mogelijk. Hij kan in Augusts appartement wonen, Luisa woont daar ook, de Storbecks moeten de woonkamer maar afstaan, dan hebben ze nog steeds de slaapkamer. Kleren en ondergoed kan hij van Addi en Heinz krijgen, Julia kan het allemaal op maat maken.

'Wees blij dat je tijdens dat bombardement niet thuis was, Hubsi,' roept Künzel, die ondertussen ook naar beneden gekomen is. 'Anders zouden we hier nu niet zo gezellig bij elkaar zitten!'

Hij laat zich door Sofia Künzel omhelzen en zegt dat hij zo veel verschrikkelijke dingen gezien heeft dat dit nieuws over zijn kamer er ook nog wel bij kan. 'De muziek is mijn troost,' zegt hij glimlachend. 'Als ik maar een piano en een paar noten heb – meer heb ik niet nodig.'

Een aparte man, denkt Luisa, maar ze heeft hem meteen in haar hart gesloten. Het idee dat hij de kamer naast haar zal gaan bewonen, bevalt haar wel. Dan zit ze tenminste niet meer alleen met die Storbecks.

'Hebben jullie nog iets van Fritz gehoord?' vraagt Hubsi.

'Helaas niet,' zegt oom Heinz. 'Maar die duikt hier vast ook binnenkort wel weer op.'

Het klinkt heel overtuigend als oom Heinz zoiets zegt. Gisteren had hij het over zijn zoons, August en Willi, en maakte hij al allemaal plannen over hoe hij hun nieuwe start in Wiesbaden kon vergemakkelijken. Terwijl ze al maandenlang niets meer van die jongens gehoord hebben. Luisa hoopt maar dat haar oom niet zal worden teleurgesteld in zijn blijmoedige optimisme.

'Fritz is zo'n getalenteerde muzikant,' gaat Hubsi verder. 'Ik vond het altijd heerlijk om met hem te spelen. Wat een zonde en schande om zo iemand naar het front te sturen...'

Hilde antwoordt dat deze hele oorlog een schande was omdat hij zinloos was en heel veel mensen alleen maar ellende gebracht heeft.

'Jij gaat morgen toch naar de Taunus, Hilde,' zegt tante Else. 'Dan zou je misschien eens navraag kunnen doen. Misschien zit Fritz wel bij zijn ouders. Op de boerderij, waar ze melk en spek hebben...'

'Wat denkt u nu, mama! Ik kan toch niet zomaar bepalen waar we heengaan. Bovendien weet ik niet eens precies waar dat gat ligt. Hoe heette het ook alweer?'

'Lenzhahn. Vlak bij Niedernhausen,' roept oom Heinz. 'Prachtige omgeving om te wandelen. Zeg dat maar tegen die luitenant van je, misschien luistert hij wel.'

'Ik kan het proberen...'

Luisa staat paf. Lenzhahn... dat kent ze toch. Daar wonen de ouders van Fritz Bogner... Fritz...

'Neem me niet kwalijk,' roept ze. 'Wat is de achternaam van die jonge muzikant?'

'Fritz?' vraagt Künzel. 'Bogner heet hij. Een fantastische jongeman. Zo timide. En zo getalenteerd. Een boerenpummel eigenlijk – veel te laat met lessen begonnen, anders had hij verderop in het orkest van het Staatstheater gespeeld. Of misschien zelfs wel een solistencarrière ge...'

Luisa luistert al niet meer, zo opgewonden is ze. Het lot heeft haar in Rostock met Fritz Bogner verenigd en nu ontdekt ze dat hij hier in Café Engel vioolspeelde. Toeval? Dat kan ze eigenlijk niet geloven.

‘Als bakvis was ik verliefd op Fritz Bogner,’ zegt Hilde nu dweperig. ‘Als hij de *Zigeunerweisen* van Sarasate speelde, dan was ik in de zevende hemel. O, volgens mij ben ik nog steeds verliefd op hem…’

Heinz

Wiesbaden, oktober 1945

Nee, zo had hij het zich niet voorgesteld. In het krijgsgevangenenkamp en daarna, tijdens die verschrikkelijke tijd in het ziekenhuis, kwam zijn Wiesbaden hem altijd voor als het pure paradijs. Hoe vaak heeft hij niet verlangend gedroomd over zijn café aan die prachtige, zomerse Wilhelmstraße! En voor het café stond dan altijd zijn Else. In een donkere jurk met wit kanten schortje. Zo mooi, zo daadkrachtig en vooral zo vrolijk. Else: zijn goede geest, zijn geliefde, zijn energieke, slimme echtgenote, de goede ziel van zijn huis… Ach, ja…

En nu is hij dan terug en is alles zo anders dan in zijn dromen. De oorlog, die vervloekte, ellendige oorlog is zijn goed geordende, mooie leventje binnengedrongen en heeft het ten kwade gekeerd. Het is vooral zijn been dat hem boos maakt en zijn stemming bedrukt. Wat nou, 'over een paar weekjes loopt u weer net zoals vroeger'! Telkens weer raakt de stomp ontstoken, gaat het litteken open, waarna de prothese ertegenaan schuurt en hij het wel kan uitschreeuwen van de pijn. En dan dat vervloekte gestrompel, wat haat hij zichzelf als hij als een zielige oude man de trappen afklautert, treetje voor treetje, waarbij elke trede met pijn en inspanning overwonnen moet worden. Amper te geloven dat hij hier als jongeman lichtvoetig naar boven en beneden rende, met twee treden tegelijk, waarbij hij vaak van de laatste drie sprong.

Natuurlijk weet hij dat de anderen hier niets aan kunnen doen en hij probeert zich dan ook zo goed als hij kan te vermannen. Maar helaas weet niemand hier in huis dat te waarderen, omdat ze zich niet kunnen voorstellen wat hij doormaakt. Ook Else niet. Dat stelt hem nog het meest teleur. Zijn Else, die hem altijd zo liefdevol terzijde stond, die bij zijn terugkeer de halve nacht in zijn armen lag te huilen van geluk – inmiddels lijkt ze immuun voor zijn lijden, maakt ze ongevoelige opmerkingen, en 's avonds, als ze samen in bed liggen, draait ze zich zwijgend op haar andere zij. Als Luisa er niet was, zijn kleine nichtje uit Oost-Pruisen, dat lieve meiske, dat hem steeds weer weet op te beuren, zou hij allang wanhopig zijn geweest.

En hij vindt ook wat troost bij zijn oude vrienden, van wie sommigen in Café Engel zijn eenzaamheid komen delen. Hans Reblinger, die goedzak, Alois Gimpel, en Ida Lehnhardt en Jenny Adler. Plus nog wat anderen, onder wie voorzanger Klaus Firnhaber, die in de Marktkirche werkt en hier in Café Engel zijn kerstconcerten wil geven. Maar de theatermensen zitten nu overal en nergens omdat in het Staatstheater aan de overkant alles stilligt. En de grote artiesten van buiten, die vroeger altijd even langskwamen in Café Engel, hier afspraken met bekenden en hun handtekeningen onder hun foto's zetten… die komen al helemaal niet meer. Duitsland ligt op zijn gat, de Duitse kunst, de literatuur, de muziek, het theater: alles ligt in puin. In plaats daarvan moet hij nu elke zondag in zijn eigen café die Amerikaanse jazzherrie aanhoren. Alleen Hubsi Lindner weet hoe erg dat is voor een muzikaal iemand. En dan dat gehuppel dat ze dansen noemen! Pijnlijk, echt pijnlijk. Dat zijn arme meisje, Hilde, onder dergelijke invloeden moet opgroeien, bevalt hem absoluut niet. Gelukkig bevinden zich ook onder de bezettingssoldaten nog een paar ontwikkelde mensen met wie je kunt praten. Zoals die luitenant Peters. Een neef van de grote Eddi Graff, wie had dat gedacht! Eddi had nog kunnen leven als de nazi's die belachelijke Jodenhaat niet gehad hadden. Wat een waanzin. Stelletje misdadigers. Heinz is trots en blij dat hij Julia Wemhöner tenminste nog voor dat verschrikkelijke lot heeft kunnen behoeden. Maar wat is het een aderlating geweest voor de kunst- en wetenschapswereld! En hoeveel ongelukkigen heeft die waanzin wel niet opgeschrokt! Als je er zo over nadenkt, mag je eigenlijk nog blij zijn dat je slechts een half been kwijtgeraakt bent. Ook al is dat allesbehalve leuk…

Maar vandaag, als vanuit het niets, wordt hij met zo veel narigheid geconfronteerd dat de emmer van zijn ellende overstroomt. Die ochtend is hij nog nietsvermoedend opgestaan, heeft zich aangekleed en zich de trap af naar het café geworsteld. Helemaal zonder hulp, omdat zijn Else immers al in alle vroegte moet opstaan om overal in huis te kijken of alles in orde is. Als hij beneden aankomt kreunt hij een beetje, wat ook geen wonder is bij die inspanning, maar zijn Else staat net het vuur in het fornuis op te poken en draait zich niet eens naar hem om.

'Is de stroom weer eens uitgevallen?' vraagt hij.

'Wat denk je?' moppert ze. 'Als we dat oude kolenfornuis niet bewaard hadden, hadden we het wel kunnen schudden.'

Hij merkt dat ze in een slecht humeur is en wijt het aan de stroomuitval. Iets wat telkens weer voorkomt en helaas weet je van tevoren nooit wanneer precies.

'Ja, we boffen maar met dat kolenfornuis,' beaamt hij sussend. 'Daarmee zitten we er in de winter tenminste warmpjes bij.'

Met die woorden strompelt hij langs haar heen naar de gelagkamer van het café om op zijn gebruikelijke plekje te gaan zitten. Het weer buiten is echt troosteloos, een nare miezerregen waait door de straat, natte bladeren hopen zich op op het trottoir voor het café. Daar moet nodig even geveegd worden, denkt hij, en hij bedenkt dan dat ze vorig jaar nog die Franse gastarbeider hadden, die dergelijke karweitjes voor zijn rekening nam. Hoe heette hij ook alweer? Jean-Jacques Pernot… nee, Pernac… ook niet. Nou ja, in elk geval iets met een p. Een aardige jongen was het en hij zag er ook nog eens goed uit, lang en gespierd, met warrige zwarte krullen – jammer. Else heeft hem verteld dat hij in januari gevlucht en – volgens Wilfried Storbeck tenminste – gepakt en doodgeschoten is. Hilde, zijn meisje, was een beetje verkikkerd geweest op die knappe vent, Else had goed moeten opletten omdat er anders misschien nog wat gebeurd zou zijn.

Hij werpt een blik op de keukendeur om te zien of Else al in aantocht is met zijn kop koffie en boterham met jam. Maar er beweegt nog niets. Nou ja, ze staat waarschijnlijk de kopjes en koffiepot nog op het dienblad te zetten, omdat ze altijd graag even een kopje met hem meedrinkt voordat ze verdergaat. Hij snuift, maar ruikt nog geen koffie.

'Else?'

Ze steekt kregel haar hoofd door de deuropening en aan de haarlok die over haar voorhoofd hangt, ziet hij al dat ze niet blij met hem is.

'Wat is er?'

'Is er geen ontbijt vandaag, schat?'

Hij krijgt geen antwoord, maar ze komt nu wel met een kopje aanlopen met daarin een lichtbruin, helder brouwsel.

'Hebben we thee vandaag?'

'Koffie,' antwoordt ze onvriendelijk. 'Surrogaat. Wat er nog van over is. Meer hebben we niet meer.'

'Ach!' zegt hij, terwijl hij een blik in het kopje werpt. 'Nou ja, ik had ook liever echte koffie gehad.'

Lieve hemel! Wat heeft hij gedaan, dat ze hem nu zo woedend aankijkt?

'Je had liever echte koffie gehad?' vraagt ze op onheilspellende toon. 'Weet je wat? IK OOK!'

Hij glimlacht in de hoop haar wat te kalmeren, maar bereikt enkel het tegenovergestelde. Ze haalt diep adem en strijkt met een snelle handbeweging de lok van haar voorhoofd.

'Wat dacht je van Turkse mokkakoffie?' vraagt ze op gevaarlijk uitdagende toon. 'Schwarzwalderkirschtaart? Kwarktaart? Amandelcake? Zal ik even in de keuken kijken waar de eieren en de slagroom staan? En het meel? De poedersuiker? De boter voor de kerststol?'

Ze is zo woedend dat haar stem helemaal schel klinkt. Heinz schrikt zich dood, zo heeft hij zijn Else nog nooit meegemaakt.

'Wat is er aan de hand, schat?' fluistert hij.

'Wat er aan de hand is? En dat vraag je mij, Heinz Dromer?' roept ze zo hard dat het waarschijnlijk tot op de bovenste verdieping te horen is.

Nu begrijpt hij er helemaal niets meer van en dus houdt hij voor de zekerheid zijn mond maar om haar niet nog meer op de kast te jagen. Bezorgd staart hij naar haar rood aangelopen gezicht. Ze is toch niet ziek? Plotseling voelt hij zich heel hulpeloos. Wat moet hij beginnen als Else ziek wordt? Of een fatale beroerte krijgt?

Maar Else is niet ziek en ze is ook niet van plan om dood te gaan.

Integendeel, ze is zeer levendig. Met een ruk trekt ze een stoel naar achteren en ze neemt plaats.

'Het is tijd dat iemand jou de ogen eens opent, Heinz Koch!'

Niet-begrijpend kijkt hij haar aan, maar hij durft nog steeds niets te zeggen. Hij kan maar beter afwachten, de woede over zich heen laten komen, dan zal ze uiteindelijk wel weer normaal worden.

'Als jij denkt dat we zo verder kunnen, dan vergis je je deerlijk!' gaat ze verder, terwijl ze haar beide ellebogen op tafel zet. 'Heb je al een keer in de voorraadkast gekeken? In de kelder? Natuurlijk niet. Meneer Koch is immers druk met zijn vrienden, discussieert over de hoge kunsten en aanstaande kerkconcerten en drinkt koffie. Else, breng ons nog eens een paar boterhammen. Breng wat van die heerlijke cake van je. Zijn er nog wat koekjes?'

Ze pauzeert even om adem te halen en langzaam begint hij te begrijpen waar ze heen wil. Dat zijn vrienden bijna nooit betalen omdat hij hen altijd uitnodigt. Zo deed hij dat vroeger ook altijd en, ach, hij zou het zo pijnlijk vinden om nu opeens wel geld van hen te vragen.

Maar Else is duidelijk nog niet klaar. Ze kijkt hem boos aan en de lok hangt ook weer over haar voorhoofd.

'Besef je eigenlijk wel dat we aan de grond zitten, Heinz? Keuken en kelder zijn leeg, in de voorraadkast staan nog vijf flessen schnaps, die we niet mogen schenken omdat meneer Koch bang is voor de Amerikanen. Als er vandaag gasten in het café komen, kan ik ze niet eens meer pepermuntthee aanbieden. Dat is hoe de zaken ervoor staan!'

Dat klinkt niet goed. Hij heeft zich tot nu toe nooit beziggehouden met de bevoorrading, dat was altijd Elses afdeling, en ze hebben tenslotte rantsoenkaarten. En Julia, niet te vergeten, die brengt ook vaak nog wat mee. Net als Künzel.

'Zal ik eens met Sofia Künzel praten?' vraagt hij voorzichtig. Een genereus aanbod, aangezien hij zoiets niet graag doet, maar omdat zijn Else blijkbaar zo wanhopig is, is hij bereid over zijn eigen schaduw heen te springen.

'Nee!' is het ferme antwoord. 'Künzel heeft deze maand al genoeg bijgedragen. En Julia ook. Het is gewoon niet genoeg...'

'Maar we hebben toch rantsoenkaarten voor vijf personen...'

Dat had hij niet moeten zeggen, nu ontploft Else pas echt. Of hij enig idee heeft wat je met zo'n kaart kunt krijgen? Nee? Natuurlijk niet, meneer zweeft tenslotte in hogere sferen. Waardeloos zijn ze, die kaarten. En nog duur ook. 200 gram slecht vlees per week. 80 gram vet, maar geen boter. Bouillonblokjes. 60 gram kaas. Een piepklein zakje suiker en een zak rotte aardappelen...

'Te weinig om van te leven en te veel om van dood te gaan, Heinz. En al helemaal niet genoeg om zo veel mensen van te voeden. Laat staan om een café mee te runnen...'

'Maar...' probeert hij voorzichtig. 'Maar tot nu toe lukte het toch ook steeds min of meer, Elselein...'

Hij begrijpt dat ze wat voorraden bij elkaar gespaard hadden, vooral meel, en wat eipoeder en een zakje suiker. Maar dat dat nu allemaal tot op de laatste kruimel opgebruikt is.

'Als we nu niet eindelijk wat levensmiddelen kopen op de zwarte markt moeten we het café sluiten,' concludeert Else bondig.

De zwarte markt! Dus daar stuurt ze op aan. Hij had het kunnen weten, maar hij is nu eenmaal niet zo snel met dit soort dingen.

'Dat wil ik niet, Else.'

'Waarom niet? Iedereen gaat erheen, om te ruilen of te kopen.'

'Het is verboden. En veel te gevaarlijk bovendien.'

Else gooit haar armen in de lucht en zegt dat hij zich niet zo moet aanstellen, dat hij veel te gevoelig is, meer niet. Waarmee ze geen ongelijk heeft, ze kent hem gewoon door en door. Heinz vindt het nu eenmaal oneervol om als een zwerver op de zwarte markt te handelen. Vooral omdat je nooit zeker weet of het geen gestolen waar is die je daar koopt. Bovendien wordt het vel je daar gegarandeerd over de oren gehaald.

'Goed dan,' zegt Else op gevaarlijk rustige toon. 'Je hebt erom gevraagd!'

Ze staat op, loopt door de draaideur en draait de buitendeur op slot. Dan komt ze terug, pakt een blad papier en een potlood, gaat ermee bij hem aan tafel zitten en begint grote blokletters te tekenen.

TOT NADER ORDER GESLOTEN.

Heinz kijkt ontdaan maar lijdzaam toe. Dan pakt ze een rood potlood en kleurt daarmee de letters in, zodat het bordje goed opvalt.

'Dit meen je toch niet, Else...' murmelt hij hulpeloos.

'En of ik het meen, Heinz!'

Nu voelt hij toch ook iets van boosheid opkomen. Als ze denkt dat ze hem op deze manier kan chanteren, dan vergist ze zich. Geen zwarte markt! Daar blijft hij bij. Café Engel moet op fatsoenlijke wijze gerund worden. Zoals ze dat altijd gedaan hebben. En daarmee uit!

'Waar is Hilde?'

Else kleurt vol overgave het fatale woord GESLOTEN in en antwoordt niet meteen. Terwijl ze bezig is met het rode potlood, moet ze meerdere keren de kriebelende lok haar op haar voorhoofd opzij strijken.

'Hilde is met Addi op pad. Hout sprokkelen.'

Hij begrijpt het niet meteen. Dan herinnert hij zich weer dat Else onlangs meldde dat de kolen op waren. Ze zullen dus wel tussen de puinhopen op zoek zijn naar houtresten voor het fornuis. Voor als de stroom weer eens uitvalt.

'Dan moeten we kolen bestellen,' zegt hij. 'De winter staat voor de deur.'

Hij zegt het bedachtzaam en wil al voorstellen om er persoonlijk achteraan te gaan. Maar dan begint Else zo hard te lachen dat hij haar geïrriteerd aankijkt.

'Lees jij eigenlijk de *Wiesbadener Kurier* wel of gebruik je die alleen maar als onderzetter voor je koffiekopjes?'

Opnieuw een belediging die hem steekt. Hij leunt achterover op zijn stoel en strekt zijn pijnlijke been, onderdrukt een kreun, waarbij hij Else beschuldigend aankijkt.

'Er zullen waarschijnlijk geen kolen te koop zijn de komende winter,' zegt ze. 'Wie niet wat hout heeft kunnen sprokkelen, zit in de kou.'

En met die woorden laat ze hem zitten. Loopt naar boven, naar hun appartement, en komt even later terug met het afgemaakte bordje. Ze heeft het op een stuk karton geplakt en hangt het nu met een stukje touw achter het raam, zodat het vanbuiten goed te lezen is. TOT NADER ORDER GESLOTEN. Dat besluit zij zomaar even, zonder met hem te overleggen. Hij snapt het niet. Hebben ze al die jaren niet altijd alle beslissingen samen genomen? De dingen samen besproken en samen naar oplossingen gezocht?

'Else...' zegt hij zacht, als ze langs hem heen terug naar de keuken loopt.

Ze blijft staan en draait zich om. 'Ja, Heinz?'

Haar verwachtingsvolle blik stoort hem. Zij wil naar de zwarte markt, hij moet zijn principes maar aan de kant zetten, daar wacht ze nu op. Maar hij wil het niet. Niet op deze manier. Niet onder druk. Hij heeft nog steeds een zekere trots, al is die de laatste tijd sterk op de proef gesteld, en nu wil Else die definitief kapotmaken. Dat kan hij niet toestaan.

'Ach... niets...'

Ze schudt met een resolute hoofdbeweging de irritante lok naar achteren en loopt door. Laat hem alleen in het lege café achter zijn koude surrogaatkoffie zitten. Hij staart naar buiten, naar de miezerregen, tussen de half kale platanen door naar het vernielde theatergebouw. Zo is het dus als je vol verlangen naar je liefsten uit de oorlog naar huis komt. Je wordt afgeblaft, je trots, je principes over een fatsoenlijk leven moeten maar aan de kant geschoven worden, alleen omdat er even geen meel te krijgen is. Ach, waar is die goeie ouwe tijd toch gebleven? Waar is de liefde tussen de mensen? Het medeleven? De vriendschap?

Iemand klopt op de buitendeur en zwaait naar hem. Hans Reblinger staat buiten onder een paraplu en verbaast zich over het bordje. Heinz staat op en strompelt naar de draaideur, worstelt zich erdoorheen naar de buitendeur en doet die open.

'Wat moet dat bordje daar?' vraagt Hans Reblinger. 'Hebben de Ami's het café gesloten?'

'Ach!' antwoordt Heinz. 'We zitten alleen... een beetje krap momenteel... Koffie is op... Helaas... Maar kom gerust binnen...'

Hans Reblinger aarzelt. Dan zegt hij dat hij nog een boodschap moet doen en later misschien nog even langskomt. En weg is hij.

Dus zo staan de zaken ervoor, denkt Heinz diep teleurgesteld. Geen koffie en hij is er weer vandoor. Dat zijn dan de mensen die ik als mijn vrienden zag. Hij slaakt een diepe zucht en draait de deur weer op slot. Strompelt door de draaideur terug het café in en merkt dat het koud is in de gelagkamer. Geen wonder, het is herfst, de heerlijke zomertijd is allang voorbij. Hij denkt aan zijn Hilde, die met

Addi op pad is om hout te verzamelen, en zijn hart verkrampt. Wat zijn dit toch voor tijden? Geen kolen, geen stroom, af en toe wordt het water even afgesloten. De gedachte dat zijn Else in veel van wat ze hem naar het hoofd slingerde gelijk had, dringt zich bij hem op, om meteen weer verworpen te worden. Dat zou helemaal wat zijn, als hij meteen al zijn principes maar overboord zou zetten enkel omdat het een beetje fris is in de kamer.

De koude surrogaatkoffie smaakt naar water met straatstof. Het is beneden zijn waardigheid om dergelijk bocht te drinken, dan heeft hij nog liever kraanwater. Opnieuw moet hij opstaan van zijn stoel, omdat hij vandaag gedwongen wordt om zelf de krant uit de brievenbus te halen. Het lopen gaat nog altijd moeizaam, omdat zijn gezonde been te zwak is. Misschien moet hij meer rondlopen, zich door de pijn heen bijten en zijn spieren weer trainen. Dat is ook wat de dokter hem geadviseerd heeft, maar Heinz is geen wandelaar, hij zit liever hier bij het raam te kletsen met vrienden. Alleen Luisa wist hem af en toe te verleiden tot een kort wandelingetje door de Wilhelmstraße. Dat lieve meiske. Waar is ze vandaag eigenlijk?

'Morgen, meneer Koch!' klinkt het achter hem.

Hubsi komt de trap af, stijf als een bezemsteel en nog altijd in die te korte, rafelige broek. Heinz is blij iemand te zien met wie hij kan praten en wenkt hem het café in. Hubsi loopt meteen door naar de piano, hij heeft hem gisteren gestemd en oefent als een bezetene om al zijn lievelingsstukken ook zonder rechterwijsvinger enigszins fatsoenlijk te kunnen spelen.

'Ach…' zegt hij, als Heinz net met een licht gekreun weer is gaan zitten. 'Denkt u dat er een slokje koffie is? En een klein hapje ontbijt? Ik heb tenslotte gisteren mijn rantsoenkaarten gehaald en ze aan uw vrouw gegeven…'

'Tja…' zegt Heinz langzaam. 'Kijk maar even of mijn vrouw in de keuken is.'

'Die zag ik met juffrouw Luisa naar Wemhöner gaan,' bericht Hubsi. 'Maar uw dochter is er vast wel…'

Heinz schraapt zijn keel en krijgt het niet over zijn hart om te zeggen dat zijn Hilde samen met Addi Dobscher hout aan het sprokkelen is voor de winter. Hij schaamt zich er gewoon voor. In plaats daarvan staat hij opnieuw zachtjes kermend op van zijn stoel en loopt zelf naar de keuken.

'O, god, meneer Koch,' zegt Hubsi geschrokken. 'Ik wilde u niet opjagen. Met uw been...'

'Het gaat wel,' knort Heinz. 'Kom maar even, dan kunt u me helpen.'

De keuken is keurig opgeruimd, laat dat maar aan zijn Else over. Maar helaas blijkt ze niet te hebben overdreven: de voorraadkast is in erbarmelijke staat, alleen maar lege potten, op de grond een paar verschrompelde aardappelen, op de plank een stukje spek, een blik *pork and beans*, een paar bouillonblokjes en een pakje met drie suikerklontjes. Het koffieblik is leeg en ook de moutkoffie, de surrogaatkoffie van geroosterde eikels, de rozebottelthee en de kamillethee zijn op. Er ligt alleen nog een heel klein beetje pepermuntkruid – toch beter dan niets. Heinz ziet dat de waterketel weliswaar gevuld is, maar het vuur in het kolenfornuis alweer bijna uit is.

'Zet u even twee kopjes, schoteltjes en theelepeltjes op een dienblad,' zegt hij tegen Hubsi, die al achter hem klaarstaat. 'En geeft u me even de theepot aan van dat rek.'

De broodtrommel is leeg, op twee harde kapjes na, geen spoor van boter, jam of stroop. Else heeft niet gelogen: de situatie is nijpend. Heinz wordt al flauw bij de gedachte aan hoe Else vanavond van al deze restjes nog soep voor acht personen moet koken. En hoe zit het met die rantsoenkaarten van Hubsi? Tja, kaarten zijn weliswaar prima, maar je moet de levensmiddelen nog wel kunnen betalen. Je krijgt ze niet cadeau. Zoals je niets in dit ellendige leven cadeau krijgt.

Hij vindt nog een paar stukken hout en steekt het vuur in het fornuis weer aan, zet de ketel erop en stopt de restjes pepermunt in de pot. Dan legt hij de harde broodkapjes op twee dessertbordjes en drukt die Hubsi in de hand. Die kijkt een beetje bedremmeld naar zijn schamele ontbijt, maar draagt het dan braaf naar het tafeltje bij het raam. Kijk eens aan. En met al dat heen-en-weergeloop heeft hij helemaal geen last van zijn been gehad. Hij voelt het pas weer als hij al met Hubsi aan tafel zit, wanneer die vreselijke pijn weer door zijn voet trekt. Terwijl die van hout is, de echte voet is in Frankrijk achtergebleven.

Hubsi doopt peinzend zijn broodkapje in de pepermuntthee. Buiten staan drie vrouwen met paraplu's Elses bordje te lezen. Ze praten, schudden hun hoofd en lopen verder. Heinz voelt hoe zijn woede langzaam plaatsmaakt voor diepe treurigheid. Het café is gesloten, de keuken leeg, zijn Else wil niets van hem weten. Die zit boven met Julia en Luisa, waarschijnlijk om die twee tegen hem op te zetten, en hij zit hier, door Jan en alleman verlaten, met pepermuntthee en droog brood...

Nou ja, hij heeft in ieder geval Hubsi als gezelschap. Al is dat maar een schrale troost. Hij zit afwezig te kauwen, slurpt van de hete thee en kijkt telkens even bezorgd naar Heinz.

'Ik weet heus wel, meneer Koch, dat ik een blok aan uw been ben...'

'Welnee!' protesteert Heinz geschrokken.

'Jawel, jawel! Ik heb immers niets, niet eens een appartement en al helemaal geen geld...'

'Geld is niet belangrijk op het moment, Hubsi.'

'Weet ik toch, meneer Koch. Waar je nu wat aan hebt zijn spullen om te ruilen. Schnaps, brillen, schoenen, zilverwaar, sieraden, tapijten... Maar ik heb niets. Alles is weg. Het enige wat ik kan, is pianospelen... Maar wie heeft daar nu behoefte aan in deze tijd?'

'Heel veel mensen, Hubsi. Muziek kan ons helpen om het allemaal aan te kunnen...'

'Ach!' zegt Hubsi met een wegwerpgebaar. 'De jongelui willen toch veel liever jazzmuziek horen...'

Heinz voelt weerstand opkomen. Woede. Het kan toch niet zo zijn dat er voor deze zonderlinge maar o zo innemende kerel geen plek meer is op de wereld. Wat moet er van hem terechtkomen als ze het café daadwerkelijk moeten sluiten?

'Jij blijft bij ons, Hubsi,' zegt hij ferm. 'Er komen heus weer betere tijden. Ondertussen kun je buiten misschien het blad bijeenvegen, dat krijg ik met dit been niet voor elkaar...'

Hubsi is blij met het aanbod, hij had zelf ook al lopen nadenken over hoe hij iets terug zou kunnen doen voor de kamer boven in het appartement. 'Ik kan ook kolen uit de kelder halen. Of aardappelen. En wijnflessen...'

'Natuurlijk...' bromt Heinz. 'Of af en toe misschien eens even met een kreupele een stukje door de Wilhelmstraße wandelen. Omdat ik de spieren in mijn gezonde been moet trainen...'

Hubsi gaat weer achter de piano zitten en Heinz is voorlopig even tevreden met zichzelf. Wat nou, dromer? Voor alles is een oplossing. Het enige wat nodig is zijn goede ideeën, mijn lieve Else. Chantage en gemene beschuldigingen zijn echt niet de manier!

Het zit hem dwars dat hij nu niet met haar kan praten. Ze konden toch altijd goed met elkaar praten, het doet echt pijn om hier nu zo alleen te zitten. Gaat dat nu de hele dag zo verder? Kwam Hilde maar terug, al was het alleen maar om het vieze serviesgoed af te ruimen.

De deur naar het trappenhuis gaat open en Künzel verschijnt in een lange ochtendjas, haar haren gewikkeld in een paarse tulband. Ze lacht hem toe en schrijdt door het café, rommelt tussen de bladmuziek op de piano en trekt er twee boeken tussenuit. Hubsi kijkt even kort op, maar laat zich niet storen bij zijn spel.

'Morgen, heren,' zegt Künzel. 'En? Zo zonder vrouwen, Heinz? Hommeles in de tent?'

Die vrouw heeft echt de mentaliteit van een houthakker. Heinz duwt zijn neus in zijn lege theekopje en geeft geen antwoord.

'Luister naar Else. Dat is een slimme vrouw, Heinz!'

En weg is ze alweer met haar muziekboeken, de twee mannen met bedrukte gezichten achterlatend.

'O, god...' mompelt Hubsi, terwijl hij de 'Grüne Kakadu' inzet. 'Wat erg allemaal...'

'Ach...' zegt Heinz afwerend, al is het niet echt overtuigd. Dan slaakt hij een diepe zucht.

Hubsi is een gevoelige man, een kunstenaar. Hij krijgt het niet over zijn hart om vrolijke salonmuziek te blijven spelen terwijl zijn vriend en weldoener Heinz Koch verdrietig is. Hij sluit de klep en neemt afscheid.

'Een fijne dag nog, meneer Koch. En kop op. Het komt echt wel goed...'

Meteen daarop ziet Heinz hem buiten onbeholpen met de bezem in de weer. Bijna laat hij daarbij Hilde struikelen, die van rechts komt aanrijden op een volgepakte fiets die ze van haar vriendin Gisela geleend heeft. Addi volgt op enige afstand met de bijl in zijn riem en een bundel hout op zijn rug. Hout voor de winter. Mijn god, dat is amper genoeg voor een dag. Heinz voelt zich helemaal zwak worden bij de gedachte aan wat ze zonder kolen moeten...

Hilde laat het aan Addi over om de buit op te bergen en komt het café in. Wat ziet zijn dochtertje er mooi uit met haar rode wangen en schitterend blauwe ogen.

'Morgen, papa... Wat is dat nou? Smaakt de koffie niet?'

De brutaliteit! Vroeger had ze haar vader nooit zo durven aanspreken. Ze trekt haar vochtige jas uit en loopt naar de keuken om haar handen te wassen. Dan komt ze met een mand vol hout de gelagkamer weer in en zet hem naast de kachel.

'We zijn immers dicht,' concludeert ze. 'Dan hoeft de kachel niet aan.'

Heinz zwijgt nors. Kijkt door het raam naar het trottoir, waar Hubsi worstelt met de wind, die zijn bijeengeveegde bladeren telkens weer alle kanten op blaast.

'Heeft mama hem naar buiten gestuurd om te vegen?' vraagt Hilde.

'Nee. Ik.'

Ze fluit even als een kwajongen. Niet te geloven. Zijn mooie dochter gedraagt zich verre van damesachtig. Daar had Else wel wat beter op mogen letten...'

'U, papa?' zegt Hilde vol bewondering. 'Goed idee. Ik had er ook al aan gedacht.'

Hoezeer hij zich ook ergert aan haar brutale gedrag, haar compliment doet hem toch goed.

'Waarom gaat u niet naar boven om Storbeck om de huur te vragen?' gaat ze verder. 'Die heeft nu immers een baan als tramconducteur, dan kan hij ook huur betalen.'

Je geeft haar een vinger en ze wil meteen de hele hand. Maar zo was ze altijd al, zijn Hilde. Kon amper drie stappen lopen, toen commandeerde ze haar grote broers al rond.

'Ik? Met mijn kapotte been kom ik die trap toch helemaal niet op...'

Hilde gaat er niet op in, maar ruimt het servies af om het naar de keuken te brengen. 'Mama heeft het al twee keer geprobeerd, maar die nare man beweert keihard dat zij hem niets te vertellen heeft en dat hij bovendien geen huurcontract heeft.'

Dat is echt wel schandalig. Langzaam voelt Heinz zijn beschermingsdrang opkomen. Bij een dergelijke onbeschoftheid zou hij zijn vrouw moeten steunen. Ach wat, hij zou meteen naar boven moeten gaan om die Storbeck eens de waarheid te zeggen. Deze zaak van man tot man regelen.

'Tja, als dat het geval is...'

Hilde is alweer in de keuken, hij hoort het water stromen, ze is aan het afwassen. Heinz slaat de krant open en doet alsof hij leest, maar in werkelijkheid bedenkt hij of hij niet daadwerkelijk de klim naar de tweede verdieping zou moeten ondernemen. Maar misschien is Wilfried Storbeck helemaal niet thuis? Dan zou hij die martelgang voor niets hebben ondernomen. Hoewel hij Else dan wel zou hebben bewezen dat hij zeker geen dromer is. En ook niet in hogere sferen verkeert. Dat hij heel wat overheeft voor zijn familie en ze dus geen reden heeft...

'In de Kirchgasse kun je voor een fles schnaps een heel pond echte koffie krijgen...' zegt Hilde in de keuken. 'En meel en boter. En eipoeder...'

Net was hij nog bereid tot een enorme concessie, maar nu voelt hij de boosheid weer opkomen. Die spannen samen, die twee. Moeder en dochter, twee handen op één buik. De zwarte markt. Altijd maar weer die zwarte markt.

'Daar kun je drie dagen gevangenis voor krijgen,' zegt hij boos en luid genoeg voor haar om te horen. 'En dan ben je meteen al je spullen kwijt.'

'Onzin!' klinkt het vanuit de keuken. 'Zelfs de Ami's handelen op de zwarte markt. Die zijn op zoek naar naziparafernalia. Onderscheidingen en partijboekjes en uniformen – allemaal om als souvenir mee naar huis te nemen.'

'Dergelijke spullen hebben wij niet!' brult hij.

'Maar schnaps hebben we wel.'

'Klaar nu. Je kent mijn verbod, hou je daaraan.'

In de keuken slaat een deur dicht. Hilde is de trap opgelopen naar hun appartement. Ze is zo onbeheerst, hij moet haar toch eens een keertje onder handen nemen. In zijn huis wordt niet met de deuren geslagen. Hij heeft het koud en knoopt zijn vest dicht. Had hij er nu maar een trui onder aangetrokken. Nu is het te laat, hij heeft geen zin om nog een keer de trap naar het appartement op te strompelen. Bovendien zou hij dan misschien Else tegen het lijf lopen. Ach, wat een vreselijke dag. Hij kijkt naar buiten en ziet de mensen in de regen voorbijlopen, de hoeden diep over het gezicht, de schouders opgetrokken. Iedereen heeft haast, niemand blijft staan om met bekenden te kletsen, ook voor Café Engel heeft niemand oog.

Hubsi verschijnt in de deuropening naar het trappenhuis. Aan zijn jas plakt nog wat vochtig platanenblad.

'Ik heb een mand nodig, meneer Koch...'

'Volgens mij staan er in de kelder nog manden...' zegt Heinz onzeker.

Hubsi knikt vriendelijk, maar verroert zich niet en Heinz bedenkt dat Hubsi nog nooit in hun kelder geweest is.

'Wacht...' mompelt hij en hij staat op. Zijn gezonde been trilt alweer als gevolg van de ongebruikelijke belasting. 'Ik laat het je wel even zien...'

Het is een heldhaftig besluit, omdat de keldertrap vervloekte smal is en hij geen idee heeft hoe hij straks weer terug naar boven moet komen. Maar inmiddels kan het hem allemaal niet meer zoveel schelen. Dan vinden ze hem straks maar in de kelder, omgekomen van de honger en dorst, dan zullen ze hun complot tegen hem wel berouwen.

Maar net als hij de kelderdeur wil openen, schiet een engel hem te hulp.

'Oom Heinz! U wilde daar toch niet naar beneden gaan? Alstublieft niet, straks valt u nog van de trap.'

Hij draait zich om en daar staat ze voor hem, in een oud vestje van Hilde, maar met een glimlach die als een zonnestraal op zijn gemoed werkt.

'Hubsi heeft blad geveegd en heeft nu een mand nodig...'

'Die breng ik hem wel. Geen probleem...'

En dan is ze hem al voorbij en de keldertrap af, waar ze ook meteen vindt waarnaar ze op zoek is. Slim meisje, die Luisa. Pas een paar weken hier, maar ze weet de weg al. Daar is ze alweer met een gevlochten mand, waarna ze samen met Hubsi naar buiten gaat om hem te helpen.

'Gaat u maar terug naar het café, oom Heinz,' zegt ze in het voorbijgaan. 'Ik kom zo bij u.'

Haar zachte, vrolijke stem doet hem goed. Hoe handig ze daar die onbeholpen Hubsi helpt. Een prachtmeisje is het, dat nichtje van hem. En wat lijkt ze toch op zijn zus. Ach, hij zal zijn Annemarie dus nooit meer terugzien, maar gelukkig heeft het lot hem wel haar dochter gestuurd. Luisa. Een mooie naam voor zo'n betoverend wezen...

Even later komt ze het café weer in en gaat aan de slag met de kachel. Een behaaglijke warmte verspreidt zich, hij krijgt een slecht geweten omdat hout zo schaars is, maar is Luisa toch dankbaar.

'Kom bij me zitten, meiske...'

Dat doet ze graag. Omdat ze iets belangrijks met hem wil bespreken. Maar hij moet haar beloven dat hij goed naar haar luistert en niet meteen boos zal worden. Heinz is niet enthousiast, maar wel blij dat Luisa tenminste bereid is om haar zorgen met hem te bespreken. In tegenstelling tot Else en Hilde die achter zijn rug om beslissingen nemen en hem proberen te chanteren.

'Vertel eens, waar knelt de schoen, Luisaatje...'

Ze kijkt hem openhartig aan en opnieuw herinnert ze hem aan Annemarie. De ogen heeft ze van haar moeder, alleen was Annemarie blond. Luisa heeft donkerbruin haar, wat een prachtig contrast vormt met haar lichte huid en blauwgroene ogen. Ach ja, zijn twee meisjes, Hilde en Luisa, zijn bijzonder mooi. Wat jammer toch dat ze het niet met elkaar kunnen vinden!

'Weet u, oom Heinz,' begint ze aarzelend. 'Ik zie natuurlijk wel hoe krap het allemaal is hier in huis. Vooral met het eten, maar ook met het geld. En dus heb ik besloten om jullie niet langer tot last te zijn...'

Hij schrikt. Ze wil toch niet weg? Dat zal hij zeker niet toestaan.

'Je bent ons toch helemaal niet tot last, Luisa,' zegt hij en hij pakt haar hand.

'Jawel, dat ben ik wel,' antwoordt ze met een rustig glimlachje. 'Maar daar gaat verandering in komen. Want ik ga werk zoeken bij de Amerikanen. Ik kan poetsen en wassen, ook in de keuken werken, en met een beetje geluk weet ik op die manier aan wat levensmiddelen te komen. Künzel doet het toch ook...'

Hij is weer wat gerustgesteld, omdat hij begrijpt dat ze dus niet weg wil maar alleen maar op zoek wil naar werk. Hoewel dat hem ook niet aanstaat.

'Nee, Luisa,' zegt hij vastbesloten. 'Dat vind ik geen goed idee. Een mooi meisje als jij zou niet bij de Amerikanen moeten werken. Je hoort nog wel eens wat en een ongeluk zit in een klein hoekje. Ik wil niet dat je in gevaar komt. We vinden wel een oplossing…'

Ze schudt treurig haar hoofd. 'Ach, oom Heinz… Ik zie toch hoe wanhopig tante is, omdat ze niet weet hoe het verder moet. En toen bedacht ik dat het alleen lukt als we allemaal een steentje bijdragen. Hoe moeilijk het misschien ook is, ik wil doen wat ik kan. Omdat ik zo onbeschrijflijk blij ben dat ik bij jullie mag wonen.'

Nu is Heinz diep ontroerd, hij moet bijna huilen. Hij knijpt even in haar arm, streelt haar haren en murmelt dat ze zijn zonnestraaltje is, het kind van zijn geliefde zus Annemarie, zijn kleine nichtje, voor wie hij zich verantwoordelijk voelt. 'Maar je gaat niet naar de Ami's. We vinden wel iets anders… Maar ik ga nu eerst naar boven om met Storbeck te praten… Het kan natuurlijk niet dat hij geen huur betaalt…'

Luisa knikt gehoorzaam. Ze wil in geen geval iets doen tegen zijn zin, daarom wilde ze het ook eerst met hem bespreken. Wat een lief meiske is het toch, denkt hij. Leek mijn Hilde maar een heel klein beetje op haar, dat zou haar niet misstaan.

Luisa loopt met hem mee naar het trappenhuis, dan stuurt hij haar weg. Hij wil deze kwestie afhandelen zonder getuigen, als mannen onder elkaar, zoals het hoort. Hij is tenslotte de huiseigenaar, ook al bezit Else de helft.

Hijgend komt hij aan op de tweede verdieping. Zijn gezonde been trilt helemaal, hij moet gewicht zetten op de prothese, wat hij niet graag doet omdat hij bang is voor het litteken. Maar het gaat nu niet anders. Voordat hij aanbelt bij het appartement wacht hij even totdat hij weer wat op adem gekomen is, zodat hij een solide indruk maakt. Hij heeft geluk, Wilfried Storbeck doet zelf open.

'Lieve hemel, meneer Koch! Bent u nu met dat slechte been vier trappen op komen lopen? Waarom hebt u Luisa niet gestuurd, dan was ik naar beneden gekomen…'

Heinz werpt een blik in het appartement, waarin ooit zijn oudste zoon met zijn vrouw woonde, en hij vindt het er kaal uitzien. Wilfried Storbeck trekt snel de voordeur wat verder dicht.

'Ik kom vanwege de huur, meneer Storbeck. Omdat u niet meer het volledige appartement bewoont, ben ik bereid wat met de prijs naar beneden te gaan. Laten we zeggen met de helft...'

Storbeck staart hem aan, dan vertrekt hij zijn lippen tot een streep en doet alsof hij het allemaal heel pijnlijk vindt.

'Ach ja, de huur... Ons huis is gebombardeerd, meneer Koch. We zijn alles kwijtgeraakt... Waar moeten we geld voor de huur vandaan halen?'

Wat een uitgekookte schurk is het toch. Heinz heeft die kerel al nooit kunnen uitstaan, ook niet toen hij nog bij de gemeente werkte en hij met hem te maken kreeg in een bedrijfsbelastingzaak.

'Voor zover ik weet, hebt u inmiddels weer werk gevonden, meneer Storbeck... Bovendien is uw vrouw bij mevrouw Wemhöner in dienst. U bent dus zeker niet onbemiddeld...'

Storbeck maakt een afwerende armbeweging en beweert dat nog niet alles in kannen en kruiken is, dat zijn middelen voorlopig nog steeds beperkt zijn. En dan gaat hij verrassend genoeg over tot de aanval.

'Maar mijn vrouw en ik hebben – als alles zo verloopt als we hopen – zicht op een tweekamerappartement in de Seerobenstraße. Klein maar fijn, zogezegd.'

Hij grijnst honend naar Heinz en wrijft zich ondertussen in de handen, alsof hij ze met zeep aan het wassen is.

'Er worden vluchtelingen verwacht, meneer Koch. Mensen die vanuit het oosten voor de Russen gevlucht zijn. De stad zal gedwongen worden tot inkwartiering, snapt u? Dan wordt er niets gevraagd, dan staan er gewoon plotseling mensen voor de deur en moet iedereen maar inschikken. Zonder huur, uiteraard. Omdat die arme mensen immers niets hebben. En als huiseigenaar moet je ze ook nog eens te eten geven...'

Heinz staart de man aan. Zegt hij die dingen nu om hem te vermurwen? Zodat hij de huurvordering zal intrekken?

'Hoe dan ook, meneer Storbeck,' zegt hij ferm. 'Ik zorg ervoor dat u straks een huurcontract krijgt. Zodat dat duidelijk is!'

Storbeck knikt vriendelijk en zegt dat hij vooral moet doen wat hij niet laten kan. Dan doet hij de deur dicht. Heinz staat buiten en moet zich even aan de balustrade vasthouden omdat nu zijn beide benen trillen. Vluchtelingen? Inkwartiering? En die moet hij dan ook nog onderhouden? Als dat allemaal klopt, dan weet hij echt niet meer hoe het verder moet… Met zijn laatste krachten redt hij het tot aan zijn eigen voordeur, een verdieping lager. Daar blijft hij tegen de deur geleund staan, in zijn jaszak zoekend naar de sleutel.

Heeft hij aangebeld? Geroepen? Nee, hij weet zeker van niet. Maar plotseling gaat de deur open en valt hij Else direct in de armen.

'Heinz! In godsnaam. Hou je vast. Heel langzaam…'

Ze ondersteunt hem, helpt hem naar de bank, brengt hem een deken, stopt een kussen achter zijn rug. Dan komt ze bij hem zitten en pakt zijn hand.

'Moet je je voorstellen…' mompelt hij. 'Ze gaan vluchtelingen bij ons inkwartieren… die wij dan moeten onderhouden… en Storbeck gaat verhuizen… Tweekamerappartement… daar hoeft hij waarschijnlijk niet bang te zijn voor inkwartiering, die slimmerik…'

'Weet ik toch, Heinz… We redden het wel…' zegt ze zacht en ze streelt zijn hand. 'We hebben het samen toch altijd nog gered tot nu toe…'

'En Luisa wil bij de Ami's gaan werken,' kreunt hij. 'Dat kan toch niet!'

Else zegt niets, maar hij is blij dat ze bij hem zit, zijn hand streelt en weer met hem praat. Wij redden het wel, wij samen… Ach, Else…

'Hilde gaat morgen toch naar de Taunus,' zegt ze. 'En dan gaat ze even bij de Bogners langs. Voor meel, boter en eieren en zo…'

Hamsteren is eigenlijk ook verboden. Maar Heinz weet dat iedereen het doet. Wie wil er nou verhongeren in een lege keuken?

'Maar dan moet ze wel iets meenemen om mee te kunnen ruilen…'

Else knikt. Ze wil haar twee van hun zilveren kandelaars meegeven. Die vond Fritz altijd zo mooi.

Heinz spreekt haar niet tegen. Het is goed dat hij zich weer verbonden voelt met Else, weer samen met haar opstaat tegen alle ellende. Nooit meer wil hij die kilte meemaken. Die eenzaamheid. Dat is de hel op aarde.

'Een heel pond echte koffie tegen een fles schnaps?' vraagt hij. 'Klopt dat?'

Aan Elses gezicht is niet af te lezen wat ze nu voelt. Maar hij weet dat het geen triomfantelijkheid is, zo is ze niet. Ze is gewoon opgelucht. En dat mag ook. Hij houdt immers van haar. Meer dan ooit.

'Gisteren nog wel,' zegt ze. 'Onze Hilde is een heel uitgekookte zakenvrouw, Heinz. Een echte durfal. Als ik die niet gehad had toen jij in gevangenschap zat…'

Hij spreidt zijn armen en trekt haar tegen zich aan. Kust haar op de mond en strijkt haar oorlogslok van haar voorhoofd. 'Vrede?' fluistert hij.

'Ach, Heinz,' snikt ze. 'Ik hield het niet meer. Was al bijna naar je toe gekomen…'

Hilde

In de Taunus, oktober 1945

Wat maakt die Amerikaanse auto een herrie. Wat nou, technische vooruitgang van de Ami's. Die bak knettert als een vuurwerkfabriek, hij is tochtig en ze worden volledig door elkaar geschud. Nou ja, Peters is dan ook slechts luitenant. De hogere rangen van de bezetters hebben waarschijnlijk luxere voertuigen.

'We hebben geluk met het weer,' zegt Peters. 'Gisteren regende het nog de hele dag, maar vandaag schijnt de zon.'

Hij zit naast Hilde op de achterbank, Sammy heeft het stuur gepakt en Gisela zit naast hem. Als je met elkaar wilt praten moet je je naar elkaar toebuigen en een luide stem opzetten om boven de rijgeluiden uit te komen. Eigenlijk had Hilde zich een romantisch uitstapje naar de Taunus anders voorgesteld. Maar ze is vastbesloten om haar goede humeur niet te laten verpesten.

'Tja, als engelen reizen, lacht de hemel,' roept ze naar Peters.

Ze heeft in elk geval haar geruite windjack, dat Julia wat heeft ingenomen, en de beigekleurige, iets uitlopende rok past er goed bij. Alleen die lompe halfhoge schoenen van bruin leer, die eigenlijk van mama zijn, hangen als lelijke blokken aan haar voeten. En dan die dikke wollen sokken, omdat je anders blaren krijgt in die dingen – hopelijk komt Gisela niet op het idee om de twee Ami's Bad Schwalbach of zelfs Schlangenbad te laten zien. Daar zou ze echt vreselijk voor gek lopen met deze olifantenklompen.

Wat zei Gisela gisteren ook alweer tegen haar? 'Zeg, hij is echt tot over zijn oren verliefd op je, Hilde. En volgens mij heeft hij serieuze bedoelingen...'

Die laatste zin had Hilde wat in verwarring gebracht. Serieuze bedoelingen zijn nu ook weer niet nodig. Ze wil best aanbeden worden, wat plezier hebben in deze donkere tijden en ja, misschien wil ze zich ook wel een beetje bewijzen. Het is nu eenmaal niet bepaald opbeurend als de grote liefde van je leven je laat zitten. Het doet verdomde veel pijn en geeft je bovendien het gevoel een muurbloempje te zijn, lelijk en verfrommeld, een meisje dat niemand wil hebben. Ja, een knappe aanbidder die ze ook nog eens leuk vindt, zou nu goed van pas komen om haar geknakte zelfbewustzijn weer wat te herstellen. Maar toch niet iemand met serieuze bedoelingen!

Peters is in uniform, dat er pas gestreken uitziet, en zijn schoenen zijn glanzend gepoetst. Sammy heeft zich een nieuw kapsel laten aanmeten, hij heeft nu nog slechts een dun laagje rode stoppels op zijn hoofd, maar volgens Gisela is het heel hip. Smaken verschillen, zullen we maar zeggen. Dat Gisela een beeldschone, lichtblauwe wollen jas met bijpassende laarsjes draagt, blies Hilde vanochtend vroeg bijna van haar wollen sokken.

'Sammy heeft een pakketje van thuis gekregen,' had Gisela trots verteld. 'Dit zijn spullen van zijn zus.'

'Heel mooi...' had Hilde enkel gezegd.

Waarbij ze gedacht had dat ze het zelf niet in haar hoofd zou halen om de afdankertjes van haar toekomstige schoonzus te dragen. Maar goed dat Gisela's moeder hier niets meer van meekrijgt. Die slaapt nu de hele dag en ook 's nachts schijnt ze niet meer bij te komen.

Zonder problemen komen ze langs de controleposten, waarna ze in noordelijke richting het bos in tuffen. De bonte herfstkleuren van de bladeren schitteren in de zonneschijn, sommige bomen lijken wel met goud bekleed. Rood vermengt zich met bruin en donkergroen. Hilde vergeet alle ongemakken en kijkt gefascineerd door het raampje naar buiten.

'*Indian summer*,' zegt Sammy. '*What a beautiful landscape...*'

Wat Gisela antwoordt kan Hilde vanwege het kabaal niet verstaan, maar ze ziet dat ze allebei vrolijk lachen.

'Uw land is echt prachtig, Hilde,' zegt Peters. 'Tot nu toe wist ik alleen dat Wiesbaden een mooie stad is, omdat mijn oom me er destijds zo veel over verteld heeft. Maar over de omgeving had hij het nooit…'

'Waarschijnlijk leefde Eddi Graff alleen maar voor het theater en maakte hij nooit wandelingen buiten de stad,' zegt ze, terwijl ze glimlacht naar Peters. Nee, hij glimlacht niet terug, maar knikt en kijkt haar peinzend aan. Gisela moet zich wel vergist hebben. Dit zijn echt geen verliefde blikken.

'Het is heel landelijk in de Taunus,' zegt ze. 'Romantisch. Veel oude vakwerkgebouwen. En de kleine boerderijen zien er nog net zo uit als honderd jaar geleden. Ik zou u er een kunnen laten zien, niet ver hiervandaan. In een klein, slaperig dorpje…'

Dat was een mooi bruggetje naar Lenzhahn. Als Gisela nu geen roet in het eten gooit, zullen hun beide beschermheren er zeker op ingaan.

'Kent u de boer?' vraagt Peters.

Hilde besluit haar fantasie de vrije loop te laten. 'Ja. Vroeger gingen we er vaak naartoe in de zomer. Toen mijn broers en ik nog kinderen waren, mochten we in de stallen kijken en de kalfjes aaien… En het brood wordt er nog steeds in een klein bakhuisje midden in het dorp gebakken…'

Gisela heeft het voorstel meegekregen, ze draait zich om en kijkt Hilde veelbetekenend aan, zegt dan dat zo'n echt oud bakhuisje typisch Duits is, iets wat ze eigenlijk zouden moeten zien. Ach, ze is toch een echte vriendin, die Gisela.

'Maar eerst wandelen we een stukje door het herfstbos!' roept ze.

Sammy wijst erop dat ze een picknickmand bij zich hebben, waarvan ze de inhoud eerst met een wandeling zullen moeten verdienen. Hilde legt zich erbij neer. Ze haat wandelen. Tijdens de schoolwandelingen kreeg ze altijd blaren onder haar voeten en dat zal nu, ondanks die dikke sokken, weer hetzelfde zijn. In elk geval hoeft ze nu niet een van die romantisch-kordate wandelliedjes mee te brullen die hun docenten destijds zo graag zongen. 'De pahahaden ooop…'

Ze buigen een landweggetje in, waarbij eindelijk de kwaliteiten van het legervoertuig duidelijk worden als de auto zonder problemen over takken, stenen en wortels hobbelt. Bij een mooie open plek stoppen ze; Sammy mag de grote picknickmand dragen, Gisela neemt voor de zekerheid een deken mee, Hilde staat aan haar sokken te trekken en Peters kijkt toe. Als ze even naar hem opkijkt meent ze zowaar een heel klein glimlachje op zijn gezicht te zien.

Wacht maar, denkt ze. Mij een beetje uitlachen, stilletjes en stiekem in zichzelf grijnzen. Die heeft het achter de ellebogen, die nooitlacher.

De wandeling blijkt verrassend aangenaam te zijn. Lachend springen ze over plassen, ze vinden eikels en rozenbottels en ontdekken een bruinrood eekhoorntje, dat langs een stam omhoogschiet en vervolgens met grote ogen op hen neerkijkt. Peters wijkt niet van haar zijde, wacht geduldig als ze blijft staan om een paddenstoel of holle boom te bekijken. 'U houdt duidelijk van de natuur,' merkt hij op. 'Maar echt vaak komt u geloof ik niet in het bos.'

'En u?'

'Ik heb jaren geleden een hele zomer doorgebracht in de Canadese wildernis. In een blokhut aan een meer.'

Ze is onder de indruk. Of hij daar ook bezoek van beren kreeg? Van hongerige grizzly's?

'Af en toe. Ze stelen graag de voorraden. Maar andere hongerige bezoekers waren erger.'

'Welke?'

'Muggen.'

Ze lacht hem uit en hij grijnst wat. Als ze weer over een brede plas springt, pakt hij haar hand en houdt die even vast. Dan vraagt hij naar haar broers, of ze al iets van hen gehoord hebben. In Rusland – dat is lastig. Maar mocht een van hen in een Amerikaans gevangenenkamp zitten, dan zou hij misschien iets te weten kunnen komen.

'Dat zou geweldig zijn. We maken ons allemaal grote zorgen om August en Willi!'

'Uw vader hoopt natuurlijk dat een van zijn zoons ooit het café zal overnemen, of niet?'

Hilde schudt haar hoofd. August heeft rechten gestudeerd en wil later een advocatenkantoor openen en Willi heeft de idiote ambitie om acteur te worden. Hij is al door de selectie van de toneelschool in

Frankfurt gekomen, iets waar hij heel blij om was, omdat er bijna tweehonderd aanmeldingen waren en er slechts zes mensen aangenomen werden.

'Drie dagen later werd hij opgeroepen.'

Peters slaakt een meelevende zucht en werpt een blik op de kronen van de met zon overgoten bomen. Talloze glanzende blaadjes lichten daar rood- en goudkleurig op.

'Maar wie moet dan het café overnemen?' wil hij weten.

'Ik natuurlijk!' roept ze. 'Of denkt u soms dat ik dat niet kan?'

'Jawel!'

Het klinkt zo overtuigend dat ze tevreden knikt. Dan begint ze hem uit te vragen, wil weten wat voor beroep hij in het dagelijks leven uitoefent, of hij nog steeds in New York woont en of zijn ouders nog leven.

'Mijn broer heeft de winkel van onze ouders overgenomen. Vis verkopen – dat was niets voor mij. Ik werk als vertaler en leraar geschiedenis, heb op allerlei plekken gewerkt, maar hou het nergens lang uit...'

'Aha...'

'Bent u nu teleurgesteld? Dacht u soms dat ik directeur was van een bloeiend bedrijf, of regeringsambtenaar?'

Eerlijk gezegd had ze tot nu toe niet echt stilgestaan bij wat hij beroepsmatig deed. Maar dat hij als vertaler en leraar het hele land door reist, verrast haar.

'Ik dacht eigenlijk altijd dat u bij de recherche zat,' zegt ze gekscherend. 'Omdat u alles zo nauwkeurig in de gaten houdt en af en toe heel ferm uit de hoek kunt komen!'

Schalks kijkt ze hem aan en ze ziet tot haar genoegen dat hij verlegen wordt. 'Gaat u me dat nu eeuwig nadragen?' vraagt hij.

'Alleen maar af en toe. Om pedagogische redenen.'

Dan pakt hij haar hand en blijft staan. Ook zij stopt, onzeker over wat hij van plan is. Voor hen verdwijnen Sammy en Gisela om een bocht, het bos slokt hen op, Hilde is alleen met Josh Peters.

'Ik mag het wel als u me plaagt, Hilde,' zegt hij. 'Ik mag uw vrolijkheid, uw energie, uw lef. En ik hoop van harte dat ik u ook een beetje beval...'

Plotseling is er een aantrekkingskracht tussen hen waarmee Hilde geen rekening gehouden had. Een soort magnetisme. Een aantrekkingskracht van hun lichamen, die slechts met moeite te weerstaan is. Zijn ogen lijken steeds dichterbij te komen, ook zijn mond komt haar richting uit, en ze staat als betoverd te midden van de glinsterende, naar beneden dwarrelende blaadjes en wacht. Op wat? Ze weet het zelf niet precies.

'Ik... ik vind u... zeer sympathiek...' zegt ze zacht.

Dan ligt zijn arm al om haar middel en ze verweert zich niet als hij haar kust. Integendeel – het is opwindend. De wind ruist door de bomen, de bladeren knisperen, ze moet haar ogen sluiten omdat de laagstaande herfstzon haar verblindt. Hij is geen beginner, deze zwerver en kluizenaar uit de Canadese bossen. Eerst kust hij haar voorzichtig en heel teder, en als ze niet tegenstribbelt maar meedoet, wordt hij moediger, laat hij zien hoe hartstochtelijk hij kan zijn en voelt ze zich duizelig worden.

'Ik ben verliefd, Hilde,' fluistert hij. 'Vanaf de eerste dag dat ik je zag. De liefde doet rare dingen met de mens. Ik was gewoon jaloers die avond en wilde voorkomen dat een van mijn kameraden iets met je zou beginnen. Belachelijk, ik schaamde me zo dat ik me nooit meer in het café wilde laten zien. Maar ook dat is me niet gelukt...'

Ze zwijgt. Zijn bekentenis ontroert haar, plotseling is hij een heel andere persoon, toont openlijk zijn gevoelens, verschuilt zich niet meer achter zijn onbeweeglijke gezichtsuitdrukking. Hij houdt haar nog steeds in zijn armen, ze voelt de opwindende nabijheid van zijn lichaam. Is dit liefde? Hartstocht? Een vergissing? Een flirt? Van alles een beetje waarschijnlijk.

Ze slaat haar arm om zijn nek en kust hem op de mond. Heel licht maar, een teder antwoord op zijn liefdesverklaring en tegelijk een herinnering aan het feit dat ze verder moeten om Gisela en Sammy niet uit het oog te verliezen. Hij begrijpt het en laat haar los, hoewel hij haar hand nog een hele tijd vast blijft houden.

'Ik wil je niet kwijtraken, Hilde,' zegt hij. 'Ook niet als ik weg moet. Als ik overgeplaatst word.'

'Wanneer zal dat zijn?'

'Geen idee. Dat kan elk moment zijn. Zeg me of je het serieus meent.'

Ze is behoorlijk in de war. Wat moet ze zeggen? Dat ze zijn nabijheid opwindend vindt en zijn kussen haar duizelig maken? Het verwart haar omdat tot nu toe alleen Jean-Jacques dergelijke gevoelens bij haar losgemaakt heeft. Was wat ze voor de grote liefde hield dan slechts een illusie? Kan elke man die aardig voor haar is en het een beetje handig aanpakt zulke wilde gevoelens in haar opwekken?

'Ik moet er even over nadenken,' antwoordt ze onzeker. 'Het is nog zo pril… Ik weet gewoon niet helemaal zeker…'

Ze voelt zijn teleurstelling zonder dat ze hem hoeft aan te kijken. Toch blijft hij rustig en vriendelijk. 'Neem de tijd, Hilde. Ik kan wachten. Maar ik kan niet tegen leugens, hoe goed ze misschien ook bedoeld zijn.'

'Dat geldt ook voor mij,' antwoordt ze.

Ze is opgelucht als Gisela en Sammy voorbij de bocht weer in het zicht komen. Ze zitten gezellig samen op een omgevallen boomstam, hebben de deken over het hout gelegd en de picknickmand uitgepakt. Ongekende lekkernijen staan in blikjes en op borden te wachten op de hongerige wandelaars. Witbrood, gekookt rundvlees, kaas en tonijn, en als toetje hebben ze perziken uit blik met gistgebak. Plus een vreemde, gelige pasta die Hilde niet kent.

'Pindakaas,' legt Gisela uit. 'Smaakt apart maar niet vies. Probeer maar eens. Je smeert het op brood…'

En inderdaad, het spul smaakt naar pinda's. Die werden hier vroeger in de kersttijd verkocht door handelaren in koloniale waar. Maar als kleverige pasta op witbrood vindt Hilde het toch wat minder. Niet te vergelijken met mama's lekkere gelei van zwarte aalbessen…

Ze smikkelen vergenoegd, Gisela en Sammy zijn in een opperbeste stemming, bekogelen elkaar giechelend met eikels en delen een flesje bier. Hilde drinkt liever limonade en Josh Peters geeft de voorkeur aan zwarte thee uit de thermoskan. Hij is een beetje afzijdig gaan zitten en is nog zwijgzamer dan anders. Als Hilde hem aanspreekt geeft hij weliswaar antwoord maar hij lijkt afwezig.

Wat had hij dan gedacht, vraagt ze zich af. Dat ik hem eeuwige liefde en trouw zou zweren? Alleen omdat hij me mocht kussen? Nee, hij wilde zelf dat ze eerlijk tegen hem was en dat was ze.

‘Meer krijg ik niet naar binnen,’ zegt Gisela, terwijl ze een hand op haar buik legt. *‘Here is no more space for food, darling.’*

Sammy wil al voelen of ze de waarheid spreekt, maar ze weet te ontsnappen en hij moet haar achterna, het bos in. Lachend stoeien ze tussen de bomen, doen de blaadjes opstuiven, het kreupelhout kraakt onder hun onbeholpen voeten. Een stuk verderop, waar ze amper nog te zien zijn, blijven ze staan en dan wordt het stil.

‘Wat een kleuters!’ zegt Hilde en ze begint de restanten weer in de picknickmand te pakken.

‘Gelukkige kleuters,’ zegt Peters een beetje spijtig.

Ze werken harmonieus samen, hij verzamelt alles, zij pakt het in de mand. Soms raken hun handen elkaar daarbij aan, soms kijkt ze hem lachend in de ogen en ze merkt dat hij op iets wacht. Maar ze is niet bereid tot verdere bekentenissen.

Als Gisela en Sammy terugkomen, zijn ze buiten adem en zijn Gisela’s mooie laarsjes besmeurd met mos en aarde.

‘En hoe is het hier?’ vraagt Gisela opgewekt. ‘Alles nog goed met jullie?’

‘Geweldig!’ antwoordt Hilde. ‘Lopen we terug naar de auto?’

Dit keer tilt Peters de picknickmand en Hilde loopt naast hem, terwijl Gisela en Sammy voor hen uit lopen. Josh Peters heeft zich weer herpakt. Hij vertelt haar over zijn tijd in Canada, toen hij voornamelijk van de visvangst en de jacht leefde, en beschrijft de schoonheid van de ongerepte, uitgestrekte bossen. Hilde luistert zwijgend en piekert over wat een man ertoe kan brengen om zo’n lange tijd eenzaam in de wildernis door te brengen.

Voor de auto staat Gisela op één been een poging te doen om haar rechterlaarsje met een zakdoek schoon te poetsen. Sammy maakt van de gelegenheid gebruik om nog een biertje te drinken, wat hem een gefronst voorhoofd van Josh Peters oplevert.

‘Dus, naar het kleine dorpje met het bakhuis?’ vraagt hij Hilde.

‘Precies. Het ligt achter Niedernhausen.’

Peters heeft voor een kaart gezorgd, die hij nu uitvouwt op de motorkap van de auto. Iedereen behalve Gisela buigt zich eroverheen. Meerdere vingers bewegen over het papier, Peters ontdekt het dorp als eerste, hij weet ook waar ze zich nu bevinden en hoe ze verder moeten rijden. Tja, als oude woudloper in Canada moet hij zich natuurlijk ook wel goed kunnen oriënteren.

'It is quite near… ten minutes…'

'Vlakbij…'

Peters neemt het stuur nu over, Hilde zit naast hem met de kaart in de hand om op alles voorbereid te zijn. Sammy en Gisela kruipen gezellig samen op de achterbank.

'Die vervloekte smerige bosgrond,' moppert Gisela. 'Mijn nieuwe laarsjes zijn geruïneerd, ik krijg dat spul er niet meer af.'

Hilde slikt de opmerking dat het helemaal geen nieuwe maar afgedankte Amerikaanse laarsjes zijn in. Over het kabaal van de auto heen zou Gisela het sowieso niet gehoord hebben. Josh Peters rijdt langzaam over het hobbelige bospad, zodat zijn passagiers niet al te veel door elkaar geschud worden. Terug op de doorgaande weg geeft hij weer gas, waarbij het hem lukt om de auto, ondanks de snelheid, rustig te houden. Hij heeft ook wel een paar goede eigenschappen, die Josh Peters. Toch dringt het langzaam tot Hilde door dat ze niet verliefd op hem is. Hij is interessant en kan goed kussen. Maar dat is het dan ook. Hij is niet te vergelijken met Jean-Jacques.

Maar ze heeft een slecht geweten, omdat ze hem en Sammy voorgelogen heeft. Het mooier gemaakt heeft dan het eigenlijk is, zou je ook kunnen zeggen. Hoewel het klopt dat ze vroeger met haar ouders af en toe naar de Taunus gereden is. Toen papa net een auto gekocht had en hij het leuk vond om kleine tripjes te maken. Maar ze zijn toen nooit in Lenzhahn bij de ouders van Fritz Bogner geweest en dat mooie verhaal over die kalfjes in de stal heeft ze verzonnen. Wel hebben ze destijds een paar keer een boerderij bezocht, verse melk gekocht en in de auto hun meegebrachte boterhammen gegeten. En één keer heeft ze daadwerkelijk een kijkje in een stal genomen, maar daar was het zo vies en donker dat ze er snel weer vandoor gegaan was. Alleen de geur al was verschrikkelijk.

Hoe dan ook, vandaag is het zaak om boter, reuzel en eieren te hamsteren. Vooral voor het café, zodat ze weer taart kunnen bakken. Zonder vet worden het hooguit bakstenen, waarop de gasten hun tanden zouden breken.

'Dat moet het zijn!' roept Gisela uit. 'Kijk nou, die kleine vakwerkhuisjes. Zijn ze niet schattig?'

Het dorpje is piepklein. Als je niet goed oplet, ben je er alweer doorheen gereden. Er is niet eens een kerk, maar wel een klein huisje dat enigszins afzijdig van de boerderijen op een pleintje staat en er met het afbrokkelende pleisterwerk nogal vervallen uitziet. Duidelijk het bakhuisje – alleen een kabouterfamilie zou erin kunnen wonen. Peters parkeert de auto ernaast en ze stappen uit om de bezienswaardigheid te bezichtigen. Hilde ziet als eerste dat de deur niet gesloten is en dus stappen ze naar binnen. Het is er krap en de kleine raampjes laten weinig licht naar binnen, maar de metalen opening van de oven is duidelijk te zien.

Sammy pakt de handgreep en de metalen platen schuiven uit elkaar. Daarachter zien ze een gemetselde ruimte, de steenoven.

'Where is the fire?'

'Ze vullen de oven met hout en takken, waarna ze die aansteken,' vermoedt Peters, waarbij hij Hilde vragend aankijkt.

Die heeft geen idee hoe zo'n oven gestookt wordt maar knikt toch maar. De oven doet haar denken aan het sprookje van Hans en Grietje, omdat hij groot genoeg is om een mens naar binnen te schuiven. Bah, wat griezelig!

'Maar dan ligt het daar toch helemaal vol as,' zegt Gisela vol ongeloof. 'Dan worden de broden toch vies.'

'Zodra de stenen heet genoeg zijn, scheppen ze de as eruit en vegen ze alles schoon,' legt Josh Peters uit. 'En dan pas schuiven ze de broden naar binnen.'

'Precies,' zegt Hilde snel. 'Ik was het helemaal vergeten, het is ook al zo lang geleden dat ik hier was. Maar nu herinner ik het me weer.'

Dat ellendige gelieg ook. Als je er eenmaal mee begint, kun je er niet meer mee stoppen. Ze wil net gaan vertellen hoe lekker het brood uit zo'n steenoven smaakt als achter hen de deur kraakt. Een vrouw kijkt naar binnen, duidelijk een boerin, want ze heeft een doek om haar haren gebonden en draagt rubberen laarzen. Die zijn behoorlijk smerig en ruiken naar koeienstal.

'Goedendag...' groet Hilde de vrouw, die hen met een argwanende blik bekijkt. 'Wij komen uit Wiesbaden. Ik ben Hilde Koch, van Café Engel. We zijn op zoek naar de familie Bogner...'

De mimiek van de vrouw verandert van wantrouwen in verbazing.

Ze doet een stap achteruit, alsof ze afstand nodig heeft om Hilde beter te kunnen zien.

'Jij bent Hilde Koch? De dochter van Heinz Koch in Wiesbaden?'

'Ja, dat ben ik...'

Hilde beseft dat deze vrouw de moeder of een direct familielid van Fritz Bogner moet zijn, omdat ze anders nooit de naam van haar vader zou kennen.

'Ik moet de groeten doen van mijn ouders. We wilden vragen of u al iets van uw zoon gehoord hebt...'

O jee, denkt ze, terwijl ze op haar lip bijt. Dat was vast een verkeerde vraag. Straks is die arme jongen gesneuveld...

Maar op dat moment glijdt er een glimlach over het gezicht van de vrouw en plotseling ziet Hilde hoeveel kleine rimpeltjes ze heeft. Ze steekt haar hand naar Hilde uit ter begroeting, een ongelooflijk harde, eeltige hand, die aanvoelt als een dikke leren handschoen.

'Dat Heinz Koch zijn dochter stuurt om naar onze Fritz te vragen... Welkom, juffrouw Koch... En dat zijn zeker vrienden van u...'

'Ja, mijn vriendin Gisela, haar verloofde, meneer Hill, en een goede vriend van mij, meneer Peters...'

Ze spreekt de namen Duits uit, maar natuurlijk hebben de mensen in het dorp allang de Amerikaanse auto gezien.

'Kom mee naar ons huis, juffrouw Koch. Kom. En uw vrienden ook... Wat een verrassing. En wat fijn...'

Wat zijn de mensen hier op het platteland toch ongedwongen en hartelijk. Ze lopen over het kleine pleintje een erf op, waar tegen hen geblaft wordt door een zwarte hond met warrige vacht en Sammy bijna op een van de bruine kippen gaat staan. Het huis is een smal, langgerekt vakwerkgebouw met een pannendak, dat alleen in het midden als woning gebruikt wordt. Links bevindt zich de schuur, aan de andere kant sluit de stal aan op het woonhuis. De voordeur heeft een deurklink, is niet afgesloten, alle bezoek is welkom. Ze moeten even wachten omdat mevrouw Bogner eerst haar laarzen, waarmee ze in de stal was, moet omruilen voor pantoffels, en dus staan ze enigszins onzeker in het kleine halletje de intensieve stallucht in te ademen.

'O, god,' murmelt Gisela. 'Ik word misselijk...'

'Sst!'

Als de deur naar de keuken opengaat, vullen hun neusgaten zich nog meer met de landelijke geur. Meteen naast de grote keukenkast bevindt zich de deur naar de koeienstal. Praktisch, als je in alle vroegte en ook met slecht weer de koeien moet voeren en melken.

De stank is echt verschrikkelijk, denkt Hilde. Maar in elk geval hebben ze koeien, en dus ook melk, boter en slagroom.

Ze nemen plaats aan de keukentafel en krijgen zelfgebakken brood met verse gele boter, daarbij zelfgemaakte rookworst, jam en honing. De koffie met melk bestaat vooral uit melk, maar die is vers gemolken en er ligt nog een dikke roomlaag op. Hilde vindt het jammer dat ze nog zo vol zit van de picknick, want dergelijke lekkere dingen hebben ze in de stad niet.

'Tast toe!' zegt mevrouw Bogner telkens weer uitnodigend. Ze schenkt melk en koffie in, legt plakjes worst op hun borden en nodigt hen uit om de lekkere honing te proberen die een imker uit een dorpje verderop gemaakt heeft.

'Ik zal ook wat voor u inpakken, voor uw ouders en uw broers... Zijn die nog steeds vermist? Dat de lieve God ze maar mag beschermen en gauw weer naar huis mag brengen.'

Ze vertelt over Fritz, hoe muzikaal die is en dat hij vioolspeelde. Dat een reizende handelaar hun destijds een viool verkocht had, toen Fritz nog maar vijf was. Maar dat hij het instrument had gepakt en nooit meer had losgelaten.

'Meester Alberti uit Niederseelbach zei destijds dat onze jongen muzikant moest worden. En wij vonden dat prima, omdat onze Alwin, onze oudste, immers de boerderij al zou overnemen. Fritz ging toen naar het conservatorium in Frankfurt, daar mocht hij helemaal voor niets studeren, omdat hij een studie... studiebeurs kreeg.'

'Ja,' zegt Hilde glimlachend. 'Fritz heeft vaak bij ons in het café gespeeld en ik luisterde altijd zo graag naar hem...'

Mevrouw Bogner legt weer een dikke plak worst op hun bord.

'Hij oefent alweer, juffrouw Koch,' zegt ze op vertrouwelijke toon. 'Ach, die oorlog, die heeft hem jaren van zijn leven gekost en hem bijna blind gemaakt. Maar zijn viool is hij nooit vergeten...'

'Hij... Is hij hier?' vraagt Hilde verbluft. 'Is Fritz hier, in Lenzhahn?'

Mevrouw Bogner knikt. Haar blijdschap en opluchting zijn duidelijk, maar ze overdrijft niet.

'Hij is met Alwin en de boer aan het appels plukken... hoewel er niet veel zijn dit jaar. Aardappelen wel – daar kunt u ook wat van meenemen. En wortels en prei. En wilt u ook nog wat soepgroente?'

Hilde waant zich in Luilekkerland. Wat een leven hebben de mensen hier op het platteland! Die hoeven geen honger te lijden. Al moeten ze wel hard werken, aan de handen van mevrouw Bogner te zien. En dan die geuren...

'Dat... dat zou fantastisch zijn. Daar zullen mijn ouders erg blij mee zijn,' zegt ze diplomatiek. 'Ik heb ook nog een cadeautje voor u bij me, mevrouw Bogner. Nou ja, eigenlijk voor Fritz, maar u zult er ook wat aan hebben...'

Ze loopt naar buiten, pakt de twee zilveren kandelaars uit de kofferbak en zet die tussen de broodmand en het schaaltje worst in op tafel.

Mevrouw Bogner is helemaal overweldigd. 'Zoiets hoort toch in een kerk, juffrouw Koch...'

'Welnee, die zet je tijdens een feest op tafel zodat het er feestelijk uitziet...'

'Zulke kostbare dingen... Veel te mooi voor ons... Maar ik heb ook nog een gerookte ham. En boter...'

'En misschien wat eieren? Meel? Een kannetje slagroom?'

Dat is nog eens hamsteren, direct onder de ogen van twee Amerikaanse militairen. Sammy fronst zijn voorhoofd al, maar krijgt een liefdevolle trap tegen zijn onderbeen van Gisela en zwijgt. Josh Peters vertrekt geen spier, maar Hilde kent hem inmiddels goed genoeg om te weten dat hij het allemaal niet zo nauw neemt.

'Had ik dat geweten, dan hadden we beter met een vrachtwagen kunnen komen,' zegt hij bloedserieus.

Hilde is uiterst tevreden. Met al deze spullen is het café voor de komende weken uit de brand geholpen en ook de bewoners van het huis hoeven geen honger te lijden. De rest – koffie, thee en suiker – zullen ze tegen de schnaps ruilen. Hoera, ze gaan gouden tijden tegemoet. En zij, Hilde, heeft dit voor elkaar gekregen. Ze is zo trots als een pauw, knijpt Gisela even in de arm en kijkt Josh

Peters stralend aan. Een vrachtwagen! Hij kan toch wel grappig zijn, die meneer de luitenant. Ze kan hem wel om de hals vliegen…

Dan gaat de keukendeur open en schuift iemand een grote mand vol appels naar binnen. Een tweede mand volgt, dan klinkt een stem die Hilde zich nog goed kan herinneren.

'Pak aan, moeder. We hebben nog twee manden en nog een krat vol…'

'Kom eerst eens binnen, Fritz. We hebben bezoek. En roep je vader en Alwin…'

Hilde herkent hem meteen, ondanks het verband voor zijn oog. Hij lijkt groter dan vroeger, zijn haar is verwaaid, zijn wangen rood van het werk in de buitenlucht. Als hij haar herkent, wordt hij weer net zo verlegen als toen. Toen ze zestien was en hem uitgelachen had vanwege zijn uitgelubberde bretels.

'Hilde!' zegt hij verrast, om zichzelf vervolgens snel te verbeteren. 'Juffrouw Koch! Wat een verrassing…'

Hij moet over de manden heen stappen en ze ziet dat hij daarbij pijn in zijn heup heeft. De oorlog. Die ellendige, vervloekte oorlog. Waardoor hij een oog kwijtgeraakt is en waaraan hij wie weet wat voor letsels nog meer overgehouden heeft.

Maar nu hij voor haar staat en haar begroet, is zijn hand warm en zijn handdruk stevig. Hij is een stuk mannelijker geworden, ook van zijn gezicht is die jongensachtige uitdrukking verdwenen. Het dromerige dat hij altijd had en dat Hilde destijds zo aantrekkelijk vond, is weg. Maar zijn aandoenlijke verlegenheid en zijn open blik zijn er nog steeds.

'Wat vind ik dit fijn,' zegt ze, terwijl ze zijn hand vasthoudt. 'U moet echt weer eens naar Wiesbaden komen. Hubsi zit al op u te wachten. Ze willen kerstconcerten gaan geven…'

Nu moet hij lachen en hun blikken kruisen elkaar. Ze vindt hem leuk. Lieve hemel, ze vindt hem echt leuk!

'Naar Wiesbaden? Tja, ik moet nog wel een beetje oefenen met de viool. Zodat ik mezelf niet voor gek zet bij uw vader. En ook niet bij u, juffrouw Hilde…'

Jean-Jacques

Villeneuve, september-november 1945

’s Nachts wordt hij pas gevonden. Urenlang hebben ze met lantaarns en zaklampen op de wijnbergen lopen zoeken, omdat Pierrot hun niet kon vertellen waar hij zijn broer achtergelaten had. Als een bezetene is Pierrot aan het begin van de avond thuisgekomen, bloedend, het linkeroog opgezwollen, zijn mond omrand door wit schuim. Aanvankelijk worden ze geen wijs uit zijn gestamel, maar omdat hij het steeds maar weer over Jean-Jacques heeft, begrijpen zijn ouders al snel dat hun twee zoons gevochten hebben. Moeder ziet haar oudste zoon als de schuldige, foetert hardop dat Jean-Jacques zijn eigen broer bijna doodgeslagen heeft, waarna ze Pierrots wonden wil schoonmaken en verbinden. Maar hij duwt haar weg, rent naar zijn kamer en sluit zich op. Urenlang blijft hij daar, noch de smeekbedes van zijn moeder, noch de woedende bevelen van zijn vader kunnen hem ertoe bewegen de deur te openen. Ook Margot, die vertwijfeld voor zijn kamerdeur staat en hem smeekt te zeggen wat er gebeurd is, krijgt geen antwoord. Dan wordt moeder bang dat haar jongste zichzelf iets zou kunnen aandoen en weet ze vader over te halen de deur met geweld te openen. Twee klappen met de bijl op de scharnieren en een ferme trap – dan vinden ze Pierrot in elkaar gedoken in een hoekje op de grond, zijn armen om zijn knieën geslagen, zijn ogen groot en star als van een waanzinnige.

‘Kijk, Margot…’ zegt hij met een bijzonder klein stemmetje, terwijl hij op zijn voorhoofd wijst. ‘Zie je het? Het teken?’

Margot zakt in elkaar; had vader haar niet opgevangen, dan zou ze met haar hoofd tegen de rand van het bed gevallen zijn.

'Waar heb je het over, Pierrot?' roept moeder en ze schudt hem aan zijn schouders. 'Wat voor teken?'

'Het teken van een moordenaar... Het teken van Kaïn...'

Moeder schreeuwt het uit en deinst naar achteren. Slaat haar handen voor haar mond en staart haar zoon aan. Dan schudt ze haar hoofd. 'Dat kan niet waar zijn, Pierrot. Zeg dat het niet waar is!'

'Laat hem,' beveelt vader. 'Bekommer jij je om Margot. Ik haal Jérôme en de buren. Misschien kunnen we hem nog redden.'

Later vertelt hij dat Jean-Jacques, bleek en onder het bloed, wel dood leek toen het licht van de lantaarn op hem viel. Dat hij zich naast hem op zijn knieën had laten vallen en zijn pols gevoeld had, waarna hij God gedankt had omdat er toch nog leven in zijn zoon bleek te zitten. Met zijn tweeën hadden ze hem over de weides, die nat waren van de dauw, terug naar de boerderij gedragen en in de vroege ochtend had de knecht de merrie ingespannen om de dokter in Villeneuve te halen.

Jean-Jacques is ver weg, drijft in een donker, glimmend meer van doffe pijn, ziet blauwige, vloeibare schaduwen, onderbroken door felle bliksemschichten, hoort onafgebroken het dreunende geluid van de golven. Heel af en toe komt hij even naar de oppervlakte, dan smijten de golven hem heen en weer, laten hem deinen en draaien hem rond, zodat hij overmand wordt door misselijkheid.

'Hoe kon je dat doen?' hoort hij Margot fluisteren.

'Het is zijn eigen schuld...'

'O nee. Het is jouw schuld. En die van mij. Vooral die van mij...'

'Nonsens, Margot! Ik hou van je. Dat weet je. Wat er ook gebeurt...'

'Ga weg! Raak me niet aan! Moordenaar!'

'Margot... alsjeblieft...'

Jean-Jacques hoort hen praten, maar hij begrijpt niet wat ze zeggen. Zijn hoofd is een lege ruimte, zo groot als de aarde, gigantisch als het universum en stil als een levenloze steen. Hij merkt dat Margot hem warme thee voert; de brij die ze hem geeft spuugt hij weer uit. Soms ziet hij de ogen van zijn vader boven zich, die hem nauwkeurig bestuderen, dan hoort hij zijn stem, verstaat ook de woorden.

'Zijn ogen zijn open... Heeft hij iets gegeten?'

'Nee...'

Soms dringt een van de zinnen door tot in zijn hersenen, woelt daar rond, maakt van de steen in zijn hoofd een drijvende, pijnlijke massa. Moeizaam en traag stromen de woorden zijn brein in, veroorzaken gedachten, hij begint dingen te begrijpen. Hij is in zijn slaapkamer, ligt in bed. Margot, zijn vrouw, zit op de rand, streelt zijn hand, zijn arm.

'Als je niet kunt praten, knijp dan in mijn hand, Jean-Jacques. Zodat ik weet dat je me begrijpt.'

'Maar... ik... begrijp... toch...'

Hij hoort hoe ze het van vreugde uitschreeuwt, voelt haar kussen, voelt de warme vochtigheid op zijn wangen en weet niet of het zijn eigen tranen zijn of die van Margot. Vanaf dat moment gaat het bergopwaarts, hij keert weer terug in het leven, kan weer praten, drinken, eten en algauw ook opstaan en zonder hulp naar beneden, naar het toilet gaan. Margot is steeds in zijn buurt, net als zijn moeder en soms zijn vader. Pierrot ziet hij pas als hij weer samen met de anderen in de keuken kan eten. Zijn broer zit zwijgend op zijn plek naast moeder, doopt zijn brood in de soep, kauwt op de worst, snijdt een stuk kaas af, kijkt hem niet aan.

Jean-Jacques ontdekt een vers litteken onder het rechteroog van zijn broer en ook hij zwijgt. Zijn hoofd bonkt nog steeds; bij elke inspanning, bij elke plotselinge beweging begint de grond onder hem te wankelen en dreigt hij te worden meegezogen in een woeste draaikolk. Als hij na de maaltijd met moeite opstaat om terug naar de slaapkamer te gaan, kijkt zijn broer hem aan.

'Leg je er nu maar bij neer,' zegt hij. 'Je komt niet meer van me af, Jean-Jacques!'

Kil en kwaadaardig hangen de woorden in de kamer, niemand verwerpt ze, niemand gaat erop in. Vader wendt zich af en opent de staldeur, moeder vindt iets te doen bij het fornuis. Margot pakt Jean-Jacques bij de arm en hij voelt hoe haar hele lichaam trilt. In de keuken hangt een verlammende stilte, donker als het noodlot.

Boven in de slaapkamer helpt Margot hem met uitkleden. Hij is er inmiddels aan gewend haar hulp te accepteren, eerst omdat hij niet zonder kon, later omdat hij begrepen heeft hoe fijn ze het vindt om hem te helpen. Hij heeft medelijden met haar omdat de zwangerschap haar lelijk maakt, ze is mager, alleen haar buik steekt spits naar voren, en als ze naast hem ligt, merkt hij dat het kind in haar beweegt. Was het zijn kind geweest, dan had ze nu zijn hand gepakt en die op haar buik gelegd, zodat hij het ook kon voelen. Maar het is niet zijn kind, maar dat van zijn broer, en daarom wil hij het niet voelen.

'Je vader wilde Pierrot wegsturen,' fluistert Margot hem toe. 'Volgens hem kan er geen rust op de boerderij komen als hij hier blijft.'

'Daar heeft hij gelijk in.'

Ze moeten zachtjes praten, de muren zijn dun. Aan de ene kant bevindt zich de slaapkamer van zijn ouders, aan de andere kant slaapt Pierrot.

'Maar je moeder wil niet dat Pierrot ergens in den vreemde ongelukkig wordt. Zij heeft hem een wijnberg gegeven.'

'Ik weet het...'

Margot zucht diep. In de donkere slaapkamer meent hij haar ogen te zien glanzen. Huilt ze?

'Je ouders hebben vreselijk ruziegemaakt,' zegt ze zacht en verdrietig. 'Dagenlang hebben ze niet met elkaar gesproken. Toen moest je vader zich wel overgeven, hij werd er ziek van.'

Jean-Jacques schrikt. Vader is nooit ziek, zelfs als hij verkouden is en koorts heeft gaat hij nog aan het werk.

'Maar... ik heb niets aan hem gemerkt...'

'Het is zijn hart, Jean-Jacques. De dokter moest komen, hij heeft hem druppeltjes gegeven en gezegd dat hij zich niet mag opwinden.'

'En mijn moeder? Wat zei zij?'

Margot weet het niet. Zijn ouders vechten alles met zijn tweeën uit, fluisteren 's avonds in hun slaapkamer met elkaar, zoals hij en Margot dat nu ook doen.

'Ze zal zeker geschrokken zijn,' zegt Margot. 'Maar ze hield voet bij stuk. Pierrot zal de boerderij niet verlaten. Ik begrijp niet waarom ze zo koppig blijft. Merkt ze dan niet dat ze het onheil op deze manier over zich afroept?'

Jean-Jacques geeft geen antwoord, omdat hij weer duizelig wordt. Niet opwinden, heeft de dokter tegen vader gezegd. Dat advies geldt ook voor hem. Niet opwinden, anders begint je hoofd weer te suizen en te draaien. Allemaal te danken aan zijn broer, die hem zo laf van achteren met een stok neergeslagen heeft. Was hij van plan hem te doden? Niet bewust in elk geval, dan was hij in het tuchthuis terechtgekomen. Maar één ding is zeker: op het moment dat Pierrot met geheven stok achter hem stond, wilde hij niets liever dan zijn oudere broer naar de andere wereld helpen.

Wat doe ik hier eigenlijk, denkt Jean-Jacques. Waarom zit ik hier en wacht ik op de ramp, blind en star als een konijntje dat oog in oog staat met de slang? De oudsten moeten de wijsten zijn, toch? En als ik wijs ben, dan ga ik. Dan doe ik een stap opzij voordat er een ongeluk gebeurt. Wat houdt me nog hier? Deze vrouw, van wie ik niet meer hou en die het kind draagt van mijn broer? De boerderij en de wijnbergen, waarop ik wettelijk recht heb, maar die ik dankzij mijn moeder nu moet delen met mijn broer? Dat is het allemaal niet waard om voor te vechten. Het is het niet waard dat mijn ouders er ruzie om maken en dat vader er ziek van wordt.

Maar ondanks al deze wijze inzichten kan hij niet besluiten om de boerderij te verlaten. Misschien komt het door die brief, die overhaaste, onfortuinlijke brief die hij naar Wiesbaden heeft laten brengen en die daar inmiddels zijn werking gedaan moet hebben. Maar misschien komt het ook door zijn medelijden met Margot, die van hem houdt en die er zeker aan onderdoor zou gaan als hij zou vertrekken. Maar het is vooral zijn koppigheid, zijn domme trots, waardoor hij niet kan zwichten. Zijn kleine broertje niet zijn zin wil geven. Zoals vroeger, als moeder zich met hun ruzies bemoeide en vond dat hij als oudste maar moest inbinden. Nee, kleine broer Pierrot. Jij komt ook niet meer van mij af. Ik blijf, ik zal mijn poot stijfhouden en jou eens laten zien wie hier de baas is.

Het werk leidt af van alle sombere gedachten. De most is gefermenteerd en wordt nu geperst en in de vaten gegoten. En vervolgens verfijnd, gezeefd en overgegoten. Ten slotte moet de wijn rijpen, waarbij telkens weer gekeken, gecontroleerd en geproefd wordt. Vader heeft besloten om twintig nieuwe vaten te bestellen, omdat enkele van de oude vaten broos worden, wat de wijn die erin rijpt geen goed doet. Een goed eiken vat kost veel geld en Jean-Jacques weet dat vader dat niet heeft. Hij zal dus een krediet moeten afsluiten, zich in de schulden moeten steken. Schulden die hij later alleen zal moeten dragen, terwijl de vaten niet alleen zijn wijn maar ook die van zijn broer zullen bevatten, en dat bevalt hem geenszins. Maar hij wil er nu niet verder over nadenken, eerst wachten tot het beter met hem gaat, totdat hij niet meer overvallen wordt door die vreselijke duizeligheid en hij weer in staat is om al het werk, ook het zware, te doen.

'Rustig aan, Jean-Jacques!' maant vader, als hij de oude, afgekeurde vaten in stukken zaagt en zich telkens weer het zweet van zijn voorhoofd moet wissen. 'Dat werk loopt niet weg.'

Hij is ongeduldig en kortaf, vaak boos op zijn eigen lichaam, dat te langzaam geneest, boos op zijn broer, aan wie hij deze toestand te danken heeft. Waarom heeft hij zelf niet harder geslagen? Met Pierrot is niets aan de hand, die staat op de hooizolder en gooit met sterke armen de strobalen naar beneden, zodat moeder het stro over de stal kan verdelen. Het is niet eerlijk, zijn broer had ten minste een stijve hand of beschadigd oog verdiend. Zelf heeft hij nog altijd problemen op de ladder, na amper drie sporten begint de schuur al om hem heen te draaien en moet hij zich vastklampen om niet te vallen.

'Elke dag zal het een beetje beter gaan,' beweert Margot 's avonds in de slaapkamer. 'Nog een of twee weken, in het ergste geval een maand, dan is alles weer als vanouds.'

Hij weet dat dat niet waar is, maar spreekt haar niet tegen. De laatste tijd vlucht Margot telkens weer in een rozerode droomwereld, dan glimlacht ze wat in zichzelf, terwijl ze soms teder haar buik streelt. Jean-Jacques laat haar maar, bevestigt haar soms zelfs, omdat hij ook wel snapt dat het kindje dat in haar groeit dit opgewekte vertrouwen nodig heeft. Het kind is tenslotte onschuldig aan alle verwikkelingen en fouten, dat moet er geen schade van ondervinden maar gezond op de wereld komen.

De dagen zijn korter geworden, het is begin november, in de regen lijkt het landschap treurig, de toekomst zonder hoop. Jean-Jacques lijdt nog altijd aan aanvallen van duizeligheid, maar heeft inmiddels besloten deze te negeren. Als hij hout hakt voor de kachels, moet hij telkens pauzeren totdat zijn blik weer scherp is. Om vervolgens met doodsverachting verder te werken zolang hij op zijn benen kan blijven staan. Pas als zijn verstoorde evenwichtsgevoel hem op de knieën dwingt geeft hij tandenknarsend op en ramt de bijl woedend in het hakblok. Dan komen Margot en moeder aangelopen om hem overeind en mee naar binnen te helpen, mopperend omdat hij weer te veel hooi op zijn vork genomen heeft.

'Laat me met rust,' hijgt hij zwaar ademend. 'Het gaat wel. Ik heb geen kindermeisjes nodig.'

Margots buik is inmiddels vormeloos, lijkt een eigen leven te leiden, totaal niet meer bij haar verder uitgemergelde lichaam te passen. Haar haar is dof geworden, ze heeft rode uitslag bij haar mondhoek die niet wil verdwijnen en vaak bloedt. Maar ze glimlacht in zichzelf en zegt dat ze nu gauw een wiegje voor de baby moeten neerzetten.

'Het wordt een kerstkindje, Jean-Jacques,' zegt ze, als hij moe en vol sombere gedachten naast haar in bed ligt. 'Moeder heeft de luiers al van zolder gehaald, die ze al die jaren geleden in een kist heeft opgeborgen. We hebben ook de kleine hemdjes en gebreide jasjes gevonden en ze gewassen. Heel handig, dan hoeven we voorlopig niets nieuws te kopen als het kindje er is.'

Hij kan het niet over zijn hart verkrijgen om haar gelukkige stemming te verstoren en dus praat hij een tijdje met haar over kinderkleertjes en de kinderwagen die ze van de buren kunnen lenen. In werkelijkheid ziet hij de geboorte met gemengde gevoelens tegemoet, omdat hij niet weet hoe hij zelf op het kindje zal reageren en ook niet wat Pierrot zal doen. Sinds enkele dagen wordt hij achtervolgd door een onbekende angst, hij schrikt van elke schaduw op de muur, krimpt in elkaar als hij iets achter zich hoort. Hij was in de wijnkelder om de nieuwe wijn te proeven, hield de rode vloeistof in zijn glas tegen het licht en wilde het glas net aan zijn lippen zetten, toen hij een beweging achter zich waarnam en zich razendsnel omdraaide. Daar zag hij het vals grijnzende gezicht van zijn broer en opnieuw werd hij die draaikolk in gezogen, die hem dwong zich vast te klampen aan het vat dat achter hem stond.

'Je bent toch niet bang voor me, broertje? Je weet het toch: ik ben je schaduw. Je boze geest. Ik volg je waar je ook gaat, je zult in dit leven geen rustige minuut meer hebben, zolang je mijn vrouw en mijn kind voor jezelf opeist!'

Hij had even tijd nodig om weer wat bij zinnen te komen en een antwoord te vinden. En toen wist hij niet meer uit te brengen dan: 'Je bent gestoord.'

'Niet meer dan jij, Jean-Jacques!'

'Margot is jouw vrouw niet!'

'Maar ik ben wel degene die van haar houdt. Terwijl jij aan een ander denkt.'

'Dat verbeeld je je maar!'

'Ik weet het heel zeker, grote broer.'

Woede maakte zich van Jean-Jacques meester. Hij herpakte zich en wierp zich op zijn broer, die hem echter met gemak afweerde, waardoor Jean-Jacques achterover tuimelde en met zijn rug tegen het wijnvat viel.

'Kijk toch uit, grote broer,' siste Pierrot. 'Straks val je nog en is die koppige schedel van je definitief kapot.'

Sindsdien leeft hij met de gedachte dat zijn broer in staat is om hem te doden en de moord op een ongeluk te laten lijken. Een belachelijk idee natuurlijk, dat alleen maar ontstaan is doordat hij niet op zijn lichaam kan vertrouwen. Door die regelmatig opduikende draaikolk is hij weerloos.

'Wat ben je toch onvoorzichtig!' klaagt Margot als ze de blauwe plekken op zijn armen en rug ontdekt.

'Ik ben alleen maar gestruikeld op de trap...' liegt hij.

'Je moet ook niet alleen die keldertrap afgaan.'

'Er is toch niets gebeurd, Margot...'

'Pas gewoon wat beter op, Jean-Jacques. Alsjeblieft.'

De zwangerschap valt haar zwaar, ze is nu in de achtste maand en heeft af en toe pijn in haar rug. Maar nog steeds houdt haar gelukkige stemming aan, ze zit bij de kachel en neuriet een kinderliedje, breidt mutsjes en kleine sokjes van groene wol. Samen met moeder heeft ze een wiegje gemaakt van een gevlochten wasmand, door hem te bekleden met witte lakens en er geruite kussens in te leggen.

Eind november wordt Pierrot ziek, hij heeft koorts en hoest, zit in de keuken en drinkt warme melk met honing, die moeder voor hem klaargemaakt heeft. Jean-Jacques verdwijnt zwijgend naar de schuur, vandaag wil hij de strobalen vanaf de zolder naar beneden gooien. Het wordt hoog tijd dat hij ook dit karweitje weer kan doen. De duizeligheid die hij voelt als hij de ladder met beide handen vastpakt is van korte duur, dan stapt hij langzaam op de onderste sport, wacht even en klimt dan verder. De tweede, derde en vierde sport, bij de vijfde moet hij even pauzeren, om even later weer door te gaan. Boven aangekomen pakt hij de bovenkant van de ladder vast, buigt zich naar voren als hij zijn voet op de houten vloer zet, en dan staat hij op de hooizolder. Bij het naar beneden kijken voelt hij geen enkele duizeligheid. Hij draait zich om en pakt een paar van de strobalen die ze hier aan het eind van de zomer opgestapeld hebben. Dan gaat hij bij de opening staan en gooit de balen naar beneden. De ene na de andere. Pas bij de laatste baal voelt hij hoe zijn hoofd weer begint te draaien en moet hij gaan zitten.

'Jean-Jacques!' roept zijn moeder van beneden. 'Wat doe je daar? Dat had ik toch kunnen doen.'

'Het gaat alweer, moeder.'

Hij haat het om de hele tijd als een zieke behandeld te worden. Goed, hij is nog niet helemaal de oude, maar daarom hoeft zijn moeder zijn werk nog niet te doen.

'Zal ik je naar beneden helpen?'

'Nee!'

Hij gaat op zijn knieën zitten, vervloekt het wankelen en draaien in zijn hoofd en kruipt naar de opening waar de ladder staat. Voorzichtig grijpt hij de stijlen en zet een voet op de tweede sport van boven, dan glijdt hij weg en kan hij zich nog net op tijd vasthouden.

'Jean-Jacques! In godsnaam!' hoort hij nu Margot geschrokken roepen.

'Niks gebeurd...' zegt hij, terwijl hij met zijn voet naar de volgende sport zoekt.

'Hou je vast!' roept Margot. 'Ik kom je ondersteunen!'

Haar paniekerige gedrag maakt hem pas echt duizelig; hij moet de ladder weer verlaten en op de houten vloer gaan zitten wachten tot de aanval voorbij is.

'Blijf beneden, Margot!' beveelt hij. 'Het lukt me wel alleen!'

'Waarom doe je dat, Jean-Jacques?' jammert ze. 'Je weet toch dat...'

Haar stem breekt af, hij hoort een doffe klap en begrijpt in eerste instantie niet wat er gevallen kan zijn.

'Margot!' gilt moeder. 'O, god, Margot! Ben je gewond? Kun je opstaan?'

Plotseling is zijn blik weer scherp en zijn hoofd koel. Zonder ook maar één misstap klimt hij de ladder af, hij ziet Margot op de grond tussen de strobalen liggen en laat zich op zijn knieën naast haar vallen.

'Het is niets...' fluistert ze, terwijl ze hulpeloos naar hem glimlacht. 'Ik gleed alleen maar naar beneden.'

Hij ondersteunt haar als ze overeind komt, helpt haar samen met moeder terug naar het huis, schuift een kussen achter haar rug als ze op het bankje bij de kachel gaat zitten.

'Geen zorgen,' zegt ze zacht. 'Het gaat prima met me...'

Moeder bekommert zich om haar, brengt haar een deken, geeft haar iets te drinken en strijkt haar over haar haar.

'En dat allemaal omdat jij van die stomme dingen doet, Jean-Jacques!' zegt ze verwijtend tegen hem.

Maar Margot spreekt haar tegen. 'Het kwam door mijn eigen onhandigheid. Jean-Jacques kan er niets aan doen.'

Hij houdt haar hand vast en bekijkt haar gezicht, dat flets en bijna doorschijnend is, en plotseling voelt hij een diepe genegenheid voor deze jonge vrouw met wie hij jaren geleden getrouwd is zonder veel over haar te weten. Zoals ze onvoorwaardelijk van hem houdt, voor hem zorgt, hem tegenover zijn moeder verdedigt. Hij schaamt zich voor hoe het was. Margot heeft een betere echtgenoot verdiend dan hij.

's Nachts beginnen de weeën. Door de regen en duisternis loopt hij naar de buurvrouw, vraagt haar om hulp bij de geboorte. Het huis vult zich met jonge en oude vrouwen, ze lopen de trappen op en af, zitten in de keuken, koken water en thee op het fornuis, eten brood, olijven en ham, kletsen, lachen, praten achter hun hand over dingen die niet voor mannenoren bestemd zijn.

'Hoe gaat het?' vraagt hij telkens weer.

'Het kost tijd... Ze is meer dan een maand te vroeg... Maar dat geeft niets... Het komt wel goed...'

Pierrot is ook opgestaan, zit met koortsachtige ogen op een krukje naast de kachel en vloekt zacht. Hij heeft al meerdere keren geprobeerd om bij Margot te komen, de vrouwen verdedigen de verloskamer als een vesting die maar moeilijk te veroveren is.

'Jouw schuld als haar wat overkomt!' fluistert hij Jean-Jacques toe. Dan wordt hij overvallen door zo'n heftige hoestaanval dat hij geen woord meer kan uitbrengen.

Vader zet een fles met pastis op tafel en schenkt de vrouwen in. Ook zijn zoons krijgen een glaasje en dan loopt hij met Jean-Jacques naar buiten.

'Het is niet goed om bij die vrouwen in de keuken te blijven zitten,' zegt hij. 'Die kwetteren door elkaar als een opgewonden zwerm mussen en maken je alleen maar nerveus.'

Hij vertelt hoe het was toen Jean-Jacques en Pierrot geboren werden, hoelang moeder toen weeën had, hoe zwaar het voor haar was. Jean-Jacques luistert amper. Telkens weer glijdt zijn blik naar het verlichte raam van de echtelijke slaapkamer en in zijn hart groeit een redeloze angst.

'Laten we weer naar binnen gaan, vader.'

In de keuken zitten nog maar een paar vrouwen, die hun vragende blikken ontwijken.

'Wat is er? Is de baby er?'

Ze krijgen geen antwoord. Een van de oude vrouwen wijst met een knokige vinger naar de trap. Daar staat Amélie, de buurvrouw, haar handen krampachtig in elkaar verstrengeld, een dof verdriet in haar blik.

'Een jongen...' zegt ze met zachte, hese stem. 'Nog heel klein, maar gezond...'

Jean-Jacques' stem laat hem in de steek, hij moet twee pogingen doen om de vraag te stellen.

'En... Margot?'

'We konden niets meer voor haar doen...'

Luisa

Wiesbaden, november 1945

Ze droomt vaak over haar moeder, praat met haar in haar droom, en als ze wakker wordt is het kussen nat van haar tranen. Ook andere herinneringen dringen zich in haar slaap aan haar op. Verschrikkelijke, die ze nooit aan een ander levend mens zou kunnen toevertrouwen en die ze zo snel mogelijk probeert te vergeten. Niet meer aan denken. Wat voorbij is, is voorbij. Het leven gaat verder. Ze heeft nog zo veel voor zich. Het leven is mooi.

Sinds Hilde zwaar beladen met kostbare levensmiddelen teruggekeerd is van haar tripje naar de Taunus gaan de dingen in Café Engel weer hun gebruikelijke gang. Else staat tot 's avonds laat in de keuken om taartjes en cake te bakken, die de volgende dag in het café verkocht worden. Eén keer was er zelfs plaatkoek met slagroom, omdat Hilde, naast alle andere heerlijkheden, ook nog een klein kannetje verse slagroom meegenomen had. Iets wat zich bliksemsnel rondsprak onder de gasten, die vervolgens in groten getale naar het café kwamen en niet alleen betaalden met geld maar ook met andere zaken. Een snuiftabakdoosje met inlegwerk van hout, een zilverkleurige stemvork, een muziekblad met een potloodtekening van een poes, gemaakt door de componist Hindemith. En Alma Knauss kreeg vier stukjes plaatkoek met slagroom in ruil voor een zakje eierbriketten, dat ze door een medewerker liet brengen.

'Als we onze Hilde toch niet hadden!' blijft oom Heinz maar zeggen, waarbij hij zijn dochter over haar wang streelt. 'Een heel pond echte koffie heeft ze meegebracht gisteren. En ook nog een vanillestokje – zoiets moet je tegenwoordig met een vergrootglas zoeken. Vlijtig meiske...'

Hilde is duidelijk blij met alle lof, waarbij ze niet vergeet te vermelden hoe moeilijk het haar aanvankelijk gemaakt werd. Gelukkig maar dat bepaalde mensen hier aan tafel nog net op tijd bij zinnen gekomen zijn.

'Drijf het nu niet op de spits, Hilde,' waarschuwt tante Else. 'Iedereen is blij dat het nu weer de goede kant op gaat.'

Oom Heinz is niet rancuneus. Hij grijnst als Hilde spot met zijn angst voor de zwarte markt en houdt vol dat er in tijden van nood nu eenmaal andere regels gelden dan in vredestijd. En bovendien... 'Wij mannen zijn naar het front gestuurd, maar de echte moedige strijders zijn onze vrouwen!'

Waarop Hubsi zijn waterglas heft en een toost uitbrengt op de vrouwen van Café Engel. Omdat ze allemaal lachen en met elkaar proosten, denkt de hond onder tafel dat er gevaar dreigt en begint hij te blaffen.

'En hoe zit het nu met die toekomstige schoonzoon?' vraagt oom grijnzend. 'Ik begon al te denken dat we familie zouden worden van onze geliefde, onvergetelijke Eddi Graff...'

'Ach, papa!' zucht Hilde en ze rolt met haar ogen. 'Wacht nu maar gewoon totdat ik de ware gevonden heb. Het is tenslotte mijn zaak, of niet?'

'Daar heeft ze gelijk in!' roept Künzel over tafel, terwijl ze met haar lege soeplepel naar oom Heinz wijst. 'Dat meisje is beeldschoon en weet wat ze wil. Ik zou me als ik u was maar geen zorgen maken.'

'Helemaal mee eens!' zegt Julia, die zich enkele minuten eerder eindelijk bij hen gevoegd heeft. 'En zodra er sprake is van liefde is er sowieso geen redden meer aan!'

Met een glimlachje buigt ze zich over het bord soep dat tante Else voor haar bewaard heeft, zich niets aantrekkend van Addi Dobschers gefronste voorhoofd. Luisa weet hoe de situatie tussen hen is omdat Addi vandaag zijn hart weer eens bij haar uitgestort heeft. Ze zou maar wat graag bemiddelen tussen die twee, maar Julia bespreekt nooit privézaken met haar.

'Jullie hebben natuurlijk gelijk,' bromt oom Heinz. 'Maar als het dan gelukkig toch geen fransoos of Ami wordt, zou je dan tenminste met een acteur of muzikant kunnen trouwen, Hilde? Zodat Café Engel zijn naam als artiestencafé zal behouden.'

Oom bedoelt het natuurlijk als grapje, maar toch krijgt Hubsi een rood hoofd en Luisa verbaast zich over die 'fransoos'. Was Hilde ooit verloofd met een Fransman? Addi zegt gekscherend dat hij niets tegen een echtelijke verbintenis zou hebben, maar dat hij bang is voor vrouwen die zo precies weten wat ze willen. Waarbij hij Julia aankijkt, die plotseling heel ijverig met haar lepel in de soep roert.

'Tja, meiske,' zegt tante Else opgewekt. 'De keus onder muzikanten is nu niet bepaald groot. Wat dacht je van Alois Gimpel? Of voorzanger Firnhaber?'

Hilde gaat op het grapje in en zegt dat ze koorrepetitor Gimpel wel zou zien zitten. Meer tenminste dan Klaus Firnhaber, die veel te dun is en o-benen heeft. Alleen die belachelijke naam! 'Hilde Gimpel – hoe klinkt dat nou? Net zoiets als Else Doedel. Of Luisa van Lotjegetikt...'

Waarbij ze Luisa recht aankijkt en het uitschatert om haar geweldige grap. Luisa lacht mee, zij het niet van harte. Ik ben te lichtgeraakt, denkt ze. Hilde bedoelde het vast niet verkeerd.

'Als ik al een muzikant leuk zou vinden, dan is dat hooguit Fritz Bogner,' verkondigt Hilde, terwijl ze met het laatste stukje brood haar soepbord schoonveegt. 'Die zou ik zo nemen. Zelfs ongewassen!'

Ze vertelt dat hij zo veranderd is, dat hij een echte man is geworden, en geen bullebak of lomperik, maar een serieuze, gevoelige artiest. Nog altijd een beetje verlegen, maar dat vond ze juist wel leuk.

Luisa luistert naar Hildes betoog en probeert haar verwarring zo goed mogelijk te verbergen. Geen twijfel mogelijk, haar nichtje heeft het over de Fritz Bogner die haar leven gered heeft, met wie ze tijdens dat koude nachtelijke bombardement in een ruïne overnacht heeft, die haar meenam naar de pastorie, die zo liefdevol voor haar zorgde toen ze koorts had. De Fritz Bogner wiens brief ze nog altijd in haar halsetui heeft zitten, terwijl ze de papieren van haar moeder en haarzelf stiekem in de kachel verbrand heeft.

Dus Hilde vindt Fritz Bogner wel leuk. Geen wonder, denkt Luisa.

Hij is ook zo'n innemende persoon – hoe zou ze hem niet leuk kunnen vinden? Ze rekent uit hoelang ze hem al niet meer gezien heeft – bijna zeven maanden. Hij heeft mijn leven gered en voor me gezorgd, bedenkt ze. Maar dat zou hij zeker voor iedereen gedaan hebben. En wat betekent zo'n zin nou: '... je bent een heel bijzonder iemand...'? Is niet iedereen van ons een uitzonderlijke, unieke creatie van God? Nee, over liefde heeft hij het nooit tegen haar gehad, hij schreef er ook niet over. Dat heeft ze zich al die tijd slechts verbeeld.

Hilde zou perfect voor hem zijn, denkt ze bedrukt. Hij is zo zacht en terughoudend – zo iemand heeft een vrouw als Hilde nodig aan zijn zij. Energiek en kordaat. En als zij te veel doordraaft, kan hij haar op zijn rustige manier weer tot rede brengen.

Het gesprek aan tafel is inmiddels al bij heel andere thema's aangekomen. Tante Else windt zich op over de Storbecks, die afgelopen week verhuisd zijn en een ware 'kaalslag' achtergelaten hebben.

'Ze hebben zelfs twee tapijten en de dekbedden meeverhuisd,' foetert ze. 'Om nog maar te zwijgen van het zilveren bestek en de kookspullen. De tafelkleden, de lakens... alles hebben ze meegenomen. Hoe ze dat voor elkaar gekregen hebben, is me een raadsel.'

Oom Heinz trekt een beteuterd gezicht. Die goedzak verkeert altijd een beetje in hogere sferen en wil eigenlijk over niemand slecht denken. Zelfs over de Storbecks niet, terwijl hij die twee nooit echt graag gemogen heeft.

'Weet je dat zeker, Else?' vraagt hij hoofdschuddend. 'Hebben jullie overal gekeken?'

'Ach, papa!' roept Hilde uit. 'Denkt u nu echt dat ze het zilveren bestek boven in het appartement voor ons verstopt hebben? Ze zijn er midden in de nacht vandoor gegaan, zodat niemand iets zag. Ze hadden een handkar geleend, die ze helemaal volgeladen hebben met onze spullen.'

'En hoe weet jij dat?' vraagt Künzel.

'Omdat Louise Drews me dat vertelde in de winkel. Die kon die nacht niet slapen, omdat haar kleintje nachtmerries had en moest huilen. Toen keek ze toevallig naar buiten...'

'Wat een tuig!' bromt Addi. 'Ik heb Luisa geholpen met het schoonmaken van het appartement. Overal even smerig. Spinnenwebben boven het fornuis en in de slaapkamer had hij zijn snotjes tegen het behang geplakt!'

Een algehele uitroep van afschuw onderbreekt hem. Zoiets walgelijks vertel je toch niet aan tafel! Die arme Julia zit nog te eten, kan hij daar niet een beetje rekening mee houden?

Julia's blik is verstard. Ze legt het laatste hapje brood naast haar bord en beweert dat ze echt wel tegen een stootje kan. Maar dat ze plotseling geen honger meer heeft.

'Het spijt me,' zegt Addi oprecht. 'Neem me niet kwalijk!'

'Geeft niet,' zegt Julia stijfjes.

Even is het stil, je hoort alleen de hond onder tafel knabbelen, Julia heeft het kleine stukje brood in zijn eeuwig bedelende snuit gestopt. Het maakt Addi's schuldgevoel alleen maar groter en Luisa heeft medelijden met hem. Hij is toch eigenlijk een heel lieve vent, die Julia alleen maar wil beschermen en voor haar wil zorgen, maar die niet doorheeft dat hij haar daarbij vreselijk betuttelt. Julia Wemhöner is tenslotte geen klein meisje meer – ook al ziet ze er nog altijd zo uit.

'Tja...' zegt Addi ten slotte, en hij staat op. 'Dan ga ik maar weer eens naar boven. Het was weer heerlijk, mevrouw de kokkin. Mijn complimenten!'

Iedereen valt hem bij en tante Else bloost van blijdschap. Het is toch niets bijzonders, ze maakt gewoon eenpansgerechten met dat wat ze heeft kunnen bemachtigen. En in tijden als deze is het nu eenmaal handiger om samen te doen in plaats van dat iedereen zichzelf moet zien te redden.

Addi heeft haast en is al in het trappenhuis. Luisa wil nog helpen met de afwas, maar Hilde jaagt haar de keuken uit.

'Dat redden mama en ik wel alleen. Je kunt rustig gaan...'

Het klinkt niet heel aardig, eerder alsof ze eruit gegooid wordt. Maar Luisa blijft vriendelijk, vooral omdat Else spijtig naar haar glimlacht.

Bij de deur naar het trappenhuis staat Julia haar op te wachten. 'Kun jij naaien?' vraagt ze Luisa. 'Zomen leggen, ritsen inzetten, knoopsgaten omzomen?'

Luisa is verrast. Natuurlijk kan ze naaien, daarmee hebben ze tenslotte in Stettin een poosje hun geld verdiend. Hoewel het toen wel moeder was die het meeste werk deed, Luisa hield zich meer bezig met de klanten en zorgde voor de opdrachten.

'Ik... ik kan het proberen,' antwoordt ze voorzichtig.

'Weet je,' zegt Julia. 'Marianne Storbeck mag dan misschien niet helemaal eerlijk geweest zijn, ze heeft me wel veel werk uit handen genomen. En nu moet ik haar missen.'

'Ik kan niets beloven, maar ik zal mijn best doen.'

Julia glimlacht naar haar en zegt dat ze vast heel goed kan naaien. Dat ze dat kan zien aan haar kleine, zachte handen.

'Morgen tegen negenen? Ik betaal je tachtig pfennig per uur.'

Dat is een prima uurloon. Met schoonmaakwerk zou Luisa waarschijnlijk maar vijftig pfennig per uur verdienen. Ze heeft wat rondgevraagd want ze wil de Kochs liever niet verder belasten, maar nog geen beslissing genomen omdat ze bang is dat oom dan boos op haar wordt. Julia's aanbod zou de perfecte oplossing zijn!

'Morgen om negen uur! Ik zal er zijn! En... heel erg bedankt!'

Julia glimlacht en loopt lichtvoetig de trap op.

'Mooie boel!' hoort ze Hildes verontwaardigde uitroep vanuit de keuken. Blijkbaar hebben ze alles staan afluisteren. 'Geld verdienen in plaats van mee te helpen in het café! Waar je constant te eten krijgt van ons!'

'Hilde!' roept oom Heinz boos. 'Zoiets wil ik nooit meer horen!'

'Luister dan niet!' snauwt Hilde, die nu in de deuropening verschijnt. 'Blijkbaar kan het niemand wat schelen dat ik al het werk moet doen, hè? En barones Luisa von Tiplitz zit gezellig boven bij Wemhöner, drinkt een kopje koffie en krijgt er ook nog eens geld voor.'

Het verwijt is zo onterecht dat Luisa even niet weet wat ze moet zeggen. Nu klinkt tante Elses ferme stem vanuit de keuken, die Hilde terechtwijst, en ook oom Heinz windt zich op – beide ouders zijn boos op Hilde. Waarmee ze het allemaal alleen nog maar erger maken, omdat Luisa zich nu schuldig voelt aan een familieruzie. Ach, had Julia haar nu maar niets gevraagd! Hoewel het aan de andere kant ook niet echt uitmaakt wat ze doet – Hilde vindt toch altijd wel een reden om op haar te vitten.

Op de trap haalt ze Hubsi, de pianospeler, in. Hij woont naast haar in de voormalige woonkamer, terwijl zij de eetkamer heeft. Het is een lieve maar nogal onbeholpen man, die volledig opgaat in zijn muziek. Alle vrouwen in huis hebben er samen voor gezorgd dat hij iets kreeg om aan te trekken. Oom Heinz heeft een paar sloffen gedoneerd en hem alle muziekboeken cadeau gedaan die op de piano lagen. Vooral dat laatste deed Hubsi goed, aangezien zijn kamer aan de Webergasse, inclusief al zijn geliefde boeken en bladmuziek, tijdens het zware bombardement, volledig in vlammen opgegaan is.

'Die Hilde,' zegt hij, terwijl hij naast Luisa de trap oploopt. 'Die was altijd al een beetje... eigenzinnig. Typisch het verwende jongste kind. Commandeerde vroeger al haar grote broers in het rond, en die lieten het nog toe ook.'

Luisa snapt dat hij haar wil troosten en kijkt glimlachend naar hem op. Hubsi is minstens twee koppen groter dan zij. Dat Hilde haar oudere broers voor zich liet rennen kan ze zich goed voorstellen. Maar die twee zijn nog altijd vermist en niemand weet of ze überhaupt nog in leven zijn.

'Misschien komt het door dat "von"...' gaat Hubsi verder.

Luisa begrijpt het niet meteen.

'Omdat jij immers "Von Tiplitz" heet,' zegt Hubsi, terwijl hij met een lichte grijns op haar neerkijkt. 'Je bent van adel. Dat vindt Hilde maar niks.'

'Denkt u dat echt?'

'Het zou kunnen,' zegt Hubsi schouderophalend, om aan te geven dat het slechts een vermoeden is.

Boven in het appartement wenst hij haar een goede nacht en hij verdwijnt naar de woonkamer. Het is heerlijk dat die nieuwsgierige Marianne Storbeck en haar nare man verhuisd zijn, omdat er nu niemand meer bij haar deur rondsluipt en ze haar spullen niet meer hoeft op te sluiten in de commode.

Dus Hilde ergert zich aan het 'von' in mijn naam, denkt ze, als ze zich uitstrekt onder de wollen deken op de bank. Is dat waarom ze zo akelig tegen me doet? Ach, misschien was het toch verkeerd om niet alles te vertellen. Opnieuw heeft ze een verkeerde beslissing genomen. Terwijl ze het toch omwille van haar moeder deed.

De volgende ochtend gaat ze al vroeg naar het café, om snel nog de vloer te dweilen en de tafelkleden uit te kloppen, zodat Hilde niet kan zeggen dat ze haar al het werk alleen laat doen. Buiten is het vochtig miezerweer, het theater en de zuilengang zijn in mist gehuld, de platanen langs de Wilhelmstraße zien eruit als zwarte, betoverde gnomen. Ze vindt een paar laatste rode rozenbottels, knipt wat dennengroen in het park, verzamelt alle bloemenvazen van het café en maakt herfstboeketjes. Ze is er net mee klaar, als Hilde in de keuken verschijnt en de tafeldecoratie met de armen over elkaar vanuit de deuropening bekijkt.

'Volgende keer mag je het eerst wel even vragen!' zegt ze zuur.

'Vind je het niet mooi?'

Hilde haalt haar schouders op. 'Het lijkt wel alsof het al kerst is...'

Als tante Else met oom Heinz naar beneden komt, wordt Luisa geprezen. 'Het ziet er echt gezellig uit. En het ruikt zo lekker naar dennenbomen,' zegt oom, terwijl hij naar haar knipoogt.

'Het meel is bijna op en surrogaatkoffie hebben we helemaal niet meer...' meldt Hilde luid vanuit de keuken. 'En er is ook geen kruimeltje zeep meer...'

Oom kreunt en klaagt dat zijn beide vrouwen, Else en Hilde, zo totaal niet romantisch maar juist vreselijk nuchter aangelegd zijn. Als hij Luisa toch niet had...

'Het leven bestaat toch niet alleen maar uit...'

Hij onderbreekt zichzelf omdat buiten iemand aan de entreedeur rammelt. Het is net acht uur geweest – gasten kunnen het niet zijn. En ook niet de postbode of een bekende, die bellen altijd aan bij de deur van het trappenhuis, meteen naast het café. Hilde en Luisa lopen naar het raam.

'Een dame in een bontjas,' meldt Hilde. 'En een tweede vrouw die de bagage draagt.'

Luisa heeft geen goed voorgevoel als ze de sleutel van tante Else aanpakt. Iets aan deze vrouwen zit haar niet lekker, ze zou er veel voor overhebben om niet open te hoeven doen. Ook tante Else kijkt niet zo blij – ze voorvoelt dat de harmonische tijden in Café Engel voorlopig tot het verleden zullen behoren.

Ondertussen staat de dame in de bontjas al met haar vuisten op de deur te bonken en Luisa moet snel achteruitdeinzen als ze opendoet, omdat ze anders een flinke oorvijg gekregen zou hebben.

'Dit is toch niet te geloven!' roept de dame. 'Hoelang laten ze de mensen hier wel niet voor de deur staan wachten? En dat in dit weer! Moet ik soms een longontsteking oplopen?'

Luisa kent deze toon maar al te goed, hij herinnert haar aan haar kindertijd. Haar grootmoeder sprak ook altijd zo. En ook tante kon zeer autoritair uit de hoek komen.

'Goedemorgen!' zegt ze beleefd. 'Het café is nog niet open, mevrouw.'

Ze schat de dame achter in de vijftig, haar haren gaan schuil onder een muts van lichtbruine nerts, de bontmantel is al wat vaal, maar duidelijk warm. In de vijf minuten dat ze heeft moeten wachten, kan ze het dus onmogelijk koud gekregen hebben.

'Dat café interesseert me niet,' zegt ze, terwijl ze haar neus omhoogsteekt. 'Ik kom hier mijn intrek in een appartement nemen.'

'Hier?' vraagt Luisa geschrokken.

'Dit is toch Wilhelmstraße 75 – of niet soms?'

Luisa werpt een wanhopige blik over haar schouder en ziet tante Elses berustende blik. De vluchtelingen. Daar zijn ze dus al. Precies zoals Storbeck voorspeld had.

'Ga eens aan de kant! Belachelijke uitvinding, zo'n draaideur. Ik kan er amper doorheen met mijn bagage... Pas op dat je de koffer niet beschadigt, Grete.'

Luisa duwt de deur een stukje verder, zodat de bontdame in de volgende opening kan stappen, dan zitten ze allebei vast. De bontdame duwt, vloekt, trapt met haar laarzen tegen de plint, maar ze komen geen centimeter vooruit, omdat de vrouw die ze Grete genoemd heeft de deur heeft geblokkeerd met de koffer. Terwijl de bontdame woedende bevelen schreeuwt en met haar vuisten op het glas timmert, trekt en duwt die arme Grete aan de grote koffer, die echter steeds weer terugvalt op de oude plek. Uiteindelijk komt Hilde via het trappenhuis naar buiten en bevrijdt de opgesloten vrouwen door de koffer uit de draaideur naar buiten te trekken en Grete te vertellen dat zij de twee bundels moet pakken en haar moet volgen.

Eindelijk komt de draaideur weer in beweging – bezweet, rood aangelopen van woede en met een scheef zittende bontmuts betreedt de vluchtelinge het café.

'Ik hoop dat u allemaal hebt kunnen lachen,' zegt ze sarcastisch.

Luisa heeft weinig zin om te lachen. Maar tante Else en oom Heinz lijken zich wel geamuseerd te hebben, ook al doen ze nu hun best om serieus te kijken. Achter in het café gaat de deur open, Addi komt naar binnen, de koffer in de hand, gevolgd door een breed grijnzende Hilde. Als laatste sluipt Grete naar binnen, nog helemaal buiten adem, in elke hand een bundel. Met gebogen hoofd blijft ze op de drempel staan en ze werpt een angstige blik op de bontdame.

'Jij bent echt het domste schepsel dat ik ken!' scheldt de bontdame. Ze loopt dwars door het café, veegt met haar bontmouwen langs de verraste Addi en geeft die arme Grete twee flinke oorvijgen.

'Je bazin een beetje belachelijk maken en dan ook nog een koffer ruïneren!'

De overige aanwezigen zijn met stomheid geslagen. Addi moet flink niezen, omdat de bonthaartjes in zijn neus kietelden.

'Nou zeg!' protesteert oom Heinz verontwaardigd. 'Zo gaan wij hier niet met elkaar om, mevrouw!'

De bontdame draait zich naar hem om, trekt een wenkbrauw op en verklaart hautain: 'Meneer… Koch, neem ik aan. Ik ben barones Edith von Haack en dit hier is mijn dienstmeisje Grete. Ons is een appartement toegewezen in dit huis.'

Ze rommelt wat in een leren schoudertas en haalt er een opgevouwen blad papier uit, dat ze oom Heinz overhandigt. Met een gebaar alsof ze een hond een afgeknaagd bot toewerpt.

Hilde en haar moeder kijken elkaar ontzet aan, Addi laat de koffer met veel kabaal op de grond vallen, Luisa heeft het gevoel dat ze in een boze droom zit.

'Dit lijkt te kloppen,' zegt oom Heinz nadat hij het document met behulp van zijn leesbril bekeken heeft. 'Helaas kan ik u echter geen volledig appartement maar slechts een kamer aanbieden.'

Edith von Haack trekt nu ook haar andere wenkbrauw op. 'Zoals u daar hebt kunnen lezen, meneer Koch, heb ik recht op een heel appartement. En daar wijk ik niet van af. In Altmark bewoonde ik een landhuis met twintig kamers en ik ben niet bereid om met mijn dienstmaagd in dezelfde kamer te slapen!'

In Altmark! Luisa zet grote ogen op. Die plaats kent ze en ook dat landhuis, ze herinnert zich dat ze er eens geweest is. Altmark is niet ver van Mariënburg, haar vader heeft haar ooit eens meegenomen naar een bruiloftsfeest daar. Dat was nog in de tijd dat het qua gezondheid nog enigszins goed met hem ging; ze kan niet veel ouder dan vijf of zes geweest zijn. Ze herinnert het zich nog omdat haar vader op de terugreis zei dat het een schande was om zo uitbundig feest te vieren maar de houtrekening en graanleveringen niet te betalen. Edith von Haack... de naam zegt haar niets. Maar wat zegt dat nou?

'Het spijt ons zeer,' neemt Else nu het woord. 'Maar in tijden als deze zullen we allemaal een beetje moeten inschikken, mevrouw Von Haack. In het appartement van mijn zoon August zijn ook meneer Lindner en juffrouw Von Tiplitz al ingekwartierd, dus is er nog slechts één slaapkamer voor u over.'

Dan gebeurt het. Luisa voelt een vreselijke schrik als de grijze ogen van de barones bij het noemen van de naam 'Von Tiplitz' groot worden van verbazing. Maar eerst is de dame nog druk met haar strijd om het haar toegewezen appartement.

'Geen sprake van!' roept ze ferm. 'Als u daarop blijft staan, zal ik bezwaar aantekenen bij de gemeente. Het staat hier zwart-op-wit: ik heb recht op een appartement!'

Ze gaat voor tante Else staan en maakt zich groot, wat goed lukt met die bontmuts. Maar tante Else heeft nooit op een landgoed gewoond, heeft nooit bevelen hoeven ontvangen, en is dus totaal niet onder de indruk.

'Met alle plezier, barones,' zegt ze beleefd. 'En weest u dan zo vriendelijk om meteen uw bagage mee te nemen!'

De barones lijkt echter weinig zin te hebben om met dit weer de straat weer op te gaan. In plaats daarvan probeert ze te onderhandelen. 'U zult die twee personen ergens anders moeten onderbrengen. Er zijn toch nog andere appartementen in dit huis, of niet?'

Hoewel Luisa het voorstel nogal onbeschaamd vindt, zou ze met liefde verhuizen, waar dan ook naartoe, als ze maar niet in de buurt van deze Edith von Haack hoeft te wonen.

'Alles zit hier al vol, barones,' antwoordt tante Else koeltjes. 'Óf u neemt de kamer die ik u kan aanbieden, óf u gaat op zoek naar iets beters!'

'Dat zullen we nog wel eens zien!' moppert Edith von Haack. 'Grete! Pak de bagage. We gaan naar het gemeentehuis. Ik zal dat appartement krijgen. Zo nodig met politiegeweld!'

Grete is waarschijnlijk zo'n dorpsmeisje dat al op zeer jonge leeftijd als dienstmeisje bij een van de landhuizen moest gaan werken. Hoe oud zou ze zijn? Ze is van gemiddelde lengte en mager, haar gezichtsuitdrukking is wezenloos, ze is gewend om blind te gehoorzamen. In het bruine haar dat van onder haar hoofddoek tevoorschijn komt is nog geen grijs te bespeuren. Ze kan twintig zijn maar ook veertig. Maar zeker niet ouder.

Als Grete de grote koffer wil pakken, bemoeit Addi zich plotseling met de situatie. Hij zet zijn handen in zijn zij en kijkt de adellijke dame verwijtend aan.

'Met alle respect, jongedame,' zegt hij met zijn mooiste bariton.

Blijkbaar is Edith gevoelig voor vleierij en welluidende mannelijkheid, want ze kijkt hem aan.

'U wilt toch niet serieus dat wij allemaal op elkaars lip gaan zitten, enkel zodat u een driekamerappartement voor uzelf kunt hebben? Of begreep ik u nu verkeerd?'

'Dat heb ik niet gezegd, meneer. Ik wijs alleen maar op dit papier.'

'Zeker, zeker...' Addi maakt een korte buiging, die de barones met een knikje beantwoordt.

'Adalbert Dobscher, eerste bariton bij het Staatstheater Wiesbaden.'

De dame glimlacht mild. Addi kan best mannelijk overkomen als hij zo doet.

'Aangenaam! En u woont ook hier?'

'Een etage boven u, mevrouw...'

'Tja...' zegt ze glimlachend. 'In dat geval, beste meneer Dobscher, moeten we ons misschien maar... schikken.'

Ze glimlacht zo stralend naar Addi dat Luisa zich bijna zorgen om hem maakt. Tante Else loopt mee naar boven om de dame haar onderkomen te laten zien, Grete pakt de bundels en Addi draagt de zware koffer. Hij is nu eenmaal iemand die er niet tegen kan als een vrouw met zoiets loopt te zeulen.

De achtergeblevenen zijn eerst nog stil, de schrik was te groot, ze moeten eerst weer een beetje bijkomen.

'Daar gaan we nog veel plezier mee beleven,' zegt Hilde ten slotte. 'Dat is een mannenverslindster. Pas maar op, papa!'

Heinz

Wiesbaden, november 1945

'De gouden tijden zijn voorbij, lieverd,' had Else vanochtend in zijn oor gefluisterd. 'Maar met jou kan ik ook de grauwe dagen aan. Als je maar bij me bent.'

Het had hem diep ontroerd, omdat zijn Else zelden zoiets zegt. Meestal heeft ze het over het gas, dat nog steeds afgesloten is, over het tekort aan kolen, aan meel, suiker en koffie, die Hilde op de zwarte markt moet kopen.

Hij had zijn armen stevig om haar heen geslagen en haar tegen zich aan gedrukt. En hij had haar gekust, bijna net zo hartstochtelijk als vroeger, toen ze nog jong waren en Else altijd bang was dat de kinderen hen bij hun ochtendlijke liefkozingen zouden kunnen horen.

'Wij twee!' had hij gezegd. 'Wij gaan samen door het diepste dal, totdat onze dagen weer lichter worden. En goudkleurig. Echt zonnegoud. Dat beloof ik je, schat.'

Woorden, denkt hij later, als hij zich in de badkamer staat te scheren. Maar die zijn meer waard dan bezit en geld. Het is toch altijd de hoop die ons draagt. De hoop en de liefde…

Dan snijdt hij zich in zijn kin en het zeepschuim bijt in de wond. Sowieso een enorme luxe, die zeep. Maar hij kan zich er niet toe zetten zijn baard te laten staan. Hij wil het Else ook niet aandoen dat hij er als een landloper bij loopt, zo diep wil hij niet zinken… Hij slaakt een diepe zucht en stopt met scheren, droogt zich af en bekijkt zijn spiegelbeeld. Rimpelig, denkt hij. Vooral in de nek. En op het voorhoofd. Denkrimpels. En de wenkbrauwen worden ook steeds borsteliger. En grijs. Binnenkort zie ik eruit als de Kerstman. Nou ja...

Het trieste novemberweer draagt ook niet bepaald bij aan een beter humeur. Vanuit het badkamerraam kan hij de ruïnes zien, de zwart verkoolde gevels, waarbij je door de ramen de hemel ziet, bergen puin, provisorische daken die mensen gebouwd hebben om in de ruïnes van hun huizen te kunnen blijven wonen. Die zullen het ijskoud hebben in de winter, denkt hij. Geen kolen, slechts weinig hout, en de wind die aan het dak van golfplaten rukt. De gemeente heeft noodwoningen aangeboden, maar veel mensen wilden hun huizen niet verlaten, bang als ze zijn voor plunderaars.

Hij strompelt naar de slaapkamer om zich aan te kleden. Het lopen is nog altijd pijnlijk, maar inmiddels heeft hij zich erbij neergelegd. De pijn hoort nu gewoon bij zijn leven – daarvoor heeft hij het geluk gehad dat hij naar huis kon, een geluk dat duizenden anderen ontzegd werd. Hij ruimt wat op, doet in elk geval een poging, dan trekt hij een warm vest aan en loopt de trap af naar het café. De smalle trap vanuit het appartement naar de keuken is veel steiler dan die in het trappenhuis, maar hij kan zich er wel rechts en links vasthouden aan de leuning. Een stok wil hij niet gebruiken, hij is tenslotte geen oude man. Al is hij al twee keer op zijn achterwerk naar beneden gegleden.

Wat heeft Hilde hem toen uitgescholden. 'Hoe kunt u nu zo roekeloos zijn, papa! Straks breekt u ook nog uw andere been, dan moeten we u in een rolstoel rondduwen!'

Ook vroeger nam ze al geen blad voor de mond, die dochter van hem. En omdat ze verder zo vrolijk en charmant is, nemen de meeste mensen haar die brutale mond niet kwalijk. Maar de laatste tijd zijn haar opmerkingen scherp en bijna gemeen, en dat bevalt hem niets. Vooral die arme Luisa, toch zo'n lief meisje, krijgt Hildes scherpe tong vaak te verduren. Heinz heeft geen idee waarom. Het zou toch veel beter zijn als die twee eindelijk vriendinnen zouden worden. Maar zijn Hilde heeft het duidelijk gemunt op haar nichtje. Soms kan hij echt boos zijn op zijn dochter.

'Ze is gewoon jaloers,' zegt Else, als ze met zijn tweeën zijn. 'Jij hebt Luisa als een tweede dochter verwelkomd. Hilde is bang dat ze haar plekje kwijtraakt.'

'Wat een onzin,' windt hij zich op. 'Mijn Hilde zal altijd op de eerste plaats komen.'

'Bewijs haar dat dan!'

En dus is hij eindelijk maar overstag gegaan en heeft hij toegestaan dat Gisela haar bruiloft hier in het café viert. Vooral omdat Hilde zei dat Gisela haar beste en enige vriendin is, die zo veel voor haar gedaan heeft, waardoor het gewoon onfatsoenlijk zou zijn om haar deze kleine gunst te ontzeggen. Maar nu, op deze koude, vroege ochtend, heeft hij er alweer spijt van. Wat zullen zijn vrienden er wel niet van zeggen? Iedereen moet de broekriem aanhalen, van grote feesten of bruiloftsmaaltijden kan al helemaal geen sprake zijn. Maar natuurlijk, als een Duitse een Ami aan de haak slaat, dan kan er opeens wel groots gevierd worden. Met champagne en kaviaar, zoals in die goeie ouwe vredestijd! Dat Heinz Koch zich voor zoiets leent! Zo zullen ze achter zijn rug om over hem praten en helemaal ongelijk hebben ze dan natuurlijk niet. Maar nu kan hij zijn toezegging niet meer terugnemen. Helaas.

Beneden in de keuken zijn drie vrouwen aan het werk: Else, Hilde en Luisa bereiden verschillende hapjes en gebak voor het huwelijksfeest. Om elf uur is de huwelijksvoltrekking op het gemeentehuis, daarna moet het jonge paar nog langs bij kolonel Sansome, de stadscommandant, maar dat is niet meer dan een formaliteit. Inmiddels heeft de Amerikaanse militaire regering een groot deel van de soevereiniteit alweer teruggegeven aan de Duitsers. Tegen half een zal het bruiloftsgezelschap, dat uit ongeveer twintig personen bestaat, aankomen bij het café. Else en Hilde hebben het zijvertrek al in orde gebracht, de tafels tot één lange tafel tegen elkaar aan geschoven en gedekt. Sammy heeft wijn gebracht en blijkbaar is er ook champagne. Nou ja, de bruidegom is militair bij het Amerikaanse leger, hij zal wel weten wat hij doet. Heinz wringt zich tussen de vrouwen door naar de gelagkamer, om daar plaats te nemen aan zijn tafeltje bij het raam. Hij voelt zich weer eens vreselijk overbodig. Luisa brengt hem zijn ontbijt: geroosterd witbrood, echte koffie en melk uit blik. Erbij een schaaltje marmelade.

'Bevinden we ons soms al in het Amerikaanse Luilekkerland?' vraagt hij sarcastisch bij het zien van al die heerlijkheden.

'Heb ik voor u ingepikt,' zegt ze met een ondeugend glimlachje. 'Als u dit feest dan al moet ondergaan, oom Heinz, dan mag u er toch op zijn minst een lekker ontbijtje aan overhouden.'

'En jullie?' vraagt hij, terwijl ze zijn koffie inschenkt. 'Hebben jullie ook fatsoenlijk ontbeten?'

'Wij komen niets tekort...'

Hij raakt haar hand even aan en bedankt haar, om vervolgens op zijn ontbijt aan te vallen. Hij besmeert de knapperige toast met margarine, schept er wat jam op en ademt de heerlijke geur van rijpe sinaasappels in. Tjonge, dat ruikt naar luxe en een goed leven. Snel neemt hij eerst nog even een slokje koffie, dan wijdt hij zich genietend aan zijn ontbijttoast, eet met kleine hapjes, kauwt, proeft en spoelt na met koffie. Met zijn duim en wijsvinger pakt hij nog een laatste kruimeltje op, dan hoort hij de inmiddels bekende voetstappen al in het trappenhuis. Het is gedaan met het rustige ontbijt – de dagelijkse strijd met de ingekwartierde verschrikking gaat weer beginnen.

'Echte koffie!' roept Edith von Haack uit als ze nog maar amper binnen is. 'Dat is koffie van echte, goede bonen. Mijn neus vergist zich nooit, meneer Koch!'

'Een heel goede morgen, barones,' zegt Heinz joviaal, waarbij hij een soort lichte buiging maakt door zijn achterwerk even van zijn stoel te tillen. 'Ik hoop dat u een aangename nacht gehad hebt...'

Als het om echte koffie gaat, is mevrouw niet gevoelig voor een beetje vleierij. Hoe vervelend ook, barones Edith von Haack gaat er ten onrechte van uit dat Café Engel zoiets is als haar eetkamer, waar ze enkel even in de handen hoeft te klappen om bediend te worden. Tegen nultarief uiteraard, ze is tenslotte niet zomaar iemand...

'Ik heb geen oog dichtgedaan,' zucht ze, terwijl ze een tafeltje verderop gaat zitten. 'Het is koud hier in Wiesbaden. En geen kolen voor de kachel. Als het zo doorgaat, zal ik de meubels nog moeten opstoken...'

Zoiets zei ze onlangs ook al tegen Else, waarop die bijna uit haar vel sprong. Die meubels zijn van August, haar zoon, en als mevrouw Von Haack ook maar een voetenkrukje aanraakt, dan zal ze haar watertoevoer afsluiten.

‘Wat die meubels betreft…’ begint Heinz voorzichtig, maar de barones wuift hem weg.

‘Laten we er maar over ophouden, meneer Koch. Ik zou nu graag willen ontbijten. Koffie, melk en… Wat zat er in dat schaaltje? Ah! Marmelade…’

Die vrouw heeft een neus waarop een vos nog jaloers zou zijn. Ze heeft sowieso wel wat weg van een vos, met haar opgestoken rode haar, spitse kin, smalle lippen en enigszins scheefstaande, geelbruine ogen. Ze is broodmager, er zit geen grammetje vet aan dat lichaam van haar; noch van onderen, noch van boven heeft ze veel te bieden. Haar echtgenoot, baron Adolf von Haack, was blijkbaar overste bij de Wehrmacht en is nog steeds vermist. Hilde merkte onlangs heel gemeen op dat die waarschijnlijk vrijwillig in Russische gevangenschap blijft om maar vooral niet meer onder het huwelijksjuk te hoeven. Ach, die Hilde…

‘We hadden toch afgesproken, beste mevrouw Von Haack, dat u ons een paar van uw rantsoenkaarten geeft als u hier dagelijks komt ontbijten.’

Hierover waren ze het na een milde familieruzie met veel moeite eens geworden, omdat Else en Hilde van mening zijn dat die Von Haack überhaupt niet in het café hoeft te ontbijten. Het was dat Luisa zei dat Grete dan tenminste een paar minuutjes rust zou hebben en in de keuken ongestraft een boterham met bietenstroop zou kunnen eten.

Verder is het namelijk bepaald geen pretje voor die arme Grete. De barones loopt voortdurend ruzie met haar te maken, beschuldigt haar van diefstal, foetert op haar en slaat haar zelfs. Onlangs verweet ze haar nota bene de nacht met Hubsi doorgebracht te hebben. De arme man is inmiddels op van de zenuwen en denkt er al serieus over na om op zoek te gaan naar een ander onderkomen. Wat Heinz maar al te goed kan begrijpen, aangezien Hubsi iemand is met een absoluut gehoor, waardoor het continue gekrijs van deze vrouw een ware marteling voor hem moet zijn.

De barones opent haar handtas en pakt er twee grijze coupons van een rantsoenkaart uit. Van veraf ziet Heinz al dat het suikerbonnen zijn.

'Else!' roept hij naar de keuken. 'Kom eens...'

Else, die niet graag gestoord wordt tijdens het bakken, verschijnt met een onwillige uitdrukking op haar gezicht, die er bij het zien van de barones niet beter op wordt.

'Suiker? Maar alleen voor vandaag en morgen,' zegt ze, terwijl ze de bonnen aanpakt.

'Twee kopjes echte koffie, melk, brood en marmelade... en boter...' beveelt Edith von Haack onaangedaan.

Else staart haar aan en vertrekt geen spier. 'Maar natuurlijk. En daarna nog een stukje varkenslende met rode kool en aardappelrozetten, zeker?'

Het is aan de barones te zien dat er een venijnig antwoord op haar tong ligt, maar ze houdt zich in.

'Geeft u mij dan mijn bonnen maar weer terug.'

Else werpt een snelle blik op de stukjes papier, haalt diep adem en zegt: 'Twee kopjes surrogaatkoffie, margarine, bruinbrood en bietenstroop. Meer zit er niet in bij dit beetje... Ze zijn maar voor 50 gram.'

Heinz ziet dat de barones rood aanloopt; alleen haar neus blijft wit. Ze lijkt echt op een vos. Misschien is ze zelfs wel hondsdol.

'U drinkt hier elke dag echte koffie en mij biedt u surrogaat aan?' bitst ze. 'Zal ik dat eens bij een hooggeplaatst iemand melden?'

Heinz schrikt, omdat hij bang is voor Hilde, die zo vaak inkoopt op de verboden zwarte markt. Maar zijn Else laat zich minder snel op de kast jagen.

'Doet u wat u niet laten kunt, barones. We hebben vandaag een Duits-Amerikaans bruiloftsgezelschap, dan zijn er nu eenmaal dingen die niet verkrijgbaar zijn op de bon...'

Die was raak. Als ze zulke goede connecties met de bezetter hebben, houdt Von Haack liever haar mond.

'Maar u kunt me straks toch een tweede aftreksel geven...'

Else bijt op haar lippen, omdat ze er geen zin in heeft. Maar ze beheerst zich. Het is nu eenmaal beter om de lieve vrede te bewaren als je samen in één huis woont. 'Voor mijn part. Maar alleen vandaag...'

Ze draait zich om en gaat snel terug naar de keuken, voordat die Von Haack over marmelade kan beginnen.

Even is het stil. Heinz staat op, verbijt een kreun, omdat die vervloekte prothese weer verschoven is en schuurt, en loopt naar de brievenbus. Pakt de *Wiesbadener Kurier*, die sinds enkele weken weer gedrukt en verspreid wordt, en loopt met de nog altijd dunne krant terug naar de gelagkamer. Mevrouw Von Haack heeft inmiddels een zakdoek, bril en zilveren bestek uit haar handtas gepakt, allemaal in een linnen servet gewikkeld. Ze legt het theelepeltje, de vork en het mes netjes voor zich op het tafelkleed, vouwt het servet en legt het decoratief in het midden.

'Dit is alles wat ik kon redden van ons familiezilver,' zegt ze, terwijl ze de vork omhooghoudt. 'Massief zilver. Ziet u het familiewapen? De Von Haacks wonen daar al sinds 1450. Handgeweven linnen met geborduurde initialen...'

Heinz heeft dit allemaal al vaker gehoord, maar hij bewondert de vork die ze hem voorhoudt en zegt dat je dergelijk vakwerk tegenwoordig weinig meer ziet. Waarbij hij moet denken aan de mooie taartvorkjes en theelepeltjes met de ingegraveerde engeltjes, die weliswaar niet van massief zilver waren, slechts verzilverd, maar die inmiddels allemaal hun weg naar de zwarte markt gevonden hebben.

'Hadden we op elk landgoed. Ze gingen over van moeder op dochter... O ja, wat ik u al steeds wilde vragen: dat meisje Von Tiplitz, is zij familie van de Von Tiplitzen uit Mariënburg? Prachtig landgoed. Paardenfokkerij. Als jong meisje ben ik er een paar keer geweest...'

Heinz fronst zijn voorhoofd. Had Luisa niet iets over Mariënburg gezegd? Ja, natuurlijk. Dat landgoed in de buurt van Danzig.

'Dat is goed mogelijk, barones. Mijn zus was getrouwd met een baron Von Tiplitz, die helaas al jong overleden is. Ook mijn arme zus is niet meer onder de levenden, maar we zijn heel blij dat Luisa nu bij ons is.'

Mevrouw Von Haack kijkt peinzend naar de piano, haar ogen gaan heen en weer en ze bevochtigt haar lippen.

'Uw zus was getrouwd met een baron Von Tiplitz? Interessant. Weet u zijn voornaam?'

'Ik geloof dat hij Johannes von Tiplitz heette. Maar helaas is Luisa tijdens de vlucht alle papieren kwijtgeraakt, misschien kunt u het beter eens aan haarzelf vragen...'

Op dat moment verschijnt Else met het dienblad vol ontbijtspullen en mevrouw Von Haacks neusvleugels spreiden zich bij de geur van koffie, weliswaar slechts een tweede afgietsel, maar desalniettemin echte koffie. In de daaropvolgende minuten geeft ze zich volledig en genietend over aan het drinken van die bruine, licht doorzichtige drank en Heinz is blij dat hij in alle rust zijn krantje kan lezen. Hij wil net verkondigen dat het gas vanaf vandaag weer voor twee uur per dag aangesloten wordt als de draaideur in beweging komt en een vroege bezoeker het café in spuugt.

'Goedemorgen, meneer Koch... ik hoop dat ik niet stoor...'

Fritz zet een zware koffer op de grond en neemt dan de vioolkist af die hij op zijn rug droeg. Heinz slaakt een kreet van vreugde, spreidt zijn armen en springt op van zijn stoel, zonder aan de prothese te denken.

'Nee!' roept hij enthousiast. 'Dat ik dat nog mag meemaken! Fritz Bogner. Ach, wat zal Hilde blij zijn. En Hubsi. Eindelijk weer twee muzikanten in huis...'

Fritz loopt op hem af en omhelst hem – geen seconde te vroeg, want Heinz staat nogal wankel en is blij met de stevige ondersteuning.

'Laat me je bekijken, jongen. Je bent helemaal volwassen geworden. En wat is er met je oog gebeurd?'

'Dat is weg, Heinz. Maar ik had er gelukkig twee, het gaat prima.'

Fritz draagt een zwart ooglapje en Heinz zegt dat hij er daarmee echt 'onverschrokken' uitziet. Net een piraat. Hilde had al verteld dat hij weer thuis was. En dat ze hem uitgenodigd had om weer bij hen te komen spelen. Maar dat hij uitgerekend vandaag is gekomen, is fantastisch. Omdat ze vandaag een bruiloft hebben.

'Dat weet ik...' zegt Fritz met een klein glimlachje. 'Hilde heeft me een bericht gestuurd. Via Wendelin Staudt, die altijd schnaps bij jullie levert. Die gaat alle dorpen af en komt ook door Lenzhahn...'

Verder komt hij niet met zijn uitleg, omdat op dat moment Hilde, gevolgd door Else, vanuit de keuken aangerend komt en zich min of meer op hem stort. Hij moet zijn jas uittrekken en bij Heinz aan tafel komen zitten. Hilde steekt de kleine kachel aan, Else streelt hem over zijn wang, Hilde draait om hem heen en merkt op hoezeer hij veranderd is. Dat haar dat onlangs in Lenzhahn al opgevallen was.

'Zo echt mannelijk... Staat je goed, Fritz. Ik zou je bijna leuk gaan vinden!'

Heinz stelt verrast vast dat zijn Hilde kan flirten. Lieve hemel, hoe ze die arme knul in verlegenheid brengt, hij is helemaal rood geworden. Het bevalt hem prima dat ze het juist op Fritz voorzien heeft, en dat die het, zo te zien, helemaal niet vervelend vindt. Lachend kijkt Heinz toe hoe Hilde zich over de jongen heen buigt, haar hand op zijn schouder legt en tegen hem praat.

'Weet je nog hoe je hier vioolspeelde en ik dan aan je bretels trok...'

'O ja, dat ben ik niet vergeten, Hilde. Omdat ik me zo schaamde...'

Ze lacht vrolijk en zegt dat ze destijds hooguit dertien was en alleen maar zijn aandacht wilde trekken. 'Ik was altijd helemaal weg van je vioolspel, Fritz.'

Hij zucht en zegt dat dat allemaal lang geleden is. Voor de oorlog, toen ze nog in een volledig andere wereld leefden. 'We zaten in een mooie, veilige cocon, Hilde. Wie had toen kunnen denken dat we aan de vooravond van zo'n vreselijke oorlog stonden...'

Hilde streelt zijn schouder en haar stem klinkt nu teder. Heinz concludeert verbluft dat zijn dochter ook een moederlijke kant heeft. 'We hebben de oorlog overleefd, Fritz,' zegt ze. 'En met elkaars hulp kunnen we opnieuw beginnen. Natuurlijk zal niets meer zo zijn zoals het was, maar toch geloof ik er heilig in dat alles weer goed komt.'

Even legt hij zijn hoofd tegen haar strelende hand en glimlacht dromerig.

'Je bent een dapper meisje, Hilde. Ik bewonder je!'

'Ach wat!' roept ze en ze begint te lachen. 'Ik heb even een paar sterke minuten. Omdat ik zo blij ben dat je gekomen bent!'

En met die woorden loopt ze naar de keuken, om een hapje voor hem te halen dat Else al bereid heeft. Toast met ham en ananas, gevulde eieren en een grote kop echte koffie.

'Kijk eens aan,' merkt Edith von Haack op, die de herenigingsscène met interesse gadegeslagen heeft en er blijkbaar niet over peinst om zich discreet terug te trekken. 'U moet wel een heel goede vriend van de familie zijn, dat u zo rijkelijk bediend wordt. Ik wens u smakelijk eten... Overigens: barones Edith von Haack. Mijn landgoed bevindt zich in de buurt van Danzig...'

Heinz had graag even alleen met Fritz gepraat, maar hij kan niets doen tegen die lastige bemoeial die zich gewoon maar opdringt. Nu vertelt ze hem over haar uitgestrekte landgoed, met korenvelden tot aan de horizon, de korenkamer van Duitsland, en dat dat nu allemaal van de Russen is.

'Heel spijtig,' zegt Fritz beleefd. 'Ik hoop dat u zich gauw thuis zult voelen hier in Wiesbaden, mevrouw.'

Wat had zijn Hilde gelijk gehad toen ze beweerde dat Von Haack een mannenverslindster is. De vrouw laat die arme Fritz amper aan zijn ontbijt toekomen, vraagt of hij de kost verdient met zijn vioolspel, of hij een opleiding gedaan heeft of autodidact is, of hij van plan is hier in huis te overnachten...

'Bij ons boven in het appartement is het weliswaar krap, maar we zouden best een beetje kunnen inschikken zodat er voor u ook nog een plekje is, beste meneer Bogner...'

Dan besluit Heinz om haar eindelijk een halt toe te roepen. Wat denkt deze vrouw wel niet? Aan haar lieflijke glimlach te zien weet ze al precies waar ze de arme jongen wil onderbrengen. Namelijk in haar eigen bed. En hij, als vaderlijke vriend, moet absoluut voorkomen dat ze Fritz zal verderven.

'Geen sprake van,' roept hij. 'In ons appartement op de eerste verdieping is ruimte genoeg, daar vinden we wel een slaapplekje voor je, Fritz.'

Waarom de jongen nu nog ongemakkelijker kijkt, begrijpt Heinz niet meteen. Wat is er aan de hand? Hij is toch als een zoon voor hem, kan toch prima in de waskamer overnachten, ook al ligt die direct naast Hildes slaapkamer...

Plotseling komt Hubsi het café in om snel een kopje surrogaatkoffie te drinken en een boterham te eten, zoals hij dat elke ochtend doet. Hij heeft immers niets, die arme kerel, en dus blijven ze hem maar te eten geven. Mijn hemel, wat is die blij om Fritz te zien! Hij gaat meteen naast hem zitten en even later zijn ze helemaal verdiept in een muzikantengesprek. Over de bladmuziek die verbrand is. Over Beethovens vioolconcert. *Sang und Klang des Neunzehnten Jahrhunderts* is er nog wel, dat ligt op de piano, dat zouden ze zo meteen eens kunnen oefenen. O ja, die rechterwijsvinger, dat was in het begin heel erg. Maar hij heeft zich aangepast en nu gaat het best goed. Mendelssohns 'Bruiloftsmars', die moeten ze echt spelen. En het 'Bruidskoor'? O ja, Fritz houdt niet van Richard Wagner, die vindt hij te zwaar, te dramatisch, en *Lohengrin* is ook nog eens zo treurig. Zo'n huwelijksnacht wens je toch geen enkel jong bruidspaar toe...

Ze lachen en Heinz ziet hoe Fritz opbloeit. Hij opent zijn vioolkist en stemt zijn instrument. Vertelt dat hij dag en nacht geoefend heeft, maar dat zijn linkerhand nog altijd vreselijk stijf is omdat hij zo lang niet heeft kunnen spelen. Ondertussen heeft Hubsi al achter de piano plaatsgenomen en bladert door de muziek, speelt hier en daar een stukje, en Heinz heeft het gevoel dat de gelagkamer van zijn café in een warm, gouden licht gedompeld wordt. Ach, die artiesten. Vooral de muzikanten. Die weten de grauwe werkelijkheid toch altijd weer om te toveren in een bontgekleurde, gelukkige droomwereld. Zelfs barones Von Haack kan hem niets meer schelen, laat haar hier maar zitten en luisteren, als ze haar mond maar houdt. Hij leunt achterover, strekt zijn pijnlijke stomp en luistert naar de twee muzikanten. Fritz strijkt bij wijze van proef over de snaren, speelt een melodie, stemt nog een keer, zet de viool weer aan zijn kin, heft de strijkstok...

Maar hij speelt niet. Wat is er aan de hand? Hij laat de stok zakken, vervolgens ook de viool, en staat stokstijf, als door de bliksem getroffen. Staart naar de keukendeur. Wat fluistert hij nou? Dat klinkt als...

'Luisa... Hoe is het mogelijk? Luisa!'

Jean-Jacques

Villeneuve, december 1945

De mistral is even ongenadig als het lot. Wekenlang rammelt hij aan de dakpannen en luiken, dringt met zijn ijzige kou door kleding heen en rukt het droge loof van de bomen. Dag en nacht hoor je het aanhoudende, eentonige suizen. Als een constante begeleider van het leven, het werk, de slaap, de verlangens en het sterven van de mensen…

Jean-Jacques staart naar het rechthoekige gat, dat als een afgrond voor hem opdoemt. De dood is hem niet vreemd, hij heeft kameraden zien sterven in de oorlog, bijna allemaal nog jong, vol leven, vol hoop en plannen. De meesten stierven binnen enkele minuten, bijna zonder het te merken, gingen zonder gejammer en spijt, zoals je een nieuwe, onbekende wereld betreedt. Anderen moesten lijden, huilden en kreunden van pijn, riepen om hun moeders, hun zussen, hun bruid. Ze stierven omdat ze vochten voor Frankrijk. Ze stierven als helden, wordt dan gezegd. Hun dood had zin. Maar welke zin heeft Margots verschrikkelijke dood? Waarom neemt God het leven van een jonge moeder, die toch voor haar kind moet zorgen? Het druist in tegen de natuur, tegen de schepping.

Hij staat rechtop, voelt geen duizeligheid meer, houdt zijn hoed in zijn handen en de woorden van de priester ruisen langs zijn oren, vermengen zich met de mistral, die onophoudelijk over het kleine kerkhof blaast.

‘… Gods wil is voor de mensen ondoorgrondelijk… Zijn wil accepteren… het leed dragen, zoals Christus het leed van de wereld droeg…'

Kletskoek, denkt hij. Lege woorden. Jean-Jacques is klaar met de kerk en met God, hij staat hier enkel omdat hij zijn ouders de schande niet wil aandoen om niet bij Margots begrafenis aanwezig te zijn. Hij is de echtgenoot, hij draagt naar buiten toe de grootste last van verdriet, daarna pas Margots ouders, haar zussen en de overige familieleden. Pierrot staat ver naar achteren, tegen de kerkmuur geleund, zijn gezicht opgezwollen, zijn ogen glazig. Hij is dronken.

De laatste zegen is uitgesproken, nu laten ze de lichtbruine houten kist in het gat zakken, erbovenop ligt een bloemstuk van dennentakken en nep-lelies. De takken trillen terwijl de kist langzaam zakt. In die houten kist ligt Margot, gekleed in haar bruidsjurk, de handen over haar borst gevouwen, haar haren zorgvuldig gekamd. Moeder en twee vrouwen uit de familie hebben de dode in gereedheid gebracht, het duurde uren, pas toen ze klaar waren, mocht hij haar zien. Hij vond het prima. Hij wilde niet weten hoe zwaar ze het gehad had, hoezeer ze geleden had. Toen ze hem meenamen naar de slaapkamer lag ze daar stijf en recht, haar handen vroom gevouwen, haar gelaatstrekken star, zonder glimlach, maar ook zonder pijn. Hij was op een stoel gaan zitten om een paar uur te waken. Zijn hoofd was leeg, alle gevoelens als verdoofd.

Wat is er met me aan de hand, dacht hij. Waarom kan ik niet huilen? Ik ben mijn echtgenote verloren. Ze stierf omdat ze zich zorgen om mij maakte, omdat ze de ladder beklom om mij te ondersteunen, waarbij ze zelf viel. Hij luisterde naar het suizen van de wind die om het huis waaide en aan de schuurdeur rammelde. Af en toe kwam een luchtstroom in de schoorsteen terecht, waar hij huilde als een verdwaalde ziel, smekend om verlossing.

Hij voelt de hand van zijn vader op zijn schouder als de kist de bodem van het graf raakt en de mannen zachte commando's naar elkaar fluisteren om de touwen weer naar boven te trekken. Een voor een lopen ze naar de rand van het graf om er een schep aarde in te gooien. Daarna leggen de mannen de grafsteen van licht graniet terug op de opening. Het familiegraf is weer afgesloten.

'Er is nu nog plek voor drie, hooguit vier personen,' zegt moeder als ze met de paardenwagen terug naar de boerderij rijden. 'Daarna zal het graf vergroot moeten worden of moet er een nieuw graf gekocht worden.'

Vader zwijgt, hij haat gesprekken over de dood en alles wat daarmee te maken heeft. Ook Jean-Jacques geeft geen antwoord. Er was een heftige ruzie tussen de vrouwen, omdat Margots familie haar in hun eigen familiegraf wilde bijzetten. Vooral Margots moeder had zich opgewonden en beweerd dat haar arme dochter nooit gelukkig geweest was bij de Perriers, dat ze gestorven was van verdriet, omdat haar man haar niet gerespecteerd en niet van haar gehouden had. Waarop Jean-Jacques' moeder op haar beurt woedend geworden was. De beide vrouwen hadden op het plein voor de kerk op elkaar staan schelden en als Margots zussen niet tussenbeide gekomen waren, waren ze elkaar misschien wel te lijf gegaan. Het was een onwaardig optreden geweest, waarvoor hij zich – evenals zijn vader – diep schaamt.

Na de begrafenis is iedereen die Margot naar haar laatste rustplaats begeleid heeft uitgenodigd voor taart, koffie en een glas wijn op de boerderij. Margots ouders zijn niet gekomen, alleen haar twee zussen met hun gezinnen. Daarnaast zijn er nog een heleboel naaste en verre familieleden, vrienden en bekenden; er zijn zo veel mensen dat er niet genoeg zitplekken zijn, terwijl ze gisteren nog speciaal houten kisten en krukjes van zolder gehaald hebben. Een deel van de gasten zit in de wijnkelder, sommige in de woonkamer, maar de meeste zitten aan de lange tafel in de keuken.

'God de Heer heeft je je vrouw afgenomen, maar je ook een zoon geschonken,' zevert Abbé Pagnol, de priester, in zijn oor. 'Dit kind is aan jou toevertrouwd, mijn zoon. Het is de nalatenschap van je geliefde Margot, die ze voor je achtergelaten heeft als een bewijs van haar onverbrekelijke liefde...'

Jean-Jacques knikt en onderdrukt de krankzinnige behoefte om hard te gaan lachen. Word ik gek, denkt hij geschrokken. Hij dwingt zichzelf rustig te blijven, verzet zich tegen de opkomende, slechte gedachten. Hij wil niet nadenken. Wat er gebeurd is, is te absurd, hij wil het niet begrijpen, omdat het hem gek zou maken. Het liefst zou hij drinken, zoals Pierrot, die de ene fles rode wijn na de andere achteroverslaat sinds hij de dode Margot gezien heeft. Maar Jean-Jacques is niet iemand die vlucht in de alcohol. Hij weet dat hij de spoken onder ogen moet zien, maar niet hier en niet in het bijzijn van anderen. Hij zal het alleen afhandelen.

Margots zoon is piepklein, zijn gezichtje vol rimpels, de mond breed. Hij heeft zwart haar en zijn vingertjes lijken Jean-Jacques zo dun als luciferstokjes. Moeder heeft voor een min gezorgd, maar het kleintje wil niet drinken, huilt enkel met een klein stemmetje, alsof het vertwijfeld om zijn moeder roept.

'Hij gaat echt wel drinken,' zegt Margots zus Jeanne. 'Jouw melk is nog te sterk voor hem. Hij is immers nog maar een paar dagen oud.'

'Hij moet drinken,' zegt de min, die zelf een jongetje van zes maanden heeft. Dat heeft ze gespeend, in de hoop dat dit vreemde kindje de melkstroom op peil zou houden, maar als het kleintje nog lang blijft weigeren, zal de bron opdrogen.

'Geef hem wat kamillethee…' adviseert een familielid.

'Brand een kaarsje voor de Heilige Maagd…' zegt een ander.

'Welnee! Ga liever naar die ouwe Corizza, een zigeunerin met veel verstand van kinderen…'

Jean-Jacques wordt van alle kanten getroost, krijgt te horen dat zijn zoon sterk en gezond is, dat hij het heus wel zal redden. 'En gooi vooral al die wijven eruit,' raadt zijn oom hem aan. 'Al die bemoeials worden zijn dood nog.'

Na een paar glazen wijn zijn de gasten vrolijk, er worden oude verhalen verteld, er wordt gesproken over de overwinning op de Duitsers, over Duitse krijgsgevangenen die nu hier in Frankrijk aan het werk gezet worden. Wat alleen maar terecht en goedkoop is, tenslotte hadden de Duitsers ook Fransen opgepakt om hen als dwangarbeiders in hun fabrieken te laten werken. Het is een manier om het verleden recht te breien. Frankrijk werd dankzij achterbaks verraad veroverd en bezet, alle Fransen zaten bij het verzet, op eigen kracht hebben ze zich uit de klauwen van de vijand weten te bevrijden en nu moeten de Duitsers boeten voor de verloren oorlog. Precies zoals in 1918. Die oorlog kunnen de ouderen zich nog goed herinneren. Maar dit keer zullen de Duitsers er niet zo makkelijk vanaf komen. Dit keer zullen ze moeten bloeden, zodat de lust om een nieuwe oorlog te beginnen hun zal vergaan.

Jean-Jacques wordt steeds zwijgzamer. Hij ergert zich aan het luide gepraat, de triomf en opschepperij van zijn familie, omdat hij heel goed weet dat de meesten brave onderdanen van het Vichy-regime waren. Onwillekeurig denkt hij terug aan hoe er destijds in Café Engel over de Fransen gesproken werd. 'Die fransozen' noemden ze hen, en over het leger van generaal Gamelin werden vaak grappen gemaakt. De Franse soldaten zouden verwijfd zijn. Geparfumeerd en opgedoft, rokkenjagers, maar niet geschikt om te vechten. Het had hem gekwetst destijds, vaak was hij woedend, maar hij had gezwegen. Alleen al omdat hij de taal niet voldoende beheerste en zich met zijn gestamel voor schut gezet zou hebben. Maar zijn vrienden hier in Villeneuve blijken niet veel beter dan die domme, verwaande Duitsers in Wiesbaden.

Hij staat op en loopt de trap op, aarzelt even en opent dan zijn slaapkamerdeur. De vrouwen hebben gisteren, nadat Margot weggebracht was, de vloer geschrobd, nieuwe gordijnen opgehangen en het bed verschoond. De wierookgeur die de priester achtergelaten heeft, zweeft nog in de kamer – verder herinnert er amper nog iets aan Margot. Jean-Jacques laat zich op het bed vallen en legt zijn hoofd in zijn handen. Het luide gepraat van de gasten dringt tot hem door, gelach, gerinkel van glazen; op de binnenplaats branden fakkels, er wordt een wagen ingespannen. In het flakkerende licht ziet hij Margots zus Jeanne met haar kleine dochtertje; ze hebben zich in omslagdoeken gewikkeld en staan te rillen in de koude wind. Dan is de wagen klaar, Jeannes man helpt het meisje met instappen en ze vertrekken. Familiegeluk. Jean-Jacques kijkt hen na totdat het licht van de twee lantaarns niet meer te zien is. Hij voelt hoe hij weer duizelig wordt en staat op om de gordijnen te sluiten en een van de twee nachtlampjes aan te doen. Het brede bed ziet er vreemd uit. De witte lakens en dekens strakgetrokken, aan de zijkanten ingestopt, bijna zoals in een hotel, zo leeg en vreemd. Het kleine geruite kussentje waarmee Margot altijd sliep, is weg. De bruine wollen deken die ze ooit voor hem gehaakt heeft. Het grijze, al helemaal stukgelezen boekje waarin voor elke dag een spreuk stond en waarin Margot elke avond voor het slapengaan las. Waar zijn al die spullen gebleven? Waarom hebben ze die weggehaald?

Margot. Hij mist haar. Nee, hij hield niet van haar. Maar ze was een trouwe, vertrouwde kameraad. Ze was er, lag naast hem en hij hoorde haar ademen. Ze fluisterden zacht met elkaar in het donker, soms moesten ze ook lachen, soms raakte hij haar aan, altijd was ze aan zijn zij. En nu is hij alleen en de kamer lijkt plotseling enorm zwaar op hem te drukken, hem de adem te benemen. Hij houdt het niet uit, stormt de kamer uit, de trap af, langs de gasten, die nog altijd in de keuken aan de wijn zitten. In de stal loopt hij naar de box van de oude merrie. Dicht bij het warme, levende paardenlichaam voelt hij zich beter, hij streelt haar gladde hals, raakt de zachte neusvleugels aan en murmelt daarbij zacht allerlei onzin. Dan kruipt hij in een hoekje in het stro en valt in slaap.

Het is nog niet licht als iemand aan zijn schouder schudt. Vader staat naast hem, buigt zich over hem heen en probeert hem wakker te maken.

'Kom op... Laat je niet kennen... Het werk wacht...'

Het klinkt streng, maar de druk van de hand is zacht. Jean-Jacques weet dat vader hem op zijn manier probeert te helpen. Je mag je nooit overgeven aan je verdriet, anders ben je verloren. Je moet verder werken, het noodlot het hoofd bieden, het ongeluk niet de kans geven zich in je te nestelen.

'Ik wilde alleen even kijken hoe het met de merrie was...' mompelt Jean-Jacques, terwijl hij met zijn handen over zijn gezicht wrijft.

'Is goed... Het was ook erg lawaaiig in huis gisteren. Bastian en zijn broer moesten we uiteindelijk op de wagen laden om ze naar huis te brengen...'

Jean-Jacques staat moeizaam op, wacht op de duizeligheid in zijn hoofd, die inderdaad meteen opkomt, maar ook snel weer verdwijnt. De broers Gérond staan algemeen bekend als zuiplappen. Waar iets te vieren is, of het nu een huwelijk, doop of begrafenis is, duiken ze op, om zich op kosten van een ander te bezatten.

'Heb je Pierrot gezien?' vraagt vader.

'Is die niet in zijn kamer?'

'Nee. Daar heeft moeder al gekeken. En in de schuur is hij ook niet.'

Jean-Jacques probeert zich te herinneren wanneer hij zijn broer voor het laatst gezien heeft. Dat was gisteren op het kerkhof, leunend tegen de kerkmuur, toen de kist naar beneden gelaten werd. En daarna? Zat hij bij de andere gasten in de keuken? In de woonkamer? Zat hij bij de jongelui in de wijnkelder? Heeft hij hun trots verteld in welke vaten de wijn van zijn eigen wijnberg zit? Van de Médouille, die moeder aan hem overgedragen heeft? Maar hoe hij zijn hersenen ook pijnigt, hij heeft zijn broer daar gisteren niet gezien.

'Geen idee...'

Hij strompelt achter vader aan, streelt de merrie nog even over de schoft en gooit twee vorken hooi voor haar neer voordat hij de box afsluit. Buiten verwelkomt de wind hem met kleine zandkorreltjes, hij moet zijn ogen tot spleetjes knijpen en gebogen lopen. In het oosten is al een vaal lichtschijnsel te zien, hij ziet de glooiende silhouetten van de heuvels, de rechte rijen wijnstokken. In de keuken brandt licht. Moeder staat aan het fornuis, zet koffie; Berthe en de twee dienstmeisjes wassen de glazen, borden en bekers af die gisteren gebruikt zijn. Op een bord liggen de restanten taart, voor bij de koffie.

'Heb je hem gevonden?' vraagt moeder, zonder zich om te draaien.

Jean-Jacques begrijpt dat ze het over Pierrot heeft. Alleen haar jongste kan haar iets schelen, de oudste redt zich wel. Jean-Jacques heeft het altijd al alleen gered.

'Geen spoor,' mompelt vader terwijl hij gaat zitten. 'Maar hij kan nooit ver zijn...'

'Of de Bressots hebben hem meegenomen.'

Dat zijn Margots ouders. Aan de ontbijttafel ontspint zich een korte discussie, moeder is boos omdat de Bressots niet naar de koffietafel gekomen zijn, en is bang dat ze nu uit pure kwaadaardigheid Pierrot tegen zijn eigen familie opgezet hebben. Vader brengt er wat zinnen tegen in, dan zwijgt hij, omdat hij ook wel inziet dat hij geen kans maakt. Jean-Jacques houdt zich erbuiten, gisteren kon hij niets naar binnen krijgen, nu eet hij hongerig van de taart en drinkt met kleine slokjes van zijn koffie met melk. Opkijken doet hij niet, omdat de plek tegenover hem leeg is. Daar zat Margot altijd, toekijkend hoe hij at, naar hem glimlachend en ervoor zorgend dat zijn bord altijd gevuld was.

'Hij zal wel in de wijnkelder ergens tussen de vaten liggen,' zegt hij. 'Ik zal straks eens gaan kijken...'

Moeder is nog altijd boos. Waarom praat hij zo over zijn broer? Pierrot is toch geen drinker...

'Hebt u hem de afgelopen dagen wel eens nuchter gezien?'

'Hij lijdt onder Margots dood. Pierrot trekt zich de dingen nu eenmaal altijd erg aan...

Ja, die arme jongen, denkt Jean-Jacques afgunstig. Slaat me van achteren de schedel in en vermoordt me bijna. Maar dat telt niet. Omdat die arme jongen immers zo lijdt. Hij voelt zelf ook wel aan dat haar jaloezie gezien de verschrikkelijke gebeurtenis niet helemaal op zijn plaats is, maar de haat voor Pierrot zit te diep. Hij gunt hem de radeloosheid. Pierrot hield van Margot. Met hem ging ze vreemd. En nu is hij haar kwijt. Voor altijd. Hij zal lijden als een dier. Goed zo. Hij heeft niet anders verdiend.

Hij hoort nog maar half hoe zijn ouders met elkaar praten. Het kindje wil nog steeds niet drinken, wordt steeds zwakker, ze moeten hem naar het ziekenhuis in Nîmes brengen, of een andere min aannemen... De priester wil het kleintje vandaag nog dopen, zodat de duivel zijn ziel niet te pakken kan krijgen mocht hij deze wereld moeten verlaten.

Hij stopt het laatste stukje taart in zijn mond en staat op. Veegt met zijn mouw zijn lippen af en drinkt zijn beker leeg.

'Ik ga op zoek naar Pierrot.'

Hij loopt naar boven om zijn goede pak uit te trekken, dat na de nacht in de paardenstal vol stof en stro zit, trekt zijn werkbroek aan en een dikke jas tegen de mistral. In de wijnkelder pakt hij de lamp en kruipt ermee tussen de vaten, hij kijkt in de zijvertrekken, zoekt in de schuur en tussen het hooi, in de wagenschuur, waar nog twee oude auto's staan, jaagt de kippen op, werpt een blik in de geitenstal. Niets. Hij voelt zich belachelijk. Waarschijnlijk zit Pierrot nu op zolder door een luik naar hem te kijken. Maar ook daar vindt hij zijn broer niet. Hij kan ook verrekken, denkt hij boos. Ben ik soms zijn kindermeisje? Hij loopt terug naar de keuken om een slok aangelengde wijn te drinken, daarna wil hij zich bekommeren om de deur van de geitenstal, die alweer klemt en waar een stuk van zal moeten worden afgeschaafd. Maar in de keuken zit Abbé Pagnol, de priester, achter een stuk vers afgesneden ham met olijven en kaas, daarbij een glas rode wijn.

'God zij met je, mijn zoon,' begroet hij Jean-Jacques. Zijn gezichtsuitdrukking is sympathiek neerbuigend, Abbé Pagnol vindt niets heerlijker dan zijn onderdanen troosten in hun verdriet. Ongelukkige schaapjes neemt hij met open armen op, met de gelukkigen kan hij minder beginnen.

'We hebben je zoon Marcel gedoopt en zijn ziel aanbevolen bij de Heer,' vertelt Abbé. 'Het kind is zwak, het is goed mogelijk dat hij vandaag nog zijn moeder achternagaat...'

Jean-Jacques werpt een blik op zijn moeder, ziet de tranen in haar ogen. Ook vader, die naast haar zit, is aangedaan. Een ongeluk komt zelden alleen. Als de Heer wil straffen, dan straft hij hard.

'Hoe weet u dat?' vraagt hij scherp. 'U bent tenslotte priester, geen dokter.'

Abbé heeft vaker met radeloze mensen te maken, hij blijft vriendelijk en geduldig.

'Zeker, mijn zoon. Het is ook niet meer dan een vermoeden. Dat overigens gedeeld wordt door de min. Het leven van dit kindje ligt in Gods handen...'

'Bespaart u ons dan uw vermoedens!'

Hij valt uit, luider dan de bedoeling was, waardoor Abbé zijn milde glimlach van de geduldige herder maar met moeite kan bewaren.

'Jean-Jacques!' zegt moeder geschrokken, waarna ze Abbé aankijkt. 'Neemt u het hem niet kwalijk, Abbé. Het is het verdriet dat hier spreekt.'

'Dat weet ik toch, mijn dochter...'

Jean-Jacques voelt een tomeloze woede in zich opkomen. Het is alsof alles wat zich in zijn lichaam opgebouwd heeft aan pijn, schuldgevoelens, woede en hulpeloosheid nu naar buiten wil, zich in een grote golf wil uitstorten over de priester, die hem vertelt dat Margots kind vandaag nog zal sterven. Hij springt zo snel op dat de stoel achter hem met veel kabaal omvalt, en kijkt met een wilde blik om zich heen.

'Wat zit u hier die priester te voeren?' valt hij uit tegen moeder.

'Bekommer u om het kind! Geef hem thee, haal die zigeunerin erbij, breng hem naar het ziekenhuis – maakt me niet uit. Maar doe iets!'

Moeder zit als verstard – nog nooit is hij op deze manier tegen haar uitgevallen. Vader opent zijn mond om iets te zeggen, maar Jean-Jacques geeft hem de kans niet. 'Ik breng hem terug! Dood of levend. Ik zweer het!'

En met die woorden loopt hij naar buiten, het erf over naar de stal. Als hij het zadel van de balk tilt, begint de stal om hem heen te draaien, zijn hart gaat tekeer, maar hij draagt het zadel naar de box en legt het op de merrie. Trekt de riem aan, legt haar het hoofdstel om en stijgt op. In zijn hoofd is het nu rustig en helder. Hij begrijpt wat er in zijn broer moet omgaan en wat hem te doen staat. Er zijn twee mogelijkheden: óf hij moet naar Villeneuve, óf de andere kant op. Hij kiest voor de wijnberg en niet voor het kerkhof waar Margot begraven ligt. Daar lopen mensen voorbij, die Pierrot zouden storen.

Hij moet zich haasten, misschien is het al te laat. Pierrot is geen vastberaden persoon, eerder een weifelaar, maar hij is in staat tot ondoordachte daden. Zeker als hij dronken is. De merrie verbaast zich over zijn haast, ze is het niet gewend om bereden te worden, meestal wordt ze voor de wagen gespannen. Met tegenzin begint ze te draven, maar zodra ze het pad over de wijnbergen nemen, begint ze er plezier in te krijgen en weet hij haar zowaar tot een galop aan te sporen. Dan gaat het weer een stukje bergopwaarts en valt ze terug in stap. Hij laat haar maar, weet dat ze niet sneller kan. Nog altijd waait de mistral koud en aanhoudend over het land, het is heiig, in de lucht verhullen wolkensluiers de winterzon.

De wijnstokken zijn kaal in deze tijd van het jaar, staan als donkere, knoestige stokken naast elkaar, elk vastgebonden aan een licht houten paal. Vanaf de rug van het paard is de wijnberg goed te overzien, hij rijdt tussen de rijen door, knijpt zijn ogen tot spleetjes, omdat de wind hem allemaal stof tegemoet blaast, en ziet ten slotte een donkere vlek die hier niet thuishoort. Ongeveer halverwege zijn wijnberg, tussen twee wijnstokken die hem als mandragora's met smalle, kronkelige armen bewaken, zit Pierrot op de grond, zijn ellebogen steunend op zijn opgetrokken knieën, zijn hoofd in zijn handen. Het doffe geluid van de paardenhoeven op de grond doet hem opkijken, hij staart de ruiter aan en Jean-Jacques ziet geschrokken de waanzin in de bleke gelaatstrekken van zijn broer.

'Het is voorbij... voorbij... voorbij...' hoort hij hem met zingende stem roepen. Dan flitst er iets op in Pierrots rechterhand, het wordt met een snelle beweging heen en weer gezwaaid en valt dan voor hem op de grond. Een mes. Een van de scherpe messen die ze gebruiken voor het snoeien van de scheuten.

'Idioot!' brult Jean-Jacques.

Hij komt niet snel genoeg uit het zadel, ook de ellendige duizeligheid in zijn hoofd is terug, het suist en voor zijn ogen wordt het zwart. Toch rent hij naar voren, valt op de grond, krabbelt weer op en ziet hoe zijn broer er in een wolk van zwart, opwaaiend stof tussen de wijnstokken vandoor gaat. Een bloedspoor wordt over de kale wintergrond getrokken. Hij voelt hoe zijn krachten terugkeren, zijn blik weer helder wordt, zijn ogen gehoorzamen, en hij rent achter hem aan, komt een paar keer heel dichtbij, maar elke keer haalt Pierrot naar hem uit en weet hij weer te ontsnappen. Maar terwijl zijn eigen energie zich verdubbelt, wordt zijn broer steeds zwakker, hij hoort hem hijgen, zijn bewegingen worden onnauwkeurig, hij valt voorover en klauwt met beide handen in de stoffige grond.

'Je... kunt... me... niet...' kreunt hij, terwijl Jean-Jacques zijn overhemd uittrekt, het in stukken scheurt en de bovenarmen van zijn broer afbindt. Als hij daarmee klaar is, beweegt Pierrot al niet meer, hij is volledig uitgeput, zijn hartslag is traag, zijn adem rochelend.

Ook Jean-Jacques hapt nu naar adem. Zijn hoofd bonkt, de kale wijnstokken dansen om hem heen, het kost hem moeite om de merrie terug te vinden, die op enige afstand is blijven staan en aan het spaarzame groen langs de kant van het pad knabbelt. Als hij roept komt het brave dier dichterbij en ze blijft roerloos staan terwijl hij zijn broer in het zadel hijst en er dan zelf achter gaat zitten.

Als ze het erf oprijden, komt moeder hun al tegemoet. Ontzet slaat ze haar handen voor haar gezicht, omdat Pierrot doodsbleek in het zadel hangt en door Jean-Jacques moet worden ondersteund.

'Maak de wagen klaar,' zegt hij kortaf. 'Naar oom Bertrand. Die heeft een auto en moet hem naar het ziekenhuis in Nîmes brengen.'

Een van de knechten komt aanlopen, vader komt uit de schuur en moeder wil weten wat er gebeurd is. Jean-Jacques geeft geen uitleg. Terwijl zijn broer naar de wagen gedragen wordt, stijgt hij af en hij brengt de merrie naar de stal. Bevrijdt haar van zadel en hoofdstel, wrijft haar af met stro en geeft haar hooi en water. Dan struikelt hij van uitputting achteruit, weet zich staande te houden tegen de wand van de box en laat zich in het stro zakken.

Luisa

Wiesbaden, eind november

Hij is het! Dat is zijn stem. Onmiskenbaar. Luisa staat in de keuken en luistert naar wat zich in de gelagkamer van het café afspeelt – haar hart gaat zo tekeer dat ze bijna het potje met kostbare mayonaise uit haar handen heeft laten vallen.

'O, Fritz is er!' had tante Else geroepen. 'Schiet op met die gevulde eieren, Luisa. Dan kan hij er ook nog een paar krijgen...'

Luisa roert de mayonaise en mosterd in een schaaltje door de gekookte dooiers, weet amper nog wat ze doet. Wat is hij vrolijk. Heel anders dan toen, toen ze samen op de vlucht waren. Maar de oorlog is nu immers voorbij, het leven gaat door. Ze pakt een theelepeltje en vult de halve eieren met het mengsel, haar handen trillen, twee keer valt een eierhelft in het schaaltje, en ze is blij dat het haar toch nog min of meer lukt om de eieren te vullen. Tante Else loopt in de keuken heen en weer, zet een kopje en een bord op een blad, schenkt koffie in, legt een geroosterde boterham met ham, kaas en een plak ananas op het bord, en nog twee gevulde eieren.

'Muzikanten moeten goed eten,' zegt ze glimlachend tegen Luisa. 'Die hebben altijd honger.'

Op dat moment komt Hilde de keuken in, haar gezicht straalt, Luisa herkent haar bijna niet.

'Zei ik het niet,' fluistert ze tegen haar moeder. 'Een echte man. Maar nog net zo lief als vroeger.'

'Hij is alleen wel een oog kwijt, die arme kerel,' zegt tante Else met een zucht.

Hilde maakt een wegwerpgebaar met haar hand. 'Maakt mij niet uit. Zolang verder alles nog compleet is...'

Ze grinnikt vrolijk, pakt het dienblad en loopt ermee weg. Tante Else zucht nog een keer diep, schudt haar hoofd en wijdt zich weer aan de belegde broodjes. Rosbief – vanbinnen nog bloederig – wordt op beboterde witte boterhammen gelegd, de mayonaise wordt in een spuitzak gedaan, waarna ze er kleine, witte hartjes mee spuit. Luisa staart naar al die heerlijkheden – tot vandaag wist ze niet eens wat mayonaise was.

In de gelagkamer wordt vrolijk gelachen, Hilde daagt Fritz uit en hij reageert. Luisa let goed op. Het zijn vriendelijke antwoorden, een beetje verlegen, af en toe bedachtzaam, maar op Hildes flirtende toon gaat hij niet in. Maar wat zegt dat nou? Zoals ze hem inschat, is hij sowieso niet iemand die grapjes uitwisselt met een vrouw, daar is hij veel te verlegen en ernstig voor. Nu komt ook Hubsi Lindner erbij. Zijn vreugde over het weerzien met Fritz is aandoenlijk, Luisa voelt plotseling tranen in haar ogen. Met de rug van haar hand veegt ze over haar wangen; haar handen zijn nat, omdat ze net het lege schaaltje staat af te wassen.

'Wil je er niet ook even heen?' vraagt tante Else. 'Fritz is een heel lieve, oude vriend van de familie. Je vindt hem vast leuk.'

Inmiddels heeft hij zijn viool gestemd en begint hij te spelen, een lied dat ze nog van vroeger kent, omdat haar moeder het altijd voor haar zong. 'Ännchen von Tharau'. God, ze moet zich nu echt gaan beheersen, omdat ze alweer tranen voelt opkomen. Snel bedenkt ze dat zij als klein meisje altijd 'Eendje von Tharau' zong, dat helpt tegen de huilerige gemoedstoestand.

'Ga nu maar...' zegt tante Else en ze duwt haar de keuken uit. 'De rest red ik alleen wel.'

Het is een fantastisch en tegelijk verschrikkelijk moment, als ze zo voor hem staat en hun blikken elkaar kruisen. Nee, Fritz is haar niet vergeten. Hij stopt zelfs met spelen, zo groot is zijn verrassing. Of is het blijdschap? Ach, ze hoopt zo dat hij blij is met dit weerzien.

'Luisa... Hoe is het mogelijk? Luisa!' stamelt hij.

Zijn stem klinkt zacht, maar ze kan horen hoe aangedaan hij is. Ze zou kunnen jubelen van geluk, gillen, een gat in de lucht springen. Maar ze staat daar maar en glimlacht naar hem.

'Ja, ik ben het, Fritz. Het is... Het lijkt wel een wonder, nietwaar? Dat we elkaar weer terugzien, bedoel ik.'

Hij maakt een onhandige beweging, merkt dan pas dat hij de strijkstok en viool nog vasthoudt, en legt beide voorzichtig op de piano. Even ziet Luisa Hildes gezicht, waarvan verbijstering en opkomende woede af te lezen zijn. Dan komt Fritz met uitgestrekte armen op haar af.

Dat gaat niet, denkt ze. Wat moet Hilde wel niet denken? En haar ouders! Ze doet twee passen achteruit en steekt hem haar rechterhand toe.

'Je... je speelt prachtig...' zegt ze, terwijl ze hem bezwerend toelacht. Niet omhelzen, smeken haar ogen. Alsjeblieft niet. Fritz houdt zich in en laat zijn armen zakken. Is hij nu teleurgesteld? Zeker. Maar hij is ook slim, voelt mensen aan. Hij grijnst verlegen en pakt dan haar hand.

'Ach wat,' zegt hij. 'Vroeger speelde ik veel beter. Maar dat komt wel weer, ik moet alleen tijd vinden om te oefenen.'

Hij houdt haar hand vast, omsluit die warm met zijn vingers, wil haar helemaal niet meer loslaten. En Luisa zou het liefst voor altijd zo door zijn hand vastgehouden worden, zo rustig en stevig en toch ook zo ontzettend zacht.

'Jullie kennen elkaar?'

Hildes stem verstoort het heerlijke moment en haalt Luisa terug naar de realiteit.

'Ja,' antwoordt Fritz. 'Wij kennen elkaar. Het is echt een wonder, aangezien we elkaar in de buurt van Rostock ontmoet hebben. Dat was in maart, toen de oorlog nog in volle gang was...'

Oom Heinz bemoeit zich er nu ook mee. Hij is enthousiast over deze 'geweldige speling van het lot' en is zelfs van mening dat dergelijke onverwachte herenigingen altijd een diepere betekenis hebben.

'Kom bij ons zitten, Luisa,' nodigt hij haar uit. 'Onze jonge vriend moet nu spelen. De schone kunsten, en in het bijzonder de muziek, vragen om respect. Straks kunnen jullie nog naar hartenlust over vroeger praten.'

'Straks is Gisela's bruiloft, papa!' zegt Hilde bits. 'Vergeet dat niet!'

Als blikken konden doden, dan zou ik nu een lijk zijn, denkt Luisa. Hilde loopt provocerend dicht langs haar heen en kijkt haar boos vanuit haar ooghoeken aan.

'Moet jij niet iets in de keuken doen? Wel gratis eten en onderdak, maar niet willen werken, hè?' sist ze zacht.

Luisa geeft geen antwoord, maar ziet dat Fritz het gehoord heeft en ze schaamt zich. Ze is een vluchteling, ze bezit niets, ze hoort nergens thuis, ze mag al blij zijn dat ze haar hier hebben willen opnemen. Ze vlucht de keuken in en maakt zich daar nuttig, helpt tante Else bij de opmaak van de schalen en vouwt papieren servetten tot witte duiven.

'Wat ben je toch handig,' complimenteert tante haar. 'Jou kan je ook overal inzetten, meiske. Let maar niet op Hilde, die mag dan een brutale mond hebben, haar hart zit echt op de juiste plek.'

Luisa is daar minder zeker van, maar zwijgt wijselijk. Dat tante Else het voor haar dochter opneemt, is logisch. Als haar eigen moeder nog zou leven, zou die hetzelfde doen. Maar ze is alleen en weerloos, niemand die het voor haar opneemt. En Hilde is een verwend, verwaand, gemeen wicht. O, ze heeft echt moeite gedaan om haar te begrijpen, heeft zich ingehouden, de aanvallen van haar nichtje met vriendelijke gelatenheid beantwoord. Voor zover dat mogelijk was. Maar wat ze zojuist gezegd heeft, ging echt te ver. Vooral omdat Fritz het ook gehoord heeft. Dat zal ze Hilde nooit vergeven.

Ik kan beter vertrekken, denkt ze. Werk zoeken en een kamer huren. Waarbij ze heel goed weet dat ze in de huidige woningsituatie nooit een kamer voor zich alleen zal kunnen vinden. Hooguit een klein kamertje in een overvol appartement, op een koude zolder of in een vochtige kelder. Moet ze dat echt doen? Wat zou oom Heinz daarvan vinden? Hij heeft haar als een vader opgenomen, een dergelijk besluit zou hij niet begrijpen en het zou hem echt verdrietig maken. Ach, en tante Else, die altijd zo lief voor haar is. Julia, Addi, Künzel – al die mensen die inmiddels als een familie voor haar geworden zijn. Dat allemaal opgeven, alleen omdat haar nichtje zo naar doet?

De komst van de bruiloftsgasten haalt haar uit haar sombere gedachten. Er moet champagne ingeschonken en uitgedeeld worden, in fijn geslepen flûtes op zilveren dienbladen, voor minder doet oom Heinz het niet. Gisela, wier achternaam nu Hill is, verschijnt als een koningin in de gelagkamer. In een lange bruidsjurk van glimmende stof, nauw aansluitend, met diep decolleté, waardoor de bovenkant van haar borsten te zien is. Een gouden ketting met een robijn, die als een bloeddruppel gloeit tegen haar hals. Haar haren zijn in krullen gedraaid en stevig in de lak gezet, haar lippen roodgestift, bij het linkeroog is de mascara wat doorgelopen. Ze is enorm opgewonden, praat hard, lacht veel en vlijt zich telkens weer tegen haar echtgenoot aan. Luisa vindt Sammy maar een onschuldig kind, een te groot uitgevallen jongen die een volwassene moet spelen. Of dit huwelijk gelukkig zal zijn, vraagt ze zich af. In elk geval is Gisela degene die de broek aanheeft – maar misschien dat deze aardige, grote jongen zo'n vrouw juist nodig heeft.

'Kerst vieren we bij Sammy's ouders… Die hebben een *christmas tree* en verheugen zich al op ons… *They are so happy… aren't they, Sammy*?'

Sammy drinkt het ene na het andere glas champagne en bevestigt alles wat Gisela graag wil horen. De gasten bestaan vooral uit zijn kameraden, sommige met hun knappe Duitse vriendinnen, die op hun beurt ook weer vriendinnen uitgenodigd hebben. Een soort Duits-Amerikaanse huwelijksmarkt. Luisa ergert zich aan het aanstellerige gepraat, aan de achteloosheid waarmee alle dure lekkernijen verslonden worden. Hoe die meisjes de Amerikaanse soldaten ophemelen. Voor hen is elke Amerikaan een held, een superman, afkomstig uit een verlokkende, vrije wereld. Waar alles even geweldig is, het leven kleurrijk, de winkels overvloedig gevuld, de huizen mooi en licht. Zonder platgebombardeerde ruïnes, gebrek aan kolen, voedselbonnen. Waarschijnlijk droomt elk van deze meisjes ervan om, net als Gisela, met zo'n Amerikaan te trouwen en hem te volgen naar het land van de onbegrensde mogelijkheden. Luisa is sceptisch. Een paradijs op aarde, waarop deze naïeve meisjes hopen, bestaat niet. Ook niet aan de andere kant van die grote plas.

'Kunnen die twee niet ook eens iets vlots spelen?' hoort ze een van de jonge vrouwen zeuren. 'Straks val ik nog in slaap…'

'Die spelen normaal waarschijnlijk alleen bij begrafenissen…'

Luisa ergert zich. Hopelijk heeft Fritz dit domme geklets niet gehoord. Ze werpt hem een onopvallende blik toe, maar hij lijkt volledig op te gaan in zijn muziek. Ze pakt een leeggegeten schaal van tafel en loopt ermee naar de keuken om de laatste voorraden te halen. Terwijl ze de klaargemaakte schalen uit de voorraadkamer pakt, kan ze door de halfgeopende keukendeur een kort gesprek afluisteren.

'Afgelopen nacht? Och hemel, wat erg, Gisela.'

Het is Hilde. Zo vriendelijk en meevoelend als ze met haar vriendin Gisela praat. Ja, ze kan zeker anders zijn, als ze wil. Het hart op de juiste plek. Wie weet. Maar niet altijd. En zeker niet als het om haar nichtje Luisa gaat.

'Ja,' antwoordt Gisela. 'Uitgerekend vannacht moest ze de pijp aan Maarten geven. Dat heeft ze expres gedaan. Mijn moeder liet nooit een gelegenheid voorbijgaan om mij dwars te zitten...'

'Ze was ongelukkig. Omdat de wereld niet zo in elkaar zat als zij gehoopt had. En omdat je vader niet teruggekomen is...'

'Hou op! Ik wil het niet horen. Niet vandaag...'

'Je hebt gelijk... Neem me niet kwalijk...'

'Heb je nog een glas champagne voor me?'

'Natuurlijk...'

Hilde opent de keukendeur en knipt met haar vingers. 'Hé, Luisa! Champagne!'

Maar Luisa is niet van plan om op het vingerknippen van haar nichtje te reageren. Wie denkt ze dat ze is? Haar bazin? Met de beide schalen in haar handen loopt ze langs haar heen.

'De champagne staat op de vensterbank,' zegt ze in het voorbijgaan.

'Heb je dat gehoord?' blaast Hilde achter haar. 'Wie denkt ze wel niet dat ze is? De koningin van Saba?'

'Jullie hebben haar te goed te eten gegeven...'

Luisa bijt op haar lippen, omdat Gisela's opmerking haar nog meer kwetst dan Hildes aanmatigende gedrag. Wat is dat voor mens, die Gisela? Vannacht is haar moeder overleden en nu staat ze alweer vrolijk haar bruiloft te vieren. Hoe koud moet je zijn om zoiets te kunnen! Voorzichtig loopt Luisa met haar schalen tussen de mensen door, die inmiddels al behoorlijk aangeschoten zijn, ze zet haar last op de tafel en verzamelt alvast wat lege glazen, om ze in de keuken af te wassen. De twee muzikanten houden net even pauze, Hubsi Lindner gaat aan een tafeltje zitten en krijgt van tante Else een glas wijn met spuitwater. Fritz slaat het glas beleefd af, hij heeft liever een glaasje water.

'Je wilt een glaasje ganzenwijn? Luisa brengt het je wel even.'

Ze heeft geluk dat Hilde net bij Gisela is gaan zitten en diep in gesprek is. Luisa vult een glas met leidingwater en zet het voor Fritz op tafel. Hij kijkt naar haar op, bedankt haar en neemt een grote slok. 'Niet weglopen, alsjeblieft,' zegt hij als ze weer wil gaan. 'Ik wilde je nog iets zeggen...'

Maar als ze blijft staan en hem vragend aankijkt, wordt hij verlegen. 'Niet hier...' zegt hij zacht. 'Laten we even naar buiten gaan. Een frisse neus halen...'

'Goed,' zegt ze, terwijl haar hart plotseling begint te bonken.

Ze wringt zich door de gasten heen naar de deur van het trappenhuis en glipt naar buiten. In het trappenhuis is het donker en koud, de wind dringt door een kier onder de buitendeur, en tijdens de bombardementen zijn de ruitjes van de twee trappenhuisramen gebarsten en nooit vervangen. Maar door de opwinding voelt Luisa noch de kou, noch de tocht. Hij wil iets tegen haar zeggen. Dat kan alleen maar iets intiems zijn, als hij daarvoor alleen wil zijn met haar.

Fritz laat niet lang op zich wachten. Fel licht valt in het trappenhuis naar binnen, zoekend kijkt hij om zich heen en als hij haar ontdekt, sluit hij snel de deur achter zich.

'Wat is het hier koud...' Hij trekt zijn jasje uit om het om haar schouders te leggen.

'Niet doen!' weert ze af. 'Nu krijg je het zelf koud...'

'Welnee,' zegt hij glimlachend. 'Ik heb het juist warm. Omdat ik zo gelukkig ben, Luisa.'

Ze zegt niets, terwijl hij zijn jasje om haar heen trekt. Hoe teder hij het kledingstuk om haar schouders legt en zelfs het bovenste knoopje sluit. Als een bezorgde, oudere broer. Of als...

'Luister, Luisa,' zegt hij zacht en gehaast. 'Ik moet dit gewoon kwijt, ook al vind je het misschien dom of zelfs belachelijk. Maar als ik het je nu niet zeg, stik ik er straks nog in.'

Vanuit de gelagkamer klinkt luid gescheld, een meisje krijst hysterisch, gevolgd door een lachsalvo. Fritz onderbreekt zichzelf even, spreekt dan verder. Hij praat snel en struikelt hier en daar van opwinding over zijn woorden.

'Ik heb steeds aan je moeten denken, Luisa. Toen ze me in april nog een keer naar het front stuurden, bad ik dat God me in leven zou laten. Niet omdat ik bang was voor de dood, maar omdat ik je zo graag wilde terugzien. Ik wilde al naar Rostock om je te zoeken. Ik zou desnoods lopend gegaan zijn... die Russen of Tataren konden me niets schelen... En nu sta je plotseling voor me... Dat ik niet ter plekke dood neergevallen ben van geluk...'

Ze is helemaal beduusd door al deze bekentenissen, die hem zo gejaagd en lukraak ontvallen en juist daardoor zo oprecht klinken. Bijna beneveld zuigt ze zijn woorden in zich op, ze houdt elk woord vast, wil ze voor eeuwig opslaan in haar hart. Als hij zwijgt en haar met hoopvolle verwachting aankijkt, is ze eerst even stil, vindt geen woorden voor de uitbarsting van gevoelens.

'Je vindt dit vast allemaal heel belachelijk, of niet?' vraagt hij onzeker.

Dan komt het eruit. Alles tegelijk. De tranen, het geluk, de pijn, het verlangen, de liefde.

'Ach, Fritz! Ik... ik heb je brief bewaard en telkens weer opnieuw gelezen,' snikt ze. 'Maar ik... ik durfde toch niet te hopen... dat wij...'

Plotseling heeft hij zijn armen om haar heen geslagen en drukt haar tegen zich aan, ze voelt zijn warme lippen op haar wang, zijn hand dic door haar haren strijkt. Hij kust haar op de mond, voorzichtig en teder, en ze beantwoordt de kus, slaat haar armen om zijn nek en vlijt zich tegen zijn lichaam aan.

'Is het waar, Luisa?' fluistert hij in haar oor. 'Zeg dat het waar is. Zeg dat je van me houdt...'

'Met heel mijn hart...' fluistert ze.

Een lange kus is zijn antwoord. 'Het heeft zo moeten zijn, Luisa,' murmelt hij. 'Wij twee zijn voor elkaar bestemd, we moeten bij elkaar blijven... Gun me alleen wat tijd...'

Dan dringt er plotseling een fel licht in het trappenhuis, een golf van gelach en gegil overspoelt hen – iemand heeft de deur naar de gelagkamer geopend.

'Hubsi zoekt zijn violist!'

Hilde gooit de zin kort en koel de duisternis van het trappenhuis in, dan knalt ze de deur weer dicht. Luisa en Fritz schrikken, houden elkaar nog steeds vast, maar de roes van die eerste heerlijke liefdesontmoeting is verdwenen.

'Heeft ze ons gezien?' fluistert Fritz onzeker.

'Vast.'

Het bevalt hun niet, maar er is niets meer aan te doen. Ze maken zich van elkaar los, Luisa neemt het jasje van haar schouders en overhandigt het aan Fritz, die het weer aantrekt. Even staat hij nog besluiteloos naast haar, dan glimlacht hij.

'We hoeven ons toch niet te verstoppen, Luisa. Ik meen het. Nu ben ik nog een armoedzaaier die geen vrouw kan onderhouden. Maar als je op me wilt wachten: ik zal vlijtig zijn en op een dag zal mijn vioolspel zo veel opbrengen dat we kunnen trouwen. Mocht je een muzikant als echtgenoot willen natuurlijk...'

Hij wil met haar trouwen. Hij wil het jammerlijke vluchtelingenmeisje tot vrouw nemen.

'Een muzikant is precies wat ik nodig heb,' antwoordt ze lachend.

Hij wil haar nog één keer tegen zich aan trekken en de belofte met een kus bezegelen, maar dan zijn er voetstappen aan de andere kant van de deur te horen. Een jong stelletje komt het trappenhuis binnen, ze zien er verhit uit en praten luid met elkaar, hij legt zijn arm om haar schouder en trekt haar mee naar buiten, de straat op. Luisa en Fritz zijn voor hen opzijgegaan.

'Ik moet weer naar de keuken,' zegt Luisa. 'Tante zal me al wel missen.'

Hij knikt, tilt zijn hand op en streelt haar teder over haar wang.

'Luisa. Mijn lieve bruid...'

Via de trappenhuisdeur keert ze terug naar de gelagkamer, terwijl Fritz de straat op loopt en het café via de draaideur betreedt. Belachelijk natuurlijk. Een dom verstopspelletje. Maar toch doen ze het.

Het is inmiddels al na vijven, buiten wordt het donker, de hemel hangt laag en grijs boven de stad. Het bruiloftsgezelschap maakt zich op om te vertrekken, enkele paartjes hebben al afscheid genomen, twee meisjes die geen partner hebben kunnen vinden eten hongerig de paar laatste boterhammen op en blijken ook niet vies van de decoratie van augurkjes en ingelegde maïskolven. Ook Gisela en haar kersverse bruidegom zijn al vertrokken. Fritz en Hubsi Lindner spelen nog een paar oude schlagers, aan het tafeltje bij het raam zit nog een handjevol hardnekkige gasten, die te moe of te dronken zijn om naar huis te gaan. Luisa verzamelt borden, bestek en glazen, draagt alles naar de keuken, waar tante Else en Hilde bezig zijn met de afwas.

'Daar ben je,' zegt tante Else. 'Ik miste je al.'

Luisa glimlacht schuldbewust, maar geeft geen verklaring voor haar afwezigheid. Hilde staat bij de gootsteen en wast verbeten af. Ze zegt geen woord, maar Luisa voelt dat er iets broeit.

'Het is al bijna zes uur,' zegt tante Else, die de spanning blijkbaar niet voelt. 'Dan kunnen de muzikanten nu ook wel stoppen. Ik heb het geld al klaargelegd, dat kun je ze zo geven, Hilde.'

Hilde pakt zwijgend de zware porseleinen soepterrine uit de wasbak en zet hem op het aanrecht om uit te druppen. Luisa boent vlijtig met de theedoek een braadpan, alsof ze er een gat in wil wrijven. Langzaam wordt tante Else nu toch argwanend.

'Is er iets, meiskes?'

'Nee, tante Else.'

'Nee!' zegt Hilde.

Else kijkt haar dochter aan en stelt voor dat ze straks maar eens even moet gaan liggen. 'Je ziet helemaal bleek, Hilde. Heb je soms slecht geslapen?'

Als ze geen antwoord krijgt, haalt ze haar schouders op. 'Ik loop even naar boven om te kijken wat papa aan het doen is.'

Oom Heinz is voor het luidruchtige bruiloftsgezelschap gevlucht en wilde pas weer terugkomen als de 'lucht geklaard' is. Nadat tante Else de trap naar het appartement opgelopen is, blijft het in de keuken dreigend stil.

Als je wacht totdat ik iets ga zeggen, dan heb je het mooi mis, denkt Luisa.

Hilde borstelt een pan, spoelt na met water, poetst nog wat meer, laat koud water over de pan lopen…

'Zijn jullie eigenlijk allemaal hoeren, daar in Oost-Pruisen?' vraagt ze plotseling, zonder zich om te draaien.

Hoewel Luisa een aanval verwacht had, krimpt ze nu toch in elkaar. 'Uiteraard,' antwoordt ze dan. 'Als je een plekje in een bordeel zoekt – gewoon oostwaarts gaan!'

Hilde laat een woedend gesis horen, gooit dan de waslap in het water en draait zich om. Haar gezicht is bleek, ze ziet er zo bedreigend uit dat Luisa verwacht dat ze haar elk moment kan aanvliegen.

'Ik zeg het je maar één keer, smerig serpent dat je bent,' begint ze zacht. 'Blijf met je vingers van Fritz Bogner af. Anders ga je het bezuren.'

Maar Luisa heeft geen zin meer om zich in te houden. Ze heeft vandaag al genoeg gemene dingen van haar nichtje moeten slikken. 'Jij hebt mij helemaal niets te vertellen,' antwoordt ze rustig maar ferm. 'Fritz en ik gaan trouwen. Dat staat al vast.'

'Trouwen?' gilt Hilde hysterisch, en ze begint dan te lachen. 'Denk jij nu echt dat Fritz met jou zal trouwen? Met zo'n zwerfmeid? Misschien omdat je een adellijke titel met je meezeult? Laat me niet lachen! Haha...'

Luisa voelt de woede in haar opstijgen. Dat verwende kreng. Zat hier in Wiesbaden als een luis in de pels, is nooit verjaagd, opgejaagd of verkracht, heeft niet hoeven toekijken hoe haar eigen moeder voor haar ogen stierf. Nou, juffrouw Koch zal eindelijk moeten inzien dat ook zij niet alles kan krijgen wat ze wil hebben.

'Je mag het geloven of niet,' zegt ze koel, terwijl ze de grote soepterrine van het aanrecht pakt om die af te drogen. 'Maar het is de waarheid.'

Hilde is gestopt met lachen. Ze staart Luisa aan, je ziet haar nadenken.

'Mocht je het nog niet hebben meegekregen, Luisa von Tiplitz,' zegt ze op neerbuigende toon. 'Fritz Bogner en ik, wij zijn al jaren verloofd. Door met mij te trouwen krijgt Fritz met het café een economische basis en kan hij zo veel muziek maken als hij wil. Dus mocht hij je wat voor onzin dan ook verteld hebben, dan zou ik dat maar niet geloven.'

Een luid gerinkel onderbreekt haar. Luisa snapt zelf niet hoe het kon gebeuren, maar de grote terrine is uit haar handen gegleden en op de tegels geknald. Duizenden witte scherven vliegen alle kanten op, slaan tegen de muren, de kasten, dansen een wilde schervendans op de vloertegels voor Luisa's voeten.

'Nou, jij hebt wat veegwerk te doen!' merkt Hilde op na de eerste schrik. Met opgeheven hoofd verlaat ze de keuken en ze laat Luisa alleen achter met de chaos. En natuurlijk komt net op dat moment tante Else de trap weer af.

'O, lieve god!' roept ze en ze slaat haar handen ontsteld in elkaar. 'Uitgerekend die grote terrine!'

Hilde

Wiesbaden, de volgende ochtend

Hilde heeft slecht geslapen. Heel slecht zelfs. Alleen tijdens de laatste oorlogsnachten, toen je elk moment nog bang moest zijn dat de sirenes konden gaan loeien, sliep ze nog minder. Rusteloos lag ze in haar bed te woelen en te vechten tegen de sombere gedachten die zich als een zwerm zwarte vogels op haar stortten. Ze kent deze nachtvogels, deze boosaardige kornuiten met hun hese stemmen en spitse snavels, ze weet maar al te goed dat je je niet met hen moet inlaten, maar toch heeft ze dat deze nacht gedaan.

En natuurlijk kwam daar niets goeds van. Hoe ze ook draait en woelt, altijd is zij weer degene die overblijft. Die de zwartepiet getrokken heeft. Die niemand hebben wil. Gisela is gelukkig met haar Sammy en is haar koffers voor de huwelijksreis al aan het pakken. Dat haar arme moeder afgelopen nacht overleden is verdringt ze gewoon, morgen is de begrafenis en daarna gaat het met de boot naar Los Angeles. Nou ja, dat ze maar gelukkig mag worden, haar beste vriendin heeft het verdiend.

Maar gisteren waren ook Gabi en Helene uitgenodigd, klasgenootjes van Hilde, die elke zondag komen dansen met de Ami's. Tja, die hebben nu ook hun schaapjes op het droge, Gabi vertelde tenminste iets over een huwelijk en ook Helene heeft een Amerikaan aan de haak geslagen. Waar je ook kijkt, overal gelukkige stelletjes. Walgelijk.

En nu dus ook nog Luisa en Fritz. Dat is nog wel de hardste klap, omdat ze Fritz echt leuk vindt. En omdat ze recht op hem meent te hebben, ze kent hem tenslotte al zo lang. En dan staat hij in het trappenhuis met Luisa te zoenen! Uitgerekend met dat miezerige kleine nichtje van haar, dat ook al haar vader ingepikt heeft. Hoe heeft ze dat voor elkaar gekregen? Fritz is toch niet bepaald een casanova, eerder een verlegen iemand. Luisa moet hem wel verleid en om haar vinger gewonden hebben. Geflirt hebben, het zachte, toegewijde vrouwtje gespeeld hebben, met heel onopvallend een knoopje te veel los. Ze is immers zo uitgekookt als wat, die adellijke juffrouw Luisa. Dat Fritz daarin zou trappen, had ze nooit gedacht. Maar zo gaat dat helaas met mannen. Die houden van lief en aanhankelijk, vooral geen tegenspraak, vooral niet te hard praten, altijd fijn onderdanig blijven en de ogen braaf neerslaan.

Er was er één die anders was. Een man met pit, die iemand nodig had die hem tegengas gaf. Ach, verdomme, aan hem wilde ze toch niet meer denken? En al helemaal niet aan het kind. Dat was nog het ergste, het kindje dat ze verloren is. Weg met die herinnering, die haar de adem beneemt en zo veel pijn doet. Terug in de kist met zeven sloten. Over en uit. Hij was niets waard. En een lafaard bovendien.

Ze staat vroeg op en gaat als eerste naar de badkamer, doet het licht aan en is blij dat ze stroom hebben. Wat zeker niet altijd het geval is. Dan draait ze de kraan open, waaruit vandaag slechts een bruine drab druppelt, en draait hem snel weer dicht. Je kunt niet alles hebben. Gelukkig hebben ze in het café nog een tweede aansluiting, waar wel helder water uit komt. Voordat ze met de emmer naar beneden loopt, werpt ze nog een snelle blik in de spiegel. Bleek, concludeert ze. De haren een vogelnest, geen wonder na zo'n doorwaakte nacht. En verder? Eigenlijk is ze heel tevreden met haar uiterlijk. Blonde krullen, blauwe ogen, kleine neus, volle lippen. Ze is knap, niet alleen Gisela zegt dat, ook anderen. Ze maakt echt wel kans bij de mannen, trekt vaak bewonderende blikken op straat, wordt in het café regelmatig smachtend aangekeken. Maar op de een of andere manier is het nooit genoeg. Een flirt... ja. En mannen die met haar naar bed willen zijn er ook. Maar niemand met wie ze zou willen trouwen.

In elk geval niemand die ze leuk vindt.

Goed dan… Josh Peters. Die vond ze wel leuk. En die zou misschien wel met haar getrouwd zijn. Maar toch was hij niet de ware, gelukkig kwam ze daar op tijd achter. Nee, Fritz is de ware. Alleen al omdat haar vader hem zo graag mag. En omdat het zo'n lieve, eerlijke vent is. En omdat ze hem zo goed kent van vroeger. Fritz is voorbestemd voor haar, ook al heeft hij dat zelf nog niet door. Maar ze zal het hem laten zien. Luisa, die moet hij maar uit zijn hoofd zetten. Wat moet hij met haar, iemand die niets heeft en hem niets te bieden heeft?

Met de emmer loopt ze de trap af naar de keuken van het café, ze zet hem in de gootsteen en draait de kraan open. In de prullenbak liggen de scherven van de grote soepterrine. Haar stemming verbetert meteen. Mama was behoorlijk pissig over het verlies van de terrine en Luisa heeft dan ook het nodige te horen gekregen. Tja, eigen schuld, had ze maar beter moeten oppassen. Terwijl het water in de emmer loopt, werpt ze een snelle blik in de voorraadkamer en stelt vast dat Gisela's bruiloft, ondanks alle Amerikaanse levensmiddelen, een flink gat in hun voorraad geslagen heeft. Geen suiker meer, meel bijna op, vetpot bijna leeg, alleen nog een beetje brood en twee pakjes smeerkaas. En wat zit er in die twee blikjes? O ja, bonen en cornedbeef. Hopelijk kan Künzel nog wat toevoegen, anders wordt de soep vanavond wel heel dun. Ze wil zich al omdraaien om de kraan dicht te draaien, als ze door het raam van de gelagkamer iets ziet waardoor ze blijft staan. Heel vaag maar, grijs en zwart afgetekend tegen het eerste ochtendlicht, maar ze heeft hen meteen herkend.

Luisa en Fritz staan voor het café. Ze praten met elkaar, hij pakt haar hand, zij trekt hem terug, schudt haar hoofd. Niet te geloven, denkt Hilde. Nu hebben ze ook al een rendez-vous voor onze draaideur. Wat denken ze wel niet? Ze ziet hoe Fritz opgewonden praat en druk gebaart. Luisa schudt haar hoofd, doet twee passen naar achteren. Nu komt er een klein bestelwagentje aangereden, dat is van Wendelin Staudt, die hun altijd zijn zelfgestookte schnaps levert. Clandestien uiteraard, officieel brengt hij brandhout naar de stad. Hij overnacht altijd bij zijn zus in Sonnenberg, om de volgende ochtend weer terug te rijden naar de Taunus. Aha, het bestelwagentje stopt een stukje verderop en Fritz pakt zijn bagage…

Hilde moet zich snel omdraaien, omdat achter haar de emmer al aan het overlopen is, wat een vreselijke waterverspilling is. Terwijl ze nog aan de kraan draait, komt Grete, het dienstmeisje van die adellijke heks, de keuken in om ook wat water te halen.

'Een heel goede morgen, juffrouw Koch... Nou, het licht doet het vandaag voor de verandering, maar de stroom laat het weer eens afweten. Hopelijk blijft het zo...'

'Morgen, Grete... Je kunt meteen bijvullen. Ik ben klaar.'

Hilde tilt de tot de rand gevulde emmer uit de gootsteen, waarbij er een flinke hoeveelheid water over de pantoffels van Grete klotst.

'O, neem me niet kwalijk! Dat was niet mijn bedoeling...'

'Geeft niets, juffrouw Hilde. Zo zijn mijn voeten alvast gewassen...'

'Maar je pantoffels zijn nu helemaal nat... Weet je wat? Ik geef je een paar van onze houtblokken, dan kun je ze bij de kachel drogen...'

Daar is Grete zo blij mee dat ze haar wel drie keer bedankt. 'Dan zal mevrouw ook meteen in een beter humeur zijn. Ze is nogal chagrijnig omdat ze vannacht geen oog dichtgedaan heeft...'

Als Grete het over 'mevrouw' heeft, bedoelt ze die oude taart, Edith von Haack.

'Waarom heeft ze vannacht geen oog dichtgedaan?'

Eigenlijk kan het Hilde niet schelen waarom die Von Haack niet kon slapen, maar misschien had ze wel last van kies- of rugpijn. Dat zou ze haar echt gunnen.

'Omdat juffrouw Luisa zo lag te snikken. De muren in het appartement zijn nogal dun, je hoort elkaar bijna met je ogen knipperen. Mevrouw heeft me twee keer naar haar toe gestuurd en ook op de muur geklopt – maar het hielp steeds maar even. Die arme juffrouw Luisa moet wel vreselijk veel verdriet hebben.'

Hilde loopt snel naar de kelder om een paar houtblokken te pakken. Als ze terugkomt geeft ze Grete het hout, waarna ze een onopvallende blik naar buiten werpt. Fritz en Luisa zijn verdwenen, in plaats daarvan lopen een paar vrouwen voorbij, die zo vroeg mogelijk boodschappen willen doen, voordat bijna alles weer op is in de winkels. De krantenjongen komt aangereden op zijn fiets, remt voor het café en loopt het trappenhuis in, om de *Kurier* in de brievenbus te stoppen. Ook het kleine bestelwagentje van Wendelin Staudt is verdwenen – waarschijnlijk is Fritz alweer onderweg naar Lenzhahn.

Hilde pakt de wateremmer en loopt ermee de trap op. Of ze het wil of niet, haar geweten speelt haar nu toch parten. Blijkbaar is het dus toch serieus tussen Luisa en Fritz. Liefdesverdriet, een hele nacht lang. Dat kent ze zelf maar al te goed. Ach, had ze nu maar niet gelogen! Maar ze was zo woedend dat de woorden gewoon haar mond uit rolden, zonder dat ze erover nagedacht had. Natuurlijk is ze niet met Fritz Bogner verloofd. Dat heeft ze alleen maar gezegd om Luisa te kwetsen. Om haar te laten zien dat zij, Hilde, ook aspiraties heeft en dat haar rechten op Fritz ouder zijn. Verstandiger ook. Omdat zij iets meebrengt. Een heel café. Zij zou Fritz een zorgeloos muzikantenleven aan haar zij kunnen bieden.

Maar wat heeft dat allemaal voor nut als hij niet van haar maar van Luisa houdt? Wil ze dan echt een man die alleen maar uit eigenbelang met haar trouwt? Nee, dat wil ze niet. Zoiets zou Fritz Bogner trouwens ook nooit doen.

Bovendien… is Fritz wel haar grote liefde? Zou zij een hele nacht om hem huilen? Eerlijk gezegd niet. Eigenlijk was ze alleen maar kwaad omdat Luisa hem weggekaapt had. Zo bezien heeft ze gisteren eigenlijk wel iets heel stoms gedaan. Zo dom. En irritant ook. Wat ze nu zou moeten doen is Luisa de waarheid vertellen – maar dat zou echt gênant zijn. Ze zet de emmer met water in de badkamer op de grond en schept er met een pollepel wat uit voor de keuken. Vermoeiend allemaal. En omslachtig. Ging het nu eindelijk maar weer eens bergopwaarts met Duitsland. Maar eerst staat er nog een ijzige winter voor de deur. Kolen zijn amper verkrijgbaar en ook hout is er weinig. Die vervloekte, ellendige oorlog, die alles kapotgemaakt heeft!

Slechtgehumeurd draagt ze de kan met water naar de keuken en ze probeert het gasfornuis aan te steken. Geen gas, geen vlammetje. Het kolenfornuis dan maar, hoewel dat wel weer brandstof kost, wat ze dan later weer moeten missen.

'Is er warm water?' roept papa vanuit de badkamer.

'Bijna!'

Papa kan ook wel veeleisend zijn. Terwijl zij en mama zich koud wassen, heeft hij altijd warm water nodig. Omdat hij zich anders niet kan scheren. Mannen! Ze vult de ketel met water en zet hem op de kookplaat, waaronder nu een levendig vuurtje brandt. Mama komt in haar ochtendjas de keuken in, knippert slaperig met haar ogen en begint de ontbijttafel te dekken.

'Je hebt flink gestookt,' zegt ze mopperend.

Papa wil warm water, mama wil hout sparen – wat ze ook doet, het is nooit goed. Hildes humeur wordt er niet beter op. Wat een rotdag. Wordt het dan helemaal niet licht vandaag? Die duisternis is ook niet echt opbeurend.

En de gesprekken aan de ontbijttafel ook al niet. Papa klaagt over pijn in zijn been, mama meldt dat ze al weken niets verdiend hebben met het café, maar er juist op toegelegd hebben.

'Als het zo verdergaat, hebben we straks niets meer om te ruilen. Vertel je vrienden maar dat ze hier niet voor eeuwig alles op de pof kunnen krijgen.'

Dat valt niet goed bij papa. Hij antwoordt mama dat Café Engel iets bijzonders is, een artiestencafé, geen commercieel bedrijf. Dat het er niet om gaat dat ze aan de gasten verdienen, maar dat ze de volgelingen van de theaterkunst, de talenten en liefhebbers van muziek herbergen, hun een thuis bieden…

Maar met mama valt vandaag niet te praten. 'Als die klaplopers op onze kosten blijven eten en drinken, gaan we failliet,' windt ze zich op. 'Dan moeten we het huis verkopen en dan is het gedaan met Café Engel. En dan hebben al die talenten en liefhebbers helemaal geen thuis meer. Dringt dat tot je door? Ja?'

'Ach, Else!' zegt papa hoofdschuddend. 'Je ziet het veel te somber in.'

Mama slaakt een diepe zucht en werpt een wanhopige blik op Hilde. Papa is nu eenmaal een eeuwige optimist en dromer, mama is degene met realiteitszin.

'Ik zal wel eens praten met Alois Gimpel en voorzanger Firnhaber,' zegt Hilde. 'Komt wel goed, mama.'

Buiten wordt het nu langzaam wat lichter, de omtrekken van de kale platanen worden zichtbaar, het grote theatergebouw doemt op uit de duisternis. Vroeger werden daar rond Kerstmis sprookjes opgevoerd voor de kinderen, haar broers en zij hadden vaak vrijkaartjes. De opera *Hans en Grietje* van Humperdinck werd er opgevoerd, Hilde mocht als 'peperkoekkind' zelfs een keer meespelen in de laatste scène. Wat was het toen toch allemaal heerlijk. Zo feestelijk. In de theaterfoyer stond altijd een grote dennenboom, versierd met glinsterende kerstdecoraties. En ook in de stad waren alle etalages sfeervol versierd en verlicht. En nu? De etalages zijn leeg en donker. In de Kirchgasse staan weliswaar nog wat handelaren met kerstbomen, maar die kunnen alleen de rijken zich veroorloven.

Beneden in het café is het koud, de taartvitrine is op een paar koekjes na leeg. En toch staan er alweer gasten voor de deur, hopend op een warme ruimte en een kopje surrogaatkoffie. Papa steekt eigenhandig de kachel aan, terwijl Hilde de deur opendoet. Het zijn Jenny Adler en Hans Reblinger. Ze mopperen over de kou en houden hun jassen aan, omdat het nog niet warm genoeg is in het café. Hans Reblinger overhandigt Hilde plechtig een in papier gewikkeld pakje: twee briketten. Een kostbare schat, waarvoor Hilde hem wel om de hals kan vliegen.

'Vond ik bij het station...'

Papa stopt een van de briketten meteen in de kachel en gaat dan bij zijn artiestenvrienden aan het raamtafeltje zitten. Het kacheltje buldert en verspreidt warmte, mama meldt vanuit de keuken dat het gas het weer doet. Kijk eens aan. En surrogaatkoffie is er ook nog.

Net als Hilde de koffie opgiet, komt Luisa de keuken in. O jee, met donkere kringen onder haar ogen.

'Hier,' zegt ze tegen mama en ze overhandigt haar een bundeltje geldbiljetten. 'Ik heb een voorschot gekregen van Julia. Als aanbetaling voor de soepterrine...'

'Geen sprake van!' zegt mama.

'Jawel. Ik wil het zo.'

Ten slotte neemt mama het geld toch aan, maar ze verbiedt Luisa om nog meer te betalen. Zoiets hoort niet onder familieleden, als papa het hoort, zal hij zeker boos worden. 'Je hebt het immers niet expres gedaan!' besluit mama de discussie, waarna ze Luisa een blad met drie kopjes surrogaatkoffie in de handen drukt. Hilde doorzoekt de bestekla op ruilwaar voor de zwarte markt en doet alsof ze daar heel druk mee is. In werkelijkheid heeft ze echter nog steeds last van haar slechte geweten. Aan de ene kant kunnen ze het geld goed gebruiken, maar aan de andere kant is ze zelf niet geheel onschuldig aan het ongeluk.

Ach wat, denkt ze uiteindelijk. Luisa zal zich echt niet hoeven doodwerken, daar boven bij Julia. Laat haar ook maar betalen…

Er klinken voetstappen, de deur naar het trappenhuis wordt opengetrokken – Hilde en haar moeder kijken elkaar aan en zuchten tegelijkertijd. Onmiskenbaar die oude heks, die adellijke dame.

'Dat dat wijf ons elke ochtend komt kwellen, is echt een plaag,' mompelt mama geërgerd.

Dan horen ze ook al de doordringende stem in de gelagkamer. 'Een heel goede morgen! Heerlijk warm hier. Tja, wie goede connecties heeft, die heeft ook kolen. Clandestien waarschijnlijk, of niet?'

De brutaliteit, denkt Hilde. Komt hier in onze warmte zitten zeuren. Waarom heeft eigenlijk nog niemand haar de nek omgedraaid?

'Goedemorgen, beste mevrouw Von Haack,' hoort ze papa beleefd antwoorden. 'Wat fijn om u hier zo blakend en wel te zien!'

Ook al bedoelt hij het ironisch, Hilde vindt het toch wat overdreven.

'Aan u ligt het niet, meneer Koch. In dat appartement van u zijn de muren zo dun als papier – ik heb geen oog dichtgedaan, vanwege de geluiden uit de kamer naast die van mij.'

Gelukkig mengt Hans Reblinger zich nu ook in het gesprek. Hij zegt dat hij het probleem kent, omdat hij naast een pasgetrouwd paar woont. 'Ik stop altijd een paar watten in mijn oren, dat werkt geweldig. Op onze leeftijd hebben we onze slaap tenslotte hard nodig, nietwaar mevrouw?'

Mama rolt met haar ogen, terwijl Hilde haar lachen amper kan inhouden. Ach, die Hans Reblinger, dat is me er toch eentje…

'In elk geval heb ik nu echt even een kopje echte koffie nodig,' klinkt de stem van Von Haack. 'Serveerster! Brengt u me ook wat toast, twee gekookte eieren, boter, jam en een plakje ham.'

Dan heeft ze pech, denkt Hilde. Behalve een droog stuk brood en wat bietenstroop is er niets meer. En het halve potje marmelade houden we voor onszelf.

'Het spijt me zeer, mevrouw,' zegt Luisa beleefd. 'Ik kan u alleen wat surrogaatkoffie brengen, de echte koffie is op.'

Hilde gluurt door de deurkier en kan het ontstelde gezicht van Von Haack zien. Poeh, ze ziet helemaal rood, zelfs in haar hals heeft ze vlekken gekregen.

'Liegt u niet tegen me, impertinente meid!' blaft ze. 'Gisteren hadden jullie nog ham, toast, gevulde eieren en echte koffie. En nu zou dat opeens allemaal verdwenen zijn? Dat maakt u me niet wijs.'

'We hadden een bruiloftsfeest, mevrouw...' probeert Luisa het uit te leggen.

'Hou uw mond!' onderbreekt Von Haack haar. 'U brengt mij nu meteen wat ik besteld heb! En denk maar niet dat u mij leugens kunt vertellen...'

Ze is weer lekker in vorm vanochtend, denkt Hilde woedend. Maar dan bemoeit zowaar papa zich ermee, omdat hij er niet tegen kan dat Luisa zo behandeld wordt.

'Schreeuwt u alstublieft niet zo, mevrouw Von Haack. U bent hier niet op uw landgoed en mijn nichtje is niet bij u in dienst.'

'Het wordt steeds gekker!' roept Edith von Haack spottend uit. 'Eerst voorgelogen worden en dan ook nog beledigd!'

'Niemand heeft u voorgelogen, en al helemaal juffrouw Von Tiplitz niet...' antwoordt papa. 'Mijn nichtje heeft beleefd met u gesproken, er is geen enkele reden om zo uit te vallen.'

Mama is verbaasd over papa's moed. Ook Hilde weet niet wat ze hoort, maar dan komt de jaloezie weer opzetten. Voor Luisa komt papa op, dan kan hij opeens wel kordaat uit de hoek komen...

'Uitvallen?' roept Edith von Haack en ze lacht hysterisch. 'Vanwege zo'n futiliteit? Belachelijk! Maar wat uw nichtje betreft, daar moet ik u toch even de ogen openen. Juffrouw Von Tiplitz? Haha! Laat me niet lachen! Ze is een bedriegster...'

'Wat denkt u wel niet?' roept papa luid.

Maar Edith von Haack praat verder en Hilde weet niet wat ze hoort. Dat kan toch niet waar zijn! Of misschien toch wel?

'Ik weet toch hoe het zit. Ik was goed bevriend met Ingrid von Kamm, de zus van Johannes von Tiplitz. Het klopt dat hij een dochter had, maar die was buitenechtelijk. Met de moeder – een of andere bakkersdochter uit Rauschen – is hij natuurlijk nooit getrouwd. Dus mocht uw nichtje daadwerkelijk de dochter van de overleden Johannes von Tiplitz zijn, dan is ze een bastaard en heeft ze geen enkel recht op zijn naam en adellijke titel.'

Hilde ziet mama's ontstelde blik. In de gelagkamer is het nu stil geworden, Von Haack heeft haar gif gespuwd en papa moet eerst even diep ademhalen, voordat hij kan antwoorden. Wat een gemene kwaadsprekerij, denkt Hilde. Dat kan ze alleen maar verzonnen hebben. Of niet?

'Bespaart u ons dergelijke leugens,' zegt papa boos.

'Leugens?' roept Edith von Haack verbolgen. 'Wat ik zeg is de waarheid. Grete kan het bevestigen, ook zij kent de situatie...'

'Als u openlijk beweert dat mijn nichtje een buitenechtelijk kind is, geef ik u aan. Vanwege laster!'

Ze horen Von Haack hysterisch gillen, dan begint plotseling Luisa te praten.

'Nee, oom Heinz,' zegt ze. 'Alstublieft niet. U mag haar niet aangeven. Het is de waarheid.'

Na deze bekentenis wordt het heel stil in de gelagkamer. Alleen Edith von Haack laat een tevreden 'Ik zei het toch' horen.

'O, god,' fluistert mama tegen Hilde. 'Wat verschrikkelijk!'

Hilde staart voor zich uit. Dat is nogal wat. Luisa heeft hen dus allemaal voorgelogen. Ze is helemaal niet van adel. Ze is een buitenechtelijk kind. Juffrouw Von Tiplitz is niet meer dan een grote leugen!

'Het spijt me heel erg, oom Heinz,' horen ze nu weer Luisa's stem. 'Ik deed het omwille van mijn moeder. Ik wilde niet dat u slecht over haar zou denken. Mijn vader hield heel veel van haar, daarom heeft hij ons ook naar het landgoed gehaald. En hij zou ook zeker met mijn moeder getrouwd zijn. Maar hij was ziek en grootmoeder had het voor het zeggen. En die haatte mij en mijn moeder...'

Hilde is onder de indruk. Wat verschrikkelijk om zo'n grootmoeder te moeten hebben. Papa is te overdonderd om te kunnen antwoorden. Gelukkig heeft Edith von Haack haar spraak weer teruggevonden.

'Tja, ik denk dat u mij dankbaar kunt zijn, beste meneer Koch, dat ik de waarheid aan het licht gebracht heb,' zegt ze voldaan. 'Anders had u waarschijnlijk nog veel langer met deze bedriegster opgezadeld gezeten. Zo zonder blikken of blozen beweren dat ze een Von Tiplitz is… En dan had nu ik graag dat kopje koffie. Ik denk dat u mij dat nu wel schuldig bent, meneer Koch.'

Plotseling voelt Hilde een enorme woede. Die schaamteloze vrouw. Zit daar zelfingenomen aan een tafeltje en commandeert iedereen rond, alsof het café en de halve Wilhelmstraße van haar zijn. En die zielige Luisa staat voor haar als een arme zondige, met neergeslagen blik, terwijl de tranen over haar wangen biggelen. Het is gedaan met de pret. Die adellijke heks moet nodig eens de waarheid gezegd worden.

Hilde pakt een houten dienblad, gooit de keukendeur open en loopt naar het tafeltje van Edith von Haack. Als de adellijke dame vol verwachting opkijkt, knalt Hilde het lege blad op tafel. Het suist zo dicht langs Ediths gezicht dat ze snel achteruit moet deinzen.

'Hier!' zegt Hilde tegen de verraste dame. 'Dit is alles wat we u schuldig zijn. Helemaal niets, om precies te zijn. Luisa is een van ons, of ze nu van adel is of niet – wie kan dat nou wat schelen? Ons in elk geval niet. En als u nog één keer onze familie beledigt, verwaande, arrogante oude feeks die u bent, dan sta ik niet voor mezelf in!'

Edith von Haack moet de aanval eerst even verwerken. Ze staart Hilde aan, opent twee keer haar mond, maar weet geen woord uit te brengen. Pas bij de derde poging lukt het haar. 'Wat denk je wel niet, onbeschaamde meid… Je had me bijna verwond…'

'De volgende keer zal ik beter mikken,' antwoordt Hilde onverstoorbaar.

'Dat is een fysieke aanval! Dat ga ik aangeven bij de politie!'

'Eruit.'

Hilde staat voor haar, beide handen op haar heupen, klaar om de dame een handje te helpen. Edith von Haack begrijpt het, staat snel op en beweert met zwakke stem dat de zaak zeker nog niet afgedaan is.

'Ik zal een bezoek brengen aan het gemeentehuis. Het bedrog melden bij het bevolkingsregister…'

'Daar is de deur!' zegt Hilde, met haar duim over haar schouder wijzend. Edith trekt zich terug, opent woedend de deur naar het trappenhuis en slaat die achter zich dicht. Weg is ze. Ze heeft eieren voor haar geld gekozen. Vanaf het tafeltje bij het raam klinkt applaus, het zijn Hans Reblinger en Jenny Adler, die het optreden bühnewaardig vonden. Papa staat op en slaat zijn armen om Hilde heen.

'Mijn moedige dochter! Je hebt haar er goed van langs gegeven. Mijn Hilde!'

Mama komt de keuken uit en zegt dat de adem haar bijna in de keel stokte. Als ze nu maar niet voor problemen gaat zorgen. 'Maar je had wel gelijk, Hildje. Ik was zelf ook al bijna naar haar toe gelopen...'

Iedereen staat nu om Hilde heen en praat op haar in.

'Ik dacht al dat je haar met dat blad op haar hoofd zou slaan.'

'Dat had ze verdiend...'

'Jammer dat je haar niet geraakt hebt, Hilde!'

'Die lasteraarster, die gemene heks!'

'Wat een onaangename vrouw!'

Te midden van alle commotie bekommert niemand zich om Luisa. Die staat nog steeds op dezelfde plek en weet niet wat ze moet doen. Ten slotte loopt ze langzaam richting de deur, om zich ergens te verstoppen. Maar Hilde heeft het gezien en raadt wat ze van plan is. Ze haast zich naar Luisa toe en slaat haar armen om haar heen.

'Niet weglopen,' zegt ze. 'Alles is nu toch duidelijk, of niet? En bovendien: zonder adellijke titel vind ik je veel leuker.'

Luisa

Wiesbaden, twee weken later

'Dit is niet goed.' Julia Wemhöner schudt spijtig haar hoofd. 'Dat zul je helaas weer open moeten tornen.'

Luisa was er al bang voor. O, die naaimachine, ze heeft altijd al een hekel aan het ding gehad. Wat deed haar moeder het vroeger toch altijd snel en netjes met haar trapmachine. Die ratelde gewoon over de stof, en dan had ze een rechte naad.

'Het gaat me nooit lukken!' zucht ze bedrukt. 'Nu moet ik die rits er alweer voor de derde keer uit halen. Volgens mij ben ik gewoon te onhandig.'

Julia schuift haar bril van het puntje van haar neus omhoog en veegt een rode haarlok van haar voorhoofd. 'Nee,' zegt ze en ze geeft Luisa de jurk weer terug, zodat die de rits kan lostornen. 'Je bent zelfs heel handig. En juist daarom ben ik zo kritisch. Omdat ik weet dat je beter kunt.'

Was ze maar wat minder pietluttig, die Julia Wemhöner! Op zich is Luisa heel graag bij haar. Julia weet hoe ze van een oude wollen deken een damespakje kan naaien of een chique rok van een herenpantalon. Ze legt een kledingstuk gewoon op tafel, kijkt er kort naar en begint er dan stukken uit te knippen. Gewoon zo, zonder patroon. En het past altijd.

Als de stroom er weer eens af ligt en ze alleen bij kaarslicht kunnen werken, opent Julia haar koffers en laat Luisa de prachtige, uitzinnige kostuums zien die ze vroeger voor het theater gemaakt heeft. Dan begint ze te vertellen en dompelen ze zich samen onder in een bonte droomwereld, een theater-sprookjesland, waarin wilde dieren achter een toverfluit aan dansen, knappe prinsen voor hun geliefde strijden en harteloze schurken in de afgrond van de hel storten.

Een beetje gek is Julia natuurlijk wel. Maar ook een ontzettend slimme en sterke vrouw en een fantastisch mens. Luisa komt erachter dat Julia voor de oorlog verschillende relaties gehad heeft, maar voor geen enkele man kon kiezen. Ook op Addi Dobscher was ze blijkbaar ooit heel erg verliefd. Vroeger, toen hij nog Don Giovanni zong.

'En nu?'

Julia haalt haar schouders op. 'Addi is een lieve vent... Ik mag hem echt graag. Maar... maar het gaat gewoon niet.'

'Wat jammer,' zucht Luisa.

'Ja, heel jammer.'

Een tijdje werken ze zwijgend door. Luisa naait voor de vierde keer de rits in en is uiterst geconcentreerd. Als ze klaar is houdt ze haar werk omhoog en bekijkt het kritisch.

'Hij wil maar niet begrijpen dat ik geen schaduw meer ben,' zegt Julia. 'Ik lever mijn bijdrage aan het voortbestaan van het café, help de koks met levensmiddelen. Weet je wel hoe trots me dat maakt? Maar Addi ziet dat allemaal niet. En als hij het al ziet, dan bevalt het hem niet. Hij behandelt me nog steeds als een schaduw, voor wie hij moet zorgen en die hij moet beschermen. En hij wil me vertellen wat ik moet doen. Dat gaat nu eenmaal niet. Echt niet!'

Luisa knikt. Ze kan zich wel een beetje verplaatsen in Julia's situatie. Het is geen fijn gevoel om afhankelijk te zijn van anderen. Maar ze is blij dat ze nu wat geld kan verdienen, om haar familie te kunnen ondersteunen.

Haar familie...

Sinds dat verschrikkelijke moment, waarop ze dacht dat alles voorbij was, weet ze pas dat ze een familie heeft. En dat deze mensen haar door dik en dun steunen – ook als ze een fout gemaakt heeft.

'Jij bent me er eentje,' had tante Else tegen haar gezegd, terwijl ze haar bij haar schouders pakte. 'Een echte bedriegster. Lieve help, wat heb je ons allemaal voor de gek gehouden. Maar zand erover. Je deed het voor je moeder. En daarom vergeef ik het je!'

Oom Heinz was weer eens bijna in tranen. Hij had haar in zijn armen genomen en gezegd dat ze zo'n arm, lief meiske was. 'Wat jij allemaal hebt moeten doorstaan, kleintje. Ach, had ik me toen maar wat meer om jullie bekommerd! Maar ik had alleen maar oog voor mijn eigen besognes en heb Annemarie in de steek gelaten. Mijn kleine zusje... Het is allemaal mijn schuld.'

Maar de grootste verrassing is Hilde. Die is als een blad aan de boom omgedraaid. Van de gemene, jaloerse nicht is ze plotseling een moedige vriendin geworden. Met het hart op de juiste plek. Tante Else had dus toch gelijk. Als Hilde wil, kan ze ontzettend lief zijn. Helemaal vertrouwen doet Luisa het nog niet, daarvoor heeft ze de andere kant van haar nichtje nog te vers in het geheugen. En ook nu verloopt de nieuwe vriendschap nog niet helemaal probleemloos. Omdat Hilde geheel onbevangen met volle kracht vooruit stoomt en niet wil begrijpen dat Luisa het allemaal liever wat rustiger aan doet.

'Zeg, ik ga straks nog even naar de Langgasse. We hebben specerijen en suiker en nog wat kleinigheden nodig. Jij kunt dan misschien op de uitkijk staan, terwijl ik onderhandel...'

Ze wil dat Luisa meegaat naar de zwarte markt. Voor specerijen voor het kerstgebak.

'Ik weet niet of ik dat kan, Hilde...'

Hilde wappert met haar handen en beweert dat het heel simpel is. 'Je mag er alleen niets over zeggen tegen papa. Anders denkt hij nog dat ik je op het slechte pad breng...'

Dat bevalt Luisa nog minder. Oom Heinz is altijd zo lief, ze doet liever niet iets wat hij niet wil. Maar aan de andere kant wil ze Hildes wens ook niet afwijzen. Ze wil hun prille vriendschap zeker niet in gevaar brengen.

'Maar vanochtend moet ik Julia helpen...'

Hilde is teleurgesteld. Morgen dan maar. Ja, morgen, tenslotte is het met zijn tweeën veel makkelijker.

'Goed. Morgen ga ik mee. Hopelijk doe ik geen al te domme dingen...'

'Je hoeft alleen maar heel onschuldig te kijken. Dat kun je perfect. Je hebt ons tenslotte allemaal om de tuin geleid...'

Hildes grapjes zijn vaak best venijnig. Maar inmiddels is Luisa erachter dat ze het niet echt gemeen bedoelt. Het is gewoon haar soort humor, daar zal ze aan moeten wennen. En aan de andere kant kan ze ook weer heel eerlijk zijn.

'Dat van Fritz... dat heb ik gelogen. We zijn niet verloofd, nooit geweest ook. Ik zei het alleen maar. Het spijt me echt, Luisa. Ik was heel gemeen tegen je.'

'Jullie zijn níét verloofd?'

'Nee,' bromt Hilde. 'Dat zei ik toch net, of niet?'

O, god, denkt Luisa. En ik heb die arme jongen naar het hoofd geslingerd dat ik pas weer met hem praat als hij zijn zaakjes met Hilde geregeld heeft. En dat ik mijn nichtje niet haar bruidegom wil afpakken. Wat moet hij wel niet denken? Waarschijnlijk begrijpt hij er niets meer van en durft hij hier nooit meer te komen.

'Die komt heus wel terug, hoor,' zegt Hilde, die haar gedachten geraden heeft. 'Hij houdt immers van je, Luisa. Voor het kerstconcert in de Marktkirche is hij weer hier. Dan praat ik wel met hem, beloofd.'

Het kerstconcert is morgen al. Op de vierde adventszondag. Addi en Jenny Adler zullen zingen, Alois Gimpel zit achter het klavecimbel en dirigeert, Hans Reblinger speelt altviool en Fritz zijn viool. De Kochs zullen er samen naartoe gaan, ze verheugen zich al weken op deze middag.

'Jij komt toch ook mee, Julia?' vraagt Luisa terloops.

Julia controleert met argusogen de opnieuw ingezette rits. Op één plekje loopt de naad een beetje scheef, even knijpt Julia haar ogen een beetje dicht, maar dan spreekt ze de verlossende woorden.

'Zo kan het wel... Wat vroeg je me net?'

'Of je morgen ook meegaat naar het adventsconcert...'

'Misschien...' Julia kijkt afwezig op van haar werk. 'Niet te geloven, nietwaar,' zegt ze. 'Een jaar geleden was het nog oorlog. Waren we elke nacht bang voor een luchtaanval. En ik was als de dood dat iemand me hier zou ontdekken en aangeven. Dan zou immers niet alleen ik opgepakt worden, maar waarschijnlijk iedereen hier in huis die mij geholpen had. Heinz Koch werd kort voor Kerstmis nog opgeroepen voor militaire dienst. En toen was Jean-Jacques hier nog...'

'Jean-Jacques? Was dat die Franse dwangarbeider?'

Julia knikt en richt zich weer op het jasje, dat ze net met een restje zijde aan het voeren is. 'Ik heb hem slechts één keer gezien. Op een avond toen alles verduisterd was en ik even naar beneden mocht komen. Een knappe jongen was het. Donkere krullen en zwarte, fonkelende ogen. Ogen waar je bijna bang voor zou worden. Maar Hilde vond hem blijkbaar wel leuk.'

Aha, denkt Luisa. Dus er was echt iets tussen Hilde en die Fransman.

'Was ze verliefd?'

Julia glimlacht en pakt de schaar. 'Addi heeft me er het nodige over verteld. Ik was immers vooral hier boven. Maar die twee schijnen behoorlijk met elkaar getorteld te hebben, Hilde en Jean-Jacques. En toen heeft ze die Fransman ook nog helpen vluchten...'

Als dat klopt, dan heeft Hilde toch wel een risico genomen. Iets dergelijks werd streng afgestraft door de nazi's.

'Dat was... even nadenken... dat was in januari. Maar volgens Addi hebben ze hem gepakt en tegen de muur gezet.'

'O, god!'

Wat verschrikkelijk! Plotseling ziet Luisa haar nichtje in een heel ander licht. Ze was verliefd, hielp haar geliefde met gevaar voor eigen leven om terug naar zijn vaderland te vluchten, waarbij hij om het leven gekomen is. Wat moet dat vreselijk geweest zijn voor Hilde! O, ze voelt met haar mee. Ook zij heeft destijds haar moeder overgehaald om uit Stettin te vluchten. Een vlucht die dodelijk afliep voor Annemarie Koch. Nee, Hilde verdient wel een verontschuldiging. Er is een reden voor de botte, soms zelfs beledigende manier van doen van haar nichtje.

De volgende middag heerst er de nodige commotie in Café Engel. Een half uur voordat het concert moet beginnen stormt Alois Gimpel met zo veel vaart door de draaideur dat hij bijna een tweede rondje draait.

'Een catastrofe!' roept hij Heinz Koch toe, die aan zijn tafeltje bij het raam zit en net een slokje van zijn pepermuntthee drinkt. 'Fritz Bogner is niet komen opdagen.'

Hilde en Luisa hebben zich al omgekleed voor het concertbezoek en leggen in de keuken nog snel de versgebakken koekjes in een blik.

'O nee,' fluistert Luisa. 'Nu komt hij toch niet, vanwege mij.'

'Pf,' zegt Hilde. 'Dan ken je Fritz nog niet. Die zou echt niet vanwege jou zijn collega's in de steek laten. En al helemaal niet voor zo'n concert... Nee, er moet iets gebeurd zijn.'

Het wordt Luisa bijna zwart voor de ogen, in gedachten ziet ze Fritz al dood in een donker steegje liggen. Oom Heinz en Alois Gimpel lijken zich echter minder zorgen om Fritz dan om het concert te maken.

'Waar is Künzel?' roept Alois Gimpel. 'Dan zetten we die achter het klavecimbel. Dan kan ik op de dwarsfluit de vioolpartij spelen...'

Sofia Künzel blijkt die middag piano te spelen tijdens een kerstconcert in de Amerikaanse club.

'Verdomme! Hubsi dan... Waar zit die?'

'Boven... Maar je moet hard kloppen. Hij heeft watten in zijn oren. Vanwege die Von Haack...'

'Een ongeluk komt zelden alleen!'

Enkele minuten later horen ze Hubsi mopperen in het trappenhuis. Dat hij gehandicapt is, omdat hij geen rechterwijsvinger meer heeft. En bovendien geen kerkmuziek kent.

'Dat kun je toch van het blad spelen, Hubert. Wat stelt zo'n stukje Händel nu voor. En een beetje Bach. Niets bijzonders. Uit het *Kerstoratorium*. En nog een paar oude meesters...'

'Je maakt een grapje zeker? *Kerstoratorium*? Händel? En dan ook nog op een klavecimbel?'

'Wil je ons soms in de steek laten? De kerk zit al vol mensen. Doe het voor de muziek. Voor de kunst. Voor de mensheid!'

Hubsi slaakt een heel diepe zucht. 'Het moet dan maar...'

Half rennend gaan de twee ervandoor. Oom Heinz sluit de entreedeur achter hen af.

'Dat kan nog leuk worden,' zegt tante Else, die ondertussen vanuit het appartement naar beneden gekomen is. Ze draagt een oude Perzische jas die ze van haar moeder geërfd heeft en die vreselijk naar mottenballen stinkt.

'Het is zes graden onder nul,' meldt oom Heinz. 'Kleed je warm aan, meiskes. Dikke sokken, wollen mutsen... Ik wil niet dat er iemand ziek wordt!'

In het trappenhuis lopen ze Julia tegen het lijf, die besloten heeft om toch naar het concert te gaan. Over haar arm draagt ze een wollen deken; ook Hilde heeft op aanraden van haar moeder twee warme dekens meegenomen. Buiten wordt het al langzaam donker, kleine sneeuwvlokjes dansen in de lucht, blijven aan de kleding hangen, zonder daar te smelten. Een dun, wit laagje bedekt de straatstenen, verandert de kapotgebombardeerde huizen in schilderachtige ruïnes, bestrooit jassen en hoeden met glinsterende kerststerretjes. De torens van de Marktkirche steken spits en donker af tegen de hemel, de omliggende huizen hebben flink te lijden gehad onder de bombardementen, maar de kerk is blijven staan.

Binnen is het zoals verwacht ijskoud. De mooie glas-in-loodramen zijn tijdens de bombardementen gesprongen, de wind blaast ongehinderd de sneeuwvlokken de kerk in, waar ze landen op de banken en de stenen vloer. Ondanks de kou zijn er heel veel mensen naar het concert gekomen, in hun winterjassen zitten ze dicht tegen elkaar aan gedrukt, zich met kussens en dekens beschermend tegen de vorst. Vooraan, in de apsis, staat het lichtbruine klavecimbel, dat ze vanuit de kelder van de kerk weer naar boven gedragen hebben, ernaast meerdere stoelen en muziekstandaards.

'Hij is er echt niet,' fluistert Hilde, terwijl ze een deel van de wollen deken over Luisa's knieën trekt.

Luisa zwijgt. Fritz is niet iemand die zijn vrienden in de steek laat – als hij hier niet is, moet daar een gegronde reden voor zijn. Ach, Hilde! Waarom heb je ook tegen me gelogen? Nu zijn Fritz en ik met ruzie uit elkaar gegaan. Een geheel overbodige ruzie!

'Kijk eens wie daar zit!'

Tante Else stoot Hilde met haar elleboog aan en knikt met haar hoofd. Luisa moet een beetje opzij buigen om langs een vrouw met een bontmuts te kunnen kijken, dan herkent ze Josh Peters. Hij zit twee rijen voor hen en heeft zich naar hen omgedraaid. Hij knikt naar Hilde. Heel ernstig. Hilde knikt terug, al net zo ernstig. Poeh, echt blij over het weerzien lijken ze niet te zijn.

Dan begint het. Cantor Firnhaber speelt een feestelijk openingsstuk van Mendelssohn op het orgel. Daarna heet pastoor Borngässer de mensen welkom en leest een Bijbelvers voor uit het Evangelie volgens Johannes. Dan is Addi aan de beurt met een aria uit het *Kerstoratorium*, die hij prachtig zingt. Dat Hubsi het niet makkelijk heeft achter het klavecimbel is amper merkbaar, de dwarsfluit en altviool doen hun uiterste best. De luisteraars zijn ontroerd en applaudisseren na elk stuk.

'Lieve help,' fluistert Julia, die twee plekken verderop naast oom Heinz zit. 'Hij zingt net zoals vroeger... allemachtig...'

Ze heeft een zachte wollen doek om haar haar gebonden en ziet er zonder bril werkelijk uit als een kind. Een klein meisje, dat zo ontroerd is dat het bijna begint te huilen.

Jenny Adler, die in het theater altijd frivole soubrettenrollen vertolkte, zingt nu Händel met heldere, klinkende stem, bovennatuurlijk bijna, als een koorknaap. Een heel andere kant van haar. Oom Heinz is dolenthousiast en klapt zo fanatiek dat de deken van zijn knieën glijdt. Als het concert voorbij is, wil niemand naar huis, iedereen applaudisseert verwoed verder, er moeten toegiften gezongen en gespeeld worden. En de muzikanten voldoen daar graag aan, hoewel ze niet eens in winterjassen optreden maar in donkere pakken, en Jenny Adler het in haar rode, schoudervrije avondjapon, ondanks een stola, bitterkoud heeft. Maar wat zijn een paar graden vorst nu in vergelijking met de vreugde van weer mogen optreden, de mensen met muziek mogen betoveren en daarvoor met applaus beloond worden? Het zijn zware tijden. Velen keren hierna weer terug naar een donkere, koude kamer, maar de glans van de kaarsen en de sfeervolle muziek nemen ze mee, als hoop op betere dagen.

Bij de uitgang spreekt Josh Peters hen aan en ze blijven even bij elkaar staan.

'Ik heb een paar dagen vakantie,' vertelt hij. 'En ik dacht: ik ga weer eens even in Wiesbaden kijken. Wat een prachtig concert! Ik wist niet dat meneer Dobscher nog zo goed bij stem was.'

'Ja, hij was fantastisch. Maar Jenny ook. En Hubsi dan, achter het klavecimbel...'

Ze vertellen hem over de complicaties voor het concert en hij zegt dat Café Engel ook nu weer een basis voor alle artiesten is.

'Nou en of!' zegt oom Heinz trots. En omdat hij in zo'n goed humeur is en Josh Peters nog niet weet waar hij de kerst zal doorbrengen, nodigt hij hem uit om kerstavond samen met hen in Café Engel te vieren.

'Heel graag,' zegt Peters, met een schuine blik op Hilde. 'Maar ik wil me niet opdringen...'

Nu moet Hilde iets zeggen en Luisa is al bang dat ze die arme vent zal afwijzen. Maar Hilde is vandaag vredelievend gestemd. 'Kom gerust. We vieren het met zijn allen, dat gaat u vast leuk vinden.'

Ze nemen afscheid en de Kochs gaan op weg naar huis. Telkens weer blijven ze even staan om bekenden die ook bij het concert waren te begroeten, een paar woorden met hen te wisselen en hun een mooie kerst te wensen. Iedereen is in een opperbeste stemming, maar wil ook zo snel mogelijk naar huis, omdat het echt bitterkoud is. Sneeuw waait hun in het gezicht, bijt in de huid, en de ijzige wind dringt door de dikste winterjassen heen.

'Poeh,' zegt tante Else. 'Ik heb ijsvoeten.'

'Ik zelfs ijsbenen,' lacht Hilde.

'Ik heb ook een ijsbeen,' zegt oom Heinz. 'Het andere is gelukkig van hout, dus daar heb ik geen last van.'

'Haha!' lacht tante Else, terwijl ze haar arm door de zijne haakt. 'Je kunt gelukkig alweer grapjes maken.'

Hilde en Luisa blijven een beetje achter en kijken toe hoe de twee naast elkaar lopen. Een beetje wankel nog, omdat oom zichzelf een breed zeemansloopje aangeleerd heeft waarin tante mee moet gaan. Maar ze houden elkaar stevig vast, praten en lachen en lijken de kou niet eens te voelen.

'Zeg,' zegt Hilde tegen Luisa. 'Draai je eens onopvallend om.'

Luisa moet goed kijken, pas als het paartje onder een straatlantaarn door loopt, herkent ze de twee. Addi Dobscher en Julia Wemhöner, diep in gesprek.

'Ze houden elkaars hand vast, zie je dat?' zegt Hilde spottend. 'Het is wel de avond van de gelukkige paartjes, nichtje. Laten we maar snel naar huis gaan – hier hebben wij niets te zoeken.'

Hilde

Wiesbaden, kerstavond 1945

Die ochtend hebben ze toch nog een kerstboom weten te bemachtigen. Al is het geen prachtexemplaar: van onderen dik en breed, in het midden doorschijnend en bovenaan lang en dun. Maar Addi is een vakman, die zaagt gewoon onderin wat takken af en steekt die daar waar ze ontbreken. Nichtje Luisa bleek op de zwarte markt nog beter bruikbaar dan Gisela. Omdat ze zo intens verdrietig en meelijwekkend kan kijken, smelten de verkopers meteen weg. Zelfs de vrouwen. Hilde heeft in ruil voor tien rode stoffen servetten met kerstborduursel een flink stuk spek weten te krijgen. De servetten had Julia nog uit restjes hakenkruisvlaggen genaaid en Luisa had er groene dennenboompjes op geborduurd. In karige tijden als deze moet je nu eenmaal creatief zijn. Het spek hebben ze nodig voor de kalkoen die Künzel gisteren heeft meegenomen van de Amerikaanse club. Het dier was al geplukt en gerijpt en volgens Künzel moet er spek mee in de pan, omdat hij anders te droog wordt.

En dus geurt het nu in het huis aan de Wilhelmstraße 75 heerlijk naar kalkoen en gerookt spek, omdat mama de vogel al in de oven gedaan heeft. 'Als ze nu maar niet het gas afsluiten,' bromt ze. 'En jij gaat de keuken uit, stelende deugniet!'

Waarmee ze de hond bedoelt, die sinds die ochtend volhardend voor de keukendeur zit en elke gelegenheid aangrijpt om naar binnen te glippen. Om vervolgens telkens weer meteen door mama naar buiten gestuurd te worden, maar dat deert hem niet. Het is een hond met uithoudingsvermogen. Twee droge broodkorsten en de vleugelpunten van de kalkoen heeft hij al weten te bemachtigen – dan geef je toch niet op?

Addi verschijnt vrolijk fluitend in het café, bekijkt de kerstboom, die nog onversierd in een hoek staat, en schudt grijnzend zijn hoofd.

'Jullie hebben je wel een sneu geval laten aansmeren...'

'Assepoester wacht gewoon nog op een goede fee met zaag en boor,' roept Hilde hem toe.

'Tja...' zegt hij, terwijl hij met samengeknepen ogen naar de boom kijkt.

Meteen daarop betreedt Julia de gelagkamer, ze vraagt om een kopje koffie en blijft dan naast Addi staan. 'Daar rechts beneden is het nog wat te dicht...' meent ze, wijzend met haar vinger.

Addi knikt. Haalt zijn gereedschapskist en pakt er de kleine houtzaag uit. 'Hou jij hem even vast?'

'Maar doe hem geen pijn...'

Addi gaat lachend aan het werk, Julia geeft haar mening, helpt hier en daar, knipt uitstekende takken af, en als ze allebei eindelijk tevreden zijn, zet mama de doos met kerstboomversieringen voor hun neus.

'Dat is vrouwenwerk,' zegt Addi en hij gaat bij papa aan het raamtafeltje zitten. Julia lacht en roept Luisa erbij – samen versieren ze de dennenboom, die er nu net zo gelijkmatig uitziet als een groene piramide. Daarna neemt Julia naast Addi plaats en drinkt een slokje koffie uit zijn kopje.

'Bestel er zelf een!' bromt hij.

Julia kijkt hem stralend aan en plukt de dennennaalden van zijn jasje.

'Neem je me mee naar de nachtmis?'

'Als je wilt. Maar ik zing daar alleen maar de kerstliederen van Cornelius.'

'Maakt niet uit,' zegt ze. 'Ik wil het graag horen. En daarna krijg je boven bij mij hete punch.'

Addi doet alsof hij daar eerst nog even over moet nadenken, dan zegt hij dat dat misschien een mogelijkheid is.

Kerstmis, het feest van de liefde, denkt Hilde jaloers. Dan herpakt ze zich. Die twee hebben het tenslotte verdiend dat ze elkaar eindelijk gevonden hebben. Of het voor altijd is, weet natuurlijk niemand. Maar voorlopig lijken ze heel gelukkig. Voorzichtig opent Hilde de ovendeur om naar de kalkoen te kijken, ze zet de oven wat lager en duwt de vogel terug naar binnen. In de gelagkamer zijn nu ook Alma Knauss en Ida Lehnardt verschenen, Hubsi is bij de rest aan het raamtafeltje gaan zitten en jammert over het concert van gisteren.

'Ik heb er echt een potje van gemaakt. Ik schaamde me zo voor de mensen, ik kon wel door de grond zakken...'

Papa beweert dat hij geen enkele valse noot gehoord heeft en Addi zegt dat Hubsi een enorme steun was voor de groep.

'Ik zat er af en toe helemaal naast...'

'Viel niemand op...'

'O nee? Nou ja, dank je wel...'

In totaal is er tweeënvijftig rijksmark opgehaald, drie briketten, eenentwintig houtblokken, een potje varkensreuzel, drie halve broden, een stuk oude kaas, twee klosjes naaigaren, een zakje suiker, meerdere stukken aardewerk, broekknopen, een door de motten aangevreten vossenstaart en een paar bontlaarzen, maat 45.

'Lieve help,' zegt papa. 'Wie heeft er nou zulke grote voeten?'

'Een betere vraag is misschien wie er tegen die geur kan,' grijnst Addi. 'We hebben ze maar aan de pastoor gegeven, voor zijn beschermelingen. De rest van de spullen hebben we eerlijk onder elkaar verdeeld.'

Hilde serveert Alma en Jenny elk een kopje surrogaatkoffie met twee koekjes. Meer kunnen ze niet missen, de rest van de koekjes is bestemd voor het toetje vanavond.

Intussen liggen ook al de eerste pakjes onder de kerstboom. Zo hebben ze het de afgelopen jaren steeds gedaan: iedereen legt op een onopvallend moment zijn giften onder de boom, met daaraan een labeltje met de naam van degene voor wie het cadeautje bestemd is. De gever blijft anoniem. De pakjes zijn op allerlei manieren ingepakt, sommige zelfs in krantenpapier. Vrolijk kerstpapier is schaars, alleen mama heeft een voorraadje, omdat ze gebruikt inpakpapier altijd al zorgvuldig gladstreek en in een doos bewaarde. Net zoals het bindgaren en de linten. Waardoor iedereen dus altijd weet welke cadeaus afkomstig zijn van de Kochs.

'Jullie meisjes kunnen alvast de lange tafel in het zijvertrek dekken,' zegt mama. 'Hebben we nog genoeg bestek?'

'Komt wel goed...'

Bestek en vooral taartvorkjes met de ingegraveerde engeltjes zijn helaas in groten getale naar de zwarte markt verdwenen. Evenals de mooie driearmige kandelaar, enkele slagroomkannetjes en meer van die dingen uit de vooroorlogse tijd. Maar wat geeft het? Er zijn mensen die veel minder hebben dan zij.

'Nemen we de witte tafelkleden?' vraagt Luisa.

'We zullen moeten combineren.'

Ook de grote tafelkleden zijn verdwenen, maar ze hebben nog wel een aantal kleine kleden, en natuurlijk de rode tafelkleedjes die Julia genaaid heeft. Het ziet er kleurrijk en vrolijk uit, vindt Hilde als ze de borden en het bestek verdelen. Gelukkig hebben ze koekjes als toetje, anders zouden ze in de problemen komen met de lepeltjes.

'Was het vroeger ook altijd zo feestelijk bij jullie met Kerstmis?' vraagt Luisa.

Wat heet! Ja, het was zeker altijd feestelijk. Vooral toen Hilde nog klein was en haar broers nog naar school gingen. Wat waren ze toen altijd ongeduldig, de dag voor kerst, omdat het café 's middags immers nog open was en hun ouders moesten werken.

'Maar als eindelijk alle gasten vertrokken waren, was het geweldig. Eén keer kreeg ik een fiets en Willi en August kregen een elektrische treinset, waarmee papa trouwens nog het vaakst speelde. Ach, en mama kreeg altijd een sieraad van papa, dat mocht ik van tevoren dan samen met hem bij de juwelier uitzoeken. Een ring of een broche. Eén keer een parelketting... En hoe was het bij jou?'

Luisa zet glazen neer, schuift er wat mee heen en weer, dan haalt ze haar schouders op.

'Op het landgoed, toen mijn papa nog leefde, gingen we samen naar de kerk voor de nachtmis. Papa en grootmoeder zaten dan in de prachtig bewerkte houten bank voor de adel vooraan, mama en ik moesten achterin bij het personeel zitten. Maar daarna mochten we even in de mooi versierde kamer komen, waar de open haard brandde en een kerstboom stond. Daaronder lagen onze cadeaus, die papa had laten bezorgen. Eén keer kreeg ik een pop met slaapogen en mama een kleurige zijden sjaal. Maar we mochten er nooit lang blijven, na een glas punch en twee koekjes stuurde ze ons altijd weer weg.'

'Wie? Je grootmoeder?'

'Ja. Mijn tante en haar man waren er meestal ook en de familie wilde het graag onder elkaar vieren...'

Hilde voelt zich alweer kwaad worden. Hoe is het mogelijk dat je je eigen kleinkind zo behandelt? Wat voor kille oude heks was die grootmoeder!

'En je papa deed daaraan mee?'

'Hij was ziek, Hilde. Toen ik veertien was, is hij overleden. Toen ben ik er met mama vandoor gegaan...'

'Ik begrijp het...' knikt Hilde.

Ze wil Luisa niet kwetsen, maar stiekem vindt ze die vader – ziek of niet – maar een zwakkeling. Een moederszoontje. Arme tante Annemarie! Arme Luisa! Zo'n adellijke afkomst is toch niet iets om jaloers op te zijn.

Ze wil net de dennentakken die bij het corrigeren van de kerstboom overgebleven zijn in meerdere kleine vaasjes zetten, als Grete haar hoofd om de deur steekt.

'Ach, wat mooi!' roept ze uit. 'Wat een feestelijke kersttafel. Bijna net zoals thuis, op het landgoed...'

'Is dat zo?'

Hilde merkt zelf hoe onvriendelijk haar antwoord klinkt, maar ze heeft nu gewoon even geen zin in landgoederen en hun adellijke bewoners. Waar die arme Grete natuurlijk ook niets aan kan doen.

'Als je bazin je vrijaf geeft, kom er dan vanavond ook bij,' zegt ze snel.

'Met plezier... Er is immers altijd wel iets te doen in de keuken... En daarna nog de afwas...'

'Niet om te werken – om te vieren!'

'Och jeetje... moet ik met keurige mensen mee aan tafel zitten?' roept Grete geschrokken. 'De hemel beware me. Maar ik help graag mee in de keuken... Heel erg bedankt... Maar mijn mevrouw, de barones, die zou er wel graag bij zijn. Ze heeft me een cadeau meegegeven voor meneer Koch...'

O, nee toch. Hilde en Luisa kijken elkaar geschrokken aan. Op Von Haack zit echt niemand te wachten vanavond, wat denkt ze wel niet? Grete naar beneden sturen met een cadeau – waarschijnlijk oude troep die niemand kan gebruiken – en denken dat daarmee alles weer goed is.

'Tja,' zegt Hilde tegen Luisa. 'De brutalen hebben de halve wereld, denkt ze waarschijnlijk. Maar geen zorgen, nichtje van me. We verjagen haar wel.'

'Ach...' zucht Luisa. 'Het is toch Kerstmis...'

Luisa is op bepaalde punten al net zo week als haar adellijke papa, denkt Hilde. En haar moeder, tante Annemarie, was waarschijnlijk net zo. Maar Hilde pikt zoiets niet. Die is uit ander hout gesneden. En Kerstmis is geen vrijbrief voor adellijke gifkikkers die denken dat ze zich op slinkse wijze weer naar binnen kunnen slijmen.

Rond het middaguur wordt het café gesloten, daarna zijn alleen vrienden en uitgenodigde gasten nog welkom. Een tijdje wordt er gepraat en theegedronken, dan moeten de muzikanten ervandoor, die hebben veel te doen vandaag en hopen op een flinke verdienste.

'Om zeven uur eten we!' roept mama hun na. 'Wie er dan niet is, heeft pech!'

Hilde heeft iedereen opgedragen om naar Fritz Bogner te vragen. Tot nu toe hebben ze nog niets van hem gehoord, zelfs bij Alois Gimpel heeft hij zich niet gemeld. Hopelijk is er niets met hem gebeurd. Ach, uitgerekend nu, nu ze hem zo grootmoedig aan Luisa overgelaten heeft en die twee gelukkig zouden kunnen zijn, doet hij zoiets. Wat is het toch een gedoe met die mannen...

'Moet je nagaan, Hilde,' zegt papa, terwijl hij als de Kerstman naar haar lacht. 'Mevrouw Von Haack heeft me een cadeau laten brengen.'

'Maar dat neemt u toch niet aan, of wel?'

Hij ziet haar woedende gezicht en spreidt zijn armen. 'Maar meiske! Het is toch Kerstmis.'

Niet te geloven! Heeft die landgoedheks papa toch weer om haar vinger weten te winden. Met zo'n stom cadeau, dat ze in een ooit witte doek gewikkeld heeft.

'Voor mij is het geen kerst hoor, als ik moet toekijken hoe dat mens van onze lekkere kalkoen zit te eten. Dan gaan al mijn haren overeind staan...' windt ze zich op.

Ze wil net snuivend van woede naar de keuken lopen om mama en Luisa, die daar aardappelen staan te schillen, aan haar kant te krijgen, als er op de deur van het trappenhuis geklopt wordt.

'Goedenavond. Mag ik binnenkomen?'

Josh Peters sleept een hele wagenlading aan tassen en pakketten met zich mee, Hilde moet snel wat dingen van hem aanpakken, omdat hij anders nog de hele kerstboom omver zou trekken.

'Een paar kleinigheidjes maar,' zegt hij, als Hilde voor de grap zegt dat hij hen met cadeaus wil overspoelen. 'Het meeste is voor in de keuken...'

Papa begroet hem als een dierbare oude vriend, mama komt de keuken uit en is blij met alle levensmiddelen, ook Luisa geeft hem een hand, glimlacht en zegt dat het fijn is dat hij er is. Natuurlijk moet hij meteen bij papa aan tafel komen zitten, maar hij heeft nog net tijd om een snelle blik op de feestelijk gedekte tafel in het zijvertrek te werpen.

'Een grote familie,' concludeert hij peinzend. 'En veel vrienden. U mag uzelf gelukkig prijzen, meneer Koch.'

Papa is weer eens geroerd, omdat hij weet dat Josh Peters veel gereisd heeft maar blijkbaar nooit een thuis gevonden heeft. Hilde ziet al aankomen dat hij Josh zo gaat voorstellen om hem te tutoyeren, en dat hij haar morgen bij het ontbijt zal zeggen dat Josh Peters toch de enige juiste echtgenoot voor haar is. Ze voelt hoe haar feestelijke stemming tot onder het vriespunt zakt. Ze kan maar beter even naar haar kamer gaan om nog wat laatste cadeautjes in te pakken. Voor Luisa heeft ze haar geruite pakje bedacht, dat zou haar moeten passen, misschien dat alleen de rok wat ingekort moet worden. Mama krijgt een paar gevoerde leren handschoenen, die nog bijna nieuw zijn en die ze op de zwarte markt geruild heeft tegen haar polshorloge. Voor papa heeft ze een boek over Weense koffiehuizen gevonden, antiquarisch natuurlijk...

'Wacht alstublieft even, juffrouw Hilde...' houdt Josh Peters haar tegen als ze wil opstaan. 'Er is nieuws. Zou u uw moeder erbij willen halen? Zij moet het ook horen...'

Wat nu weer, denkt Hilde. Krijgen we soms een onderscheiding? Of willen de Ami's hier nu toch nog inkwartieren en moeten we het huis ontruimen?

Maar dan blijkt het nieuws zo geweldig dat ze haar armen om mama heen moet slaan, omdat die het uitsnikt van vreugde en opluchting. En papa drukt Luisa tegen de borst.

'Ik heb het pas vannacht te horen gekregen,' legt Josh Peters uit. 'Wilhelm Koch uit Wiesbaden zit in een krijgsgevangenenkamp in Amerika en August Koch zit momenteel als krijgsgevangene in Groot-Brittannië. Ze zijn dus allebei nog in leven. En niet in handen van de Russen. Ik denk dat dat behoorlijk goed nieuws is, of niet?'

Hilde reageert weer eens impulsief, zonder nadenken, gewoon vanuit haar gevoel. Ze laat mama los en vliegt Josh Peters om de hals. 'Dat is de mooiste kerstverrassing ooit!' snikt ze en ze kust hem op de wang. Of hij blij is met deze zusterlijke kus kan ze niet meer vaststellen, omdat mama nu op haar beurt de luitenant omhelst en aan de andere kant wacht papa op het moment waarop hij Josh tegen zijn borst kan trekken. Ach, wat hebben ze lang moeten wachten op dit goede nieuws, hoeveel angsten hebben ze uitgestaan, hoe vaak waren ze niet vertwijfeld.

'Allebei nog in leven, Else,' zegt papa en mama moet een zakdoekje lenen van Luisa. 'Wat hebben wij een geluk.'

'Waren ze al maar bij ons...'

'Dat zal hopelijk niet lang meer duren...'

Buiten in het trappenhuis klinkt rumoer, de muzikanten zijn terug, bedekt met sneeuw en tot op het bot bevroren, maar intens tevreden. Ook Julia is erbij, ze draagt Addi's muziektas en komt met een stralende glimlach de gelagkamer binnen. Daar blijven ze allemaal geschrokken staan.

'Is er iets ergs aan de hand?' vraagt Addi bedrukt. 'O, god! En uitgerekend op kerstavond.'

'Welnee!' roept papa. 'Josh heeft ons juist een heerlijke, gelukkige kerstboodschap gebracht!'

Addi kijkt eerst Julia, dan Hubsi en dan Hans Reblinger aan. Ze zijn duidelijk opgelucht.

'Aha... We dachten alleen... omdat jullie er zo betraand uitzien...'

Nu begint iedereen te lachen en te jubelen. Wat een nieuws! De jongens leven nog! Josh moet drie keer uitleggen wie waar zit en hoe groot de kans is dat hij gauw naar huis mag. Als ook Sofia Künzel met een vochtige jas van de sneeuw en natte legerkistjes het café binnen komt stormen, moet hij het nog een vierde keer vertellen, waarna hij door Künzel op beide wangen gekust wordt.

'Wat bent u toch een vreemde snuiter, Peters,' roept ze uit. 'Maar wel een met een goed hart. Mocht u zich eens geen raad weten, kom dan gerust bij mij boven langs...'

'O, lieve god,' roept mama, en ze rent naar de keuken. 'De kalkoen! Die was ik bijna vergeten!'

'O nee, hè!' zegt Künzel, die zich door Josh Peters uit haar jas laat helpen. 'Die kalkoen speelt vanavond tenslotte wel de hoofdrol.'

Het is weer bijna zoals in die goeie ouwe tijd, denkt Hilde. Beter nog eigenlijk, omdat we nu weten dat Willi en August nog leven en we ons kunnen verheugen op een snel weerzien. Ja, de hoop. Misschien is de hoop nog wel het mooiste. Het licht, dat voor je uit gedragen wordt. Mama en papa zien nu zo'n licht. Voor Addi en Julia is het zelfs al heel dichtbij, die dragen het al bijna in hun handen. En ook Luisa kan hopen... Mijn lichtje stelt helaas wat minder voor. Het heet Josh Peters... Lieve vent. Echt waar. Heeft zo veel moeite gedaan, dat moet je hem nageven. Maar wat heeft dat voor nut als ik niet van hem kan houden...

Nu niet de feestelijke stemming voor de rest bederven, denkt ze en ze wil al een grapje maken over de zogenaamd druppelvrije kaarsen die de rode tafelkleden inmiddels al helemaal verpest hebben. Maar dan komt Edith von Haack binnen, in een donkergroene zijden blouse, behangen met een parelketting. Blijkbaar heeft ze toch nog een paar kleinigheden weten te redden van thuis.

Grete, die haar begeleidt, verdwijnt meteen in de keuken; Von Haack loopt op papa af en steekt haar hand uit.

'Vannacht is de Heiland geboren,' zegt ze, alsof het een nieuwtje is. 'Laten we vrede sluiten, meneer Koch. We zitten nu eenmaal allemaal in hetzelfde schuitje en dus zal de bemanning moeten samenwerken.'

Papa is meteen om, Luisa zwijgt en mama is sowieso in de keuken bezig met de knoedels. Addi en Julia nemen de ontwikkeling zwijgend voor kennisgeving aan, Hubsi houdt zo veel mogelijk afstand van Edith, alleen Hans Reblinger kijkt geërgerd. Sofia Künzel heeft een bijzondere verhouding met Edith von Haack, sinds de twee een keer vanwege een vergeten bezem ruzie gekregen hebben in het trappenhuis. Ze negeren elkaar.

'Aan tafel!'

Iedereen neemt plaats, Luisa tovert snel nog een couvert voor Von Haack tevoorschijn, Hilde en Grete dienen het feestmaal op. Maïs en bonen uit blik, knoedels volgens mama's recept, saus met veel spek en ten slotte de hoofdrolspeler: de knapperig bruin gebraden kalkoen. Heel groot lijkt hij niet, maar het lukt papa om hem in vele kleine stukjes te verdelen, zodat iedereen aan tafel zelfs twee keer kan opscheppen.

'Dat viel nog niet mee,' zegt papa. 'Tot nu toe hadden we altijd een kerstgans. Een kalkoen is wel even heel iets anders...'

'Uiteraard,' zegt Addi grijnzend. 'De anatomie van een kalkoen is dan ook heel anders dan die van een gans. De kalkoen is een viervoeter die rechtop loopt...'

'Probeer je nu de draak met me te steken?'

'Ik zou niet durven.'

De gesprekken zijn geanimeerd, iedereen is in een opperbeste stemming, vooral omdat zich onder de cadeaus van Josh Peters meerdere flessen moezelwijn bevonden. Het komt niet vaak voor dat ze zich zo vol kunnen eten dat er echt niets meer bij past. Ze moeten zichzelf gewoon dwingen tot de koffie met kerstkoekjes. En de hond in de keuken zorgt ervoor dat er van de kalkoen geen snippertje overblijft.

Dan is het grote moment aangebroken waarop de cadeaus verdeeld worden. Dit is traditioneel papa's taak – alleen vorig jaar moest mama het overnemen.

'Een pakje voor... waar is mijn bril... voor... lieve help, wat een handschrift... voor Luisa.'

Luisa kijkt stralend naar Hilde als ze het uitgepakt heeft, en een moment lang is Hilde oprecht gelukkig. Natuurlijk weet Luisa van wie het cadeau afkomstig is en Hilde krijgt een zusterlijke kus.

Het duurt heerlijk lang, omdat iedereen wil toekijken bij het uitpakken. Hubsi krijgt een wollen sjaal en twee muziekschriften, Hans

Reblinger wordt verblijd met een paar gebreide sokken en een stropdas, voor Grete heeft mama een paar warme handschoenen ingepakt en papa krijgt een foto van Café Engel met de handtekening van al zijn vrienden. Het is een foto uit Hans Reblingers persoonlijke collectie, waarop hij wekenlang alle handtekeningen verzameld heeft.

Dan pakt papa het cadeau van Edith von Haack uit en hij kan amper geloven wat hij in zijn handen houdt. Het zilveren bestek met het familiewapen van Von Haack. Het enige deel van de familie-erfenis dat ze heeft kunnen redden.

'Zorg er goed voor, meneer Koch. Ik word er eerlijk gezegd alleen maar verdrietig van als ik het steeds weer zie. We moeten vooruitkijken en niet achteruit, dat is belangrijk.'

Papa is volledig overdonderd en het duurt even voordat hij weer iets kan uitbrengen. Net als hij zijn mond opent om iets te zeggen, klinkt er plotseling in het trappenhuis een luide knal. De deur vliegt open en een wit besneeuwde persoon in jas en bontlaarzen waggelt de gelagkamer in.

'Vrolijk... Kerstmis,' stamelt hij, hij trekt de muts van zijn hoofd en draait een rondje. Dan valt hij achterover en Josh Peters kan hem nog net opvangen.

Wendelin Staudt. Straalbezopen, zoals dat heet. Alleen al van zijn alcoholkegel zou een zwerm vliegen dood van het plafond naar beneden vallen.

'Wendelin!' roept Addi. 'Hoor je me? Ik ben het, Addi Dobscher.'

Wendelin kijkt op en glimlacht.

'Addi Dobscher... Dacht je soms dat ik dronken was?'

'Dronken? Laat me niet lachen. Ladderzat ben je...'

'Ja,' zegt Wendelin met een gelukzalige grijns. 'Helemaal teut. En allemaal van mijn goede schnaps...'

Hij zakt weer weg en Hilde schuift snel een stoel bij, zodat Josh hem kan laten zitten.

'Wat is er gebeurd?' wil Addi weten.

'Waar is Fritz?' vraagt Hilde.

Wendelin staat na alle inspanningen op het punt om in een diepe slaap te verzinken. Ze moeten hem flink door elkaar schudden, zodat hij weer bij zinnen komt.

‘Laaaat me… ben… mmmmoe…’ bromt hij.

‘Waar is Fritz!’ schreeuwt Luisa in zijn oor.

‘Geef hem wat te drinken,’ raadt Josh aan. ‘Hé, Wendelin. Hier heb je een glas wijn.’

Wendelin spert zijn ogen open en grijpt het halfvolle glas dat Else hem voorhoudt. In één dorstige teug drinkt hij het leeg. Het water dat Hilde hem daarna wil geven, slaat hij ferm af.

‘Gisterochtend… meteen bij de eerste controle… De Ami’s… De flessen onder het hout… allemaal gevonden…’

‘Ik was er al bang voor,’ zegt Hilde. ‘En toen?’

Wendelin maakt een draaiende beweging met zijn rechterhand, alsof hij een vlieg wil vangen.

‘Meegenomen… Verhoor… Gevangengezet…’

‘Fritz ook?’

‘Allebei… Smokkelaars… Alc… Alcohol…’

Luisa werpt een wanhopige blik op Hilde. Die besluit dat ze eerst meer duidelijkheid wil.

‘En toen?’

Wendelin trekt een gezicht en grijnst.

‘Bewijsvoering… Getest… eerst wij, omdat het immers gif had kunnen zijn… Toen de rest…’

‘Welke rest? De Ami’s?’

‘Duitse politie… Goede schnaps… Één fles… twee flessen… alle flessen… Goede schnaps… zuiver spul… geen bagger…’

‘Grote god! Hoeveel flessen waren het wel niet?’

‘Twintig… en nog drie met pruimen… Allemaal weg…’

Luisa wil weten of Fritz ook mee moest drinken. Ja, dat moest hij. En niet zo’n beetje ook.

‘Vanmiddag hebben ze ons vrijgelaten… Kerst-amne… annc…’

‘Amnestie…’

‘Nessie… dat, ja. Ik stap in mijn auto en wat vind ik daar?’

‘Laat me raden,’ zegt Addi. ‘Ze hadden nog een fles over het hoofd gezien.’

Wendelin glimlacht gelukzalig naar hem en tikt tegen zijn voorhoofd.

‘Slim… je bent slim… Addi Dobsch…’

‘Maar hoe zit het nu met Fritz?’ dringt Luisa aan. ‘Waarom is hij niet bij je?’

Wendelin haalt verontschuldigend zijn schouders op. ‘Wou niet meedrinken. En ook niet meerijden. Is lopend naar huis gegaan…’

Nee hè, denkt Hilde. Door de sneeuw naar Lenzhahn. Hopelijk heeft hij goede schoenen, anders bevriezen zijn voeten nog. Dan slaat ze een arm om Luisa en trekt haar tegen zich aan.

‘Zie je wel, nichtje van me,’ zegt ze. ‘Niets aan de hand. Die zit nu waarschijnlijk alweer met zijn ouders kerstavond te vieren.’

Wendelin is nu definitief naar dromenland vertrokken. Ze leggen hem op drie stoelen, dekken hem toe met een deken en laten hem onder de kerstboom zijn roes uitslapen.

Jean-Jacques

December 1945

Midden in de nacht wordt hij wakker, omdat zijn ouders met Pierrot terugkomen uit het ziekenhuis en er op de overloop, voor zijn slaapkamerdeur, een hevige ruzie ontstaat.

'Geen sprake van!'

'Maar Pierrot,' smeekt moeder. 'De dokter heeft gezegd dat je in geen geval alleen mag blijven.'

'Ik heb geen oppasser nodig. Ga weg!'

Jean-Jacques hoort een doffe knal, moeder slaakt een geschrokken gilletje. Dan de stem van zijn vader. Luid en boos. 'Doe dat nooit meer! Heb je me begrepen? Nooit meer!'

'Het spijt me. Dat was niet mijn bedoeling... Maar ze moet uit mijn kamer blijven.'

'Laat hem maar,' zegt vader. 'Hij is tenslotte volwassen.'

Moeder huilt. Pierrot moet haar in zijn woede geduwd hebben, waardoor ze tegen de muur aan tuimelde. De afwijzing is waarschijnlijk erger dan de pijn. Haar lievelingszoon die haar van zich af duwt. Dat is moeilijk te verkroppen.

Jean-Jacques ligt met open ogen op zijn rug en luistert naar de geluiden vanaf de overloop. Pierrots deur wordt geopend en weer dichtgeslagen. Hij hoort het bed kraken als zijn broer zich erop laat vallen. Aan de andere kant betreedt iemand de slaapkamer van zijn ouders, vader waarschijnlijk. Dan hoort hij moeder zacht vragen: 'Drinkt hij?'

'Helaas niet...' fluistert de min.
'Maar hij moet toch drinken...'
'U moet maar gaan bidden...'

Dan wordt het stil. Slapeloos ligt Jean-Jacques op zijn rug, hij ziet in het donker talloze spoken, met allemaal zijn eigen gezicht. Ze storten zich op hem, willen hem met hun tanden en klauwen verscheuren, hij verweert zich, vindt uitvluchten en weet dat er toch geen ontkomen aan is. Hij moet zijn demonen onder ogen zien.

Het komt door mij, denkt hij. Dit is allemaal gebeurd omdat ik hier gebleven ben. Omdat ik zo koppig aan mijn positie bleef vasthouden, terwijl die allang verloren was. Als ik weggegaan was, dan zou Margot uiteindelijk met Pierrot getrouwd zijn en zou ze in alle rust hun kind op de wereld hebben kunnen zetten. Marcel, de erfgenaam waarop vader zo gehoopt heeft. Natuurlijk zou Margot me gemist hebben, maar uiteindelijk zou ze hebben gekozen voor Pierrot en hun kind. Maar nu heb ik ons allemaal tot een leugen gedwongen. Margot. Pierrot. Mezelf. En ook dat onschuldige wezentje, dat nu moet sterven. En waarom? Omdat ik het land wilde hebben, de wijnbergen, de boerderij. Omdat ik mijn plek niet wilde afstaan. Daarom heb ik ons allemaal in de ellende gestort. Daarom moest Margot sterven...

Hij bedenkt dat hij Hilde ook ongelukkig gemaakt heeft. Zijn grote liefde, die hij nu voor altijd kwijt is. Het was een zonde om verliefd te worden, omdat hij iemand anders al zijn trouw beloofd had. Maar een nog grotere zonde was het om niet toe te geven aan zijn liefde. Uit hebzucht. Uit jaloezie. Uit trots. Uit woede. O ja, de kerk mag dan voor hem afgedaan hebben, de zeven doodzondes kent hij nog goed. En vier daarvan zijn op hem van toepassing. Misschien ook nog de zonde van traagheid. Dan zijn het er vijf. Zijn ziel is reddeloos verloren...

Maar zijn ziel kan hem niets schelen. Het zijn de mensen die hij zo veel pijn gedaan heeft dat hij het niet meer goed kan maken. Hij besluit om naar Pierrot toe te gaan en hem om vergeving te smeken. Makkelijk valt het hem niet, omdat zijn broer hem ook veel aangedaan heeft, maar hij vermant zich en klopt op Pierrots kamerdeur. Als hij geen antwoord krijgt, drukt hij de klink naar beneden, maar

Pierrot heeft de grendel ervoor geschoven. Onverrichter zake sluipt hij in het donker terug naar zijn eigen kamer.

Weggaan. Alles opgeven. Alles achter zich laten en een nieuw leven beginnen. Misschien wel overzee. Vechten, hard werken, om misschien toch nog een heel klein beetje geluk te vinden. Meer heeft hij niet verdiend.

Maar als het kindje sterft en Pierrot zichzelf in zijn vertwijfeling nog een keer iets aandoet... dan zal hij bij zijn ouders moeten blijven. Zich zijn erfdeel toe-eigenen. In het ergste geval trouwen. Kinderen krijgen. Zijn plicht vervullen.

Hij ligt wakker tot het eerste hanengekraai, dan valt hij uitgeput in een lichte slaap. In zijn droom ziet hij een brede straat, aan beide kanten omgeven door puinhopen. Zwart afgetekende ruïnes, waar de vlammen nog steeds uitslaan, daartussen verkoolde bomen, omgevallen zuilen. Een stuk verderop lopen twee mensen, ze houden elkaars hand vast, een man en een vrouw. Hij ziet Hildes blonde haar oplichten in het schijnsel van de vlammen, de man naast haar draagt een militair uniform.

De stem van zijn moeder rukt hem uit de nachtmerrie.

'Is het waar? Laat eens kijken. Heilige Maagd...'

Hij is nog niet helemaal wakker, maar begrijpt dat het om het kind gaat. Is het vannacht gestorven?

'Hij drinkt! Voor de tweede keer al! Ik mag hem niet te veel geven, anders spuugt hij het weer uit...'

'Laat hem toch... hij heeft veel in te halen... Heilige Maria en Josef... Hij ziet er al veel sterker uit... Och, klein schatje... prinsje van ons... Drink maar lekker...'

Hij leeft, denkt Jean-Jacques en hij komt overeind in bed. Hij heeft gekozen voor het leven. Hij vecht. Dat kleine, moederloze kereltje heeft meer moed dan wij allemaal bij elkaar.

Hij doet het licht aan en staat op. Trekt zijn jasje aan en vecht even tegen de lichte duizeling die hem bij het snelle opstaan overvalt. Hoe laat is het? Half zeven al, maar buiten is het nog donker.

'Doe open. Ik moet met je praten.'

In de kamer van zijn broer blijft het stil. Hij wordt gepijnigd door de gedachte dat Pierrot zichzelf misschien opnieuw iets aangedaan heeft. Dat hij zijn verbanden losgemaakt heeft. De snijwonden weer geopend heeft. Zich met zijn riem opgehangen heeft. Hij slaat met zijn vuist tegen de deur.

'Doe open of ik trap de deur in!'

Hij weet dat hij daar de kracht niet voor heeft, maar hij zal gereedschap halen en dan moet de deur wel meewerken. Pierrot weet dat ook, hij kent de vastberadenheid van zijn broer. Jean-Jacques hoort het kraken van het oude bed als Pierrot opstaat. Het geluid van blote voeten op het hout. Dan schuift Pierrot de grendel weg.

'Wat wil je?'

Hij klinkt hees, fluistert meer dan dat hij praat, en kijkt Jean-Jacques met samengeknepen ogen aan. Zijn gezicht is ingevallen, de kringen onder zijn ogen steken zwart af tegen de bleke huid. Hij heeft veel bloed verloren gisteren.

'Jou een paar dingen zeggen. Geen zorgen, ik hou het kort.'

Hij duwt zijn broer aan de kant en loopt de kamer in, doet het licht aan en gaat op het omgewoelde bed zitten. Pierrot staat nog steeds in de deuropening, de lange mouwen van zijn linnen nachtgewaad bedekken de verbanden om zijn polsen.

'Als je me komt zeggen dat ik moet gaan... ik was niet anders van plan,' zegt Pierrot zacht en hij moet zijn keel schrapen.

Jean-Jacques bekijkt de jammerlijke figuur met wie hij ooit eeuwig strijd leverde. De tegenstander met wie hij zo veel gevochten heeft op de wijnbergen. De man die het bed deelde met zijn vrouw Margot.

'Integendeel,' zegt hij met rustige stem. 'Ik kom juist om je te vertellen dat je moet blijven. Ik ben degene die gaat.'

Pierrots ogen worden groot, dan barst hij uit in een gestoord lachen. 'Jij? Waarom zou jij gaan?'

'Omdat ik dat besloten heb, Pierrot,' antwoordt Jean-Jacques. 'Jouw zoon heeft ervoor gekozen om in leven te blijven. Hij heeft zijn vader nodig, daarom moet jij hier blijven en het bezit erven.'

Pierrot schudt ongelovig zijn hoofd, doet wankelend een paar stappen naar zijn broer toe. 'Heb je soms koorts? Of is de Heilige Geest over je gekomen? Marcel is jóúw zoon. Voor de hele wereld en ook voor onze ouders.'

Jean-Jacques' besluit staat vast, hij blijft gelaten. Het lukt hem zowaar om naar zijn broer te glimlachen. 'Wij tweeën weten beter, Pierrot. En ook onze ouders zullen erachter komen. De rest is aan jou.'

'Je bent bezopen, of niet? Geef toe, je was in de wijnkelder...'

'Ik verlaat nog vandaag de boerderij, Pierrot. Voor altijd.'

Zijn broer gelooft hem niet, grijnst naar hem en ziet er verschrikkelijk uit, lijkbleek, als een dode. Jean-Jacques komt weer overeind en loopt langs hem heen de kamer uit. Op de overloop draait hij zich om, weet Pierrot er nog net van te weerhouden de deur dicht te slaan.

'Je zoon drinkt,' zegt hij door de kier. 'Kom kijken.'

Pierrot reageert niet, maar sluit de deur en schuift de grendel er weer voor. En dus loopt Jean-Jacques alleen naar de kinderkamer, klopt aan en opent dan, omdat niemand reageert, de deur. De min zit op een stoel met armleuningen, die ze met kussens wat comfortabeler gemaakt heeft. Haar enorm opgezwollen rechterborst is ontbloot, je ziet de fijne blauwe adertjes onder de lichte huid, de rode tepel is hard als een verschrompelde kers. Naast haar in het houten wiegje slaapt de kleine Marcel, rozig en tevreden. De min leunt met haar hoofd tegen de muur en snurkt. Jean-Jacques sluit de deur zo zacht mogelijk en beklimt de trap naar de zolder om een reistas te pakken. Hij zal slechts een paar dingen inpakken: ondergoed, sokken, een extra overhemd en een wollen trui. Geld. Zijn papieren. Verder niets. Geen foto. Geen herinneringen. Zijn trouwring doet hij af, hij laat hem op tafel liggen. Dan zoekt hij naar een potlood en papier om zijn ouders een brief te schrijven.

Hij verlaat het huis via de kelderuitgang en vertrekt lopend naar Villeneuve, vanwaar hij de bus naar Nîmes neemt. Het is een rustige decemberdag, de mistral is gaan liggen, het land ligt er roerloos bij onder de grijs bewolkte hemel. Rijen kale wijnstokken trekken achter het raampje voorbij, welbekende kleine dorpjes, enkele boerderijen. Een paardenkar, beladen met vaten, rijdt in de richting van Villeneuve. Mijn geboortestreek, denkt hij. In winterslaap. Totdat in de lente de weides weer groen worden en het onder de hete zon van de Midi weer naar lavendel en tijm zal ruiken en de wijnstokken weer zullen uitlopen. Maar dan zal ik hier niet meer zijn.

Hij voelt zich hol vanbinnen, zijn hele lichaam voelt zwak, hij wijt het aan zijn gemoedstoestand, maar het bevalt hem niets. Hij mag nu niet ziek worden. In Nîmes vangt hij een paar zonnestralen op en meteen voelt hij zich beter. Als twee bekenden hem op straat begroeten, besluit hij om zo snel mogelijk verder te reizen en hij koopt een treinkaartje naar Parijs. De trein is overvol, het is bijna Kerstmis en veel mensen zijn op weg naar familie. Sommigen dragen volle rugzakken, in de hoofdstad hopen ze kaas en salami tegen kleren en schoenen, zeep en parfum te kunnen ruilen: alles waaraan op het platteland moeilijk te komen is. Het gaat er levendig aan toe in de coupé, kleine kinderen springen in het rond, huilen, schreeuwen en hoesten. Jean-Jacques heeft vreselijke hoofdpijn, het geschreeuw en de onrust zijn een ware kwelling. Tegen het eind van de rit valt hij in een lichte sluimerslaap, zijn hoofd rustend tegen de hoofdsteun, ook al rammelt en trilt de wagon vreselijk en meent hij een constant klokkengelui te horen.

Ik had afscheid van haar moeten nemen, denkt hij. Dat heeft ze verdiend, dat ik naar haar toe ga om haar vaarwel te zeggen. Margot, die daar zo alleen in haar koude kist ligt... Zijn gedachten worden verstoord, hij moet een klein meisje optillen dat voor zijn voeten gevallen is en hard begint te huilen. De moeder snuit de neus van het kleintje en geeft het een snoepje, dan pakt ze een lange baguette uit en deelt het brood en kaas met haar drie kleintjes. Jean-Jacques bedenkt dat hij de hele dag nog niets gegeten heeft, maar vreemd genoeg heeft hij geen honger, hij is alleen maar vreselijk moe en uitgeput. Laat op de avond bereiken ze de hoofdstad en rillend van de kou verlaat hij de trein. Gare de Lyon. De meeste passagiers gaan er haastig vandoor, verdwijnen in aansluitende treinen, in de metro of in de wachtruimte. Jean-Jacques loopt door de pompeuze, nachtelijke stationshal, niet wetend waar hij naartoe moet, hij heeft een dof gevoel in zijn hoofd en voelt een vervelende kriebel in zijn keel. Ten slotte verlaat hij het stationsgebouw, slentert over een breed, zwak verlicht plein en dwaalt door de straten, totdat hij een hotel vindt dat er niet al te duur uitziet. Een donkere portier begroet hem slaperig en begeleidt hem naar een piepklein, benauwd zolderkamertje, vraagt om een vooruitbetaling en maant hem de ramen dicht te laten, omdat het hout uitgezet is en de ruiten er anders uit zouden kunnen vallen.

Jean-Jacques is zo moe dat het hem allemaal niets meer kan schelen, zijn hoofd is loodzwaar en ook zijn maag is niet in orde.

'Goedenacht, monsieur...'

Zodra zijn hoofd het kussen raakt valt hij als een blok in slaap, de volgende ochtend kan hij zich geen enkele droom herinneren, maar voelt hij zich een stuk beter. Als hij naar buiten stapt, wordt hij begroet door natte sneeuw, hij zet zijn kraag overeind en trekt zijn muts diep over zijn voorhoofd. Het is koud hier in de hoofdstad, kouder dan in het zuiden in de Midi, de wind blaast uit alle richtingen, je kunt je er amper tegen beschermen. Een tijdje loopt hij door lange straten, vergaapt zich aan de hoge huizen, de met ijzeren hekken afgesloten ingangen, de hoge ramen, die hem donker en afwijzend aanstaren. In een bistro drinkt hij een kop koffie met melk en eet hij een hard gebakken croissant die naar zaagsel smaakt en veel te duur is. Als hij zich beklaagt, wordt hij door de *patron* uitgefoeterd. Waarom hij niet in de Midi gebleven is, op het platteland, waar genoeg te eten is. Hier in Parijs moet iedereen moeite doen om genoeg te eten te krijgen, aan deze croissant verdient hij zo goed als niets. Jean-Jacques geeft hem een fooi en loopt de ijzige regen weer in. De hoofdpijn en rauwe keel melden zich weer, maar hij maakt zich er niet druk om. Een kleine verkoudheid, niets bijzonders in deze tijd van het jaar. De mensen op straat verbergen hun gezicht onder sjaals en capuchons, ze hebben haast, niemand heeft tijd voor een glimlach. Bedelaars en oorlogsinvaliden zitten in de portieken, houden hem een schoteltje of lege hand voor. Tussen hen ook kinderen en oude vrouwen. De grote opgetogenheid over de overwinning is vervlogen, denkt hij, terugdenkend aan al die jubelende en overmoedige mensen die hij in april nog overal tegenkwam. De dagelijkse sleur is weer terug, er is gebrek aan van alles en het leven is niet eenvoudig. Voor niemand.

Hij heeft geen plan voor hoe het nu verder moet. Enkel een paar vage ideeën, die hij nog niet tot in detail uitgewerkt heeft. Naar de kust reizen, een boot naar de andere kant van de oceaan pakken. Maar daarvoor heeft hij niet genoeg geld. Werk vinden en eerst een tijdje hier in Parijs blijven. Ook dat lijkt hem nu moeilijk, het ziet er niet uit alsof het makkelijk is om hier een goede baan te vinden. En wat kan hij nou? Hij is wijnboer en landbouwer – twee dingen waar je niets aan hebt hier in Parijs. Misschien moet hij maar naar België? Naar Zwitserland? Of naar Duitsland...

Dan blijft hij staan en staart naar een gekleurd affiche, dat in de beschutting van een portiek opgehangen is. Te zien is het hoofd van een man, en profil, de trekken scherp, de blik vol vastberaden gelatenheid. Een soldaat. Hij draagt een pet en iets wat op een uniform lijkt. Op de achtergrond is een geeloranje woestijnlandschap te zien, de zwarte silhouetten van een karavaan trekken over de zandheuvels, een vrouwelijke gestalte kijkt om. Woestijnromantiek. HET VREEMDELINGENLEGIOEN WACHT OP JE, staat eronder.

Hij heeft er wel eens van gehoord. Je legt je voor vijf jaar vast, krijgt een speciale opleiding en wordt vervolgens ingezet in de koloniën, daar waar nodig. Een paar jonge kerels uit Villeneuve hadden zich willen aanmelden, maar durfden het toen toch niet. Er zouden daar veel Duitsers zitten, zo werd gezegd. Afkomstig uit krijgsgevangenenkampen, waar ze anders van de honger omgekomen zouden zijn. En de Duitsers zouden geliefd zijn, omdat het goede soldaten zijn.

Vijf jaar, denkt hij. Vechten en het lot tarten. Misschien ook sterven. Als ik het overleef, zal ik niet meer dezelfde zijn.

Hij opent de deur, gaat naar binnen en staat dan tot zijn verrassing tegenover een knappe jonge vrouw, die hem opgewekt welkom heet en een stoel aanbiedt.

'Staat uw besluit al vast, monsieur? Of wilt u alleen wat informatie?'

Ze doet haar werk goed. Vertelt over avonturen en exotische landen, over het aanzien dat het legioen overal geniet, over de uitstekende opleiding, het goede salaris. Dat de overlevingskans op vijftig procent ligt, vermeldt ze niet, dat weet hij van die jonge kerels in Villeneuve. Als je die knappe zwartharige medewerkster zo hoort, dan wacht hem in het vreemdelingenlegioen een leven vol fantastische belevenissen en erotische avonturen, met een flinke hoop geld toe bovendien.

Hij ziet dat anders, maar zegt het niet. Ze noteert zijn naam, zijn thuisadres, bekijkt zijn papieren, wil weten waarom hij geen ontslagpapieren van zijn werk in Duitsland heeft. Gevlucht? Respect. Over zijn verblijf in de gevangenis zwijgt hij.

'U zult nog wel snel een medisch onderzoek moeten ondergaan. Niet meer dan een formaliteit. We kunnen natuurlijk niet iemand in dienst nemen die een besmettelijke ziekte of lichamelijke beperking heeft...'

In een zijvertrek wacht al een andere gegadigde, een lange jongeman, donkerharig met levendige bruine ogen. 'Weet je,' zegt hij tegen Jean-Jacques, hem al tutoyerend als toekomstige kameraad. 'Het is een schande hoe de Duitsers ons als soldaten vernederd hebben. Ik was te jong, mocht destijds nog niet bij het leger. Maar nu wil ik vechten en laten zien wat wij Fransen in onze mars hebben. Ik doe het voor Frankrijk. Voor mijn vaderland.'

Dan wordt hij de onderzoekskamer binnengeroepen en heeft Jean-Jacques tijd om over zijn woorden na te denken. Het klinkt nobel. Voor Frankrijk. Voor het vaderland. Hij vecht alleen voor zichzelf. In elk geval niet voor Frankrijk.

De jongeman is algauw weer terug, trekt in het voorbijgaan zijn jas aan en knikt Jean-Jacques toe. 'Veel succes, kameraad!'

Jean-Jacques herinnert zich de procedure nog van de dienstkeuring. Uitkleden en zich laten bekloppen, kniereflex controleren, hoofd naar links en rechts draaien, tanden laten zien, een korte oogtest. Hier zijn ze preciezer. De magere kleine arts met zijn uitpuilende ogen bevoelt zijn armspieren, bestudeert uitgebreid zijn geslacht, gaat met zijn duimen over zijn ruggengraat en voelt aan zijn schedel.

'Hebt u vaker last van koortsaanvallen, monsieur Perrier?'

'Nooit. Het is een verkoudheid. Ik heb ook keelpijn.'

Zijn keel is rood, wat de arts geruststelt.

'Ik zie ook een zwelling op het achterhoofd...'

Jean-Jacques had gedacht dat de buil allang verdwenen was, maar de dokter heeft gevoelige vingertjes.

'Een ongeluk, een paar weken geleden. Niets bijzonders. Gaat wel weer over.'

'Een hersenschudding? Bent u bij een dokter geweest?'

'Nee, het stelde niets voor,' bagatelliseert Jean-Jacques de gebeurtenis. 'Ik was alleen wat duizelig, meer niet...'

Hij voelt nog hoe de vingers van de arts met zachte druk over de zwelling heen en weer bewegen, dan schiet er plotseling een pijn door zijn schedel, heet als een blikseminslag, en stort hij in een donkere, woeste draaikolk. Over en uit. Alles weg. Enkel nog krijsende duisternis, misselijkheid, overgeven, uitputting.

Hij komt pas weer bij in een ziekenhuisbed en kan zich nog slechts bij vlagen herinneren hoe hij daar terechtgekomen is: het gezicht van die arts met zijn bolle ogen vlak voor hem, iemand die hem zijn kleren weer aantrok, misschien wel die knappe medewerkster, een brancard, huismuren die langs hem heen schoten...

'Schedeltrauma,' wordt hem verteld. 'Veel rust. Liggen. Ontspannen.'

Op de röntgenfoto is een klein scheurtje te zien, dat al bijna weer geheeld is. De arts die hem heeft laten opnemen, dokter Pontneuf, laat weten dat hij niet voldoet aan de lichamelijke eisen voor een vreemdelingenlegionair en dus afgewezen zal moeten worden.

Hij blijft een nachtje en verlaat vroeg de volgende ochtend het ziekenhuis. De kosten slaan een flink gat in zijn geldvoorraad, vroeg of laat zal hij werk moeten vinden, als hij tenminste niet als zo'n bedelaar in een portiek wil eindigen. Zijn hoofd bonkt, elke gedachte aan eten doet zijn maag omdraaien – maar van uitrusten, liggen en ontspannen is voorlopig geen sprake. Moeizaam worstelt hij zich tegen de regen en koude wind in, hij ademt diep en gelijkmatig om te voorkomen dat hij weer duizelig wordt, en komt na lange omzwervingen weer aan op het stationsplein. Wat zoekt hij hier? Wat zoekt hij überhaupt?

Ik ben de verkeerde kant op gelopen, denkt hij. Notre-Dame, het Louvre, de Seine: dat ligt allemaal verder westwaarts. Hij wil de rivier zien, op een van de bruggen staan – waarom kan hij niet uitleggen, iets in hem zegt hem dat het zo moet zijn. En dus koopt hij een treinkaartje en stapt in een trein, vindt eerst geen zitplek omdat het nogal druk is, en laat zich ten slotte in het halletje op een noodzitje zakken. Het is een helse rit, lawaaiig, rammelend, dreunend, sissend, vol vreselijke geuren. Drie keer moet hij de wc opzoeken om over te geven, daarna zit hij weer rillend van de kou en volledig uitgeput in het tochtige halletje, niet meer wetend waar hij naartoe reist. Parijs ligt inmiddels ver achter hem, de trein rijdt richting het noorden, op elk station stappen mensen uit, wringen zich langs hem heen, slaan met hun bagagestukken tegen zijn rug, tegen zijn knieën. Ten slotte realiseert hij zich dat de coupé naast hem leeg is; hij staat moeizaam op, opent met de grootste moeite de schuifdeur en laat zich op een stoel vallen. Nog één keer moet hij opstaan en de strijd met de deur een tweede keer leveren, omdat hij zijn tas in het gangpad heeft laten staan. Dan valt hij in slaap, droomt van een woestijn, voelt de gloeiend hete wind in zijn gezicht, waardoor hij amper kan ademen. Zijn mond, zijn hele lichaam is uitgedroogd, hij hoort het suizen en gieren van de wind, ziet in de verte een rivier, blauw, helder water schittert in het zonlicht, maar hoezeer hij ook zijn best doet, hij kan er niet bij komen.

'Grenscontrole... Uw papieren graag...'

Hij opent zijn ogen, overhandigt de ambtenaar zijn persoonsbewijs, staart even in het besnorde gezicht van de man met de pet en krijgt zijn papieren terug.

'Zakelijk onderweg?' vraagt de man.

'Zoiets...'

'Prima, fijne kerst gewenst!'

'Fijne kerst...'

Hij is nu goed wakker en voelt zich alweer iets beter. Hij staat op, gedreven door een brandende dorst, vindt een ouder echtpaar in de naastgelegen coupé en vraagt hun om een slok water. De twee aarzelen, vragen of hij ziek is en hij geeft toe dat hij verkouden is. De koorts is weer erger, vandaar waarschijnlijk ook de dorst. De vrouw heeft medelijden, geeft hem een beker koude kamillethee uit een meegebrachte metalen fles, die hij in één teug leegdrinkt.

'Dank u wel... Weet u waar we nu zijn?'

'Ergens voorbij Saarbrücken, monsieur. We kunnen die Duitse borden niet zo goed lezen. Wij gaan op bezoek bij onze zoon, die in Mainz studeert...'

'Dank u, madame.'

De rit verloopt onrustig, telkens weer moet de trein stoppen, van spoor wisselen, om vervolgens in een slakkentempo verder te rijden. De schade van de bombardementen is nog maar deels gerepareerd, voornamelijk op stukken waarlangs goederen en in beslag genomen machines naar Frankrijk getransporteerd worden.

Ik ben stapelgek, denkt hij als hij weer alleen in zijn coupé zit. Maar misschien moet ook dit gedaan worden. Zodat ook dit boek gesloten kan worden. Ook deze hoop begraven kan worden.

Tegen het ochtendgloren bereiken ze Mainz. Van het station is weinig meer over, de rails zijn kapotgebombardeerd – een wonder dat er überhaupt nog treinen kunnen komen. Plotseling is zijn hoofd vrij, hij ademt de koude winterlucht in en heeft het niet eens koud, volgt de mensen die over smalle paden tussen de puinhopen door lopen, totdat hij uiteindelijk voor een grote kerk staat, die overeind is blijven staan tussen al die ruïnes. De dom. Via een zijdeur betreedt hij de kerk, machtige bogen van zandsteen dragen het gewelf. Kaarslicht verwelkomt hem, wierook – er wordt een vroege mis gehouden. Een tijdje blijft hij daar staan luisteren, starend naar het licht van de altaarkaarsen, dan wordt hij misselijk van de wierookgeur en vlucht hij weer naar buiten.

De rivier ligt grijs en ijzig voor hem, kleine golfjes glinsteren in het eerste ochtendlicht, haasten zich richting zee, om daar op te lossen, eindelijk tot rust te komen. Er is een noodbrug, die aan de ene kant door Franse soldaten, aan de andere kant door Amerikaanse soldaten bewaakt wordt, maar hij wil niemand zien, niets hoeven uitleggen, alleen maar naar de overkant. Een stuk stroomopwaarts vindt hij een schipper die een groepje mensen overzet die – om welke reden dan ook – de controle van de bezetters willen ontlopen. De prijs van de overtocht is dan ook hoog – Jean-Jacques heeft nu nog maar enkele sous over. Ineengedoken zit hij op het bankje te rillen van de kou, de bewegingen van de boot maken hem weer misselijk, zijn hoofd doet pijn, ook de duizeligheid slaat weer toe. In het midden van de rivier komt de boot in een sterke stroming terecht, hij schommelt, worstelt zich door weerbarstige golven naar de andere oever, en Jean-Jacques bedenkt dat de dood in dit zwarte, onstuimige water een opluchting zou kunnen zijn. De schipper moet hem helpen bij het uitstappen, hij is zo slap als een klein kind, zijn benen dreigen onder hem weg te zakken, hij kan zijn tas nog slechts met moeite vasthouden.

'Waar wil je naartoe?' vraagt iemand in het Duits.

Hij noemt het adres, hoewel hij niet eens weet of het huis er nog wel staat. Maar de man knikt en gebaart dat hij plaats moet nemen in de bolderkar, die hij achter zich aan trekt.

‘Mocht iemand het vragen: je bent mijn neef en ik breng je naar de dokter. Onder je ligt een matras, verder niets, duidelijk?’

Hij moet het twee keer zeggen voordat Jean-Jacques het eindelijk begrepen heeft. Wat hij aan Duits geleerd heeft, komt in brokstukken terug. Maar dan begrijpt hij dat deze man, die zojuist samen met hem de rivier overgestoken is, een zwartemarkthandelaar is en dat er illegale goederen onder hem liggen. Het maakt hem niet uit, hij neemt plaats in de onstabiele kar met grote houten wielen, die enkel beslagen zijn met loden strips. Het rammelt zo vreselijk tijdens het rijden dat hij volledig versuft is.

‘Man,’ zegt de zwartemarkthandelaar als hij stopt, ‘het gaat echt niet goed met jou. Daar verderop moet je zijn. Maar ze zijn nog niet open. Succes.’

De rest is een droom. Hij strompelt op de verlichte ramen af, struikelt en valt, voelt geen pijn en staat weer op. Houdt zich vast aan een vensterbank en staart naar de draaideur die daarachter te zien is. Het licht. Beweging. Iemand loopt door de gelagkamer, blijft staan, maakt een ontmoedigend gebaar met de hand. Ze zijn nog niet open. Hij wankelt, de tas valt uit zijn hand, hij klampt zich vast aan de houten vensterbank. Alles draait: de straat, de ramen, de panelen van de draaideur.

Dan ziet hij haar gezicht. Vlak voor hem, enkel door het raam van hem gescheiden. Het is star, de ogen groot, de mond halfopen. Hij hoort haar schreeuwen.

‘Dat kan niet waar zijn… Een spook…’

Ze is helemaal over haar toeren, haar blik schiet heen en weer, ze houdt een hand voor haar mond. Hij wil haar een teken geven, met haar praten, maar hij is als verlamd.

‘Wat moet je hier? Ga naar je vrouw! Verdwijn!’

Ze gaat tekeer, snikt het uit, loopt weg. Binnen bewegen schaduwen. Jean-Jacques wil naar binnen gaan, haar uitleggen waarom hij gekomen is. Hij wil haar niet lastigvallen, begrijpt heel goed dat ze iemand anders heeft. Hij wil haar om vergeving vragen, meer niet. Maar uitgerekend nu moet hij overgeven, naast de deur zakt hij in elkaar.

‘Waar?’ hoort hij een vrouwelijke stem vragen. ‘Er is niemand, Hilde. Je hebt je vergist…’

'Doe die deur dicht, Luisa. En doe hem op slot.'

De deur wordt weer gesloten. Het is voorbij, hij heeft geen kracht meer. Honderd jaar lang ligt hij daar op de koude grond, ademt, ijlt, voelt hoe zijn hart in zijn borstkas bonkt. Als hij eindelijk overeind weet te komen, gaat dat zo moeilijk dat het lijkt alsof zijn lichaam gevuld is met lood. Alles is voorbij. Het boek is dichtgeslagen. Hij weet nu dat ze leeft, dat het goed met haar gaat. Dat moet genoeg zijn. Langzaam, licht voorovergebogen, loopt hij terug door de straat. Stapje voor stapje. De koorts giert door zijn lijf, verbrandt zijn ingewanden, verwarmt hem, beschut hem tegen de kou...

'Wacht even... Ik moet u iets vragen...'

Hij herkent de stem en blijft staan. Een onbekende, donkerharige jonge vrouw pakt hem bij de arm. Ze heeft zachte, heel mooie ogen.

'Bent u de Franse dwangarbeider die maanden geleden in Café Engel aan het werk gezet werd? Is uw voornaam Jean-Jacques?'

Ze praat langzaam en duidelijk, hij verstaat elk woord.

'Ja...' antwoordt hij. 'Ik ben... Jean-Jacques Perrier...'

Ze glimlacht naar hem. Een warme glimlach. Het doet hem ongelooflijk goed. 'Komt u dan maar mee. Mijn nichtje is een beetje in de war. Maar dat komt wel weer goed. Dat weet ik, omdat ik Hilde inmiddels wel een beetje ken...'

De droom eindigt abrupt als ze hem door de draaideur leidt. Hij hoort nog Hildes geschrokken uitroep: 'Jean-Jacques! Mijn god! Wat is...'

Dan slokt de zwarte draaikolk hem weer op, verslindt hem op de gebruikelijke manier, houdt hem een tijdje in het diepe en spuugt hem ten slotte weer uit. Een nieuwe droom begint. Een wensdroom misschien. De waarheid als een droom, omdat zijn brein nog altijd in de war is.

Hij ligt in een bed, warm toegedekt, zijn hoofd op een wit kussen. Hilde, die een beker dampende vloeistof in haar hand houdt. Ze heeft gehuild, haar wangen zijn nog nat, haar ogen rood en gezwollen.

'Je hebt ons vreselijk laten schrikken. Wat kom je hier doen? Hoe ben je hier plotseling gekomen? Waar is je trouwring?'

'Veel vragen...'

Ze zet de beker neer. Snuift. Wrijft met haar hand over haar gezicht. Buigt zich naar hem toe. 'Wil je... misschien... hier blijven?' fluistert ze.

'Je hebt iemand anders...'

Ze legt haar handen tegen zijn wangen en kust hem op de mond.

'Er is geen ander,' snikt ze. 'Jij vervloekte rotvent. Ik hou toch alleen van jou...'

Heinz

Wiesbaden, oudejaarsavond 1945

Je let even niet op en ze doen alweer waar ze zin in hebben. Maar wat kan hij ertegen doen? Als zelfs Else voor is, dan maakt hij sowieso geen schijn van kans.

Van de gehoopte verloving tussen Hilde en die aardige Ami Josh Peters komt dus niets meer. Heel jammer. Op kerstavond dacht hij nog dat daar iets moois aan het ontstaan was, omdat ze hem zelfs omhelst en gekust had. Maar sinds die uitgetelde kerel hier opgedoken is, die constant flauwvallende Fransman, die misschien zelfs wel een besmettelijke ziekte mee naar binnen gesleept heeft – sindsdien zit zijn wilde Hilde alleen nog maar op de rand van zijn bed. Voert haar lieveling, kletst in het Duits en Frans met hem, geeft hem medicatie, warme thee, zoete koekjes. Wat ze verder zoal uitspoken, wil hij niet eens weten.

'Tortelduifjes,' zei Else lachend. 'Ach, wat vind ik dat fijn!'

Nog diezelfde nacht moesten ze die arme dokter Walter van zijn bed lichten, zodat hij de Fransman kon onderzoeken. Strikte bedrust schreef hij voor. Warmte, veel drinken, een koorts onderdrukkend medicijn. Verder was het afwachten, maar de jongeman was immers in goede handen.

Ook Luisa glimlacht en zegt dat dit toch wel het mooiste kerstcadeau voor Hilde is. En dat ze het verdiend heeft om eindelijk gelukkig te zijn.

Ach, die vrouwen. Allemaal hebben ze zo'n dromerig glimlachje om de mond als ze het over Hilde en die Fransman hebben. Künzel vond dat er niets mooiers is dan een jonge liefde. Tja, zij kan het weten! Alleen Edith von Haack had haar hoofd geschud en gezegd dat die Fransen allemaal niet deugen, dat dat toch algemeen bekend is. En dan zouden ze ook nog allemaal die ziekte hebben, die Franse... Maar toen ze dat zei, had Else haar de mond gesnoerd. Lieve hemel, die Else van hem! Echt woedend was ze geworden – nu weet hij ook van wie Hilde haar felle temperament heeft. Niet van hem in elk geval.

Gisteren was Josh Peters er, om afscheid te nemen. Hij vliegt terug naar Amerika, gaat naar New York, naar zijn ouders, omdat zijn vader ziek is. Maar hij is van plan om terug te komen naar Duitsland.

'Dit land laat me niet los,' zei hij. 'Hier liggen mijn wortels, hier woonden mijn voorouders, en ik wil erachter komen waarom ze Duitsland verlaten hebben.'

Ach, wat is het toch een aardige, fatsoenlijke kerel! Ze hebben hem brieven voor Willi en August meegegeven, die hij zal doorsturen. Hopelijk lukt dat. Dan zouden zijn jongens tenminste een kerstbrief van thuis hebben. Verder kunnen ze niets anders doen dan wachten. Wachten en hopen dat die twee op een gegeven moment weer gezond en wel voor de deur zullen staan.

Zijn kleine nichtje Luisa weet hem tenminste nog blij te maken. Zij heeft het inmiddels uitgepraat met haar Fritz, en als het klopt wat Hilde hem toegefluisterd heeft, dan zullen die twee vanavond hun verloving bekendmaken. Nou, Heinz vindt het prima. Een muzikant in de familie, dat bevalt hem wel. Arme Fritz, eergisteren arriveerde hij hier, hij was het hele stuk van Lenzhahn naar Wiesbaden komen lopen, omdat hij Wendelin niet meer vertrouwt. Hij schaamt zich vreselijk voor die hele toestand met die schnaps, hij heeft hun meerdere keren verzekerd dat hij alleen maar onder dwang gedronken heeft en normaal gesproken niets moet weten van alcohol. Daarna zijn ze met zijn drieën – Hilde, Luisa en Fritz – naar het zijvertrek verdwenen, waar dingen besproken werden die hij blijkbaar niet mocht weten. Van alles en nog wat. Hij houdt er niet van als ze geheimen voor hem hebben. Ook niet als ze hem later overspoelen met omhelzingen en kusjes op de wang en beweren dat hij de liefste oom en beste papa van de wereld is. Toch zal hij zijn connecties eens gaan inzetten, zodat Fritz zo snel mogelijk een goede opleiding tot violist kan gaan volgen. De hogeschool in Frankfurt zou het beste zijn, maar daar ligt alles nog in puin, daar moet het hele schoolsysteem eerst weer op poten gezet worden. Ondertussen zal hij ook zijn voelhoorns eens uitsteken bij het theater van Wiesbaden. Mocht Fritz later een positie bij het theaterorkest krijgen, dan zouden die twee hier in Wiesbaden kunnen blijven en zou hij geen afscheid van zijn lievelingsnichtje hoeven nemen.

In de keuken zijn de vrouwen alweer druk in de weer. Dankzij Josh Peters' afscheidscadeau kunnen ze het nieuwe jaar straks begroeten met een glaasje champagne. Met daarbij een plakje heerlijke zelfgemaakte worst, die Fritz in zijn rugzak meegenomen heeft. Ja, de schoonzoons, zowel de echte als de afgedankte, dragen toch wel bij aan het goede leven. Behalve die Fransman dan helaas, die ligt alleen maar in bed en laat zich bedienen. Maar vanavond wil hij erbij komen zitten, zei Hilde. En of papa zijn donkerbruine broek en bruine vest eigenlijk nog wel draagt, anders zou ze die graag aan Jean-Jacques uitlenen. Net toen hij wilde antwoorden dat hij die kledingstukken in geen geval kan missen, viel Else hem in de rede.

'Die mag hij gerust hebben, Hilde. Papa heeft ze sowieso niet meer nodig.'

En dat in een tijd waarin elk warm kledingstuk een vermogen waard is. Hij is ook veel te goed voor deze wereld...

Intussen arriveren de eerste gasten al. Jenny met Hans Reblinger, Alois Gimpel, ook Künzel is vandaag vrij en wil oud en nieuw samen met hen vieren. Hubsi zit alweer achter de piano, dit keer speelt hij Schubert; Addi wil wat liederen zingen en ze moeten nog oefenen. Julia draagt een donkerblauwe jurk met een kantkraag, die prachtig staat bij haar rode haar. Ze glimlacht naar Addi en verdwijnt dan in de keuken om een paar 'kleinigheden' af te geven die ze voor vanavond heeft weten te ritselen.

'Hoe zit dat nu met die twee?' fluistert Jenny over de tafel heen. 'Was er onlangs geen sprake van dat ze in het komende jaar zouden trouwen?'

Künzel haalt haar schouders op en zegt dat het in elk geval spannend blijft.

'Op het moment hebben ze weer ruzie,' zegt ze zacht. 'Omdat Addi de scheidingsmuur tussen hun appartementen helemaal weg wil halen en Julia vindt dat hij moet blijven staan, omdat ze immers een verbindingsdeur hebben.'

'Wat een onzin,' bromt Heinz. 'Hij kan die muur er helemaal niet uithalen, omdat anders het dak zou instorten. Dat zal ik hem zo eens vertellen...'

'Nou, dan is dat probleem alvast opgelost,' zegt Hans Reblinger opgewekt.

Künzel grijnst spottend en zegt: 'Dan vinden ze vast wel weer iets anders, die bekvechters.'

'Meisjes plagen, kusjes vragen!'

Later die avond komt de Fransman naar beneden, hij begroet eerst Else en dan Heinz, vervolgens de rest, en Hilde laat hem plaatsnemen op het plekje naast haar. Hij ziet er al een stuk beter uit, denkt Heinz. Toen ze hem onlangs van de grond moesten oprapen, had hij nog gedacht dat Hilde wel iets beters verdiende dan deze sloeber. Maar nu bevalt hij hem bijna. Hij is knap, maar wel veel te dun. Ze zullen hem nog wat moeten bijvoeren. Maar hij weet hoe het hoort. Heeft respect voor zijn toekomstige schoonouders en doet behoorlijk zijn best om Duits te spreken. Blijkbaar is hij wijnboer – nou ja. Dan heeft hij in elk geval verstand van wijn en champagne. Hoewel ze hier natuurlijk wel een café hebben en geen kroeg...

'Ik vind heel erg, meneer Koch...' zegt hij nu tegen Heinz. 'U hebt verloren uw been met mijn... Dat was niet correct... hoe zeg je dat... niet netjes van Fransen...'

Heinz legt hem uit dat het de Duitsers waren die die mijnen daar neergelegd hadden...

'De oorlog zorgt dat wij doen *des choses mauvaises*... slechte dingen...'

'Dat is zeker waar. Laten we proosten op de vrede.'

Waarschijnlijk zal hij vanavond nog een toost uitbrengen op hun broederschap – Else tutoyeert hem al, ook de anderen doen dat. Dan kan hij niet achterblijven, zo is hij ook niet. Bovendien heeft die Jean-Jacques een vriendelijk gezicht en Hilde lijkt tot over haar oren verliefd op hem te zijn.

En wat zijn ze allebei blij als Fritz opstaat en zijn verloving met Luisa von Tiplitz bekendmaakt! Jazeker, ze blijft een Von Tiplitz, die naam staat tenslotte op haar nieuwe papieren, en als ze met Fritz trouwt, krijgt ze sowieso een andere achternaam. Allemaal proosten ze op het verloofde stel en Heinz voelt alweer wat traantjes opkomen, omdat hij aan zijn arme zus Annemarie denkt, die dit jonge geluk niet meer heeft mogen meemaken.

Later die avond, als ze na het eten bij elkaar zitten om op de jaarwisseling te wachten, voelt hij plotseling een enorme dankbaarheid. Wat een jaar hebben ze achter de rug! Wat is het vreselijk begonnen en wat hebben ze allemaal moeten meemaken. Gevangenschap, bombardementen, een levensgevaarlijke verwonding, de intocht van de overwinnaars, angst, honger, kou... En nu zitten ze hier allemaal bij elkaar, blij vanwege de drie gelukkige stelletjes, in de wetenschap dat Willi en August nog leven. Het lot is hun goed gezind.

Om middernacht horen ze de klokken van de kerk luiden. Ook wordt er geschoten, maar dat zijn vast de Ami's, die er geen enkele moeite mee hebben om het nieuwe jaar met luid geknal en kanonnen te vieren. Hier in Café Engel heeft in elk geval niemand zin in vuurwerk, daarvoor hebben ze de brandende, dodelijke 'kerstbomen' die uit de lucht vielen nog te vers in het geheugen.

Een tijdje staan ze buiten voor het café, samen met de buren, zoals ze dat elk jaar doen. Louise Drews is er met haar kinderen, evenals Andreas Teubert, de voormalige luchtwacht. Walter Brand wenst iedereen een gelukkig nieuwjaar en vertelt dat zijn broer Joachim in Frankrijk zit en misschien gauw naar huis komt. Hij zou gewond zijn en daardoor een goede kans hebben om eerder naar huis te mogen. Ze delen het laatste restje wijn uit en keren ten slotte verkleumd maar vrolijk gestemd terug in het café. Else offert nog twee houtblokken op, zodat ze nog wat langer bij elkaar kunnen blijven zitten, er is pepermuntthee, en Heinz zegt dat het nieuwe jaar alleen maar beter kan worden.

'Vanaf nu gaat het allemaal weer bergopwaarts!' roept hij uit. 'Met Duitsland. Met ons allemaal. En met Café Engel – dat spreekt vanzelf!'